LA MAISON DES SECRETS

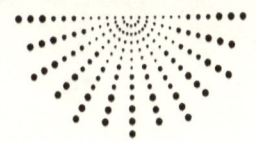

DIANA K HOLMES

La Maison des Secrets

Diana K Holmes

Deux femmes, à quatre-vingt-dix ans d'écart, et une maison abandonnée qui détient la clé d'un secret.

© 2025 Diana K Holmes

ISBN (livre numérique – ebook) : 978-1-99-102173-1
ISBN (livre imprimé – Amazon print) : 978-1-99-102174-8
ISBN (livre imprimé – print) : 978-1-99-102175-5

Photographie de couverture : © Ilina Simeonova / Trevillion Images et Depositphoto.

Traduction française éditée par Marie-Laure Vignaud, avec l'aide de Marie, Brigitte, Véronique et Anne-Catherine.

Pour Phil, le meilleur frère et compagnon de voyage qui soit.

LEXIQUE

Aroha : prénom et nom féminin. Signifie « amour » dans la langue Maori

Aotearoa : nom maori de la Nouvelle-Zélande. Littéralement : le pays du grand nuage blanc

Hāngi : méthode traditionnelle de cuisson dans un four en terre

Hinemoa : prénom féminin

Kai : nourriture, repas

Kānuka : arbre originaire de Nouvelle-Zélande

Kia ora : salutation, « Bonjour », ou « portez-vous bien »

Mānuka : arbuste ou buisson originaire de Nouvelle-Zélande

Māori : peuple indigène de Nouvelle-Zélande

Moko : tatouage maori traditionnel

Noa : prénom masculin

Pākehā : néo-zélandaias européen, non maori

Pōhutukawa : arbre néo-zélandais (Metrosideros excelsa), aussi nommé « arbre de Noël de Nouvelle-Zélande »

Rimu : variété d'arbre natif de Nouvelle-Zélande (Dacrydium cupressinum).

Rina : dans le livre, présenté comme la version maori du prénom Lena

Swandri : sorte de vêtement de travail (chemise/veste). Bien que non maori au sens strict, c'est un mot utilisé communément en Nouvelle-Zélande

Tahi : prénom féminin signifiant aussi « un »

Tāne : Prénom masculin, signifiant « homme ». Dans la mythologie maori, Tane, aussi appeleé Tane-mahuta, est le dieu des forêts et des oideaux qui créa la monde en séparant son père Rangi, le Ciel de sa mère Papatunuku, la Terre, apportant ainsi au monde la lumière et la vie.

Tararua : nom d'une chaîne de montagne

Te Aute : nom d'une université

Te Manawa : traduction littérale de « coeur »

Te Uranga : Prénom féminin, peut être traduit par le « lieu de destination »

Tipene : version maori du prénom Stephen

Tuhaka : nom de famille.

Tūī : prénom féminin et aussi une espèce d'oiseau néo-zélandais (Prosthemadera novaeseelandiae).

Wairarapa : nom de lieu. Signifie « eaux luisantes » en langue maori

Wairua : concept maori désignant l'esprit ou l'âme d'une personne, ainsi qu'une essence spirituelle qui dépasse le monde physique

Whānau : famille, famille élargie, clan, tribu

Wharerata : nom de lieu, composé de « whare » maison, et « rata » arbre

Wiremu : version maori du prénom Willian

PROLOGUE

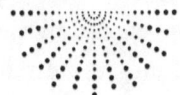

Nouvelle-Zélande, 1938

J e l'appelais le Fou. C'était ainsi que je pensais toujours à lui. Alors quand le Fou asséna un nouveau coup de poing au visage de Noa, l'envoyant s'étaler au sol dans une mare de sang, je pense que j'étais la moins surprise d'entre nous.

Quelqu'un cria, puis il n'y eut plus que le silence tandis que le Fou nous dévisageait tour à tour, nous défiant d'intervenir. Le blanc de ses yeux brillait comme celui du diable dans la lumière tamisée du jardin d'hiver.

Moi aussi, je scrutais les visages des personnes que j'aimais, les exhortant silencieusement à agir, à arrêter ce dément avant qu'il ne fasse encore plus de mal. Mais personne ne bougeait. Le choc et l'incrédulité se mêlaient sur leurs visages tandis qu'ils se tenaient à la lisière du cercle de lumière, comme s'ils assistaient à une scène de théâtre.

Faites quelque chose ! J'avais envie de crier. *Pour l'amour du ciel, faites quelque chose !* Ne savaient-ils pas qu'une fois qu'il commençait, il ne s'arrêtait jamais ? Ne le savaient-ils pas ?

La porte du jardin d'hiver, prise par une violente rafale de vent,

1

s'ouvrit brutalement et la pluie s'engouffra à l'intérieur. La terre d'un pot en terre cuite brisé se mêla au sang et ruissela le long des rainures des carreaux dans ma direction.

Il recommença alors à vociférer, hurlant accusations et obscénités, enhardi par le silence stupéfait des autres. Leur silence résonnait dans mes oreilles plus fort que ses vociférations. Il criait si fort que je me couvris les oreilles et me détournai.

Je le haïssais, je le haïssais, je le haïssais. Mon cœur battait au rythme de ma haine, ma tête pulsait en cadence. Elle me consumait. Je me détournai de la scène devant moi, et c'est alors que je vis qu'elle tenait un pistolet dans sa main tremblante, et je sus ce que je devais faire.

J'étais une excellente tireuse, tout le monde le disait. Je pris le revolver de ses mains, et tendis les bras devant moi comme on me l'avait montré, me concentrant uniquement sur lui, la cible maintenant.

De l'autre côté de la pièce vint un gémissement, comme le dernier souffle d'air s'échappant de poumons qui ne pouvaient plus soutenir la vie. Noa gisait au sol, immobile, les yeux fermés. Il l'avait tué, je le savais. Et il nous tuerait tous.

Je rassemblai toute ma colère et ma haine en une vague puissante ; je me concentrai sur le viseur et appuyai sur la détente.

Tout s'arrêta alors. Tout s'arrêta, sauf un long cri strident dont je savais qu'il allait durer pour toujours.

CHAPITRE UN

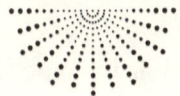

FRANCES, NOUVELLE-ZÉLANDE, 1931

Frances poussa un soupir frustré et se cala dans son siège, dont le cuir craqua légèrement sous elle. Elle scruta l'image qui remplissait l'écran — sophistication, beauté et drame réunis, Norma Shearer incarnait tout cela. Alors comment pouvait-elle succomber aux charmes de Leslie Howard après la passion qu'elle avait vécue avec Clark Gable ?

Les rideaux drapés retombèrent sur les lettres ondulantes, *The End*, lui envoyant une bouffée d'air bienvenue. L'illusion était brisée, les images et les sons qui l'avaient captivée avaient disparu. À la place, elle prit conscience du faisceau de lumière provenant de la cabine du projectionniste, parsemé de poussière du tout nouveau Regent Theatre.

— Allez, Frances, la poussa Pamela, on y va. Les gars sont déjà partis devant. Frances continua de fixer l'image finale, désormais déformée alors qu'elle brillait sur la soie ondulante des rideaux.

— N'est-elle pas magnifique ?

— Tu es tout aussi jolie qu'elle. De toute façon, dit Pamela en haussant les épaules, qui se soucie d'*elle* ? Que dire de Clark Gable ?

— Je sais ! Il est si beau et si séduisant. Bien mieux que Leslie Howard.

— Il n'y a rien à redire chez Leslie. S'il entrait maintenant, je serais parfaitement heureuse de bavarder avec lui. Elle haussa un sourcil. Ou peut-être même faire plus que bavarder.

— Pamela ! s'exclama Frances, toujours scandalisée par sa tante, que ses parents croyaient à tort être un chaperon fiable.

— Maintenant, si seulement nous en avions quelques-uns comme lui par ici ! Ou au moins un pour moi.

— Et moi alors ? cria Frances à Pamela, qui se faufilait à travers la foule.

— Il serait gâché pour toi, lui répondit Pamela avec un grand sourire. Tu ne saurais pas quoi en faire !

Frances jeta un dernier coup d'œil à l'écran, espérant un dernier relent du glamour qu'elle y trouvait toujours, mais il avait disparu. Il s'était évanoui dès que le rideau était tombé et que les lumières avaient inondé le théâtre, révélant les décorations florissantes qu'un journal avait avec une indulgence certaine décrites comme « artistiques ».

Serrant son sac garni de perles, Frances suivit Pamela à travers la foule, gardant la tête baissée, ne voulant croiser le regard de personne qui aurait pu entendre Pamela. Frances jouissait de plus de liberté depuis que ses parents avaient permis à Pamela de la chaperonner, mais pas assez pour remédier au manque de connaissance de la vie dont Pamela s'était moquée. L'amour, pour Frances, restait une expérience purement cinématographique.

Elle émergea dans le foyer glamour qui sentait l'encaustique et le parfum, et aperçut les cheveux roux de Pamela s'agiter devant la grande silhouette de Noa et son ami Harry, qui l'attendaient près du palmier en pot. Pamela et Harry sortirent, laissant Noa appuyé contre un pilier, la regardant approcher. Frances ralentit un peu, consciente de ses yeux sur elle et du balancement de sa nouvelle robe coupée en biais, qui épousait ses courbes d'une manière très moderne, que ses parents n'auraient certainement pas approuvée.

— Alors ? demanda-t-elle.

— Alors ? répondit-il.

— Qu'as-tu pensé du film ? Elle fit un geste vers l'affiche d'*A Free Soul.*

— *Elle n'était pas divorcée mais elle croyait que des étrangers pouvaient s'embrasser !* Il lut le titre avec un accent américain. Celui qui a écrit ces conneries devrait être fusillé, dit-il, avec son habituel ton froid et ironique. Normalement, elle l'appréciait, mais ce soir, elle le trouvait irritant.

Elle lui lança un regard dont Carole Lombard aurait été fière et le frôla pour récupérer sa veste auprès de l'ouvreuse, ignorant son offre d'aide. Elle marcha devant lui à travers le foyer et sur la rue principale de Mannington, poussiéreuse après un été sec, sentant l'essence d'une voiture qui passait, et le crottin de cheval. Maudite vie réelle, pensa Frances avec un soupir.

Noa sortit deux cigarettes du paquet qu'il avait acheté au cinéma. Il lui en tendit une.

— C'est toi qui a posé la question, Frances.

Elle plissa les yeux et prit la cigarette, toujours agacée.

— J'aurais dû savoir qu'il ne fallait pas te persuader de venir avec moi.

Il haussa les épaules en saluant un ami de l'autre côté de la rue.

— Tu n'as pas eu à me persuader beaucoup, dit-il, avec un léger sourire. J'étais curieux de voir le résultat de tant de temps, d'argent et de planification. Il leva les yeux vers la façade du cinéma. Le Regent Theatre. Le grand espoir de notre pays, des films et des fantasmes américains, pendant que les gens ordinaires n'ont pas deux sous à dépenser.

Elle lui lança un regard noir.

— Tais-toi et donne-moi du feu.

Il lui lança le briquet, mais elle le lui relança.

— Mieux encore, allume-la pour moi. Il est temps que tu affûtes ton jeu, sinon tu finiras vieux et seul.

— Pour ce que tu en sais, j'ai peut-être un jeu très *affûté*, et une ribambelle de petites amies à Wellington.

Cela la fit rire.

— Dans ce cas, tu peux me montrer tes talents maintenant.

Il haussa un sourcil.

— À toi ? Et qu'est-ce que tu connais en talents, affûtés ou non ?

Elle fit une moue étudiée et haussa un sourcil d'une manière qu'elle espérait suggestive.

— Tu serais peut-être surpris.

Les coins de la bouche de Noa tressaillirent.

— Sans aucun doute.

— Alors donne-moi du feu.

— Pourquoi ?

— Parce que c'est ce qu'ils font dans les films.

— Au cas où tu ne l'aurais pas remarqué, nous ne sommes *pas* dans un film. C'est la vraie vie, et tu es tout à fait capable d'allumer ta propre cigarette.

Elle n'allait pas reculer.

— Puis-je avoir du feu ? demanda-t-elle de sa meilleure voix basse et sexy.

Noa recula un peu. Elle sentit un changement en lui mais ne s'arrêta pas pour y réfléchir ; au lieu de cela, elle pressa son avantage. Elle pencha la tête sur le côté et glissa la cigarette entre ses lèvres.

Il actionna le briquet, qui flamboya dans la lumière du crépuscule, et le tendit. Elle baissa la tête et lui tint la main, exactement comme elle l'avait vu sur grand écran, et il se figea. Alors qu'elle aspirait le bout de la cigarette — encore une grande nouveauté — elle sentit ses yeux sur elle. Elle leva les siens, avec son meilleur regard langoureux, et continua à aspirer jusqu'à ce que le bout de la cigarette rougeoie dans le crépuscule.

Elle laissa retomber sa main et se redressa, sans jamais quitter son regard. Leurs yeux restèrent rivés l'un à l'autre et pendant un long moment, aucun des deux ne parla. Il fit bouger la main qu'elle avait touchée et remit le capuchon sur le briquet.

— C'était tout un spectacle, Frances.

— Un spectacle ? Peut-être que c'est vraiment moi.

— Vraiment toi, répéta-t-il. Une grande fille…

Elle rit, consciente d'une note différente dans ce son rire, quelque chose de légèrement faux comme si elle était encore en train de jouer Carole Lombard.

— Je suis une adulte depuis un moment maintenant. Les autres l'ont remarqué. Mais pas toi.

— Je commence à le remarquer maintenant.

Carole Lombard s'effaça, instantanément. Son cœur s'accéléra, et elle ne pouvait détacher son regard de lui.

— Hé, vous deux, appela Pamela plus loin sur la route. Venez !

La tension s'apaisa lorsqu'ils se mirent à marcher, mais aucun d'eux ne parla jusqu'à ce qu'ils rejoignent Pamela et Harry.

— Alors, qu'est-ce que vous faisiez là-bas ? demanda Pamela par-dessus son épaule, tandis qu'ils continuaient vers l'endroit où Frances avait garé la voiture. N'oublie pas, Noa, je suis le chaperon de Frances.

Noa laissa échapper un rire sardonique.

— C'est étonnant que la mère de Frances ait accepté.

— Ah, sourit Pamela. Ma grande demi-sœur a accepté parce qu'elle me connaît à peine. Et nous n'allons pas l'éclairer, n'est-ce pas, Frances ? De plus je suis une veuve avertie. Tout le monde est en sécurité avec moi.

Harry sourit, et Pamela se leva sur la pointe des pieds pour lui chuchoter quelque chose à l'oreille, qui les fit rapidement s'éloigner en direction du parc proche de l'endroit où était garée la voiture. Frances et Noa les suivirent.

— Mère et Père sont encore coincés dans le siècle dernier, dit Frances. Personne n'a plus de chaperon sauf moi.

— Ce n'est certainement pas le genre habituel de chaperon.

— Qu'est-ce que tu sais des chaperons ? le taquina Frances.

— Absolument rien, Dieu merci. Ce n'était pas une mode *pakeha* qui ait jamais pris chez nous les Maoris. Je pense qu'aucune de nos femmes ne l'aurait supporté.

— Elles ont de la chance. Elles ne savent pas ce que c'est que d'être piégée dans une vieille maison avec des domestiques pour seule compagnie.

— Ta mère est généralement à Wharerata.

— Pff ! De corps seulement. Elle a perdu tout intérêt pour moi quand je n'ai pas réussi à faire la différence entre une orchidée et un iris.

— Tes parents t'adorent *et* te gâtent pourrie. Mes sœurs donneraient cher pour avoir la moitié de ce que tu as. Surtout Hinemoa.

Hinemoa. La simple mention de la sœur de Noa fit culpabiliser Frances. À une époque, elles avaient été les meilleures amies du monde, mais depuis le récent mariage d'Hinemoa, elles s'étaient éloignées l'une de l'autre.

Piquée, Frances marcha en silence jusqu'à ce qu'ils atteignent le coin de la rue où elle s'arrêta soudainement, choquée de voir Harry avec son bras autour de Pamela.

— Ne me regarde pas comme ça, Frances, dit Pamela. Tu avais l'air plutôt intime avec Noa devant le cinéma. Elle échangea un regard avec Harry et sourit.

— Vous ne vous embrassiez pas, n'est-ce pas ? Harry ne retira pas son bras, et Pamela se blottit contre lui avec une intimité que Frances trouva troublante. Elle détourna le regard.

— Non, Pamela, pas d'embrassade. Je montrais à Noa comment allumer une cigarette comme ils le font dans les films.

Pamela rit.

— Tu vas devenir une star de cinéma, hein, Noa ? taquina Harry.

— Pas question. Je laisse ça aux Yanks.

— Les Yanks ? Les Néo-Zélandais peuvent aussi être des stars de cinéma, répliqua Frances indignée.

— Tu en as déjà vu un ?

— Eh bien non, mais ça ne veut pas dire qu'ils ne peut pas y en avoir.

— Un essai pour Hollywood est l'un des prix du concours de beauté Miss Nouvelle-Zélande, dit Pamela, se détachant de Harry. J'ai lu ça dans le journal l'autre jour.

— Eh bien voilà, Frances. L'occasion de devenir une star du grand écran t'attend, dit Noa.

Harry et Noa rirent et marchèrent devant. Pamela passa son bras sous celui de Frances.

— Tu devrais le faire ce concours juste pour lui montrer, dit

Pamela, serrant Frances contre elle. Elle sentait le parfum cher et le sherry. Frances savait pertinemment que Pamela aimait boire un ou deux verres de sherry avant le dîner *et* parfois après.

— Tu es plus jolie que Carole Lombard. Je parie que tu gagnerais.

Frances était flattée et se demanda si Pamela savait qu'elle coiffait ses cheveux exactement comme cette star de cinéma.

— Tu ne crois pas, Harry ?

— Quoi ? appela-t-il.

Pamela leva les yeux au ciel.

— Frances pourrait gagner le concours Miss Nouvelle-Zélande.

— Pas si tu y participes, elle ne pourrait pas.

Pamela rit et courut vers Harry. Il passa ses bras autour d'elle et fit un clin d'œil à Noa.

— Prends une leçon de moi, mon pote Noa.

Pamela fit la moue avec ses lèvres teintées de rouge, et Harry les captura avec les siennes. Pendant un moment gênant, Noa et Frances se retrouvèrent à regarder Harry et Pamela partager un baiser passionné. Puis Noa toussa et se retourna brusquement, mettant son bras autour de Frances et la guidant vers la voiture. Il ne retira pas son bras, et Frances était consciente de sa proximité tandis que son esprit s'attardait sur le baiser dont elle venait d'être témoin, le genre de baiser dont elle se contentait de rêver. Elle humecta ses lèvres à l'idée que Noa l'embrasse comme ça.

Ils s'appuyèrent contre la voiture et regardèrent dans la direction opposée à celle où Pamela et Harry continuaient de s'embrasser. Le son du couple qui s'embrassait, murmurant et gémissant, s'élevait au-dessus du bourdonnement de fond des cigales qui chantaient dans les arbres du parc.

— Alors, qu'en penses-tu ? demanda-t-elle.

Il tira longuement sur sa cigarette, puis jeta un coup d'œil dans sa direction et souffla la fumée par le coin de sa bouche, loin d'elle, d'une manière qu'elle ne pouvait s'empêcher d'admirer. Cela avait l'air telle-ment cool, et ce n'était pas la première fois qu'elle se demandait qui il fréquentait à Wellington et où il vivait maintenant.

— À propos de quoi ? demanda-t-il.

— À propos de moi, de ma participation au concours de beauté.

— Pourquoi voudrais-tu faire quelque chose comme ça ?

Elle haussa les épaules.

— Une fille aime qu'on la trouve belle.

— Frances, tu *sais* que tu es belle. Je ne vois pas ce qu'il y a à à gagner à savoir ce que les autres pourraient, ou non, penser.

Elle écrasa sa cigarette à moitié fumée et l'écrasa sous son talon, un peu plus fermement que nécessaire. Elle ne les aimait pas vraiment.

— Tu dis ça parce que tu n'es pas une fille.

— Et toi non plus.

Elle croisa les bras et lui fit face.

— Ah bon ?

Il lui caressa brièvement la joue, un sourire au coin des lèvres.

— Non. Tu es une femme, et ne l'oublie pas.

Avant qu'elle ne puisse répondre, Harry et Pamela traversèrent la rue et les rejoignirent à l'entrée des jardins municipaux où Noa avait garé la voiture de Frances.

— Pamela, dit Harry. Tu ne veux pas venir voir ces fleurs ?

Pamela rit.

— Depuis quand t'intéresses-tu aux fleurs ?

— Depuis que je réalise que le parc est vide et que les grilles sont encore ouvertes.

Pamela arrêta de rire, prit la main tendue de Harry, et ils disparurent derrière les buissons.

— Pamela ! appela Frances. On doit y aller ! Mais il n'y eut pas de réponse, seulement un bruissement dans les sous-bois. Elle regarda Noa avec anxiété, qui haussa les épaules.

— Tu ne t'attendais pas vraiment à ce que Pamela montre le bon exemple, si ?

Frances fronça les sourcils en direction de l'endroit où elle avait vu Pamela et Harry pour la dernière fois.

— Non, mais je ne m'attendais pas à ce qu'elle montre le contraire d'un bon exemple. C'est *ma* tante.

Noa leva le visage et souffla un nuage de fumée qui se perdit dans les phares d'une voiture qui passait.

— Personne ne pourrait le deviner, dit-il. Elle est très différente de ta mère.

Frances haussa les épaules.

— C'est une tante par alliance. Et, je dois dire — elle lança un regard noir aux buissons qui bougeaient — une tante des plus irresponsables.

— Elle t'a quand même emmenée au cinéma.

Elle soupira.

— Oui, c'est vrai.

— Même si je ne sais pas pourquoi tu voulais y aller. J'ai vu de meilleurs jeux d'acteur chez mes sœurs quand elles essaient de convaincre ma mère qu'elles ont besoin de tous leurs revenus pour économiser pour leurs études.

— Eh bien, n'est-ce pas le cas ?

— Des études ? Noa s'esclaffa. La seule éducation qui intéresse ma petite sœur concerne le sexe masculin.

Frances se sentit soudain mal à l'aise et regarda autour d'elle, se demandant quand Pamela allait réapparaître et quand elles pourraient rentrer.

— Elle est un peu jeune pour ça.

— Elle a quinze ans. Ma mère était enceinte de moi à cet âge-là.

Frances essaya de cacher sa stupeur mais pensa avoir probablement échoué en voyant le sourire de Noa. Mais le sourire se transforma en tendresse lorsqu'il écrasa sa cigarette.

— Je n'aurais pas dû dire ça. J'oublie parfois à quel point ton éducation a été protégée.

— J'ai peut-être été protégée, mais je ne suis pas naïve.

— Bien sûr que non, dit-il avec ironie. Tu as été éduquée par les films.

Frances détourna le regard, gênée qu'il ait visé juste.

— Et le cinéma, ma chère Frances, n'est pas le meilleur endroit pour apprendre la vie.

— Je suppose que toi, tu vas me dire où est le meilleur endroit ?

— Non, dit-il, son regard soudain sérieux. Je ne vais rien dire.

— Tant mieux, parce que je n'ai pas l'intention d'arrêter d'aller au cinéma maintenant. Ciel ! Qu'est-ce que j'aurais d'autre ? Le corset de force de la vie de mes parents à Wharerata avec toute sa formalité victorienne ?

Il haussa les épaules.

— C'est ce pour quoi tu es née.

— Mais ce n'est pas là que je vais rester.

— Ah bon ?

— Absolument. Je pense sérieusement à participer à ce concours de Miss Nouvelle-Zélande.

À son grand dépit, il rit.

— Tes parents ne laisseront jamais leur petite Miss Débutante de l'Année y participer.

— Je les persuaderai. Père fera tout ce que Mère lui dit. Il l'adore.

Son visage se plissa en une grimace.

— Et tu ferais ça, juste pour avoir une chance d'aller à Hollywood ? Sérieusement, j'aimerais savoir ce qui t'attire tant dans ces films hollywoodiens.

Elle haussa les épaules.

— Tu ne les aimes vraiment pas ?

— Non. Je ne les aime *vraiment* pas. Ils sont stupides et banals.

— On ne peut pas être sérieux et profond tout le temps, Noa. La vie doit avoir un peu de plaisir.

— Je n'ai rien contre le plaisir. Mais ça, il fit un geste vers le théâtre, c'est juste de la superficialité sans intérêt.

— Ce n'est pas sans intérêt.

— Alors qu'est-ce que c'est ?

— C'est... Comment pouvait-elle expliquer quand elle-même savait à peine ce qui la fascinait tant ?

Des gémissements se firent entendre derrière les buissons. Frances jeta un regard anxieux vers l'endroit où les sous-bois bruissaient.

Noa inclina la tête vers les buissons.

— Ça, c'est excitant et moderne, et ça te fait peur.

— Pas du tout !

— Mais si ! Je parie que tu n'as jamais embrassé personne.

— Je *t'ai* embrassé, toi, quand j'avais dix ans, et je l'ai regretté tout de suite après.

— Seulement parce que tu t'es fait prendre et que mon frère s'est moqué de toi. Ses yeux se plissèrent, et elle n'avait aucune idée de ce qu'il pensait.

— Tu n'as jamais aimé qu'on se moque de toi, n'est-ce pas, Frances ?

Elle haussa les épaules, essayant sans y parvenir d'être désinvolte.

— Qui aime ça ?

— Moi, ça ne me dérange pas.

— Mais personne ne se moque jamais de toi.

Il sourit et secoua la tête.

— Pourquoi penses-tu cela ?

— Parce que tu es le modèle parfait pour bien faire les choses. Travailler dur, étudier dur, respectueux des lois, pas d'aventures amoureuses illicites, pas de petites amies enceintes. Le modèle parfait, tu vois ?

Sa mâchoire se crispa.

— Et ça ne m'a pas servi à grand-chose, ni à ma famille.

Elle fronça les sourcils, se souvenant soudain de la situation familiale de Noa.

— Comment va ta mère ?

Il haussa les épaules.

— Pareil. Écoute, je ne voulais pas en parler. Ça va. Ils se débrouillent, comme notre peuple l'a fait depuis des siècles. Et « se débrouiller », c'est déjà beaucoup plus que ce que la plupart des gens parviennent à faire.

Elle se mordit la lèvre et détourna le regard, consciente que le coût de sa tenue à elle seule aurait probablement pu nourrir la famille de Noa pendant un an.

— S'il y a quoi que ce soit que je puisse faire...

— C'est bon, je t'ai dit, l'interrompit-il, trop brusquement. D'ailleurs, vous en faites déjà assez. Sans vous, ils n'auraient pas la viande qu'ils ont, ni les vêtements. Je ne m'en prends pas à toi. C'est ce système. Il est mauvais.

Il se détourna, et Frances ressentit son retrait comme le soleil caché derrière un nuage. Elle tendit la main vers lui, ressentant sa douleur comme si c'était la sienne.

— Je suis désolée. Ses opinions pouvaient différer des siennes sur presque tout, mais elle n'avait pas grandi avec cet homme comme plus proche voisin sans le connaître, sans avoir des sentiments pour lui.

— Il est peut-être mauvais, dit-elle. Mais c'est tout ce que nous avons.

Il lui lança un regard féroce qui lui donna envie de reculer, mais elle ne le fit pas.

— C'est tout ce que nous *avions*, corrigea-t-il. Mais il y a d'autres modèles, d'autres façons de faire les choses, que nous devons organiser maintenant. Cette dépression économique ne va que s'aggraver, Frances, et alors où en seront les familles qui n'ont pas de fils travaillant à Wellington pour s'occuper d'elles, ou un voisin bienveillant pour veiller sur elles ?

Frances hocha la tête mais restait bloquée sur sa description d'elle comme étant bienveillante. C'était la première fois qu'elle l'entendait dire quelque chose de bien à son sujet. Ou quoi que ce soit à bien y réfléchir.

— Donc je suis bienveillante.

— C'est tout ce que tu as retenu de notre conversation ?

Elle haussa les épaules.

— C'est tout ce qu'il m'en reste de toute façon. Je ne t'avais jamais entendu dire que j'étais bienveillante avant. C'est ce que tu penses ?

Ses yeux perdirent leur expression en colère et hantée et ils pétillèrent en se tournant vers les siens.

— Bien sûr que tu l'es. Tu ne le sais pas ?

— Si, je sais. Mais je ne savais pas ce que tu pensais.

Il se tourna complètement vers elle, les mains toujours enfoncées dans les poches de son pantalon, mais l'espace qui les séparait s'était réduit.

— Je sais beaucoup de choses sur vous, Mademoiselle Frances Stewart.

— Vraiment ? Comme quoi ?

Il plissa les yeux comme s'il réfléchissait profondément.

— Votre soif insatiable de flatterie, pour commencer.

Elle grogna avec indignation.

— Je parie que toutes les choses que tu sais sur moi sont négatives. À part le côté bienveillant, bien sûr.

Il fit un pas de plus.

— Non, ce n'est pas que du mauvais, même si je pourrais te donner une longue liste de choses que tu pourrais améliorer, si tu veux.

— Je n'en ai *pas* envie. J'en ai assez avec Père.

— Donc, tu ne veux entendre que les bonnes choses.

Elle se mordit les lèvres, incapable de dire quoi que ce soit à cet instant précis.

Il hocha la tête comme s'il prenait une décision.

— Bien. Je vais te le dire franchement alors. Tu es bienveillante.

— Tu l'as déjà dit.

— Laisse-moi finir, ou je vais énumérer toutes tes qualités agaçantes. Il la fit taire d'un regard qu'il avait sans doute perfectionné dans son nouveau poste d'avocat à la cour. Et tu as un don inné pour comprendre les autres, qu'ils veuillent être compris ou non.

— Oh… fit Frances, surprise.

— Mais, parfois je pense que tu es tellement consciente des autres que tu ne te connais pas si bien toi-même.

— C'est une drôle de chose à dire.

Il haussa les épaules.

— Je n'ai pas dit que tu serais d'accord, ou que tu aimerais ma liste.

Frances le fusilla du regard.

— Et tu es aussi très, très belle. Il tendit la main, lui releva le menton et l'embrassa doucement sur les lèvres, s'écartant avant que le baiser ne s'enregistre dans son cerveau.

— Oh, gémit-elle, l'esprit vide alors que tous ses sens se concentraient sur l'effet que ce simple baiser avait sur son corps.

Il sourit, d'un sourire très masculin et satisfait, et marcha vers le mur de pierre qui séparait le parc de la rue.

— Allez, vous deux, appela-t-il aux autres. Il est temps d'y aller.

Pamela et Harry émergèrent des buissons l'air débraillé et heureux, et montèrent à l'arrière. Noa ouvrit la portière de la voiture, et Frances monta sur le siège du conducteur, reconnaissante à la pénombre qui cachait sa rougeur au regard scrutateur de Noa.

Pamela et Harry furent bientôt absorbés l'un par l'autre, tandis que Noa fredonnait un air que Frances ne reconnaissait pas.

Au bout de la rue, Frances arrêta la voiture devant le cottage où vivait Harry, et il sauta dehors.

— À plus tard ! Pamela lui envoya un baiser, et ils continuèrent leur chemin.

— Alors, tu vas t'inscrire ? dit Pamela, après avoir fini de tendre le cou, suivant Harry qui disparaissait dans la nuit.

— Quoi ? Frances jeta un coup d'œil dans le rétroviseur.

— Au concours, Frances. Le concours de beauté. Tu gagnerais. N'est-ce pas, Noa ?

Noa regarda Frances, qui rougit à nouveau.

— Sans aucun doute.

— Tu vois !

— Tu penses vraiment que je gagnerais, Noa ? demanda Frances, alors qu'elle quittait la route principale pour prendre le chemin non goudronné qui menait au petit village côtier où vivait Noa, près de la propriété de sa propre famille.

— Bien sûr qu'il le pense. Il ne le dirait pas s'il ne le pensait pas. Pamela se rassit et commença à chanter une chanson que les crooners du monde entier chantaient.

— *Dream a little dream of me*, chanta-t-elle, terminant par un soupir. Cet Ozzie Nelson a le genre de voix qui vous pénètre sous la peau et qui vous chatouille un peu.

Noa ricana, et Frances jeta un coup d'œil par-dessus son épaule pour voir Pamela les yeux fermés qui continuait à fredonner la chanson. Il ne fallait pas beaucoup d'imagination pour deviner où ses pensées s'égaraient. Le baiser qu'elle avait vu entre Pamela et Harry était plein de passion.

— Tu le penses vraiment, n'est-ce pas, Noa ? répéta Pamela.

— Bien sûr, dit Noa, détachant brusquement l'esprit de Frances du baiser de Pamela et Harry pour la ramener au présent. Mais pourquoi voudrais-tu le faire ?

Elle haussa les épaules, mais ne put éteindre ce faible bourdonnement d'excitation dans son estomac.

— Ça pourrait être amusant. Il y a aussi un prix. De l'argent. Si je gagne, je donnerai l'argent du prix à ta mère.

Sa bouche se crispa.

— Ce n'est pas nécessaire, Frances. Nous n'avons pas besoin de davantage de charité.

— Eh bien, en fait, ta mère en a probablement besoin.

Frances ne voyait pas pourquoi la vérité devait être la prérogative de Noa. Mais quand elle arrêta la voiture devant les portes de Wharerata et qu'il se tourna vers elle, elle regretta ses paroles impulsives.

Pamela sauta hors de la voiture.

— Voilà. Mes devoirs de chaperon sont terminés pour la soirée. Bonne nuit, Noa. Frances, je dirai à ta mère que tu es juste allée vérifier les chevaux. Ne fais rien que je ne ferais pas !

Ils la regardèrent traverser les grilles ouvertes et remonter l'allée circulaire vers la porte d'entrée.

Le moteur de la voiture ronronnait sous eux.

— Tu veux que je te dépose chez toi ? demanda-t-elle.

— Non, dit-il. C'est bon, je vais marcher.

Elle engagea la voiture dans l'allée et se gara sur le côté de la maison. Elle coupa le moteur et un silence s'installa, moins confortable qu'elle ne l'aurait espéré. Pourquoi avait-elle dit une telle chose ? Noa était un homme fier, et le fait qu'elle considère sa mère comme une de ses bonnes œuvres était certainement la dernière chose dont il avait envie.

Elle leva les yeux à travers les feuilles du chêne imposant vers le ciel bleu marine, parsemé d'étoiles.

— C'est une si belle nuit. Elle voulait qu'il oublie ce qu'elle avait dit. Cela avait gâché le moment. Mais le silence persistait, et elle se mit à tripoter ses ongles.

— Je suis désolée, Noa, je n'aurais pas dû dire ça à propos de ta mère.

Il soupira et se tourna sur son siège pour lui faire face.

— Tu as raison, ma mère a besoin de charité. Mais veux-tu savoir la vraie raison pour laquelle je ne l'accepterai pas de toi ?

Elle secoua la tête. Elle pensait savoir mais ne voulait pas se tromper, alors elle jugea préférable de ne rien dire.

— Parce que ça creuse encore plus le fossé entre nous. Il est large, Frances, trop large pour que je puisse le franchir.

— Et tu veux le franchir ? demanda-t-elle doucement, se sentant étourdie à cette idée. Il hocha la tête.

— Si toi, *tu* le veux.

Elle savait qu'elle le désirait. Depuis que Noa était revenu du pensionnat maori pour lequel il avait obtenu une bourse, les choses avaient changé. Son séjour à l'université, parrainé par son père, n'avait fait qu'élargir le fossé entre eux. Leur amitié demeurait mais, par-dessus, il y avait une gêne qu'aucun d'eux n'avait reconnue. Jusqu'à maintenant.

— Oui, je le veux. Pendant un instant, elle se demanda s'il avait entendu sa réponse car il ne bougea pas. Puis il fit quelque chose qu'elle n'avait pas souhaité. Il ouvrit la portière de la voiture et sortit.

— Bien, dit-il. Je passerai demain matin pour parler à ton père.

— Quoi ? Elle bondit hors de la voiture, claquant la portière, dérangeant une chouette morepork qui émit un étrange cri et s'envola. Mon père ? Pourquoi veux-tu parler à mon père ?

Ses yeux étaient calmes.

— Tu sais pourquoi. S'il apprend que nous sortons ensemble, ce sera l'enfer. Nous devons lui dire ce que nous faisons. Je ne vais pas me cacher, Frances. Tu mérites mieux que ça.

— C'est bien assez bon pour Pamela et Harry.

— Mais notre cas est différent. Pamela est une riche veuve qui, apparemment, peut se sortir de n'importe quelle situation par son charme et Harry, eh bien, Harry sera vu comme une sorte de héros s'il parvient à courtiser ta tante.

— C'est tellement injuste.

— C'est la vie. Ils peuvent faire ce qu'ils veulent, mais nous, nous allons faire les choses correctement. Je passerai demain.

Son cœur se serra. Son père ne serait jamais d'accord.

— Mais...

— Mais quoi ? Tu as des doutes ?

— Pas à propos de nous, non.

— Bien.

— Mais nous sommes en 1931. C'est le vingtième siècle, bon sang. Ne sois pas si vieux jeu à ce sujet. Il n'y a pas besoin d'en discuter avec mon père.

— Il y a *toutes* les raisons de le faire, au contraire. Ce n'est pas Hollywood ici, c'est la Nouvelle-Zélande rurale, où peu de choses ont changé pour ta famille depuis des générations. Ce doit être tout ou rien.

Elle se mordit la lèvre. Elle comprenait mais ne supportait pas qu'il en soit ainsi.

— Mais...

— Oui ?

Comment pouvait-elle lui demander ce qu'ils feraient quand son père opposerait son veto à la proposition de Noa de la courtiser ? Serait-ce la fin de tout ? Serait-elle jamais autorisée à le revoir ?

— Ne t'inquiète pas, Frances. Je sais comment gérer tes parents.

— Ce n'est pas ma mère dont tu dois t'inquiéter. Elle t'adore.

— Ton père est un homme raisonnable. De plus, il a déjà beaucoup fait pour moi, donc il ne peut pas être totalement opposé à moi.

— Il t'aime beaucoup, je le sais. Frances haussa les épaules, incapable de formuler ses doutes.

— Alors, Frances, dit Noa en prenant sa main et en la tirant légèrement vers lui. Il n'y a pas de raison de s'inquiéter. Allez, je vais t'accompagner jusqu'à la maison.

Mais Frances ne bougea pas. Elle voulait qu'il l'embrasse, d'un baiser comme celui que Pamela avait échangé avec Harry. Elle combla la distance entre eux, tenant fermement son sac derrière elle. Mais ses mains à lui restèrent dans ses poches, et son expression narquoise ne lui paraissait pas prometteuse. Il faudrait user de ses talents d'actrice pour détendre cette expression.

— Je ne suis pas certaine, Noa.

Il plissa les yeux.

— À propos de quoi ?

— De nous. Je pense que j'ai besoin d'un autre baiser pour en être sûre.

Ses lèvres tressaillirent d'amusement, et il fit glisser son pouce sur sa joue. Son jeu de séduction s'évanouit à ce contact. À part le baiser devant le théâtre, et dans ses rêves, elle n'avait jamais été aussi proche de lui. Elle se demanda s'il pouvait entendre les battements de son cœur. Il baissa la tête et effleura ses lèvres des siennes. Elle eut un sursaut de surprise et se pencha vers lui, mettant ses mains autour de son cou, en désirant davantage. Pendant un moment, elle se demanda s'il allait céder. Mais elle n'eut pas à se poser la question longtemps. Il glissa ses mains autour de sa taille et l'embrassa, correctement cette fois. C'était plus qu'elle n'avait imaginé — et elle avait imaginé beaucoup.

Il s'écarta avec un soupir.

— Vas-y, maintenant. Je te verrai demain.

Il l'embrassa une fois de plus, doucement sur les lèvres, sourit et s'éloigna sans se retourner. Elle le savait car elle observa chaque pas jusqu'à ce qu'il disparaisse dans les ombres au-delà de la maison, sur le chemin de terre qui menait à la colonie de plage où vivait sa famille. Ce n'est qu'alors qu'elle traversa l'herbe humide et se glissa à l'intérieur par la porte d'entrée.

— C'est toi, ma chérie ? appela sa mère depuis le salon.

— Oui, mère !

Frances hésita dans le grand hall lambrissé, sous la tête de cerf — un trophée rapporté d'une des chasses de son père — et prit une profonde inspiration, soudain effrayée que sa mère ne devine ce qui s'était passé, qu'elle ne perçoive le changement qu'elle ressentait si intensément. Elle pressa ses mains contre ses joues, qu'elle croyait brûlantes mais qui étaient fraîches au toucher. Après une autre inspiration profonde, elle entra dans le salon pour trouver sa mère absorbée par des plans, ses deux cockers, Lulu et Betsy, à ses pieds. Elle n'avait pas à s'inquiéter ; sa mère remarquait rarement autre chose que ses plantes adorées ou ses chiens.

Elle regarda par-dessus l'épaule de sa mère.

— Que fais-tu ?

— Je redessine le jardin, répondit-elle sans lever les yeux. Ton père ne sera pas content, bien sûr. Mais je viens d'avoir une idée merveilleuse.

Sa mère tapota le crayon sur la carte et se perdit immédiatement dans ses pensées.

Pendant des années, Frances avait souhaité une mère plus attentive. Elle était assez aimante, mais distante, une intellectuelle excentrique dévouée à son père. Il n'y avait jamais eu de place que pour une seule personne dans la vie de sa mère, et c'était son père. Si Noa pouvait gagner les faveurs de son père, alors Mère suivrait aussi son mari.

— Bonne nuit, Mère.

Elle déposa un baiser sur la joue de sa mère et caressa Lulu, qui souleva paresseusement une paupière, et Betsy, qui agita mollement la queue.

— Bonne nuit, ma chérie.

Frances ressentit l'oppression familière en montant les escaliers. Tout était si grandiose, si distant, si *victorien*, des lourds rideaux velours que Mère envoyait chaque année en Angleterre pour être nettoyés, aux portraits de famille aux teintes sombres qui la regardaient avec désapprobation chaque jour, comme pour dire : « Ce n'était pas comme ça de mon temps ». Et elle songea à ce que Noa avait dit. Il avait raison. Il y avait des injustices partout. Mais ce qu'il attendait d'elle, elle n'en avait aucune idée.

Elle s'arrêta sur le palier et regarda à travers les vitraux l'allée circulaire en contrebas avec son étendue centrale de gazon manucuré, au milieu de laquelle se dressait une fontaine de pierre, son jet d'eau captant la lumière des étoiles.

Et au-delà, les grilles, maintenant fermées, qui s'étaient toujours dressées entre elle et la liberté. Mais elles ne resteraient pas fermées longtemps. L'excitation fit papillonner son estomac tandis qu'elle imaginait un avenir — *son* avenir, avec Noa.

CHAPITRE DEUX

PAIGE, NOUVELLE-ZÉLANDE, 2020

Ce n'était pas du tout comme je l'avais imaginé.

La maison était un vaste manoir victorien, à en juger par les quatre cheminées crénelées qui émergeaient des arbres protecteurs telles des sentinelles refusant de baisser la garde. Je ne pouvais voir qu'une partie de la façade recouverte de lierre, au centre de laquelle un vitrail captait et dispersait un rayon de soleil, m'éblouissant momentanément.

Cela ne ressemblait en rien à ce qui m'était venu à l'esprit lorsque le notaire avait mentionné, comme en passant, que mes ancêtres avaient construit une maison non loin de Mannington.

C'était une décision prise sur un coup de tête de faire ce détour pour voir la maison que, apparemment, mes arrière-arrière-je ne me souvenais plus combien d'arrière-grands-parents avaient construite. Mais j'avais bien fait de faire ce détour. Je ne me doutais absolument pas que ma famille venait d'une lignée aussi fortunée. Mais en fait, je ne savais même pas que j'avais de la famille en Nouvelle-Zélande jusqu'à deux semaines auparavant. Sans parler d'une grand-mère qui était toujours en vie.

La chaleur ondulait au-dessus de la plaine et m'a frappée comme un mur lorsque je suis sortie de la voiture, me rappelant que j'étais loin de chez moi. Deux jours plus tôt, je traversais le nord de Londres en rentrant du travail, la lumière jaune des réverbères s'étirant et se brouillant en jaune contre un ciel gris ardoise chargé de neige. Aujourd'hui l'obscurité avait cédé la place à la lumière, le grésil au soleil, et le familier à l'inconnu.

Par habitude, j'ai verrouillé la voiture. Mais, en regardant autour de moi, j'ai réalisé que ce n'était pas nécessaire. Il ne semblait y avoir personne à des kilomètres à la ronde. Autour de la maison et du terrain envahi par la végétation qui l'abritait, il n'y avait que des terres agricoles plates, des champs de blé doré ondulants, interrompus à l'est par une touche de bleu où le terrain s'inclinait, révélant un aperçu de la mer. À l'ouest se trouvaient des collines, parsemées de moutons. D'après la carte, je savais qu'encore plus à l'ouest, se trouvait une chaîne de montagnes qui divisait l'île du Nord comme une colonne vertébrale, un point de repère. Et j'en avais besoin dans ce nouveau pays.

J'ai levé les yeux vers les grands portails qui se dressaient entre moi et la maison. Je pouvais y distinguer le même nom qui était apparu sur le panneau indicateur, inscrit dans les volutes en fer forgé qui surmontaient la grille, sous un dessin héraldique, plus médiéval que victorien. C'était un nom qui m'était inconnu quelques heures auparavant, un nom que je n'avais jamais entendu prononcer par ma mère. Mais alors que la certitude de mon monde se désintégrait autour de moi, je n'étais plus du tout sûre que ma mère connaissait ce nom ou ce monde dont elle ne m'avait rien dit. Elle avait toujours refusé de parler de son passé. Mais c'était la mère de ma mère qui était apparemment toujours en vie et souhaitait me voir. J'ai jeté un coup d'œil à mon téléphone pour vérifier l'heure. Il me restait une demi-heure avant mon rendez-vous à la maison de retraite.

Il fallait vraiment que je parte. Mais, au lieu de cela, j'ai enroulé mes doigts autour d'un des barreaux noueux et rouillés des grilles en fer et je l'ai secoué timidement, espérant qu'il cède. Malgré la couche de rouille, l'énorme cadenas et la chaîne tenaient bon, refusant de satisfaire ma curiosité.

Je savais que je devais retourner sur la route principale menant à la ville pour voir ma grand-mère, mais je ressentais une attirance encore plus forte pour avancer et pour voir un peu plus de la maison que ce que le jardin envahi par la végétation ne me permettait.

J'ai regardé autour du pilier auquel le portail était accroché et j'ai écarté quelques arbustes. « Juste un peu plus loin », me suis-je dit, simplement pour satisfaire ma curiosité et voir la maison dans son intégralité. Après tout, je n'étais pas susceptible de revenir par ici. Il n'y avait rien ici pour moi.

Je me suis baissée sous les branches en surplomb d'un arbre dont je ne reconnaissais pas les fleurs et j'ai mis le pied sur l'allée, encore plus envahie par l'herbe que l'accotement à l'extérieur des grilles. J'ai brossé les fleurs jaunes qui étaient tombées sur mon t-shirt blanc et mon short et j'ai regardé autour de moi.

La maison était encore cachée, mais je pouvais maintenant voir qu'elle était précédée d'une allée circulaire autour d'un îlot central qui ressemblait à une prairie, pleine d'herbes hautes et de chardons avec des pins sauvages poussant au milieu. À chaque pas que je faisais, la maison se révélait, mais ce n'est qu'après avoir traversé l'allée herbeuse et mis le pied sur l'îlot central que j'ai pu en voir toute la façade. Si on pouvait prêter des sentiments aux maisons, celle-ci semblait surprise de se trouver dans cet état de délabrement, ou peut-être étonnée de me trouver là, à la fixer.

J'ai secoué la tête face à cette pensée fantasque. Mon mari — bientôt ex-mari — ne l'aurait pas cru de moi. Il m'avait accusée d'être beaucoup de choses — trop logique, trop raisonnable, trop peu émotive. Il semblait que j'avais trop de toutes les choses que lui, en tant que créatif, ne valorisait pas, et trop peu de celles qu'il appréciait.

Mes projets de couper mes longs cheveux blonds en un carré court avaient été la goutte d'eau qui avait fait déborder le vase. J'ai passé mes doigts dans mes mèches légèrement moites, et elles sont immédiatement retombées en place comme un rideau — un rideau sans fioritures, cachant tout, utilitaire. J'aurais aimé qu'il mentionne plus tôt que mes cheveux étaient la seule chose qu'il aimait chez moi. Cela m'aurait empêchée de prendre la seule décision que j'aie jamais prise uniquement par instinct — une décision qui m'avait conduite à l'autre bout du monde, à la recherche de réponses.

Des réponses. J'ai laissé échapper une sorte de ricanement. Cet endroit posait plus de questions qu'il ne révélait de réponses. J'ai plissé les yeux en suivant la courbe des marches en haut desquelles un portique à colonnes de pierre trônait carrément et fièrement devant de larges doubles portes. J'ai retenu mon souffle alors que, pendant un bref instant, j'ai imaginé qui, autrefois, était passé entre ces piliers. Des hommes, des femmes et des enfants — tous avec de grands sourires ou bien pensifs, portant leurs plus beaux vêtements, caressant des chiens turbulents — se seraient rassemblés pour se faire photographier. Et puis leurs allées et venues cessèrent un jour. J'ai été envahie par un sentiment de mélancolie — une belle tristesse nostalgique envers les gens pour qui toute cette grandeur fanée avait autrefois signifié quelque chose.

Je me suis éloignée. Je n'avais pas fait 18 000 kilomètres pour me sentir triste. J'étais venue pour me connecter avec la famille que je n'avais jamais connue. Je me suis brusquement retournée et j'ai retracé mes pas jusqu'à la voiture, ignorant les épis d'herbe collants qui me frôlaient, laissant leurs graines accrochées à mes vêtements, ne voyant pas le rosier épineux et envahissant qui m'a éraflé la cheville alors que je passais à côté de lui. Ce n'est que lorsque j'ai lutté pour retraverser les buissons et que je me suis retrouvée à nouveau près de la voiture que j'ai remarqué le sang qui coulait le long de ma jambe sur mes sandales à lanières brun clair, les tachant de noir. C'était comme si la maison avait besoin de laisser sa marque. Je me suis retournée vers elle, à nouveau cachée du monde, et j'ai essuyé le filet de sang sur ma cheville avec la paume de ma main. On aurait dit qu'il y avait encore de la vie dans cette vieille demeure. Si je n'avais pas été une comptable prosaïque et sans imagination, comme mon ex m'appelait, j'aurais pu penser qu'elle m'avertissait. Ou alors, elle ne voulait pas que je parte.

Je suis montée dans la voiture et j'ai frotté ma cheville avec un mouchoir que j'avais trouvé dans mon sac à main. J'aurais probablement besoin d'un vaccin antitétanique.

. . .

Eɴ ᴠɪɴɢᴛ-ʜᴜɪᴛ ᴀɴs ᴅ'ᴇxɪsᴛᴇɴᴄᴇ, je n'avais jamais mis les pieds dans
une maison de retraite. Mes parents, enfants uniques, étaient décédés
à quelques mois d'intervalle dans leur cinquantaine. Après l'université, j'avais travaillé comme comptable dans une entreprise de logiciels
jeune et branchée où personne n'avait plus de quarante ans. Et je
voyais rarement des personnes de plus de soixante ans dans le centre
de Londres où je travaillais. Ce n'est qu'à cet instant, alors que je
regardais par la fenêtre ouverte de la voiture une femme progressant
péniblement dans les jardins luxuriants à l'aide d'un déambulateur et
d'une infirmière en uniforme, que je m'en rendis compte.

Deux femmes âgées bavardaient sur la véranda ensoleillée — un
éclat de rire inattendu de leur part fit lever les yeux d'un homme de
son journal et il les fixa d'un regard sévère par-dessus ses lunettes à
demi-monture. Une voix chevrotante s'échappait d'une fenêtre
ouverte, chantant une chanson sur un amour perdu pendant la guerre.

J'ai réprimé un frisson de nervosité. Ridicule. Je n'étais jamais
nerveuse. Mais aussi, pensai-je en sortant de la voiture et en claquant
la portière, je n'avais jamais été sur le point de rencontrer ma grand-
mère auparavant.

Je ne savais même pas que j'en avais une encore en vie. Pas une
seule fois ma mère n'avait parlé de sa mère, seulement de son père qui
l'avait élevée dans le Kent. Et toute question à ce sujet provoquait
cette expression pincée que j'avais toujours redoutée — c'était généralement le prélude à une période de repli sur soi et étouffait efficace-
ment mon besoin de réponses. Mon père et moi avions donc un
accord tacite et implicite de ne jamais mentionner les mots déclen-
cheurs qui provoquaient les humeurs de ma mère. La vie était tellement plus facile ainsi. Et cela avait continué jusqu'à ce que mes
parents meurent à un an d'intervalle. Après quoi il était trop tard pour
leur poser des questions.

Alors, quand un avocat néo-zélandais m'a informée que ma grand-
mère était en vie et souhaitait me voir, j'ai été stupéfaite. D'autant plus
à cause du timing. Mon mariage venait de s'effondrer, et je me sentais,
plus que jamais, seule au monde, ce que je redoutais. J'avais un
membre de ma famille à l'autre bout du monde, quelqu'un, je l'espé-

rais, qui serait capable de me donner des réponses sur mon étrange éducation, ses conséquences sur la personnalité de ma mère, et indirectement sur la mienne. J'avais parcouru 18 000 kilomètres pour obtenir des réponses et pour me connecter à une famille dont j'avais besoin maintenant plus que jamais.

Un ciel nuageux emprisonnait la chaleur de l'après-midi entre les deux ailes du bâtiment. De grands palmiers Phoenix bordaient le chemin, et le chant pulsant des cigales emplissait l'air. Les deux femmes qui bavardaient s'étaient tues, et un voile de somnolence recouvrait les bâtiments. Les seuls sons étaient un cliquetis de vaisselle provenant de l'aile de la cuisine, et une visiteuse bavarde qui essayait de compenser le manque de réponse de son amie âgée.

J'ai monté le passage jusqu'à l'accueil principal et me suis présentée à l'infirmière de service, puis j'ai signé le registre qu'elle a poussé vers moi.

— Je ne savais pas qu'elle avait une petite-fille ! s'exclama l'infirmière, avec un fort accent kiwi. Comme c'est charmant ! C'est votre première visite ?

— Oui, c'est le cas.

— Ah, cool. Je vais vous conduire à elle. Elle a de la chance aujourd'hui de vous avoir toutes les deux.

J'ai froncé les sourcils.

— Toutes les deux ?

— Oui. L'infirmière a souri et a pris mes fleurs. Laissez-moi les mettre dans l'eau pour vous. Je vous les apporterai. Je vais d'abord vous montrer le chemin.

Normalement, je me méfiais des gens joyeux, ne croyant pas tout à fait qu'ils ne faisaient pas semblant, mais pour une raison quelconque, ici, cela semblait rassurant.

Nous avons parcouru un large couloir, le parfum des fleurs exotiques me prenant à la gorge, tandis que mon cœur battait la chamade de nervosité. M'apprécierait-elle ? Me ressemblerait-elle ? Avais-je d'autres membres de ma famille ? Mon esprit tourbillonnait de questions, d'espoirs et de craintes qui se combinaient en une masse compacte, empêchant toute autre pensée. Au moment où l'infirmière s'est arrêtée devant une porte, j'étais dans un état de panique muette. Alors quand elle a repris la parole, j'ai mis du temps à comprendre.

— Vous êtes au courant de l'état de votre grand-mère, je suppose ? Le sourire s'est légèrement estompé, et ses sourcils se sont brièvement froncés d'inquiétude. Mais avant que je puisse répondre, la porte s'est ouverte, et une femme avec un carré sévère est apparue. Le sourire de l'infirmière était de retour.

— Bonjour ! Comment allez-vous aujourd'hui ?

La femme plus âgée a levé les yeux au ciel.

— Mademoiselle. Pourriez-vous m'apporter du jus d'orange frais, s'il vous plaît ! Et pas du sirop.

— Bien sûr. Son sourire a un peu faibli. Apparemment l'état de ma grand-mère n'affectait pas sa capacité à commander les gens. J'étais intensément soulagée de la voir si vive et en forme, et j'ai relâché un souffle que je n'avais pas eu la sensation de le retenir.

J'ai souri et fait un pas en avant.

— Bonjour, je suis Paige, Paige Sinclair.

Ma grand-mère n'a pas immédiatement pris ma main mais a plissé ses yeux bruns, et je me suis retrouvée incapable de détourner le regard. Je me sentais épinglée, comme un spécimen sur une page, étudiée, classifiée. Après quelques longues secondes inconfortables, elle a tendu sa main et a serré la mienne avec une force surprenante pour son âge.

— Ravie de vous rencontrer, Paige. Elle a retiré sa main, jeté un rapide coup d'œil derrière elle puis m'a fait entrer dans la chambre.

— J'ai été si surprise de recevoir votre lettre, ai-je lâché. Ma mère... Je me suis arrêtée net. Près de la fenêtre, une autre vieille dame était assise dans un fauteuil à oreilles avec un sourire poli et un regard vide sur le visage.

— Ne vous a rien dit sur sa famille ? a demandé la femme qui avait ouvert la porte. Je m'en doute. Elle a reniflé. L'influence de votre grand-père, sans doute. Un homme épouvantable. Elle a indiqué la dame près de la fenêtre d'un mouvement de tête. Elle était mieux sans lui.

— Mais... J'ai regardé l'une puis l'autre alors que la porte s'ouvrait à nouveau et que l'infirmière entrait dans la pièce portant un vase avec les fleurs que j'avais apportées. Elle les a placées sur la table devant la fenêtre à côté de la femme assise.

— Oh, elles sont magnifiques, a dit la vieille dame, d'une voix douce et avec un sourire tendre.

L'infirmière s'est penchée vers elle.

— Votre petite-fille les a achetées pour vous, a-t-elle dit, en sur-articulant chaque mot.

— Il n'est pas nécessaire de lui parler comme si elle était idiote ! a dit l'autre femme. Elle a une démence, elle n'est pas sourde. Pas encore en tout cas, a-t-elle ajouté à voix basse.

Une démence ? Mon coeur s'est effondré. Je me suis sentie étourdie par le choc. En cet instant, tous les espoirs et les rêves de ces dernières semaines se sont solidifiés et se sont brisés en un million de morceaux.

Le visage de la dame assise s'est brièvement plissé.

— Petite-fille ?

— Oui, elle est ici. L'infirmière me désigna du doigt, et je m'avan-çai. Elle se pencha et sourit au visage de la vieille dame.

— Aroha, votre petite-fille est venue vous rendre visite.

— Oh, dit la vieille dame, ses sourcils se haussant poliment de surprise. C'est charmant.

Dans la façon dont Aroha avait prononcé ce mot, « charmant », mes pires craintes furent confirmées. Ma grand-mère n'avait aucune idée de ce qui se passait, ni de qui j'étais. L'infirmière me sourit avec sympathie avant de sortir. Je m'approchai de ma grand-mère, absor-bant ses traits, ses cheveux blancs coiffés en un chignon élégant, ses grands yeux noisette, sa peau couleur caramel et ses pommettes hautes qui proclamaient qu'elle était encore une belle femme. Je ne lui ressemblais en rien.

— Bonjour... j'hésitai, ne sachant comment l'appeler.

L'autre femme balaya un journal d'une chaise et s'assit.

— Aroha est son nom. Je l'appelle Ro, mais connaissant Ro, elle aimerait sûrement que tu l'appelles « Mamie ».

— Oh. Mamie. D'accord. Je souris faiblement et m'assis sur la chaise à côté de ma grand-mère, qui prit mes mains dans les siennes et les embrassa. Ses lèvres étaient douces et tendres, et ses yeux noisette doux et confiants. Et à cet instant, je me fichais qu'elle ne me connaisse pas, que je ne lui ressemble pas, que je ne puisse rien découvrir de mon histoire familiale grâce à elle. Il y avait une connexion – ses lèvres sur mes mains, ses yeux sur moi. C'était suffisant.

— Et tu es ma petite-fille. C'est charmant.

— Tu l'as déjà dit, ma vieille, dit l'autre femme.

Aroha rayonna vers l'autre femme.

— C'est parce qu'elle *est* charmante, Sis. Regarde-la.

L'autre femme me regarda de nouveau d'un air évaluateur.

— D'une manière étrange, oui, on peut le dire. Puis elle reprit le journal, le déplia d'un coup sec et commença à lire. J'essayai de ne pas me sentir offensée qu'elle parle de moi comme si je n'étais pas là ; je ne pouvais pas me sentir offensée par sa description de moi car elle était exacte.

— Viens t'asseoir à côté de moi. Ma grand-mère tapota la chaise puis regarda autour d'elle, le front plissé de confusion. Nelly a dû aller quelque part, je pense.

Un reniflement se fit entendre derrière le journal.

— Nelly est partie quelque part il y a dix ans, Ro.

— Ah, tais-toi donc. Tu essaies toujours de gâcher les choses. Aroha fronça légèrement les sourcils vers l'autre femme comme si cela suffisait. Peut-être que c'était le cas, pensai-je. Quand quelqu'un avait une personnalité véritablement charmante, la moindre ombre vous poussait à faire revenir le soleil. Mais l'autre femme continua à lire le journal sans répondre, et le froncement de sourcils d'Aroha s'accentua. Cette conversation ne se déroulait pas du tout comme je l'avais imaginé.

— Grand-mère. Mamie, me corrigeai-je.

Les yeux d'Aroha se concentrèrent à nouveau sur moi, et le froncement de sourcils disparut, remplacé par un sourire qui révéla des dents parfaites.

— Oui, ma chérie. Qu'y a-t-il ? Tu veux un verre de lait ? Elle regarda autour d'elle. Je vais sonner une domestique.

Encore un reniflement derrière le journal.

— Non, vraiment, ça va.

Son visage prit une expression polie.

— Tu viens de loin ?

Le journal s'abaissa, révélant l'autre femme, qui me jeta un regard intransigeant par-dessus ses lunettes noires.

— Elle vient d'Angleterre, Ro. Tu lui as demandé de venir.

— Vraiment ? Comme c'est gentil à toi d'être venue me voir. Un éclair d'excitation illumina ses yeux.

— Tu les as amenés pour me voir aussi ?

Je jetai un coup d'œil à l'autre femme qui soupira et se tourna vers moi.

— Ne me demande pas de qui elle parle, parce que je n'en ai aucune idée.

Je regardai à nouveau Aroha.

— Qui, Mamie ?

Aroha rit.

— Tu sais qui. Elle me donna un coup de coude joueur. Tu es une taquine, tout comme elle l'était.

Ce fut à mon tour de froncer les sourcils.

— Je suis désolée, Mamie, je ne suis pas sûre de savoir de qui tu parles.

Il y eut un silence complet derrière le journal, le genre de calme et d'absence de mouvement qui suggérait que peut-être l'autre femme, elle, en avait une idée. Mais sans son aide, j'étais seule dans un océan de confusion et de tristesse. Je n'avais aucune idée de ce dont ma grand-mère parlait et je soupçonnais qu'elle ne savait pas non plus qui j'étais. Je refusais de penser à la cascade d'espoirs et de rêves qui venaient de se briser et gisaient comme autant d'éclats de verre à mes pieds : une douleur en attente. Mais ce n'était pas le moment d'anticiper cela. C'était peut-être ma dernière chance de découvrir d'où nous venions, ma mère et moi et de comprendre pourquoi ma mère avait été comme elle était. J'avais besoin de savoir.

Le journal frémit, mais cette fois je ne me retournai pas pour regarder l'autre femme. Il était évident que je n'allais pas obtenir d'aide de sa part.

— Qui, Grand-mère ? répétai-je doucement.

— Les autres, ma chérie, les autres qui sont partis. Tu sais. Partis. Pendant la guerre.

J'hésitais en cherchant une réponse.

— Ils... Je jetai un coup d'œil à l'autre femme qui était toujours cachée derrière le journal... Ils ont dit qu'ils passeraient plus tard.

Ma grand-mère s'appuya contre son dossier avec un sourire satisfait et soulagé. Elle prit ma main et la caressa avec son pouce, et les larmes me piquèrent les yeux.

— Tu vois, Sis, dit triomphalement ma grand-mère, lançant un regard assassin au journal de l'autre femme. Je t'avais dit qu'ils viendraient.

Je me retournai et vis que l'autre femme avait baissé son journal et me regardait avec une expression que je ne comprenais pas. Il y avait la même intensité brusque qu'auparavant mais maintenant elle était tempérée, atténuée par quelque chose de différent, une certaine douceur.

Puis je sentis une main me caresser les cheveux. Je me tournai à nouveau vers ma grand-mère.

— Tu as même des cheveux comme les siens, dit-elle. Son visage se fendit d'un autre de ses fréquents sourires. Et des yeux comme les siens. Elle était belle, tu sais. Si belle que tout le monde tombait amoureux d'elle. Et quand son visage remplissait tout l'écran, on aurait pu entendre une mouche voler.

— Oh, répondis-je, voulant demander qui je rappelais à ma grand-mère, mais ne voulant pas poser l'impossible question et ne sachant même pas si sa réponse aurait un sens. J'aurais adoré la rencontrer.

— C'aurait été la même chose pour elle, je le sais. Elle adorait les enfants. N'est-ce pas, Sis ?

Je jetai un coup d'œil à l'autre femme.

— Je suis désolée, mais je n'ai pas saisi votre nom. Est-ce...

Il n'y avait plus aucune chaleur dans l'expression de l'autre femme.

Elle haussa un sourcil arrogant comme si elle considérait ma question impertinente.

— Sis ? hasarda-t-elle. Tu penses que c'est un diminutif pour Cicely, ou peut-être même « Sister » ? La femme secoua la tête, et son carré gris fer oscilla autour de son visage.

— Non, Aroha semble avoir pris l'habitude d'appeler ainsi tous ceux dont elle a oublié le nom.

— Oui, continua ma grand-mère comme si l'autre femme n'avait pas parlé. Elle adorait les enfants. Elle était toujours triste de ne pas en avoir eu d'autres, mais à ce moment-là, il était parti, n'est-ce pas, Sis ?

Aroha soupira, reposa sa tête en arrière et ferma les yeux. L'autre femme se leva de sa chaise avec une aisance qui contrastait avec son visage ridé et appuya sur une sonnette à côté du lit.

— Elle ne reste plus éveillée longtemps désormais.

La femme prononça ces mots sans me regarder, comme si elle s'adressait au monde en général ou à quelqu'un qui n'était pas là. Mais quelle que soit l'étrangeté de cette femme, ses paroles me piquèrent au vif.

— Est-elle malade ? demandai-je, soudain consciente que je ne savais rien de cette femme qui était ma grand-mère. Allait-elle m'être si vite enlevée ? Je veux dire, je peux voir que... Je n'arrivais pas à prononcer le mot « démence ». Mais...

— Elle a quatre-vingt-deux ans. La femme se tourna pour me regarder, et je reçus le plein impact de deux yeux féroces qui ne révélaient rien d'elle, et me regardaient comme le sujet d'une expérience scientifique, une expérience qui pouvait aller dans un sens comme dans l'autre. On est généralement malade d'une chose ou l'autre à cet âge-là.

J'acquiesçai, anxieuse de ne pas paraître totalement idiote.

L'infirmière entra et apporta un plateau de médicaments.

— C'est notre signal pour partir, Paige.

— Allez, Madame Mortimer, mettez-vous au lit, et vous pourrez prendre une tasse de thé et faire une bonne sieste, dit l'infirmière.

Les yeux de ma grand-mère s'ouvrirent légèrement.

— Merci, Sis. Je prendrai le mien noir avec une tranche de citron.

Le carré gris fer de la femme oscilla lorsqu'elle se tourna vers moi et grogna d'amusement.

— Tu vois ce que je veux dire ? Comme il y a au moins soixante ans d'écart entre Aroha et l'infirmière, je pense qu'il est peu probable qu'elles soient parentes.

J'acquiesçai, l'observant regarder ma grand-mère, surprise par la légère torsion de la bouche de la femme révélant quelque chose comme de l'incertitude, tout à fait en contradiction avec la façon dont elle me regardait.

Je reportai mon regard sur ma grand-mère. Son air était toujours charmant, et sa bouche semblait perpétuellement relevée comme sur le point de sourire. Elle s'élargit en un large sourire lorsqu'elle me regarda.

— Au revoir, ma chérie, reviens me voir.

— Je reviendrai. Je viendrai demain si ça ne pose pas de problème ?

L'infirmière me jeta un coup d'œil et hocha la tête tout en aidant ma grand-mère à se lever de sa chaise.

Je voulais ce contact à nouveau, même si c'était seulement pour toucher sa main.

— Je peux vous aider ?

— J'ai la situation en main, merci, dit l'infirmière.

Je restai en retrait, impuissante, regardant ma grand-mère se glisser entre les draps blancs de son lit et se détendre visiblement. J'aurais voulu en savoir tellement plus. J'ouvris la bouche pour parler, mais la refermai et me mordis la lèvre alors qu'une vague de chagrin menaçait de me submerger.

— Ça va ? demanda l'autre femme.

Je me retournai et la vis m'observer. J'acquiesçai.

— C'est juste que j'aurais voulu dire tellement de choses, lui poser tant de questions. Je haussai les épaules. Je me demandais si j'avais peut-être d'autres parents dans le coin.

Les yeux de l'autre femme glissèrent loin de moi et se fixèrent sur ma grand-mère.

— Tu ne l'apprendras pas de ta grand-mère, j'en ai peur. Tu as laissé passer trop de temps pour ça.

— Mais je ne savais pas...

— Que ta grand-mère était encore en vie ? Tu n'as pas fait beau-coup d'efforts pour le découvrir, n'est-ce pas ?

Je ne répondis pas parce qu'elle avait raison. Après des années à éviter le sujet avec ma mère, suivies de sa mort et de mon mariage, j'avais presque oublié ma famille maternelle, supposant qu'elle n'exis-tait pas et, comme la femme le faisait remarquer, je n'avais même pas essayé de me renseigner.

— Enfin. La femme sembla s'adoucir. Tu es là maintenant. Elle aurait aimé ça. Ta grand-mère et moi nous connaissons depuis long-temps. Je passe presque tous les jours. Elle a peu de visites ces temps-ci, et elle m'est très chère. Son ton brusque contredisait la chaleur de ses paroles.

— C'est ce que je vois, en effet.

Après que l'infirmière eut installé Aroha, la femme s'approcha du lit et l'embrassa sur la joue.

— Je reviendrai demain, Ro. Sois sage.

Elle me fit signe de dire au revoir. Je pris une des mains de ma grand-mère et, au lieu de parler, je sentis une boule se former dans ma gorge venant de nulle part. Je la ravalai et embrassai ma grand-mère sur la joue à la place.

Aroha ne sembla pas se soucier du manque de conversation et ferma les yeux, dérivant vers le sommeil. Allongée, elle paraissait plus jeune, son expression sereine.

L'autre femme enfila sa veste.

— Ça va ? Tu as l'air d'avoir vu un fantôme.

Elle plissa les yeux sur moi, m'évaluant alors que nous sortions dans la lumière vive, malgré les nuages au-dessus de nos têtes.

— Je suppose que c'est le cas.

— Sans doute espérais-tu la trouver en pleine forme. J'aimerais que ce soit le cas.

— J'espérais apprendre à la connaître.

— Tu peux toujours, bien que j'aie peur que réalité et fiction ne fassent plus qu'un pour Aroha maintenant. C'est bien dommage, ajouta-t-elle d'un ton vif.

— Pourriez-vous me dire... Ma voix s'éteignit en un soupir. Comment l'amie de ma grand-mère pourrait-elle savoir ?

— Te dire quoi ? Le visage de la femme était sévère. Elle me rappelait une directrice d'école intransigeante d'une autre époque qui croyait aux bains froids et au porridge et trouvait les autres personnes agaçantes.

— À qui ma grand-mère pensait que je ressemblais ?

— Oh, c'est facile, dit la femme, vérifiant son téléphone portable avant de le remettre dans sa poche. Frances Stewart. C'était une star de cinéma dans les années 1930.

— Vraiment ? Wow ! Il faudra que je cherche ses vieux films.

— Tu viens juste de rater une célébration du cinéma des années 1930 au Regent à Mannington, qui incluait son film le plus populaire. Les autres sont difficiles à trouver, mais il y a encore quelques copies dans les archives nationales.

— Je vais vérifier ça.

— Oui, fais-le. Je pense que tu trouveras ça intéressant.

— J'en suis sûre.

— Tu pourrais aussi trouver intéressant l'endroit d'où elle venait. C'est près d'ici. Wharerata. Si tu t'intéresses à Frances Stewart et à Wharerata, tu devrais y aller jeter un coup d'œil. Personne n'a vécu dans la maison depuis des années.

— Wharerata ! Quelle coïncidence. J'en viens justement. J'ai entendu dire qu'un de mes ancêtres l'avait construite, alors je me suis arrêtée pour y jeter un coup d'œil. C'était vraiment étrange. J'avais l'impression...

La vieille dame hocha la tête, sans sourire, mais avec des yeux perçants.

— Oui ?

— Qu'elle m'attendait. C'est un endroit incroyable.

— D'après ce qu'on dit, c'*était* effectivement un endroit incroyable autrefois. Je suppose qu'il pourrait le redevenir, avec le bon propriétaire. Bon, je dois y aller.

— Ravie de vous avoir rencontrée.

— Moi de même. Je suis contente que vous soyez venue. La pauvre vieille aurait été heureuse.

Je me sentis coupable.

— Je serais venue plus tôt si j'avais su.

L'expression de la femme ne changea pas. Elle hocha fermement la tête.

— Eh bien, c'est comme ça, comme on dit de nos jours. Et on ne peut pas remonter le temps. Elle se retourna pour partir, puis s'arrêta et fit volte-face.

— Et une coïncidence à propos de Wharerata ? Pas vraiment. Frances Stewart était votre arrière-grand-mère. Elle m'adressa un bref sourire crispé.

— Enfin, je dois y aller. J'ai un rendez-vous à Wellington dans une heure et demie.

Je regardai la vieille dame descendre le chemin d'un pas vif vers une voiture de sport, son tailleur-pantalon parfaitement coupé et son dos droit lui donnant de dos, un air jeune, malgré son âge apparent.

J'avais envie de l'appeler, d'en savoir plus sur ces parents éloignés dont je ne savais rien. Mais je ne pouvais pas arrêter cette inconnue, je ne pouvais pas l'interroger pour trouver les réponses qui combleraient les énormes lacunes dans ma connaissance familiale. Cela ne la concernait pas. De plus, je réalisai que je ne connaissais même pas son nom.

Je retournai en voiture au centre-ville pour acheter quelques provisions pour mon séjour dans l'Airbnb que j'avais trouvé en ligne. C'était calme, pas cher, et les propriétaires étaient prêts à réduire le loyer pour un séjour plus long si j'en avais besoin. Je n'avais toujours pas décidé si ce serait le cas.

Mannington était la plus grande ville du Wairarapa et l'endroit le plus animé à des kilomètres à la ronde. Les auvents des magasins s'avançaient de façon désordonnée au-dessus de la rue, rappelant les villes rurales des États-Unis, et les bâtiments étaient un patchwork de styles différents datant des années 1920, à en juger par les inscriptions occasionnelles placées sous les avant-toits des toits en tôle.

C'était calme, peu de circulation à cette heure-là — l'accalmie entre le déjeuner et la sortie des classes — et quand mon téléphone sonna, je me garai dans une des places en épi qui bordaient la large rue principale, au centre de laquelle s'alignait une rangée de platanes luxuriants. Sous l'ombre mouvante des arbres, je répondis au téléphone. C'était l'avocate qui m'avait contactée au sujet de ma grand-mère. Je l'avais informée de mon arrivée et de mes coordonnées, et elle m'appelait maintenant parce qu'elle avait des nouvelles qui pourraient m'intéresser. Pouvais-je passer à son bureau dès que possible ? « Tout de suite » lui convenait aussi et je commençai à noter ses indications avant de froncer les sourcils et de regarder par la fenêtre.

— Le cinéma Regent, dites-vous ? Je fis une pause en écoutant la réponse.

— Oui, je vois le bureau juste à sa droite. Je m'arrêtai encore une fois, hochant la tête et souriant en sortant de la voiture et en m'appuyant contre sa portière poussiéreuse.

— D'accord. Je vous vois dans une minute. Je tapotai le téléphone contre ma bouche en observant le cinéma art déco, récemment repeint aux couleurs de l'époque, qui annonçait un festival de films des années 1930, avec le profil aux trois quarts d'une femme aux cheveux brillants coupés au carré. Des cheveux blond doré. Très similaires aux miens.

CHAPITRE TROIS

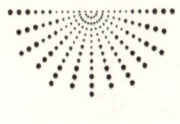

FRANCES

À chaque pas, Frances comptait les volutes sur le tapis d'Aubusson corail qui parcourait toute la longueur du salon. Elle s'arrêta au bout et leva les yeux vers son reflet dans le miroir à cadre argenté suspendu au-dessus du buffet. Des yeux anxieux croisèrent son regard tandis qu'elle tripotait ses cheveux blond miel. Ils avaient l'air si démodés. Que dirait Noa si elle les coupait ? Peut-être coiffés en boucles douces à la Lombard dans *Safety in Numbers* — une comédie musicale qu'elle avait déjà vue deux fois. Elle sourit rêveusement car elle savait que lorsque Noa la regardait, il ne remarquait pas ses cheveux. Juste elle. Elle soupira et se retourna au bruit d'une voiture qui approchait.

Elle se dirigea rapidement vers la fenêtre, mais la voiture continua le long de la route, il s'agissait en fait du véhicule du régisseur de la ferme. Où était Noa ? Elle soupira et reprit son va-et-vient sur le tapis.

— Il s'est passé quelque chose, n'est-ce pas ?

Frances s'arrêta de marcher et se tourna vers sa mère, Margaret. Cela surprenait toujours Frances de voir comment sa mère pouvait être à la fois absorbée par une tâche et savoir ce qui se passait autour d'elle. C'était un trait dont elle n'avait pas hérité. Margaret croisa son regard par-dessus ses lunettes à fine monture tout en ajustant la composition florale sur une table d'appoint. Cela agaçait son père, la façon dont sa mère insistait pour arranger les fleurs dans la maison. Il grommelait que c'était déjà assez qu'elle passe tout son temps dans le jardin, sans prendre en charge les tâches de la gouvernante et de la femme de chambre. Mais il ne grognait pas trop fort ni trop long-temps car cela n'aurait servi à rien. Margaret sourirait, l'ignorerait et ferait comme elle l'avait toujours fait — exactement comme bon lui semblait.

— Que s'est-il passé ? répéta Margaret.

Frances ne put empêcher une rougeur coupable d'envahir ses joues. Elle avait été sur des charbons ardents toute la matinée, atten-dant le retour de son père de Wellington. Elle était déterminée à le voir avant Noa.

— Passé ? Que veux-tu dire ?

Margaret soupira et secoua la tête avant de reporter son attention sur les fleurs.

— Tu sais exactement ce que je veux dire. Quelque chose s'est produit pour te faire traîner dans la maison ce matin, arpentant le sol comme une démente. Et cette rougeur ne rend pas difficile de deviner que c'est quelque chose, dit-elle en hésitant, tout en arrangeant la composition florale et retirant une fleur légèrement fanée, de person-nel. Elle fixa Frances une fois de plus d'un regard ferme.

— Maman ! Je ne suis *pas* démente, et je... n'ai pas rougi. Elle tapota ses joues comme pour vérifier son affirmation. Il fait simplement trop chaud ici. Elle regarda par la fenêtre. Mon Dieu, tout est si desséché. Il ne pleuvra donc jamais ?

— Hm, dit Margaret, en coupant les tiges de quelques giroflées odorantes, tandis que Frances s'approchait des portes-fenêtres grandes ouvertes qui, malgré tout, n'atténuaient qu'à peine la chaleur étouffante. Il n'y avait toujours aucun signe de son père.

Frances soupira et se retourna vers sa mère.

— Père aurait dû être rentré maintenant. Il *vient* bien aujourd'hui, n'est-ce pas ?

Encore une fois, le regard perspicace.

— Je te l'ai déjà dit. Ton père sera de retour à un moment donné aujourd'hui, mais quand exactement, personne ne le sait. Elle recula et pencha la tête d'un côté puis de l'autre, évaluant la composition. Et si tu penses à demander à ton père la permission de participer à ce concours de beauté, je te suggère d'y réfléchir à deux fois. *C'est vraiment* une chose sur laquelle il ne changera pas d'avis.

Frances fut soulagée de la supposition incorrecte de Margaret quant à la cause de son inquiétude.

— Je ne vois pas pourquoi. Tu as dit que *toi*, ça ne te dérangeait pas.

— Je ne vois pas le mal. Frances soupçonnait que c'était parce que sa mère ne connaissait que très peu de choses sur les concours de beauté. Mais ton père n'est pas du même avis.

— Il est vieux jeu.

— Peut-être, mais il prend tes intérêts à cœur, et il pense que ce serait dégradant.

— Maman, tu dois lui parler. Ce ne serait pas dégradant. Un des prix est un bout d'essai pour le cinéma à Hollywood. Je pourrais figurer dans des films…

Margaret la regarda par-dessus ses lunettes une fois de plus.

— Cela ne rend pas l'argument plus convaincant pour lui, Frances.

— Mais ce serait une occasion merveilleuse.

— Oui, eh bien, je n'insisterais pas là-dessus, il a pris sa décision, et c'est définitif. Elle fronça les sourcils et pendant un moment Frances se demanda si sa mère avait des doutes, si elle *allait vraiment l'aider* à persuader son père. La chaleur affecte les fleurs. Je vais devoir demander à Jeffries d'ajouter de la ventilation supplémentaire dans la serre.

Frances soupira et s'appuya contre le mur près de la fenêtre ouverte. Que sa mère puisse montrer autant de préoccupation pour ses fleurs que pour sa fille dépassait son entendement.

— Oh, Frances. Pour l'amour du ciel, va faire tes allers-retours ailleurs avec les chiens, je trouve tout cette agitation assez fatigante.

Frances lui tourna le dos et leva les yeux au ciel. Sa mère semblait trouver tant de choses fatigantes, surtout si elles étaient liées à sa fille, avec qui elle avait si peu en commun.

— Je vais aller marcher le long de l'allée, voir s'il arrive.

— Fais donc ça, dit Margaret, en transportant la composition florale vers la table d'appoint, derrière laquelle un grand miroir orné reflétait les fleurs, semblant remplir la pièce de lumière et de couleur. Sa mère pouvait créer de la beauté avec une facilité sans effort, pensa Frances en appelant Lulu et Betsy au pied et en sortant. Elle avait grandi dans une maison pleine d'élégance et de confort, grâce au souci de Margaret pour les choses bien faites, quitte à les faire elle-même. Et elle avait toujours apprécié cet état de choses jusqu'à maintenant, au moment où le comportement de ses parents se dressait entre elle et ce qu'elle désirait.

Frances leva son visage vers le soleil de midi, savourant la chaleur brûlante sur sa peau. Encore une chose sur laquelle elle et sa mère n'étaient pas d'accord. Elle avait essayé de lui expliquer le charme d'une peau bronzée — cet air sain et sportif — mais Margaret continuait d'être horrifiée par son bronzage de plus en plus prononcé. Les chiens non plus ne semblaient pas apprécier la chaleur, et retournèrent rapidement à la fraîcheur relative du salon.

Frances s'arrêta à l'ombre des arbres, en vue des portes qui étaient ouvertes pour recevoir son père et ses amis. Il faisait un peu plus frais ici, avec une légère brise soufflant des lointaines montagnes.

Elle était déterminée à intercepter son père avant que Noa ne le voie, parce qu'elle savait quelle serait sa réaction, et elle savait que le seul moyen d'obtenir son accord pour qu'elle fréquente Noa était de lui parler en premier. Mis à part leur désaccord sur le concours de beauté, elle avait toujours su le faire céder, et elle espérait pouvoir en faire autant aujourd'hui.

Elle s'installa sur un banc sous les arbres, dont les branches dansaient dans la brise chaude, faisant osciller leurs feuilles pâles et sèches qui lui frôlaient légèrement la tête, tandis que ses pensées dérivaient vers la nuit précédente. Elle connaissait Noa depuis toujours. Quelques années plus tôt, elle l'aurait décrit comme le grand frère qu'elle n'avait jamais eu, mais elle savait au fond d'elle-même que ce n'était pas vrai. Tout d'abord, Noa venait d'un milieu différent et avait une autre façon qu'elle de voir les choses. Ils avaient passé autant de temps à se disputer qu'à jouer ensemble. Il l'avait toujours mise au défi sur tout, et elle savait que c'était uniquement grâce à cela qu'elle avait pris le temps de réfléchir et apprendre. Elle en était ressortie meilleure, de l'avis de sa mère. Mais ce n'était pas tout. Au cours des dernières années, l'affection s'était mêlée à quelque chose de différent, de plus profond, de plus surprenant, autour duquel ils avaient tous deux tourné. Quelque chose qui avait fleuri avec ce baiser.

Elle effleura ses lèvres, se demandant si cela s'était vraiment produit. Elle s'adossa et soupira en revivant ce moment. Soudain, les chiens sortirent de la maison en courant et se dirigèrent vers le portail. Elle entendit le bruit de voitures qui approchaient, deux voitures contournant l'allée circulaire et s'arrêtant devant la maison. Six hommes et deux chauffeurs en sortirent, et les chiens coururent avec excitation autour d'eux, leurs aboiements rapidement réduits au silence par un mot sec de leur maître.

— Ma chérie ! dit son père, William, en déposant un rapide baiser sur sa joue. Comment va ma belle ?

Frances soupira de soulagement. Il était de bonne humeur.

— Je vais bien, merci, Père. Encore mieux en vous voyant.

Elle passa son bras sous le sien, et ils montèrent les marches jusqu'au porche pour attendre les autres. Visiblement, la maison allait être animée pendant les prochains jours. Ses parents aimaient recevoir. Ce qui signifiait qu'elle devait parler à son père dès que possible.

— Alors, qu'as-tu fait de ta semaine ? Hein ? Tu profites d'un peu plus de liberté maintenant que tu as fait tes débuts ? Ma Débutante de l'Année ! William fronça les sourcils. Je ne suis toujours pas convaincu que ta tante soit un chaperon approprié.

— Tante Pamela est un merveilleux chaperon, Père. Elle est très amusante.

— Je n'en doute pas.

Frances décida de changer de sujet. Il n'y avait pas grand-chose à dire pour rassurer son père sur ce point, à moins de mentir, ce qu'elle ne faisait jamais.

— Et avez-vous passé une bonne semaine à Wellington ?

— Comme-ci, comme-ça. Tout part en vrille. Les députés travaillistes nous causent des problèmes sans fin, et il n'y a aucun signe de reprise économique. Heureusement que je l'ai vu venir et que j'ai réorganisé mes investissements. Il alluma sa pipe et désigna les terres tout autour d'eux. Si nous devions compter uniquement sur ce que je tire du domaine, nous devrions vendre comme tant d'autres.

Ses yeux s'écarquillèrent. Elle n'avait jamais entendu son père parler ainsi auparavant. Ce n'était pas agréable et lui rappelait Noa qui était également profondément préoccupé par la pauvreté de plus en plus répandue. Mais Noa parlait du Parti travailliste en disant « nous », comme son père le faisait en parlant de l'autre Parti, celui de la réforme. Le fossé venait de s'élargir un peu plus. Raison de plus pour lui parler immédiatement. Ça ne pouvait pas attendre.

— Père, je me demandais si je pouvais avoir quelques minutes de votre temps ce matin.

Il jeta un coup d'œil aux hommes qu'il avait amenés avec lui et qui se dirigeaient vers eux.

— Peut-être plus tard. Nous avons quelques réunions ce matin et puis apparemment, mon secrétaire me dit que le jeune Noa a pris rendez-vous pour me voir après le déjeuner.

Son cœur fit un bond.

— Aucune idée de quoi il s'agit, poursuivit William. Sans doute quelqu'un de sa famille qui a besoin d'aide.

Frances s'irrita de la réaction de son père à la demande de Noa.

— Pas nécessairement.

— Eh bien, il ne vient jamais me voir pour quoi que ce soit dont il ait besoin lui-même, ça c'est sûr. Il m'a remercié une fois pour mon aide à lui assurer une place au collège et voulait savoir comment il pouvait me rembourser, et je lui ai dit alors que la seule chose que je voulais, c'était qu'il devienne un homme, et qu'il prenne sa place dans le monde en tant qu'être humain utile. Pas comme certains autres de sa tribu, ajouta-t-il.

Frances grimaça à l'insulte envers la famille élargie de Noa, et suivit son père dans les escaliers et dans le hall.

— Papa ! Il se retourna distraitement vers elle, son attention captée par l'utilisation du nom qu'elle lui donnait enfant. Dix minutes. S'il te plaît, Papa. Après le café ?

Il sourit, et à ce moment-là, elle sut qu'elle avait gagné.

— Comment puis-je te résister, Frances ? Dix minutes, c'est d'accord. Maintenant, va trouver ta mère et dis-lui que nos visiteurs sont arrivés.

Et ce fut tout. Elle était congédiée. Il entra dans le salon, où il trouva sa mère sans son aide, et elle l'entendit saluer ses amis.

Frances se retira à l'étage dans la fraîcheur de sa chambre d'où, par la fenêtre latérale, elle pouvait voir le jardin arrière et au-delà, le petit village de la plage de White Rock où Noa séjournait avec sa famille. Elle se jeta sur le lit et s'abandonna à son imagination qui, comme sa mère l'avait souvent dit, était la seule chose dans laquelle elle excellait.

Elle pouvait être seule là, avec ses pensées et ses rêves, jusqu'au moment où son père pourrait la voir.

À L'HEURE DITE, Frances frappa à la porte de la bibliothèque pour découvrir qu'il n'y était pas. Il était, l'informa-t-on, sorti inspecter le domaine avec ses amis. Si elle n'avait pas été en train de s'abandonner à ses rêveries à l'étage, elle l'aurait entendu partir. Elle aurait pu se gifler, mais au moins cela signifiait qu'il manquerait aussi le rendez-vous de Noa.

Elle attendit Noa dehors. Un frisson de délice la parcourut lorsqu'elle vit sa silhouette familière apparaître. Il portait ses vêtements de ville et sa grande silhouette avait une prestance et une assurance qui la faisaient frémir intérieurement. Vraiment autre chose que l'étoffe d'un grand frère.

Elle se détacha du mur et se dirigea vers lui. Elle essaya d'avoir l'air décontractée, mais la joie de le revoir fit naître sur ses lèvres un sourire qui s'élargit lorsqu'il lui sourit en retour.

— Mademoiselle Stewart, la salua-t-il, se tenant trop loin d'elle. Ses mains étaient fermement enfoncées dans ses poches et son regard était maîtrisé, malgré son sourire. Il était déterminé à garder le contrôle. Cette réalisation lui donna envie de le tester.

— Monsieur Tuhaka, dit-elle, comblant la distance entre eux d'un petit pas. Il sentait bon. Tu as mis de l'eau de Cologne.

Il détourna le regard, avec un soupçon d'embarras.

— Ne commence pas. Mes frères viennent juste de me taquiner à ce sujet.

— Je ne commence rien. Ça sent divinement bon. Ou plutôt, *tu* sens divinement bon.

Ses yeux se plissèrent légèrement aux coins.

— Ne commence pas à flirter avec moi ici, Frances. Je suis sur le point de voir ton père. J'ai besoin de me concentrer.

Elle aimait l'idée qu'elle était capable de distraire son attention. Elle glissa son bras sous le sien et essaya de l'entraîner derrière la maison. Mais il ne bougea pas. Au lieu de cela, il plissa les yeux, pleins de suspicion.

— Que veux-tu ?

— Père n'est pas encore là, alors j'ai pensé te montrer ce que Mère a fait dans le jardin. C'est absolument charmant.

— C'est peut-être absolument charmant, et je suis sûr que ça l'est, mais je suis ici pour voir ton père et je l'attendrai à l'intérieur.

— Ah, eh bien. Il a dit à la gouvernante qu'il ne serait pas de retour avant une heure environ. Il s'est excusé mais a dit qu'il te verrait plus tard.

N'importe qui d'autre n'aurait pas remarqué à quel point Noa était agacé. Rien sur son visage ne semblait changer, mais toute son expression s'assombrit, et elle savait ce que cela signifiait.

— Ce n'est pas ce que tu penses, Noa, dit-elle rapidement. Il m'a lui-même parlé de votre rendez-vous, et il ne le manquerait pour rien au monde.

Son air sombre persistait.

— Vraiment ?

— Non, Je t'assure. Elle réfléchit rapidement. Il a mentionné à quel point l'atmosphère était tendue à Wellington. Il s'est probablement fait prendre par les affaires du domaine. Ou la politique, ajouta-t-elle après coup.

La tension autour de ses yeux se relâcha un peu.

— Oui, bien sûr. J'aurais dû m'en rendre compte.

C'était au tour de Frances d'être confuse.

— Te rendre compte de quoi ? Il se passe quelque chose ?

Il caressa brièvement sa joue et lui adressa un sourire chaleureux.

— Le monde, ma chérie, juste le monde.

Peu lui importait les affaires du monde, cela fut éclipsé par le mot doux qui avait glissé de ses lèvres et semblait l'avoir surpris autant qu'elle.

— C'est tout ? Elle prit sa main dans la sienne.

— Frances !

— Personne ne nous verra.

— Personne dans ta famille peut-être, mais la moitié de la mienne travaille sur le domaine.

Elle ignora le commentaire. Elle ne voulait rien laisser s'interposer entre eux à ce moment-là, ni le monde, ni sa famille, ni la sienne. Elle l'entraîna par la porte latérale de la serre, où elle savait qu'ils ne seraient pas dérangés.

Il la suivit à l'intérieur et regarda autour de lui, sifflant doucement.

— C'est impressionnant. Seules les fondations avaient été posées la dernière fois que je suis venu ici.

— Oui, Mère voulait une serre depuis des années, et elle l'a enfin obtenue.

Il se tourna pour regarder une fleur exotique.

— Ils avaient des plantes comme celles-ci dans la serre du Winter Garden à Dunedin.

Elle effleura l'un des palmiers en pot en essayant de trouver comment l'éloigner des fenêtres vers un endroit plus intime. Elle soupira, et il se retourna instantanément, oubliant la fleur.

— Il y a un palmier rare par ici, dit-elle avec un sourire.

Elle passa devant la grue en bronze, achetée par ses parents lors de leur lune de miel au Japon. Elle lui jeta un coup d'œil et sourit avant de continuer à marcher vers le centre de la serre, vers le bruit de l'eau qui coulait, espérant qu'il la suivrait. Ce qu'il fit.

— Ici. Elle effleura les petites frondes de palmier délicates qui ne s'étaient pas encore déroulées. Il a l'air un peu rabougri maintenant, mais Mère dit que cette petite chose atteindra le toit un jour.

Il desserra son col.

— Dans ce climat, je peux bien l'imaginer. Même s'il était négligé, je suis sûr qu'il parviendrait à prospérer dans cette humidité.

— Eh bien, tu peux être assuré que rien ne sera négligé ici.

— Rien ne reste pareil, Frances.

Elle le poussa du doigt sur la poitrine.

— Tu es un tel pessimiste, Noa.

— Absurde. Je crois fermement que les choses peuvent changer pour le mieux. Tu m'appelles simplement comme ça parce que tu veux que les choses restent les mêmes. Pas moi. Il replaça une mèche de ses cheveux derrière son oreille. Elles peuvent être meilleures. Bien meilleures.

Dès qu'il avait touché ses cheveux, elle était devenue sourde à ses paroles. Il était proche maintenant, et elle leva les yeux vers son visage, vers ses lèvres qui bougeaient. Elle ne pouvait penser à rien d'autre qu'à son désir de les sentir pressées contre les siennes. Finalement, ses lèvres cessèrent de bouger et se transformèrent en un sourire.

— Tu n'as pas écouté un mot de ce que j'ai dit, n'est-ce pas ?

Elle secoua la tête.

— Eh bien, tu aurais dû. Les choses changent, Frances, et tu devras changer avec elles.

— Mais, je veux bien changer !

— Non, tu ne veux pas. Tu veux qu'on t'accorde plus de liberté dans le monde dans lequel tu as grandi. Tu ne veux rien perdre de tout cela, n'est-ce pas ?

— Bien sûr que non. Pourquoi le voudrais-je ? Pourquoi parlait-il ainsi ?

Il serra les lèvres et secoua rapidement la tête avant de se détourner.

— C'est une belle fontaine, dit-il. Mon cousin m'en a parlé.

Elle passa sa main autour de la fontaine en marbre, trouvant sa surface apaisante par cette chaude journée où elle ne parvenait pas à penser clairement à cause de ce qui faisait rage en elle. Noa bouleversait son cœur et son esprit.

— Père dit que c'est extravagant, mais Mère a insisté pour l'avoir. Elle regarda autour d'elle. Je pense que ça fonctionne bien, tu ne trouves pas ?

— Que ça fonctionne ? Je suppose. Il se tenait derrière elle, mais elle ne se retourna pas, regardant simplement son reflet dans la surface miroitante de l'eau, juste derrière elle. Je ne l'ai pas cru quand il me l'a décrite.

Il se tourna vers elle, et elle lui adressa un sourire incertain.

— Comment l'a-t-il décrite ?

Il hésita.

— Peu importe. Il prit sa main. Ce qui compte, c'est toi. Et moi.

Elle soupira.

— Ah, Noa. S'il te plaît, ne va pas voir Père.

— Il n'est pas déraisonnable.

— Tu crois ? Tu ne le connais pas comme moi. Et il semble inhabituellement distrait en ce moment.

Il posa ses mains sur ses bras, et elle leva son visage vers lui.

— Frances. Écoute-moi. Tout ira bien. Et il n'y a pas d'autre façon de faire cela correctement.

— Correctement ! Tu ne vaux pas mieux que mes parents. Malgré tous tes discours, tu es aussi vieux jeu qu'eux ! Pourquoi n'es-tu pas aussi moderne que certains de tes amis ? Sortons simplement et amusons-nous.

Elle pouvait voir qu'il était tenté.

— Non.

— Pourquoi pas ? Elle fit la moue par habitude.

Il inclina dangereusement la tête.

— Ne fais pas ça, Frances. Tu ne peux pas me manipuler comme ça. Je ne suis pas ton père.

— Mon Dieu, j'en suis parfaitement consciente

— Alors n'agis pas comme une enfant qui essaie d'obtenir ce qu'elle veut. Nous allons faire cela correctement ou pas du tout.

Elle avait envie de crier, de briser cette barrière. Effrontément, elle se blottit dans ses bras. Il sentait l'eau de Cologne, les cigarettes et quelque chose d'intrinsèquement masculin, qui lui fit oublier les mises en garde de sa mère sur le comportement digne et décent en toutes circonstances. Avant qu'il ne puisse réagir, elle se mit sur la pointe des pieds et l'embrassa sur les lèvres. Elle avait l'intention de redescendre, mais n'avait pas compté sur ses mains qui la retenaient, alors qu'il approfondissait le baiser et qu'elle réagissait dans chaque cellule de son corps, se liquéfiant dans ses bras, s'abandonnant à lui. Trop tôt, il relâcha son étreinte, et elle vacilla de nouveau sur ses pieds. Elle se sentait comme l'une de ces plantes délicates que sa mère avait achetées, qui avaient besoin de s'accrocher à un tuteur solide jusqu'à ce qu'elles gagnent en force. Sauf que, dans ce cas, elle savait qu'elle ne voudrait jamais s'éloigner du tuteur. Elle voulait s'enlacer autour de lui et s'assurer qu'il ne la quitterait jamais.

— Noa, dit-elle en caressant la petite fossette de son menton. Il prit son doigt et l'embrassa. Nous sommes si bien ensemble. Rien ne devrait nous séparer. Je ne peux pas supporter d'y penser.

— Rien ne le fera. Fais-moi confiance.

— C'est en mon père que je n'ai pas confiance. Je ne sais pas comment dire cela, mais j'ai peur qu'il ne nous autorise pas à nous fréquenter.

— C'est un homme raisonnable. Et ne m'a-t-il pas accordé son soutien total jusqu'à présent ?

Elle ne pouvait pas répondre sans condamner son père, car elle savait qu'il n'avait agi que par charité envers les gens qui vivaient sur ses terres, comme le seigneur que son grand-père avait été en Angleterre. Et elle soupçonnait que, même si au fond de lui Noa le savait peut-être, il préférait se leurrer sur ce point. Car qui ne préférerait pas devoir une bonne action à ses propres qualités plutôt qu'à une intention charitable ?

Finalement, elle n'eut pas à répondre car ils entendirent son père et ses amis revenir.

Noa leva les yeux.

— Je dois m'en aller. Il passa ses doigts dans ses cheveux. Je ne devrais pas être ici avec toi, Frances. Il s'éloigna. Tu me fais faire des choses que je n'ai pas l'intention de faire. Tu m'égares. Il serra les lèvres avec regret et s'en alla.

Elle le laissa partir, trouvant un réconfort dans l'effet qu'elle produisait sur lui. Peut-être avait-il raison. Peut-être aussi que son père approuverait. Elle ne pouvait rien faire à ce sujet maintenant, sauf attendre.

FRANCES ARPENTAIT le salon pendant que Pamela bavardait à propos de rouge à lèvres, et de coiffure.

— Qu'en penses-tu ? Elle se retourna pour voir Pamela replier ses longs cheveux et se regarder dans le miroir.

— C'est bien.

— Bien ? Je veux avoir l'air plus que bien. Je veux que Harry me demande en mariage.

— En mariage !

— Pourquoi pas ? j'ai couché avec lui.

Horrifiée, Frances regarda autour d'elle, espérant que personne n'était à portée de voix.

— Tu as quoi ?

— Je n'ai pas pu lui résister. Allez, Frances. Tu dis que tu es une fille moderne, alors qu'y a-t-il de mal à faire l'amour avec quelqu'un qu'on aime ?

Frances ne pouvait pas répondre. Cela allait à l'encontre de toutes les valeurs morales que ses parents lui avaient inculquées. Et pourtant, n'étaient-ce pas ces mêmes valeurs contre lesquelles elle se rebellait ?

— Mais Pamela ! Et s'il ne t'épouse pas ? Ou pire encore, s'il le fait ?

— Ne sois pas ridicule.

— Harry n'a pas d'argent. Il travaille pour vivre.

— Ah, mais moi, j'ai de l'argent, alors il n'y a pas de problème, n'est-ce pas ?

— Mais Père ne l'autoriserait jamais.

Pamela se tournait et se retournait devant le miroir.

— Ce n'est pas à ton père d'en décider. Je suis assez âgée pour choisir par moi-même.

— Mais ça ne lui plairait pas du tout ! et à Mère non plus !

— Ils s'y habitueraient. Pamela fit la moue dans le miroir et ramena ses cheveux en dessous, imitant un court carré ondulé. Tu sais, ce style t'irait bien. Pourquoi ne pas te le faire faire avant de participer au concours de beauté Miss Nouvelle-Zélande ?

— Je n'y participe pas. Père deviendrait fou.

Pamela se retourna avec un regard amusé.

— Je sais ! Mais ce serait tellement amusant.

— Pour toi, peut-être. Mais pour moi... Malgré ses protestations, elle rejoignit Pamela et, se regardant dans le miroir, releva ses cheveux. Pamela avait raison. À plus d'un titre.

Le bruit d'une porte s'ouvrant soudainement et d'un pas masculin s'avançant rapidement dans le couloir dans leur direction les fit se regarder dans le miroir.

Quand Frances réalisa que les pas étaient passés et continuaient vers la sortie, elle bondit en direction du hall et l'ouvrit brusquement, juste à temps pour voir Noa fermer la porte trop fermement derrière lui.

— Frances ! À la bibliothèque ! Maintenant !

Elle et Pamela se retournèrent pour regarder son père, dont le visage outragé fixait d'abord la porte fermée qui tremblait encore dans son cadre après la sortie de Noa, puis revint vers Frances. Pamela battit en retraite.

— Bonne chance, murmura-t-elle avec une grimace. Je pense que tu vas en avoir besoin.

Le cœur de Frances battait lourdement tandis qu'elle marchait dans le couloir vers son père, la tête haute et les joues en feu. Elle s'arrêta devant lui ; il était à peine plus grand qu'elle.

— Qu'y a-t-il, Père ?

— Ne me fais pas ça, jeune fille. Tu sais parfaitement de quoi il s'agit. Il jeta un coup d'œil dans le hall et aperçut le regard curieux d'une femme de chambre. Et je n'ai pas l'intention de discuter de nos affaires en public.

Elle entra dans la bibliothèque et s'assit, l'esprit en ébullition. Elle devait essayer de rester calme, il fallait le convaincre qu'il avait tort car il était tout à fait clair qu'il n'avait pas été réceptif à la proposition de Noa. Loin de là.

Il ferma la porte et se dirigea vers le buffet, où il se versa un whisky bien tassé.

— Il est bien tôt pour boire, Père.

— Parce que j'en ai sacrément besoin. Sais-tu ce que ce jeune homme voulait ?

— J'en ai une idée.

— J'espère que non, jeune fille, sinon les choses sont allées plus loin que je ne l'imaginais.

— Eh bien, peut-être pourriez-vous m'éclairer sur ce qui s'est passé, et je pourrai vous dire si je le savais ou non.

Il prit une autre gorgée rapide et secoua la tête.

— J'ai du mal à y croire ! Ce jeune homme ! Après l'argent que j'ai dépensé pour son éducation, après l'influence que j'ai exercée en sa faveur, lui donnant accès à des personnes et des lieux auxquels il n'avait aucun espoir d'accéder par lui-même, c'est ainsi qu'il me remercie ?

— Comment, Père ?

— Il a demandé la permission de te courtiser. Le croirais-tu ? Il ne regarda même pas Frances, croyant évidemment qu'elle serait aussi choquée que lui.

— Et qu'avez-vous dit ?

— Ce que j'ai dit ? J'ai dit « non », bien sûr ! Que pensais-tu que je dirais ?

Elle se redressa, rassemblant son courage.

— J'espérais plutôt que vous diriez « oui ».

Son poing s'écrasa contre le bureau, faisant trembler ses stylos, et il la regarda avec des yeux féroces, sous des sourcils broussailleux.

— Es-tu folle, Frances ? Noa ? Es-tu en train de me dire que tu étais au courant de cela ?

— Bien sûr que je le savais. Elle croisa calmement les mains sur ses genoux. Nous nous sommes rapprochés, et j'ai des sentiments pour lui.

Elle n'avait jamais entendu son père rugir auparavant. Il reposa brutalement le verre le verre, renversant le whisky sur le buffet en acajou, et traversa la pièce à grands pas vers elle.

— Tu as... *quoi* ? Des sentiments ? De quoi diable parles-tu, Frances ?

— Il n'est pas nécessaire de jurer, Père, dit-elle de sa voix la plus douce. C'est un homme bien, tu me l'as dit cent fois.

— Il est peut-être bien, mais il n'est pas pour toi.

— Pourquoi pas ?

— Pourquoi pas ? rugit-il à nouveau. Frances ! As-tu perdu l'esprit ? Il est totalement inapproprié, et tu le sais !

Elle releva le menton.

— Je ne sais rien de tel. Il est honorable, il est instruit, et il a de l'avenir. Pas comme tes amis qui jouent au polo toute la journée.

Il serra le poing et s'éloigna, prit une profonde inspiration et se retourna vers elle.

— Noa est tout cela, et a dû travailler pour le devenir, parce qu'il n'a eu aucun des avantages qu'ont eus mes amis. Que *tu* as eus, ajouta-t-il d'un ton insistant.

— Et donc tu désavantagerais davantage Noa à cause de son milieu « défavorisé » ?

Un muscle tressaillit dans la mâchoire de son père alors qu'il essayait de répliquer à cette question sans réponse.

— Ne me réponds pas, petite. Je t'ai beaucoup trop gâtée.

— Je ne savais pas que je devrais montrer ma gratitude par une obéissance totale, Père.

Ses yeux se plissèrent.

— Ne fais pas l'intelligente, Frances.

— Donc, je n'ai plus le droit d'être intelligente non plus. Mes choix semblent diminuer à chaque instant.

— Frances, gronda-t-il en guise d'avertissement.

— Père, répliqua-t-elle. J'aime bien Noa, je l'aime *vraiment* bien, et j'aimerais être avec lui.

— Tu *es* avec lui et tes amis. Dieu sait que je t'ai donné trop de liberté là aussi. J'avais bien dit à ta mère que Pamela n'était pas un chaperon approprié.

— Je n'ai pas *besoin* de chaperon à notre époque !

— Ton comportement prouve que tu en as effectivement besoin. L'as-tu vu ?

Elle hésita avant de hocher la tête.

— Mais Pamela est toujours là.

— Eh bien, c'est déjà ça je suppose. Mais ce n'est pas grand-chose. Et certainement pas suffisant. Tu ne le reverras plus, Frances.

Elle se leva d'un bond. Elle devait lui faire comprendre.

— Si, Père. Il est trop tard pour ne plus le revoir. Je veux sortir avec lui, et je le ferai.

Son père secoua la tête avec incrédulité.

— N'as-tu pas entendu un mot de ce que j'ai dit ?

— Si. As-tu entendu ce que *j'ai* dit, moi ?

C'était un pas de trop, et elle le savait. Il pointa la porte du doigt.

— Va dans ta chambre, et n'en sors pas tant que tu ne penseras pas à nouveau raisonnablement.

Elle se mordit la lèvre et, le visage rougi par la colère, sortit et ferma la porte derrière elle. Elle marcha rapidement dans le couloir et claqua la porte d'entrée pour que son père sache qu'elle lui avait désobéi. Il n'était pas question qu'elle disparaisse dans sa chambre ; elle devait trouver Noa.

Elle sentait le regard de son père lui transpercer le dos depuis la fenêtre tandis qu'elle traversait rapidement la pelouse en direction des arbres. Elle aurait pu disparaître dans les profondeurs de la maison, pour ressortir par l'arrière et il n'en aurait jamais rien su. Mais elle *voulait* qu'il le sache. Et, alors qu'elle traversait la pelouse desséchée, elle s'imaginait se voir à travers ses yeux, la tête haute, comme dans un film.

Elle continua à marcher jusqu'à ce qu'elle atteigne le garage où elle trouva le chauffeur en train de polir la voiture. Elle demanda les clés et passa en voiture devant la fenêtre de la bibliothèque et prit la route qui menait là où vivait la famille de Noa.

Elle n'avait pas rendu visite à leur maison familiale depuis longtemps. Elle gara la voiture dehors et scruta la baie. Quelques membres de la famille élargie de Noa cherchaient des coques dans le sable découvert par la marée basse, et elle pouvait entendre quelqu'un chanter depuis l'un des cottages, mais son regard errant se posa sur une silhouette debout sur les falaises surplombant la baie. C'était Noa, un pied sur un rocher, les mains dans les poches, ses cheveux ébouriffés par le vent vif.

Elle ressentit la familière étreinte de l'attirance dans son estomac alors qu'elle se retournait et courait le long du sentier vers lui.

Elle était essoufflée quand elle arriva.

— Noa !

— Tu ne devrais pas être ici, Frances. Ton père a été très clair sur sa position.

— Je m'en fiche. Et tu devrais t'en ficher aussi !

— Je ne vais pas agir dans son dos, et toi non plus. Ce n'est pas correct.

— Bien sûr que si. Ce que Père dit n'a pas d'importance. Je veux te voir. Je veux être avec toi.

— Eh bien, tu ne peux pas. Ton père a été très clair là-dessus. Il m'a interdit de te chercher, de te courtiser, ou d'avoir quoi que ce soit à faire avec toi.

— Et bien sûr tu fais toujours ce que mon père dit, dit-elle avec mépris.

— Il m'a beaucoup donné. J'ai une dette de loyauté envers lui et, en plus de cela, il y a toi. Il a raison, je ne suis pas assez bien pour toi.

Elle lui saisit le bras.

— Ne me sors pas ces bêtises.

— Frances, gronda-t-il.

Mais elle ne relâcha pas sa main.

— De toute façon, tu ne me cherches pas. C'est *moi* qui *te* cherche.

— Tu m'as trouvé. Que comptes-tu faire ensuite ?

Elle se mit sur la pointe des pieds et l'embrassa. Mais il resta aussi impassible qu'une pierre et quand elle s'éloigna, elle vit que ses yeux étaient toujours durs. Toute la passion avait disparu, détruite par son père.

— Un baiser. Tu penses que ça va tout arranger ? Il se tourna et marcha vers la plage. Elle courut pour le rattraper.

— Non ! Ça n'arrangera pas tout, mais c'est ce que je veux. Je te veux *toi*, Noa, pas la vie que mon père imagine pour moi.

— Il s'agit toujours de ce que *tu* veux, n'est-ce pas ? Tu as toujours obtenu ce que tu voulais, et tu ne vois pas pourquoi les choses devraient être différentes maintenant. Elle voulait argumenter avec lui, mais ce n'était pas possible. Il disait la vérité. Eh bien, j'ai peur que les choses *soient* différentes maintenant. Ton père a été très clair là-dessus.

— Il a tort, Noa ! *Tu* le sais, et *je* le sais, et je refuse de l'écouter.

— C'est ton père, Frances, et tu n'as pas d'autre choix *que* de l'écouter.

— Bien sûr que j'ai le choix. Toutes les femmes ont des choix.

Noa secoua la tête.

— Tu es *vraiment* une enfant.

Elle le repoussa.

— Ne me traite pas avec condescendance. J'ai assez de cela avec Père.

— Comment vis-tu ? Qui te fournit tes beaux vêtements, la voiture de luxe, les vacances, ta nourriture et ta maison ?

Frances serra les lèvres, son esprit cherchant frénétiquement une autre réponse que celle qui lui sautait aux yeux.

— Tu vois, ma chérie ? Sa voix était plus douce maintenant, vaincue. Elle avait préféré quand il était en colère. Là où il y avait de la colère, il y avait de l'espoir.

Ça ne peut pas se passer comme tu le voudrais.

— Mais il m'aime, dit-elle, se sentant maintenant effrayée. Il finira par entendre raison.

— Ce n'est pas de bon sens dont il a besoin. Il voit déjà très clair. Et j'aurais dû moi aussi. (Il repoussa ses cheveux de son visage.) Tu m'as ensorcelé, Frances. Dès le moment où tu m'as jeté de la boue pour la première fois...

— Je ne devais pas avoir plus de quatre ans...

— Et tu étais furieuse parce que je t'avais dit de sortir de la rivière. Elle sourit à ce souvenir.

— Tu avais l'air si surpris, debout là avec de la boue éclaboussée sur ton visage et tes cheveux.

— Surpris, brièvement. Mais une fois que j'ai décidé de mon plan d'action, je dirais que j'étais plus déterminé qu'autre chose.

— Et puis c'était à mon tour d'être surprise... quand tu m'as soulevée, jetée sur ton épaule et emportée.

Il y eut un silence tandis qu'ils savouraient tous deux le répit de ce souvenir doré.

— J'aimerais que tu fasses ça maintenant, Noa, continua-t-elle, suppliante.

Ses mains l'entouraient, et elle retint son souffle en attendant de voir s'il allait s'éloigner ou resserrer son étreinte. Son corps se détendit contre le sien lorsque ses doigts se resserrèrent, et elle sentit son souffle chaud contre sa peau. Son père avait totalement tort. Noa était le seul homme pour elle : un homme dont elle connaissait si bien l'esprit et dont elle avait hâte d'explorer le corps.

Le baiser n'avait rien de l'aisance et de l'exploration timide de leurs baisers précédents. Il était rude, direct et avide, comme s'ils essayaient d'assouvir une faim dont ils savaient tous deux qu'elle ne pouvait être si facilement satisfaite. Ils s'écartèrent, essoufflés, les lèvres bourdonnantes, emplis du goût l'un de l'autre.

— Nous avons *ceci*, Noa, dit-elle. Nous ne pouvons pas le nier.

— Je ne le nie pas. Mais je ne peux pas non plus nier la réalité. (Il fit un signe de tête vers les modestes chaumières éparpillées autour de la baie.) Ce sont *mes* gens, pas les tiens. Ces filets de pêche ont été ramenés ce matin et ce qui y a été pris sera leur dîner ce soir, accompagné de ce qui est mûr dans les jardins. Ce n'est pas ton monde.

— Ce monde n'est plus le tien non plus, Noa. Tu ne peux pas nier *cette* réalité. Tu as évolué bien au-delà de cet endroit.

— J'ai évolué, oui. Je suis entre deux mondes maintenant. Je ne fais plus partie de celui-ci, et je ne fais pas partie du tien.

— Non. Tu as tort. Tu t'accroches encore à l'ancien. Tu devrais être plus intrépide, ne pas avoir peur des gens comme mon père et ses acolytes. Mais ce n'est pas le cas, n'est-ce pas ?

— Je les respecte. Je suis là où je suis grâce à ton père. Sans lui, je serais là-bas sur le bateau, en train de pêcher.

— Et tu sais ? Une partie de moi souhaiterait que ce soit le cas. Parce qu'alors tu ne serais pas là debout avec tes mains dans tes poches comme si tu n'osais pas leur faire confiance, et tu me tiendrais serrée contre toi. Tu m'emmènerais derrière les buissons comme Harry l'a fait avec Pamela. Et tu me ferais l'amour comme j'ai envie que tu me fasses l'amour.

Ses paroles semblèrent n'avoir aucun effet ; il ne bougea pas d'un muscle. Les larmes menaçaient, et elle inspira brusquement.

— Tu n'aurais jamais dû demander à mon père, continua-t-elle, craignant qu'il ne s'éloigne si elle arrêtait de parler. Nous savions tous les deux, au fond, quelle serait sa réaction. Tu aurais dû venir me voir et m'emmener.

— Si j'étais venu te voir, tu n'aurais pas voulu de moi.

— Comment peux-tu dire ça ? Je suis venue ici pour toi maintenant. Tu *sais* que je te veux.

— Seulement parce que tu ne peux pas m'avoir. Ton père a raison. Tu es trop jeune pour savoir ce que tu veux. Je représente ta petite rébellion contre ton monde étouffant et rigide, n'est-ce pas ?

Elle recula d'un pas, blessée au-delà de toute mesure par ses paroles. Elle ne put que secouer la tête.

— N'est-ce pas ? répéta-t-il. Admets-le.

— Je n'admettrai rien de tel, et je n'arrive pas à croire que tu puisses dire une chose pareille. Elle déglutit et tendit la main. Noa, nous pourrions y arriver. Tu le sais.

Il regarda sa main pendant un long moment, mais quand il leva les yeux, elle sut qu'elle l'avait perdu.

— Non, nous ne pouvons pas. Pas sans la bénédiction de ton père.

— Je n'en veux pas, je n'en ai pas *besoin*.

— Tu as tort. Dans ce monde où nous vivons, nous en avons tous les deux besoin.

Elle secoua la tête.

— Tu n'es pas l'homme que je pensais, Noa Tuhaka. Je pensais que tu étais un homme avec un pied dans le futur, prêt à prendre des risques pour les choses en lesquelles tu crois.

— C'est le cas.

— Vraiment ? Alors peut-être que tu ne crois simplement pas en moi.

Elle se détourna avant qu'il ne puisse répondre. Elle n'avait aucune envie de voir son accord sur ses lèvres. Cela la tuerait. Au lieu de cela, elle s'éloigna, descendant de la falaise, retournant vers la voiture, vers son monde. Le monde dont elle ne supportait plus de faire partie.

CHAPITRE QUATRE

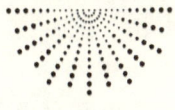

PAIGE

L'étude du notaire était nichée entre le théâtre Regent et un petit café en train de fermer. Une jeune fille nettoyant une des tables métalliques bancales à l'extérieur m'adressa un sourire fatigué avant de rentrer avec le panneau de trottoir. Apparemment la ville commençait à fermer pour la journée entre trois et quatre heures. C'était à la fois frustrant, car j'aurais adoré un café, et étrangement désuet. Cela révélait un monde où les gens avaient d'autres occupations dans leur vie que le travail. Ce n'était pas un concept auquel j'étais habituée.

Je poussai la porte du bureau du notaire et fis un bond dans le passé. Le bureau en acajou, les accessoires en laiton et le linoléum ciré sortaient tout droit d'un film des années cinquante. Ça sentait la rose, l'encaustique et la cigarette. Accrochée le long d'un mur, au-dessus de la cimaise, sur fond de papier peint crème aux motifs en relief, s'étalait une série d'affiches de films encadrées, allant des années 1930 aux années 1950.

— L'âge d'or du Regent, proclama une voix rauque de femme derrière moi. Je me retournai pour trouver une femme d'un certain âge en tailleur et collier de perles regardant les affiches par-dessus mon épaule. Mon grand-père a commencé à les collectionner, puis mon père après lui. Elle me tendit la main. Leslie Godding, de Godding et Fils. Vous devez être Paige Sinclair.

Je serrai la main tendue, délicate et ornée de bagues.

— Oui. Enchantée de vous rencontrer. J'esquissai un bref sourire en essayant de surmonter ma surprise.

— Vous vous attendiez à un homme. Oui, c'est ma malédiction. Mes parents voulaient un fils, ont orthographié mon prénom au masculin et ont refusé de changer le nom de l'entreprise quand j'ai succédé à mon père dans l'affaire.

— Oh, c'est plutôt... inhabituel.

— *Contradictoire* est le mot. Enfin, ce n'est pas aussi grave que mon amie Edwin, qui s'est appelée Teddy toute sa vie. Ses parents n'ont même pas pris la peine d'ajouter un « a » à son prénom. C'était une autre époque, Mademoiselle Sinclair. Une autre époque. Elle sourit, et son visage ridé se transforma en un masque chaleureux. Venez dans le bureau et parlons. Elle fit un geste vers une porte intérieure derrière le bureau. Après vous. Tiens, où est Mollie ?

La porte s'ouvrit et une jeune femme, Mollie, sans doute, entra dans le bureau dans un courant d'air frais.

— Bonjour ! Désolée, je suis juste sortie chercher d'autres biscuits. Elle me sourit. Nous n'en avons jamais assez pour nos clients, ajouta-t-elle d'un air contrit.

— Voulez-vous du thé, Mademoiselle Sinclair ? demanda Leslie.

— S'il vous plaît, appelez-moi Paige. Oui, un thé serait parfait.

— Je vais l'apporter, dit Mollie en se dirigeant vers une pièce au fond, probablement la cuisine.

L'intérieur du bureau était sombre avec seulement une longue fenêtre haute courant sur toute la longueur de la pièce pour laisser entrer la lumière. Mais des lampes disposées sur les meubles en bois massif rendaient l'espace accueillant et intime.

— Je vous en prie, asseyez-vous. Les meubles ont l'air anciens — et ils le sont en effet — mais c'était du mobilier design à l'époque et ils sont toujours très confortables.

— Ils sont *effectivement* confortables. Je passai ma main le long de l'accoudoir en bois couleur caramel clair, sa surface richement patinée brillant dans la lueur des appliques. Ce style est très à la mode à Londres en ce moment.

— Si on garde quelque chose assez longtemps, ça redevient à la mode. Quoi qu'il en soit... Leslie esquissa un rapide sourire... merci d'être venue si rapidement.

— Je revenais de chez ma grand-mère quand j'ai reçu votre appel, alors j'ai pensé venir directement. Ça avait l'air mystérieux.

Malgré la chaleur de son accueil, Leslie ne perdait pas son air professionnel. J'avais l'impression que, comme précédemment avec l'amie de ma grand-mère, j'étais en train de passer un test. Leslie soupira soudainement et s'adossa à sa chaise. Elle avait visiblement pris une décision.

— Désolée pour ça, dit Leslie. Je ne voulais pas en parler au téléphone. Ces choses-là sont mieux faites en face à face, vous savez.

J'acquiesçai sans avoir aucune idée de ce dont elle parlait.

— Quand je vous ai parlé au téléphone hier, poursuivit Leslie, j'ai peut-être mentionné que votre famille avait fait construire la propriété de Wharerata et, à une époque, possédait une grande partie des terres environnantes. La plupart ont été vendues juste avant la guerre, bien sûr.

Je hochai la tête, me demandant ce que signifiait ce « bien sûr ». Pensait-elle que j'en savais plus que je n'en savais réellement ?

— Oui, je suis allée à Wharerata ce matin, par curiosité. C'est bien plus grandiose que ce que j'imaginais.

— Êtes-vous entrée dans l'enceinte ?

J'avalai ma salive et détournai le regard, à la fois perplexe face à la question et coupable de la vérité.

— J'ai... effectivement jeté un rapide coup d'œil. Je croisai à nouveau son regard. La clôture n'est pas en bon état.

— Et quelle a été votre impression ?

Visiblement Leslie n'allait pas me poursuivre pour intrusion, et je me détendis.

— C'était incroyable. Je n'ai jamais rien vu de tel. Mon esprit fut soudain rempli de l'image de la véranda du premier étage, au-dessus de laquelle le toit gris pendait comme des sourcils baissés sur des yeux qui en avaient trop vu. Et c'est triste... d'avoir une si belle chose cachée sous des couches de négligence.

— Oui, en effet. Cependant, la négligence n'est que superficielle.

— Vraiment ? Je ne suis pas sûre d'avoir réussi à cacher ma surprise, à en juger par le rapide sourire de Leslie.

— Oui, la structure a toujours été bien entretenue. Ce sont les jardins qui sont tombés en friche, en partie à dessein, je crois, pour cacher l'endroit.

— Pourquoi ses propriétaires voudraient-ils le cacher ? Pourquoi dissimuler la propriété aux regards ?

— Ah, qui sait, Paige ? Les choses peuvent être très compliquées parfois. Mais vous la trouvez *vraiment* spéciale, alors ?

Je fronçai les sourcils, perplexe.

— Bien sûr, qui ne serait de cet avis ?

— Beaucoup de gens, j'imagine, ajouta-t-elle comme si elle en avait trop dit.

— Je suppose. Mais j'ai du mal à imaginer que personne ne soit au moins *intrigué* par la maison.

— Vous, vous avez été intriguée, alors ?

— Plus que ça. Je fronçai à nouveau les sourcils, essayant d'exprimer le réseau complexe de sentiments que la visite de la maison avait fait naître. C'est comme si je la connaissais, vous voyez ? Comme si je l'avais déjà vue, peut-être en rêve. Je haussai les épaules. Peut-être que des photos se sont retrouvées sur internet. Il doit y avoir des tas de tableaux Pinterest sur le thème des maisons hantées. Je souris, ne voulant pas qu'elle me prenne pour une illuminée ayant perdu le sens des réalités. J'étais comptable, bon sang !

Les lèvres de Leslie tressaillirent.

— Peut-être. Elle tapota une cigarette non allumée sur l'accoudoir de la chaise pendant quelques instants, tout en me regardant avec une expression qui ne pouvait être décrite que comme décisive. Paige, j'ai le plaisir de vous informer que la propriétaire de la maison souhaite faire de vous sa seule bénéficiaire.

Je fronçai à nouveau les sourcils, pensant avoir manqué un point essentiel de ses paroles. Je me les répétai, mais n'en fus pas plus éclairée. Avaient-elles une signification différente ici en Nouvelle-Zélande ?

— Bénéficiaire ? répétai-je faiblement. Je suis désolée, je ne suis pas sûre de vous suivre.

— Oui, *bénéficiaire*. Après le décès de sa propriétaire, vous serez l'unique propriétaire de Wharerata et de ses domaines, bien diminués maintenant, j'en ai peur.

Mon souffle s'arrêta tandis que je fixais Leslie qui n'offrit aucune autre explication. Elle m'observait simplement, les mains confortablement croisées sur la table devant elle, la cigarette non allumée momentanément oubliée. Apparemment, elle n'était pas pressée de m'éclairer. Je soufflai et me rassis, le front plissé.

— Je suis désolée, mais je ne comprends pas. Je dois hériter des domaines après la mort de la personne qui possède Wharerata ? Qui en est propriétaire ? J'ouvris grand les yeux en comprenant soudainement. Ma grand-mère ?

Elle examina sa cigarette pendant une seconde, la tapota sur l'accoudoir de sa chaise avant de la remettre dans la boîte et de me regarder.

— La fille de Mademoiselle Frances Stewart.

— C'*est* ma grand-mère, soufflai-je.

Leslie sourit agréablement, mais je n'avais aucune idée si le sourire était une manière discrète d'acquiescer à ma déclaration, ou si elle souhaitait faire avancer la conversation. Elle se pencha en avant, les bagues en diamant sur ses doigts joints scintillant à la lumière des lampes.

— Le fait important est que Wharerata sera à vous.

— Oui, je suppose que c'est le cas. Mais je n'arrivais toujours pas à y croire. Que diable se passait-il ? Cela pouvait-il vraiment m'arriver ?

— Et elle serait heureuse que vous en preniez possession immédiatement.

Je ris, me demandant si j'étais entrée dans un univers parallèle.

— Mais, mais... tout cela est très soudain, non ? Est-ce quelque chose que ma grand-mère a décidé il y a longtemps avant qu'elle ne tombe malade ? Sûrement ce n'est pas quelque chose qu'elle pourrait décider soudainement dans son état de santé actuel ?

La bouche de Leslie se tordit un peu avant de répondre.

— Disons simplement que ce n'est pas une décision soudaine, mais d'autres facteurs sont entrés en jeu qui m'ont obligée à vous contacter.

— Quels facteurs ? J'étudiai le visage de Leslie, cherchant des réponses mais n'en trouvant aucune. Quels facteurs ? répétai-je.

— Des facteurs que je ne peux pas divulguer pour le moment. Elle haussa les épaules, la tête inclinée d'un côté alors qu'elle me regardait d'un air perspicace. Des facteurs légaux liés à la propriété, rien d'inquiétant. Leslie se leva et ouvrit un tiroir du bureau en acajou et en sortit un trousseau de clés et une enveloppe, qu'elle m'offrit.

Je soupesai l'anneau de clés — de grandes clés à l'ancienne aux petites clés Yale — et le fis tourner entre mes doigts, et pensai à Wharerata, et à ce que j'avais ressenti quand j'avais découvert la maison, et pour la première fois de ma vie j'eus une étrange sensation de déjà-vu.

— Il y a des instructions pour l'alarme dans l'enveloppe. La maison est raisonnablement bien entretenue, comme je le dis, mais malheureusement, elle n'est pas encore habitable. Mais elle pourrait l'être avec un peu de travail acharné.

— Et ma grand-mère ne voit pas d'inconvénient à ce que j'entre dans la maison ?

Leslie sourit.

— Non, elle n'en voit pas. Leslie mit la main dans sa poche et en sortit une cigarette. Elle la tapota contre la chaise comme si elle mourait d'envie de sortir pour fumer. Je saisis l'allusion et me levai.

— Merci beaucoup pour cette nouvelle.

Leslie hocha la tête et me tendit la main.

— Je vous en prie… Bonne chance avec tout cela. Oh, et il y a une somme d'argent mise de côté pour la rénovation que j'ai le pouvoir de vous donner, donc si vous décidez de faire des travaux, envoyez-moi les devis, et nous nous occuperons des comptes.

Je secouai la tête.

— J'ai du mal à croire tout cela ! Êtes-vous sûre que tout cela est bien réel ?

Leslie eut un large sourire.

— Absolument.

— Une chose, cependant, je me demandais si vous pouviez m'aider à un moment donné. Je ne savais pas que ma grand-mère était malade.

— Oui, malheureusement la démence a progressé rapidement ces derniers mois.

J'acquiesçai.

— Depuis que j'ai reçu votre lettre, j'espérais en découvrir davantage sur ma famille. Ma mère n'a jamais rien mentionné à leur sujet.

— Je crois que votre mère était très jeune quand elle est partie vivre en Angleterre avec son père.

— Oui. Mais c'est à peu près tout ce que je sais. Pouvez-vous me dire quelque chose sur ma famille ? Savez-vous pourquoi ils ont quitté la Nouvelle-Zélande ?

Leslie tapota une fois de plus sa cigarette et détourna le regard.

— J'ai bien peur de ne pas pouvoir vous le dire. Mais je suppose que vous trouverez beaucoup d'informations dans la maison. Je crois qu'on n'y a pas touché depuis des décennies.

— Mais pourquoi ? Je ne comprends pas.

Leslie sortit un briquet en étain de sa poche et le retourna dans sa paume. Elle se mordit les lèvres comme si elle testait les mots avant de les prononcer.

— Vous n'êtes pas la seule dans ce cas. J'ai le sentiment que seules quelques personnes le savent, probablement uniquement celles impliquées.

— Impliquées dans quoi ? La maison ? S'est-il passé quelque chose là-bas ?

— Je crois qu'il y a eu un incident après lequel la maison a été fermée.

— Quel genre d'incident ?

Je retins mon souffle, suppliant intérieurement l'avocate de ne pas se fermer maintenant, pas quand je commençais enfin à obtenir quelque chose.

— Un décès, je crois. Un membre de la famille.

— Un membre de la famille est mort. Dans la maison ? Ce n'est guère un incident.

— Pas dans la maison. Une noyade accidentelle, je crois que tel était le verdict. Et à la suite de cela, la maison a été fermée, et la famille est partie.

Leslie ouvrit la porte et je réalisai que je n'allais rien obtenir de plus de la prudente avocate.

— Merci d'être venue, Paige.

— C'est moi qui vous remercie. Je n'arrive pas à croire à ce qui vient de m'arriver. Je ne suis pas dans une émission de télé-réalité, n'est-ce pas ? La Femme la Plus Crédule du Monde ?

Leslie rit.

— Non. Ce n'est pas le cas. Je réalise que tout cela doit être quelque peu choquant, mais je peux vous assurer que tout est légal, et en règle. Vous êtes la seule parente vivante de la propriétaire et vous hériterez donc de son domaine. Tout son domaine.

—Ohhh ! m'exclamai-je en clignant des yeux, essayant toujours d'assimiler le fait que je serais bientôt propriétaire d'un bien dont j'ignorais l'existence il y a quelques semaines à peine. Juste... Ohhh ....

Je me mordis la lèvre, soudain consciente du revers de la médaille, et grimaçai.

— Le problème, c'est qu'en gagnant ce genre de choses, on perd aussi quelqu'un dont on espérait se rapprocher.

— Votre grand-mère a ses bons et ses mauvais jours, mais elle saura que vous êtes là, à un moment donné, et cela comptera beaucoup pour elle.

— Croyez-moi, être simplement avec elle pendant les mauvais jours signifiera beaucoup pour moi. Plus que vous ne pouvez l'imaginer.

Leslie hocha la tête.

Elle mit la cigarette dans sa bouche, puis la retira immédiatement.

— Désolée, sale habitude. Mais il faut bien avoir un vice, non ?

Elle traversa jusqu'au bureau d'accueil et me tint la porte ouverte.

— Au revoir, et passez nous voir la prochaine fois que vous serez en ville.

— Je n'y manquerai pas. Merci infiniment pour tout.

— Pas de problème. Prenez soin de vous et au revoir.

En sortant sous le soleil encore fort de la fin d'après-midi et en passant devant le Regent Theatre pour rejoindre ma voiture, je serrai les grosses clés dans ma paume et sentis, pour la première fois, comme si deux mondes différents étaient entrés en collision, et que je me trouvais entre les deux, tenant la clé de ces mondes, au sens propre comme au figuré. Une clé pour l'histoire, pour le passé, et peut-être, pour mon propre avenir.

Je posai ma main sur mon ventre en levant les yeux vers la façade ornée du théâtre et me souvins de ce que ma grand-mère avait dit sur ma ressemblance avec mon arrière-grand-mère — une star de cinéma aux cheveux blond doré et aux yeux verts. Je visualisai mon visage remplissant un écran de cinéma et souris. J'aurais détesté ça.

LE SOLEIL AVAIT BAISSÉ dans le ciel lorsque j'atteignis Wharerata. J'avais eu l'intention de retourner voir ma grand-mère ce jour-là mais, quand j'avais appelé, les infirmières me l'avaient déconseillé. Apparemment la nuit tombait tôt dans une maison de repos. Mais je me sentais la proie d'une agitation à ce moment-là et je ne pouvais pas attendre jusqu'au lendemain. J'avais besoin de voir Wharerata immédiatement, pour m'assurer que ce n'était pas un rêve étrange, dont je me réveillerais soudain pour retourner à mon appartement londonien et à mon ancienne vie et sa routine abrutissante.

Je me garai sur le bas-côté herbeux en face du portail d'entrée. La maison était dans l'ombre. A cette heure-là, la seule lumière qui la touchait était filtrée à travers les arbres qui s'arquaient tout autour d'elle, comme des bras tendus pour protéger son enfant.

Le bruit de la portière de la voiture qui claquait fit décoller une volée d'oiseaux derrière la maison. Cette fois, au lieu de me faufiler par l'espace sur le côté du portail, je sortis les clés et en trouvai une plus petite, moderne, que j'insérai dans le cadenas de la chaîne qui tenait les portails rouillés. Cette fois, je remarquai que le cadenas, lui, ne portait pas de rouille. La chaîne glissa au sol, et je poussai d'abord un battant puis l'autre. Le second était plus raide, n'ayant visiblement pas été utilisé depuis longtemps, et il me fallut toute ma force pour l'écarter. J'époussetai les écailles de rouille de mes mains et me tins plantée, les mains sur les hanches, à regarder la maison.

Elle semblait plus secrète, plus mystérieuse qu'avant, sans la lumière directe du soleil révélant les ravages du vent et de la pluie sur sa surface en bois peint, conçue pour ressembler à de la pierre. « L'incident » auquel le notaire avait fait allusion me revint en mémoire et un frisson me parcourut. J'avais eu l'intention d'apporter à l'intérieur le matériel de nettoyage que j'avais acheté au magasin de bricolage et de jeter un coup d'œil rapide, mais je changeai d'avis. La maison ne voulait pas de moi maintenant. Et même dans le cas contraire, je n'étais pas sûre d'être prête à découvrir des secrets ténébreux alors que le jour glissait vers un long crépuscule.

Je reculai. Non, je reviendrais le lendemain matin avant d'aller rendre visite à ma grand-mère. Les infirmières avaient dit qu'Aroha pourrait être plus alerte le matin et je voulais découvrir tout ce qu'il y avait à savoir sur sa vie et celle de sa fille — ma mère — qui n'en avait jamais parlé.

C'est avec un sentiment d'excitation que j'approchai de Wharerata tôt le lendemain matin. Je n'avais croisé qu'un seul camion sur mon chemin. Il venait de la piste non goudronnée qui menait à la baie que j'avais aperçue depuis la maison. Je pris mentalement note de l'explorer après avoir fini à la maison.

Après avoir déverrouillé les portails qui bougeaient un peu plus facilement que la veille, j'entrai dans l'allée. Je coupai le moteur et m'appuyai sur le volant, levant les yeux vers la belle façade, ayant du mal à croire qu'elle m'appartenait désormais. Je savais sans l'ombre d'un doute que je la voulais — j'en étais tombée amoureuse immédiatement, un coup de foudre, pourrait-on dire — mais la question de ce que j'allais bien pouvoir en faire me dépassait complètement. J'avais l'impression d'avoir traversé le miroir et d'avoir atterri dans un monde étrange et magnifique que je ne voulais pas quitter, mais qui m'était encore totalement étranger.

Il n'y avait qu'une seule façon de le rendre plus familier et c'était de m'habituer à lui. Je sortis de la voiture et regardai autour de moi. Il y avait une légère brume dans l'air — peut-être que la brume matinale ne s'était pas encore dissipée, mais il y avait une qualité différente de l'air par rapport à la dernière fois que j'étais venue à la maison. Les oiseaux et les cigales étaient pourtant bruyants, comme pour compenser l'absence de mouvement par ailleurs — aucune brise n'agitait les arbres, les feuilles ou les cultures dans les champs. On aurait dit que le monde partageait la même anticipation que moi. Je montai les marches jusqu'à la porte d'entrée et pris une profonde inspiration.

Avant d'essayer la clé, je regardai le terrain depuis l'abri du porche. Devant moi se trouvait l'allée circulaire avec son îlot central envahi par la végétation, au milieu duquel je pouvais discerner une fontaine. Au-delà se trouvaient les grands portails qui pendaient mollement de leurs piliers. Je me retournai vers la porte et sélectionnai la plus grande clé. Elle s'inséra et tourna facilement. Peut-être que le notaire, Leslie, avait raison. Les choses étaient en meilleur état de fonctionnement qu'il ne paraissait.

J'entrai dans le hall et fus immédiatement frappée par l'odeur terreuse des tissus et des ornements qui se décomposaient lentement. Je ressentis une vague de tristesse. La maison n'aurait pas dû être laissée comme ça. C'était comme si j'avais trouvé une vieille dame abandonnée — autrefois majestueuse et belle, mais maintenant désertée, seule et désolée. Et là, à cet instant, je sus que j'étais engagée envers cet endroit. Il n'y avait plus de retour en arrière possible maintenant. Mais après tout, il n'y avait rien vers où retourner.

Le bip discret de l'alarme en attente me rappela à l'ordre et je saisis les chiffres indiqués sur la carte que Leslie m'avait donnée. Le petit appareil avait l'air incongru, mais sa présence confirmait ses dires. Malgré l'impression de décrépitude la maison avait reçu un certain niveau de soins, aussi minimes soient-ils.

Je fis le tour du grand hall d'entrée. Je n'avais jamais rien vu de tel. Des boiseries, sculptées en carrés pour faire écho à la forme de la pièce et au plâtre orné au plafond, s'élevaient jusqu'à mes épaules. Face à moi, au-dessus de meubles recouverts de draps, se trouvaient deux têtes de cerfs, leurs yeux vitreux rendus opaques par la poussière, comme voilés par la cataracte. Je détournai rapidement le regard vers l'escalier, toujours élégant avec son balustre en fer forgé surmonté d'une lampe. J'examinai l'escalier en colimaçon et décidai que cela attendrait un autre jour.

À la place, j'ouvris la porte à gauche de l'entrée et jetai un coup d'œil à l'intérieur, m'attendant à moitié à ce que quelqu'un m'arrête et me demande ce que je faisais là, mais c'était bien sûr désert. Ça avait dû être une bibliothèque impressionnante autrefois. Mais, à en juger par l'odeur, c'était les livres qui avaient le plus souffert de la négligence. Il y avait aussi une grande cheminée, sur le manteau de laquelle était placé un ensemble de tableaux encadrés représentant la Nouvelle-Zélande d'antan, et d'autres objets que j'examinerais plus tard. Au fond de la pièce se dressait un grand bureau, éclairé par une fenêtre, drapée de rideaux de velours encrassés par la poussière. En entrant dans la pièce il fallait faire sept pas vers la personne assise au bureau, qui aurait été découpée par le contre-jour. L'occupant de ce bureau devait avoir l'habitude d'être obéi.

Je fermai la porte. Celle d'en face s'ouvrait sur une grande pièce qui s'étendait sur toute la longueur de ce côté de la maison. Le papier peint se décollait des murs comme une fleur perdant ses pétales. En certains endroits, il n'était retenu que par des tableaux de paysages et de fleurs, autour desquels se drapait le papier.

Je me dirigeai vers une véranda à l'arrière de la maison, m'arrêtant devant une jolie cheminée sur laquelle des photos dans des cadres ornés en argent terni étaient placées à côté de vases et d'une collection de porcelaine fine. Attirée par ces photos, je les pris une par une, m'imprégnant des images. Ces gens étaient les membres de ma famille. *Ma* famille. La *mienne*. Ce qui m'avait manqué toute ma vie était ici en abondance. Mais pas en chair et en os.

Emportant avec moi un petit cliché, je continuai vers la véranda pour mieux examiner l'image à la lumière. Mais j'avais à peine fait un pas dans cet espace teinté de vert que j'oubliai la photographie. C'était comme si j'avais pénétré dans une jungle préhistorique. Quelques vitres brisées avaient permis aux insectes d'entrer, et l'endroit était embrasé de fleurs colorées et de feuilles exotiques, alimentées automatiquement par un système d'irrigation d'aspect ancien. Heureusement, sinon tout aurait dépéri depuis longtemps.

Mais c'était incroyable. L'air était différent ici aussi. Je continuai à marcher, passant devant des cigognes en terre cuite, des curiosités de jardin, des objets exotiques sans doute collectés lors de voyages à l'étranger, en direction d'une fontaine en pierre, maintenant vide. Elle se dressait au centre de la grande véranda, et je tournai sur place, m'émerveillant des palmiers imposants qui buttaient contre le plafond, forcés à se replier sur eux-mêmes, créant une canopée verte, accentuée par le film vert qui recouvrait le toit de verre. C'était étrange, éthéré, et j'en perdis presque l'équilibre.

Mais alors que mon pied heurta quelque chose, je baissai les yeux vers le sol carrelé de terre cuite et vis un petit objet coincé entre mon pied et un grand pot émaillé. Je me baissai pour le ramasser et le tins à la lumière. C'était une perle d'un collier, perdue depuis des décennies, jusqu'à cet instant. Cet objet m'émut. C'était quelque chose de décalé, laissé sur place, la conséquence de l'action de quelqu'un, et, en tant que tel, il ramenait cette maison longtemps oubliée à la vie. Elle était peut-être tombée d'une poche, ou avait glissé entre des doigts occupés à autre chose. Mais à quoi ? Je secouai la tête. Je laissais mon imagination s'emballer.

Soudain, j'entendis quelque chose bouger quelque part derrière moi et je me figeai. Je tendis l'oreille pour essayer de comprendre ce bruit, pour tenter de déterminer s'il était naturel ou non. Mais comment pourrait-il l'être ? Puis je l'entendis à nouveau, plus proche cette fois et je reconnus le rythme régulier d'un pas. Ma peau se hérissa et je me retournai maladroitement pour me retrouver face à un homme debout contre la lumière vive d'une porte qui avait été fermée. Ses traits étaient obscurcis, et sa silhouette était dominée par des cheveux, si sauvages qu'ils se dressaient en pics au sommet et se fondaient avec une barbe hirsute qui lui descendait jusqu'à la poitrine. Je reculai alors que deux yeux sombres se fixaient sur moi.

Je haletai, et la photographie, la perle et les clés glissèrent de mes mains pour atterrir avec fracas sur le sol carrelé. Puis il bougea à nouveau, et je vis qu'il tenait un fusil au creux de son bras. Je poussai un cri et trébuchai en arrière, renversant un palmier dont le pot se fissura avec un bruit sourd, répandant de la terre sur les pavés.

— Qui diable êtes-*vous* ? La voix était aussi intimidante que la silhouette. Je contournai la fontaine, ayant besoin qu'elle soit entre nous, alors que l'homme faisait un geste avec son fusil. Et que faites-vous ici ?

— Paige ! dis-je dans un souffle expiré, en essayant de reprendre possession de moi-même. Je pris une inspiration saccadée. Paige Sinclair. Je ne fais que regarder alentour. Je m'éloignai d'un pas de l'homme.

— Juste regarder ? Je ne crois pas. Ceci est une propriété privée.

Je me redressai, la peur et la colère me montant aux joues à ce rappel.

— Je sais. Et il se trouve que c'est *ma* propriété privée ! Ou, du moins, ça le sera. J'ai la permission... Je m'interrompis, l'homme devant moi me vidant de ma détermination.

Il s'avança vers moi avec le fusil tenu négligemment au creux de son bras, pointé vers le sol. Ma respiration s'accéléra, tandis que je me demandais ce qu'il allait faire. Et ce qu'il fit ensuite était la dernière chose à laquelle je m'attendais.

Il sourit. Un sourire qui commença d'abord dans ses yeux, avant de s'étendre à sa bouche, dont les coins tressaillirent.

— Eh bien, c'est bon alors. Les lèvres s'épanouirent en un large sourire, ses dents brillant de blancheur dans sa barbe sombre. Il se retourna. Ça fait un moment que je ne suis pas venu ici. Ce système d'arrosage que mon vieux a installé semble avoir fait l'affaire. Son ton profond et cultivé contrastait avec son apparence de clochard.

Il se pencha et ramassa les clés et la photo que j'avais laissé tomber et les retourna dans ses mains.

— Pas de dégâts. Il me les tendit. Désolé si je vous ai fait peur. Ma respiration commença à revenir à la normale tandis que je prenais la photo et les clés de sa main, mes doigts frôlant les siens. Je rougis et cela s'intensifiait au contact de cet homme grand, large d'épaules et définitivement poilu.

Je m'éclaircis la gorge et me concentrai, m'efforçant de remettre mes clés dans mon sac, ce qui me permit de mettre un peu de distance entre nous. Me sentant un peu plus à l'aise, je levai les yeux vers lui.

— Je ne m'attendais simplement pas à trouver quelqu'un. Je replaçai mes cheveux derrière mes oreilles et fus déconcertée quand ses yeux suivirent mon geste. On m'avait laissé croire que la maison serait vide.

— Elle l'aurait été si je n'étais pas passé par là et que je n'avais pas vu ta voiture. J'ai cru que c'était un touriste qui commettait une effraction. C'est déjà arrivé. C'est pour ça qu'on a fait installer l'alarme. J'aurais dû me douter que c'était réglo quand l'alarme ne s'est pas déclenchée. Il déplaça son fusil, et je fis instinctivement un pas en arrière. Mais il s'avança vers moi et tendit la main. Je m'appelle Tane. Tane Rakete.

Avec précaution, je lui tendis la mienne.

— Paige. Paige Sinclair.

— Paige Sinclair, répéta-t-il, continuant à tenir fermement ma main. Ce n'est pas un nom associé à Wharerata.

— Aroha Mortimer est ma grand-mère.

— Tu es la petite-fille disparue d'Aroha ? Il eut un petit rire, sa bouche. répétant ce tressaillement aux commissures, à la limite du sourire. Eh bien, qui l'eût cru ?

Je fronçai les sourcils. Je ne savais pas exactement ce qu'il pensait.

— Pauvre vieille Aroha, continua-t-il. Comment va-t-elle ? J'ai entendu dire qu'elle est dans une maison de retraite maintenant.

— Oui. Elle va bien. Bien soignée mais un peu vague.

— Démence.

Mes lèvres se tordirent en entendant le mot que j'avais eu du mal à éviter de prononcer, et j'acquiesçai.

— Oui.

— Je suis désolé.

Je haussai les épaules.

— Oui, moi aussi. Je viens d'apprendre qu'elle était encore en vie et j'espérais apprendre à la connaître. Et... en savoir plus sur ma famille.

— Pas d'Aroha, tu n'y arriveras pas. Mais il y a sûrement d'autres personnes.

— Tu connais quelqu'un ?

— Moi, pour commencer. Il sourit. Ne fais pas cette tête. Ma famille vit dans la baie depuis des siècles, plus longtemps que la tienne, et ils savent ce qui s'est passé.

Je laissai échapper un demi-rire confus.

— Ça a l'air mystérieux.

Tane plissa les yeux et se pencha vers moi. Je serrai les poings pour essayer de contrôler l'impulsion de m'éloigner.

— Un mystère seulement parce que c'est inconnu pour toi, *et* pour moi en grande partie. Mais je peux te dire ce que je sais si tu veux qu'on se retrouve un de ces jours.

— Bien sûr. Ce serait super. Je décidai que ça valait le coup de prendre le risque de rencontrer un vagabond si cela signifiait en apprendre davantage sur ma famille.

— Que dirais-tu de maintenant ? On peut marcher jusqu'à chez moi d'ici. J'ai du café. J'ai même du thé, vu que tu es britannique et tout ça. Cette fois, le léger sourire se transforma en un large rictus qui contrastait avec le reste de son visage à l'air féroce.

Je secouai la tête, trop rapidement. Son sourire était désarmant, mais pas au point que j'aille disparaître dans sa maison avec lui.

— Merci, mais non, pas ce matin. Je vais voir ma grand-mère. Je me sentis soudain plus mal à l'aise et voulus mettre de la distance entre nous. Et je ne veux pas te retenir de ton travail.

— Mon travail ?

Je haussai les épaules.

— Ton jardinage... ou peu importe.

Son sourire se fit plus cynique alors qu'il porta sa main à son front dans un geste qui, tardivement, je réalisai qu'il mimait le fait de soulever une casquette.

— Alors je vous souhaite une bonne journée, madame.

Je me sentis stupide. Qu'est-ce qui m'avait pris d'agir ainsi ? Mais je savais. La sensation de malaise dans mon ventre et ma bouche en étaient la preuve. La peur.

— Je suis désolée. Je ne voulais pas insinuer...

— Que je suis jardinier ? Il n'y a rien de mal à être jardinier.

— Non, bien sûr que non. Je fis un geste impuissant, anxieuse qu'il ne pense pas que j'étais une élitiste arrogante. C'est juste que je ne suis pas moi-même en ce moment. Je souffre encore du décalage horaire, ma vie en Angleterre est pratiquement terminée, j'ai trouvé le seul membre de ma famille qui est encore en vie, et elle est malade, et je suis soudainement héritière d'un domaine. C'est beaucoup à assimiler.

Il leva un sourcil surpris face à mon flot de paroles. Il ne pouvait pas être plus surpris que moi. Je réalisai soudain que j'avais refoulé les émotions qui avaient jailli à la première occasion. Il pinça les lèvres avec sympathie.

— Ça doit l'être. Quand tu seras prête, contacte-moi, et je t'aiderai avec ce que je sais.

— Merci. Il se retourna pour partir. Mais je devais savoir. Juste une chose avant que tu partes. Tu as dit « qui l'eût cru ». Je commençais à regretter d'avoir commencé. Plus tôt. Quand j'ai dit...

— Oui, je sais ce que j'ai dit.

— Qu'est-ce que tu voulais dire ?

— Tout ce que je voulais dire c'est... qui aurait cru qu'Aroha aurait une petite-fille qui te ressemble.

Je fronçai les sourcils.

— Tu veux dire que je ne ressemble pas du tout à Aroha. Je me sentis abattue car Aroha avait évidemment été une beauté. Eh bien, elle a dit que je lui rappelais sa mère.

— C'est vrai, tu lui ressembles beaucoup. Je n'étais pas convaincue par sa réponse que c'était ce qu'il avait voulu dire. Mais j'étais plus intéressée à découvrir quelque chose, *n'importe quoi*, sur ma famille avant qu'il ne parte.

— Alors tu as entendu parler d'elle.

— Bien sûr. Dans mon domaine. Avant que je ne puisse demander précisément pourquoi, en tant que jardinier, il connaîtrait des stars de cinéma, il avait continué. Mais non, je voulais juste dire, qui aurait cru qu'Aroha aurait une petite-fille aussi charmante que toi.

C'était aussi bien qu'il sourit une fois de plus, fit semblant de soulever sa casquette inexistante et continua son chemin, sortant de la serre sans attendre de réponse, car je n'avais aucune réponse à donner et ma rougeur n'aurait fait que s'intensifier s'il en avait été témoin.

Charmante ? On m'avait décrite de multiples façons auparavant, mais charmante n'en faisait pas partie. Frappante, distante, originale, mais je n'avais aucun des traits qui rendaient les filles modernes belles. Mes yeux étaient trop enfoncés, mon visage trop anguleux, mon nez trop long. Il m'avait toujours semblé que j'étais « trop » de tout. Mais cet étranger rugueux et poilu m'avait qualifiée de charmante. Je me retournai et ris tout haut. Je supposai que pour lui, qui était vraiment « trop » de tout, j'apparaissais comme une femme « charmante » discrète, douce et féminine. J'aimais l'impression que tout cela avait eu sur moi.

Soudain, mon téléphone bipa, et je sursautai. Il était l'heure d'aller voir ma grand-mère. J'espérais seulement qu'elle serait dans un de ses bons jours.

MALHEUREUSEMENT, après une demi-heure assise à côté de ma grand-mère à l'aider à boire son thé, je réalisai que ce n'était pas le cas. Je restais assise tenant la main d'Aroha qui oscillait entre sommeil et éveil. Mon esprit partait dans une douzaine de directions alors que j'essayais de reconstituer ce qui avait pu se passer pour avoir dispersé ma famille si loin. Et puis j'imaginai ce qu'aurait pu être la vie si mon grand-père, le mari d'Aroha, était resté en Nouvelle-Zélande avec leur fille. Je me demandais aussi pourquoi Aroha ne les avait pas rejoints en Angleterre. Une mère laisserait-elle si facilement son enfant partir ?

Ma main a dû brièvement caresser mon ventre car lorsque je me suis tournée vers Aroha pour lui dire que je devais partir — j'entendais les infirmières faire leur tournée pour réveiller les gens pour le déjeuner — Aroha s'était réveillée de sa sieste et m'observait. Elle s'est péniblement penchée en avant et a tapoté mon ventre.

— Alors, c'est pour quand ?

J'ai dégluti et jeté un regard nerveux vers le couloir, mais il n'y avait personne aux alentours pour nous entendre. J'ai regardé à nouveau Aroha et caressé le dos de sa main veinée, qui reposait toujours sur mon ventre.

— Quand est-ce que quoi est prévu ? ai-je demandé faiblement.

Aroha a souri, de ce doux sourire dans lequel je ne voyais rien de ma mère, ni de moi d'ailleurs.

— Ton bébé, bien sûr.

Mon monde s'est soudainement écroulé autour de moi. C'était comme si toute couleur s'en était échappée et que je le voyais en noir et blanc. Le choc, je suppose. J'avais soigneusement mis de côté cette partie de moi qui créait un tel chaos et j'organisais ma vie comme un diagramme, qui excluait le problème central de mon existence : le fait que j'étais enceinte de trois mois, que j'avais quitté le père du bébé, et que je n'avais aucune idée de comment gérer cela, si ce n'est en suivant le fort besoin de me connecter avec la seule famille que j'avais. J'avais vécu ma vie en résistant à mon besoin de connexion jusqu'à ce que je devienne presque totalement isolée. Mais je refusais de laisser cela arriver à mon enfant.

Les larmes me sont montées aux yeux.

— Je... Je...

— Oh, ma chérie, les yeux de ma grand-mère se sont embués d'empathie. Ne t'inquiète de rien. C'est tout naturel. Tout naturel, a-t-elle répété, en se penchant pour déposer un baiser sur mon front. Tout ira bien. Je te le promets. J'ai regardé dans ses yeux, suprêmement confiants comme s'il n'y avait pas de démence et qu'elle contrôlait totalement son monde, et le mien. Je te l'assure, a-t-elle répété. Et à ce moment-là, je l'ai crue.

CHAPITRE CINQ

FRANCES

— Je ne sais vraiment pas comment tu as réussi à faire changer d'avis à ton père, dit Margaret, alors qu'elles marchaient le long de Lambton Quay, au cœur du quartier commerçant de Wellington, Pamela les arrêtant toutes les deux minutes pour regarder les vitrines des magasins de mode.

Frances savait exactement pourquoi son père avait finalement accepté qu'elle participe au concours de beauté Miss Nouvelle-Zélande : il voulait l'éloigner le plus possible de Noa. Mais si son père avait décidé de ne rien dire à sa mère, ce n'est pas elle qui allait le faire.

Elle haussa légèrement les épaules et se tourna vers Pamela, qui scrutait la vitrine du grand magasin Kirkaldie & Stains.

— J'ai mieux à faire que de parcourir la Nouvelle-Zélande, en m'arrêtant ici et là pour que les gens dévisagent ma fille ! continua Margaret.

— Mais elle s'est bien débrouillée jusqu'à présent, non ? dit Pamela, essayant de calmer sa sœur. Et il ne reste que la finale de ce soir. Mais Margaret ne semblait pas rassurée, et Pamela se retourna vers la vitrine. Regarde ce maillot de bain, Frances. Il t'irait à merveille. Surtout maintenant que tu commences à bronzer. Pamela tendit le bras pour admirer les premiers signes de bronzage sur sa peau claire d'écossaise.

Margaret haussa un sourcil et regarda Frances d'un air entendu.

— Je suis sûre que ton père ne réalise pas que tu vas parader en maillot de bain devant tout le monde.

— Ce n'est pas différent de nager en maillot de bain à la plage ou dans la rivière, non ? répondit Frances, un peu trop sur la défensive car elle devait bien l'admettre, elle se sentait elle aussi un peu mal à l'aise à cette idée. D'autant plus que le maillot de bain qu'elle porterait pour le concours était en soie tricotée. Bien que ce soit un maillot une pièce, il serait révélateur.

—Au bord de la rivière, il n'y a pas en général une foule de gens qui te regardent sous toutes les coutures.

Frances n'aimait pas tellement cette idée non plus. Elle haussa les épaules.

— De toute façon, ce n'est qu'une petite partie du concours. Ils cherchent des filles sportives qui représenteront bien le pays.

Sa mère et Pamela échangèrent des regards amusés et ne cherchèrent même pas à réprimer leur rire.

—Sportives ?

— Eh bien... Je sais *comment* avoir l'air sportive. C'est juste que je n'aime pas tellement ça. Mais il n'y a pas que le sport. Ils veulent des jeunes femmes capables de représenter la Nouvelle-Zélande, des ambassadrices pleines de santé pour le pays.

—Pleines de santé, répéta faiblement sa mère.

— Elle est magnifique, Margaret. Il n'y a pas besoin d'être saine ou sportive quand on est aussi belle que Frances, dit Pamela en regardant Frances. Comme j'aurais aimé l'être, ajouta-t-elle avec un soupir.

Le plaisir de Frances face au compliment était tempéré par sa connaissance de ce qu'il cachait. Malgré tout l'argent de Pamela, Harry n'avait pas voulu l'épouser. Il ne voyait pas comment il pourrait s'intégrer dans son monde, et Frances pensait qu'il avait raison. Harry n'était en rien comme Noa, urbain et sophistiqué, et Harry n'avait pas non plus l'intelligence de Noa. Non, Harry, lui, était bien bâti, d'une beauté rustique, et amoureux de sa petit amie d'enfance, à qui il était fiancé. Il avait un avenir dans la ferme et l'entreprise laitière de sa bien-aimée et ne désirait rien d'autre. Pamela en avait le cœur brisé.

Frances regarda Pamela avec inquiétude et glissa sa main sous son bras.

— On entre voir s'il y a quelque chose dont tu as besoin ?

Le visage de Pamela s'illumina lorsqu'elle se tourna vers la mère de Frances.

— On y va, Margaret ?

— Je suppose que c'est mieux que de traîner dans les rues, et il nous reste encore quelques heures avant que Frances ne doive se présenter à l'hôtel de ville.

Des papillons dansèrent dans l'estomac de Frances à ce rappel. Elle ouvrit la bouche pour parler mais y renonça quand elle vit le visage de sa mère. Sa mère ne s'était peut-être pas opposée à ce que Frances participe au concours, sur le principe, mais elle n'avait absolument *pas* apprécié la façon dont son père avait cédé à ses exigences, *et* elle se posait des questions sur ses raisons.

Frances prit les devants et ouvrit grand les portes. Sa mère suivit, après avoir jeté un coup d'œil à la façade nouvellement refaite.

— Ce n'est plus pareil depuis que le vieux M. Kirkcaldie est mort. Je n'aime pas la façon dont ils ont rénové. Pourquoi faut-il que les gens veuillent toujours faire des changements ?

Frances leva les yeux au ciel derrière le dos de sa mère et entra dans le magasin. Elle inspira profondément l'intérieur parfumé et ciré, qui lui était aussi familier que sa propre maison. C'était le meilleur, le plus grand et le plus ancien magasin de Wellington.

Pendant que le pianiste d'ambiance jouait les derniers succès venus d'Angleterre, elles firent leurs achats et elles repartirent toutes deux avec de nouveaux maillots de bain : Frances, pour le prochain concours, et Pamela parce qu'elle avait assez d'argent pour en avoir une demi-douzaine si cela lui plaisait.

Bras dessus, bras dessous, en route pour rejoindre la mère de Frances au restaurant, elles passèrent devant le salon de coiffure. Pamela s'arrêta et regarda à l'intérieur, faisant sursauter Frances. Puis elle se tourna vers Frances et tira malicieusement sur ses cheveux blonds mi-longs.

— Tu devrais te faire coiffer, Fanny,

— Oui, j'y ai pensé, en effet.

Pamela se tourna face à elle, et posa les mains sur ses épaules.

— Allez ! Pourquoi pas ? Elle fit un signe de tête vers la photo d'un mannequin aux cheveux courts et ondulés encadrant un visage en forme de cœur. Comparé à quand tu les avais coupés en carré court il y a quelques années, ce sera une bagatelle pour tes parents. Et c'est vraiment plus féminin.

Frances était vraiment tentée. Cela montrerait à tout le monde qu'elle était prête à quitter son ancien monde.

Pamela avait dû sentir l'hésitation de Frances, et elle pressa son avantage.

— Tu as dit que tu voulais ressembler à Carole Lombard. C'est ta chance. Allez, l'encouragea-t-elle en enroulant une mèche de cheveux de Frances autour de son doigt et en la tirant légèrement. Ne sois pas une poule mouillée.

Frances récupéra ses cheveux et lança un regard noir à Pamela.

—Je n'en suis pas une !

—Mais, si…. Pamela caressa un présentoir d'écharpes, en prit une et se tourna vers un miroir pour la draper autour de son cou. Elle fit la moue avec ses lèvres en arc dont elle était si fière, son rouge à lèvres carmin parfaitement appliqué assorti à l'écharpe. Malgré tous tes grands discours, tu as peur, tout simplement, dit-elle au miroir, y croisant le reflet du regard de Frances.

Pamela se détourna, son attention attirée ailleurs. Elle était comme un papillon dans un beau jardin, se posant ici et là. Mais Frances resta, se regardant dans le miroir. Prise au dépourvu, elle fut frappée par son apparence démodée, malgré la coupe moderne de sa robe. Son carré trop long, autrefois élégant, n'avait plus cours et, avec son visage dépourvu de maquillage et la courbe trop naturelle de ses sourcils, elle n'avait rien de la fille au goût du jour qu'elle aspirait à être.

Pendant que Pamela achetait l'écharpe, Frances se retourna et, sans plus hésiter, entra dans le salon de coiffure.

IL FAISAIT sombre dans les coulisses et ça sentait le fard gras et la fumée, dont la brume rendait le public indistinct. Frances tapota anxieusement ses nouvelles boucles, regrettant presque, mais seulement presque, d'avoir perdu son lourd rideau de cheveux, si familier. Mais, d'un autre côté, elle avait l'impression d'être une personne différente. Son cœur battait la chamade, et elle respira profondément, essayant d'en garder le contrôle. Elle n'avait jamais été aussi nerveuse. Elle frotta ses doigts dans ses paumes moites, essayant de les sécher avant de devoir monter sur scène et serrer la main du présentateur. Alors qu'elle attendait son signal, les rires du public répondant au spectacle se mêlaient à un bourdonnement dans ses oreilles.

— Et la voici, Miss Wellington ! Applaudissez-la tous.

Le bourdonnement s'estompa alors qu'elle se concentrait sur l'homme vers lequel elle devait marcher. Frances hésita et déglutit, pressant légèrement ses lèvres l'une contre l'autre, se sentant extrêmement consciente du rouge à lèvres brillant que Pamela avait insisté pour lui faire porter.

— Allez, vas-y, l'encouragea Pamela, qui était plus stressée qu'elle. C'est l'heure du spectacle !

Frances prit une profonde inspiration et monta sur scène, se souvenant tardivement de sourire comme on le lui avait appris. Les lumières étaient éblouissantes, tout comme le sourire du présentateur sur lequel elle se concentra, essayant d'ignorer les applaudissements et la présence de toutes ces personnes, cachées d'elle par les projecteurs et la fumée, et qui la regardaient.

— La voici... Miss Wellington — née et éduquée à Wellington, elle vit dans la splendeur du domaine de Wharerata dans le Wairarapa, c'est la fille de l'illustre Sir William et Lady Stewart, un nom de famille qui fait partie du tissu même de la Nouvelle-Zélande — une famille qui a contribué à la grandeur de notre pays. Une vraie Néo-Zélandaise !

Au moment où elle fut visible pour le public, il y eut un rugissement et une explosion de flashes, et Frances sourit, sentant pour la première fois qu'elle était là où elle devait être.

IL ÉTAIT PLUS de minuit lorsque Frances sortit de l'hôtel dans les rues de la ville, encore exaltée par son triomphe, ayant remporté le premier prix. Elle serra contre elle l'enveloppe contenant la partie la plus importante du prix, le bout d'essai pour Hollywood. Elle avait du mal à y croire.

Pamela passa la tête dehors.

— Reviens à l'intérieur, les garçons ont acheté une autre bouteille de champagne.

Frances s'appuya contre le mur, déjà étourdie par trop d'alcool. Elle secoua la tête.

— Non, j'ai besoin d'air. Je vais rentrer à pied.

— Je vais chercher la voiture pour toi. Je suis *ton* chaperon, après tout.

Pamela gloussa en essayant d'allumer sa cigarette d'une main incertaine.

— Ça va. C'est juste au coin de la rue.

Pamela passa son bras autour d'elle.

— Miss Nouvelle-Zélande, hein, Frances ? Je pense que c'est tout ton discours sur le fait d'être une fille néo-zélandaise à la page qui les a convaincus.

Frances rit et secoua la tête.

— Je ne sais pas d'où tout ça est venu.

— Qu'importe ? C'était merveilleux. Tu les tenais dans la paume de ta main. Et je crois bien que ce maillot de bain a scellé l'affaire.

Frances rougit au souvenir. C'était exactement comme sa mère l'avait décrit — tous les regards, certains amplifiés par des jumelles, fixés sur son corps. Elle s'était sentie comme l'une des vaches de concours de son père. Elle repoussa cette pensée au fond de son esprit. Ça en avait valu la peine malgré tout.

— Je n'arrive pas à y croire.

— Tu y croiras quand tu seras partie pour Hollywood.

Frances rit à nouveau, levant les yeux vers les étoiles.

— Une star d'Hollywood. Miss Frances Stewart.

— Exactement. Et je pense que tu devrais m'emmener avec toi.

— Bien sûr. J'aurai besoin d'un chaperon.

— Et je suis la candidate parfaite.

Cette déclaration manifestement fausse les fit éclater de rire. Ce fut Pamela qui se reprit la première.

— Je vais chercher mon manteau.

— Non, répondit Frances. Retourne à l'intérieur, amuse-toi. Ça va aller pour moi.

Pamela haussa les épaules.

— Je vais trouver quelqu'un pour te raccompagner chez toi.

— Ce ne sera pas nécessaire, dit une voix sortant de l'ombre.

Elles se retournèrent toutes les deux pour voir Noa, debout à l'extérieur du cercle de lumière des éclairages extérieurs de l'hôtel. Son cœur fit un bond.

— Noa ! répondit Pamela. Ça fait un moment qu'on ne t'a pas vu.

— J'ai été… occupé.

Il y avait tout un monde contenu dans cette hésitation, et Frances en comprit toutes les nuances.

— Mais tu es là maintenant.

Noa se tourna vers Frances.

— Oui, je suis là maintenant.

Pamela regarda de l'un à l'autre, un sourire flottant sur ses lèvres.

— Bien. Alors tu peux raccompagner Frances chez elle.

— Ce serait avec plaisir.

Pamela embrassa Frances sur la joue.

— Sois sage, et je te verrai à la maison demain matin. Probablement pas très tôt.

Elle se retourna et s'éloigna, faisant un geste d'adieu avec sa main.

La porte se referma derrière elle, laissant Frances et Noa seuls dans la rue presque déserte.

— J'ai cru comprendre que des félicitations s'imposaient, dit Noa, d'une voix très différente de tous les autres qui l'avaient félicitée. Mais elle s'en fichait complètement. Il se tenait devant elle, et il lui coupait le souffle.

— Merci.

Elle fit une pause, alors que tous les mots qu'elle avait répétés depuis la dernière fois qu'elle l'avait vu se bousculaient dans sa tête pour ne la laisser qu'avec des mots ordinaires.

— Je ne m'attendais pas à te voir ici.

— Je t'attendais.

Cette pensée envoya un frisson aigu à travers son corps, bien plus intense que celui que sa victoire au concours avait provoqué.

— Tu m'attendais ? Comme tu guetterais une proie ?

— Non, Frances, ça, ce serait de la chasse. Je ne chasse pas. Je voulais simplement te parler. J'ai entendu dire que tu partais bientôt.

— Oui. Les organisateurs veulent que je fasse une tournée de la Nouvelle-Zélande avant que de partir pour Hollywood.

Il eut un rire rauque.

— Tu as obtenu ce que tu voulais alors. La célébrité.

— Ce n'est pas tout ce que je voulais, Noa, dit-elle d'une voix basse, les mots lui échappant avant qu'elle ne puisse les arrêter.

Il ne parla pas ; ce n'était pas nécessaire. Son expression lui parlait plus directement que des mots. Mais elle ne voulait pas de cette conversation. Pas maintenant.

— Comment vas-tu ? demanda-t-elle, pour briser le silence.

Il soupira comme si elle avait interrompu le fil de ses pensées.

— Occupé. Je travaille jour et nuit au cabinet d'avocats et je participe aux réunions du Parti travailliste dès que je ne suis pas au travail.

— C'est une bonne chose que tu n'aies pas de petite amie, alors, n'est-ce pas ?

— Qui a dit que je n'avais pas de petite amie ?

C'était Pamela, bien sûr, qui avait dit ça. Mais apparemment, elle s'était trompée. La jalousie, comme un poignard à la lame acérée, trouva sa cible au plus profond d'elle-même. Quelle idiote d'avoir cru Pamela. Bien sûr qu'il avait des petites amies. Il appréciait les filles, depuis toujours, et elles le lui rendaient bien.

Elle se détourna brusquement et commença à marcher en direction de la maison de ses parents sur Tinakori Road à Wellington. Elle n'avait pas besoin d'escorte. Une fine pluie avait commencé à tomber, rendant le trottoir luisant et glissant. Sa tête résonnait sous l'effet du champagne, du stress et de la fatigue, sans parler de l'idée que Noa avait trouvé quelqu'un d'autre. Que quelqu'un d'autre l'avait embrassé, avait ri avec lui, avait plongé son regard dans ses yeux et y avait vu un avenir qui lui avait été volé.

— Frances ! cria-t-il, mais elle ne s'arrêta pas. Elle ne supportait pas l'idée qu'il puisse voir les larmes dans ses yeux. Frances ! appela-t-il à nouveau, plus proche cette fois. Il n'eut pas besoin de courir pour la rattraper ; ses nouvelles chaussures à talons n'étaient pas faites pour la vitesse. Elle s'immobilisa lorsqu'il tendit la main et la posa sur son épaule.

— Frances, dit-il, cette fois plus doucement.

— Qu'est-ce qu'il y a ? demanda-t-elle, incapable d'empêcher sa voix de trembler.

— Laisse-moi te raccompagner chez toi, Frances. Tu ne devrais pas marcher seule.

Elle se retourna et releva le menton.

— Je suis une femme moderne, n'oublie pas. Tu n'as pas lu les gros titres de l'*Auckland Sun* ?

Il scruta son visage et trop tard, elle se souvint de ses yeux humides. Elle détourna le regard, mais il la retint et l'empêcha de se retourner complètement. Doucement, il souleva son menton avec son doigt, très doucement. Le contact contre sa peau avait un pouvoir bien à lui.

— Oui, j'ai lu les gros titres, les sous-titres, tout ce qui pouvait me donner des nouvelles de toi. Ces derniers mois ont été insupportables sans toi.

Elle se tourna lentement jusqu'à lui faire face, s'imprégnant de ses traits chéris qui s'étaient insinués dans son esprit, chaque fois qu'elle avait cessé de s'occuper avec autre chose, *n'importe quoi* d'autre. Maintenant, elle pouvait se rassasier de ses lèvres, de ses pommettes saillantes et de ses yeux étroits avec leur centre d'ébène, presque noir dans la faible lumière des réverbères. Insupportable pour lui ? Et pour elle alors ? La colère monta face à ce qui s'était passé.

— Alors pourquoi n'es-tu pas venu me voir ?

— Parce que ton père m'a fait clairement comprendre qu'il ne le voulait pas. Et...

— Oui ?

— Il a dit que ma visite serait malvenue, pas seulement pour lui, mais aussi pour toi.

C'était donc ça le prix qu'elle avait dû payer pour la permission de participer au concours. Que son père mente en son nom à Noa.

— Ce n'était pas vrai. Noa ferma brièvement les yeux comme s'il souffrait. Mais est-ce que cela aurait changé quelque chose ? poursuivit-elle. Ne me dis pas que tu as changé d'avis ? Elle secoua la tête avec incrédulité. Je gagne un concours, et tu décides que tu aimerais être avec moi ?

— J'ai toujours voulu être avec toi. Mais non, rien n'a changé. Je ne te ferai pas la cour sans la permission de ton père. Tu vaux plus que ça, Frances. Beaucoup plus.

— Alors pourquoi es-tu venu me voir si rien n'a changé ? À quoi ça sert ? Elle remonta la petite allée menant à la vieille maison coloniale qui avait appartenu à la famille de sa mère.

— Je voulais te dire que je n'ai pas abandonné. Je me ferai un nom en politique, et je retournerai voir ton père. Je ferai en sorte qu'il lui soit impossible de refuser.

Elle secoua la tête au souvenir des mots qu'avait employés son père. Elle ne pourrait jamais oublier son profond sectarisme.

— Tu me sous-estimes, Frances.

Elle secoua à nouveau la tête.

— Non. Tu te trompes. C'est *toi* qui sous-estimes mon père. Il faudra plus que ton travail acharné pour le faire changer d'avis.

—Quoi ? Quoi que ce soit, je le ferai.

— Je ne sais pas. Si je le savais, je le ferais moi-même. Elle regarda autour d'elle le jardin silencieux avec sa haute haie de camélias, tandis qu'une voiture solitaire rugissait en remontant la route goudronnée, soulevant de la poussière qui flottait dans le jardin. Elle se sentit soudain piégée. Père ne changera *jamais* d'avis. Tu peux oublier ça.

— Je ne peux pas le croire, parce que sinon il n'y a pas d'avenir pour nous.

— Il pourrait y en avoir un. Viens avec moi. Laisse tout ça derrière toi. S'il te plaît, Noa. L'Amérique est un nouveau pays, nous pourrions y être ce que nous voulons.

— On ne peut pas simplement renier qui on est, Frances, ni son peuple. C'est impossible. On finit toujours par être rattrapé.

Elle ricana.

— Et qu'est-ce qui te rend si sage ?

Ses lèvres s'arquèrent.

— Je suis né comme ça.

Elle secoua la tête et s'éloigna de lui.

— Eh bien, pas moi.

— Non, tu vas devoir l'apprendre à la dure.

— Alors tu penses que je devrais rester ici, à faire ce que j'ai toujours fait, assister à des réunions mondaines, à des événements caritatifs et éviter les hommes pendant que j'attends que tu fasses changer d'avis à Père ? C'est ce que tu penses que je devrais faire ?

— Tout ce que je demande, c'est de me donner une chance. Je *peux* le faire. Tu dois croire en moi.

— Croire en toi ? Et comment puis-je faire ça quand tu ne tiens même pas tête à mon père ?

Il serra les poings le long de son corps, puis les relâcha.

— Je dois travailler dans le cadre du système. Je n'ai pas d'autre choix.

— Si, tu en as un. Les gens ont toujours des choix, et j'ai fait le mien. Elle se pencha vers lui, ne sachant guère si son désir pour lui était plus fort que sa colère et sa frustration. Pendant quelques secondes, tout fut en suspens. Mais quand il s'éloigna d'elle, la colère l'emporta, et elle monta en courant les marches jusqu'à la porte d'entrée, tâtonnant avec sa clé et la laissant tomber. Il apparut, la ramassa et la lui tendit, leurs mains se frôlant brièvement avant qu'elle n'enfonce la clé dans la serrure et entre dans la maison.

Le carreau en vitrail au-dessus de l'encadrement de la porte trembla lorsqu'elle la ferma. Elle descendit le couloir avant de se retourner pour voir l'ombre de Noa reculer sous la lumière du réverbère. Ce n'est qu'à ce moment-là qu'un sanglot lui échappa.

— Chérie, c'est toi ? appela sa mère depuis le salon. Viens nous rejoindre, nous prenons un dernier verre.

Elle s'approcha du miroir dans le hall et essuya ses larmes.

— Oui, Mère, j'arrive. Elle ne le laisserait pas l'atteindre. Comment osait-il venir à elle le jour de sa victoire et essayer de la lui voler ? Elle s'éclaircit la gorge et passa un doigt le long de la ligne en biais de sa nouvelle frange qui balayait son front d'un côté à l'autre, plongeant sur un œil. Elle prit une profonde inspiration, composa son expression et ouvrit la porte, imaginant qu'elle entrait sur un plateau de tournage. Parce que, lui sembla-t-il à ce moment-là, c'était ainsi que serait le reste de sa vie. Irréel. Elle montait sur une scène où tout était possible, sauf la réalité.

LES SEMAINES suivantes passèrent rapidement tandis qu'elle faisait le tour des principales villes de Nouvelle-Zélande et se préparait pour son départ imminent, jusqu'à ce que, soudain, arrive son dernier jour à Wharerata.

La pluie qui était tombée pendant des semaines s'était arrêtée ce matin-là, mais l'humidité flottait encore lourdement dans l'air alors que Pamela et elle regardaient leurs visiteurs jouer au tennis sur le court en contrebas de la maison. Le bruit sourd des sabots d'un cheval de Clydesdale tirant une charrette pleine de foin leur parvint. Elles levèrent toutes les deux les yeux.

— C'était Harry, dit Frances, se tournant vers Pamela.

— Je sais, dit Pamela en exhalant un nuage de fumée de sa cigarette et en détournant le regard.

— C'est étrange. Je pensais qu'il travaillait à la ferme des Lowe. Que fait-il ici ?

Elle haussa ses épaules élégantes.

— Comment le saurais-je ?

— Parce que je t'ai vue lui parler l'autre jour.

— Ah, oui, ça. Elle secoua négligemment la cendre dans la bordure d'herbacées et tira une longue bouffée, avant de l'expirer, regardant le ruban de fumée s'envoler derrière elle.

— Oui, *ça*. Je pensais qu'il... Frances s'interrompit. Comment pouvait-elle dire qu'il n'était pas intéressé, avec tact ?

Pamela adressa à Frances un sourire crispé. — Qu'il ne voulait pas de moi ? Oui, tu as raison. Mais comme je ne suis pas du genre à considérer « non » comme une réponse valable, je lui ai trouvé un emploi sur le domaine.

— Mais il en avait un chez les Lowe. Frances hésita à nommer son amour d'enfance, dont le père avait offert le travail à Harry.

— Pas un qui paie autant que ce qu'il gagne ici.

— Pamela ! Qu'est-ce que tu as fait ?

— Ce que j'ai fait ? J'avais l'intention de le rapprocher de moi. De lui montrer ce qui était à sa portée s'il s'y prenait bien. Le problème, c'est que ça n'a pas marché. Il préfère sa petite amie mortellement ennuyeuse. Je devrais le faire renvoyer, mais je n'en ai pas le cœur.

— Non ! Tu ne dois pas faire çà. Chaque mois, les emplois deviennent plus difficiles à trouver.

Pamela haussa un sourcil vers elle.

— Je suis surprise que tu l'aies remarqué.

Frances ne voulait pas admettre que sans Noa, elle ne l'aurait probablement pas fait. Non qu'elle l'ait vu depuis des semaines.

— Ce serait difficile de ne pas s'en rendre compte. Surtout avec ce plan numéro 5 qui est sur toutes les lèvres.

Pamela fronça les sourcils.

—Toutes les lèvres ? Pas les miennes en tout cas. Qu'est-ce que c'est d'ailleurs ?

— De l'argent contre du travail.

— Eh bien, c'est gentil pour eux.

— Oui, sauf que selon Noa, l'emploi est contingenté pour que l'argent bénéficie à plus de monde, alors les gens ont faim, ou bien alors il leur faut s'adresser aux comités hospitaliers pour obtenir de l'aide. Noa dit que le chômage a doublé ces deux derniers mois.

— « Noa dit, Noa dit ». Je croyais que tu n'avais pas vu Noa.

— Je ne l'ai pas vu. Mais ce qu'il dit s'étale dans les journaux. Ce serait difficile de *ne pas* le voir.

En vérité, elle avait beaucoup pensé à Noa et à sa politique ces derniers temps depuis qu'il était devenu la voix du Parti travailliste.

— Eh bien, dit Pamela en soufflant une ligne de fumée dans le ciel lourd, Dieu merci, rien ne change à Wharerata. Elle reporta son attention sur le match de tennis qu'elles regardaient.

Mais Frances ne pouvait pas se concentrer. Pamela avait raison, pensa-t-elle en regardant autour d'elle la maison qui se dressait solidement derrière elles, entourée des vastes terrains dont les plantations remontaient à des décennies. Du verger planté par son arrière-grand-père dans les années 1870 aux palmiers exotiques et à la serre ajoutée par sa mère, elle avait l'impression de se noyer dans le passé. C'était un poids sur ses épaules, et précisément la raison pour laquelle elle voulait partir.

Le monde politique turbulent de Wellington semblait loin de leur petit coin du monde. La maison imposante était entourée par la plaine herbeuse et dorée, bordée par la mer et les collines qui se découpaient nettement dans le ciel bleu clair. C'était presque comme si le monde de l'Angleterre et d'Hollywood était plus proche que les affaires de la Nouvelle-Zélande. *Illusion*. Le monde était une illusion, pensa Frances distraitement, en tirant profondément sur sa cigarette.

— C'est dommage, dit Pamela, d'une voix mesurée.

— Quoi donc ?

— Harry avec son béguin d'écolier pour cette fille idiote. Elle est vraiment très ordinaire.

— Oublie-le, Pamela. Frances passa son bras autour de sa tante.

— On va s'amuser à Hollywood, n'est-ce pas ? Il y aura sûrement plein d'hommes charmants là-bas.

— C'est vrai, sourit Pamela. Je ne sais pas comment Margaret a réussi à persuader ton père que je serais un chaperon convenable, mais j'en remercie Dieu chaque soir.

Frances planta un baiser sur la joue fardée de Pamela.

— On va s'amuser, n'est-ce pas ?

Pamela secoua la cendre de sa cigarette et se tourna vers Frances avec un sourire.

— J'y compte bien. Elles se retournèrent toutes les deux au son d'une voiture qui approchait.

— Oh là là ! Encore un visiteur pour dire au revoir à Miss Nouvelle-Zélande. Et on dirait une voiture très chic. On gagnerait certainement faire baisser la moyenne d'âge de nos visiteurs masculins. Elle plissa les yeux dans la lumière.

— Qui est-ce ?

La peau de Frances se hérissa lorsque le conducteur se tourna vers elle. Elle reconnut sa silhouette en un instant. Il fallut quelques minutes de plus à Pamela, pendant lesquelles Frances avait reporté son regard sur le tennis.

— Bon sang ! dit Pamela, en se redressant. C'est Noa. Et on dirait qu'il a amené des amis. Elle gloussa et regarda Frances, qui refusait de croiser son regard, d'un air perspicace. Eh bien, ça devrait être intéressant. Elle inspira puis expira un autre long panache de fumée. Tu savais qu'il venait ? Elle sourit. Non, bien sûr que non, sinon tu n'aurais pas l'air d'une oie abasourdie.

Frances lui lança un regard irrité.

— Non, je ne savais pas.

Quelques instants plus tard, le groupe d'hommes, dont Noa, émergea de l'arrière de la maison, conduit par la bonne, et descendit les marches vers les courts de tennis.

— Très intéressant, marmonna Pamela en s'appuyant contre la balustrade et en tirant une autre bouffée nonchalante sur sa cigarette. Viens, dit-elle, en prenant Frances par le coude. Je ne manquerais ça pour rien au monde.

— C'est bien beau pour vous les gars, dit l'un des amis de son père à Noa. Vous n'avez aucune idée de comment fonctionne le gouvernement.

— Avec tout le respect que je vous dois, monsieur, je pense que si. Le Parti travailliste n'est pas dépourvu d'expérience.

— Le mauvais genre d'expérience, hein, Stewart ? dit l'homme au père de Frances, qui grogna mais ne fit aucune autre observation.

Frances voyait que son père n'était pas très content de voir Noa. Sans doute que sa mère, qui n'avait aucun intérêt pour la politique, l'avait-elle invité. Frances retint son souffle alors que Noa se tournait et acceptait calmement le verre que la bonne lui proposait, en prit une gorgée puis le posa avec un soin étudié sur une table.

— Précisément le bon genre d'expérience, monsieur. Avec le déficit de la balance commerciale tel qu'il est, avec les travailleurs qui souffrent comme jamais auparavant, il est grand temps que les gens votent pour un parti qui s'occupera d'eux.

— Les travailleurs sont-ils les seules personnes qui souffrent ? demanda l'un des hommes. Je ne pense pas, hein, Stewart ? L'homme pointa grossièrement son doigt vers Noa. Dieu nous en préserve si votre parti arrive au pouvoir, Tuhaka. La terre gèlera avant qu'on ait des hangis au Parlement.

Il y eut quelques ricanements, mais Frances, aussi indignée qu'elle fût, était heureuse de voir que son père n'en faisait pas partie. Il s'opposait peut-être à Noa en tant que prétendant de Frances, mais il était trop gentleman pour approuver qu'on ridiculise ses invités dans sa propre maison.

— Assez de politique, messieurs. Nous sommes ici pour célébrer le dernier jour de ma fille en Nouvelle-Zélande.

Il se tourna vers Frances qui s'avançait, les joues en feu.

— Le Parlement a besoin de gens comme Noa, pas de personnes dépassées sans expérience pertinente, qui ne reconnaîtraient pas un hangi même s'il leur tombait dessus, dit-elle.

— Frances, la mit en garde son père.

Elle le fusilla du regard.

— Père, j'essaie juste de…

— Eh bien, arrête. Il leva les yeux vers son ami. Tout cela lui est un peu monté à la tête.

— Ah, bien sûr, dit l'homme, légèrement apaisé. Notre Miss Nouvelle-Zélande. Quand partez-vous pour Hollywood ?

— Ce soir. Tu devrais peut-être finir tes bagages, suggéra son père d'un ton appuyé.

Elle s'éloigna d'un pas vif. Elle était à mi-chemin dans le couloir quand elle entendit son nom. C'était Noa. Elle regarda autour d'elle, mais ils étaient seuls. Elle se dépêcha vers les escaliers.

— Frances ! appela-t-il.

Elle fit volte-face.

— Comment peux-tu le supporter, Noa ?

— Je le supporte parce que je n'ai pas le choix. Si je réagissais à chaque affront, je n'arriverais jamais à rien. Ou plus précisément, le mouvement travailliste n'arriverait jamais à rien. Tu es naïve, Frances.

— C'est *toi* qui est naïf. Si tu penses qu'ils vont t'accepter un jour, alors tu es fou. Tu dois les combattre, pas travailler avec eux.

— Je dois faire tout ce que je peux pour travailler dans le système. C'est le seul que nous ayons. Nous ne pouvons pas tous nous envoler vers Hollywood.

— S'envoler ? C'est comme ça que tu le vois ?

— Eh bien, n'est-ce pas le cas ? Toute cette histoire de Miss Nouvelle-Zélande, à te promener en maillot de bain. Tu penses vraiment que tu vas changer le monde comme ça ?

— Contrairement à toi, je ne veux pas *vraiment* changer le monde.

— Alors tu es plus sotte que je ne le pensais.

Ils étaient proches maintenant, et elle put voir le moment où il regretta ses paroles. Il tendit la main vers elle, mais elle la repoussa.

— Tu me trouves sotte maintenant.

Il inspira profondément mais renonça à ce qu'il allait dire.

— Pas sotte. Bien sûr que non. J'étais juste...

— Juste quoi ? Pendant un instant, elle se demanda s'il allait lui dire ce qu'il ressentait vraiment pour elle. Mais le moment passa et ce qu'il pensait ne fut pas prononcé. Peu importe.

— Ce que j'essaie de dire, c'est que tant que tu ne comprends pas ce que je dois faire, nous n'avons pas d'avenir.

Elle hocha lentement la tête, ses paroles se répétant dans son esprit tandis qu'elle retirait sa main de la sienne et s'éloignait.

— Frances ! appela sa mère depuis le bout du couloir. Tout va bien, ma chérie ?

Elle le regarda.

— Bien sûr, Mère. Pourquoi cela n'irait-il pas ? Rien n'a changé.

Avec un dernier regard furieux à Noa, regard qui se transforma en quelque chose de plus douloureux avant qu'elle ne puisse se détourner, elle s'éloigna et monta les escaliers en courant.

QUELQUES HEURES PLUS TARD, elle sortit dans la douce lumière du soir. Tout le monde s'était rassemblé devant la maison pour lui dire au revoir.

Elle monta dans la voiture aux côtés de Pamela et scruta les visages souriants — ceux de ses parents pensifs, les autres, heureux pour elle — mais elle ne voyait pas Noa. Alors que la voiture faisait le tour de l'allée circulaire, elle l'aperçut, debout à l'extérieur des grilles arrière, s'en allant par le chemin qui le mènerait à la maison de sa famille. Il ne se retourna pas.

Elle fit un signe de la main puis regarda droit devant elle vers le portail ouvert. Un frisson la parcourut lorsqu'elle le franchit, et pour la première fois, elle se demanda combien de temps s'écoulerait avant qu'elle ne revienne, sentant qu'elle laissait une partie d'elle-même ici. Elle se retourna et fit un signe à sa famille. Les rires et les sourires s'étaient maintenant éteints. Son père passa son bras autour de sa mère qui s'était détournée, serrant un mouchoir blanc contre son visage.

Un sanglot monta dans sa gorge, mais la voiture tourna sur la route, et les grilles se refermèrent derrière eux. Elle ferma les yeux et ne vit pas Noa, qui la regardait de loin, la fine bande bleue de la mer marquant son foyer et celui de sa famille derrière lui. Elle regarda droit devant elle, les yeux brûlants dans la vive lumière. Pamela lui tendit un mouchoir, mais elle le refusa.

Elle s'éclaircit la gorge et s'efforça d'arrêter de trembler.

— Je vais bien. C'est juste la lumière vive. Elle semble plus brillante ce soir, d'une certaine manière. Elle fit une pause. Trop brillante, vraiment.

CHAPITRE SIX

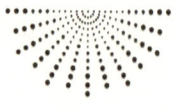

PAIGE

C'était une côte plus sauvage que je ne l'avais imaginé lorsque j'avais aperçu la bande de bleu depuis la maison. Un groupe de chalets ponctuait la courbe intérieure de la petite baie, avec quelques maisons qui avaient connu de meilleurs jours, accrochées aux rives de la rivière qui se jetait dans la mer. Je me tenais sur l'un des deux promontoires rocheux s'avançant dans la mer, de part et d'autre de l'étroite bande de plage de sable blanc.

Malgré le vent modéré ce jour-là les vagues s'écrasaient sur les rochers en contrebas avec une force que je ressentais dans tout mon corps et qui résonnait comme une pression dans mes oreilles. On ne pouvait accéder à la baie que par un étroit passage entre les deux promontoires. On avait l'impression qu'il fallait être un bon navigateur pour entrer dans le port mais, une fois à l'intérieur, l'eau était calme, et deux enfants nageaient dans les bas-fonds, inconscients de la mer agitée au-delà de l'abri de la baie.

Cela n'avait rien à voir avec la station balnéaire que je visitais avec mes parents lors de nos vacances d'été annuelles. Mes parents aimaient faire les choses dans les règles — rien d'impulsif pour ma mère — et chaque été, toujours à la même heure, nous quittions notre maison mitoyenne en briques rouges de la banlieue londonienne pour aller séjourner dans le même petit hôtel — plus proche d'un bed and breakfast que d'un hôtel — sur le front de mer à Margate, sur la côte du Kent.

Tout me plaisait là-bas, de l'enfilade de maisons victoriennes le long des falaises aux cafés bon marché et joyeux vendant du fish and chips, des vendeurs de rue proposant des bacs de coques vinaigrées et caoutchouteuses, jusqu'au cliquetis et à la musique métallique des machines à sous de la salle de jeux. Mais par-dessus tout, j'aimais les larges nuances pastel bleu-vert du ciel et de la mer, et le jaune pâle du sable. Ce que je préférais, c'était jouer avec les autres enfants dans la grande piscine d'eau de mer sur la plage. Ces journées, passées à jouer librement avec des enfants que je n'aurais pas eu le droit de fréquenter normalement, pendant que mes parents s'affairaient avec les chaises longues, jouaient au bingo et bavardaient avec les autres familles, semblaient ne jamais devoir prendre fin. Pendant deux semaines chaque année, je ne me sentais ni anxieuse, ni limitée. Pendant deux semaines, je sentais que tout était normal, j'étais comme les autres.

Je me détournai de la mer tumultueuse et de mes souvenirs, mon regard se posant brièvement sur Wharerata, qui se trouvait à environ un kilomètre de la baie. Les seuls signes de la maison sous la canopée battue par le vent étaient les cheminées, taches incongrues de briques rouges gothiques de l'époque victoriennes dans le paysage desséché. Les chalets étaient construits en bois patiné de la même teinte dorée que ce qui les entourait. Je levai les yeux vers les collines, couvertes de moutons, avant de me retourner une fois de plus vers la baie. Mais les souvenirs revinrent.

Ces lointains jours d'été n'avaient été qu'une illusion de normalité, bien sûr. Il n'y avait rien de normal dans ma vie de famille, c'était comme la petite portion de mer à l'entrée de la baie, trompeusement calme mais sous laquelle bouillonnaient des tensions et une colère qui n'étaient jamais autorisées à remonter à la surface.

Je croisai les bras de manière protectrice autour de mon ventre et avançai prudemment le long du sentier de la falaise, revenant sur mes pas jusqu'à la voiture de location. Une fois qu'on s'éloignait du promontoire, l'air était plus calme, mes souvenirs se calmèrent et retournèrent d'où ils avaient surgi, quelque part sous la surface, là où je n'avais pas à les affronter. J'avais bien appris la leçon de ma mère.

Mais il y avait des choses auxquelles je devais faire face. Ma grand-mère avait deviné que j'étais enceinte. Comment, je n'en avais aucune idée. Peut-être par simple chance, mais cela m'avait déstabilisée. Je ne pouvais pas repousser cette idée au fond de mon esprit pour toujours, espérant qu'elle disparaîtrait. Ce ne serait pas le cas. Selon mes calculs, j'en étais à environ quatorze semaines maintenant. Quatorze semaines. J'avais du mal à croire qu'il y a quatorze semaines, mon enfant avait été conçu par ce menteur, ce tricheur. Je savais que notre mariage traversait une période difficile, mais je pensais que c'était temporaire. Nous nous aimions, du moins je le croyais. Mais visiblement, l'idée que mon ex se faisait de l'amour n'avait rien à voir la mienne.

Il s'était plaint de ma froideur, et j'avais essayé d'y remédier, mais comment changer après si longtemps ? Je n'avais eu qu'un seul modèle, un seul ensemble de gènes féminins sur lesquels travailler, et c'était ceux de ma mère. Et j'étais devenue comme elle, trop effrayée par les autres pour laisser quiconque s'approcher. Cela convenait à mon père, qui passait la plupart de son temps au travail, et ma mère n'avait donc jamais eu de raison de changer. Mais je n'avais pas eu ce luxe. J'étais seule et, contrairement à ma mère, j'avais envie de changer. Et j'allais commencer par retourner dans le passé, essayant de découvrir ce qui avait pu pousser ma mère vers cette vaine quête de respectabilité, et à cette détermination à me faire suivre ses traces. J'avais trop bien appris mes leçons, mais tout cela allait changer. J'allais faire en sorte que mon bébé ne grandisse pas comme moi, en ayant peur de son ombre. Pour moi, la seule façon d'aller de l'avant était de se retourner vers le passé.

Je montai dans la voiture chaude, me tortillant pour décoller mes cuisses des sièges en similicuir, et mis le contact, en quête d'un souffle d'air frais, mais le tour de clé ne fut accueilli que par un ronronnement vide inquiétant. Je réprimai un sentiment momentané de panique — ce n'était pas grave, j'avais une assistance routière 24/7 — et essayai à nouveau. Cette fois-ci, il n'y eut même pas de ronronnement. Je fermai les yeux et m'effondrai sur le volant. Un dernier essai me confirma que la batterie était déchargée.

Je sortis de la voiture d'un bond, reconnaissante pour la brise, et fouillai dans mon sac pour prendre mon téléphone. Je l'examinai, puis fronçai les sourcils et protégeai l'écran. Vraiment ? Pas de batterie ? C'était bizarre. Je l'avais branché dans la voiture pour le recharger en venant ici. Mais, après tout, quelles étaient les chances qu'une voiture avec une batterie défectueuse ait un port USB qui fonctionne ? Je me sentis soudain inquiète et regardai la rangée de maisons qui bordaient la baie. Sûrement, il devait y avoir quelqu'un ?

En marchant vers les maisons qui se trouvaient au bout du chemin de terre venant de Wharerata, j'entendis des bruits de vie, que le vent avait assourdis jusqu'ici. Le cri d'un enfant, suivi d'un rire, l'aboiement d'un chien et les bribes hachées par le vent d'une chanson pop venant d'une radio.

Les maisons s'alignaient en une rangée rectiligne le long de la plage. Une large bande d'herbe rabougrie, cachant à peine le sable sur lequel elle poussait, s'étendait devant chacun des chalets, sans aucune fleur ni arbuste pour l'égayer. Quelques arbres indigènes chétifs parvenaient à survivre, leurs troncs lissés et façonnés par le vent. Le seul autre bâtiment était un hangar délabré qui ressemblait à une petite épicerie.

Il y avait quelques vieilles voitures, dont je doutais qu'elles soient en état de démarrer, dans l'allée de la maison la plus proche. Cela ne m'inspirait pas confiance. Un chien aboya à l'arrière de la propriété et je m'arrêtai, me demandant si j'avais eu une bonne idée. Peut-être devrais-je essayer la deuxième maison, qui semblait un peu plus soignée. Soudain, deux enfants en maillot de bain arrivèrent en courant le long de la route venant de l'épicerie, le plus âgé tenant un carton de lait. Aucun des deux ne portait de chaussures.

— Eh, m'dame ! me salua le plus âgé, en ouvrant grand un portail sur lequel les mots *Te Manawa* étaient gravés, puis il ouvrit brusquement la porte d'entrée et se précipita à l'intérieur. La plus jeune trébucha, tomba, et se mit à pleurer. J'hésitai et regardai autour de moi pour trouver de l'aide. Quelqu'un allait sans doute sortir et l'aider. Mais elle continua à pleurer, se releva devant moi et monta les marches en boitant, du sang coulant d'un de ses genoux. Elle savait manifestement qu'il ne fallait pas attendre d'aide. Ou alors elle était simplement coriace. Je soupçonnais que c'était la seconde option.

De quelque part à l'intérieur, quelqu'un alluma une télé, rivalisant avec la radio d'où s'échappait le son de la musique country qui allait et venait au gré de la brise marine. Il y eut un bref échange de mots et une femme apparut. Son visage, encadré de longs cheveux noirs parsemés de gris, s'illumina d'un large sourire.

— Kia ora !

— Bonjour ! Je m'appelle Paige et...

— Et ta voiture ne démarre pas. La femme rit. Trey nous l'a dit.

J'étais surprise que le petit garçon l'ait remarqué.

— C'est exact. Je me demandais si je pouvais utiliser votre téléphone pour appeler la société de location ?

— Bien sûr ! Entre. Elle tendit la main pour me saluer. Je suis Te Uranga. On boit une bière dehors. Viens nous rejoindre quand tu auras fini avec le téléphone.

J'enlevai mes sandales, les ajoutant à la pile de tongs pleins de sable près de la porte, et entrai. Il faisait sombre à l'avant de la vieille maison, mais la lumière affluait à l'arrière, d'où venait la musique. La femme prit un téléphone portable et me le tendit.

— Voilà. Règle ton problème et ensuite viens nous retrouver dehors.

Il ne me fallut que quelques minutes pour prendre les dispositions nécessaires. Le propriétaire de la petite agence de location ne sembla pas surpris par mon appel et accepta d'acheminer un véhicule de remplacement sans discuter. Après avoir reposé le téléphone sur la table du hall, je jetai un rapide coup d'œil autour de moi en longeant le couloir en direction du bruit de la mer et de la radio. La maison était chaleureuse, en désordre et remplie d'œuvres d'art. Elle n'était pas du tout comme l'extérieur le laissait penser.

Je passai la tête par la porte ouverte au bout du couloir pour découvrir une cuisine ouverte et un salon familial donnant sur une grande terrasse surplombant la mer. Un groupe de personnes était assis, discutant et buvant. L'une d'entre elles tenait la petite fille qui était tombée et tamponnait son genou avec un chiffon.

— Paige ! dit Te Uranga en se levant d'un bond. Tout est réglé ?

— Oui, mais ils ont dit qu'il leur faudrait à peu près une heure pour venir.

— Eh bien, ça te laisse le temps de boire un verre avec nous alors, non ?

Je souris.

— Pourquoi pas ?

La femme ouvrit le frigo.

— Qu'est-ce qui te ferait plaisir ?

— Un coca ou une limonade, s'il vous plaît. Ce que vous avez de non alcoolisé.

— T'as quelque chose contre l'alcool ? La femme rit d'un rire contagieux comme pour montrer qu'elle ne le pensait pas vraiment.

— Je conduis. Ou du moins, j'espère que ce sera le cas. J'acceptai la canette de boisson gazeuse qu'elle me tendait. Merci. Je regardai la marque. L&P, lus-je. Qu'est-ce que c'est ? On n'a pas ça en Angleterre.

— Non, en effet. C'est du Lemon and Paeroa — une boisson kiwi. Goûte, tu vas aimer. C'est de la limonade et puis, eh bien, de l'eau de source de Paeroa, je suppose. Je ne suis pas trop sûre de ce qu'il y a d'autre dedans, mais c'est plutôt bon. On a tous grandi avec ça. Allez, viens dehors, je vais te présenter à tout le monde.

Je la suivis à l'extérieur et me sentis soudain timide. Je n'avais jamais été très sociable, préférant les petits groupes ou, mieux encore, ma propre compagnie. Il y avait eu une brève période après mon départ de chez mes parents où j'étais allée dans les extrêmes, sans doute une réaction à ma vie familiale, mais cela n'avait pas duré. Je m'étais mêlée aux mauvaises personnes, me forçant à essayer de leur plaire, jusqu'à ce que tout aille de travers et que je me replie à nouveau sur moi-même. Puis j'avais trouvé quelqu'un que je pensais être « le bon ». Mais il s'était avéré être tout le contraire.

— Voici Paige Sinclair, les gars. Paige, on a George et Maddy, et là-bas, en train de reposer ses yeux, c'est Wiremu.

Ils me saluèrent tous, sauf Wiremu dont les yeux restèrent fermement clos. Je m'assis à l'endroit qu'elle m'indiquait, sur le banc en bois qui bordait la terrasse, et jetai un rapide coup d'œil autour de moi. À ma gauche, des marches descendaient vers une courte étendue de dunes de sable et d'herbe en touffes qui se fondaient dans le sable. On entendait un grondement sourd venant de la mer, agitée au-delà de la barre de sable. Sur la terrasse elle-même, des lumières étaient suspendues autour des portes ouvertes et des sculptures de coquillages et de pierre ponce décoraient la clôture en bois qui protégeait la terrasse du pire du vent.

— Vous avez un endroit magnifique ici.

— Ouais, dit George, en se penchant en avant, sa bouteille de bière se balançant entre ses mains. Ça nous plaît bien ici. Il jeta un rapide coup d'œil à l'eau qui montait sur la plage sablonneuse, puis haussa les épaules.

— Mais c'est chez nous, alors bien sûr qu'on l'aime. Il sourit, et son visage disparut dans des rides profondément gravées. Je n'aurais pas pu dire quel âge il avait. C'était un homme grand, et les rides disparaissaient profondément dans les plis de son visage.

— Et tu es anglaise ?

— Bien sûr qu'elle est anglaise, George, dit Te Uranga. C'est Paige Sinclair. C'est l'héritière de Wharerata !

Je haussai les sourcils.

— Vous avez entendu parler de moi ?

— Bien sûr. Tu as rencontré Tane, et il nous a tout raconté à ton sujet.

— Ah ! Alors vous connaissez Tane ?

— C'est notre cousin. Il descend la rue quand il veut s'échapper de Wellington. Il aidait George et Wiremu à entretenir la maison.

Elle se pencha.

— Leslie, l'avocate, son père avant elle et probablement, son père avant lui, nous ont toujours demandé de veiller sur cet endroit pour eux. Bien sûr, on a dû suivre leurs instructions strictes pour garder les choses telles qu'elles étaient, tout en s'assurant que l'endroit restait en bon état. Wiremu est maçon. Elle se pencha et donna un coup de coude à Wiremu. — Hé, Tonton ! C'est la jeune fille de Wharerata qui est venue nous rendre visite.

Wiremu ouvrit les yeux en sursaut puis fit un sourire qui était l'image de celui de George. — T'es une Stewart ? demanda-t-il.

— Non. Je m'appelle Paige Sinclair. Mais ma grand-mère devait être une Stewart. Je ne connais rien de mon arbre généalogique et je n'ai pas encore eu le temps de faire des recherches. Peut-être pourriez-vous me dire quelque chose ?

— Ta grand-mère ? C'est qui alors ?

Je fronçai légèrement les sourcils. Je pensais que s'ils connaissaient mon nom et le fait que j'allais hériter de Wharerata, alors il saurait qui était ma grand-mère.

— Aroha Mortimer.

— Aroha, tu dis ? Il hocha la tête. Ça fait longtemps que je ne l'ai pas vue. Comment va-t-elle ?

Je grimaçai.

— Elle va aussi bien que possible dans les circonstances. Elle est dans une maison de retraite et a des problèmes de mémoire.

— Elle a la démence, Tonton, intervint Te Uranga. Sally travaille à la maison de retraite et nous en parlait.

Je réalisai que, malgré leur isolement, il y avait peu de choses que cette famille ne savait pas sur la mienne. Ou sur ce qui se passait dans la ville, à quelque distance de là.

Te Uranga se retourna vers moi.

— Tu savais qu'elle n'allait pas bien avant de venir ?

— Je ne savais même pas que ma grand-mère était en vie jusqu'à il y a un mois environ. Et non, je n'ai découvert son état qu'en arrivant ici.

Te Uranga leva les yeux au ciel.

— C'est bien ces hommes de loi, ça. Ils gardent tout si secret que tu n'as aucune idée de ce qui se passe.

Wiremu accepta une bière de George.

— C'est bien vrai. Je ne sais toujours pas qui possède l'endroit. Une sorte de fiducie, d'après ce que mon vieux grand-père me disait. Mais qui est derrière, personne ne le sait.

Il y eut quelques murmures et on remua les flaques de sable sur la terrasse avec les orteils. J'étais perplexe.

— Mais ma grand-mère, Aroha Mortimer, doit sûrement en être propriétaire.

Il y eut quelques haussements d'épaules.

— Peut-être. Peut-être pas.

— Elle doit le savoir. Je suis sa petite-fille, ma mère était son unique enfant, et le notaire a dit qu'elle me l'avait légué dans son testament.

— Oh, eh bien dans ce cas, ça doit être vrai. Il y eut davantage de hochements de tête et de piétinements gênés, comme s'ils ne croyaient pas ce que j'avais dit mais étaient trop polis pour le contredire. La petite fille au genou ensanglanté qui s'était endormi roula soudainement du banc et atterrit sur le pont avec un bruit sourd. Elle poussa un cri de surprise et tout le monde se tourna vers elle, apparemment soulagé de cette diversion.

J'étais perplexe. Il y avait un non-dit que je n'arrivais pas à saisir. Malgré leur amabilité et leur apparente franchise, je sentais qu'ils me cachaient quelque chose. Ce qui était compréhensible, j'imagine. Je ne les connaissais que depuis dix minutes. Mais je ne pouvais m'empêcher de me demander ce qu'ils savaient que j'ignorais.

— Alors, quels sont tes projets pour la vieille maison ? Te Uranga désigna Wiremu, qui se penchait en avant avec intérêt. — Tonton s'est occupé de cette maison toute sa vie. Il est curieux de savoir ce qui va lui arriver.

— Quand je mourrai, dit Wiremu avant de s'éclaircir la gorge, personne d'autre ne voudra faire ce que je fais pour cet endroit. Plus personne ne reste dans le coin, là un jour, partis le lendemain. Sauf pour les grandes occasions et les vacances. Son visage s'affaissa dans une expression triste, accentuée par les rides qui creusaient profondément son visage.

— Ce n'est plus comme avant.

George prit son oncle dans ses bras.

— Allez, Tonton ! Rien n'est plus comme avant. Tout est bien mieux maintenant ! Tu peux regarder le rugby sur Sky quand tu veux, et te faire livrer tes bières. C'est ça le progrès !

Wiremu leva les sourcils, révélant des yeux pétillants.

— C'est vrai ! Oh, mais je pourrais te raconter des histoires que ma grand-mère me racontait sur le vieil endroit.

— Wharerata ?

Wiremu hocha la tête d'un air sage, conscient que tous les regards étaient braqués sur lui. Les choses avaient peut-être changé, mais il semblait que la tradition du conte oral était encore bien vivante dans cette maison.

— C'était un vrai bel endroit jusqu'en 1938.

— Pourquoi, que s'est-il passé alors ? C'est à ce moment-là que l'endroit est devenu désert ?

Wiremu hocha à nouveau la tête.

— Il y a eu un accident, quelqu'un est mort. Il secoua la tête.

Te Uranga bondit sur ses pieds.

— Les gens meurent tout le temps ! Des accidents, il y en a tout le temps ! Qui veut manger ? J'ai des tourtes maison que je peux réchauffer.

Un Wiremu indigné leva les yeux.

— Je n'ai pas encore fini mon histoire.

— Tu ne l'as même pas commencée, vieux, et c'est tant mieux parce que personne ne veut écouter ces vieilles histoires, surtout pas Paige. Elle se tourna vers moi et pinça les lèvres.

— Tonton a beaucoup d'imagination.

— Je sais ce qui s'est passé, ma petite, et toi non. C'est tout ce que je dis.

— Bien. Parce que ça suffit.

— Pourquoi ? Elle a le droit de l'entendre.

— On ne veut pas l'effrayer avant même qu'elle y ait passé une nuit, Tonton.

— M'effrayer ? répétai-je faiblement. Pourquoi ? J'aimerais savoir ce qui s'est passé.

— La famille est partie à l'étranger et a fermé la maison. C'est tout ce qu'il y a à dire. Ma grand-mère m'a raconté qu'ils vivaient comme s'ils étaient en Angleterre et qu'après la Dépression, ils seraient partis pour l'Angleterre si ce n'était pour les troubles en Europe. Ils sont allés en Amérique à la place. Elle disait qu'ils auraient été plus heureux là-bas qu'en Aotearoa.

— Aotearoa ? demandai-je, confuse.

— Le nom maori pour la Nouvelle-Zélande.

— Ah. Savez-vous s'ils sont restés en Amérique ?

Te Uranga haussa les épaules.

— Comme je le dis, on n'a plus jamais entendu parler d'eux. La seule parente dont on avait connaissance était ta grand-mère, Aroha, qui est apparue un jour à Mannington — ça devait être il y a environ soixante ans — et n'est jamais repartie.

— Il y a soixante ans ? Ça devait être juste après la naissance de ma mère. Elle était seule?

— Oui, toujours seule. Remarque, elle s'est vite fait beaucoup d'amis.

— Oui, répondis-je, en essayant d'imaginer un scénario qui incluait ma grand-mère laissant sa fille nouveau-née avec son mari. J'en ai rencontré une.

— Oh, oui, qui donc ?

Je réalisai que je ne connaissais toujours pas le nom de l'amie de ma grand-mère.

— Elle ne m'a pas dit son nom. Une femme directe qui doit avoir à peu près le même âge que ma grand-mère mais semble avoir un esprit très vif.

— Ah, oui. Je vois qui c'est. Ma nièce m'en a parlé. Apparemment, elle va voir Aroha un après-midi sur deux. Elle monte spécialement de Wellington.

— Vous savez qui elle est ?

Te Uranga secoua la tête.

— Je ne sais rien d'elle. Elle est plutôt distante, d'après ce qu'a dit Sally.

— C'est bien elle.

— Pourquoi veux-tu en savoir plus sur elle ?

Je haussai les épaules.

— Je me demandais, c'est tout. J'essaie de comprendre le monde de ma grand-mère.

— Pourquoi ne fais-tu pas des recherches en ligne ? Ça devrait te donner quelques informations. Basiques peut-être. Mais on dirait que tu n'as pas grand-chose pour le moment. Ta mère est morte, tu as dit ?

— Oui, il y a deux ans.

— Ah, je suis désolée. Tu as des frères et sœurs ?

Je secouai la tête et esquissai un bref sourire.

— Juste moi.

Les yeux de Te Uranga s'écarquillèrent d'incrédulité.

— Je n'arrive pas à imaginer ça.

— Ce n'est pas grave. Bien que... Je réfléchis à la raison pour laquelle j'étais venue ici. Ce n'est pas quelque chose que je veux pour mon enfant.

Te Uranga fit une pause et leva un sourcil.

— Tu as un enfant ?

— Non. Mais j'en aurai. À un moment donné, ajoutai-je. Et quand ce sera le cas, je veux qu'il sache d'où il vient et qu'il ait des relations avec ces personnes.

Te Uranga regarda à travers la baie dans la lumière éclatante du soleil.

— Je ne suis pas sûre qu'il y ait quelqu'un d'autre que ta grand-mère, j'en ai peur. Elle se retourna et posa son autre main sur mon épaule, de sorte que je n'eus d'autre choix que de la regarder dans les yeux.

— Tu sais, nous sommes pratiquement de la famille. Je veux dire, nos ancêtres étaient voisins, et Tonton s'est occupé de ta maison toute sa vie. Tu vas rester, n'est-ce pas ?

Une boule se forma dans ma gorge sans prévenir. Je ne me souvenais pas de la dernière fois où quelqu'un m'avait acceptée aussi facilement, sans autre raison que j'étais qui j'étais.

— Oui, je pense que oui.

— Bien. Alors nous serons de bonnes amies. Je le sens. Et si jamais tu te sens seule, en fait, n'attends pas de te sentir seule, viens quand même. Je suis toujours là et heureuse de m'arrêter.

— T'arrêter ?

— De travailler. Je suis graphiste. Je travaille pour des gens du monde entier depuis ma pièce du fond. C'est trop petit, mais je me débrouille.

Puis je me souvins du nom de la maison.

— *Te Manawa*. Qu'est-ce que ça veut dire ? demandai-je.

— Ça veut dire le cœur en maori.

Une voiture klaxonna.

— Ce doit être Joe avec ta voiture de location. Viens, je vais lui dire deux mots pour avoir loué cette épave qu'il appelle une voiture. Elle passa son bras autour de mes épaules, et nous remontâmes le chemin vers l'endroit où le camion de location essayait de faire démarrer la voiture. C'était une sensation étrange d'avoir une inconnue aussi familière, et pourtant le geste de Te Uranga était si naturel que pour une fois, je ne me dérobai pas.

— Batterie à plat ! cria le mécanicien en claquant le capot. Ça devrait aller maintenant.

— Ouais, mais pour combien de temps, mon gars ? demanda Te Uranga. Tes bagnoles sont pourries.

— Ouais, je sais. Mais elles sont pas chères et on fait avec ce qu'on a. Puis il me regarda et grimaça.

— Désolé, je ne voulais pas...

— Pas de problème. De toute façon, je dois m'acheter une voiture la semaine prochaine. Je souris à Te Uranga.

— Puisque je vais rester.

— Bien joué !

Je montai dans la voiture, qui tournait toujours, et baissai la vitre.
— Merci pour tout, Te Uranga ! criai-je par-dessus le bruit du moteur.

— Je n'ai rien fait ! répondit-elle en riant.

Je secouai la tête. Comment pouvais-je expliquer à ma nouvelle amie qu'on venait de me donner une nouvelle chance, que j'avais noué un contact qui, je le savais au fond de moi, serait important ?

— Si, tu as fait quelque chose. Tu m'as fait me sentir la bienvenue. Je fis un signe de la main et reculai dans l'allée.

— Ne disparais pas maintenant, cria Te Uranga.

— Non, c'est promis ! Je lui souris, fis demi-tour, klaxonnai et pris la route vers Wharerata. Ce n'est qu'en tournant dans l'allée menant à la vieille maison que je réalisai que je fredonnais. Je ne me souvenais pas de la dernière fois que j'avais fait ça.

Je m'arrêtai devant Wharerata mais ne coupai pas le moteur ; je ne voulais pas que la batterie me lâche à nouveau. De toute façon, il était trop tard maintenant pour s'attarder ici si je voulais avoir le temps de voir ma grand-mère. Baissant la tête pour examiner la façade, je trouvai maintenant qu'elle n'avait étrangement plus l'air aussi délabrée. D'une certaine manière, elle commençait à me révéler ses secrets. Je suis idiote, pensai-je en faisant un demi-tour qui me demanda plusieurs manœuvres dans l'allée étroite, ce n'est pas la maison qui s'ouvre à moi, ce sont les bribes d'informations que j'ai obtenues de Te Uranga et de sa famille, qui ajoutent des pièces au puzzle. Cependant, ma curiosité n'était que partiellement satisfaite, et mon intérêt encore plus attisé par le vide dessiné par les pièces manquantes.

— J'AI ENTENDU DIRE que tu es enceinte, dit l'amie d'Aroha, depuis son fauteuil habituel à côté d'Aroha. Mariée ?

Je venais à peine d'entrer dans la chambre de ma grand-mère et je n'avais même pas eu le temps de les saluer. Je lui adressai un bref sourire incertain avant d'embrasser la joue de ma grand-mère et de m'asseoir dans le fauteuil à côté d'elle, son amie, installée, elle, dans son fauteuil habituel au pied du lit.

— C'est ma grand-mère qui vous l'a dit ? demandai-je, dubitative, n'ayant vu ma grand-mère lucide que de brefs instants.

— Oui. Elle me regarda intensément. Alors c'est vrai ?

J'étais agacée que ma grand-mère l'ait dit à son amie. Mais à quoi m'attendais-je ? Les règles habituelles ne s'appliquaient pas à Aroha. Elle pouvait dire à n'importe qui que j'étais enceinte et je ne pouvais pas lui en vouloir.

— Oui, c'est vrai.

La femme se renversa dans son fauteuil.

— Je vois. Et où est le père ?

J'essayai d'ignorer cette femme et ses questions envahissantes. Ne réalisait-elle pas à quel point elle était grossière ?

— Pas ici.

— Ah, dit-elle en se renversant dans son fauteuil et en regardant par la fenêtre. C'était une journée moite, et la fenêtre était entrouverte mais sans grand effet. Une abeille qui volait de fleur en fleur sur les rosiers à l'extérieur réussit à entrer dans la pièce et se cogna aveuglément contre la vitre. Elle soupira, se leva et ouvrit davantage la fenêtre pour la laisser sortir.

— Ces idiotes se font toujours piéger.

D'une certaine manière, j'eus l'impression que l'observation m'était destinée, car je me sentais à la fois idiote et piégée. Je m'éclaircis la gorge et me penchai en avant. Ma grand-mère se réveillait.

— Bonjour ! dis-je. Comment allez-vous aujourd'hui ?

Le visage de ma grand-mère s'illumina d'un grand sourire.

— Bonjour, ma chérie. Elle essaya de se redresser, et je l'aidai. C'est gentil à toi de venir me rendre visite.

Mon cœur se serra. Ma grand-mère se révélait être une personne aussi douce que ma mère avait été aigre. Et je n'avais aucune idée pourquoi.

— C'est un plaisir. J'ai fait un long voyage pour vous trouver, et je ne vais pas cesser de vous rendre visite maintenant ! Je tenais la main de ma grand-mère, remarquant qu'elle avait la même large bouche et les mêmes dents blanches et régulières que ma mère, et dont j'avais hérité d'ailleurs. Mais là s'arrêtait la ressemblance.

Aroha fronça légèrement les sourcils et regarda vers son amie qui ferma la fenêtre d'un coup sec.

— C'est la fille d'Helena, Ro. Paige. Ta petite-fille. Elle est venue pour s'installer ici. Du moins je crois.

Ma grand-mère se tourna à nouveau vers moi et sourit.

— Je le savais. Son amie leva les yeux au ciel et s'assit de nouveau dans son fauteuil. Et tu es vraiment venue pour rester, Paige ? continua Aroha. Ce serait tellement agréable après si longtemps sans...

Elle parut un peu confuse et se tourna une fois de plus vers son amie. Il semblait qu'elle avait l'habitude de se tourner vers elle pour être rassurée.

Il avait fallu attendre ce moment sur la plage avec Te Uranga pour que je m'avoue à moi-même que j'allais effectivement rester. A chaque jour qui passait, ce nouveau monde s'était ouvert un peu plus, et maintenant, au bout d'une semaine, je réalisais qu'envisager une vie pour moi ici était possible. Une vie qui m'offrait plus que celle, vide, que j'avais menée à Londres. Il n'y avait personne là-bas, et, pour être honnête avec moi-même, il n'y avait jamais eu personne. Ici, en revanche, il y avait des liens, ténus, certes, et j'étais déterminée à m'y accrocher. Au début, les fils avaient semblé fragiles, mais plus je les tenais fermement, plus je réalisais leur solidité et qu'ils n'allaient pas se désintégrer sous mes doigts. Depuis longtemps, je n'avais pas eu l'impression de pouvoir me raccrocher à quelque chose.

— Oui, je suis venue pour rester.

Aroha soupira et sourit largement.

— C'est charmant. Quand je sortirai d'ici, je pourrai te faire visiter le Wairarapa et Wellington.

Son amie et moi échangeâmes un regard.

— Tu n'es pas assez en forme pour quitter cet endroit, Ro.

— Pas encore, mais je le serai. Elle fronça les sourcils. N'est-ce pas ? demanda-t-elle.

Pendant un instant terrible, je crus que son amie allait dire la vérité à Aroha. Mais apparemment, cette femme inflexible avait quand même un côté plus sensible, qu'elle ne devait toutefois pas montrer très souvent, à mon avis.

— Bien sûr que tu le seras. Et puis nous sortirons et nous nous promènerons, comme avant.

— Ah, dit Aroha. Le théâtre, les cocktails. On s'est bien amusées, n'est-ce pas ?

— Oui, dit-elle en souriant brièvement. On en a vécu, des moments de toutes sortes, et certains, très amusants.

Aroha se tourna de nouveau vers moi, ma main toujours serrée fermement dans la sienne.

— Mais quel dommage que je ne puisse pas faire visiter à Paige.

Es-tu allée à Wellington, Paige ? C'est une ville merveilleuse. Tu dois la visiter.

— J'ai atterri à Wellington mais je n'ai pas pu voir grand-chose à part le port qui est magnifique.

Aroha soupira.

— C'est très beau. J'ai vécu toute ma vie en Nouvelle-Zélande, tu sais. Je ne pourrais pas partir. N'est-ce pas ? Elle avait dirigé la question vers son amie.

Le front de son amie se plissa, et elle secoua la tête, de petits hochements comme si elle voulait qu'Aroha arrête de parler. Elle serra les lèvres et sembla sur le point de dire quelque chose, mais se ravisa.

J'avais délibérément évité de parler de ma mère et de mon grand-père, pensant que cela pourrait être un sujet sensible, car je voulais d'abord établir une relation avec elle, Aroha, ma grand-mère. Mais la conversation avait pris un tournant inattendu, et j'ai saisi l'opportunité qui se présentait.

— Et... quand as-tu pensé à partir ? Était-ce quand mon grand-père est retourné en Angleterre ?

— Ton grand-père, mon mari. Oui. Je m'en souviens comme si c'était hier.

— Dommage que tu ne te souviennes pas aussi d'hier comme si c'était hier, dit son amie, revenue à son habituel ton caustique.

Mais Aroha continua, visiblement habituée à ignorer les commentaires de son amie quand cela lui convenait.

— Et ta mère. Helena — elle soupira — était un beau bébé. La tristesse envahit les traits d'Aroha, s'attardant dans ses yeux qui s'humidifièrent légèrement. C'était il y a si longtemps.

— C'est vrai, acquiesçai-je. Mais, tu sais, je me suis toujours demandé pourquoi ils sont partis, pourquoi tu n'es pas allée avec eux. Je me mordis la lèvre, craignant d'être allée trop loin, trop vite, et refusai de regarder son amie dont je sentais le regard sur moi. J'avais peut-être tort de poser la question, mais j'avais besoin de savoir.

Aroha émit un léger gémissement en expirant, ses yeux perdus dans les nuages des souvenirs.

— Nous n'étions pas faits l'un pour l'autre, lui et moi. C'était évident...

— Même avant votre mariage, dit son amie.

— Oui, bon. Avec le départ de maman et papa, je suppose que je me suis jetée dans cette relation. Il voulait retourner en Angleterre et a simplement pris Helena. Il l'a emmenée, répéta-t-elle, une main s'agitant dans l'air.

J'étais choquée ; je ne m'attendais pas à ça.

— Sans que tu le saches ?

— Il avait menacé de le faire, mais je ne pensais pas qu'il le ferait vraiment.

— Tu ne pouvais rien faire ?

— Cela aurait signifié quitter définitivement la Nouvelle-Zélande. J'aurais dû vivre en Angleterre pour permettre au père d'Helena de la voir. Et je ne pouvais pas partir.

Je ne comprenais plus. Mais avant que je ne puisse demander pourquoi Aroha ne pouvait pas partir, si elle avait aimé son pays plus que sa fille, son amie se leva et frappa des mains sur la table comme pour clore une réunion.

— C'est du passé, Ro. Ça ne sert à rien de s'y attarder maintenant. C'est de l'histoire ancienne. Elle se tourna vers moi.

— Maintenant, jeune fille, comme ta grand-mère ne peut pas t'accueillir pour le moment, ajouta-t-elle avec un rapide coup d'œil à Aroha, que dirais-tu de venir me rendre visite à Wellington la semaine prochaine ?

Je n'arrivais pas à imaginer quelque chose qui me déplaise davantage. Je trouvais l'amie de ma grand-mère intrusive et grossière, et je la supportais uniquement parce qu'elle semblait pour une raison inconnue, avoir une forte amitié avec ma grand-mère.

— Eh bien, je... J'essayai de penser à un prétexte, à quelque chose que j'avais à faire, mais il était évident que j'avais tout mon temps. Je... Ce serait bien.

— Je ne peux pas garantir que ce sera bien, mais au moins, ce sera quelque chose. J'ai deux billets pour une première de film et Ginny ne peut pas venir. Voudrais-tu m'accompagner ?

Je souris faiblement. Je n'avais aucune idée de qui était Ginny, mais je regrettais profondément qu'elle ne puisse pas venir.

— Merci. Ce ne serait pas une perte de temps totale, pensai-je, je pourrais visiter les Archives nationales et me renseigner sur l'histoire de ma famille. Ce serait super, ajoutai-je avec un plus d'enthousiasme cette fois.

— Bien, alors. La première commence à dix-sept heures trente samedi après-midi. Voici mes coordonnées, appelle-moi et je te dirai où aller. Elle s'approcha d'Aroha.

— Au revoir, ma chérie. Elle lui fit un rapide bisou sur la joue. Je reviendrai après-demain.

— Au revoir, ma chérie. Prends soin de toi, et transmets mon amour à... Les sourcils d'Aroha se froncèrent alors qu'elle essayait de se rappeler un nom.

— Ginny, souffla la femme.

— Oui, Ginny.

— Je n'y manquerai pas. Je te verrai samedi alors, Paige. Au revoir.

Ma grand-mère et moi avons regardé son amie partir, puis Aroha me serra la main.

— Je ne pourrais pas la laisser maintenant, n'est-ce pas ?

Je fronçai les sourcils, confuse, alors qu'elle regardait son amie par la fenêtre, marchant vers sa voiture de sport à travers la belle pelouse verte, ignorant les panneaux indiquant de rester sur le trottoir. De quoi parlait Aroha ? Son esprit s'attardait-il encore sur plus d'un demi-siècle plus tôt, quand elle avait refusé de quitter la Nouvelle-Zélande, ou faisait-elle référence à une autre occasion ? Quoi qu'il en soit, quand Aroha leva la main pour faire signe à son amie, qui se retourna et lui rendit son salut dans ce qui était manifestement un rituel bien rodé, je n'avais aucun doute que, quelle que soit l'occasion à laquelle Aroha faisait référence, c'était de son amie dont elle parlait.

CHAPITRE SEPT

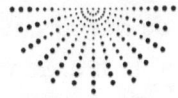

FRANCES, HOLLYWOOD, 1931

— **A**llez ! On recommence ! hurla le réalisateur. Il continua à faire les cent pas devant les autres stars, les producteurs et l'auteur, tous assis, les yeux rivés sur elle.

Frances refoula ses larmes et repassa une fois de plus ses répliques dans sa tête. C'était la troisième prise et elle pensait pourtant l'avoir bien réussie. Elle ne savait toujours pas à quel endroit elle se trompait. Elle lissa ses cheveux et reprit sa position près de la porte, prête pour le signal. Mais les secondes passaient et elle craignait que ses jambes tremblantes ne se dérobent. Au-delà des projecteurs éblouissants, elle voyait le réalisateur discuter avec le scénariste, Xavier Grey, qu'on lui avait présenté pour la première fois ce matin-là. Quelques minutes s'écoulèrent, le réalisateur leva les bras au ciel, exaspération ou défaite, Frances ne savait pas trop.

— On fait une pause de cinq minutes, cria-t-il.

Il y eut un soulagement palpable dans la pièce, surtout pour Frances.

— Je vais me repoudrer le nez, dit-elle à l'assistant, et elle se dirigea aussi vite qu'elle pouvait vers le cabinet de toilette des dames. Une fois à l'intérieur, elle verrouilla la porte et s'y adossa, se regardant dans le miroir. Le maquillage dissimulait sa pâleur mais ne pouvait cacher la peur à vif dans ses yeux. Elle avait fait tout ce chemin pour arriver jusqu'ici et elle avait l'impression de ne plaire à personne.

Elle prit une lingette, le rinça à l'eau froide et tamponna la sueur qui perlait sur son front, essayant de ne pas effacer l'épaisse couche de maquillage. Apparemment l'idée qu'elle se faisait du bronzage était loin de celle d'Hollywood, et on l'avait généreusement badigeonnée d'autobronzant. Elle se versa un verre d'eau et le sirota, en colère contre elle-même d'avoir bu du champagne à une fête la veille au soir ; cela n'arrangeait vraiment pas la situation. On l'avait entraînée d'une fête à l'autre ces dernières semaines, elle souffrait de trop de nuits tardives, de trop de gueules de bois. Plus jamais. Elle devait se concentrer. La perspective de rentrer en Nouvelle-Zélande avec un seul film à son actif — et un échec de surcroît — était humiliante.

Elle prit une autre gorgée et jeta le reste de l'eau. Elle ouvrit la fenêtre et inhala l'air chaud du studio. L'odeur d'essence et de bois fraîchement scié, provenant d'un nouveau décor en construction en face, flottait dans la pièce, se mêlant au parfum du géranium fané sur le rebord de la fenêtre. On était bien loin de la Nouvelle-Zélande. Une fois de plus depuis son arrivée, elle ressentit une vague de mal du pays. Elle la chassa et se redressa, se regardant une fois de plus, s'efforçant de ressembler à la star qu'elle avait tant désiré être.

Elle sortit pour trouver Xavier Grey adossé au mur d'en face, en train de fumer.

— Frances, la salua-t-il, en lui tendant sa carte comme si elle avait besoin qu'on lui dise qui il était. Elle la mit dans sa poche sans y jeter un coup d'œil. Allez, venez prendre l'air.

— On m'attend sur le plateau.

— Ça ira. J'ai arrangé ça avec Max. On a dix minutes.

Son cœur se serra. Elle savait qui il était. Qui pouvait l'ignorer ? Il avait écrit le film et était le scénariste vedette du studio. Son agent et elle avaient été ravis qu'elle soit choisie pour un de ses films après son essai réussi à l'écran. Ça va te lancer, avait dit son agent, peut-être plus excité que Frances, qui s'était surprise elle-même à avoir des sentiments mitigés.

Il lui tint la porte et ils sortirent dans la rue principale où les décors donnaient sur une route. C'était comme si elle pénétrait dans un pays magique, qu'elle n'avait jusque-là vu qu'en rêve. Mais la magie ne s'étendait pas au studio, où elle n'avait eu que du stress, de la peur et le sentiment d'insuffisance.

— Une cigarette ?

— Non merci. L'idée lui donnait envie de vomir. Tout comme la raison pour laquelle cet homme, qui n'avait jamais daigné parler à personne d'autre sur le plateau auparavant, voulait lui parler. Était-il chargé du sale boulot du réalisateur pour la renvoyer ? Cette pensée lui était insupportable.

— Comment vous sentez-vous ?

— Je vais bien. Je vais vraiment bien. Je connais parfaitement bien le texte, et je suis sûre qu'à la prochaine prise, je réussirai à prendre l'expression que cherche le réalisateur.

Il tira profondément sur sa cigarette et plissa les yeux en la regardant.

— Encore un « bien » et je risque de ne pas vous croire.

Elle déglutit.

— Honnêtement... c'est... Elle s'arrêta juste à temps.

— Écoutez, ma petite, détendez-vous. Vous maîtrisez déjà le rôle. Ne laissez pas Max vous atteindre. Il aime emmerder les gens.

Le juron fit pâlir Frances. Elle n'avait jamais entendu personne jurer avant d'arriver à L.A., surtout pas devant une femme, surtout pas devant elle.

— Mais pourquoi ?

— Parce que lui, il peut. Parce que ça brise les gens et qu'il obtient ainsi de meilleures performances. Mais avec vous, il fit un geste en s'asseyant sur un muret bas, étirant ses longues jambes devant lui, ce n'est pas nécessaire. Vous jouez très bien *vous-même*. C'est pour ça que je vous voulais pour ce rôle.

Elle s'offusqua à la suggestion qu'elle ne savait pas jouer. Les petites saynètes qu'elle avait interprétées pour les caméras lors du concours de beauté avaient été bien reçues.

— Parce que je n'ai pas besoin de jouer ?

Il sourit.

— Certains des meilleurs acteurs *sont* les meilleurs parce qu'ils ne jouent pas. Règle numéro un du jeu d'acteur : ne jouez pas, *soyez* vous-même, simplement.

— Oh. Elle fronça les sourcils, essayant de comprendre ce qu'elle pouvait tirer de cette règle.

— En d'autres termes, détendez-vous. Il l'observa quelques instants. Voyez les choses autrement. Parlez-moi de quelque chose qui vous détend.

Elle secoua la tête nerveusement.

— Je ne vois rien pour le moment.

— Oubliez Max. Oubliez-moi. Fermez les yeux et pensez à quelque chose de votre passé qui vous fait rêver.

Ce n'était pas facile de fermer les yeux devant un homme comme lui, un homme aussi impressionnant, mais elle se força, serrant ses paupières pour les empêcher de trembler et essayant d'ignorer le fait qu'il la regardait.

Elle l'entendit bouger et sentit le panache de fumée alors qu'il exhalait.

— Réfléchissez plus fort.

Elle fit ce qu'il lui disait et ses pensées la ramenèrent en Nouvelle-Zélande, à Wharerata, au jardin où elle jouait autrefois. Le jardin clos, où sa mère entretenait les roses, où tout sentait bon et où elle se sentait protégée... où Noa l'avait embrassée pour la première fois.

— Bien, dit-il. Gardez cette pensée. Votre visage est détendu. Elle sentit son doigt relever légèrement son menton. Maintenant ouvrez les yeux.

Elle s'exécuta, sa tête encore embrumée par le souvenir du baiser de Noa. Il siffla doucement.

— Allons-y pendant que ces pensées sont encore dans votre tête. Max voudra capturer cette expression à l'écran.

Ils revinrent en silence. Avant d'ouvrir la porte, il se pencha vers elle.

— J'aimerais savoir à quoi tu pensais là-bas.

Elle le regarda timidement, mais ne dit rien.

— Parce que quoi que ce fût, ça t'a rendue assez belle pour qu'on ait envie de t'embrasser. Elle fut surprise par son audace, partagée entre le scandale et l'excitation. Cet homme voulait l'embrasser ? Ce Dieu d'Hollywood ? Il rit et haussa un sourcil.

— C'est bien le but de la scène, non ?

— Oui, bien sûr. Elle se sentit à nouveau idiote. Il lui semblait qu'elle passait beaucoup de temps à se sentir idiote depuis qu'elle était à Hollywood.

Il ouvrit la porte — un léger sourire au coin des lèvres lui donnant un air sophistiqué et mondain qui la séduisit — et elle passa dans le couloir, de retour vers le plateau éclairé. Cette fois, grâce au souvenir et à l'encouragement de Xavier, elle était prête.

Finalement, ce n'était pas la peine qu'elle s'inquiète de son retard. Max semblait tout à fait à l'aise, attendant qu'ils réapparaissent, et il répondit au signe de tête de Xavier en hochant la tête lui aussi.

— Action !

Elle se détourna de tout le monde, ferma les yeux et se concentra sur ce qu'elle avait ressenti cet après-midi-là, à l'autre bout du monde, se rappelant le frisson d'attirance, d'espoir et d'excitation, s'efforçant de le garder en elle. Elle se tourna vers la caméra, lança sa réplique et tout le reste fut oublié. Il n'y avait plus qu'elle, à ce moment-là, se tournant vers l'acteur avec tout le désir dont elle se souvenait. Elle prononça son texte, sa voix méconnaissable, maintenant rauque d'émotion, se brisant à la dernière réplique cruciale, avant de se détourner. Il y eut un silence tandis qu'elle continuait à marcher, attendant que le dernier mot soit prononcé.

— Coupez. Une autre pause. C'est dans la boîte.

Elle se retourna pour voir Xavier la fixer du regard. Il s'était levé de son siège.

Puis un bras l'entoura — l'autre acteur.

— Tu as été brillante, ma chérie. On se voit à la fête de fin de tournage ?

Elle hocha la tête et se retourna vers Xavier à nouveau, mais il n'était plus là. Elle venait de passer deux mois à tourner ce film, voyant tous les jours « Dieu » au dernier rang et elle ne réussissait à lui parler que le dernier jour ! Elle secoua la tête en récupérant sa veste. Elle doutait de le revoir un jour. Et pourtant, elle aurait aimé... pour le remercier, au minimum. Et au maximum ? Elle le savait à peine, ce qu'elle voulait faire au maximum. Mais le frisson d'attirance bourdonnait en elle, exprimant ce qu'elle n'osait pas reconnaître.

Ce ne fut que lorsqu'elle fut installée dans la voiture du studio pour rentrer chez elle qu'elle se souvint de la carte qu'il lui avait donnée et qu'elle la sortit de son sac à main. Xavier Grey. Elle adorait ce nom. Elle jeta un bref coup d'œil au numéro de téléphone et à l'adresse de contact avant de retourner la carte. Deux mots étaient griffonnés au dos.

Appelle-moi.

— JE N'AI PAS besoin de chaperon, dit Frances, en appuyant sur chacun des mots.

Pamela croisa les bras et s'appuya contre l'armoire, regardant Frances mettre la touche finale à son maquillage, s'éloignant du miroir et faisant une petite moue.

— Non. Tu n'en *veux* pas. Et moi, je pense que tu en as *vraiment* besoin.

— Pamela ! Tu ne dis ça que parce que tu veux venir à la fête, toi aussi. Mais je vais avoir l'air d'une enfant stupide, pas du tout à sa place.

— Tu aurais l'air d'une dame tout simplement. Mon Dieu, Frances. Je ne pensais pas qu'un jour viendrait où je serais celle qui appuierait sur le frein.

Frances se retourna vers le miroir et appliqua de la poudre, comme les maquilleurs du studio l'avaient fait.

— Je ne vais pas trop vite, pour continuer ton analogie. Je vais à une vitesse moderne, au goût du jour. Je ne suis pas au volant d'un tacot comme celui de Père.

Une voiture klaxonna dehors et Pamela écarta le rideau.

— Tu ne conduis pas du tout, ce qui est encore pire. Et cette voiture ressemble à une voiture de course. Doublement dangereux, Frances. Et regarde-le. Il est, eh bien, il est...

— Magnifique, voilà ce qu'il est.

— Triplement périlleux. Il est peut-être charmant, mais il a au moins dix ans de plus que toi, et je parie qu'il est aussi inquiétant que sa voiture. Pamela s'éloigna de la fenêtre et se retourna vers Frances, puis elle soupira et secoua la tête.

— *Triplement* dangereux, Frances. *Moi, je* ne pourrais pas résister. J'espère que toi, tu en seras capable.

Frances se détourna pour prendre une écharpe, ne voulant pas que Pamela voie sa réaction initiale, car non seulement elle n'était pas sûre de pouvoir résister, mais elle n'était pas sûre d'en avoir envie non plus. Elle lui adressa un sourire, espérant que cela suffirait comme réponse. Pamela pencha la tête sur le côté d'un air interrogateur.

— Oh là là, dit Pamela. Je vois que tu ne feras que ce dont tu as envie de toute façon. Mais pour l'amour du ciel, sois prudente.

Frances prit son sac et se tourna vers Pamela avec un petit rire.

— Bon sang, Pamela, on dirait ma mère.

— Un chaperon, plutôt, j'espère. C'est pour ça que je suis là après tout.

Il y avait quelque chose dans la voix de Pamela qui fit hésiter Frances.

— Qu'est-ce qui ne va pas, Pamela ? Cela fait quelque temps que tu as l'air déprimée.

— C'est Harry. Je pensais que ce serait amusant de te suivre ici, que ça le rendrait jaloux, que l'amour grandirait avec l'éloignement, et toutes ces platitudes qu'on dit d'habitude. Elle sembla légèrement mal à l'aise. Et c'est le cas.

— Eh bien, tout va bien alors.

— Non. Parce que c'est *bien de l'amour qu'il ressent,* mais pas pour moi. Il m'a écrit pour me dire qu'il va finalement épouser son idiote de petite amie.

— Quoi ? Et abandonner le travail que tu lui as trouvé ?

— Oui. La voiture klaxonna à nouveau.

Frances était déchirée. Elle s'avança et embrassa Pamela sur la joue.

— Courage. Tu sais, un de perdu, dix de retrouvés…

Pamela n'avait pas l'air convaincue.

— Je suis désolée, je dois y aller.

— Bien sûr. Ne fais pas attention à moi. Je suis bête. Tu n'as pas besoin de chaperon. Et si tu ne racontes rien, je ne dirai rien non plus. Amuse-toi pour moi, sinon pour toi-même.

— Bien sûr. Je te verrai plus tard.

Pamela fit un sourire peu convaincant.

— Je ne t'attendrai pas.

« Dangereux et charmant ». Les mots de Pamela résonnaient dans l'esprit de Frances alors qu'elle descendait le chemin et franchissait le portillon blanc du magnifique bungalow appartenant au studio. Elle le dévorait des yeux. Il avait les cheveux châtain clair, striés de blond, repoussés en arrière, dégageant son visage bronzé et fin, aux pommettes hautes, illuminé par des yeux bleus en amande. En cette soirée chaude, il portait une chemise blanche, les manches retroussées, la cravate desserrée. Il avait l'air de sortir tout droit du travail.

Son cœur battait la chamade tandis qu'elle s'approchait rapidement de la voiture. Il était adossé à la portière, l'attendant.

— Eh bien, bonjour, dit-il en lui ouvrant la porte.

— Bonjour, répondit-elle, soudain timide.

Il se détacha de la voiture, lui lançant un regard appuyé qu'il ne chercha pas à dissimuler. Elle frissonna. La robe rouge, un achat impulsif à Wellington, était un bon choix.

— Prête ? demanda-t-il simplement.

— Prête, répondit-elle, sans être vraiment sûre de ce qui l'attendait. Mais le regard dans les yeux de Xavier envoya un frisson d'anticipation nerveuse dans son estomac.

— Eh bien, allons-y. La fête a déjà commencé.

Il ferma la porte derrière elle, sans jamais la quitter des yeux. Il sourit d'un air appréciateur et à nouveau, Frances ressentit un frémissement d'une émotion qu'elle n'arrivait pas à identifier. Elle ne savait pas si cette sensation lui plaisait, ou non. L'attraction sexuelle mêlée à… du danger. C'était le seul mot qui convenait. Pamela avait raison. Elle se sentait comme quelque chose ou quelqu'un sur le point d'être dévoré, ce qui aurait dû, en toute logique, lui donner envie de s'enfuir. Toutefois, lorsqu'il s'installa dans la voiture, un bras nonchalamment posé sur la portière, l'autre main sur le volant, elle resta en place. Elle aurait pu sauter hors de la voiture et retourner à la maison, le laissant — sans doute totalement surpris — sur le pas de la porte, mais elle ne le fit pas. Elle garda cette sensation effervescente et séduisante au creux de son ventre et regarda droit devant elle. Elle resta alors qu'elle aurait pu fuir. Elle devait se souvenir longtemps de cette décision.

Mais ces sentiments contradictoires de peur et d'attraction se dissipèrent dès qu'il appuya sur l'accélérateur. Ils quittèrent les spacieux bungalows récemment construits sur Sunset, dont l'un avait été loué pour elle par le studio, et passèrent devant la bâtisse étincelante du Beverly Hills Hôtel qui *symbolisait pour Frances, tout ce qu'était* Hollywood. Bientôt, ils roulaient le long des routes poussiéreuses à travers les orangeraies qui, jusqu'à dix ans auparavant, couvraient la région.

À part quelques coups d'œil occasionnels dans sa direction, il se concentrait sur sa conduite, ce qui était tout aussi bien, car lorsqu'il quitta la route pour emprunter Summit Drive, le chemin devint plus sinueux et cahoteux. D'une main, Frances tenait son foulard autour de son visage, et de l'autre, elle s'agrippait au côté du siège, espérant qu'il ne s'en apercevrait pas. Mais elle oublia son appréhension lorsqu'elle aperçut leur destination, surnommée « la maison blanche » de la côte ouest. Pickfair. Où habitaient deux des stars les plus célèbres d'Hollywood.

Il passa devant une piscine autour de laquelle s'étaient rassemblés des invités et s'arrêta devant la maison. Il lança les clés à un groom pour qu'il gare la voiture, et la porte s'ouvrit. Debout, à contre-jour dans une lumière vive, se tenait leur hôtesse, Mary Pickford.

— Mon cher Xavier, s'exclama-t-elle, ressemblant en tout point à une star. Frances se sentit soudain trop grande comparée à la petite

Mary, dont les cheveux artistiquement coiffés et les vêtements coûteux cachaient le fait que, bien que toujours belle, elle commençait à prendre du poids et approchait de la quarantaine. Comme c'est charmant que tu aies pu venir. Ils s'embrassèrent sur chaque joue avant que Mary ne se tourne vers Frances. Et tu as amené une amie. Comme c'est parfaitement charmant !

— Voici Frances, Mary. Elle joue Pam dans *The Affair*.

Frances était fascinée et ne trouvait rien à dire à cette doyenne du cinéma.

— Oh, vous êtes la fille de Nouvelle-Zélande. J'ai entendu parler de l'essai. Max a dit que ça s'était merveilleusement bien passé.

— C'est vrai, dit Xavier.

— J'adore vos films, Mademoiselle Pickford, dit finalement Frances.

Mary rit et se tourna vers Xavier.

— Elle est adorable, Xavier. Fais bien attention de ne pas l'abîmer.

Frances regarda Mary s'éloigner en se déhanchant pour accueillir un autre invité.

— Elle est exactement comme dans les films, dit Frances le souffle coupé. Si belle.

Xavier passa son bras autour d'elle, ce qui lui fit oublier Mary Pickford, et pencha sa tête vers la sienne.

— Elle est finie. Son temps est révolu, mais le tien ne fait que commencer. Viens, je vais te faire visiter.

Il y avait des gens célèbres partout et, après quelques coupes de champagne, sa langue était suffisamment déliée pour leur parler. La plupart s'intéressait à elle au début mais, une fois qu'ils avaient établi qui elle connaissait et à quel point elle parlait bien — une chose qui les obnubilait tous depuis l'avènement du cinéma parlant — la conversation dérivait vers eux-mêmes et y restait. Non que Frances s'en préoccupa. Elle était plus qu'heureuse de boire leurs paroles. Elle était douloureusement consciente que sa robe devait avoir l'air démodée ici, où les vêtements étaient à la dernière mode, copiés directement des défilés parisiens, avant même que les collections ne soient lancées.

Alors que la nuit s'approfondissait et que la lueur des bougies rendait magique le banal, depuis le scintillement des bijoux jusqu'aux éclaboussures de l'eau, Frances leva les yeux vers les lettres « Hollywood » sur les collines et se pinça mentalement. Elle n'arrivait pas à croire qu'elle était là. Le parfum de fleur d'oranger emplissait l'air et son esprit flottait comme l'un de ces nénuphars jetés dans la piscine en contrebas. Peut-être avait-elle bu plus de champagne qu'elle ne le pensait, ou peut-être que la vie était devenue ce dont elle avait toujours rêvé. Elle regarda autour d'elle, se demandant où était Xavier. Elle retourna à l'intérieur de la maison et suivit le son des voix vers une pièce dans laquelle il n'y avait pas de lumière mais beaucoup de bruit. Pas tant une conversation, pensa Frances, que... eh bien, des bruits d'animaux. Elle entra et attendit que ses yeux s'habituent à la faible lumière, incapable de donner un sens à ce qui semblait être un enchevêtrement de corps. Elle hoqueta et recula quand elle réalisa que sa première impression était correcte. Deux couples étaient en train de s'embrasser, pas séparément mais ensemble. Et ils ne faisaient pas que s'embrasser, ils semblaient tous... Son esprit se figea lorsqu'elle réalisa soudain ce qu'ils faisaient et, horrifiée, elle recula hors de la pièce et ferma la porte.

— On dirait qu'ils s'amusent bien là-dedans.

Frances se retourna brusquement pour trouver Xavier, l'observant, appuyé contre le mur.

Frances fit un sourire poli et crispé.

— Ce n'est pas mon genre d'amusement.

Xavier se décolla du mur avec un sourire et pencha la tête sur le côté pour croiser son regard embarrassé. Elle retint son souffle, oubliant tout ce qu'elle venait de voir. Son sourire révélait des dents parfaitement alignées et faisait apparaître sur sa peau bronzée un éventail de petites ridules blanches au coin de ses yeux bleus. Elle laissa échapper un petit soupir. C'était vraiment le plus bel homme qu'elle ait jamais vu.

— Bien sûr que non, dit-il en repoussant une mèche de ses cheveux d'une manière intime, qui lui plut. Une petite jeune fille de Nouvelle-Zélande comme toi. Il recula un peu, la regardant sous ses paupières mi-closes. Tu es charmante, Frances. Très charmante. Il va falloir que je fasse attention.

Avant qu'elle ne puisse lui demander ce qu'il voulait dire, il lui offrit son bras.

— Et si on s'en tenait là ? Ça épargnera à tes tendres oreilles et à tes yeux d'être bombardés davantage par toutes ces bizarreries. Le soulagement l'envahit Frances. Pourquoi n'irais-tu pas chercher ta veste ?

Pourquoi pas, en effet, pensa-t-elle en se dirigeant avec précaution vers l'endroit où elle l'avait vue pour la dernière fois.

Quand elle revint, il parlait à une femme qui lui avait posé la main sur la hanche. Cela ressemblait à un geste intime, mais tout l'était à cette soirée. Il retira la main de la femme et la laissa tomber avec une légère moue de dédain, ce qui fit détourner le regard de Frances avec un froncement de sourcils. Ce n'était pas très agréable à voir. Puis il l'aperçut, et le sourire réapparut, et Frances pensa avoir imaginé l'expression précédente qui contrastait tant avec sa beauté. Il tapota sa poche, trouva une cigarette et l'alluma.

— Tu en veux une ?

— Oui, s'il te plaît.

Ils sortirent dans la nuit parfumée, les lumières de Beverly Hills et du Canyon en contrebas, laissant derrière eux la fête touchant à sa fin. Alors qu'elle prenait une cigarette et qu'il tendait son briquet pour l'allumer, elle eut soudain un flashback de Noa faisant la même chose. Elle expira immédiatement, essayant de se débarrasser de ce souvenir, il ne servait à rien et résumait tout ce qu'elle souhaitait oublier.

Il inclina la tête vers elle.

— Tu as fait forte impression. Tu seras le sujet de conversation de toute la ville demain.

Elle secoua la tête.

—Avec toutes ces stars ? J'en doute. Pourquoi parleraient-ils de moi ? Elle se détourna, espérant cacher qu'elle rougissait car elle était intensément flattée à l'idée d'être le sujet de conversation de la ville, malgré ce qu'elle venait de dire.

Il exhala un nuage de fumée grise vers le ciel d'encre, voilant la silhouette dentelée des sapins accrochés à la crête.

— Parce que tu es jeune et belle, et tout à fait charmante, comme je l'ai déjà dit. On ne voit pas beaucoup d'ingénuité aussi séduisante à Hollywood. Les gens veulent s'intégrer rapidement, ce qui les fait paraître blasés, même s'ils ne le sont pas. Ce sont des acteurs après tout. Mais pas toi.

— Je joue à l'écran ! Mais je ne vois aucune raison de jouer dans ma vie personnelle. À quoi cela servirait-il ? Elle avait exactement le même ton que sa mère, mais était trop agacée pour s'en soucier.

— Exactement. Et je ne voulais certainement pas critiquer tes talents d'actrice. Tu es naturelle. Tu donnes du sens à mes mots quand tu les prononces.

Son agacement disparut instantanément.

— Oh, c'est facile, avec d'aussi bons textes.

— J'ai toujours été doué avec les mots. C'est ma planche de salut.

Son profil se détachait dans la lumière de la maison derrière lui, tandis que le reste de son corps était dans l'ombre. Elle ne le connaissait pas du tout et un frisson la parcourut. Puis il se retourna et lui adressa ce sourire à couper le souffle. Elle ne le connaissait pas, et alors ? Ce n'était pas une obligation. Il tendit la main et caressa doucement le côté de sa joue. Elle retint son souffle tandis qu'il effleurait ses joues brûlantes. Il émit un léger grognement et attrapa une boucle de cheveux qu'il enroula autour de son index, l'attirant légèrement vers lui. Il baissa la tête vers elle et elle aurait juré qu'il pouvait entendre son cœur marteler dans sa poitrine alors qu'elle ouvrait la bouche et levait la tête vers lui, son regard incapable de se détacher de ses lèvres, également entrouvertes, mais esquissant un léger sourire. Il inclina cette belle bouche vers son visage et elle se détourna légèrement, de sorte que lorsqu'il chuchota, ce ne fut pas dans son oreille, mais si près de sa bouche qu'elle sentit son souffle contre ses lèvres.

— Vous, Miss Stewart, tenteriez un saint. Pendant un long moment, ils restèrent ainsi jusqu'à ce qu'il prenne une profonde inspiration et s'éloigne.

— Et je ne suis pas un saint. Il prit sa main et l'enveloppa dans la sienne. Nous devrions y aller, avant que je ne fasse quelque chose que tu regretteras.

Elle eut envie de lui dire qu'elle ne pouvait pas croire qu'elle regretterait quoi que ce soit qu'il puisse lui faire à ce moment-là. Il avait une emprise totale sur son esprit et son corps et elle ne pouvait penser à rien d'autre. Mais sa capacité à parler semblait s'être également évanouie, et ce fut lui qui lui prit la cigarette d'entre ses doigts et la jeta, écrasant le mégot avec sa chaussure.

Il lui ouvrit la porte de la voiture et elle monta en le regardant. Il sourit — pas un grand sourire, mais un sourire lent et brûlant conçu pour séduire — elle le savait, mais le savoir ne l'aidait en rien à lutter contre la séduction. Cela la rendait simplement inévitable. Il hocha la tête comme s'il avait lu dans ses pensées et referma la porte d'un coup sec. Pendant un bref instant, elle fut surprise par ce geste désinvolte et, elle pensa fugacement que Noa n'aurait pas fait cela et rejeta cette pensée aussitôt. Noa appartenait au passé ; elle n'avait pas d'avenir avec lui.

Elle se tourna vers Xavier alors qu'il se glissait sur le siège à côté d'elle.

— Ça va ? demanda-t-il.

Elle hocha la tête et se détourna, soudain gênée, jetant un dernier regard à la maison illuminée sur la colline, d'où s'échappait la musique. Elle garda les yeux fixés dessus alors qu'ils s'éloignaient du trottoir et descendaient la route sinueuse vers les lumières de Beverly Hills.

Xavier conduisait de manière décontractée, la vitre baissée et le coude reposant sur la portière. Son regard passait nonchalamment de la route devant lui à Frances, ses regards insistants s'entremêlant aux siens, envoyant une sensation de chaleur se répandre dans son ventre et plus bas.

Elle avait rougi et elle remerciait intérieurement l'obscurité qui le dissimulait. Il trouvait peut-être un peu d'innocence charmant, mais s'il savait à quel point elle était réellement innocente, elle doutait qu'il soit toujours aussi charmé.

Il parlait du milieu du cinéma, d'amis communs, et elle écoutait, pleine d'admiration pour cet homme qui semblait connaître tout le monde et tout ce qu'il y avait à savoir sur Hollywood. Et cet homme lui accordait, à elle, Frances Stewart, de Nouvelle-Zélande, toute son attention.

Il se gara devant sa maison et jeta un coup d'œil à l'intérieur.

— Pas de lumières. On dirait que ton chaperon est allé se coucher.

— Ou alors elle est assise dans l'obscurité de la véranda, dit-elle. Pamela aime faire ça. Elle dit que ça lui donne l'impression d'être de retour chez elle.

— Vraiment ? Elle veut rentrer chez elle ? En Nouvelle-Zélande ? Il laissa échapper un rire méprisant et se tourna vers elle. Ce n'est pas là-bas que tu veux être, n'est-ce pas ?

Elle secoua la tête. Certainement pas. Son esprit était occupé par l'homme assis à côté d'elle et elle n'imaginait pas vouloir être ailleurs. Il émit un petit son satisfait et le silence s'installa. Elle se demandait ce qu'il allait faire ensuite. Mais ce qu'il fit ensuite la surprit. Il sortit de la voiture et lui ouvrit la porte. Elle le frôla en sortant de la voiture, tirant sur sa robe qui était légèrement remontée sur ses jambes.

— Bonne nuit, dit-elle en remontant l'allée vers le portail, consciente du regard qu'il posait sur elle.

— Je crois que tu as oublié quelque chose, dit-il, de ce ton languissant qui titillait ses sens.

Elle se retourna comme si elle jouait un rôle.

— Et qu'est-ce que c'est ? Sa voix aussi avait changé, était devenue celle de la femme qu'elle incarnait dans le film.

Il sourit et marcha vers elle. Elle retint son souffle, jusqu'à ce qu'il soit si proche qu'elle dut quand même respirer, sous peine de s'évanouir dans ses bras. Et quand elle inspira enfin une bouffée saccadée, elle était emplie de lui, de whisky, de cigarettes et d'une eau de Cologne masculine et exotique. Il prit sa main et la retourna, en caressant la paume de son pouce, ce qui la submergea de frissons d'excitation. Elle leva les yeux vers lui, voulant tout absorber de lui. Son regard glissa vers sa bouche qui s'incurva dans ce sourire qui n'en était pas un, cette expression bien à lui. Elle entrouvrit la bouche, se demandant s'il allait l'embrasser. Puis elle le sentit accrocher son sac à sa paume et refermer ses doigts dessus.

— Ton sac à main, ma chérie.

Pendant un bref instant, il garda sa main sur la sienne, avant de faire demi-tour et s'éloigner. Il s'arrêta à mi-chemin le long du sentier, sortit une cigarette et l'alluma, tira une bouffée et se tourna vers elle.

— Tu ferais mieux de rentrer, on ne sait jamais qui rôde dans le coin. Il faut que tu habites dans un quartier mieux fréquenté. Je m'en occuperai demain. Bonne nuit.

Il s'en occuperait demain ! Elle regarda la voiture s'éloigner. Il ne se retourna pas, et elle monta les marches comme sur un nuage. C'était ça, vivre dans le monde du cinéma, un endroit où les hommes étaient cools et sexys, et savaient s'y prendre pour faire la cour à une femme.

Elle entra dans le bungalow, laissa tomber son sac sur la table et s'assit dans l'obscurité de la véranda, éclairée seulement par les phares des voitures qui passaient. Elle se sentait plus vivante que jamais.

Finalement, elle alluma la lumière pour prendre un verre d'eau avant d'aller se coucher, et remarqua une enveloppe sur la table. Pamela avait dû la rapporter de la boîte aux lettres. Elle reconnut immédiatement l'écriture. Noa. Elle la déchira et la parcourut rapidement. Il parlait de la maison et de choses ordinaires, exactement comme il le faisait en face à face, et il lui racontait qu'il l'avait suivie jusqu'à Wellington et avait regardé son bateau quitter le port. Il disait qu'elle lui manquait et lui demandait quand elle rentrerait.

Frances se sentit mal, confuse, déloyale et physiquement malade. Elle posa soigneusement la lettre sur le plan de travail pendant qu'elle se servait le verre d'eau et se retourna pour regarder l'enveloppe, sa présence accusatrice dominant la pièce. Elle l'imagina écrivant à son bureau, dans son logement surplombant le port, regardant son bateau s'éloigner. Elle se souvenait de la façon dont ils s'étaient séparés. Il ne voulait pas d'elle, telle qu'elle était alors, une jeune femme moderne ; seule la Frances qu'elle avait été enfant l'intéressait. La soirée qu'elle venait de passer était la preuve qu'elle était désormais beaucoup plus que ça.

Elle prit la lettre, la glissa dans l'enveloppe et la rangea au fond de son journal intime dans son tiroir du bas. Elle la relirait plus tard. Pas maintenant. Elle ferma le tiroir et commença à se déshabiller. L'ambiance de la soirée s'était évaporée. Ce n'était pas le moment de s'y attarder ; elle devait se lever tôt le lendemain. Elle avait un film à tourner et une nouvelle maison à trouver. Les dernières images qui lui vinrent à l'esprit toutefois, n'étaient pas celles de Pickfair, mais bien de Noa, à Wellington, suivant des yeux, sans qu'elle n'en soit consciente, le bateau qui la transportait et quittait le port.

CHAPITRE HUIT

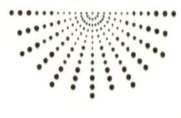

PAIGE

C'était ma première visite à Wellington depuis mon arrivée en Nouvelle-Zélande une semaine plus tôt. Le sinueux trajet d'une heure, jusqu'à la capitale, m'a fait passer par-dessus la chaîne de collines qui séparait la ville et ses banlieues du Wairarapa, et je me suis bientôt retrouvée à rouler sur l'autoroute qui longeait le port pittoresque, entouré de toutes parts par de hautes collines.

La mer était d'un vert forêt, reflétant les collines boisées de la rive orientale plus éloignée. Un ferry à l'allure imposante fendait la surface mouchetée de blanc de l'eau, en direction de l'entrée du port, dissimulée par une langue de terre boisée. Et, nichées sur les rives occidentales du port, se dressaient les hautes tours de Wellington, entassées dans une petite zone de terre plate. Pour une capitale, Wellington était petite mais, selon les guides touristiques, c'était ce qui faisait en partie son charme.

Une fois quittée l'autoroute, la ville se découvrait, se déversant sur le front de mer qui, avec son musée moderne, ses bâtiments portuaires historiques et ses promenades publiques très fréquentées, servait de tampon entre la ville et la mer. Il y avait du monde partout : des enfants jouant sur l'aire de jeux herbeuse qui jouxtait la promenade du front de mer, des adultes assis aux terrasses des restaurants qui bordaient le quai, et des touristes, fraîchement débarqués d'un bateau de croisière, qui regardaient autour d'eux, essayant d'absorber les détails de cette petite ville à l'autre bout du monde.

J'ai baissé ma vitre en passant devant un groupe de cafés, et l'air chaud de l'été, parfumé de café et piquant de sel, a envahi la fraîcheur de la voiture. En continuant le long du quai, une musique flottait au-dessus d'un lagon, provenant d'un groupe en live, et un alignement de soldats chinois gonflables et fluorescents, faisant la publicité d'une exposition, se balançait dans la brise devant le musée.

J'avais contacté l'amie de ma grand-mère dont je connaissais maintenant le nom, grâce à la carte qu'elle m'avait donnée. Rina Batten m'avait indiqué un bâtiment sur le front de mer où je pourrais garer la voiture. En approchant, j'ai vu que ce n'était pas un parking, mais un immeuble d'appartements de standing perché au bout d'un quai.

J'ai laissé échapper un petit murmure d'incrédulité en l'observant. Le soleil de l'après-midi se reflétait sur les fenêtres du dernier étage de ce bâtiment moderne de quatre étages, qui s'avançait avec assurance sur le front de mer. Il faisait écho aux lignes modernes et sans compromis du musée tout proche et n'était pas du tout le genre d'endroit où je m'attendais voir vivre une femme de l'âge de Rina. Mais après tout, au fil des après-midis passés avec elle au chevet de ma grand-mère, j'avais réalisé que cette femme était tout sauf ordinaire. Elle avait l'esprit le plus moderne de toutes les octogénaires que j'avais rencontrées. Toutefois, n'en ayant rencontré que très peu, je ne pouvais pas fonder mon opinion sur grand-chose.

J'ai composé le code que Rina m'avait donné et suis entrée dans un parking souterrain pour me garer à l'endroit qu'elle m'avait indiqué. Mon véhicule de location détonnait à côté de sa voiture de sport dans l'emplacement jouxtant le mien.

Une fois dans l'ascenseur, j'ai saisi le code et ai pivoté pour contempler le front de mer se révéler à mes yeux à mesure que l'ascenseur émergeait du sous-sol et s'élevait au-dessus d'un café. Pendant la montée, mon regard a été attiré par les sombres collines boisées de l'autre côté de la baie. La ville, la mer, les collines et un ciel d'un bleu parfait formaient un tableau qu'un photographe amateur comme moi ne devait pas manquer, ai-je pensé en prenant rapidement une photo avec mon téléphone.

Derrière moi, les portes de l'ascenseur se sont ouvertes et je me suis retournée pour voir Rina sortir d'une porte en face.

— Tu as trouvé, facilement, alors. Bien. Je ne donne pas habituellement mon code du parking aux gens, mais je savais que tu n'aurais aucune chance de trouver une place pour ta voiture aujourd'hui.

— C'est toujours aussi animé le samedi ?

— C'est toujours assez animé, mais pas comme ça. Non, c'est la première du film. Nous autres Wellingtoniens, on prend le cinéma très au sérieux, tu sais.

— Ah oui, Peter Jackson est de Wellington, n'est-ce pas ?

— Oui, juste au nord de la ville, mais il vit ici maintenant. Mais il n'est pas le seul cinéaste dans le coin. Allez, entre, Paige.

J'ai suivi Rina dans une pièce offrant une vue panoramique sur le port et la ville. Pendant qu'elle se dirigeait vers la cuisine au centre de ce vaste espace, je me suis approchée des fenêtres, attirée par la vue sur la mer. Sa surface ridée était agitée par le vent et scintillait sous le soleil de l'après-midi.

— Un café ? a demandé Rina. Nous avons une heure devant nous avant d'y aller.

— Volontiers. J'ai profité qu'elle me tourne le dos pour examiner l'appartement. Quelques meubles hérités d'une autre époque ne parvenaient pas à en rompre les lignes modernes et épurées. Les œuvres d'art et les sculptures étaient aussi contemporains que le mobilier et les installations.

— Tu as un appartement incroyable.

— Il est pratique. On est à quelques minutes du centre-ville et il y a toujours quelque chose à faire. Mon ancienne maison me manque. Mais Ginny a décidé que je devenais trop vieille pour cet endroit et qu'il fallait qu'on déménage.

Je ne pouvais m'empêcher de penser que cet appartement luxueux était l'incarnation même de la jeunesse, mais après tout, Rina avait définitivement l'esprit jeune.

— Où étiez-vous avant ?

Rina n'a pas répondu immédiatement, mais a attendu que la machine à café se soit tue avant de me rejoindre à la fenêtre. Elle a pointé du doigt une colline où une rangée de grandes maisons coloniales s'élevait au-dessus d'un parc.

— Nous avions une maison sur Tinakori Road. Une vieille bâtisse pittoresque, que j'adorais. À une certaine heure de la journée, le soleil brille dessus, et j'ai l'impression qu'elle me salue. Elle regarda au loin avant de se tourner à nouveau vers moi.

— Je commence à perdre la tête avec l'âge. Du moins, c'est ce que pense Ginny.

— Pas du tout ! a dit une voix théâtrale derrière moi. La porte s'est ouverte et une femme portant des lunettes à monture magenta, un rouge à lèvres brillant, et une robe flamboyante assortie est entrée dans la pièce. Elle a souri largement et j'ai eu l'impression qu'elle avait braqué un projecteur sur moi.

— Tu dois être Paige. Ravie de te rencontrer.

— Et vous devez être Ginny. J'ai tendu la main mais elle m'a embrassée sur les deux joues à la place.

— C'est bien moi, a dit Ginny, déposant également un baiser brillant sur les lèvres de Rina. Au lieu de se plaindre de la trace de rouge qui s'étalait maintenant aussi sur ses lèvres, Rina lui a lancé un regard ardent qui m'a mise mal à l'aise. J'avais pensé que Ginny était une sorte d'amie, mais pas *ce* genre d'amie. Je me suis retournée à temps pour voir Ginny essuyer le rouge à lèvres des lèvres de Rina d'un coup de pouce qui semblait un geste encore plus intime.

— Sans doute que Rina m'a décrite comme une amie platonique avec qui elle partageait un appartement, hein ? Elle a levé les sourcils vers moi. J'ai raison ?

Elle n'en avait rien fait ; j'avais imaginé tout cela toute seule.

— Non, pas du tout...

— Ne mets pas cette pauvre Paige mal à l'aise, dit Rina en se dégageant de l'étreinte de Ginny pour se diriger vers la cuisine. Tu seras surprise d'apprendre que je ne lui ai rien dit à ton sujet. J'ai seulement mentionné ton nom.

Ginny fit semblant de chanceler de manière théâtrale. Rina secoua la tête mais ne put cacher un sourire.

— Paige, voici Ginny, ma femme.

J'avais connu beaucoup de personnes homosexuelles et n'y avait jamais vu d'inconvénient, mais je n'avais jamais rencontré une femme de plus de quatre-vingts ans vivant ouvertement dans un mariage homosexuel. J'étais surprise, et consternée par ma propre surprise.

— Ravie de vous rencontrer.

— Nous nous sommes mariées il y a sept ans, dès que cela a été possible, dit Ginny en se perchant sur un tabouret avant de tourner son attention vers moi. Et toi ? Tu as laissé quelqu'un de spécial derrière toi en Angleterre ?

— Ginny, ça ne te regarde pas.

— Non, ce n'est pas grave. Je n'ai laissé personne derrière moi en Angleterre. Ma main se dirigea automatiquement vers mon ventre. Je l'éloignais avant de la regarder.

— Quoi ? Une jolie fille comme toi ? Je suis sûre qu'ils devaient se bousculer pour attirer ton attention.

Je ris.

— Non. Pas de bousculade. C'allait être difficile de m'en sortir sans satisfaire la curiosité de Ginny. Cette dernière avait la tête inclinée vers moi, toute concentrée. Elle était visiblement fascinée par les relations. Il y avait quelqu'un, mais ça n'a pas duré, ajoutai-je.

Ginny se recula.

— Salaud ! Fille ou garçon ?

— Garçon. Oui un garçon. Certainement pas un homme.

Rina rit et apporta les cafés.

— Je ne crois pas que les garçons deviennent des hommes avant d'avoir environ quarante ans... si tant est qu'ils le deviennent. Elle posa les tasses sur la table et s'assit. L'expression de soulagement qu'elle eut en s'asseyant me fit penser qu'elle était plus âgée qu'elle n'en avait l'air.

— Les femmes sont beaucoup plus mûres, beaucoup plus tôt, dit Ginny. Heureusement que je ne me suis jamais intéressée aux hommes. Contrairement à Rina, elle secoua la tête et poussa un soupir théâtral, qui a *effectivement* eu des relations avec des hommes à une époque.

— Très brièvement, murmura Rina.

— Elle s'est remise de sa folie, Dieu merci pour moi, dit Ginny en posant sa main sur celle de Rina. Nous sommes ensemble depuis près de cinquante ans, incroyable, non ?

Je trouvais ça difficile à croire effectivement.

— Rina avait trente-neuf ans et moi dix-huit. Elle m'a séduite. Ça aurait été très mal vu si elle avait été un homme !

J'avais du mal à faire les calculs. Cela faisait de Rina une octogénaire, ce dont elle n'avait pas du tout l'air.

— Ha ! se moqua Rina. C'est *toi* qui m'as séduite.

— Comment aurais-je pu te résister, avec tes cheveux châtains, elle lissa les cheveux gris de Rina, et tes yeux couleur du port un jour de tempête.

Rina se dégagea du contact de Ginny.

— Voilà que tu inventes des choses, maintenant.

Je ne pouvais m'empêcher d'être d'accord avec Rina. En effet, à moins que le port n'ait été d'un brun boueux, je ne voyais pas la ressemblance.

Ginny sourit et se tourna vers moi.

— Elle avait un glaucome, tu sais, dit-elle, comme si cela expliquait quoi que ce soit. De toute façon, elle était superbe et il fallait qu'elle soit à moi.

— Je n'ai pas eu beaucoup le choix, comme tu peux probablement le constater, Paige, dit Rina en soupirant. A l'époque, cela me suffisait de m'occuper de mes propres affaires.

— Des affaires ennuyeuses et tranquilles... Elle se leva et embrassa Rina sur le front. Enfin, je ferais mieux d'y aller. J'ai un avion à prendre. Elle se tourna vers moi.

— Ravie de t'avoir enfin rencontrée, Paige. Profite bien du film et prends soin de Rina pour moi.

Il y eut une pause.

— Profite bien, dit Rina en raccompagnant Ginny à la porte.

L'expression de Ginny perdit momentanément son assurance et elle fronça les sourcils l'air inquiète.

— C'est *vraiment* pour le travail, tu sais.

Rina lui tint la porte ouverte.

— Bien sûr. Sa voix était étrangement rigide.

Ginny hésita avant d'embrasser Rina une dernière fois et d'entrer dans l'ascenseur.

Rina vint s'asseoir en face de moi et regarda par la fenêtre, non pas la vue, mais haut dans le ciel comme si elle y cherchait quelque chose, jusqu'à ce que ses yeux s'humidifient légèrement. La lumière crue frappait son visage et je pris soudain conscience de la façon dont sa peau s'affaissait autour de sa bouche et des taches de vieillesse qui marquaient ses joues, des choses dont je n'avais pas été consciente auparavant quand elle parlait, si forte était sa personnalité.

Elle se tourna brusquement vers moi.

— Le café est à ton goût ?

—Délicieux, merci. Je le buvais par petites gorgées, le trouvant beaucoup plus fort que ce à quoi j'étais habituée.

— Bien. Elle s'adossa au canapé en cuir noir clouté des années 60 et je fus à nouveau soumise au faisceau perçant de son regard. Je lui adressai un sourire hésitant.

— Alors, elle épousseta un petit bout de fil argenté, qui avait dû s'échapper du foulard de Ginny, de sa chemise tailleur, tu voulais me demander quelque chose ?

— Vous demander ? Pendant une fraction de seconde, je pensai qu'elle voulait dire à propos d'elle et Ginny avant que je ne comprenne. Oh, à propos de ma grand-mère ?

Elle haussa les épaules.

— Tout ce que tu voudras.

Je reposai le café sur la table.

— Eh bien, maintenant que vous en parlez, oui, il y a quelque chose. Je me demandais si vous pouviez m'éclairer sur certaines informations que j'ai trouvées en ligne.

Son visage resta impassible.

— Je vais essayer, dit-elle d'un ton sec.

— Je ne sais pas pourquoi je n'ai jamais fait ça avant, sans doute parce que ma mère n'a jamais montré le moindre intérêt.

Je m'interrompis, craignant que Rina ne fasse un commentaire sur l'indifférence de ma mère pour ses origines, mais elle ne dit rien, et son visage ne trahit aucune réaction.

— En fait, continuai-je, cherchant à pousser Rina pour qu'elle révèle enfin quelque chose. C'était plus qu'un manque d'intérêt de la part de ma mère. Elle détestait parler de son passé, alors je ne lui posais pas de questions, et j'ai fini par ne plus y penser. J'eus un mouvement de résignation. Je supposais qu'il n'y avait pas grand-chose à savoir.

— C'est compréhensible.

— Mais depuis que j'ai reçu la lettre de ma grand-mère et que je suis arrivée en Nouvelle-Zélande, j'ai appris beaucoup de choses, bien plus que je n'en ai jamais su, ce qui m'a donné envie de continuer à combler les manques.

Elle hocha la tête, m'incitant de continuer.

— J'ai trouvé l'acte de naissance de ma grand-mère qui m'a donné le nom de sa mère, Frances. Bien sûr, vous avez déjà mentionné Frances, mais pourquoi le nom du père d'Aroha ne figurait-il pas sur l'acte de naissance ? Pourriez-vous m'en dire plus ? Aroha vous a-t-elle déjà dit quelque chose à ce sujet ?

Je joignis mes mains et esquissai un léger sourire en réponse au regard impassible de Rina. Je n'avais aucune idée de ce qui se cachait derrière.

— Je suis désolée de vous interroger ainsi, mais vous êtes la seule personne que je connaisse, et vous connaissiez ma grand-mère depuis longtemps.

— Oui. Elle s'éclaircit la gorge. Je t'ai demandé si tu avais des questions à poser, j'y suis préparée. Elle déplaça un coussin orange vif derrière son dos. Je crois qu'il y a eu... des complications, et le père de Ro est mort avant que quoi que ce soit puisse être légalisé. Elle soupira. C'était un monde différent, Paige. Dans les années 1930, la réputation des gens était primordiale, particulièrement dans les cercles sociaux autour de ton arrière-grand-mère, et, elle eut un mouvement d'épaules, je suppose qu'elle avait ses raisons. Frances Stewart n'aurait pas fait une chose pareille sur un coup de tête.

Je me penchai vers Rina, ses derniers mots résonnant dans mes oreilles.

— Vous connaissiez Frances ? Vraiment ?

Ses lèvres se plissèrent brièvement en un léger sourire.

— Bien sûr. Tout le monde la connaissait. Elle finit son café et se leva. Maintenant, je suggère que nous nous mettions en route, sinon nous serons en retard.

Je restai assise quelques instants, essayant d'assimiler le fait que cette femme avait connu mon arrière-grand-mère. Je regardai Rina se déplacer dans la cuisine, brûlant de lui poser encore plus de questions mais sachant qu'il y avait peu de chance que cette femme à la fois réservée et abrupte dévoile tout ce qu'elle savait. Si je voulais découvrir quoi que ce soit d'autre, il me faudrait agir avec prudence, ne pas trop pousser ma chance.

Je la suivis dans la cuisine, posai ma tasse à moitié vide sur le comptoir, intriguée par la brusquerie de Rina.

— J'espère que je ne vous ai pas contrariée ?

Rina me jeta un regard.

— Me contrarier ? Il en faudrait plus que ça. Paige. Je suis une vieille routière pour ce qui est de contrôler mes émotions. De toute façon, non, tu ne m'as pas contrariée. Elle eut ce même sourire rapide que je commençais à reconnaître. C'était une excuse pour ne pas pouvoir ou vouloir en dire plus. Je comprends ton besoin d'informations et je te dirai ce que je peux, quand je le pourrai, mais pas maintenant. Elle prit sa veste. Maintenant, on nous attend ailleurs et nous ferions mieux d'y aller.

Traverser le marché en plein air et la Place Courtenay jusqu'à l'Embassy Theatre n'était qu'un tout petit trajet mais pas si facile que ça car il fallait se frayer un chemin à travers des groupes d'artistes de rue, de touristes et de résidents venus profiter de l'atmosphère et apercevoir les stars.

Je n'avais pas réalisé à quel point l'occasion allait être officielle. La moitié de Courtenay Place était bouclée et bordée de gens tenant leurs téléphones en l'air pour essayer de prendre des photos des stars du film, qui posaient et saluaient la foule avant de disparaître à l'intérieur de l'Embassy Theatre. Depuis *Le Seigneur des Anneaux*, Wellington — et cette salle de spectacles en particulier — était devenu *la* vitrine du cinéma néo-zélandais dans l'hémisphère sud.

Entourée par tout le glamour des personnes assistant à la première et par la foule — dont beaucoup étaient joyeusement habillées avec excès pour l'événement — je me félicitais d'avoir acheté quelque chose spécialement pour cette occasion, dans l'un des magasins de charité de Mannington, une robe blanche de style simple. Je ne portais généralement pas de blanc mais ma peau avait légèrement bronzé depuis mon arrivée en Nouvelle-Zélande et la coupe empire de la robe glissait sur ma taille épaissie, c'est d'ailleurs pour cela je l'avais achetée. Mais elle avait aussi un décolleté plus bas que ce à quoi j'étais habituée. Je remontai légèrement l'encolure.

Je jetai un coup d'œil à Rina, frappante dans un tailleur-pantalon. La conscience de l'âge avancé de Rina que j'avais eue momentanément avait disparu. A ce moment-là elle paraissait vingt ans de moins, et elle forçait mon admiration. L'amie de ma grand-mère se révélait être une femme remarquable, pas seulement en termes d'argent, mais aussi en termes de caractère, elle savait qui elle était et possédait une intelligence féroce. Elle me faisait un peu peur.

Elle fronça les sourcils.

— Quelque chose ne va pas ?

Je haussai les épaules.

— Je me sens pas assez habillée.

— Peut-être, mais tu es ravissante.

Je fus surprise et ravie par son compliment — j'avais l'impression qu'elle n'en faisait pas souvent — et je la suivis vers un guichet où elle montra des billets et passa sur un tapis rouge. Soudain, les gens applaudissaient et criaient — mais pas pour moi, réalisai-je tardivement — lorsque je reconnus devant nous un acteur célèbre et sa femme, posant pour des selfies avec la foule.

— Wow, dis-je en redressant les épaules et en me tenant un peu plus droite. Je n'ai jamais marché sur un tapis rouge auparavant.

— Ne te monte pas la tête, dit Rina. Ils ne s'intéressent pas aux gens comme toi et moi. Elle montra du bras un homme qui parlait à un journaliste pointant sa caméra directement sur lui. C'est principalement à lui qu'ils s'intéressent.

— Qui est-ce ?

— C'est le réalisateur du film. L'homme termina son interview avec un sourire charmeur et se tourna vers moi, et je me retrouvai à fixer un regard que j'avais déjà vu auparavant.

— Tu ne reconnais pas la nouvelle star de Nouvelle-Zélande ? continua Rina. Allez, je vais te le présenter.

J'avais déjà vu ces yeux auparavant, j'en étais sûre, mais où ? Je ne reconnaissais rien d'autre chez lui. Je m'en serais souvenue, c'était une certitude.

— Rina ! L'homme l'accueillit et ils s'embrassèrent. Content que tu aies pu venir.

— Je n'aurais pas manqué ça. Rina se tourna vers moi. Tane, voici la petite-fille d'Aroha dont je t'ai parlé, Paige.

Il leva un sourcil et se toucha le front du doigt. Puis les pièces du puzzle s'assemblèrent et je rougis d'embarras.

— Mademoiselle Paige. Ravi de vous revoir, Madame.

Rina fronça les sourcils et nous regarda l'un et l'autre.

— Vous vous êtes déjà rencontrés ?

— Je...hésitai-je, incapable de terminer la phrase.

— Oui, à Wharerata. J'ai cru qu'elle était une intruse, et elle a pensé que j'étais un serviteur mal dégrossi qui devait être renvoyé. Probablement un quiproquo bien équilibré, maintenant que j'y pense.

— Qu'est-ce que tu as fait, Paige ? Les yeux de Rina s'enflammèrent de colère.

— Je ne savais pas... Je m'interrompis. Je ne pouvais pas expliquer poliment que l'homme devant moi ne ressemblait en rien au vagabond armé que j'avais trouvé en train de rôder autour de la vieille maison.

— Ce n'était pas sa faute, Rina.

Ses yeux se plissèrent, avec cette expression d'humour ironique que je commençais à reconnaître.

— Ah, tu étais en pleine phase de *repos*, n'est-ce pas, Tane ?

— Ouais, je suppose que j'étais un peu négligé. Il eut un autre de ses sourires à couper le souffle et toucha le bras de Rina. Quelqu'un l'appela derrière nous. Content de vous voir, et toi aussi, Paige. Mais je ferais mieux d'y aller.

J'ai regardé Tane s'approcher de journalistes qui l'attendaient et qui se sont immédiatement jetés sur lui, avec leur micros et leurs appareils photo crépitant. C'était sans aucun doute le même homme — ces yeux bruns et ce sourire charmeur étaient inoubliables — mais la longue barbe hirsute avait disparu, taillée élégamment. Et bien sûr, pas d'arme. Il était apprêté avec soin, et visiblement, je n'étais pas la seule de cet avis. Des femmes se penchaient par-dessus la corde rouge, faisant des selfies avec Tane en arrière-plan. Je me suis tournée vers Rina, qui me regardait en fronçant les sourcils.

— Tu as traité Tane comme un domestique mal dégrossi ? À quoi pensais-tu donc ?

— Il est sorti de nulle part avec une arme. J'avais peur, Rina ! Je n'avais que deux options : m'enfuir en hurlant, ou tenir bon et me montrer autoritaire. J'ai choisi la deuxième. Ce n'était peut-être pas le meilleur choix, mais c'est ce que j'ai fait.

Le froncement de sourcils de Rina s'est instantanément transformé en rire.

— Je parie qu'il avait une drôle d'allure. C'est toujours le cas quand il a terminé un film. Bien joué, ma fille !

Déconcertée par ce brusque revirement, j'ai pris le bras que Rina m'offrait et nous sommes passées devant Tane, qui m'a fait un clin d'œil, me faisant rougir à nouveau, avant de se retourner vers le journaliste. Dans l'ombre glamour du foyer du théâtre, nous avons accepté des coupes de champagne et quelqu'un a entamé une conversation avec Rina, qui était visiblement bien connue parmi les cinéastes et les acteurs. Je me demandais quel lien Rina avait avec eux tous. *Et puis,* elle connaissait Tane. Mais pourquoi Rina lui avait-elle parlé de moi ?

je n'en avais aucune idée. J'ai noté dans ma tête de lui poser la question plus tard.

Pendant que Rina était occupée, je me suis dirigée vers l'affiche du film. Je l'avais vue placardée sur des panneaux ici et à Mannington, mais je n'avais pas lu les petits caractères. Réalisateur : Tane Rakete. Revivant en détail grandeur nature le moment où je l'avais rencontré à la maison, j'ai fermé les yeux de honte Qu'avait-il dû penser de moi ?

J'ai rouvert les yeux pour me retrouver face à face avec l'objet de mes rêveries. J'ai laissé échapper un petit cri de surprise.

— Allons, je ne peux pas te faire peur maintenant, si ? Pas avec cette allure très civilisée.

Je lui ai rendu son sourire.

— Non, plus maintenant. Je me rappelais ma réaction envers toi la dernière fois. Je suis vraiment désolée.

— Ne te flagelle pas pour ça. Comment pouvais-tu réagir, face à un sauvage armé ? Tu vois que je ne porte pas toujours une arme sur moi, je pourrais peut-être te persuader de prendre enfin ce thé avec moi.

J'étais soulagée, flattée et surprise.

— Peut-être…

Nos regards se sont croisés, reconnaissant brièvement notre attirance mutuelle. Il a hoché la tête, brisant le charme.

— Bien. Mon cœur s'est mis à battre la chamade à ce seul mot « bien ». Je reviens dans le Wairarapa quand tout sera terminé, a-t-il poursuivi. J'ai quelques jours devant moi avant notre départ pour l'Australie. Si on se retrouvait à nouveau dans la véranda ? Je promets de laisser mon arme derrière moi.

— Ça me paraît bien.

— Je te ferai visiter. Je connais bien l'endroit, le chantier a été transmis à mon père et maintenant mon oncle garde un œil sur la propriété. Il a répondu à l'appel de son assistant, qui agitait un téléphone vers lui, l'air harassé, avant de se retourner vers moi. Je dois y aller. Il a touché mon bras dans un geste innocent et pourtant significatif qui prenait acte de la connexion que j'avais ressentie entre nous. Je fournirai le thé si tu apportes du gâteau. Marché conclu ?

— Marché conclu.

J'ai ri alors qu'il s'éloignait pour se faire engloutir par les exigences de la promotion. Comment avais-je pu le prendre pour un meurtrier maraudeur ? Il était magnifique. Totalement magnifique. Mais, le plus surprenant, c'est qu'il avait l'air de s'intéresser à moi. Je n'étais pas sans attrait, certes, je pouvais moi aussi être bien apprêtée, mais mon physique n'était pas au goût de tout le monde et je n'arrivais jamais à comprendre les ressorts de l'attirance. Mais dans ce cas, il n'y avait rien à comprendre — j'avais été submergée et consumée comme par un tsunami. Je me suis brièvement demandé ce qu'il resterait après le retrait de la vague, et puis j'ai décidé de ne pas pousser l'analogie trop loin. De plus, je ne voulais rien anticiper ; juste vivre ce qui se présenterait à moi dans ce nouveau monde où je me trouvais.

Je me suis retournée pour trouver Rina qui m'observait avec un léger froncement de sourcils.

— Je suppose que Tane veut te voir à Wharerata, a-t-elle dit, alors que je m'approchais.

J'étais surprise ; comment pouvait-elle le savoir ?

— Oui.

— Ce n'est pas si fou comme supposition, a dit Rina, comme si elle lisait dans mes pensées. Tane s'est toujours beaucoup intéressé au domaine. Je pense que s'il en avait l'occasion, il aimerait l'acheter. Sans doute est-ce pour cela qu'il veut te revoir.

Sans doute, ai-je pensé, mon amour-propre éclatant en morceaux et mes espoirs s'effondrant. Pas intéressé par moi, finalement. Mais par Wharerata. Je suis une héritière maintenant, et à cause de cela, je suis intéressante pour quelqu'un comme Tane Rakete.

J'étais contente quand nous avons pris nos places dans le théâtre et que le film a commencé. C'était un film étrange et original avec un côté sombre qui contrebalançait la beauté de sa vision. Si c'était la personnalité de Tane, cela m'intriguait encore plus, mais m'inspirait aussi un peu de méfiance. La part sauvage de Tane était bien vivante quelque part au fond de lui, si ce film était révélateur. Malgré l'utilisation de clichés populaires et d'acteurs célèbres, la vision du film était profonde et troublante.

A la fin du film, nous sommes sorties en clignant des yeux dans la douce lumière du soir. Je me suis arrêtée et j'ai regardé autour de moi.

— Il est occupé, a dit Rina, en me lançant un regard perspicace qui m'a mise mal à l'aise. Mais à prétendre que je ne savais pas de qui elle parlait était inutile.

— Sans doute en train de faire toutes les choses que font les gens célèbres, ai-je dit, emboîtant le pas à Rina en direction de son appartement tout proche.

— Pas toutes, je suppose. Tane n'est pas la célébrité hollywoodienne type.

— J'ai pu le constater.

— Alors, a dit Rina, traversant la rue loin des feux rouges et me faisant signe de marcher, comme si j'étais une enfant. Qu'as-tu pensé du film ?

J'ai froncé les sourcils.

— Je ne suis pas sûre. Tous les trucs amusants d'Hollywood étaient là, mais il y avait aussi autre chose. Plus tranchant en quelque sorte, si tu vois ce que je veux dire.

Nous nous sommes tenues sur l'îlot central de la large avenue avec la circulation roulant de chaque côté de nous, faisant claquer nos vêtements dans le sillage des voitures. Je me demandais ce que Rina avait contre les passages piétons. Un signe de plus qu'elle n'avait vraiment rien de banal.

— Je vois exactement ce que tu veux dire. Il est partagé, un pied à Hollywood et l'autre fermement ancré là où il a grandi.

— À White Rock ?

— Oui. Rina me jeta un rapide coup d'œil, visiblement surprise que je sache d'où il venait. Tu y es allée alors. Tu as vu. Ce n'était pas une question, mais je trouvais la manière de Rina déconcertante. Il semblait qu'elle allait facilement au-delà des apparences pour atteindre le cœur des choses et ne se donnait pas la peine de le cacher.

— Oui. J'ai rencontré sa famille. Ils étaient charmants, ajoutai-je après coup. Expression maladroite, car ils étaient beaucoup plus que ça, mais les mots me manquaient pour expliquer ce que je ressentais à leur sujet. La présence de Rina éparpillait mes pensées, nouait ma langue et embrouillait mon cerveau.

— Charmants, répéta faiblement Rina, avec un air d'ironie, comme si son esprit vif avait cerné ma faiblesse. Ils sont bien plus que charmants. Ils sont... Et pendant un instant, je vis quelque chose de différent passer sur le visage de Rina. Ou peut-être était-ce un effet de la lumière. Son expression changea quand une voiture brûla le feu rouge et elle la fusilla du regard avant que nous traversions vers la sécurité du front de mer. Rina se tourna vers moi, visiblement peu habituée à ne pas terminer une phrase et déterminée à le faire. Ce sont des gens profondément honorables. Rina détourna le regard puis le reporta sur moi. Son visage avait retrouvé son assurance habituelle. Un café ?

— Oui, s'il te plaît. Ce serait super.

— Je suis sûre que tu aimerais en savoir plus sur Ro, après avoir voyagé si loin pour la trouver.

— Oui, oui, répétai-je, surprise et touchée par sa considération. J'aimerais beaucoup. Il y a tant de choses que j'ignore.

Rina hocha la tête.

— Là-bas. Elle pointa du doigt un petit café à côté de son immeuble avec des tables débordant sur le front de mer. C'est là que je vais d'habitude. Ils savent comment je prends mon café.

Je ne pus m'empêcher de penser que je n'aimerais pas être un barista qui *ne saurait pas* comment Rina aimait son café. Se mettre cette femme à dos ne devait pas être une expérience agréable. Heureusement, j'avais l'air d'être dans ses bonnes grâces, du moins pour l'instant.

On déplaça pour nous des tables et des chaises dans un coin ensoleillé à l'abri de la brise. Visiblement, non content de savoir ce que Rina aimait, le propriétaire du café appréciait sa cliente. Deux cafés apparurent sur la table accompagnés de gâteaux. Rina prit une gorgée et plissa les yeux en me regardant.

— Alors, qu'aimerais-tu savoir ?

Je la regardai

— Tout ?

— Nous n'avons pas le temps pour tout, dit Rina d'un ton acerbe.

— Alors... d'accord, depuis combien de temps connais-tu Ro, ma grand-mère ?

Rina prit une gorgée de café, réfléchit, prenant son temps pour répondre. J'attendis. J'avais la nette impression que Rina faisait tout à son rythme.

— Très longtemps. Quand je suis revenue des États-Unis en Nouvelle-Zélande, elle m'a aidée à m'installer. Et plus tard, elle m'a sauvé la vie.

Mes sourcils se haussèrent de surprise. J'aurais pensé que c'était l'inverse.

— Vraiment ? De quelle manière ?

— Ta grand-mère est maintenant physiquement fragile, mais elle est toujours forte émotionnellement, et l'a toujours été. J'ai trouvé... difficile de m'intégrer, dur de m'installer après avoir vécu à l'étranger. Et Aroha m'a aidée, de plus d'une façon. Les gens sous-estiment ta grand-mère parce qu'elle est modeste et ne juge pas, mais elle a une force d'acier et a toujours été là pour moi.

— Oh, alors vous étiez... romantiquement attachées ?

Rina éclata de rire à gorge déployée, renversant la tête en arrière avec un abandon qui ne lui ressemblait pas.

— Non, rien de tel. Juste attachées. Profondément attachées, mais pas romantiquement. Elle fit une pause et me regarda attentivement, comme si elle essayait de voir s'il y avait une quelconque ressemblance. Tu lui ressembles.

— Ah bon ? Je me sentis inexplicablement heureuse d'avoir cette confirmation de mon lien avec mes racines.

— Pas à Ro.

— Oh...

— Non. Tu ressembles à ton arrière-grand-mère. Comme Aroha l'a dit, tu lui ressembles. Beaucoup. Tu as la même ossature et le même teint.

Du plaisir à la douleur en un instant. Une autre femme dont le lien avait été coupé.

— Tu l'as connue, tu as dit ? demandai-je doucement.

— Oui.

Il y eut une longue pause.

— Wellington est une petite ville, et il y a soixante-dix ans, elle l'était plus encore. Tout le monde était au courant des affaires de chacun, ou presque. Bref, pour résumer, Ro, ou Aroha comme on l'appelle plus généralement, est une femme merveilleuse, faite d'un caractère bien plus solide que le mien, et s'est toujours révélée une amie précieuse. Je ne sais pas ce que j'aurais fait sans elle.

Si je n'avais pas déjà su que Rina était une femme peu émotive et cynique, j'aurais pensé qu'elle était au bord des larmes, mais le soleil avait baissé, projetant sur elle sur un long rayon et Rina se rassit dans l'ombre une fois de plus.

— Et, continua Rina, je ne sais pas ce que je *vais pouvoir faire* sans elle.

L'inévitabilité de la mort d'Aroha tomba entre nous, brisant l'ambiance. Je me mordis la lèvre à l'idée que mon seul parent vivant n'était plus sur terre pour très longtemps.

Rina s'éclaircit la gorge et finit son café.

— Il y a autre chose que tu aimerais savoir ?

C'était le moment. Il fallait que je pose la question maintenant.

— Oui. Ma mère m'a donné l'impression, à tort ou à raison, que ma grand-mère l'avait abandonnée ainsi que mon grand-père.

Le regard de Rina devint dur comme du silex.

— Ah vraiment ? Et qu'a-t-elle dit exactement ?

Je commençais à avoir des doutes quant à la sagesse de poser une question aussi lourde, mais je n'avais pas fait 18 000 kilomètres pour reculer maintenant.

— C'est plutôt ce qu'elle *n'a pas* dit. Elle en parlait à peine. Il n'y avait pas de photos d'elle. Il y en avait une où un tiers avait été coupé, ne laissant que ma mère bébé et mon grand-père. Ma mère tendait la main vers la partie coupée, et c'était à mon imagination de combler le vide.

Rina hocha la tête, un peu plus longtemps que nécessaire comme si elle essayait d'accepter de s'ouvrir sur un passé qu'elle ne revisitait manifestement pas souvent.

— Le mari d'Aroha a insisté pour retourner en Angleterre avec l'enfant...

— Ma mère...

— Ta mère. Oui. Ce n'était pas un... homme gentil. Un tyran qui avait survécu au pire de la guerre en étant pire qu'un tyran et s'attendait à ce que sa femme accepte tout ce qu'il lui infligeait. Mais Aroha a refusé. Il ne s'est jamais vraiment adapté en Nouvelle-Zélande, et il est parti avec ta mère dans la nuit, croyant qu'Aroha les suivrait. Mais elle ne l'a pas fait. Elle avait des attaches qui la retenaient en Nouvelle-Zélande.

Paige fronça les sourcils.

— Des liens plus forts que ceux pour son enfant ?

— Je sais que ça paraît difficile. Mais Aroha était forte et elle croyait, à tort ou à raison, qu'elle était plus utile ici qu'auprès de son enfant, que son mari adorait.

Je ne comprenais toujours pas.

— Était-elle amoureuse de quelqu'un d'autre ?

— Elle aimait d'autres personnes, mais pas de la façon dont tu le penses.

— Et cet amour était plus grand que l'amour pour son enfant ?

Je laissai la question en suspens entre nous. J'avais répété cette question, essayé de ne pas laisser transparaître mon ressentiment et ma colère dans mon ton, mais en voyant maintenant les émotions qui se lisaient sur le visage de Rina, je doutais d'avoir réussi à les cacher complètement.

Rina respira profondément avant de soupirer.

— Ce qu'il faut que tu comprennes à propos d'Aroha, c'est qu'elle tenait de son père.

— Son père, demandai-je prudemment, me demandant pourquoi elle choisissait maintenant de révéler son identité. Le père qui n'est pas nommé sur l'acte de naissance.

— Peut-être pas nommé, mais pas inconnu. Il s'appelait Noa Tuhaka. Son iwi était Ngāti Kahungunu. C'était un homme de son peuple, très intelligent. Il est devenu député du Parti travailliste dans les années 1930 et il était très intègre, sauf peut-être en matière d'amour.

Elle eut un autre de ses brefs sourires pleins de remords, curieusement désarmants. — Les temps différents dont je parlais plus tôt. Il était très connu et Frances ne voulait pas ternir sa réputation avec un enfant illégitime. Quoi qu'il en soit, la pomme n'est pas tombée loin de l'arbre. Mis à part sa couleur, Aroha était le portrait craché de son père. Les liens qui la retenaient ici étaient trop forts pour être brisés, même pour son enfant.

— Ne l'a-t-elle jamais regretté ? Je n'imagine que ça n'a pas été une décision facile.

— Facile ? Bien sûr que non. Mais Aroha était très douée pour les choses difficiles. Bien sûr qu'elle a dû le regretter, mais elle n'en a jamais parlé. J'ai essayé de localiser ta mère et ton grand-père, mais ce salaud avait changé de nom, alors je n'ai pas réussi à les trouver au début. Je pense qu'Aroha avait essayé aussi, mais nous n'en avons jamais parlé. Elle avait pris sa décision et s'y tenait. Plus tard, après avoir engagé des détectives qui les ont localisés, elle a considéré que ce ne serait pas dans l'intérêt de son enfant si elle se manifestait soudainement. Sa fille ne la connaîtrait pas et Aroha pensait qu'elle ne ferait que la perturber, ce qu'elle ne souhaitait pas. Si Aroha a fait du mal à quelqu'un, c'est à elle-même par sa décision, et elle l'a assumée. Rina fit une pause. Ta mère a-t-elle bien vécu ? Je sais qu'elle est décédée.

— Bien vécu ? Je clignai des yeux en pensant à ma mère — réservée, distante et insondable. Je n'ai jamais eu l'impression de la connaître ou de la comprendre. Je pense que oui. Mon père avait un bon travail et Maman restait à la maison. Elle ne manquait de rien matériellement, donc je suppose que ça peut être ça, bien vivre.

Rina se pencha en avant, comme si elle buvait ces informations.

— Comment la décrirais-tu ?

J'inspirai, puis expirai et secouai la tête. Il n'y avait aucun intérêt à tergiverser.

— Distante. Coupée de ses émotions. Sur la défensive. Et je me suis toujours demandé pourquoi. Je m'arrêtai avant de dire que je me demandais aussi pourquoi je lui ressemblais en cela Je me demandais si la réponse se trouvait dans ce qui s'était passé auparavant.

Rina se rassit dans son fauteuil.

— Peut-être. Je suis désolée d'entendre ça. J'espérais... Elle soupira. Enfin, je me sens un peu fatiguée maintenant. Je pense que je vais aller m'allonger un peu.

J'étais déçue. J'avais encore tellement de choses à demander à Rina qui était le seul lien que j'avais avec ma grand-mère. Et je voulais aussi lui parler de Wharerata, de la rumeur d'un décès là-bas, de la raison pour laquelle ma grand-mère avait décidé de me transmettre le domaine maintenant. Mais, pensai-je, tandis que Rina se levait péniblement, comment Rina aurait-elle la réponse à ces questions ?

Je plongeai la main dans mon sac pour prendre mon porte-monnaie mais Rina m'arrêta. — Ils le mettront sur mon compte. Soudain, elle regarda derrière moi et fit un bref sourire. Voilà encore Tane. Elle leva un sourcil vers moi. On dirait qu'on n'arrive pas à s'en débarrasser aujourd'hui !

Je me retournai pour voir Tane marchant à côté de trois autres personnes, manifestement de la première du film, dont l'une était la star. Les gens s'écartaient devant eux, les appareils photo flashaient mais ses yeux étaient fixés sur moi. Il sourit et dit quelques mots à ses compagnons qui continuèrent pendant qu'il se dirigeait vers nous.

— Re-bonjour ! nous dit-il à toutes les deux. Rina, salua-t-il. Alors, qu'avez-vous pensé du film ?

— Heureusement qu'ils t'avaient sous la main, Tane. C'est tout ce que je peux dire, dit Rina, en se levant. Tu devrais rester ici, en Nouvelle-Zélande, au lieu de réaliser des films pour les grosses pointures à l'étranger.

Je regardai anxieusement Tane qui ne semblait pas s'être offensé. Il embrassa Rina sur la joue et elle lui tapota le bras.

— Je dois y aller. Elle se tourna vers moi. Sans doute à demain chez Ro, Paige.

Je m'étais levée par politesse.

— Oui, j'y serai. Et merci pour aujourd'hui. Je regardai Tane alors que Rina marchait d'un pas vif vers la porte de son appartement, ressemblant à quelqu'un qui n'avait *pas du tout* besoin de s'allonger.

Tane suivit mon regard.

— Rina est une sacrée bonne femme.

— Oui, c'est vrai. Je ne peux m'empêcher de ressentir... Je m'interrompis, réalisant soudain quelle impression je pouvais donner.

Tane pencha la tête sur le côté.

— De ressentir quoi ?

Je haussai les épaules, désarmée par son intérêt.

— Un peu de déception, c'est tout. Il y a tellement de choses que j'aimerais savoir et que je n'ai pas eu le temps de lui demander. À propos de ma grand-mère, de *sa* mère, de *ma* mère, de la maison — pourquoi elle a été fermée toutes ces années. J'ai entendu dire que quelqu'un était mort, une sorte d'accident et je me demandais si sa fermeture était liée à ça. Je haussai les épaules. Elle a dit qu'elle était fatiguée. Je pense qu'elle en avait assez de mes questions. J'inspirai profondément. Je me sens juste un peu frustrée, je suppose.

Je parlais trop. Je n'étais pas sûre que Tane ait entendu car il jeta un coup d'œil à ses amis qui discutaient encore. Mais il se retourna prit le siège que Rina venait de quitter, se penchant en avant, ses avant-bras reposant sur ses jambes, et me fixa dans les yeux. Je faillis reculer sous son regard intense.

— Je suis désolé, Paige. Je sais que tu dois chercher des réponses et je n'en sais pas beaucoup, mais un peu. Surtout à propos de ton arrière-grand-mère.

Je me redressai brusquement.

— Vraiment ?

— Oui, je suis réalisateur, tu te souviens ? Pas un vagabond passionné par les armes. J'ai étudié le cinéma, le cinéma néo-zélandais en particulier, et je me suis particulièrement intéressé à l'actrice qui venait littéralement du coin de la rue, à deux pas de ma whanau.

— Donc il existe *vraiment* encore des films de mon arrière-grand-mère ?

—Oui, mais il est difficile d'y avoir accès. Il n'y a qu'un petit extrait sur YouTube que j'ai mis en ligne il y a des années. Illégalement, d'ailleurs. Mais je peux t'en montrer d'autres si tu veux ?

— Tu en as ?

— Les Archives du film néo-zélandaises possèdent plusieurs films de Frances Stewart. Ce n'est pas ouvert au public, mais je peux t'y emmener. Si tu souhaites les voir, bien sûr.

— J'aimerais vraiment les voir. Merci…

— Parfait. Il se leva et répondit d'un geste à son ami qui lui montrait sa montre. Je dois y aller. Et je vais être occupé par la promotion du film pour le reste de la semaine. Alors, au lieu de prendre le thé et un gâteau chez moi la semaine prochaine, que dirais-tu d'une visite aux archives du film ? Tu es libre ?

— Oui, je suis libre. Pour le moment, ma vie se partage entre ma grand-mère et les visites à Wharerata.

— Tu ne travailles pas du tout ?

— L'entreprise pour laquelle je travaillais à Londres a accepté que je travaille à distance.

— J'imagine que vas avoir besoin de tout l'argent possible pour remettre cette maison en état.

Soudain, je me souvins de ce que Rina avait dit à propos de Tane qui voulait la maison. Y avait-il un double motif à sa proposition ? Mais en le voyant là, avec son sourire confiant et ses cheveux s'agitant dans le vent vif, une partie de moi se fichait de la réponse.

— Au fait, que fais-tu comme travail ? Peut-être que je pourrais t'aider ?

— Je suis comptable.

J'aurais préféré qu'il ne sourit pas aussi largement.

— Bon boulot. Pas comme nous, le genre artiste instable.

C'était à mon tour de sourire. C'était la réaction opposée à celle de mon ex.

Il s'éloigna.

— Quoi qu'il en soit, je dois y aller. Je t'appellerai.

— Mais tu n'as pas mon numéro.

— Ah, mais si. J'ai demandé à ma charmante cousine Te Uranga de me le donner.

— Et elle te l'a donné ?

Il secoua la tête.

— Non, mais je l'ai pris quand même. Il sourit et mon cœur fondit un peu. Il fit quelques pas de plus puis se retourna vers moi. Et tu as tort, tu sais.

Je levai la main pour me protéger les yeux de l'éblouissement derrière Tane.

— À propos de quoi ?

— À propos de Rina qui ne saurait rien de la mystérieuse mort accidentelle à Wharerata.

— Comment le sais-tu ?

— Parce qu'elle m'a dit une fois que ce n'était pas un accident.

Avant que je puisse répondre, Tane fit un signe de la main et disparut dans la foule, me laissant avec plus de questions encore qu'auparavant.

CHAPITRE NEUF

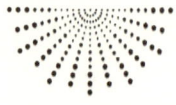

FRANCES

— Bon sang, qu'il fait chaud, dit Pamela en s'épongeant le front avec un mouchoir de soie et en regardant la mer par la fenêtre.

Frances se détourna du miroir où elle s'affairait avec une boucle d'oreille.

— Il ne fait pas aussi chaud qu'en plein été chez nous.

— Mais c'est une chaleur sèche là-bas. Ici, c'est tellement humide, je n'en peux plus.

Frances grimaça lorsque le clip à ressort lui pinça le lobe de l'oreille. Elle le détacha et le déposa soigneusement dans la coupelle en porcelaine, à côté des houppettes à poudre, sur sa coiffeuse, la table que Xavier lui avait fait livrer quand elle avait mentionné qu'elle n'en avait pas.

— Ces nouveaux clips à ressort sont fichtrement inconfortables.

Pamela se retourna et regarda Frances.

— Tu ne jurais jamais avant.

Frances se mordilla les lèvres. Elle se refusait de réagir. Il semblait que Pamela trouvait toujours à redire ces derniers temps et leur cama-raderie d'antan n'était plus qu'un lointain souvenir. A chaque mois passé à Los Angeles, Frances semblait plus heureuse et Pamela, plus insatisfaite.

— Je n'ai jamais porté de clips à ressort avant.

— Alors porte les boucles d'oreilles en diamant que tes parents t'ont offertes. Tu peux ajuster les vis et les diamants sont de bien meilleure qualité de toute façon.

Frances ferma brièvement les yeux, déterminée à réprimer son agacement grandissant.

— Peut-être, mais elles sont démodées.

— Ma chérie, tu es peut-être la coqueluche d'Hollywood, mais une chose que tu n'as pas encore apprise, c'est que les diamants ne sont jamais démodés, surtout les plus chers.

— C'est Xavier qui m'a offert ces boucles d'oreilles, lança Frances. Elle fit danser l'une des boucles pour qu'elle accroche la lumière du soleil de fin d'après-midi qui inondait la pièce. Je pense que ce sont les plus jolies que j'aie jamais vues.

— Jolies ? Oui. Mais sans valeur. Pamela reporta son regard par la fenêtre. Tout comme Xavier.

Frances attacha les boucles d'oreilles, déterminée à ignorer la douleur, et lança un regard noir à Pamela dans le miroir.

— Et qu'est-ce que tu veux dire par là ?

Pamela soupira.

— Rien, vraiment. Bien que j'aie entendu des rumeurs selon lesquelles il n'aurait pas l'argent pour subvenir à son mode de vie sophistiqué.

— Ce ne sont que des rumeurs, souffla Frances en se tamponnant les joues de rouge et en se reculant pour vérifier l'effet. Comment les maquilleurs s'y prenaient-ils ? Répandues par des gens jaloux, ajouta-t-elle, se demandant si Pamela se comptait parmi eux.

— Sans doute, dit Pamela d'une voix ennuyée. Quoi qu'il en soit, vous êtes tous les deux des gens en vue. Le couple parfait, en fait.

L'irritation de Frances s'évanouit tandis qu'elle pensait à Xavier, si beau, si attentionné.

— Et je ne suis pas la seule à le penser, continua Pamela. Tout Hollywood meurt d'envie de vous recevoir.

— Je suppose qu'un contrat pour deux films y est pour quelque chose.

Cette fois, ce fut Frances qui, se sentant observée, croisa le regard perçant de Pamela posé sur elle dans le miroir. Pamela détourna les yeux la première, et s'éventa avec le magazine Hollywood qu'elle venait de ramasser.

— Je suppose que tu as raison, dit Pamela d'un ton étrange.

Frances pivota sur sa chaise pour faire face à Pamela, consciente de la distance étrange qui existait maintenant entre elles.

— Alors... tu vas venir à la fête ce soir ?

Pamela fronça les sourcils sans la regarder.

— Il fait trop chaud.

Frances claqua la langue en fouillant dans sa boîte à bijoux à la recherche d'un collier en diamants qui irait avec les boucles d'oreilles, rejetant le plus précieux car Pamela avait raison, il éclipsait les boucles d'oreilles.

— Je ne sais pas ce qui t'arrive. Quand nous sommes arrivées ici, tu ne pouvais pas te passer d'une fête.

— C'était avant. Et maintenant, c'est...maintenant.

— Alors qu'est-ce qui est différent maintenant ? À part le fait que j'ai un contrat pour un film et que nous pouvons compter parmi nos amis des gens célèbres dont nous n'avions jamais lu que le nom en Nouvelle-Zélande ?

— Amis... Pamela prononça le mot avec ironie. Peu importe, j'ai décidé de partir.

Frances laissa tomber ses mains et un collier s'enroula sur la coiffeuse.

— Partir ? Pourquoi ? Où vas-tu ?

Pamela ne répondit pas immédiatement, et pendant un moment Frances se demanda si elle avait entendu. Juste au moment où elle allait répéter les questions, Pamela haussa les épaules.

— Ça fait une éternité que je ne suis pas allée en Australie. Je pensais y passer quelque temps, voir les sites. Je pourrais même y rester un peu.

— Vraiment ? L'Australie ? Pourquoi ? Tu m'as toujours dit que c'était trop grand, trop anonyme. Que les gens pouvaient s'y perdre, et que tu détestais te sentir perdue.

— Peut-être que c'est ce que je veux maintenant.

Frances alla s'asseoir sur le bras du fauteuil de Pamela.

— Qu'est-ce qui se passe, Pamela ? Pourquoi ne veux-tu pas rester ? Je pensais que tu te plaisais ici ?

Pamela regardait fixement un point quelconque entre les palmiers qui bordaient l'avenue et les lointaines collines bleues. Puis elle soupira.

— Ça ne change rien. Je veux partir.

— C'est à propos de Harry, n'est-ce pas ?

Pamela se tourna pour rencontrer le regard de Frances, mais ce que Frances y vit ne la rassura pas. Pamela avait l'air perdue. Frances passa son bras autour d'elle.

— Qu'est-ce qu'il y a, Pamela ? Que s'est-il passé ? T'a-t-il écrit ? A-t-il épousé sa petite amie ?

Encore une pause. Elle secoua la tête, mais Frances n'avait pas la moindre idée de ce que cela signifiait. — Je veux partir d'ici, Frances. C'est tout. J'en ai assez. C'est ton spectacle, pas le mien.

— C'était notre aventure. Pas seulement la mienne.

— Non, dit Pamela avec un léger sourire. Ça a toujours été uniquement la tienne. Je suis venue pour le voyage, mais c'est terminé maintenant. Elle embrassa Frances sur la joue. Ne t'inquiète pas, tu t'en sortiras très bien. Tu as Hollywood à tes pieds. Ainsi que Xavier.

— Ce n'est pas pour ça que je m'inquiète. C'est pour toi. Quelque chose ne va pas et tu ne me le dis pas. Je ne t'ai jamais vue comme ça avant.

— Je n'ai jamais *été* comme ça avant, dit Pamela doucement. Mais je vais bien. Il est temps de changer, pour nous deux.

— Mais... quand partiras-tu ?

— Le mois prochain. Ça te donnera le temps de trouver un autre chaperon. Le temps de t'organiser. Ensuite, je partirai.

— Mais je ne comprends pas.

— Non, je le vois.

Pamela posa ses mains sur les épaules de Frances.

— Non, et ce n'est pas nécessaire... Tu as ici la vie dont tu as toujours rêvé, n'est-ce pas ?

— Oui, mais je pensais que tu serais là avec moi, pour la partager.

— Je ne peux pas rester ici pour toujours, Fanny. Tu t'en sortiras très bien.

Pamela traversa la pièce jusqu'à la coiffeuse et ramassa le collier que Frances avait laissé tomber.

— Maintenant, mets ça et prépare-toi.

— Pamela, s'il te plaît, reconsidère ta décision. Je sais que j'ai été occupée, mais je vais me libérer davantage. On pourrait aller à New York, comme tu le voulais.

— Fanny, tu t'en sortiras très bien. Tu as ta propre vie à mener maintenant, et... moi aussi. Non, ma décision est prise. J'ai pris un billet pour le prochain bateau à destination de Sydney le mois prochain.

— Quoi ?

— Je ne te l'ai pas dit avant parce que je ne voulais pas te contrarier pendant que tu tournais encore. Mais maintenant que c'est terminé, il est temps. Et il est temps pour toi d'y aller.

— Je n'irai pas, Pamela. Pas avec toi dans cet état. Comment le pourrais-je ?

— Parce que j'insiste. De plus, Xavier sera là d'une minute à l'autre. Et tes fans t'attendent à la soirée. Sans parler des producteurs et de toutes les personnes que vous allez rencontrer et qui vous aideront à faire avancer vos carrières. Non, tu dois y aller.

Frances pinça les lèvres. Pamela avait raison.

— Mais si j'y vais, tu dois venir aussi.

— Non.

— Pourquoi pas ?

— Parce que, ma chérie, je n'en ai pas envie. Et c'est tout. Va t'amuser. Je suis sûre que Xavier prendra soin de toi. Il n'a pas encore tenté quoi que ce soit, n'est-ce pas ?

Frances rougit et se détourna, se concentrant sur la mise en place de son collier. Xavier n'avait pas exactement tenté quoi que ce soit... pas encore. Mais elle pouvait le voir dans ses yeux, le sentir dans la tension sexuelle qui crépitait entre eux. Son cœur fit un bond à cette pensée.

— Non. Il s'est comporté en parfait gentleman.

— Alors je suis sûre que tu pourras lui faire confiance.

Frances acquiesça sans conviction. Elle n'en était pas si sûre, mais en même temps, elle mourait d'envie qu'il aille plus loin qu'un bref baiser sur les lèvres. Elle finit d'attacher son collier, retoucha son rouge à lèvres et chercha son sac du regard. Elle devait le dire à Pamela. D'autant plus maintenant qu'elle connaissait ses intentions de départ.

Pamela fronça les sourcils.

— Es-tu heureuse avec lui, Fanny ?

— Bien sûr. Il est... beau, et si intelligent et il sait tellement de choses sur tout. Il est si sophistiqué.

— Oui, mais es-tu *heureuse* avec lui ?

Elle n'y avait jamais vraiment réfléchi. Il lui perturbait l'esprit avec sa nature dominante et sa sexualité ; cela suffisait pour faire tourner la tête d'une fille.

— Bien sûr.

— Bien. Alors vas t'amuser.

Frances devait le dire à Pamela. Elle avait déjà trop tardé et Xavier voulait une réponse ce soir. Frances ne bougea pas et Pamela la fixa.

— Qu'est-ce qu'il y a ? demanda-t-elle.

— Xavier veut que je parte avec lui.

Pamela arqua un sourcil et attrapa une cigarette, croisant ses jambes d'un mouvement élégant.

— Vraiment ?

Elle tira sur la cigarette pour l'allumer, son bout incandescent brillant dans le crépuscule qui tombait. Elle exhala un nuage de fumée et retira un brin de tabac de sa langue.

— Et qu'as-tu répondu ?

Frances haussa les épaules. Elle prit une photo de sa famille à Wharerata, puis la reposa sur le bureau. Elle regarda la terrasse qui surplombait les lumières du centre-ville de Beverly Hills. Elle n'arrivait pas à croire qu'elle était vraiment ici, à Hollywood. Il semblait impossible de ne pas accepter tout ce que Xavier disait. Elle avait résisté jusqu'à présent, mais elle savait que ces jours d'absence avaient été planifiés pour la séduire.

— J'ai dit que je devais y réfléchir.

Un silence régna pendant quelques minutes, tandis Pamela exhalait un autre nuage de fumée. Il passa devant Frances, se dispersant dans l'air calme et immobile.

— J'ai entendu dire que Noa réussissait bien en politique.

Le regard que Frances lança à Pamela fut accueilli par un triste sourire.

— Je ne vois pas ce que ça a à voir avec quoi que ce soit.

Pamela haussa les épaules.

— Si tu ne vois pas, alors tu devrais partir avec Xavier.

Frances tapota du pied.

— Depuis quand te préoccupes-tu du bien-être de Noa ?

— Depuis que j'ai appris que tu ne répondais pas à ses lettres.

Pamela se leva et passa devant Frances pour sortir sur la terrasse faiblement éclairée, laissant derrière elle une traînée de parfum.

Frances était agacée.

— Je ne vois pas en quoi cela te regarde, répondit-elle sèchement.

— Oui, je vois bien que tu n'as pas envie qu'on te le rappelle.

— Et qu'est-ce que tu veux dire par là ?

— Ce que je dis. Noa est un homme bien.

— Un homme bien qui dit une chose et en fait une autre.

Elle prit une cigarette dans un paquet et la tapota sur le bras de son fauteuil.

— Que veux-tu dire ?

— Tu sais exactement ce que je veux dire. Il est tellement conformiste que ça fait mal.

— Il essaie d'aider les gens en Nouvelle-Zélande qui ont le plus souffert de la Dépression. En quoi est-ce conformiste ?

— Parce qu'il le fait selon les lois des gens qui ont provoqué la Dépression.

Pamela haussa un sourcil.

— Venant de toi, ce sont des propos révolutionnaires.

— Certains amis de Xavier parlent de faire les choses très différemment.

— Des communistes ?

— Peut-être. Peu importe comment on les appelle, je ne comprends pas pourquoi Noa a refusé de sortir avec moi simplement parce que Père n'était pas d'accord. Ses sentiments pour moi n'étaient pas assez profonds, assez intenses. C'est de la passion que je veux, quelque chose de rare. Noa, eh bien, il...

Frances s'interrompit en essayant de mettre des mots sur ce qu'elle ressentait pour lui. Elle n'y arrivait pas. Elle haussa à nouveau les épaules.

— Ses sentiments pour moi n'étaient pas assez intenses. Fin de l'histoire.

— Tu devrais lui écrire.

— Pourquoi ? À quoi bon ? Je ne veux pas d'un correspondant. Je veux quelque chose de plus. Quelque chose d'adulte. Quelque chose de réel.

— Tu penses que ceci, Pamela fit un geste vers la vallée en contrebas, est réel ?

Elle eut un rire moqueur. Allons, Frances. Tout cela n'est qu'une illusion.

— Tu semblais l'apprécier... du moins au début.

— Je l'ai assez apprécié pendant quelques mois, mais je peux te dire maintenant que j'en ai vraiment assez de tout ça. Un klaxon de voiture retentit dans la tranquillité de la soirée. Ce doit être Xavier, dit Pamela sans bouger, exhalant un nuage de fumée grise dans les ombres du jardin crépusculaire.

— Oui, je suppose.

— Mieux vaut ne pas le faire attendre alors. La voix de Pamela était étouffée, presque sarcastique.

— Non, effectivement. Frances se retourna et commença à s'éloigner, puis s'arrêta, toucha le mur et se retourna.

Le klaxon de la voiture retentit à nouveau. Pamela alluma une autre cigarette et expira brusquement : — Ton chevalier en armure étincelante t'attend.

Frances regarda autour d'elle. Elle ne voulait pas faire attendre Xavier. Il détestait cela.

— Je dois y aller. Mais on en reparle demain, d'accord ? Je n'ai vraiment pas envie que tu partes.

Pamela ferma les yeux et secoua la tête.

— Va, Frances. Va-t'en simplement. Frances s'engagea vers la porte. Et, Frances ?

Elle se retourna pour lui faire face.

— Amuse-toi bien, ma chérie. On n'est jeune qu'une fois.

Frances marcha le long de l'allée, les paroles de Pamela résonnant dans sa tête. Qu'est-ce qui lui avait pris ? Elle vit Xavier au bout de l'allée, lui fit signe et se retourna brièvement pour regarder la fenêtre où Pamela se tenait en fumant, le visage détourné. Se pourrait-il qu'elle soit jalouse ? Ou contrariée parce qu'elle n'avait pas trouvé l'homme de ses rêves ? Cela ne lui ressemblait guère. Elle se tourna vers Xavier, l'air aussi séduisant que jamais, comme Clark Gable dans *A Free Soul*. Elle continua son chemin. Elle refusait de s'inquiéter. Pamela était ridicule. Elle se ressaisirait.

MAIS PAMELA ne se ressaisit pas. Elle avait tenu parole et le jour où Frances devait partir en vacances au lac Tahoe avec Xavier et ses amis, Pamela quitta Los Angeles à bord du *SS Mariposa*, en partance pour l'Australie, via les îles du Pacifique. Elle n'avait donné à Frances aucune autre explication que son désir de partir. Elle en avait assez. Il y avait eu des larmes et des crises, de Frances essentiellement, mais Pamela était restée inébranlable.

Ainsi, Frances se retrouvait à Hollywood, nouvellement engagée pour un contrat de deux films supplémentaires avec la MGM, avec un nouveau chaperon qui avait été plus qu'heureux que Frances passe un weekend avec Xavier.

Frances avait essayé de repousser au fond d'elle-même le vide et la tristesse provoqués par le départ de Pamela, alors qu'ils roulaient vers le lac Tahoe, avec les amis omniprésents de Xavier sur les sièges arrière, pleins de rires, de bonne humeur et de whisky. D'habitude, elle détestait la présence de la bande de Xavier mais aujourd'hui, au moins, cela lui permettait d'être bouleversée sans que Xavier ne le remarque. Il détestait quand elle était silencieuse ; il disait que c'était comme sortir avec Pamela Arthur. Elle avait rapidement découvert que le champagne était un tout indiqué quand elle se sentait mal. Mais l'antidote n'aurait pas suffi ce jour-ci. Alors, elle feignit de dormir et pensa à sa famille, ses amis et au pays qu'elle avait quittés si facilement, et pour la première fois, se demanda si elle avait fait le bon choix.

Finalement, épuisée par des mois de levers matinaux et de couchers tardifs, Frances succomba réellement au sommeil et ne se réveilla que lorsque le ronronnement apaisant du moteur cessa et qu'ils s'arrêtèrent devant l'hôtel.

L'éclat de la lumière était heureusement atténué par ses lunettes de soleil. En sortant de la voiture, elle les souleva pour mieux voir les montagnes blanches, contrastant vivement avec le lac et le ciel d'un bleu éclatant.

— Ohhh, ces montagnes c'est vraiment quelque chose. Elles me rappellent la maison.

— Apparemment, tout lui rappelle la maison, dit Xavier en détachant ses skis du toit de la voiture. Les autres rirent et Frances adressa à Xavier un sourire incertain ; elle n'aimait pas qu'on se moque d'elle.

— À la façon dont elle en parle, on croirait que la Nouvelle-Zélande est comme la Californie, mais en mieux.

Frances rougit et rit à moitié.

— C'est... Je ne sais pas, peut-être la lumière... Elle s'interrompit. Elle ne savait pas ce qu'elle disait, en fait, elle ne faisait que répéter les propos d'Anglais à propos de la lumière en Nouvelle Zélande.

Xavier tendit la main, saisit la sienne et l'embrassa.

— Ne change pas, chérie. Tu es adorable.

Frances fut soulagée par cette marque d'affection, même si elle était condescendante. Elle se sentait d'une certaine manière moins sûre d'elle depuis le départ de Pamela. Il passa son bras autour d'elle tandis qu'ils marchaient vers le bâtiment en pierre. Ils déposèrent leurs sacs dans le hall au milieu des salutations lancées à la cantonade et de l'agitation des grooms qui portaient leurs bagages dans les chambres.

Une brève conversation avec le réceptionniste laissa Frances perplexe.

— Il doit y avoir une erreur.

— Pas d'erreur. L'homme esquissa un sourire à peine dissimulé. Vous n'avez pas de réservation en propre, votre nom apparait avec celui de M. Xavier Grey. Il jeta un coup d'œil à Xavier qui partageait une blague avec l'un de ses acolytes.

— C'est écrit noir sur blanc. Pas d'erreur, je peux vous l'assurer.

Frances était agacée. Comment Xavier osait-il faire une chose pareille ? D'accord, ils étaient devenus de plus en plus intimes, et elle avait rêvé de ce qu'ils pourraient faire pendant leurs vacances, mais la considérer comme acquise à ce point ?

— Dans ce cas, je voudrais faire une autre réservation. Une chambre individuelle pour moi, s'il vous plaît.

— Je crains que nous soyons complets. Elle fut agacée lorsqu'elle détecta un sourire en coin chez l'employé de l'hôtel.

— Dans ce cas, je vais trouver un autre hôtel.

Elle tourna le dos à l'homme qui avait secoué la tête à sa suggestion. Il devait y avoir un autre hôtel.

— Xavier ! appela-t-elle, mais il ne se retourna pas. Elle s'approcha de lui mais il ne bougea pas. Au lieu de cela, il attrapa sa main sans la chercher du regard alors qu'il tirait sur une cigarette et l'attira vers lui, comme si elle était un autre bagage, et elle rebondit contre lui tandis qu'il continuait de parler à l'autre personne. Elle attendit qu'ils s'arrêtent et que l'autre personne s'en aille.

— Xavier, dit-elle à nouveau, plus fermement cette fois. Je dois te parler.

— Qu'y a-t-il, chérie ? Il lui serra les hanches d'une manière qu'elle n'était pas tout à fait sûre d'apprécier en public.

— Il y a eu une erreur. Elle regarda autour d'elle et baissa la voix. Le concierge dit que tu n'as réservé qu'une seule chambre pour nous deux.

— C'est exact.

Elle le regarda, surprise.

— Quoi ?

Les deux mains sur les hanches et à la vue de tous ses amis, il l'embrassa. Il avait le goût du whisky et des cigarettes. Elle n'avait pas réalisé qu'il avait bu. Il avait dû commencer pendant qu'elle dormait. Mais l'intensité de son baiser lui fit vite tout oublier. Il lui massa le bas du dos tandis que sa langue s'entremêlait à la sienne, l'échauffant de l'intérieur.

Puis il se retira et lui passa son pouce sur la bouche, comme enflée par l'intensité de leur baiser. Tu vois ? Je ne veux pas être séparé de toi. Si nous avons une chambre, il y a deux lits, note bien, alors nous pourrons nous embrasser quand nous voudrons, aussi longtemps que nous voudrons. Tu aimerais ça, n'est-ce pas, chérie ?

Oui, elle en avait envie. Son corps le désirait tellement qu'elle pensait qu'elle ferait n'importe quoi pour lui. Elle hocha la tête. Son sourire suffisant de satisfaction montrait qu'il pensait avoir gagné. Ça n'avait pas été l'intention de Frances. Mais s'il avait gagné, sûrement qu'elle aussi ?

— Allez, chérie, allons au bar.

— D'accord. J'ai un peu mal à la tête, et je boirais volontiers un verre d'eau.

Ils traversèrent le hall de l'hôtel jusqu'au bar où Xavier commanda une bouteille de champagne et lui donna un comprimé pour son mal de tête. Il lui tendit un verre, elle avala le cachet et but le champagne avidement.

— Je vais aller demander de l'eau.

— Pas besoin, chérie. Il remplit à nouveau son verre.

Bien qu'elle essayât d'attirer l'attention du personnel du bar, celui-ci semblait ne pas la remarquer, et bientôt les amis de Xavier et les stars d'Hollywood remplirent le bar. Xavier resta à ses côtés et elle s'en sentit absurdement flattée alors qu'il y avait tant de personnes célèbres et influentes dans la pièce. Mais, à en juger par la conversation, les gens célèbres avaient les mêmes préoccupations que les autres. Principalement l'argent et le sexe.

— La famille de Frances roule sur l'or, n'est-ce pas, chérie ? Elle est l'héritière d'une fortune. Il souffla de la fumée de cigarette sur son visage et rit quand elle essaya de la chasser.

Frances fronça les sourcils.

— Comment... Elle essaya de parler à nouveau mais sa langue semblait trop grande pour sa bouche, et elle réalisa qu'elle avait dû boire plus qu'elle ne le pensait. Ça ou le comprimé... Quel genre de comprimé était-ce d'ailleurs ? Xavier avait balayé sa demande d'eau d'un geste et avait insisté pour qu'elle l'avale d'un trait avec un verre de champagne. Le mal de tête avait disparu, mais aussi tout sens du décorum. Elle avait déjà chanté quelques chansons au piano. Comment sais-tu ça ? Elle vacilla et il la rattrapa dans ses bras.

Il l'embrassa sur la bouche devant tout le monde, et il y eut quelques acclamations.

— Parce que je fais en sorte de savoir ce genre de choses.

Quand il la lâcha, elle se sentit étourdie et s'accrocha à lui pour garder l'équilibre.

— Il est temps, je pense, que nous nous retirions. Il leva un sourcil et ils quittèrent la pièce sous les rires et les commentaires qui avaient peu de sens pour elle.

Elle savait à peine où elle allait mais il la tenait serrée contre lui et ils sortirent du bar-salon, descendirent un couloir aux murs de pierre avec des fenêtres panoramiques donnant sur le lac ombragé, encadré par des guirlandes lumineuses et de la neige. Puis il s'arrêta, l'appuya contre le mur et entra dans la chambre. Elle ferma les yeux pour empêcher la pièce de bouger. Elle y parvint et elle sentit un frisson de désir parcourir son dos lorsque sa main serpenta autour de ses hanches, puis plus bas et l'attira à l'intérieur.

Elle pouvait voir le lit et, avec son aide, se fraya un chemin dans cette direction. Elle était consciente des rires et ce n'est que lorsqu'il l'embrassa et que les rires cessèrent qu'elle réalisa que c'étaient les siens.

Et quand sa langue trouva la sienne, et que sa main remonta le long de la chaleur de sa jambe, son cerveau s'arrêta de fonctionner. Elle arqua le dos, pressant ses hanches vers lui, voulant la pression de sa main là où elle le désirait. Il grogna doucement contre sa bouche avant de s'éloigner, et elle tomba en arrière sur le lit, vaguement consciente que sa robe était remontée, révélant ses sous-vêtements. Elle devrait faire quelque chose à ce sujet, pensa-t-elle confusément, tendant la main pour tirer sur sa robe. Mais elle ne semblait pas en avoir l'énergie. Au lieu de cela, la vue de son visage dans le miroir attira son attention. Alors qu'il retirait négligemment sa montre Rolex, il vérifia son reflet dans le miroir, et on aurait dit le visage calculateur d'un étranger. Puis sa vision se brouilla et elle regarda à nouveau le plafond, se forçant à se concentrer.

— Xavier, ce comprimé. Que...

Il ne prit pas la peine de se retourner.

— Ce que c'était ? Juste quelque chose pour t'aider à te détendre, chérie. Rien dont tu doives t'inquiéter.

— Xavier, murmura-t-elle, ravalant sa nausée. Je me sens... Mais sa phrase resta inachevée, les mots flottant loin d'elle, juste hors de sa portée.

Il se retourna et lui sourit.

— Tu te sens excitée, chérie ? dit-il en s'approchant d'elle. Elle fronça les sourcils en essayant de formuler une réponse. Elle ouvrit la bouche pour parler mais rien n'en sortit. Au lieu de cela, elle regarda, immobile, tandis qu'il délaçait ses chaussures. Il enleva d'abord une chaussure, puis l'autre et les plaça soigneusement sur le côté. Puis il se leva et ses yeux parcoururent son corps, s'attardant entre ses jambes. Elle gémit d'embarras et de quelque chose qui ressemblait à de la peur. Il fallait qu'il s'arrête.

— Tu me veux, chérie ? demanda-t-il, sa voix rauque trahissant son désir.

Elle se lécha les lèvres mais elles étaient aussi sèches que sa bouche. Elle roula sa tête d'un côté à l'autre sur l'oreiller.

— Non, finit-elle par souffler. Non, répéta-t-elle.

Son froncement de sourcils fut bref, rapidement remplacé par un sourire satisfait.

— C'est la nervosité qui parle. Mais ça n'a pas d'importance au final, parce que tu vas m'avoir quand même.

Il prit ses pieds et les massa doucement, avant de remonter ses mains le long de ses jambes et de lui retirer sa culotte. Elle hoqueta mais ne semblait pas avoir l'énergie de l'arrêter.

— C'est ce que tu veux, tu le sais. C'est ce que tu as *toujours* voulu, ce dont tu as rêvé.

Avait-il raison ? Elle repensa aux nuits chaudes à Los Angeles quand ils rentraient et s'asseyaient dans sa voiture pour s'embrasser. Oui, il avait raison. Alors pourquoi cela semblait-il si mal ?

Puis il écarta ses jambes et s'agenouilla devant elle. Mais au lieu de l'embrasser sur les lèvres, il baissa la tête et l'embrassa... ailleurs, et elle eut un hoquet de surprise en se rejetant en arrière tandis que les sensations se propageaient dans tout son corps. Elle agrippa ses épaules, gênée par ce qu'il faisait. Elle n'avait jamais entendu parler d'une telle chose. Et soudain, le sentiment d'inconvenance de la situation lui échappa alors que son corps réagissait à son toucher.

Elle ne le repoussa pas, ni même n'essaya de le faire, mais le maintint là, ne voulant pas qu'il s'arrête maintenant. Une sensation tourbillonnante l'envahit, devenant de plus en plus intense, la poussant vers un endroit où elle n'avait jamais été auparavant. Cela culmina en un éclatement de ses sens et elle cria son nom tandis que ses doigts picotaient et que des vagues de plaisir déferlaient dans son corps.

Il se leva, enleva sa chemise et quitta son pantalon. Il se tenait devant elle en slip, déformé par une érection.

Elle secoua à nouveau la tête, se sentant mentalement plus alerte après la vague de plaisir.

— Non, Xavier. Elle essaya de sortir du lit, de s'éloigner de lui, mais ses membres étaient lourds et ne lui obéissaient pas. Non, répéta-t-elle.

Il sourit à nouveau. Mais ce n'était pas un sourire qui lui plaisait.

— Tout ira bien. Tu verras. Tu as aimé ce que je viens de faire, n'est-ce pas ? Et ne t'inquiète pas pour les bébés. Je m'en occuperai. Fais-moi confiance.

Lui faire confiance ? Bien sûr qu'elle le faisait. Elle l'aimait, n'est-ce pas ? Alors bien sûr qu'elle lui faisait confiance. Elle déglutit en le voyant nu pour la première fois. Elle n'avait jamais vu un homme nu auparavant. Elle n'avait jamais imaginé que ça aurait l'air si... Avant qu'elle ne puisse trouver le mot, il s'était abattu sur elle et embrassait ses lèvres inertes. Elle lutta pour s'écarter, pour respirer sous l'assaut de sa bouche et de sa langue.

En même temps, ses hanches pressaient les siennes, son genou écartant ses jambes jusqu'à ce qu'elle sente le bout de sa chair nue pousser contre ses parties les plus intimes.

— Chérie, murmura-t-il, avant de reprendre ses baisers, tandis que sa main écartait ses cuisses et caressait son sexe. Il s'ajusta puis prit son menton et la fit tourner vers lui. Elle n'eut d'autre choix que de le regarder dans les yeux. Fais-moi confiance, dit-il à nouveau et il la pénétra, d'abord avec facilité, puis il fronça les sourcils et poussa plus fort.

Elle cria et ferma les yeux alors que les vestiges du plaisir cédaient la place à l'inconfort, l'incrédulité et la peur.

— Xavier, non...

Mais il pressa sa main contre sa bouche pour qu'elle ne puisse plus parler. Il n'y avait plus aucune tendresse dans son toucher. Sa respiration devint lourde contre sa joue, il émettait de courts grognements alors qu'il se poussait en elle, se retirait, puis se poussait en elle à nouveau... encore et encore. C'était comme si elle n'était pas là. Ses yeux étaient vides et puis son rythme changea, il frissonna, glissa hors d'elle et roula sur le dos.

Il passa son bras autour de sa tête et l'attira à lui. Elle resta là, son sexe engourdi, tordue par une douleur enfouie au plus profond d'elle-même. Effarée, elle se toucha et sentit la preuve collante de sa semence. Que ce soit de la luxure ou de l'amour, il semblait que la confiance n'avait rien à y voir.

— Xavier, tu as dit que tu ne...

Il se tourna vers elle.

— Que je ne quoi ? Que je ne jouirais pas en toi ? Il rit et embrassa son front. — Ça n'a pas d'importance. Il soupira et se recoucha sur l'oreiller, fermant les yeux.

— Mais je ne voulais pas...

Sa main vint se poser sur sa bouche, l'empêchant de parler davantage.

— J'ai dit que ça n'avait pas d'importance. Ne sois pas désolée, chérie. Nous nous marierons et tout ira bien. J'ai pris ta virginité, tu es à moi maintenant.

Elle se recoucha, trop choquée pour parler alors qu'il s'endormait immédiatement.

Le soleil filtrait à travers les fenêtres. Frances recula devant la lumière crue. Après être restée éveillée pendant ce qui lui avait semblé des heures, elle avait pris un des somnifères de Xavier et s'était endormie. Et maintenant c'était le matin. Elle s'assit. Il n'y avait aucun signe de Xavier. Elle grimaça d'inconfort et s'assit au bord du lit, la tête dans les mains.

Qu'avait-elle fait ? Était-ce vraiment ce qu'elle avait voulu ? Elle se leva prudemment et marcha avec précaution jusqu'à la fenêtre, ramassant sa robe de chambre au passage. Le lac Tahoe brillait magiquement à travers la fenêtre et elle pouvait voir certains des amis de Xavier partir pour les pistes de ski. Sans doute était-il avec eux. Elle ressentit une bouffée de colère envers lui. Ce n'était pas ce qu'elle avait voulu, n'est-ce pas ? Elle essaya de se rappeler exactement ce qui s'était passé, ce qui avait été dit entre eux. Mais tout était étrangement flou. Contrairement à maintenant, où tout était d'une netteté tranchante. L'acte avait été accompli. Ce qu'elle avait imaginé comme quelque chose de magique, qui scellerait leur amour l'un pour l'autre, s'était avéré l'exact opposé.

Elle alla dans la salle de bain et fit couler un bain.

Alors que Frances sortait sur la terrasse, elle entendit son nom. Elle se retourna pour voir Xavier, souriant d'une oreille à l'autre, s'approcher d'elle et l'embrasser sur les lèvres.

— Allez, chérie, allons annoncer la bonne nouvelle à tout le monde.

— Une bonne nouvelle ? demanda-t-elle d'un ton mordant. Moi, je n'en vois aucune.

Il lui fit un sourire en coin qui autrefois réchauffait son cœur mais n'avait plus aucun effet maintenant. — Ne joue pas les timides, chérie. C'est ce qu'ils veulent, et ils n'aimeraient pas que ce genre de chose se sache si nous n'étions pas sur le point de nous marier.

— Mais nous ne sommes pas...

Il se tourna vers elle avec un soupir.

— Nous ne sommes pas quoi ?

— Nous ne sommes pas *sur le point* de nous marier. Tu ne m'as pas fait ta demande, et je ne t'ai certainement pas donné de réponse. Elle secoua la tête.

— Il n'y a *pas* de mariage, Xavier.

Il prit un air patient.

— Chérie, veux-tu m'épouser ?

Elle secoua la tête.

— Non. Je veux dire, je ne sais pas. Je n'y ai pas réfléchi.

Il pencha la tête sur le côté et lui donna un baiser délicieux.

— Tu sais que nous serons bien ensemble. Il jeta un coup d'œil aux magnats du cinéma avec qui il parlait, qui les regardaient avec intérêt. Et ce sera bon pour nos carrières aussi. C'est exactement ce qu'il te faut. Tout ce dont tu devrais rêver.

Elle ne pouvait pas le contredire. Pour une fois, il disait la vérité. C'*était* tout ce qu'elle avait cru vouloir à Los Angeles. Mais maintenant ? Après la nuit dernière ? Le doute la taraudait. Elle se laissa entraîner par Xavier pour rejoindre les magnats qui les accueillirent tous deux avec enthousiasme lorsque Xavier leur annonça la nouvelle. Elle se surprit à sourire, faisant ce qu'elle avait du mal à faire devant la caméra : jouer. Elle avait toujours l'impression qu'elle devait être elle-même en jouant. Et quand elle était elle-même, elle devait jouer. La vie venait de basculer pour elle. Elle fit un pas en arrière mais Xavier lui tenait fermement la main.

— Où vas-tu ? demanda-t-il, son visage encore figé dans le sourire qu'il avait adressé à ses amis, mais ses yeux étaient froids comme de la glace.

— Me repoudrer le nez.

— Ne prends pas trop de temps. Il y a des gens ici qui veulent te rencontrer. Et nous avons une annonce à faire. Il tapota son ventre. Il pourrait y avoir un bébé en route, chérie. De plus, dit-il en jetant un coup d'œil aux magnats, ils risquent d'être choqués quand les détails de nos arrangements pour dormir seront divulgués. Il fit un signe de tête aux journalistes qui traînaient, et ils en ont déjà eu vent.

— Comment ? Frances était indignée. Comment est-ce possible ?

Il haussa les épaules.

— Qui sait ? Mais Frances pouvait lire dans son regard qui leur avait dit. Dépêche-toi s'il te plaît.

Elle s'éloigna avant qu'il ne puisse voir la colère et la frustration dans ses yeux et elle continua à marcher, dépassant le boudoir jusqu'à la réception. D'une main tremblante, elle écrivit un numéro pour le réceptionniste et demanda à être mise en communication. Elle entra dans la petite cabine et s'assit, regardant droit devant elle, le cœur engourdi, observant les gens passer à l'extérieur, riant, célébrant la veille de Noël. Le vent qui se faufilait sous la porte était glacial.

Elle sursauta quand le téléphone sonna. Elle prit une profonde inspiration, s'éclaircit la gorge et décrocha. Elle écouta les opérateurs connecter l'appel. Puis il y eut une longue pause qui résonna par-delà les océans et le ciel et emporta son cœur avec elle. Elle retint à peine un sanglot. Puis une voix, désincarnée mais bien réelle, si réelle, comment avait-elle pu oublier à quel point elle était réelle pour elle, à quel point elle faisait partie d'elle ?

— Frances ?

— Noa, dit-elle brièvement.

Il y eut une longue pause.

— Est-ce que tout va bien ? Sa voix à lui était pleine d'inquiétude.

Elle essaya de rire mais cela sortit étrangement.

— C'est Noël. Pourquoi ça n'irait pas ?

— Je ne sais pas. À toi de me le dire.

Elle ouvrit la bouche pour dire mille choses, mille excuses, mais elles restèrent coincées dans sa gorge.

— Frances... Sa voix était plus basse maintenant. Dis-moi.

Elle prit une profonde inspiration. Elle devait garder le contrôle.

— Joyeux Noël, Noa. J'appelais juste pour dire, elle essaya d'avaler ses larmes, joyeux Noël.

— Que se passe-t-il ?

Elle haussa les épaules. Stupide. Il ne pouvait pas la voir.

— Je prends des petites vacances à Lake Tahoe. Et tu es au bureau. Je pensais que tu y serais, ajouta-t-elle précipitamment, ne voulant pas d'autres questions.

— Tu m'as eu juste à temps. J'ai beaucoup de travail, mais je suis sur le point de partir.

— Où vas-tu ?

— À la plage. White Rock. À la maison. Toute la whanau sera là. Tu connais la routine... les enfants qui courent partout, les vieux qui se saoulent, mes sœurs qui font tout le travail, mes frères qui essaient de se surpasser dans les jeux de plage.

— Ça a l'air merveilleux. Et elle le pensait vraiment. Et toi, que feras-tu ?

— Eh bien maintenant, je vais penser à toi.

Elle ne put empêcher les larmes de couler sur son visage.

— Oh, croassa-t-elle. Elle renifla.

— On dirait que tu as un rhume.

— Juste un petit rhume. Mais tu ne devrais pas, tu sais. Penser à moi, je veux dire.

— Pourquoi pas ? Tu sais que je t'aime, même si tu refuses de m'écrire.

— Tu ne peux pas... m'aimer.

— Mais si. Et c'est ce que je fais. Et je le ferai toujours. Ce n'est pas quelque chose que je peux brancher ou débrancher sur commande, Frances. Je serai là pour toi quand tu seras prête.

— Tu ne peux pas. Tu ne peux pas attendre. Je n'en vaux pas la peine.

— Pour moi, si.

— Pourquoi es-tu si bon ?

— Je ne suis pas bon. Je t'aime simplement. Il n'y a rien de mal ou de bien à cela. C'est ainsi, tout simplement.

— Non. Tu ne peux pas. Tu vois... j'ai tout gâché, Noa. J'ai vraiment tout gâché.

— Comment ? Que s'est-il passé ? Tu veux que je vienne ?

Elle secoua la tête et pressa le téléphone contre son front, voulant qu'il soit près d'elle, voulant sa voix dans sa tête, ses lèvres sur son front, le voulant lui. Elle aperçut Xavier à travers la fenêtre de la cabine, venu la chercher. Elle se recroquevilla immédiatement dans le coin pour qu'il ne puisse pas la voir.

— Non, non Noa. C'est trop tard pour ça.

— Il n'est jamais trop tard. Je viendrai.

— Non. Tu ne peux pas. Et c'*est* trop tard.

— Bon sang, Frances, qu'as-tu fait ?

Xavier frappa à la cabine et lui fit signe de sortir.

— Désolée, quelqu'un vient de m'appeler. Il faut que j'y aille. Il y a une fête... tu sais.

— Frances, je…

Xavier ouvrit brusquement la porte et elle raccrocha le téléphone avant qu'il ne puisse le lui prendre et découvrir à qui elle parlait.

— Qui était-ce ?

Elle se leva et lui adressa un faible sourire. Elle avait trouvé nécessaire de recourir à la subterfuge, de cacher ce qu'elle pensait et ressentait si elle ne voulait pas le provoquer. Il semblait avoir rapidement pris le contrôle de chaque partie de sa vie.

— Ma famille.

— Tu ferais mieux de te reprendre. Tu as l'air défaite. Ils n'étaient pas heureux que tu te maries ?

— Je ne leur ai pas encore dit. Elle sortit un mouchoir et essuya ses larmes et se moucha. Xavier. J'ai réfléchi.

— Quoi ? Sa voix était froide.

— Le mariage. Je ne pense pas que nous devrions.

La colère traversa son visage mais fut rapidement remplacée par un sourire qui n'atteignait pas ses yeux.

— Frances, ma chérie, dit-il. Nous sommes amants maintenant. Tu es peut-être enceinte. Et puis, pourquoi pas, hein ? Tes fans vont nous adorer, et surtout, ça veut dire que les réalisateurs vont nous adorer. T'adorer, *toi*.

Il embrassa sur le nez.

— De toute façon, ce sera bientôt dans toute la presse. Et sans ce mariage, ta réputation sera ruinée, et ta carrière sera finie. Qui voudrait de toi alors ?

Le visage de Noa apparut dans son esprit. Noa. Il avait dit qu'il penserait à elle, qu'il l'aimait. Mais comment quelqu'un d'aussi droit, d'aussi moral que Noa pourrait-il encore l'aimer après avoir lu dans les journaux qu'elle avait couché avec Xavier ? Et... et si elle *était* enceinte ? Que se passerait-il alors ? Comment le fait d'être marié à une actrice ratée et père d'un enfant qui n'était pas le sien apparaî-trait-il au public sur le seuil d'une grande carrière politique ?

— Tu n'as pas le choix, répéta-t-il.

Elle se retourna brusquement vers lui.

— Mais toi, si, dit-elle. Pourquoi veux-tu m'épouser ?

— Parce que je suis un homme d'honneur.

Son ton facétieux rendait évident qu'ils savaient tous les deux que c'était un mensonge. Elle ne savait même pas pourquoi elle avait posé la question. Elle savait pourquoi il l'épousait. Sa carrière battait de l'aile à cause de son alcoolisme, et il essayait de la relancer en s'asso-ciant à elle. Une étoile en déclin s'accrochant à une étoile montante.

Une expression d'incertitude inhabituelle traversa son visage.

— J'en ai parlé à Hank, le directeur du studio, et il est ravi. Il pense que la publicité me donnera le film que je veux. Avec toutes les rumeurs autour de Joan Crawford et Clark Gable, sans parler de son avortement, il est complètement emballé. Une annonce pour Noël !

— Pas maintenant. Pas ce soir, quand même ? C'est trop tôt.

— Tu as une idée pour un meilleur moment ?

Jamais ? Elle voulait le dire, mais quelque chose la retint.

Tu as fait ton lit, tu dois t'y coucher.

Les mots de sa mère résonnaient dans sa tête. Sauf qu'elle ne se souvenait pas avoir fait ce lit-là en particulier. Et pourtant, c'est bien ce qui avait dû se passer. Elle jeta un coup d'œil à la rangée de grands pins qui bordaient le boulevard et qui lui rappelaient sa maison, avant de se détourner, guidée fermement par la main de Xavier dans le bas de son dos. Pour le meilleur. Pour le pire. Et elle ne pouvait s'empêcher de penser que ce serait plutôt le pire.

CHAPITRE DIX

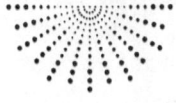

PAIGE

Une semaine s'était écoulée depuis mon voyage à Wellington pour assister à la première du film. Une semaine où j'avais passé le plus de temps possible avec ma grand-mère, cherchant ces moments où elle était suffisamment lucide pour me reconnaître et dire des choses intrigantes, qui révélaient des bribes de son passé, comme de délicats coups de pinceau, rendant les espaces vides entre eux encore plus saisissants.

C'était après un de ces après-midis où, pendant un bon quart d'heure, ma grand-mère et Rina avaient évoqué le Wellington d'après-guerre, que ma grand-mère avait mentionné mon grand-père.

Au début, elles riaient et parlaient de leur vie sociale. Visiblement, elles avaient passé du bon temps à l'époque. Ou du moins Aroha. J'avais l'impression que Rina, elle, avait passé plus de temps à surveiller les agissements d'Aroha. Ce n'est que lorsque ma grand-mère a commencé à évoquer sa robe de mariée que j'ai réalisé que le jeune homme dont elle parlait était mon grand-père.

J'étais assise au bord de mon siège, tendant l'oreille, espérant en apprendre davantage. Le soleil de l'après-midi filtrait à travers les rideaux dans la pièce, des particules de poussière flottaient dans l'air, et le seul bruit provenait d'une pièce adjacente où une infirmière aidait l'un des résidents. Alors qu'Aroha se tournait vers la porte, son attention captée par le bruit, son esprit revenant brusquement au présent, toutes les pensées du passé disparurent soudainement. Et je sus que je l'avais à nouveau perdue.

Je me suis affaissée dans mon fauteuil. Puis j'ai senti une main sur la mienne, et je me suis tournée pour voir Rina m'accorder l'un de ses rares sourires compatissants.

— Saisis ces moments et chéris-les, dit-elle. C'est tout ce qu'il nous reste.

J'ai tordu mes lèvres, essayant de refouler l'émotion.

— J'espérais tellement plus.

— L'espoir, se moqua Rina. Ça n'a jamais mené personne nulle part. Je te suggère de faire face aux réalités, jeune fille. C'est la seule façon d'avancer, le seul terrain solide que soit à notre disposition.

L'odeur de la nourriture flottait dans la pièce, et Rina renifla avec appréciation.

— Encore du gigot ce soir, à en juger par l'odeur. Il est temps pour nous de partir.

Elle se leva et déposa un baiser sur la joue d'Aroha.

— On s'en va maintenant, Ro. Je reviendrai dans quelques jours.

Aroha lui adressa un doux sourire.

— Merci beaucoup d'être venue, Sis, c'est toujours un plaisir. Elle se tourna vers moi. — Et quand te reverrai-je, ma chérie ?

— Je reviendrai demain, grand-mère.

Aroha fronça légèrement les sourcils avant de se tourner vers Rina pour être rassurée.

— C'est ta petite-fille, Ro.

— Oh, comme c'est charmant ! Elle sourit comme si c'était la nouvelle la plus merveilleuse qu'elle ait entendue.

— Oui, c'est charmant et elle aussi, dit Rina. Bon, nous partons toutes les deux maintenant. L'infirmière va arriver d'un moment à l'autre pour t'emmener dîner.

Rina et moi nous sommes écartées pour laisser entrer les deux infirmières dans la chambre.

— Allez, Paige, ça ne sert à rien de prolonger la souffrance.

En sortant, j'ai jeté un regard en arrière et j'ai vu les infirmières soulever ma grand-mère, qui semblait soudain vieille et fragile, pour l'installer dans le fauteuil roulant, et mon cœur s'est brisé. J'ai ravalé ma tristesse et j'ai regardé les fleurs — des hostas rose vif, la couleur préférée de ma grand-mère — en me concentrant délibérément sur une petite araignée qui se frayait délicatement un chemin le long d'un pétale. J'ai pris une profonde inspiration et j'ai souri à l'infirmière de l'accueil qui, je l'ai remarqué, avait suffisamment de piercings à l'oreille pour transformer n'importe quel voyage en avion en cauchemar. En m'éloignant, je n'ai pas regardé en arrière ; je ressentais un besoin intense de me concentrer sur les détails autour de moi, essayant de m'ancrer dans le présent, et non dans les regrets du passé.

Rina, le dos aussi raide qu'un piquet, marchait vers sa voiture avec toute l'aisance que ma grand-mère n'avait pas. J'ai honte de dire que je me sentais pleine de colère et d'amertume. J'ai encore plus honte d'admettre que je me suis brièvement demandée pourquoi c'était ma grand-mère qui était malade et pas Rina. Mais à chaque pas dans le soleil éclatant, il devenait plus facile de laisser la tristesse derrière nous alors que le monde nous enveloppait à nouveau.

Rina s'arrêta près de sa voiture et, alors qu'elle sortait ses clés de voiture de son sac à bandoulière, tourna son regard perçant vers moi.

— Comment ça se passe entre toi et Tane ?

— Je ne l'ai pas revu. Mais il m'a invitée aux archives du film pour voir un film avec Frances Stewart.

Rina se détourna brusquement et plissa les yeux. Le mouvement était si prononcé que j'ai suivi son regard mais je n'ai rien vu. Quand j'ai regardé à nouveau, son expression habituelle sans détour était revenue. Ce n'était pas la première fois que je me demandais pourquoi ma grand-mère avait mentionné le fait de rester en Nouvelle-Zélande à cause de Rina. Rina ne semblait pas avoir besoin du soutien de quiconque. Alors que la force de ma grand-mère était subtile, comme la soie d'une araignée, l'assurance de Rina était claire, visible pour tous. Je n'avais jamais rencontré quelqu'un d'aussi autonome.

Elle hocha la tête mais ne dit rien.

— Vous avez vu ces films ? demandai-je.

Rina appuya sur la télécommande de la voiture, ouvrit la porte et monta dans la voiture avant de me regarder.

— Oui, bien sûr, dit-elle. Elle était sur le point de fermer la porte mais impulsivement, je l'ai retenue. Elle m'a regardée d'un air sévère mais je n'ai pas desserré ma prise. Je savais que c'était impoli mais, entre les sentiments de colère et de chagrin face à l'état de ma grand-mère, et la frustration devant le refus de Rina de me dire quoi que ce soit à son sujet, je ne voulais pas abandonner.

— S'il vous plaît, Rina, j'ai le sentiment que vous en savez plus que ce que vous me dites à son sujet. Je sais que Frances a grandi à Wharerata et je sais que ma grand-mère n'y a pas grandi. Et pourtant la maison et le domaine sont restés dans la famille. Je n'arrive pas à comprendre. Dîtes-moi ce qui s'est passé !

Elle fixa le pare-brise et pendant un instant je me suis demandé si j'étais allée trop loin. Puis j'ai vu la tension quitter ses épaules et elle s'est tournée vers moi avec un soupir.

— Tu veux savoir ce qui s'est passé, dit-elle. Tout cela remonte à longtemps. Très longtemps, répéta-t-elle, plus doucement.

Je me suis soudain demandée si ma grand-mère n'était pas la seule à avoir des problèmes de mémoire. — Avez-vous oublié ? ai-je demandé. Est-ce ça le problème ?

— Si seulement c'était le cas, Paige, dit-elle avec un soupir. Se souvenir n'est pas le problème, ou plutôt si, c'est le problème. Elle se mordit la lèvre. Ça a toujours été le problème.

Elle tira brusquement la porte, qui glissa entre mes doigts et claqua, le bruit résonnant dans la chaleur sèche de l'après-midi. Je refis quelques mètres sur le trottoir et je la regardai s'éloigner en voiture, pas plus informée qu'avant. Et en me dirigeant vers ma voiture, je ne pouvais m'empêcher de me demander si je saurais un jour pourquoi les portes de Wharerata avaient été fermées il y a si longtemps, et étaient restées closes jusqu'à maintenant.

Je conduisais jusqu'à Wharerata comme toujours après avoir rendu visite à ma grand-mère, trouvant chaque jour du réconfort dans ce seul élément du passé qui était solide et irréfutable. Faire ressortir le passé de cet endroit était plus simple que d'essayer de discerner le vrai du faux dans les divagations de ma grand-mère, il me suffisait de le découvrir par un travail acharné. C'est ce que j'avais fait d'ailleurs.

J'avais laissé l'extérieur tel que je l'avais trouvé, sauvage et protecteur. J'avais la curieuse idée que la maison avait encore besoin de protection et je ne pouvais pas la lui donner, pas encore. Mes allées et venues sur le terrain avaient laissé un sentier plat dans l'herbe. Le jardin serait la dernière chose dont je m'occuperais. C'était l'intérieur de la maison qui m'intriguait le plus.

J'avais commencé par la cuisine. D'une certaine manière, le reste de la maison était trop intimidant avec l'écho de ses vies passées encore si vivant, accroché aux photographies poussiéreuses, aux livres usés et aux vêtements — des vestes en tweed et des costumes de soirée pour hommes, aux exquises longues robes de soirée en soie pour femmes, en passant par les manteaux de fourrure ravagés par les mites, moisissant sur des cintres dans les armoires en acajou. J'avais l'impression d'être une intruse et j'avais décidé de me limiter au rez-de-chaussée de la maison, et en particulier, à la cuisine. Nettoyer les sols et les surfaces, ranger méthodiquement et inventorier les casseroles, les poêles et autres ustensiles, ça c'était facile. En commençant par l'endroit qui avait nourri les habitants de la maison, j'avais l'impression de commencer par son cœur, la ramenant lentement à la vie.

J'avais récuré ce qui devait être au moins un demi-siècle de crasse des plans de travail et de l'évier. On avait débarrassé le garde-manger des aliments périssables, pour essayer de dissuader la vermine d'entrer dans la maison, mais tous les vieux pots et casseroles, cruches et bols en cuivre étaient restés. Je les avais nettoyés et replacés à leur place dans les placards et sur les étagères ouvertes. Leurs surfaces nouvellement polies reflétaient la lumière froide des fenêtres orientées au sud, dissipant la pénombre qui s'était accrochée aux toiles d'araignée comme de la colle. Maintenant, il y avait de la lumière, comme un phare d'espoir, battant au cœur de la maison.

La plupart des soirs, je venais et me promenais dans la maison, me demandant dans quoi je m'étais embarquée. L'électricité n'était pas branchée et j'avais apporté un réchaud de camping pour pouvoir me faire du thé dans la maison et me réchauffer une boîte de conserve. Le problème, c'est que cela ne faisait que creuser le fossé entre ce monde celui d'où je venais. Ma vie n'était pas à l'échelle de cette maison. Je sauçais les derniers haricots avec une tranche de pain, comparant ma casserole de camping en aluminium cabossée à la poissonnière en cuivre rutilante et je me demandais ce que diable je faisais là. Pas plus que moi, en fait, ma casserole n'arrivait à la cheville de son équivalent ancien, si beau. Malgré tout, c'était la maison de ma famille — un concept qui me semblait encore étrange — elle était solide, et c'était tout ce que je possédais.

J'ai nettoyé la casserole en aluminium avec une autre tranche de pain. Mon ex m'accusait toujours d'avoir des goûts plébéiens. Il avait raison sur ce point et j'en remerciais Dieu en ce moment où il n'y avait pas un bar à vin ou une épicerie fine en vue. De plus, pensai-je en prenant une gorgée du thé brûlant, j'avais toujours aimé les pique-niques. C'était l'une des rares choses que nous faisions en famille lors de nos vacances annuelles. Des sandwichs au fromage et au pickles sablés — je me demandais si c'était du sable de la plage que venait le terme — des petits pâtés froids, du cake aux fruits et un thermos de bon thé fort et très chaud.

J'ai reculé devant la vague de nostalgie qui m'a submergée et j'ai bondi. Il était temps d'aller de l'avant. J'avais décidé de m'attaquer ensuite à la salle à manger. Elle était à l'arrière de la maison, à côté de la cuisine. Je m'imaginais aisément la pièce la nuit, éclairée par les nombreuses bougies fichées dans les chandeliers en argent ternis et le lustre du plafond, avant qu'il ne soit branché à l'électricité.

Maintenant, dans la faible lumière du soir, mon attention se portait sur le grand buffet victorien. Outre la table et les chaises de la salle à manger, c'était l'élément majeur du mobilier dans cette pièce. Ses sculptures complexes semblaient venir d'Inde ou d'un autre endroit en Orient — Sam, avec ses connaissances en art l'aurait su, mais moi, non. J'étais, comme il me le faisait constamment remarquer, lamentablement ignorante de tout ce qui n'avait pas trait aux affaires. Toute tentative de ma part d'argumenter que les affaires pouvaient être créatives était immédiatement rejetée. Il avait fini par me faire douter de moi-même et je n'étais pas sûre de lui pardonner un jour.

Même sans les connaissances, je pouvais toutefois apprécier l'artisanat. J'ai sorti mon téléphone de ma poche et pris quelques photos. Je voulais m'assurer de remettre les choses à leur place d'origine. J'en ignorais la raison mais si, à un moment donné, je décidais de ne pas le faire, j'aurais au moins une trace. Il y avait d'énormes plats de service Wedgwood, de chaque côté desquels avaient été placés des carafes d'eau et de vin avec des bouchons en argent. Un miroir, qui aurait réfléchi la lumière du lustre central, était flanqué de verreries et de services à condiments ternis, contenus entre des colonnes tournées en bois comme des temples miniatures. Au-dessus de tout cela se trouvait une étagère décorative où se trouvait ce que je voulais vraiment voir, une rangée de trophées, couvert d'un film de poussière opaque déguisant les détails, obscurcissant ses secrets. D'autres photographies personnelles dans le salon attendaient encore mon chiffon de nettoyage. Je progressais dans leur direction.

J'ai tendu la main et pris soigneusement l'un des trophées de l'étagère. Je l'ai délicatement essuyé sur la manche de ma vieille chemise, révélant une inscription. Sir William Stewart. Mon arrière-arrière-grand-père avait, apparemment, été un sportif et un chasseur passionné couronné de succès si toutefois le reste des trophées étaient aussi les siens. J'avais découvert son identité en utilisant un site web de généalogie, ainsi qu'un certain nombre de noms et de détails. Parmi eux se trouvait celui de mon arrière-arrière-arrière-grand-père qui était le fils d'un immigré de Norfolk en Angleterre. Ils étaient visiblement arrivés avec un peu d'argent et en avaient gagné encore plus ici grâce à l'élevage de moutons. Son fils, mon arrière-arrière-grand-père, père de la célèbre Frances Stewart, avait investi judicieusement, sa fortune ne dépendait plus de l'agriculture au moment de la Grande Dépression, et il n'avait donc pas été aussi durement touché que d'autres.

Qu'était devenue cette fortune, je n'en avais aucune idée. Et, bien que je fusse intriguée, je n'avais pas besoin de le savoir. J'avais suffisamment de richesses tout autour de moi. Chaque chose que je nettoyais, chaque chose que je débusquais me rapprochait des personnes dont je descendais. Cela suffisait à nourrir en moi un sentiment de richesse.

Je prévoyais de me familiariser lentement avec la maison et les personnes qui y avaient vécu autrefois et de rapprocher les îlots de propreté les uns des autres. Récurer la maison de fond en comble dans une frénésie de nettoyage comme si je souhaitais débarrasser la maison du passé, ne me semblait pas la bonne solution, loin de là. Je voulais prendre mon temps. Cela me convenait parfaitement de continuer à séjourner dans le petit Airbnb. Ils étaient sympathiques et m'avaient consenti un tarif compétitif quand je leur avais dit que je souhaitais y rester indéfiniment. La connexion internet était suffisamment bonne pour me permettre de continuer à travailler et je pouvais subvenir à mes besoins financièrement. Je n'étais pas encore allée voir le notaire pour lui demander plus d'argent parce que je ne savais toujours pas ce que diable j'allais faire de cette maison.

Je ne sais pas si c'était mon imagination, mais on aurait dit que la maison était reconnaissante que la poussière soit nettoyée, révélant une vie qui avait été suspendue, comme si elle avait pris une dernière respiration il y a tant de décennies, et l'avait retenue, ne se relâchant pour révéler ses secrets qu'après mon arrivée. Maintenant, l'odeur de la cire et du bois flottait dans l'air, réchauffée par la lumière du soleil de fin de soirée se faufilant à travers les grands arbres et les ombres perdues de la salle à manger.

J'étais sur le point de quitter la maison quand j'ai reçu un message. C'était Tane. Il m'envoyait des messages presque tous les jours. Des textos courts, drôles, stimulants, que j'avais fini par attendre avec impatience. Cette fois, ils étaient aussi informatifs. Il m'envoyait le nom d'un café non loin de la gare où nous pourrions nous rencontrer. J'ai décidé d'aller en train à Wellington. le lendemain.

Je fermai la porte en la tirant vers moi, la verrouillai soigneusement et m'éloignai de la maison. Un sourire se dessinait sur mes lèvres. Je m'arrêtai près des grilles et regardai le champ de maïs mûrs sur lequel tombaient les longues ombres des pins, imaginant mon arrière-grand-mère devant exactement la même vue. J'avais hâte de la voir sur film. Je jetais à nouveau un regard à la maison.

« Je serai de retour dans quelques jours », lui ai-je dit, comme si c'était un être doté du souffle et de la vie. Ce n'était pas le cas, je le savais, mais je m'étais mise à penser qu'à chaque visite, je lui permettais de respirer un peu plus facilement, de reprendre vie.

LE TRAIN GRONDAIT à travers la plaine vers Wellington. J'avais pris mon ordinateur portable pour le voyage pour approfondir mes recherches sur l'histoire de ma famille et celle de Wharerata. Mais la vue à l'extérieur de la fenêtre me distrayait avec ses plaines dorées ondulant vers la chaîne de montagnes et les enclos soignés de terres et de maisons coloniales éparpillées dans la campagne. À chaque gare, davantage de gens montaient dans le train, celui du petit matin pour Wellington. Un trajet bien plus commode que de suivre la route sinueuse à travers les collines de Remutaka.

Écoutant à moitié les conversations des passagers réguliers, j'ai baissé la tête et parcouru les sites généalogiques. Je n'ai rien trouvé qui ait du sens jusqu'au moment où, arrivant à la gare centrale de Wellington, j'ai trouvé une référence à William Stewart de Wharerata. J'ai senti un frisson me parcourir le dos. Mon arrière-arrière-grand-père — le père de Frances — le dernier propriétaire à avoir vécu à Wharerata. J'ai copié et collé la légende dans Google et me suis vite retrouvée à regarder une photographie de groupe, toute la famille debout sur les marches du perron de Wharerata, exactement comme je l'avais imaginé la première fois.

Tout autour de moi, les gens se levaient, tendaient les bras pour prendre leurs sacs dans les compartiments supérieurs et se bousculaient pour sortir du train. J'ai rangé mon ordinateur portable, l'ai glissé dans mon sac à dos et marché le long du quai jusque dans la gare. En traversant le hall carrelé coiffé d'une coupole, j'ai regardé autour de moi et imaginé mon arrière-grand-mère, Frances, traversant la même gare. J'imaginais les différences, les cris des vendeurs de journaux et le bruit des moteurs des vieilles voitures. Je feuilletais les brochures du centre d'information à la recherche d'un plan, quand j'ai senti quelqu'un se tenir derrière moi.

— Ne t'inquiète pas pour un plan, a dit la voix. Je suis venu t'escorter jusqu'à notre destination.

Je me suis retournée pour voir Tane me sourire, l'air aussi soigné qu'il était négligé le jour de notre première rencontre. Il avait une côté désarmant. Malgré sa réputation de réalisateur impitoyable, il ressemblait, debout devant moi, à un garçon maladroit, les mains enfoncées dans les poches latérales de son pantalon, et ses pieds bougeant comme s'il ne savait pas s'il était le bienvenu ici.

— C'est très gentil à toi, ai-je dit. J'allais prendre un taxi.

— Marcher est plus facile par ici, a-t-il dit. C'est l'avantage d'une petite ville. Il m'a fait signe de l'accompagner dehors et ensemble nous avons descendu les marches et suivi le chemin qui s'éloignait du front de mer.

Une fois hors de l'abri de la gare ferroviaire, toute la force du vent glacial du sud m'a frappée. Je n'ai pu m'empêcher de frissonner. Il faisait beaucoup plus chaud de l'autre côté des montagnes.

— Bienvenue à Wellington la ville du vent ! a dit Tane, jetant un coup d'œil aux feux de circulation changeants et posant légèrement sa main sur mon bras alors que je commençais à avancer. Je me suis arrêtée alors qu'une voiture tournait au coin. — Flèche verte, a-t-il dit, pointant vers les feux. Les touristes se font piéger à chaque fois.

Son geste protecteur m'excitait et m'effrayait à la fois. Je ne pouvais m'empêcher d'être attirée par lui — sans doute comme beaucoup d'autres femmes — mais je n'avais pas besoin de protection, n'est-ce pas ?

Nous avons fait la conversation en montant la colline vers les archives, passant devant les bâtiments du parlement néo-zélandais, les anciens et les récents. Malgré le vent, c'était aussi vivifiant et beau. L'air salin semblait chargé d'une énergie revigorante. Ou bien était-ce la sensation persistante de sa main sur mon bras ? Son intérêt pour moi, alors qu'il était une personnalité célèbre, un réalisateur reconnu me semblait inexplicable. Je ne pouvais m'empêcher de me demander si c'était bien moi, ou la question de savoir si j'allais rester à Whare-rata ou non. Les commentaires de Rina me hantaient et me faisaient douter de mes instincts.

Après la troisième question personnelle, j'ai ramené la conversation sur lui et il m'a lancé un regard perçant.

— Tu fais toujours ça ?

— Quoi ?

— Détourner la conversation de toi. Tu es assez douée pour ça.

— Tu es beaucoup plus intéressant que moi.

— J'en doute fort.

— Allez, tu es un réalisateur mondialement connu et je suis une comptable de Londres. Il n'y a pas de comparaison, je pense.

— Ah !... Tu oublies l'attrait du mystère. Tu arrives de nulle part dans une grande maison, avec rien d'autre que l'allure d'une star de cinéma des années 30 et les yeux tristes...

Pendant quelques instants, je n'ai pas trouvé de réponse. Nous traversions une rue animée et j'ai profité de la foule et de la circulation pour intégrer ma surprise face à ses commentaires.

— J'imagine que ton silence signifie que tu admets ton attrait mystérieux ? a-t-il demandé.

— Je dois admettre qu'après avoir trouvé certaines des photographies de Frances dans la maison, je peux voir une légère ressemblance.

— Légère ? Tu es son portrait craché.

— Je suppose que tu as raison, ai-je dit, me souvenant de mon étonnement quand j'ai trouvé la photo et eu l'impression de me regarder moi-même. Si cela me rend mystérieuse, alors oui, je dois en convenir.

Il s'est arrêté devant les archives cinématographiques et s'est tourné vers moi.

— Et tu ne peux pas nier non plus les yeux tristes.

— Est-ce que j'ai l'air triste maintenant ?

Ses yeux ont parcouru mon visage. Et j'ai senti quelque chose fondre en moi, quelque chose qui avait commencé quand il avait tendu la main et touché mon bras.

— Non, a-t-il dit. Pas triste en ce moment, quelque chose de bien plus intrigant que la tristesse.

J'ai froncé les sourcils. Qu'avait-il vu ?

Ses lèvres s'étirèrent en un petit sourire et il tendit la main pour caresser brièvement ma joue, dans un geste intime qui me surprit mais qui fut néanmoins bienvenu.

— Je vois quelque chose de tendre, dit-il. Quelque chose de nouveau. Il se pencha vers moi et son souffle chaud me chatouilla la joue. Et c'est plus que mystérieux, c'est carrément intriguant.

AU LIEU de regarder le film sur un écran d'ordinateur comme je m'y attendais, on nous conduisit dans une petite salle de projection équipée d'un grand écran. Après nous être procuré des cafés, nous nous sommes installés dans des fauteuils confortables et le film a commencé à grésiller.

— C'est ici que tout a commencé pour Frances Stewart, dit-il. Nous avons eu la chance de trouver la pellicule nitrate originale au fond d'un atelier de projectionniste. Elle a depuis été numérisée et on la trouve sur YouTube si l'on sait où chercher. Mais ce que nous allons regarder est l'original.

Le titre « Who's for Hollywood : série 2 » se déroula à l'écran avant un défilement d'images en noir et blanc.

— C'est un concours de beauté ! m'exclamai-je, alors que le court-métrage révélait les demi-finalistes d'Auckland du concours Miss Nouvelle-Zélande 1931. Je me tournai vers lui avec un regard interrogateur. Il sourit.

— Regarde,

Et c'est ce que je fis, tandis que de jeunes femmes — habillées selon la dernière mode de l'époque, avec un maquillage qui devait être un peu scandaleux dans les années 1930 — remplissaient l'écran, leurs images en noir et blanc évoquant de manière étrange une époque révolue. Dans l'une des scènes, elles encourageaient un match de rugby, la caméra se concentrant sur elles alors qu'elles exprimaient de façon exagérée leur joie ou leur déception face à ce qu'elles regardaient. Je gémis et jetai un coup d'œil à Tane qui rit doucement et continua à regarder. Les filles avaient l'air saines et sportives, ce qui était probablement l'idée.

— Où cela a-t-il été filmé ?

— À Carlaw Park, c'est un terrain de rugby à Auckland. C'était la deuxième année que le concours avait lieu, mais la première fois que Metro-Goldwyn-Mayer le sponsorisait.

— Metro-Goldwyn-Mayer ? Le studio hollywoodien ?

— Oui. Tout le monde en Nouvelle-Zélande soutenait le concours, des cinémas locaux aux journaux, et ils ne se lassaient pas des candidates. Regarde les vieux journaux.

Le film passa ensuite à un groupe de filles jouant au tennis, puis à une autre femme lisant un livre sous un arbre.

Tane se pencha en avant lorsque l'image changea pour montrer une concurrente, son carré blond miel brillant tandis qu'elle baissait la tête pour se concentrer sur son club de golf, avant de le faire tournoyer et de lever son visage vers la caméra avec un sourire victorieux. Tane appuya sur la télécommande qu'il tenait et le sourire de la femme se figea à l'écran. Il se tourna vers moi.

— Miss Sinclair, je te présente ta bisaïeule, Frances Stewart.

Je me penchai en avant, bien que son visage fût suffisamment grand sur l'écran de la petite salle. Le ronronnement de la vieille caméra et la légère odeur de produits chimiques provenant des archives de films me firent tourner la tête un instant tandis que je m'imprégnais de son image. J'ouvris la bouche pour parler — j'avais tant de questions — mais elles s'évanouirent toutes face au regard de ma bisaïeule.

Tane prit son téléphone et après quelques instants trouva ce qu'il cherchait.

— Voilà. J'ai trouvé ça pour toi hier. Il s'éclaircit la gorge.

— Extrait du journal : « Dans toute la Nouvelle-Zélande, on trouve des milliers de jeunes filles du meilleur monde, qui peuvent tenir leur rang dans le monde du sport — natation, équitation, tennis et une foule d'autres passe-temps. L'habileté dans le sport implique un entraînement, mental et physique, la capacité de « jouer le jeu » à la manière britannique, façonnant ainsi le caractère et la personnalité qui s'ajoutent à la beauté de la jeunesse féminine. »

Il posa son téléphone.

— Je pense qu'il y avait une certaine contradiction entre ce dont les Néo-Zélandais patriotes avaient envie et ce qu'Hollywood exigeait.

Il fit un geste vers l'image figée de ma bisaïeule.

— Je pense que Hollywood a gagné. Hollywood voulait du magnétisme et du charme, pas de la vertu et de la moralité. Hollywood voulait de l'éclat. Ne te méprends pas... Frances avait l'air sportive et athlétique, mais il y avait quelque chose en plus chez elle.

Je me penchai en avant, agrippant le siège devant moi, tandis que je regardais ce visage figé dans le temps, fascinée par son expression.

— C'est comme si elle me regardait directement.

Il fit une pause en contemplant l'image devant nous.

— Elle a une qualité particulière dans les yeux, quelque chose qu'on ne voit pas souvent, mais que les réalisateurs recherchent.

— Et c'est quoi ?

Il se retourna vers moi.

— L'étoffe d'une star. Cette chose insaisissable qui est difficile à décrire, impossible à exiger mais facilement reconnaissable quand on la voit. Son regard retourna vers l'écran.

Il appuya sur le bouton de lecture et quelques images séduisantes de jeunes femmes mises en scène ici et là défilèrent avant que le film, trop rapidement, ne se termine.

Je me tournai vers Tane.

— C'est tout ce qu'il y a sur Frances ?

— Pas du tout. Mais je t'ai amenée ici pour te raconter son histoire, et la partie publique a commencé cet été-là avec le concours de beauté Miss Nouvelle-Zélande. Je ne sais pas comment elle a réussi à convaincre ses parents de la laisser participer, parce que ce n'était pas le genre de chose que faisait une jeune fille bien élevée. Mais j'ai l'impression que Frances était ambitieuse et savait charmer son entourage. Enfin, la majeure partie.

Je fronçai les sourcils. — la majeure partie ? c'a l'air inquiétant.

— Et j'anticipe sur l'histoire.

Il se leva.

— Je reviens dans un instant. Je te laisse avec tout ça. Il me tendit son téléphone qui affichait la Une du journal avec une photographie de Frances avec ses dauphines.

Je lus le texte puis me rassis dans mon siège et absorbai chaque détail de la photographie, avide d'en savoir plus. J'avais l'impression qu'une lumière s'était allumée dans un passé lointain et obscur, révélant cette personne glamour à laquelle j'étais liée.

Puis Tane s'assit de nouveau à côté de moi et appuya sur un bouton, et un autre film commença. Il inclina la tête vers moi.

— Son premier long-métrage. Le générique de début défilait, et il arrêta le film un instant sur un nom. — Tu vois ça ? Le nom du scénariste ?

— Xavier Grey, lus-je lentement. Je devrais connaître ce nom ?

— Pas nécessairement. Mais c'est un nom qui prit de l'importance pour ta famille. C'était un scénariste de renom à Hollywood à cette époque — beau, spirituel, charismatique en diable — un bon parti, en apparence.

— Frances et lui ?

— Exactement.

— Je n'ai pas encore vérifié les certificats en ligne, mais j'ai regardé dans la bible familiale, et il n'y a aucune mention de lui.

— Je doute qu'ils aient été ravis de sa relation avec lui. Il faisait peut-être partie de l'élite hollywoodienne, mais la famille de Frances était conservatrice avec un grand « C ».

— Il était vraiment si répréhensible ?

— Il avait la réputation d'être un peu coureur.

— Il a trompé Frances ?

Tane haussa les épaules.

— J'imagine que oui, mais qui sait. C'était plus que ça, il y avait des rumeurs dans les studios de cinéma à propos de disputes... Il me jeta un coup d'œil. À propos d'alcool et de drogues... Et tout ce qui va avec. Le Hollywood dans lequel s'est retrouvée Frances était un endroit assez débridée sous la surface affichée devant le grand public.

— Oh mon Dieu. Ça a dû être difficile avec le genre d'éducation victorienne qui semble aller de pair avec la maison.

— Ah oui, il y a quelques gros titres suggérant qu'elle était une jeune femme naïve lâchée dans la nature. Elle représentait vraiment quelque chose de spécial à Hollywood. Enfin, dit-il en appuyant sur le bouton de lecture, voici le film qui a suivi son prix. Sachant qu'elle n'avait aucune expérience d'actrice, c'est un résultat remarquable.

Le film était une comédie romantique légère. Le sens du timing de Frances était étonnamment bon, donnant de l'esprit aux répliques et transmettant de l'émotion avec le moindre regard ou mouvement d'épaule. Comme si quelqu'un lui avait suggéré d'agir naturellement et qu'elle y parvenait, avec un grand succès. Mais il y eut un moment, dans une grande scène romantique, où elle avait d'abord l'air hésitant ayant perdu son assurance, mais la fin de la scène révéla d'elle une vulnérabilité très attachante.

— Tu veux en voir plus ? demanda Tane. Il y a d'autres films qui sont intéressants à regarder si tu as le temps.

— Tu plaisantes ? Je n'ai jamais été aussi près de découvrir un membre de ma famille. Allons-y !

Tane s'adossa avec un sourire et appuya à nouveau sur la touche lecture.

— J'espérais que tu dirais ça. Je les ai enchaînés à la suite les uns des autres pour nous. Installe-toi confortablement, il y en a pour quelques bonnes heures de visionnage.

Quand le générique du dernier film défila, je m'adossai, savourant les images nouvellement découvertes de mon arrière-grand-mère, et réfléchissant à la façon dont ses compétences d'actrice s'étaient déve-loppées avec chaque film. Quand les lumières s'allumèrent, je me tournai pour voir Tane m'observer.

— Tu as remarqué la progression ?

Je savais exactement de quoi il parlait car cela avait été évident, surtout après avoir vu les films l'un après l'autre.

— Oui, j'ai remarqué. Dans le premier film, elle était une jeune fille kiwi charmant les pontes d'Hollywood avec son talent naturel.

Ensuite, elle semblait avoir trouvé son rythme, mais pour finir, dans ce dernier film...

— Ouais, dit Tane. Quelque chose avait changé en elle, c'était évident.

Je hochai la tête, essayant d'analyser ce changement.

— L'assurance était toujours là, tangible, mais il y avait une méfiance ou je ne sais quoi, au fond des yeux, que je n'arrive pas à définir, presque comme si...

— Comme si elle avait peur ? proposa Tane.

Je fermai les yeux et me rappelai le kaléidoscope de facettes que Frances avait révélées tout au long de ces films et acquiesçai. Quand j'ouvris les yeux, il me regardait.

— Tu as raison. Elle avait toujours la même qualité — révéler son moi intérieur — à la fin de sa carrière, comme au début, sauf que ce n'était pas de la vulnérabilité naïve que nous avons vue dans son dernier film, mais de la crainte. Mais qu'est-ce qui pouvait bien l'effrayer ? Après tout, elle avait un mari bien considéré et elle était la coqueluche d'Hollywood.

— Oui, mais ce statut aurait été une arme à double tranchant.

— Que veux-tu dire ?

— Ce n'est pas comme de nos jours. L'ancien système hollywoodien créait des stars et attendait de leur part un certain comportement. Bon, je suis presque sûr que Frances ne faisait pas partie des incontrôlables, en fait rien ne le suggère. Mais l'homme qu'elle a épousé, Xavier Grey, *lui, oui.*

— Alors, pourquoi ne l'a-t-elle pas quitté ?

Il haussa les épaules.

— Qui sait ? Peut-être qu'elle l'aimait. Il y a des centaines de raisons pour lesquelles des personnes mal assorties restent ensemble. Ou peut-être qu'ils n'étaient pas mal assortis. Peut-être que la jeune fille rangée est tombée amoureuse du mauvais garçon. Il sourit. Il paraît que ça arrive tout le temps. Allez, dit-il en se levant d'un bond. Je pense qu'il est temps de prendre un verre.

Cela faisait beaucoup à assimiler. Nous n'avons pas marché longtemps avant qu'il ne s'arrête devant ce qui ressemblait à une maison

particulière. Nous avons monté un escalier vers un petit salon transformé en café où une poignée de personnes étaient assises sur des
meubles dépareillés, écoutant un jukebox des années soixante. Il
commanda des cafés et nous avons pris une table près de la fenêtre.
Elle ne donnait pas sur le port mais sur un bâtiment victorien en
briques, une ancienne usine et un entrepôt. C'était cool et terre-à-
terre en même temps et c'était vraiment le style de Tane.

— Alors, quel effet ça fait d'avoir une ancêtre célèbre ? demanda-t-
il, s'adossant aux coussins crochetés à la main et mettant son téléphone en mode silencieux avant de le jeter sur la table. J'étais maintenant au centre de son attention et je me sentis flattée malgré moi.

— Bizarre. Je ne suis tellement pas star de cinéma, et ma mère non
plus, que c'est difficile de croire que je suis apparentée à l'une d'elles.

— Je ne suis pas star de cinéma et je suis réalisateur.

— Tu es plutôt star de cinéma.

— Ma famille ne serait pas d'accord. Si je montre le moindre signe
de devenir star de cinéma — et, en fait, je pense que c'est une super
expression et j'ai l'intention de la faire mienne — ils me ramènent sur
terre plutôt vite.

Il rit et je me demandai pourquoi il avait choisi de passer du temps
avec moi. Le souvenir des paroles de Rina résonna dans mon cerveau
et je fronçai les sourcils.

— Qu'est-ce qu'il y a, Paige ?

— Il y a autre chose que je ne comprends pas, dis-je.

— Et qu'est-ce que c'est ? demanda-t-il doucement.

— Pourquoi fais-tu cela ? Je fis un geste englobant tout. Tout cela.

— Ça, dit-il avec un sourire, c'est facile. Il se pencha vers moi. Tu
te souviens du visage de Frances quand elle regardait la caméra dans
son premier film. Comme si on pouvait voir à l'intérieur d'elle et
comme c'était intriguant ?

J'acquiesçai.

— C'est ce que j'ai sous les yeux quand je te regarde.

Le rouge me monta aux joues de nulle part, malgré le fait que je ne
le croyais pas. — Intriguant ? demandai-je avec doute.

— Plus que ça, dit-il. Quand je t'ai vue pour la première fois à

Wharerata, c'était comme si je te connaissais, comme si nous avions prévu de nous rencontrer là. Je sais que ça semble fou. Mais d'une certaine manière, je n'ai pas été surpris de te voir.

— Whoa ! Tu crois aux trucs ésotériques ?

— Je ne sais pas comment tu appelles ça, mais ce en quoi je crois, c'est accepter ce qui vient à moi — les bonnes choses en tout cas. Tout comme j'ai accepté de te voir debout là dans le jardin d'hiver avec tes yeux pleins d'émerveillement.

Je laissai échapper un rire gêné.

— D'émerveillement ? répétai-je. Plutôt d'incrédulité.

— Tu peux l'appeler comme tu veux, mais je sais ce que j'ai vu, Paige. Je veux mieux te connaître. Si ça te va ?

Que pouvais-je dire ? S'il me trouvait intrigante, je le trouvai, moi, fascinant, comme une énigme non résolue, comme une présence réconfortante que je ne voulais pas quitter. J'ai hoché la tête.

— Ça me convient parfaitement.

CHAPITRE ONZE

FRANCES, NOUVELLE-ZÉLANDE, 1938

— **M**aman, c'est ça, la Nouvelle-Zélande ?

Frances baissa les yeux vers sa fille de sept ans, Lena, avec fierté. Elle était la seule bonne chose à être issue de son mariage avec Xavier. Bien que Frances l'ait sauvé de la faillite, sa carrière avait décliné après quelques contrats, minée par un mari de plus en plus abusif et alcoolique. Mais tous ses projets de le quitter avaient été anéantis par la bataille pour la garde d'enfants très médiatisée d'une autre star. Frances ne pouvait pas risquer de perdre Lena, et Xavier lui avait fait clairement comprendre que si elle le quittait, il se battrait pour obtenir la garde. Et Xavier s'y connaissait en matière de combat. Frances portait les marques pour le prouver.

— C'est ça, Maman ? répéta Lena.

— Oui ! Elle s'accroupit à côté d'elle. Et si tu regardes par-là, c'est l'île du Sud, et de l'autre côté, c'est... Elle était sur le point de dire « la maison », mais s'arrêta à temps. Elle savait que Xavier n'aimerait pas ça. Non pas qu'elle se souciât de ce qu'il aimait ou non, mais elle devait maintenir la paix encore un peu. C'est Wellington, la capitale de la Nouvelle-Zélande.

Un froncement de sourcils s'installa sur le visage de sa fille. C'était inhabituel. Lena semblait être sortie du ventre de sa mère avec une assurance totale.

— Eh bien, c'est très étonnant. On dirait un village.

Un éclat de rire retentit derrière elles, et Frances se retourna pour voir Xavier se séparer de son petit groupe d'amis qui l'accompagnaient partout. Il s'approcha de Frances, passa son bras autour de ses épaules et serra, un peu trop fort.

— Bien vu, Lena. C'est parce que c'*est* un village. Regarde-moi ça, bon sang. Il tira une dernière bouffée de sa cigarette et la jeta dans la mer agitée. On dirait un bidonville.

Elle essaya de se retourner pour le foudroyer du regard. Mais il la tenait trop fermement. Elle se résigna à regarder vers les collines à l'arrière-plan de l'entrée agitée du port. Au moins, elle et Lena étaient enfin arrivées en Nouvelle-Zélande. Au cours des sept dernières années, elle n'avait réussi qu'une brève échappée pour assister aux funérailles de Pamela en Australie, peu de temps après avoir rencontré Xavier. Si elle était partie si soudainement pour l'Australie, c'était pour avorter. Mais cela s'était terminé en tragédie. Puis, trop tôt, Frances avait dû retourner à Hollywood, laissant ses parents anéantis rentrer seuls en Nouvelle-Zélande, plongés dans la culpabilité et l'incompréhension.

Mais maintenant, son contrat avec le studio avait pris fin, et avec lui, l'obligation de rester mariée. Malgré la pression du studio et de Xavier, elle avait insisté pour prendre des vacances en Nouvelle-Zélande avant de signer quoi que ce soit d'autre. Finalement, Xavier avait décidé de l'accompagner, sans doute désireux de ne pas perdre son laisser-passer pour l'aisance et la belle vie. Sa présence rendrait ses plans plus difficiles à réaliser, mais elle était déterminée à les mener à bien, quel qu'en soit le coût.

— Rien qu'une ville de pacotille avec quelques personnes gonflées de leur importance, comme la famille de ta mère, continua-t-il, la piquant pour obtenir une réaction, comme toujours. Elle essayait habituellement de la réprimer, mais cette fois, elle ne put s'en empêcher.

— Il n'y a rien de gonflé d'importance dans ma famille. Et je préférerais que tu ne parles pas ainsi devant Lena.

Xavier ébouriffa les cheveux de Lena, qui les lissa immédiatement.

— Tu es de taille à supporter ça, n'est-ce pas, mon pote ?

— Et arrête de l'appeler « mon pote ». C'est une fille, bon sang.

Mais Frances devait admettre qu'il n'y avait rien de féminin chez
sa fille. Lena s'habillait à la dernière mode avec des pantalons qu'elle
avait persuadé la couturière de Frances de créer pour elle, et elle ne
semblait jamais être affligée par le manque de confiance en soi,
compagnon constant de Frances. L'influence de Xavier, sans doute.
Mais, quel que soit son effet génétique sur la personnalité de leur fille,
il ne faisait aucun doute qu'il n'y avait pas de proximité entre eux. Le
visage de Lena se fronçait toujours quand elle regardait son père. Elle
ne lui parlait qu'à moins d'y être forcée, et, plus inquiétant encore, elle
se plaçait souvent physiquement entre Xavier et Frances, comme pour
protéger Frances. Cela brisait le cœur de Frances.

— Je l'appellerai comme je veux, hein mon pote ?

Elle ne répondit pas, et Xavier n'insista pas. Lena semblait être la
seule personne au monde dont Xavier avait un peu peur.

Au lieu de cela, elle s'approcha du bastingage et, le serrant entre ses
petites mains, fixa d'un regard farouche la ville qui approchait.
Frances observa, espérant que sa fille aimerait ce qu'elle verrait. Il le
fallait. Parce que si les plans de Frances réussissaient, elles allaient
rester toutes les deux ici.

Elle se tint aux côtés de Lena et lui montra les points de repère.

— La mer est un peu agitée ici parce que nous sommes à l'extérieur
du port. Elle pointa vers la gauche. Tu vois là-bas ? Ce sont les restes
de la maison où le pilote était autrefois emmené en barque jusqu'aux
bateaux pour les guider dans le port. Et droit devant, regarde au loin,
tu peux voir les montagnes. Ce sont celles qu'on peut voir depuis la
maison.

— La maison, dit Xavier derrière elles. La maison, c'est à Hollywood et ça le sera toujours. Nous ne sommes ici qu'en visite, tu sais.
Ne t'imagines pas que tu vas rester. Je suis ici pour m'essayer à la
pêche, pendant que tu fais des trucs sentimentaux en famille pendant

quelques semaines. C'est tout. Il plissa les yeux vers le port qui approchait. J'espère que le bateau est là.

Frances se releva, déçue par le manque de réaction de Lena.

— Le bateau sera là. Je m'en suis occupée et j'ai payé.

Xavier s'avança vers elle, loin de ses amis pour qu'ils ne puissent pas entendre.

— Voilà que tu recommences. Qu'est-ce que tu veux de moi, hein ? De la gratitude ? Je te montrerai à quel point je suis reconnaissant, ce soir, de m'avoir humilié devant mes amis.

Elle jeta un coup d'œil à ses amis, qui montraient déjà des signes d'ébriété.

— Ils n'ont pas entendu. Elle ne pouvait s'empêcher d'avoir peur des commentaires de Xavier. Elle avait ses raisons. Elle en portait des séquelles de fractures, et la peur, ancrée en elle.

Puis elle sentit une poussée alors que Lena se plaçait entre eux.

— Maman, je trouve que la ville est charmante.

Frances, le cœur lourd, sourit à sa fille et lui caressa l'épaule, reconnaissante. Malgré toute la force et la férocité d'esprit de Lena, c'était une enfant sensible qui était finement accordée à Frances. Elle aimait sa mère et ne craignait pas son père. Le petit ange gardien de Frances. Mais ça ne devrait pas être ainsi. Et ça ne le serait plus. Pas pour longtemps. Pas quand les plans de Frances se concrétiseraient.

— Elle *est* belle. Tes grands-parents vont nous retrouver ici et ensuite nous irons directement à la maison.

— À la maison, répéta Xavier avec sarcasme. *Nous*, on va directement au bateau. Il fit un geste vers ses amis. Je te laisse à tes touchantes retrouvailles familiales. Il alluma une autre cigarette et retourna vers eux.

Alors qu'ils entraient dans le port, Frances aperçut son père et sa mère à côté de leur voiture. Son père enleva son chapeau et fit un signe de la main. Frances lui rendit son salut.

Elle s'accroupit à côté de Lena.

— Regarde, voilà tes grands-parents.

Lena fit un petit signe de la main.

— Ils ont l'air gentils.

— Tu verras, ils le sont, ma chérie. Très gentils.

Dès qu'elles eurent accosté, Frances et Lena débarquèrent et se retrouvèrent dans leurs bras. Alors que son père enveloppait Frances dans une grande étreinte, sa mère se pencha vers Lena.

— Et voici sans doute ma petite-fille.

Lena paraissait presque timide sous le regard scrutateur de Margaret.

— Oui, Grand-mère. Je m'appelle Lena.

— Lena. C'est un très joli prénom.

— Je ne l'aime pas.

— Ah bon ? Et pourquoi donc ?

— Parce qu'il est démodé.

— Eh bien, il va falloir qu'on te trouve un autre nom, alors. Peut-être ton deuxième prénom. Ou peut-être qu'il existe un équivalent maori de ton prénom. Je pourrais demander à Noa.

Margaret jeta un rapide coup d'œil à Frances.

— Il pourra nous aider. Ça te plairait ?

Lena s'illumina.

— Ce serait possible ?

—Pourquoi pas ? Un nouveau pays, un nouveau départ, n'est-ce pas ? Et je vois aussi que tu es une fille très sensée, si je ne me trompe pas. Margaret se leva et lui tendit la main. Bienvenue en Nouvelle-Zélande. J'ai le sentiment que nous allons devenir de grandes amies.

Frances ressentit presque une pointe de jalousie face à l'adoption immédiate de Lena par sa mère, et n'écouta que d'une oreille Margaret expliquer à Lena ce qu'elle pensait être son nom maori. Marcher sur la corde raide entre satisfaire tout le monde — les studios de cinéma, Xavier, Lena — et protéger sa fille tout en gagnant sa vie, avait été une tâche quasi impossible et où elle avait toujours eu l'impression d'échouer. Alors, voir sa mère intervenir et envelopper sans effort sa fille d'un manteau protecteur lui fit réaliser qu'elle avait pris la bonne décision. Elle était rentrée pour de bon. Il lui fallait juste en informer Xavier et s'assurer qu'il parte sans elle.

— Alors, où est mon gendre ? demanda son père.

— Il arrive. Il a amené des amis.

— Très bien, dit son père. Voici vos bagages. Il indiqua aux porteurs où placer les valises dans la voiture et s'occupa de l'expédition du surplus.

Xavier revint du bureau.

— Où est ce foutu bateau, Frances ? Tu as dit qu'il serait là. Il n'y est pas.

Instinctivement, Frances recula d'un pas et leva une main, essayant de l'apaiser, priant pour qu'il ne fasse pas de scène dans un lieu si public. Le bruit s'était répandu que la star de cinéma Frances Stewart était arrivée et les gens commençaient à les examiner.

— Chéri, dit-elle, les gens nous regardent.

— Je m'en fiche pas mal. Il n'y a personne d'important ici. C'est le trou du cul du monde ici.

— Laisse-moi les appeler. Je vais voir ce qui s'est passé.

Son père se tenait à côté d'elle, fronçant les sourcils.

— Vous devez être Xavier. Il s'avança et tendit la main. Je suis William Stewart, le père de Frances, et voici ma femme, Margaret.

Xavier parut distrait un moment, puis pensa visiblement qu'il ferait mieux de montrer un peu de son légendaire charme, et accepta la main de William.

— Xavier Grey, monsieur. Ravi de vous rencontrer, ainsi que vous, Margaret. Désolé pour mon éclat, mais j'avais hâte de prendre le large. Mes amis et moi sommes impatients d'aller pêcher le plus tôt possible.

— Vous ne revenez pas avec nous à Wharerata ?

— Malheureusement non, monsieur. Comme je le dis, je ne peux pas laisser tomber mes amis.

Seulement ta femme, pensa Frances, en partant voir le maître du port.

Lorsqu'elle revint, les relations entre sa famille ne s'étaient pas améliorées, à l'exception de Lena et Margaret qui se tenaient à l'écart et discutaient comme si elles étaient de vieilles amies. Le regard de Frances s'attarda un peu sur sa petite fille, qui était beaucoup plus bavarde que d'habitude, et elle étouffa rapidement une étincelle de jalousie, sans être certaine de qui elle était jalouse.

Elle adressa un rapide sourire à Xavier.

— Il a été retardé. Ils n'ont pas pu nous joindre sur le bateau.

Xavier se renfrogna.

— Et qu'est-ce que je suis censé faire dans cet endroit en attendant le bateau ? Hein ? Il n'y a rien à faire ici, bon sang.

— Je vous suggère de tous venir à Wharerata, dit son père. Avec vos amis, bien sûr. Nous avons d'excellents terrains de chasse et une bonne écurie de chevaux, je suis sûr que vous apprécierez votre séjour.

Xavier eut la décence de paraître un peu gêné.

— Ce serait très aimable à vous. Il se tourna vers Frances Quand ont-ils dit que le bateau arriverait ?

— Dans une semaine. Pas assez tôt à mon goût, pensa-t-elle.

Finalement, il fallut deux voitures, le chauffeur conduisant Xavier et ses amis en tête du convoi vers Wairarapa, filant devant la voiture des Stewart.

Wellington avait changé depuis le départ de Frances. De nouvelles routes avaient surgi, grâce aux travailleurs des programmes de secours. Cela ne faisait que sept ans que Frances avait quitté la Nouvelle-Zélande, mais elle revenait dans un pays où les gens avaient beaucoup souffert pendant la Dépression. Les pauvres étaient devenus inimaginablement plus pauvres et les riches, eux aussi, avaient perdu de leur richesse. Même son père n'avait pas été épargné, même si ses choix d'investissements les avaient protégés des pires effets de la Dépression. Maintenant, partout où Frances regardait, il y avait des affiches louant le nouveau Premier ministre travailliste — *Dieu bénisse Mickey Savage* — dans le cabinet duquel Noa Tuhaka était désormais un membre-clé.

Si la scène sur les quais n'avait pas été suffisante, la pensée de Noa, mettant en pratique les réformes sociales dont il parlait depuis si longtemps, et la différence entre lui et l'homme qu'elle avait épousé, renforçait sa décision. Il n'y avait pas de place pour Xavier dans sa vie, celle de Lena ou celle de ses parents. Quand il reviendrait, elles ne repartiraient pas avec lui. Qu'il le veuille ou non. Et elle savait qu'il ne serait pas d'accord. La peur qui frémissait au fond d'elle-même le lui disait.

Dès qu'ils arrivèrent à Wharerata, Margaret prit la main de Lena, et elles traversèrent la maison pour aller directement dans la véranda. C'était on ne peut plus clair. Sa mère s'était immédiatement attachée à Lena.

William s'écarta pour parler au majordome, laissant Frances déambuler dans la maison, prenant des objets, effleurant les dessus de table, humant, absorbant les images et les sons de son ancienne maison. Tout était pareil, et pourtant quelque chose avait changé, et elle réalisa soudain que c'était elle. Elle ne regardait plus les choses de la même façon. Elle les regardait avec une appréciation qu'elle n'avait pas eue la dernière fois qu'elle était rentrée. Désormais, cela représentait la sécurité, la solidité, l'amour, et elle pensa quelle parfaite idiote elle avait été. Mais il n'était pas encore trop tard, n'est-ce pas ?

Elle entra dans la véranda avec l'intention de rejoindre sa mère et sa fille mais, après les avoir écoutées bavarder comme de vieilles amies pendant quelques instants, elle continua dans le jardin. Il semblait que ses pas savaient où la mener même si elle ne se l'était guère avoué. Et elle ne s'arrêta pas avant d'avoir atteint le point de vue d'où elle pouvait voir la mer.

La brise marine fraîche soulevait les mèches de cheveux sur sa nuque, collantes après le trajet en voiture sous la chaleur. L'air sentait le sel et l'herbe sèche. C'était l'odeur de la maison. Elle respira profondément, puis son souffle s'arrêta, bloqué dans sa gorge lorsqu'une silhouette apparut, remontant de la plage. Ce ne pouvait pas être lui. Elle recula instinctivement — elle avait appris à avoir peur pendant son absence — à l'ombre d'un arbre où elle ne pouvait être vue mais d'où elle pouvait observer la silhouette se matérialiser. C'était *bien* lui.

Elle n'avait pas eu de nouvelles de lui depuis des années mais avait suivi son ascension rapide dans les rangs du Parti travailliste. Il était maintenant député et plus occupé que jamais, mais il avait trouvé le temps de venir ici, le jour de son arrivée. Elle savait qu'il n'était pas marié. Elle s'était fait un devoir de suivre son parcours, même si elle n'aurait pas dû y trouver de l'intérêt.

Il ne fit pas comme par le passé, monter vers l'arrière de la maison.

Au lieu de cela, il continua sur la route et se dirigea vers l'entrée principale. Certaines choses avaient définitivement changé.

Elle retourna rapidement à la maison, se glissant par l'entrée de la véranda et dans un coin du salon, le cœur battant la chamade tandis qu'elle tendait l'oreille pour entendre la voix de Noa dans le hall.

— Noa ! entendit-elle son père le saluer. Ravi de te voir.

Ses sourcils se haussèrent de surprise. Elle écouta tandis qu'ils parlaient du Parlement et de l'actualité avant d'entrer dans le salon.

— Viens par ici, mon garçon, et je vais chercher Frances et les autres. Ils ne doivent pas être loin. Son père ne l'avait pas vue, debout silencieusement près du rideau, mais Noa, si. Il ne bougea pas, ne dit rien jusqu'à ce que les pas de son père se soient éloignés dans en direction de la véranda, où il supposait qu'ils se trouvaient tous, puis il se tourna complètement vers elle.

Ils restèrent à l'opposé l'un de l'autre dans la pièce, se regardant.

Elle s'élança vers lui d'un bond, mais il leva la main, et elle s'arrêta comme si on l'avait bousculée. Pas que Noa l'aurait jamais bousculée, pas comme Xavier.

Puis elle entendit des voix. La voix dominante de Xavier et celles de ses amis, trop fortes et grossières, alors qu'ils se déversaient dans la pièce avant que Noa et Frances n'aient eu la chance de se saluer.

— William ! appela Xavier, ignorant à la fois Noa et Frances, tandis qu'il passait devant eux et appelait William d'un ton impérieux qui fit rougir Frances. Xavier voulait toujours prendre le contrôle d'une pièce remplie de gens. Partout où il allait, il devait dominer, et maintenant il essayait de contrôler ses parents comme il le faisait avec tout le monde. Avec seulement un léger froncement de sourcil en signe de surprise et d'agacement, William revint au salon.

— Ah, vous voilà, William, dit Xavier.

Frances grimaça devant le manque de respect de Xavier envers son père, et ne put croiser le regard de Noa.

— Jolie propriété que vous avez là, dit Xavier, regardant autour de lui, évaluant mentalement le prix de tout sur quoi il posait les yeux. Frances voyait que Xavier était surpris par la richesse de sa famille. Il y en a pour une belle somme, j'imagine. Il jeta un coup d'œil à ses amis qui acquiescèrent.

William s'éclaircit la gorge en guise de réponse subtile au comportement grossier de Xavier, trop subtile pour Xavier.

— Il paraît que vous êtes un pêcheur passionné, Xavier, dit William, pour changer de sujet.

— Tout à fait, William. Et il paraît aussi que la pêche sportive néo-zélandaise n'est pas mal, poursuivit Xavier.

Son père pinça légèrement les lèvres.

— Je pense que vous la trouverez sans égale.

Xavier rit et regarda autour de lui ses amis comme pour les inclure dans la plaisanterie.

— Eh bien, William, j'ai hâte de voir ça. Il lança un regard méchant à Frances. Dès que Frances pourra organiser le bateau.

— Ce n'était la faute de personne, Xavier. Il sera prêt avant la fin de la semaine.

— Tant mieux, dit Xavier en allumant une cigarette. Sinon je serais sur le prochain bateau pour rentrer. C'est la seule raison pour laquelle Frankie a réussi à me faire venir jusqu'ici. N'est-ce pas, chérie ? Il passa son bras autour d'elle et la serra contre lui. Elle n'avait d'autre choix que de le laisser faire. Agir autrement aurait été encore plus embarrassant que d'être enlacée.

— Ce n'était pas la seule raison.

Le regard de Xavier se rétrécit et il était sur le point de parler, mais fut devancé par son père.

— Votre verre est vide, Xavier. Il fit signe au majordome de le remplir. N'hésitez pas à vous servir de tout ce dont vous avez besoin pendant votre séjour.

— Merci, William. C'est trop aimable à vous.

— Maintenant, j'ai quelques affaires du domaine à régler. Si vous voulez m'accompagner, vous êtes le bienvenu.

— Merci, mais non. Une autre fois, peut-être.

Xavier et ses amis regardèrent William passer devant Margaret et Lena dans la véranda et sortir dans le jardin. Xavier ricana et inclina la tête vers ses amis.

— Du moment que ce moment n'arrive pas trop vite. Quand même, c'est une maison impressionnante.

— Il doit être riche, commenta un ami.

Frances rougit en jetant un coup d'œil à Noa dont les yeux étaient fixés sur Xavier.

— Oui, apparemment le vieux renard est plutôt doué en investissements et n'a pas été aussi durement touché par la Dépression que beaucoup d'autres. Cette vieille bicoque appartiendra à Frankie avec la fortune de son père quand ils auront cassé leur pipe. Frances était consternée qu'il dise une chose pareille, même si ses parents n'étaient pas à portée de voix. Xavier s'éloigna pour regarder les œuvres d'art sur le mur du fond.

Frances se retourna vers Noa, qui s'était rapproché d'elle, et sourit à moitié, haussant à moitié les épaules.

— Quelle classe, dit-il doucement.

Elle serra les lèvres et fouilla dans son sac pour trouver une cigarette.

— Il t'appelle Frankie ? demanda-t-il.

Elle haussa à nouveau les épaules et se concentra sur sa cigarette.

Le bruit du briquet fit se retourner Xavier. Il jeta un bref coup d'œil à Noa.

— Oh, un de tes indigènes.

Frances faillit lâcher le briquet.

— Xavier !

Xavier sourit et revint nonchalamment vers elle, lui prit le briquet des mains et alluma sa cigarette.

— Qu'y a-t-il, chérie ? Il lança un regard à Noa, dont l'expression n'était pas aussi subtile que celle de William, faisant se redresser Xavier comme s'il reconnaissait un adversaire. Je n'ai pas le droit d'appeler un indigène un indigène ? Allons donc, nous devrions appeler les choses par leur nom, non ?

Noa avait l'air dégoûté.

— Tu as mis du temps à arriver, Xavier, dit Frances en exhalant, cherchant désespérément à changer de sujet.

— Oui, j'ai persuadé le vieux Jeffries, ton chauffeur, de nous emmener au pub local. Assez rudimentaire, d'ailleurs. Mais ils avaient du whisky, Dieu merci.

— Oui, je vois que vous avez trouvé où était le whisky. Elle se retourna pour voir ses amis se servir dans l'alcool de son père.

Elle se retourna vers Noa tandis que Xavier retournait vers ses amis.

— Oui, Frankie, c'est comme ça que Xavier m'appelle. Et les autres aussi. J'aime bien, dit-elle en relevant le menton d'un air défensif, agacée que ses premiers mots envers elle soient critiques. Ça fait moderne.

Il grogna doucement, et elle remarqua des rides autour de ses yeux qui n'étaient pas là avant. Cela lui fit un peu mal au cœur.

— Et tu as toujours voulu être moderne.

Xavier entendit son commentaire et regarda Noa de nouveau, cette fois avec plus d'intérêt. Son regard alla de Frances à Noa et il revint près d'eux. Des papillons s'agitèrent dans l'estomac de Frances.

— Frankie, ma chérie. Il glissa sa main autour des hanches de Frances. Peut-être devrais-tu nous présenter correctement, si cet indigène est un de tes amis.

Noa ne regardait pas Xavier ; ses yeux étaient fixés sur Frances. Elle ne pouvait pas soutenir son regard et sentit une rougeur indésirable lui monter au visage.

La lèvre de Xavier se recourba en une expression mi-rictus, mi-sourire face à l'apparent affront. Les papillons dans son ventre se transformèrent en tempête.

Elle essaya de se dégager de son étreinte, mais Xavier resserra sa prise. Elle déglutit et leva les yeux, esquissant un bref sourire.

— Bien sûr. Voici Noa Rakete, un vieil ami. Noa, je te présente Xavier Grey, mon mari.

Elle connaissait chaque nuance des expressions de Noa. Elle l'avait observé au fil des années apprendre à cacher ses pensées et ses sentiments pour survivre, s'intégrer, obtenir ce qu'il voulait sans en avoir l'air. Comme maintenant. Elle avait vu les yeux de Noa vaciller quand Xavier avait resserré sa prise, pinçant sa peau, et ses mains s'étaient instinctivement crispées, puis il les avait forcées à se détendre. Mais il n'y avait rien de détendu dans sa mâchoire, où frémit un muscle comme s'il se retenait de force de parler. Son anxiété monta d'un cran.

Xavier tendit une main que Noa prit après une seconde terriblement longue.

— J'ai beaucoup entendu parler de vous, dit Noa.

Le sourcil de Xavier se leva.

— Vraiment ? Pas par Frankie, j'espère ? Il jeta un regard suspicieux à Frances. Elle secoua la tête, autant pour avertir Noa que pour nier auprès de Xavier.

— Non, pas par Frances, répondit Noa avec aisance. Vous faites rarement la une des journaux.

Xavier fit un son dédaigneux.

— Je suis surpris que vous les receviez ici. Encore plus surpris que vous lisiez ce genre de choses.

— Les gens partout semblent avoir un appétit insatiable pour les ragots. Et oui, je comprends votre surprise concernant mes goûts de lecture. En vérité, je ne m'y intéresse que pour voir s'il y a des nouvelles de Frances.

Un frisson brûlant lui parcourut l'échine. Elle évita le regard de Xavier, qu'elle sentait posé sur elle.

— Nous sommes de vieux amis, voyez-vous, dit Noa. Nous nous connaissons depuis longtemps, n'est-ce pas Frances ?

Elle s'éclaircit la gorge. Elle refusa de regarder Xavier parce qu'elle devait répondre honnêtement. Il n'y avait aucun moyen qu'elle puisse nier son amitié avec Noa, pas maintenant, pas avec l'importance que ça prenait pour elle.

— N'est-ce pas, Frances ? encouragea Noa, mais elle pouvait entendre la vraie question dans sa voix : leur relation signifiait-elle encore quelque chose pour elle ?

Elle leva les yeux, mais pas vers Xavier, vers Noa. Il lui semblait incroyable que Noa puisse douter de ses sentiments pour lui, qui étaient plus forts que jamais. Et pourtant, c'est ce qui se passait. Elle n'avait rien fait pour lui montrer à quel point elle tenait à lui. Mais elle allait le faire. Les doigts de Xavier lui pincèrent la taille.

— Oui, Noa, c'est vrai. Elle releva le menton, puisant de la force dans l'éclat d'espoir dans ses yeux. Depuis longtemps. Elle fit un bref signe de tête à Noa avant de se retourner vers Xavier. Nous étions amis d'enfance, toujours à vivre des aventures qui finissaient par Noa venant à ma rescousse.

Xavier tapota la cendre de sa cigarette dans une plante d'aspidistra, inconscient du bref regard noir de la mère de Frances depuis le jardin d'hiver.

— Ah bon ?

— Oui, et puis bien sûr en grandissant... Elle prit une profonde inspiration pour se donner du courage. Noa a été mon premier amoureux.

— Amoureux, répéta Xavier, dangereusement doux. Je suppose qu'« amoureux » a le même sens ici qu'aux États-Unis ? Qu'il t'a baisée ?

Frances hoqueta et regarda autour d'elle avec horreur pour s'assurer que personne d'autre dans la pièce n'avait entendu, mais Xavier avait le dos tourné à la salle et avait parlé doucement. Ses amis se servaient dans l'alcool de son père, et Lena et sa mère étaient penchées sur des catalogues de graines. Seuls eux trois avaient entendu.

Noa laissa échapper un rire incrédule et secoua la tête. Il continua à secouer la tête en faisant quelques pas vers Xavier, son regard incrédule fixé sur Frances. Et elle comprit. Elle comprit que ce n'était pas les mots de Xavier qu'il hésitait à croire, mais le choix qu'elle avait fait de Xavier, plutôt que Noa. Il n'était pas le seul. Elle s'était comportée comme une jeune fille naïve et stupide. Noa se tourna pour faire face à Xavier et était si proche que même Xavier eut l'air surpris. Son regard alla de l'un à l'autre, la bouche sèche alors qu'elle tendait la main pour arrêter Noa. Si Xavier était plus lourd à force de l'excès d'alcool et de bonne chère, Noa avait une force que démentait sa silhouette élancée, et un feu dans les yeux dont Xavier avait raison d'avoir peur.

— Ne parle *jamais*, dit Noa, *jamais* plus comme ça de Frances.

Xavier se reprit et se tourna agressivement vers Noa, se penchant si près que sa salive éclaboussa la joue de Noa.

— Ou quoi, petit indigène ? Ou quoi ? Tu crois que tu peux me tenir tête, hein ?

— Je *suis certain* d'en être capable. Mais bien que tu me dégoûtes, tu es un invité chez mes amis, et je n'ai pas l'intention de te casser la gueule. Pas encore, en tout cas. Pas à moins que tu ne fasses du mal à Frances de quelque *manière* que ce soit. Sa passion bouillonnante et sa colère transparurent dans l'emphase des mots avant qu'il ne serre les dents et ne se contrôle à nouveau.

Pendant un instant, Frances ne sut pas comment cela allait se terminer. Mais Xavier regarda soudainement autour de lui, sourit, à personne en particulier, et sortit une cigarette de sa main libre.

— Je crois bien que je viens d'être menacé par ton galant admirateur, Frances. Comme c'est touchant. Il laissa échapper un rire sarcastique et s'éloigna vers ses amis comme si la menace de Noa n'était rien pour lui.

Mais Noa ne riait pas lorsqu'il tourna son regard féroce vers Frances.

— Tu ne peux pas le laisser te traiter de cette façon, Frances. Tu ne peux pas le laisser faire ça. Il faut que ça s'arrête.

— Va-t'en, Noa. C'est...

— ... Bien ? suggéra-t-il avec ironie. Je ne vois rien de bien dans tout ça. Il lança un regard noir à Xavier et secoua la tête. Sors de ce pétrin, Frances. Pour ton propre bien, pas le mien. Juste pour toi. Je t'aiderai de toutes les façons possibles, mais il ne s'agit pas de toi et moi, il s'agit de toi et de ta fille. Il regarda autour de lui comme un homme désespéré cherchant du réconfort, mais n'en trouvant aucun, il secoua la tête, et quand il la regarda à nouveau, elle put voir des larmes dans ses yeux. Je dois m'en aller.

Elle le regarda partir, souhaitant de tout son cœur pouvoir l'accompagner, quitter l'homme qui se tenait maintenant avec ses amis, partageant une blague tapageuse qui déplaisait visiblement à sa mère, l'homme qui l'avait ensorcelée avant de l'enchaîner fermement à ses côtés à coup d'espoir, de menaces et de chantage. Mais elle avait fini par ne plus avoir peur du chantage ou des menaces, et ne plus croire en l'espoir. Il ne restait plus entre eux que du poison.

FRANCES RESTA ÉVEILLÉE CETTE NUIT-LÀ, attendant le bruit de la voiture ramenant Xavier et ses amis de l'hôtel. Il faisait chaud et sa fenêtre ouverte laissait le chant des moreporks ponctuer le silence qui lui avait de plus en plus manqué au fil des ans. Mais soudain, le silence fut percé par le rugissement d'une voiture, de plus en plus fort jusqu'à ce qu'elle tourne dans l'allée et s'arrête dans un crissement de pneus. Il y eut des cris d'ivrognes et le bruit d'une bouteille se brisant sur les marches d'entrée.

Elle sauta du lit et se penchant à la fenêtre, regarda en bas et vit deux têtes lever les yeux, vagues et pâles sous le clair de lune. Le troisième était en train de vomir dans les buissons.

— Pour l'amour du ciel ! dit-elle. Baissez d'un ton. Il est minuit passé. On essaie de dormir ici.

—Du moins, on essayait, dit la voix de son père quelque part à sa droite, suivie du claquement d'une fenêtre qui se fermait.

Le visage de Xavier était pâle dans la lumière lorsqu'il leva les yeux vers elle.

— Mon petit oiseau est-il en colère contre papa ? dit-il, ses mots s'embrouillant. Descends me voir, ou je vais continuer à chanter. Il se mit alors à chanter sans s'arrêter. Ses copains l'entourèrent de leurs bras et se joignirent à lui. Précipitamment, Frances enfila sa robe de chambre, traversa la maison en courant et ouvrit la porte d'entrée.

— Me voici. Maintenant, s'il vous plaît, taisez-vous !

Elle tira Xavier à l'intérieur, et ses amis suivirent. Elle montra aux deux hommes les chambres d'amis, puis emmena Xavier dans le dressing attenant à sa chambre, où se trouvait une méridienne qu'elle avait déjà transformée en lit. Elle était reconnaissante que ses parents dorment dans l'aile opposée de la maison.

— Tu peux dormir ici ce soir.

Elle fit un pas vers le palier, mais Xavier saisit son poignet, et elle glapit de surprise. Il la tira, et elle se cogna la tête contre le côté de la porte. Elle retint son souffle en essayant d'empêcher un cri de s'échapper de ses lèvres.

Au début, elle essaya de raisonner, parlant doucement. Puis il fit une erreur et desserra sa prise, croyant apparemment qu'elle viendrait volontairement. Mais au lieu de cela, elle essaya de s'éloigner, et il la rattrapa. Ils luttèrent sur le palier, et elle tomba au sol et tenta de ramper, mais il la tenait par la cheville et la traîna dans le petit dressing. Elle savait ce qui allait se passer, avec ou sans son consentement. Elle savait que se débattre ne ferait qu'aggraver les choses, mais elle en avait assez de ne pas résister, assez de l'humiliation, de la douleur et de la frustration. Elle était chez elle maintenant, et ce foyer aurait dû être un endroit sûr pour elle. Alors elle se battit, puis elle renonça et pleura.

Si les larmes n'avaient pas autant déformé sa vision, si Xavier n'avait pas été si déterminé à l'humilier et à la contrôler, ils auraient pu voir les grands yeux de la petite fille, qui glissa dans l'obscurité et ferma doucement la porte. Mais ni l'un ni l'autre, ni personne, ne vit cela, ni ne sut jamais quel effet le fait de voir sa mère si gravement blessée aurait sur Lena.

FRANCES TROUVA des excuses ce matin-là pour ne pas descendre prendre le petit-déjeuner. Au lieu de cela, elle fit couler un bain et essaya de réparer les dégâts causés par Xavier. Elle appliqua soigneusement son maquillage. Heureusement, la plupart des points de pression qui révéleraient les ecchymoses dans les prochains jours étaient cachés par ses vêtements. Sauf son bras. Il aurait pu facilement le casser, pensa-t-elle, en tâtant doucement les os et les tissus mous qui étaient enflammés et déjà en train de virer au violet. Elle enfila un cardigan pour le couvrir, malgré la chaleur de la journée.

Après avoir entendu Xavier et ses acolytes quitter la maison, elle descendit. Sa mère et Lena étaient dans le jardin d'hiver. Elles levèrent toutes les deux les yeux quand elle entra, avec des expressions inquiètes sur leurs visages. Elle essaya de sourire et baissa la tête pour sentir une rose.

— Tu as des fleurs magnifiques cette année, Mère.

Margaret, cependant, n'allait pas se laisser distraire si facilement.

— Comment vas-tu, Frances ?

Frances haussa les épaules et s'approcha de Lena, qui fronçait les sourcils.

— Désolée pour les garçons. Ils étaient terriblement bruyants. J'ai essayé de les faire baisser d'un ton, mais tu sais comment sont les garçons.

— Je sais. Et ce ne sont pas des garçons, ce sont des hommes, et ils auraient dû savoir se tenir.

Frances croisa le regard de sa mère et détourna rapidement les yeux.

— Oui, tu as raison, bien sûr. Elle leur sourit, tendue. Comme d'habitude.

— Assieds-toi, Frances. Elle sonna, et une femme de chambre apporta du thé.

— Tu n'en prends pas, Mère ?

— Nous avons déjà pris notre petit-déjeuner. Mais tu as l'air pâle.

Frances pouvait faire face à beaucoup de choses, mais la sympathie l'affaiblissait. Elle hocha la tête et pressa ses lèvres l'une contre l'autre pour les empêcher de trembler.

— Merci. Je dois avouer, dit-elle en écartant sa robe de soie pour s'asseoir dans le petit fauteuil, que je ne me sens pas très bien.

Margaret finit de rempoter quelques palmiers et vint s'asseoir à côté de Frances. Les yeux de Lena passaient nerveusement de sa mère à sa grand-mère.

— Qu'as-tu fait, ma chérie ? demanda Frances, caressant les cheveux lisses et brillants de Lena.

Lena la regarda avec des yeux couleur de jade.

— Grand-mère m'a montré ses plantes. Elle a dit que je pourrais avoir un coin du jardin d'hiver pour moi. Et, dit Lena, s'enthousiasmant sur le sujet, elle a dit que nous pourrions peut-être monter dans un petit avion comme Jean Batten.

Frances rit de l'excitation de sa fille.

— Tu gâtes Lena, Mère !

Sa mère regarda Lena.

— Elle pourrait avoir besoin d'être un peu gâtée.

Le regard de Frances vacilla.

— Tu penses que je ne la gâte pas ?

— Je pense que tu n'en as pas l'occasion, entre ta carrière et tes efforts pour apaiser ton mari, je crois que Lena a dû se débrouiller seule.

Lena se leva d'un bond et vint se tenir près de Frances.

— J'aime ma mère, Grand-mère. Frances ouvrit sa main pour recevoir celle de Lena, si petite.

— Je sais que tu l'aimes, ma chérie, et je ne veux pas critiquer ta charmante mère. Je l'aime aussi très tendrement. Je m'inquiète pour elle. Et pour toi. Elle se tourna pour regarder Frances.

— Lena m'a parlé de Xavier.

Frances fronça les sourcils, incertaine, son esprit s'emballant.

— Que t'a-t-elle dit à propos de Xavier ?

— Qu'il te fait du mal. Qu'il te fait du mal intentionnellement et que c'est apparemment la seule chose qui l'apaise et le rend heureux. Même si elle ne me l'a pas dit en ces termes, mais j'ai pu deviner ce qu'elle voulait dire. La voix de Margaret se brisa un peu et Frances réalisa à quel point cette épreuve était difficile pour sa mère.

Elle se mordit les lèvres ; elle ne savait pas quoi dire.

— Frances, un hochement de tête suffira. J'ai besoin de savoir si c'est vrai.

Frances hocha la tête et retint ses larmes.

— Mais tu ne dois rien lui dire. Elle se leva d'un bond, anxieuse maintenant que le secret était révélé. Anxieuse et soulagée à parts égales.

— Tu as peur.

Frances regarda Lena.

— Pourquoi ne vas-tu pas jouer ailleurs, Lena ? me laisser discuter avec ta grand-mère ?

Lena plissa les yeux et ne bougea pas.

— Ça ne sert à rien de lui parler comme si elle était une enfant, dit Margaret.

— C'*est* une enfant.

— Elle l'a peut-être été un jour, mais ta relation avec Xavier a mis fin à cela. Définitivement, je dirais. Elle se tourna vers Lena. N'ai-je pas raison ?

Lena hocha la tête. Elle s'approcha de Frances.

— Ne me cache rien, Maman. Ça ne sert à rien. Je vois ce qui se passe. Je le vois, et ça me fait peur.

Frances s'accroupit et écarta les cheveux épais de sa fille.

— Tu ne dois pas avoir peur.

— Moi, peut-être que non. Mais toi, si.

Frances leva des yeux effarés par-dessus la tête de sa fille et croisa le regard de sa mère.

— Tu vois, dit Margaret. Elle en sait plus que nous deux réunies. Tu *devrais* avoir peur. Et tu devrais le quitter. Immédiatement. Avant qu'il ne te fasse encore plus de mal.

Frances se releva et serra Lena fort contre elle.

— Je suis tellement désolée, ma chérie. Je ne voulais rien de tout cela. Je pensais pouvoir y mettre fin.

— Pas avec quelqu'un comme Xavier, tu ne peux pas, Frances, dit Margaret. Il va continuer, à faire la même chose, jusqu'à ce que quel-qu'un l'*oblige* à arrêter.

— Ça ne pourra pas être moi. Frances déglutit. Il dit qu'il emmè-nera Lena avec lui, et que je ne la reverrai plus jamais.

— Il te fait du chantage.

Elle baissa la tête, honteuse, et hocha la tête.

Margaret passa un bras autour des épaules de Frances, et l'autre autour de Lena. Elle soupira.

— Enfin. La vérité. Ton père et moi pensions que ce devait être quelque chose comme ça. Elles restèrent silencieuses quelques instants, Lena blottie contre sa grand-mère, ses grands yeux fixés sur Frances, qui essayait sans succès de ne pas pleurer.

— Tout ira bien, dit Margaret. Nous allons arranger ça. Vous deux resterez ici avec nous, et nous nous assurerons que Xavier ne vous inquiète plus jamais.

Lena sourit avec soulagement, mais pas Frances. Elle savait que ce ne serait pas si facile. Laissant Lena avec sa mère, elle sortit, ayant besoin d'être seule. Elle gravit la petite colline jusqu'au banc sur l'herbe soigneusement tondue, à l'ombre d'un arbre solitaire, et regarda au loin. Elle pouvait voir à des kilomètres, de la plage où vivait la famille de Noa, aux terres tout autour et aux collines qui les entouraient. C'était son monde, et elle n'aurait pas dû y faire entrer Xavier. Car elle avait senti quelque chose changer, quelque chose de maléfique s'était infiltré dans cet endroit sûr, et elle ne savait pas comment s'en débarrasser.

CHAPITRE DOUZE

PAIGE

L e banc en bois était à moitié caché par un enchevêtrement d'herbes hautes et de fleurs sauvages colorées sous un arbre touffu qui se courbait face au vent dominant. Mais l'un des cousins de Tane s'était attaqué à l'arbre avec une tronçonneuse et maintenant la vue était dégagée, et quelle vue ! Je remplis à nouveau ma tasse de café avec le thermos et balançai mes jambes d'avant en arrière sous le banc, mes mollets nus frôlant les hautes herbes tandis que je regardais autour de moi.

Le soleil avait brillé chaque jour depuis mon arrivée et aujourd'hui ne faisait pas exception. Les collines ondulantes étaient dorées et desséchées par la chaleur et la bande de mer visible entre les deux pointes de terre était d'un bleu céruléen éclatant. L'air chaud sentait la mer et les fleurs. L'extérieur de la maison n'avait pas changé depuis que je l'avais vue pour la première fois, à l'exception d'une corde à linge de fortune drapée de rideaux et de tapis, dont j'avais battu des décennies de poussière. Ils avaient dû être autrefois richement colorés, des aperçus là où les meubles lourds avaient été déplacés révélaient des rouges et des bleus semblables à des joyaux.

Un éclat de rire et le battement sourd d'un rythme reggae s'échappaient des portes de la bibliothèque. Je ris. Je ne pouvais pas m'en empêcher. Le cousin de Tane, Matt, avait un rire de fille avec son plus d'1,80 mètre, et ses 140 kilos, et riait souvent. C'était contagieux et la plupart du temps provoqué par Tane, que j'entendais raconter l'une de ses histoires hollywoodiennes.

Je vidai les dernières gouttes de ma tasse et me dirigeai prudemment sur le sentier étroit et irrégulier, mes pieds cherchant la surface plane des vieilles marches en pierre qui se trouvaient sous l'herbe, et rejoignis sur la pelouse devant la maison. Je passai devant les fenêtres du salon où j'avais travaillé, devant l'entrée et la véranda, et entrai dans la pièce ombragée, l'ancienne bibliothèque de la maison, qui s'étendait sur toute la longueur de la façade ouest de la maison.

— Tu ne peux pas entrer ici, Paige, dit Matt. C'est réservé aux hommes. Il rit de nouveau. En tout cas, c'est ce que Tane a dit

— Ça l'était peut-être autrefois, mais plus maintenant, dis-je en choisissant une des pipes sur un support en bois accroché au mur et en faisant semblant de fumer.

Tane me jeta un coup d'œil et secoua la tête.

— Ça te va bien. Tu devrais t'y mettre.

Je fis la grimace. L'odeur du vieux tabac flottait encore et me donnait la nausée.

— Pas question. Je remis soigneusement la pipe où je l'avais prise et traversai jusqu'au côté bibliothèque de la pièce, qui s'ouvrait sur l'avant de la maison. Ils avaient déplacé les meubles ornés sur un côté et soigneusement rangé dans le hall les antiquités, matériel de chasse, photos et souvenirs personnels qui les recouvraient autrefois. Il ne restait que les livres, des rangées et des rangées de livres…

— Ces livres, c'est incroyable… Je fis glisser mes doigts sur les dos en cuir bosselés, chacun travaillé et orné de coûteuses feuilles d'or. J'en pris un au hasard et le portai à mon nez.

— Tu es censée les lire, pas les renifler, commenta Matt avec un large sourire.

— Malheureusement, l'odeur précède la lecture, dis-je en replaçant le livre avec une grimace. Je ne sais pas trop quoi en faire, des années de négligence ne leur ont pas fait de bien.

— Si j'étais toi, je contacterais la Bibliothèque nationale, dit Tane en s'essuyant les mains sur une serviette. Fais-les venir ici pour qu'ils te donnent des conseils. Si tu n'en veux pas, il y a peut-être des livres qu'ils aimeraient avoir. Et pour ceux que tu veux garder, au moins ils pourraient te conseiller sur la meilleure façon de les conserver.

— Bonne idée. Nos regards se croisèrent un moment de trop.

Matt s'éclaircit la gorge et prit sa radio.

— Je vous verrai plus tard, les gars.

Tane eut l'air surpris, comme s'il avait été bien loin d'ici. Je me demandai s'il était réellement au même endroit que moi.

— Ouais, bien sûr. Et merci pour ton aide.

— Oui, merci beaucoup, Matt. J'apprécie vraiment, ajoutai-je, sentant que les mots étaient inadéquats pour tout ce qu'il avait fait.

— Pas de problème. Et je pouvais voir qu'il était sincère, ce qui me fit me sentir un peu mieux.

Matt partit sur le chemin de la plage en sifflotant. Je sentis, plutôt que je n'entendis, Tane bouger dans la pièce derrière moi. Il avait pris soin durant la semaine passée à Wharerata de garder une distance respectable avec moi. Malgré moi, j'aurais préféré le contraire. Je me retournai pour lui faire face avec un sourire qui se figea sur mes lèvres quand je vis comment il me regardait. Je dus me forcer à détourner le regard.

— Tu as fait des merveilles ici, dis-je.

— J'ai juste fait le gros du travail. Tu devrais faire venir des gens pour t'aider, tu sais. Nous sommes heureux d'aider — plus qu'heureux — mais je ne suis pas souvent là et quand Matt ne travaille pas, il suit le rugby. Il doit y avoir de l'argent dans la succession pour t'aider à arranger cet endroit. C'est trop grand pour toi toute seule.

— Oui, tu as raison, je sais. Et c'était vrai. Je n'avais qu'à appeler l'avocat, mais il y avait toujours quelque chose qui me retenait. J'avais l'étrange impression que, si je demandais de l'aide et payais des gens pour travailler sur la maison à ma place, elle passerait du domaine du magique à celui du réel. Et je ne me sentais pas capable de faire face au réel pour le moment.

— Viens voir ce que j'ai fait dans le salon, dis-je avec un sourire radieux, déterminée à profiter de la compagnie de Tane aussi long-temps que possible.

Nous entrâmes dans le salon et je regardai le sol auquel j'avais passé la journée à essayer de redonner vie.

— Ça rend bien, dit Tane, debout dans l'embrasure de la porte, la lumière du soleil rayonnant derrière lui.

Je donnai un dernier coup de chiffon et me levai pour mieux l'admirer.

— Qui aurait cru qu'un si beau parquet en chevrons se cachait sous tous ces tapis poussiéreux ? Il ne me reste plus qu'à le cirer et il sera comme neuf.

Il me jeta un regard narquois.

— Très bien rénové, peut-être, mais comme neuf ? Je ne pense pas que tu puisses faire quoi que ce soir pour effacer cent ans d'existence. Ou que tu le veuilles, d'ailleurs.

— C'est l'âge que tu donnes à la maison ?

— Probablement plus en fait. La propriété d'origine a été construite vers 1860 — l'une des plus anciennes des environs — mais a été détruite par un incendie plus tard avant la fin du 19ème siècle. Je pense que les archives indiquent que la construction de la maison actuelle remonte aux années 1900. Il désigna les meubles d'un signe de tête. Mais la plupart de ces objets sont encore plus anciens, je crois.

Comme la bibliothèque, le salon était rempli d' « objets ». En revanche, ici, les beaux meubles élégants et les accessoires montraient que c'était là le domaine de la maîtresse de maison. Les couleurs étaient adoucies, plus féminines que celles de la bibliothèque et de la salle à manger. Des parties du délicat papier peint floral révélaient qu'il était à l'origine dans de jolies nuances de vert, bleu et rose, mais il était désormais largement taché d'humidité. Comme d'ailleurs les lourds rideaux sombres qui, une fois ouverts, laissaient entrer la vive lumière du soleil dans cette pièce aux belles proportions.

C'était un endroit approprié pour ce mélange éclectique de trésors familiaux, de pièces de jade exotiques, de céramiques inestimables, et une collection de boîtes en argent de différentes tailles incrustées de lapis-lazuli. La famille avait dû voyager dans le monde entier, car il y avait de nombreux souvenirs, en particulier du Japon. Mais seuls les plus beaux y avaient trouvé leur place. La pièce dégageait une ambiance attirante, et je la préférais à n'importe quelle autre partie de la maison, surtout l'arrière, dans la véranda. Ma peau me picotait toujours quand je passais par-là, malgré la chaleur.

Il me jeta un coup d'œil.

— La plupart de ces objets devraient être nettoyés professionnellement. Je n'y connais rien en antiquités, mais même moi je sais que c'est de la belle marchandise.

— Oui, je pensais bien que l'huile de coude ne serait pas suffisante ici. Tu ne connaîtrais pas des restaurateurs, par hasard ?

— Non. Et si tu voyais chez moi, tu comprendrais pourquoi. J'aime garder les vieilles choses telles quelles. Mais celles-ci... c'est autre chose.

Je m'essuyai les mains sur un chiffon pour m'occuper. Il semblait que je me comportait toujours ainsi quand il était près de moi. Il passa devant moi et passa sa main sur les accoudoirs d'un fauteuil en soie, la poussière s'envolant dans la lumière du soleil, pour révéler les traces d'un motif qu'elle avait recouvert jusqu'ici

Il s'essuya la main sur son short ex-militaire — qui aurait dû avoir l'air miteux, mais lui conférait au contraire style excentrique — et secoua la tête.

— C'est délicat tout ça. Il faut le manipuler avec précaution.

Manipuler avec précaution. Pourquoi même ses remarques les plus anodines envoyaient-elles de minuscules frissons le long de ma peau, me donnant la chair de poule ? Je me frottai le bras, espérant qu'il ne le remarquerait pas.

— Je n'arrive pas à croire que tout soit resté intact aussi longtemps. Comment se fait-il qu'il ne manque rien ? Comment a-t-on évité le pillage ?

— Apparemment, il y a eu un cambriolage dans les années 50 et quelques pièces ont été volées, mais mes gens sont arrivés à temps pour empêcher le pire, et l'avocat a fait installer un système de sécurité par la suite. C'est un peu plus high-tech de nos jours.

Je regardai autour de moi, et soudain je me sentis découragée. Je me demandai ce que je faisais ici, à gratter des décennies de saleté d'une maison dont je ne savais rien. Quelque chose de mon désespoir dut filtrer dans mon soupir.

— Tu fais ce qu'il faut, tu sais. Redonner vie à cet endroit. C'était comme une belle au bois dormant qui attendait ton baiser. Je tournai brusquement la tête pour voir que ses yeux regardaient mes lèvres. Et une rougeur apparut de nulle part. Je me détournai à nouveau.

— Et lui redonner vie, conclus-je sa phrase. Oui, eh bien, je pense que cela va prendre un certain temps.

— Tu sais ce qu'on dit, quand un travail vaut la peine d'être fait... La maison t'attendait depuis plus de quatre-vingts ans. Je pense que tu peux prendre ton temps pour la restaurer.

Je me redressai et réussis tout juste à ne pas toucher mon ventre.

— Ah, mais peut-être que je n'ai pas autant de temps que tu le penses.

— Ah bon ?

Mais je ne répondis pas à sa question implicite. Au lieu de cela, je marchai vers la porte et passai ma main sur le papier peint.

— J'ai fait des recherches auprès de la seule entreprise de papier peint encore en activité en Nouvelle-Zélande. Je leur ai envoyé une photo de ceci, je traçai le motif ogee, et ils m'ont dit que ça remontait au moins à 1890. Donc peut-être que des parties de cette maison ont survécu à l'incendie.

— Hm... peut-être. Tu pourras réécrire les livres d'histoire.

— Ou au moins les guides touristiques.

— Les guides touristiques ? Je ne savais pas qu'il y en avait.

— Non, dis-je, répondant au courant froid qui s'était glissé dans sa voix. Il n'y en a pas. Pas encore. Mais si je veux faire fonctionner cet endroit, je suis à peu près sûre que je vais devoir en écrire un. Je laissai ma main parcourir les volutes de bois sculpté aux coins du cadre de la porte. Mais je n'ai pas encore beaucoup de matière. Il y a encore tant de choses que je ne sais pas sur la maison et la famille. J'ai retracé l'histoire de la famille jusqu'aux années 1870, à l'époque de mon arrière-arrière-arrière-grand-père. Il semble qu'ils soient arrivés ici en provenance du Norfolk en Angleterre. Quelle chose courageuse à faire... méditai-je. Quitter sa famille, sa maison, ses amis, toute sa vie pour en commencer une nouvelle à l'autre bout du monde.

— Ouais, dit Tane avec un ton acerbe. Et s'emparer des terres des autres.

Je lui lançai un regard. Bien sûr, parler de mes ancêtres coloniaux comme étant courageux alors qu'ils s'appropriaient des terres que les Maoris possédaient auparavant, devait être exaspérant.

— Je suis désolée, c'était pas très adapté comme commentaire.

Il me lança un coup d'œil indulgent.

— C'est bon. L'histoire est l'histoire, et nous devons vivre avec. Mais peut-être pas l'oublier. Cependant, tes ancêtres étaient meilleurs que la plupart, ils ont au moins payé pour leurs terres et ont travaillé avec mon peuple. C'est ton arrière-arrière-grand-père qui a payé pour que Noa Tuhaka — le père d'Aroha — puisse fréquenter le Collège Te Aute. Sans cela, je doute qu'il aurait fini par devenir député, et je doute que le Parti travailliste aurait été aussi important qu'il l'a été, le sauveur du peuple. Une grande partie de cela était due à lui.

— Noa Tuhaka. Rina a mentionné son nom. Cela fait de moi une partie maorie. En fait, cela me rend apparentée à ta whanau.

Je le regardai. Quand il avait commencé à venir à Wharerata pour aider, il portait des vêtements élégants mais décontractés — jeans et chemises — mais maintenant, après quelques semaines de visites régulières, il était revenu à ce qui était manifestement sa tenue de plage — short décontracté et t-shirt déchiré — et cela lui allait encore mieux. Qu'est-ce qui était si particulier chez cet homme ? Il était comme une pierre rare, plus elle était usée, plus sa couleur était riche, plus sa présence était fascinante.

— Pas *étroitement* apparentée, dit-il avec un sourire. Il y a beaucoup de relations pakeha et de générations pour nous séparer.

— Tu veux prendre tes distances maintenant ?

— Pas physiquement, seulement... par la lignée.

Je haussai les sourcils.

— Par la lignée. Tu ne veux pas que mon sang pakeha souille ta pure lignée maorie ?

— Je ne veux pas que mon sang coule trop près du tien, sinon ce que je m'apprête à faire serait complètement déplacé.

Je serrai les lèvres, et il baissa les yeux vers elles. Je sentis monter une vague de chaleur en moi.

— Et quelles sont, demandai-je, en levant mon regard vers des yeux qui s'étaient définitivement assombris, tes intentions à mon égard ?

— Des intentions tout à fait déshonorables, j'en ai bien peur.

Je frissonnai malgré la chaleur de la pièce poussiéreuse. L'idée des choses déshonorables qu'il voulait me faire provoquait dans mon corps des sensations que je n'avais pas éprouvées depuis des années. Mais cela me rappela la raison de ma présence ici et le poids qui alourdissait mon corps chaque jour davantage. J'esquissai un sourire incertain et m'éclipsai avant qu'il ne puisse se rapprocher. Quand je me retournai, il se tenait là, les mains enfoncées dans ses poches, une expression perplexe sur le visage.

Il pencha la tête sur le côté.

— Je t'ai fait peur ?

J'ai hoché la tête. Il avait mis le doigt dessus.

— Un peu. Je ne suis pas venue ici pour compliquer ma vie. Elle est déjà assez difficile, crois-moi.

— Alors pourquoi es-tu venue ici ?

— Pour me retrouver, me poser et me laisser connecter à tout ce qui m'entoure.

— Pour prendre racine, a-t-il dit doucement. C'est l'opposé de ce que je veux.

Mon cœur s'est serré.

— Alors il vaut mieux que tes intentions peu honorables en restent là, justement, au stade des intentions.

— Bien sûr, a-t-il dit brusquement, avant de prendre un balai et de sortir par la porte de derrière vers le jardin d'hiver, celle qu'il empruntait habituellement.

— Alors tu t'en vas maintenant ? lui ai-je lancé, agacée d'entendre ma voix trembler un peu. Mais à quoi pouvais-je m'attendre ?

Il a soupiré et s'est tourné vers moi.

— Ouais, je m'en vais. J'ai eu l'impression que c'était ce que tu voulais.

J'ai secoué la tête.

— Non, ce n'est pas ça, mais c'est probablement ce qu'il y a de mieux.

Il a détourné le regard.

— D'accord. D'accord, a-t-il répété, comme s'il essayait de comprendre mais n'y arrivait pas.

Une partie de moi voulait prendre sa main et ne jamais le laisser partir, mais l'autre partie, celle avec laquelle j'avais vécu toute ma vie, reculait. Des mots raisonnables tournoyaient dans ma tête, me disant que nous étions deux personnes différentes, n'ayant pas besoin des mêmes choses et qu'il ne faudrait pas longtemps avant qu'une relation avec lui n'échoue. Je n'étais pas sûre de pouvoir supporter beaucoup d'autres échecs dans mes relations. Mais une énorme vague de culpabilité m'a alors submergée en pensant à tout le travail que Tane avait fait à Wharerata ces dernières semaines.

— Je suis désolée, ai-je dit.

— De quoi ? De ne pas avoir succombé à mon charme ?

— Non, ce n'est pas ça. Crois-moi, je... Je me suis interrompue. Je n'avais pas l'habitude de m'ouvrir sur mes émotions à qui que ce soit, encore moins à un homme. Cela me rendrait vulnérable, et s'il y avait une chose que ma mère m'avait apprise, c'était que la vulnérabilité devait être évitée à tout prix.

— C'est bon, tu n'as pas besoin de t'expliquer. On peut quand même traîner ensemble, non ?

— Oh, oui. J'adorerais ça.

— Cool. Il a levé les yeux vers la maison. Et je reviendrai t'aider pour la maison. Il a semblé pensif. Je veux la voir reprendre vie.

Un doute s'est installé dans mon esprit : était-il là pour moi ou pour la maison ?

Il s'est détourné et a regardé vers la plage.

— Tu vas au barbecue de Te Uranga dimanche ?

J'hésitai.

— Je n'en suis pas sûre. Elle m'a invitée mais je ne veux pas m'imposer. Ç'a plutôt l'air d'être une fête de famille.

— Je peux t'assurer que tu es invitée à tout moment à faire partie de la whanau sur la plage.

— Je viendrai alors.

— Bien. Il s'est tourné vers moi avec un sourire. Allez, finissons ça et disparaissons.

Le mot *disparaître* a persisté dans mon esprit tandis que je le regardais retourner à la bibliothèque pour fermer. En rangeant, je ne pouvais m'empêcher de penser que « disparaître » était exactement ce que ma famille avait fait plus de quatre-vingts ans plus tôt. Un jour, la maison était animée, en ordre de marche, pleine de vie et de gens, et le lendemain, elle était fermée à clé et vide. La famille lui avait tourné le dos et avait disparu, et je n'étais toujours pas plus proche d'en connaître la raison.

Après avoir activé l'alarme, j'ai tourné la grande clé dans la serrure avec un cliquetis agréable à l'oreille et j'ai reculé pour regarder l'extérieur, toujours intact. J'étais fatiguée et soudain je me suis sentie dépassée par la quantité de travail à faire. Je savais qu'il était temps d'admettre que si je voulais ramener Wharerata dans le présent, j'avais besoin d'une aide professionnelle, et coûteuse. Le mieux serait de la vendre. Et n'était-ce pas ce que Tane voulait, me suis-je rappelée ? Rina avait dit que Tane était intéressé par la maison ; simplement, elle n'avait pas expliqué pourquoi.

Je me suis retournée brusquement pour découvrir Tane qui m'observait avec une curieuse expression.

— Qu'est-ce qu'il y a ? On dirait que tu as vu un fantôme ! ai-je dit avec un rire incertain.

Le mot avait glissé de mes lèvres avant que je ne réalise ce que je disais.

Il a hoché la tête.

— Je crois que c'est le cas. Je suis sûr d'avoir vu une photo de Frances devant la maison à l'endroit où tu te tiens maintenant.

J'ai froncé les sourcils.

— Je n'en ai vu aucune parmi les photos que j'ai trouvées dans la maison.

— Non, mais je suis presque sûr d'en avoir vu une quelque part. Il faudra que je regarde chez moi. Nous avons des photos qui remontent à plusieurs générations. Ma grand-mère les gardait — son fils était un photographe passionné.

— J'aimerais beaucoup les voir.

— Je demanderai à Te Uranga. Elle saura sûrement où elles sont.

J'ai marché avec Tane jusqu'au banc solitaire d'où il prendrait le chemin menant à la paillote de la plage. En y arrivant, mon téléphone a sonné et j'ai fait l'erreur de le regarder.

J'ai dû lire le message deux fois. Je n'avais pas eu de nouvelles de Sam depuis que j'avais quitté l'Angleterre. J'ai levé les yeux pour voir Tane qui m'observait d'un air pensif. Il s'est détourné, comme pour me donner de l'espace.

— C'est... J'ai hésité. Un vieil ami à moi. Excuse-moi, je vais envoyer une réponse. Je me suis assise sur le banc, l'herbe trop haute me chatouillant les jambes.

— Pas de problème, vas-y.

Il s'est allongé dans l'herbe, appuyé sur ses coudes, et a regardé les champs en direction de la mer. Il a fermé les yeux et soupiré.

— Un ami, ai-je cru l'entendre dire à voix basse. Ou peut-être était-ce le vent, répétant mes mots, me narguant avec la réalité de ma relation passée.

Je me suis mordu les lèvres. Evidemment, Sam avait été plus que ça. Et j'ai soudain réalisé à quel point les choses avaient changé depuis que j'étais en Nouvelle-Zélande : le temps passé avec ma grand-mère, à découvrir des informations sur sa mère, me trouver ici, à Wharerata, un endroit qui, un jour, serait à moi, et surtout partager des moments précieux avec Tane...Tout cela m'éloignait des sentiments que j'avais éprouvés pour Sam. Et j'ai ressenti que la sensation de confusion et de tristesse qui me hantaient depuis que j'avais quitté l'Angleterre étaient en train de se dissiper.

— Un ex, pour être exacte, ai-je dit. Un vrai ex.

J'ai renvoyé un message laconique et glissé le téléphone dans ma poche, puis je suis allée m'asseoir à côté de Tane sur l'herbe.

Il a plissé les yeux en regardant Wharerata.

— D'ici, on pourrait presque imaginer que la maison est saine et état de marche.

J'ai à moitié fermé les yeux, regardant la façade à travers mes cils, et j'ai vu ce qu'il voulait dire. La lumière du soleil couchant la réchauffait et camouflait les dégâts causés par le temps. J'ai levé la main et caché la partie de la maison où la dégradation était la plus évidente.

— Et si tu ignores cette tondeuse au loin et le bip de mon téléphone, j'ai éteint le téléphone et levé à nouveau la main pour encadrer la maison, tu pourrais même imaginer que nous sommes en 1938.

Il émit un grognement amusé.

— 1938 ? Je pense qu'il y aurait plus de changements que les bruits et les images. Je pense que nos ancêtres avaient des idées très différentes des nôtres.

— Vraiment ? Tu ne crois pas qu'ils voulaient tous les mêmes choses que nous ? Un sentiment d'appartenance, l'amour.

Il ne dit rien pendant plusieurs minutes, puis je sentis sa main couvrir la mienne et la serrer.

— C'est ce que tu veux aussi ?

Ma main hésita mais il ne relâcha pas sa prise.

— Je suppose.

— Et que voulait ton ex ? T'offrir ça justement ?

— Non. C'est fini. Bel et bien fini. Le message de Sam était sa réponse après avoir découvert, via une « amie » commune à qui j'avais bêtement fait confiance, que j'étais enceinte. Ce n'avait cependant pas suffi à le faire changer d'avis. Ce que j'avais pensé au début s'était finalement révélé assez vrai.

— Désolé, dit Tane. Ce ne sont pas mes affaires. Même si j'ai l'impression d'être concerné.

Nous nous sommes tournés l'un vers l'autre en même temps. Chaque fois que je le regardais, je voyais quelque chose de différent sur son visage. Maintenant qu'il était si proche, je pouvais voir que ses yeux n'étaient pas d'un brun uni mais contenaient des éclats d'autres couleurs comme ceux d'un aigle royal ce qui les rendait presque vert fauve. C'étaient des yeux éblouissants.

— Tu es concerné en fait.

Il plissa ces beaux yeux.

— Comment ? J'ai besoin d'être au clair à ce sujet.

— Ce te concerne aussi. C'est aussi mon impression. Je pris une inspiration pour me calmer. Sam — c'est le nom de mon ex — et moi étions mariés depuis deux ans avant qu'il ne me quitte.

Tane serra ma main avant de se détendre à nouveau.

— Donc ton ex n'avait pas toute sa tête à ce moment-là.

Je souris. C'était rafraîchissant d'avoir quelqu'un qui prenait ma défense.

— Absolument pas, c'est sûr. Il travaillait dans la vente publicitaire, un personnage sans aucune aspérité

— Donc superficiel aussi, dit-il avec un autre sourire, auquel cette fois je ne répondis pas. Je me suis allongée sur le dos et j'ai regardé le ciel.

— Mais ça ne m'apparaissait pas ainsi à l'époque. Je pensais que ce que nous avions construit était solide. Je pensais que ça durerait toujours.

— Que s'est-il passé ? demanda-t-il doucement.

— Il a trouvé quelqu'un d'autre. Il m'a quittée.

— Comment l'as-tu découvert ?

— Il s'est trompé en envoyant un message. Il m'a envoyé par erreur un texto destiné à sa maîtresse. On ne pouvait plus faire marche arrière après ça.

— Non que tu en aurais eu envie... Son ton était hésitant, comme s'il testait la force de mes sentiments, comme s'il espérait que c'était bien la vérité. Mais je ne pouvais pas lui donner ce qu'il voulait entendre. Parce que c'était maintenant le moment de la vérité.

— Au début, si. J'aurais fait n'importe quoi pour le récupérer. Même venir ici faisait partie de ça. Je pensais que l'absence... et tout ça. Mais maintenant, après tout ce temps, alors que j'ai passé du temps avec ma famille et que je me suis fait de nouveaux amis, j'ai changé, et je ne veux pas y retourner. Même avec... Je ne pouvais pas continuer.

Je ne voulais peut-être pas lui mentir, mais je n'étais pas prête à révéler toute la vérité.

Tane s'appuya sur un coude, cueillit un brin d'herbe et me chatouilla le bras avec.

— Même avec ? m'encouragea-t-il.

Je pris une profonde inspiration et me tournai vers lui ; il fallait que je sache...

— Que veux-tu faire de ta vie, Tane ? Que veux-tu vraiment ?

— Je veux faire des films. Je veux voyager. Ceci, il indiqua le terrain qui nous entourait, sera toujours ma maison mais je ne veux pas m'installer. Je ne suis pas comme toi qui as vécu une vie sans racines et qui veut maintenant s'enraciner. Je veux explorer, je veux en apprendre davantage sur tout.

Mon cœur se serra.

— Ne te méprends pas, continua-t-il. Je t'aime vraiment beaucoup, Paige, et je veux être avec toi. Pour l'instant. Mais c'est tout ce que je peux offrir.

Je me suis assise.

— Amusant. C'est exactement ce que Sam disait aussi.

— Je ne suis pas Sam, Paige. Je ne suis pas cet homme. Je suis moi. Si je suis avec toi, je suis avec toi, je ne chercherai pas quelqu'un d'autre par-dessus ton épaule. Ce que j'essaie de dire, c'est que j'ai été élevé dans une grande famille et j'ai beau l'aimer, cette famille, je n'en veux pas une à moi pour le moment. Ils me suffisent. Il avait l'air étrange, sa voix trop intense pour correspondre à ses mots. Il s'éclaircit la gorge comme pour se ressaisir. Mon travail est prenant et je ne suis pas assez disponible pour avoir mes propres enfants. J'ai trop souvent vu comment cela se produit : soit c'est le travail qui en souffre, soit c'est l'enfant. Et je ne veux pas que ce soit mon travail la victime, j'ai encore trop de choses à accomplir.

Je me suis levée d'un bond et j'ai brossé l'herbe de mon short.

— Bien sûr. Et je ne veux me dresser sur le chemin de personne. Ce n'est pas mon truc non plus. Mais si je suis venue ici, c'est avec l'idée de famille en tête et ça reste mon but premier. Il était difficile d'en dire plus sans lui avouer que j'étais enceinte. Mais il n'avait pas besoin de ce genre de pression, et moi non plus. D'ailleurs, ce qui nous liait n'avait rien à voir avec le bébé. Et cela devait rester ainsi.

Il se leva et hocha la tête.

— Si tu peux me prendre pour ce que je suis, en ce moment, et ici, je te promets que je ne te ferai pas de mal comme Sam l'a fait, en étant malhonnête. Il tendit la main comme pour illustrer ses paroles. Voici ma main, et elle vient droit vers toi. Sache juste qu'une fois qu'elle te tiendra, il y a peu de risque qu'elle te lâche, sauf si c'est toi qui le désires, bien sûr.

Il tendit la main et la posa doucement sur mon épaule. Je retins mon souffle tandis que ses doigts traçaient les lignes de ma gorge jusqu'à ce que son pouce effleure ma clavicule. Il déglutit.

— J'ai envie de faire ça depuis que je t'ai rencontrée.

— Et moi, de faire ceci. Un pas suffit pour me rapprocher suffisamment, je me mis sur la pointe des pieds et posai mes lèvres sur les siennes. Un pas et beaucoup de courage. Heureusement, c'était le seul mouvement que j'aie eu à faire, car à partir de cet instant-là, nous étions complètement en phase.

Ce qui avait commencé comme un baiser doux et exploratoire se transforma en quelques secondes en quelque chose de très différent. Il n'y avait aucune raison, aucun obstacle pour nous empêcher d'explorer le corps l'un de l'autre. Dans les jardins privés et paisibles de Wharerata, j'ai appris à connaître Tane, le vrai, pas le réalisateur à la mode très convenable, ni le personnage négligé et hors de contrôle. Il était quelque part entre les deux, doux, généreux et captivant. Ses caresses n'avaient rien à voir avec celles de Sam. Je ne pouvais pas m'empêcher de les comparer. C'était comme comparer la glace au feu, quelque chose de séparé et d'extérieur à moi, à quelque chose qui faisait vraiment partie de moi.

— Paige. Je tournai la tête pour le regarder. Sous mes yeux, il n'y avait que les siens, je ne pouvais voir qu'eux. Comme avant, c'était comme s'il regardait au plus profond de moi mais, à l'inverse, je me laissai m'y abandonner.

— Paige, répéta-t-il. Il est temps d'y aller.

Ses mots dissipèrent la torpeur qui s'était emparée de moi. Je clignai légèrement des yeux.

— Bien sûr. Je me suis mise à genoux et me suis levée d'un bond, brossant l'herbe sèche de mes vêtements et me rajustant.

Il prit ma main dans la sienne.

— Tu as des projets pour ce soir ? Tu veux venir à la plage, chez moi ?

Je ne désirais rien de plus, me laisser porter avec lui dans un brouillard de bien-être sans penser à rien. Mais c'était comme ça que je m'étais mise dans ce pétrin en premier lieu, en n'utilisant pas mon cerveau. Je retirai ma main de la sienne et passai mes doigts dans mes cheveux comme excuse. Je souris et regardai vers la plage, pinçai les lèvres avec regret et secouai la tête.

— Non, je ne pense pas. J'avais l'intention de faire plus de recherches au bungalow.

— Combien de temps penses-tu y rester ?

Je haussai les épaules.

— Aussi longtemps qu'il le faudra. Je jetai un coup d'œil à la maison et ressentis un sentiment accablant de responsabilité et de désespoir. Il dut voir quelque chose sur mon visage car il m'attira à lui et m'enlaça.

Il releva mon menton vers lui.

— Si tu as trouvé un endroit agréable pour te loger, je te suggère de prendre ton temps avec tout ça. *C'est ce que je te conseillerais en tout cas.* Et je suis réalisateur, alors tu sais que tu peux me faire confiance, dit-il d'un ton pince-sans-rire.

Je ris et posai ma joue contre sa poitrine, incapable de lui résister. J'entendis son cœur battre contre mon oreille et je fermai les yeux en sentant sa main envelopper ma tête, me tenant comme si lui aussi y trouvait du réconfort.

Je soupirai et m'écartai.

— Tu as raison.

Il écarta une mèche de mes cheveux.

— Si tu dois rester ici et faire en sorte que ça marche, tu es partie pour un marathon, pas un sprint. Prends ton temps. Et je suis toujours là si tu as besoin de moi.

— Vraiment ?

— Je serai toujours au bout du fil, dit-il en souriant, même si je ne suis pas vraiment là. Et je serai là demain avant de partir pour Wellington. Alors on se voit au barbecue ?

— Je ne veux pas m'imposer, dis-je, distante, même à mes propres oreilles. Je voulais tellement faire partie de ce monde et cela me rendait vulnérable, une situation que j'avais appris en grandissant à éviter à tout prix.

Il me regarda d'un air perplexe.

— Ce ne sera pas le cas.

Il tendit la main mais j'hésitais encore et je le vis remarquer mon hésitation. Quelle importance après tout ? Quelle importance ? Il ne faisait que passer, avait-il dit ; c'était juste pour l'instant présent. Et cet instant présent me plaisait. Je pris sa main et il la serra et nous suivîmes le chemin jusqu'à son point le plus haut et restâmes là, silencieux, à regarder le coucher de soleil. Il semblait à des millions de kilomètres. Et je savais que c'était à cause de moi.

— Je suis désolée. Tout cela est nouveau pour moi et je ne suis pas sûre m'y prendre correctement.

— Je ne crois pas qu'il y ait une « bonne façon » de faire, Paige. Peut-être qu'on improvise simplement au fur et à mesure. Ce sera plus amusant comme ça de toute façon. Ses yeux se plissèrent dans son sourire caractéristique et je sus que « l'instant présent » ne serait jamais assez pour moi. Mais il était trop tard pour revenir en arrière.

CHAPITRE TREIZE

FRANCES

Frances remontait le couloir en direction de la bibliothèque, espérant que Xavier reste où il se trouvait, où que ce soit. Il n'avait été absent qu'une semaine, attiré par la vie nocturne de Wellington et l'argent de son père, mais ça lui avait suffi pour imaginer qu'il pourrait retourner aux États-Unis et les laisser ici, Lena et elle. Une vision de ce que pourrait être cette nouvelle vie s'épanouit dans son esprit.

Pour une fois dans sa vie, Frances appréciait à la fois la richesse et l'influence de ses parents. Ils bénéficiaient du soutien de certaines des personnes les plus puissantes du pays, suffisamment puissantes pour résister à Xavier.

Elle frappa à la porte de la bibliothèque et son père répondit. Elle entra, savourant l'odeur de cire, de cuir et de cigares. C'était une odeur très masculine, pensa-t-elle en le saluant et en prenant place en face de lui

Il poussa son stylo sur le côté, s'adossa à sa chaise et fronça les sourcils.

— Tu as l'air fatiguée, ma chérie.

— Je n'ai pas très bien dormi.

William grimaça.

— Et ça va continuer. Tant que tu ne te seras pas débarrassée de lui. Il se pencha en avant, les mains jointes sur le bureau devant lui. C'est ce que tu vas faire, n'est-ce pas ?

Elle acquiesça.

William ne put cacher son soulagement, malgré son expression habituellement impassible.

— Bien. Alors j'en déduis que tu ne retourneras pas à Hollywood et que tu ne reprendras pas ta carrière ?

— Ma carrière... Le mot restait sur sa langue comme un poison qu'elle aurait volontairement absorbé, pour découvrir ensuite qu'il était mortel. Elle secoua la tête, essayant de trouver les mots pour expliquer à son père ce qui lui était arrivé au cours des sept dernières années.

— Je me fiche complètement de ma carrière. Pamela avait raison. Dès le début, elle avait dit que ce n'était que de la poudre aux yeux. Mais c'était ce que je voulais à l'époque, je suppose. Mais ce n'est plus le cas maintenant. Tu connais la raison pour laquelle je suis restée avec Xavier, à part Lena, je veux dire. Le studio l'exigeait de moi.

— C'est absurde ! Il se leva et arpenta le tapis oriental devant la grande cheminée.

— Absurde, mais vrai. Mes rôles étaient choisis en fonction de l'image qu'ils voulaient donner. Apparemment, mon talent d'actrice ne suffisait pas à lui seul. Alors ils s'assuraient que mes rôles correspondaient à l'image d'une étrangère dans un pays inconnu, protégée par un héros masculin plus grand que nature. Xavier.

— Ridicule.

— Oui, c'est Hollywood, en résumé.

— Eh bien, M. Godding a confirmé que, légalement, tes liens avec le studio peuvent être rompus. Tu ne leur dois rien et tu es libre de partir. Et c'est ce que tu dois faire. Rester ici, loin de cette brute de mari. Je ne sais pas ce que tu as pu lui trouver.

— Je suppose que c'était une réaction...

Son père eut la grâce de détourner le regard.

— Après Noa. Je l'aimais, mais c'était un amour impossible.

Tout était si clair pour elle maintenant, après toutes ces années.

Malgré le soutien de son père aujourd'hui, elle lui en voulait encore d'avoir mis son veto à une relation avec Noa.

— Qu'est-ce que je raconte ? Je l'aime toujours et, elle soupira, je ne peux m'empêcher d'espérer qu'un jour nous pourrions... Je ne sais pas...

— Avoir un avenir ensemble ? suggéra William.

Elle hocha la tête

— Oui. Exactement.

— Je l'espère aussi.

William enfonça ses mains dans les poches de son pantalon et se balança sur ses talons, dans une rare démonstration de malaise.

— J'avais tort, Frances. Ce n'est pas souvent que je l'admets, bien que ta mère n'hésite pas à m'en accuser. Et dans ce cas, elle a raison. Les événements ont prouvé que j'avais tort. Noa est un homme droit et intègre et ça me brise le cœur de m'être interposé entre vous deux. C'est un jeune homme avec des principes.

Il s'approcha de l'humidificateur à cigares et en retira un, le tapota sur la table, coupa son bout mais ne l'alluma pas.

— J'espère sincèrement qu'un jour... toi et Noa...

— Moi aussi. Mais, comme tu le dis, il a des principes et je suis mariée. Ces deux choses ne vont pas bien ensemble.

Son père soupira.

— Eh bien, tout cela est un peu prématuré, mais au moins, si tout va bien, Xavier ne sera pas autorisé à s'approcher de toi.

— Il ne s'approchera pas de moi. Il a ce qu'il veut. Il a l'essentiel de l'argent que j'ai gagné et va retourner dans la maison que j'ai achetée à Hollywood Hills. Il n'aura pas besoin de moi par-dessus le marché.

— Non...

Il y avait quelque chose dans le ton de son père qui la fit lever les yeux.

— Qu'y a-t-il ?

— Toi, il ne te veut peut-être plus, mais ses avocats ont informé les nôtres que c'est Lena qu'il veut. Apparemment, il quitte Wellington aujourd'hui pour Mannington où il a l'intention de passer la nuit. De là, il se rendra à Napier poursuivre ses projets d'excursion de pêche en mer.

— Il vient à Mannington ce soir ?

— Oui. On m'a dit qu'il a l'intention de séjourner à l'hôtel. Il veut que Lena l'accompagne à Napier.

La cigarette glissa entre les doigts de Frances alors qu'une sueur froide envahissait son corps.

— Non.

— C'est ce que je leur ai dit. Mais apparemment, sa sœur et son mari ont dit qu'ils le rejoindraient à bord et se porteraient garants de la sécurité de Lena. Il prit une profonde inspiration. Il insiste pour que Lena les rejoigne.

Elle bondit.

— Je ne l'accepterai pas. Je sais à quel point il peut être violent. Et s'il s'en prenait à Lena ? Je ne le permettrai pas. Elle tremblait et les larmes lui piquaient les yeux.

— Alors nous nous battrons. Au minimum, nous continuerons à jouer la montre jusqu'à ce qu'il soit trop tard et que Xavier soit rentré chez lui.

Le soulagement l'envahit. Elles pouvaient encore être en sécurité. Elles attendraient. Attendraient que Xavier soit retourné à Los Angeles.

Il passa son bras autour d'elle.

— Ne t'inquiète pas, ma chérie. Nous resterons sur nos gardes, nous mettrons en place un barrage de défenses légales et physiques autour de toi et de Lena, il disparaîtra de l'autre côté du monde et ne vous fera plus jamais de mal. Il l'embrassa sur la tête. Maintenant, viens, nous avons rendez-vous avec la police et mes avocats. Xavier ne t'importunera plus. Tu peux en être sûre.

Peut-être qu'il ne l'importunerait plus. Mais, malgré la confiance de son père, un doute lancinant persistait concernant Lena. Xavier partirait-il sans Lena aussi facilement ?

LA RÉUNION matinale avec M. Godding, l'avocat de son père, avait encore encouragé Frances et l'entretien avec la police avait été facilité grâce aux contacts de son père. Le sentiment d'humiliation était un faible prix à payer pour le soulagement d'avoir enfin admis la nature de sa relation avec Xavier, d'avoir officiellement exprimé son souhait qu'il reste loin d'elle et d'avoir clairement indiqué par l'intermédiaire de leur avocat qu'elle demanderait le divorce.

C'était comme si on lui avait retiré des œillères. Pendant des années, elle n'avait pu que se concentrer sur Xavier et Lena. Son mariage abusif était tout ce à quoi elle pouvait penser, à quoi elle rêvait d'échapper. Et maintenant, après avoir fait les premiers pas vers la liberté, ses pensées s'élargissaient.

Elle regarda la fine ligne de mer au-delà des jardins et pensa à ses amis de longue date, tout en écoutant distraitement sa mère expliquer à Lena la différence entre le genre et la famille d'une plante. Frances sourit en écoutant la réponse intelligente de sa fille. À sa connaissance, Lena ne savait rien des plantes auparavant, mais elle assimilait rapidement les informations. Elle était fière de sa fille et ressentait en même temps une distance avec elle, une distance teintée de tristesse. Elle eut soudain envie d'être en plein air et de respirer de l'air frais.

Frances caressa le dessous velouté d'un bégonia.

— Je pense que je vais faire une promenade.

— Par ce temps ? Margaret se redressa et essuya son front du revers de la main. Il fait très chaud.

Frances prit un chapeau sur le porte-manteau près des portes ouvertes et se tourna vers sa mère et Lena.

— Ça ira. Tu veux venir, Lena ?

— Non merci, Maman, je préfère aider Grand-mère. Malgré ses paroles assurées, il y avait une expression incertaine sur le visage de Lena, comme si elle se demandait si Frances avait besoin d'elle. Une fois de plus, Frances ressentit un pincement de regret pour ce qu'elle avait fait subir à Lena.

Elle adressa un grand sourire à sa fille.

— Excellent. Assure-toi que ta grand-mère n'oublie pas de s'arrêter pour te donner à déjeuner.

Margaret secoua la tête.

— Ne fais pas attention à ma fille, Lena. Elle n'a jamais su faire la différence entre une mauvaise herbe et une plante, alors elle doit se rabattre sur les taquineries. Elle sourit à Frances.

— Profite bien de ta promenade, ma chérie. De quel côté vas-tu ?

— Je ne suis pas sûre. Frances regarda dehors. Mais même en parlant, elle sentit une attirance vers la mer, elle devait y répondre. A tout à l'heure.

Il faisait *effectivement* chaud, mais une fois qu'elle eut franchi la colline qui marquait la limite des terres de son père, la brise marine agita ses cheveux et elle respira profondément l'air sec et herbeux, piquant de sel. Tout autour, les champs étaient dorés et desséchés par le soleil, offrant un contraste saisissant avec le vert luxuriant des jardins du domaine, qui bénéficiaient d'un arrosage régulier.

Les images et les odeurs la transportèrent à l'époque où elle était enfant, traversant les champs en courant pour rejoindre Noa et sa famille pour partager tout ce qu'ils faisaient, nager dans la mer, pêcher des anguilles dans la rivière, ou simplement profiter de la bousculade entre frères et sœurs. Bien qu'elle fût enfant unique, grâce à eux, elle ne s'était jamais sentie seule. Elle savait maintenant où elle allait. Elle retira son chapeau et dévala la pente jusqu'au chemin poussiéreux qui menait aux maisons de la plage.

Elle frappa à la porte de la maison la plus proche et entendit un enfant crier et une femme répondre. Quelques secondes plus tard, la porte s'ouvrit sur une femme aux longs cheveux noirs avec un tatouage moko gravé sur le menton. Il fallut un moment, puis elle reconnut Frances.

— Frances !

Et Frances fut enveloppée dans les bras de sa plus vieille amie, Hinemoa. Et cela faisait du bien. Hinemoa s'écarta et la tint à bout de bras, l'examinant.

— Regarde-toi, Mademoiselle la Star de cinéma !

Embarrassée, Frances fit la grimace.

— Non, pas une star de cinéma, plus maintenant.

— Quoi, ma fille ? Tu as laissé tout ça derrière toi maintenant ?

— Effectivement. Je ne retournerai pas là-bas.

Elle n'insista pas auprès de Frances. C'était quelque chose que Frances avait toujours aimé chez elle. Malgré sa franchise et sa chaleur, elle savait quand parler et quand se taire. C'était sans doute la raison pour laquelle Hinemoa était la confidente de tous les secrets et la première personne vers qui les gens se tournaient avec leurs problèmes. Elle n'insistait jamais, et on lui disait toujours tout.

— Eh bien, c'est eux qui le regretteront le plus. Elle ouvrit grand la porte.

— Entre et viens rencontrer la whanau. Elle déplaça une chaise. La nouvelle whanau en tout cas. J'ai eu trois enfants depuis que tu es partie.

— C'est ce que j'ai entendu dire.

— De qui ?

Apparemment, le petit sourire de Frances donna à Hinemoa toute l'information dont elle avait besoin.

— Ah, Noa. Alors tu as vu mon grand frère ?

Frances, se souvenant de la dernière fois qu'elle l'avait vu, hocha la tête.

— Oui. Et il m'a écrit en Amérique, me donnant toutes les nouvelles.

Hinemoa s'appuya contre le plan de travail de la cuisine, fixant Frances du même regard intelligent et concentré que son frère.

— Tu lui as manqué, tu sais. Il n'y a eu personne d'autre depuis.

Frances éprouva un soulagement incongru.

— Et il m'a manqué aussi, dit-elle doucement. Vous m'avez tous manqué.

Hinemoa hocha lentement la tête.

— Maintenant, pourquoi n'irais-tu pas voir les autres pendant que je nous prépare du thé. Je suppose que tu aimes toujours les scones à la farine de maïs ?

— Cela fait des années que je n'ai pas pu manger ce que je voulais et tes scones à la farine de maïs sont en tête de liste de ce que j'aime.

Hinemoa rit en sortant un seau de farine du garde-manger.

— Tu en parles comme si tu avais été en prison.

Hinemoa n'attendit pas de réponse et alla chercher du beurre dans la glacière. Elle ne vit pas le visage de Frances s'assombrir à l'idée qu'Hinemoa avait raison. Pire encore, c'était une prison qu'elle s'était elle-même construite.

Le temps passa à toute vitesse tandis que Frances jouait avec les enfants et parlait avec Hinemoa et son mari, qui était revenu de la pêche. Frances avait oublié ce que c'était que d'être avec une famille, une famille normale. Les taquineries n'étaient pas méchantes et l'amour qu'ils ressentaient les uns pour les autres était acquis. Cela lui réchauffait le cœur, mais la peinait aussi lorsqu'elle pensait à ce dont était privée Lena. Elle s'excusa après quelques heures.

— Reste pour le dîner ! ordonna Hinemoa. Frances était sur le point d'accepter quand Hinemoa ajouta : — Noa vient.

— Je suis désolée, Hine. On m'attend à la maison.

Hinemoa n'était pas dupe mais ne dit rien.

— Une autre fois alors.

Hinemoa accompagna Frances jusqu'à la porte et tira en riant sur son gilet.

— Tu n'as pas chaud avec ça ? Elle plissa les yeux en examinant le tissu.

— C'est de la laine ?

Elle toucha la manche, et ce faisant, celle-ci remonta le long du bras, révélant des ecchymoses aux teintes vives de noir, de violet et de vert. Alarmée, Hinemoa leva les yeux vers Frances et repoussa davantage la manche, malgré les protestations tardives de Frances.

— Qu'est-ce que c'est ? Elle saisit la main de Frances. Tu dois m'expliquer ça, Frances.

— Ce n'est rien, c'est...

— Ce n'est pas « rien » du tout, c'est quelque chose au contraire. Quelque chose de grave. Ces bleus ont la forme de marques de doigts. C'est lui ?

— Lui ?

— Tu sais de qui je parle. Cet enfoiré, Xavier. J'avais des doutes à cause des ragots dans les journaux, mais d'après ce que j'ai entendu, c'est un vrai salaud. C'était lui ?

Frances hocha la tête. Elle ne pouvait pas mentir sous le regard perçant de Hinemoa.

— Tu ferais mieux de le quitter, ma fille, parce que ce genre de choses ne s'arrête pas là. J'ai assez vu le monde et les gens, pour savoir que ça va empirer et que tu finiras morte. Tu dois le quitter. Maintenant.

— Je sais. Et j'ai l'intention de le faire.

Hinemoa leva les yeux en entendant un bruit et remit la manche de Frances en place.

— Noa ! Ça fait longtemps que tu es là ! Je ne t'attendais pas avant un bon moment !

Frances suivit le regard de Hinemoa vers l'arrière de la maison, où se tenaient Noa et leur jeune frère.

Frances tira davantage sur ses manches, le cœur battant. Noa s'approcha de Frances, ignorant sa sœur et tous les autres.

— Tu veux bien faire une promenade avec moi, Frances ? Ça fait un moment qu'on n'est pas allé jusqu'à la pointe.

Frances lui adressa un rapide sourire gêné. Elle ne pensait pas être capable d'aligner une phrase. Elle s'éclaircit la gorge et se tourna vers Hinemoa.

— Merci pour cet après-midi. C'était merveilleux.

Hinemoa serra Frances dans ses bras.

— Ne disparais pas à nouveau, Frances. Tu sais que tu peux toujours compter sur nous. Si tu as besoin de quelque chose, à n'importe quel moment, nous serons là pour toi.

Hinemoa échangea un regard lourd de sens avec Noa avant qu'il n'offre son bras à Frances et qu'ils sortent.

— Ta sœur est extraordinaire, dit Frances.

— Oui. La meilleure d'une famille déjà bien dotée. Si elle n'était pas si centrée sur sa famille, elle ferait une bonne Première ministre.

Frances rit.

— Tu as raison. Mais une femme Premier ministre ? J'aimerais bien voir ça !

— Ça arrivera. Rappelle-toi bien mes paroles. Hinemoa ne veut diriger que sa propre whanau ! Mais quelqu'un comme elle apparaîtra

246

peut-être pour diriger le royaume avec une vision pour changer le pays. Frances haussa les épaules. Elle avait vraiment du mal à l'imaginer.

— Peut-être. J'espère.

Elle leva les yeux et lui lança un sourire espiègle.

— Ce serait bien de vous remettre à votre place en politique, vous les hommes, comme Hinemoa le fait à la maison.

Mais Noa ignora sa pique.

— Tu devrais suivre son exemple. Remettre tes hommes à leur place. Il lui jeta un regard en coin. Ou plutôt, remettre ton *homme* à sa place.

Son pied trébucha sur le sol accidenté et il tendit la main pour saisir son bras et la stabiliser, agrippant par inadvertance l'endroit où ses ecchymoses étaient visibles. Elle grimaça et il retira sa main.

— Je suis désolé, dit-il.

Ils marchèrent en silence pendant quelques instants tandis que son esprit s'emballait. Elle se demandait ce qu'il avait vu au cottage. Avait-il vu ses ecchymoses ? Sûrement qu'il n'était pas resté là assez longtemps et pourtant il agissait comme s'il savait que son bras était douloureux.

— Désolé ? demanda-t-elle. Pour quoi ? Pour m'avoir empêchée de tomber ?

Elle garda les yeux fixés sur le sentier qui se rétrécissait alors qu'ils atteignaient le sommet herbeux de la falaise.

— Non, désolé de t'avoir fait mal.

— Tu ne m'as pas fait mal.

Il s'arrêta et la regarda, sa chemise plaquée contre son corps par la brise qui s'était levée. Elle continua quelques pas de plus jusqu'au bord de la falaise abrupte, savourant la brise fraîchissant qui soulevait et faisait tourbillonner ses cheveux autour de son visage.

— Dis-moi la vérité, Frances. Dis-moi ce qui s'est passé. Dis-moi pourquoi tu as des bleus sur les bras.

— Je... Elle s'interrompit.

— Pas de mensonges. Seulement la vérité nue.

Elle eut un petit rire.

— J'ai passé trop de temps à Hollywood pour dire la vérité nue !

Il ne rit pas.

— J'espère que non.

Elle détourna le regard.

— J'ai eu un désaccord.

— Avec Xavier.

Elle tourna brusquement la tête pour le regarder, attirée par son ton emphatique et amer.

— Oui, avec Xavier.

— Il t'a fait du mal.

C'était une affirmation, pas une question, mais elle hocha quand même la tête en guise de réponse.

Il ferma les yeux avec force et son visage pâlit. Le seul mouvement était celui de ses poings, qui se serraient à ses côtés. Puis il s'avança vers elle, ses yeux noirs de fureur. Il prit sa main et elle la sentit trembler dans la sienne.

— J'ai besoin de voir.

— Non...

— J'ai besoin de voir, Frances, dit-il, avec une douceur contrôlée. Montre-moi.

La vérité était maintenant révélée et elle n'avait d'autre choix que de le laisser lui enlever son gilet. Les doigts tremblants et doux de Noa dessinèrent le contour des ecchymoses et en trouvèrent le motif. Il posa ses deux mains sur le haut de ses bras, ses doigts touchant à peine sa peau, mais s'ajustant à la forme des bleus laissés par les doigts de Xavier.

Puis ses yeux noirs et féroces plongèrent droit dans les siens.

— Il t'a tenue comme ça, n'est-ce pas. Il t'a maintenue. Il déglutit comme s'il avait la nausée.

Elle hocha la tête.

— Et il t'a violée, n'est-ce pas, Frances ? Sa voix se brisa quand il prononça son nom.

Une vive rougeur envahit son visage, tandis que la peur, l'humiliation et la honte bouillonnaient en elle.

— N'est-ce pas, Frances ? Sa voix était plus forte, plus urgente cette fois.

— Arrête, Noa ! Arrête, tout simplement !

— Je ne peux pas.

— Pourquoi ? Pourquoi ne peux-tu pas ? Pourquoi fais-tu cela ? Pour me torturer, ou pour te torturer toi-même ?

— Pour me torturer, bien sûr, de ne pas m'être assuré que tu étais mienne il y a toutes ces années. De t'avoir laissée filer entre mes doigts.

Il laissa retomber ses mains des épaules de Frances, faisant écho à ses paroles. Elle aurait voulu hurler dans le vent pour tout ce qui avait été perdu, mais elle ne le fit pas. Au lieu de cela, elle remit son gilet.

— C'est du passé. Ça ne sert à rien de s'y attarder.

Elle voulait paraitre détachée, mais sa voix avait tremblé.

— Et tu dois aussi le faire rentrer dans ton passé. Tu ne peux pas continuer comme ça. Je ne supporte pas l'idée de cet... cet animal et toi ensemble. Comment as-tu pu laisser cela continuer ? Comment as-tu pu ? Cet homme est un monstre.

— Ce n'est pas toujours facile de reconnaître un monstre. Un monstre intelligent le cache bien. Il a été démasqué petit à petit. Et puis il y avait Lena.

Noa releva brusquement la tête pour la regarder.

— Lena est-elle le produit d'un viol ? Cela s'est certainement produit peu après que tu l'aies rencontré. Était-ce cette nuit-là que tu m'as appelé ?

Elle ne pouvait pas répondre. Elle ne connaissait pas la réponse. Cela ressemblait à un viol, mais Xavier avait dit qu'elle l'avait encouragé. Et c'était vrai, jusqu'à un certain point. Elle savait qu'elle avait désiré cette 'intimité mais elle savait aussi qu'elle avait changé d'avis et le lui avait dit. Elle avait voulu qu'il s'arrête et il ne l'avait pas fait.

Son silence sembla suffire à Noa.

— C'est bien ce que je pensais. Bon sang, quel gâchis. Il s'assit sur un rocher et mit sa tête dans ses mains, comme s'il essayait de contenir la douleur. Sans bouger la tête, il tendit la main et prit celle de Frances. Elle s'assit à côté de lui. Il passa son bras autour d'elle et l'attira contre lui. Ils restèrent assis sans parler pendant quelques instants, regardant tous deux la mer tourbillonnante où les rochers se cachaient, dangereux, au-delà de la baie.

— Où est-il maintenant ?

Elle haussa les épaules.

— Je ne suis pas sûre. Père a dit qu'il couche à l'hôtel de Mannington ce soir. Sans doute qu'il va s'enivrer.

Il hocha la tête.

À chaque contact, de sa main contre la sienne, de son doigt bougeant vers son poignet, du mouvement de sa joue contre son épaule, l'étreinte s'approfondit jusqu'à ce qu'elle trouve ses lèvres et qu'ils s'embrassent. Il passa ses doigts dans ses cheveux et tint son visage, le prit en coupe entre ses mains comme s'il s'agissait d'une chose précieuse, quelque chose qu'il voulait garder pour toujours. Avec ses lèvres contre son visage, il murmura des mots d'amour, lui parlant de ce qu'ils feraient ensemble. Ses promesses lui donnèrent l'espoir d'un avenir qu'elle avait renoncé à envisager. Finalement, ses murmures se transformèrent à nouveau en baisers.

— Tu ne le reverras plus jamais, dit-il. Tu resteras ici, tu obtiendras le divorce. Ce sera facile étant donné les circonstances, étant donné ce qu'il t'a fait. Je m'occuperai de tout. Je connais un avocat qui sera à la fois discret et représentera tes intérêts plutôt que ceux de ton mari. C'est le meilleur dans ce domaine. Je vais...

— Noa !

Il encadra son visage de ses mains.

— Qu'est-ce qui ne va pas ?

— Je sais que tu veux faire toutes ces choses, mais tu ne comprends pas ? Je dois les faire moi-même. Je dois prendre le contrôle de ma vie, faire les choses à ma façon, et les faire correctement.

— Mais je veux t'aider. Ce ne sera pas facile.

— Je ne me berce pas d'illusions. Je ne suis plus innocente.

— Tu le seras toujours pour moi.

Mais elle ne sourit pas.

— Noa, je ne suis plus la personne que tu as connue autrefois. J'ai vu trop de choses, j'ai eu trop d'expériences.

Il la tint fermement.

— Je t'aime et je te connais. Il y a peut-être de nouvelles choses à apprendre sur toi. J'ai hâte. Parce que je sais que je les aimerai aussi.

— Même si elles peuvent être difficiles ?

— Je suis toujours partant pour un défi. Je pensais que tu l'aurais compris à mon sujet maintenant. Il sourit et elle ne put rien dire qu'un baiser n'exprimerait mieux.

— Alors, nous ferons ça ensemble, d'accord ? demanda-t-il.

Elle pouvait voir l'incertitude dans ses yeux.

— Même si je le voulais, je ne pourrais pas. Je dois le faire seule, avec l'aide de ma famille. Je ne veux pas que tu sois impliqué. Cela pourrait affecter ta carrière.

— Au diable ma carrière. Tu es plus importante.

— Tu dis ça maintenant, mais je ne veux pas que tu me maudisses dans les années à venir. Non, cela doit être fait par moi. J'ai le soutien de mon père. Nous sommes déjà allés voir la police et les avocats. Dès qu'il arrivera à Mannington, ils signifieront à Xavier une injonction lui disant de rester loin de moi et de Wharerata et l'informeront que je demande le divorce.

— Que penses-tu qu'il fera ?

Elle haussa les épaules.

— Je ne sais pas. Je pense qu'il me laissera partir. Mais Lena ? Et dans l'immédiat ? Le bateau est prêt donc je suppose qu'il ira pêcher avec ses amis. Apparemment, sa sœur les rejoint. C'est sa réponse habituelle à tout ce qu'il ne veut pas affronter. Disparaître.

— Disparaître me semble une bonne idée. Où est le bateau maintenant ?

— À Napier. Il y va demain.

— Frances, je te promets une chose. Cet homme ne te fera plus jamais de mal. J'y veillerai.

Elle sourit et effleura ses lèvres des siennes.

— Merci, mais il y a une autre promesse que je veux de toi.

— Dis-moi.

— Sois mien. Je ne supporterais pas que tu me quittes à nouveau. Je sais que je ne te mérite pas, mais je t'aime et je ne peux pas supporter d'être séparée de toi à nouveau. Promets-moi que tu resteras avec moi, que tu ne me quitteras jamais à partir de ce jour ?

Il ne parla pas pendant plusieurs battements de cœur tendus, puis il hocha solennellement la tête.

— Je te le promets. Il n'y a jamais eu que toi dans ma vie. Et je ne désire personne d'autre. Mais d'abord, nous devons régler ce gâchis.

Elle put faire un rapide hochement de tête avant qu'il ne l'embrasse à nouveau.

Alors que l'après-midi déclinait et que la brise marine s'adoucissait sous le soleil mourant, ils parlèrent comme jamais auparavant de leur avenir ensemble.

Ce fut Noa qui, en vérifiant sa montre, se leva le premier.

— Je dois y aller et m'occuper d'une affaire

Elle se leva et épousseta sa jupe.

— Quelque chose que je devrais savoir ?

Son visage était énigmatique, indéchiffrable. Il tira le col de sa chemise pour qu'il repose à plat sur son cardigan et effleura sa clavicule du doigt.

— Tout ce que tu dois savoir, c'est que je t'aime, et que nous serons ensemble.

Une boule se forma dans sa gorge. Elle ne pleurerait pas. Il était son sauveur, son amant, son meilleur ami, son foyer, son avenir et elle ne voulait pas le quitter.

— Reste avec moi, Noa. Reviens à Wharerata.

Son incertitude était évidente dans l'intonation montante de sa voix.

— J'ai des choses à faire. Aie confiance, Frances. En moi et en toi, en nous. Nous *serons* ensemble mais nous devons nous assurer que l'avenir soit clair pour nous. Nous devons procéder étape par étape.

— D'accord, dit-elle avant qu'il ne l'embrasse, la privant de toute autre pensée. Il s'écarta trop vite.

— Tout ira bien, dit-il, comme s'il lisait dans son esprit empli de peur et de doute. Fais-moi confiance, Frances. Xavier *partira* et nous *serons* ensemble. Nous et Lena. Pour toujours. Mais tu dois me faire confiance.

La mer se fracassait sur les rochers en contrebas et Frances frissonna.

— Qu'est-ce qui ne va pas ?

Elle secoua la tête, confuse. Comment pouvait-elle mettre en mots l'étrange pressentiment de mal qu'elle ressentait face à la force des vagues s'écrasant sur les rochers en contrebas. Le pouvoir de la mer d'éroder la roche, de tout oblitérer sur son passage, la faisait se sentir petite, insignifiante en quelque sorte.

— Qu'y a-t-il, Frances ? Tu ne dois pas avoir peur. Nous sommes tous dans le même bateau, ma whanau, ta famille, Lena et moi. Nous sommes tous ensemble et ensemble nous pouvons faire face à tout.

Mais tandis que les vagues continuaient de frapper le rivage et de réduire les rochers solides en éclats, en pierres et en sable, minuscules parties de ce qu'ils étaient autrefois, Frances n'était plus sûre que sa famille résisterait aux forces que Xavier pouvait déchaîner.

Noa releva son menton et l'embrassa une fois de plus. Les frissons s'estompèrent, mais le malaise persista.

Xavier Grey se gara devant l'hôtel et regarda autour de lui avec dégoût. Foutue ville de péquenauds. Il n'avait pas d'autre choix que de rester pour la nuit, même s'il ne pouvait pas avoir Lena. Ces maudits avocats l'avaient piégé. Il laisserait tomber pour l'instant. Il souhaitait simplement ne pas avoir à passer la nuit dans cette ville qui lui rappelait son lieu de naissance, un endroit dans le centre-sud dont il ne parlait jamais aux gens. Un endroit où les Noirs connaissaient leur place dans la vie, alors qu'ici ils semblaient se mêler facilement aux Européens.

Il sortit de la voiture et cracha sur la route en terre, essayant de se débarrasser du goût âcre du whisky et des cigarettes. Mais il ne connaissait qu'un seul remède, recommencer les excès. Il plissa les yeux en regardant vers la chaîne de montagnes lointaine qui séparait les plaines du Wairarapa de la côte ouest et fouilla dans sa poche pour prendre ses cigarettes. Un de ses amis lui lança son briquet, les brins de tabac à son extrémité crépitèrent et s'embrasèrent brièvement avant qu'il n'aspire, respirant profondément son réconfort. Il fit un tour complet, regardant de l'autre côté de la rue les magasins, qui semblaient avoir souffert de la Dépression, puis vers le haut de la rue. Les boutiques étaient en train de fermer et il n'y avait pratiquement plus personne, à l'exception de quelques passants se dirigeant vers le même hôtel dont la grandeur victorienne contrastait étrangement avec les autres habitations aux façades écaillées.

— Allez, Xavier ! Qu'est-ce que tu attends ?

Il se tourna vers son ami et passa son bras autour de ses épaules. Il ne pouvait pas compter sur les femmes, mais ses amis étaient toujours là pour lui, à condition qu'il ait de l'argent en poche. C'est ce qu'il s'était assuré en épousant Frances. Avoir de l'argent signifiait avoir des amis et ça lui convenait parfaitement. Ça rendait la transaction plus simple. On savait à quoi s'en tenir.

— Qu'est-ce que j'attends ? Le moment où je pourrai quitter ce foutu trou perdu, Tony, voilà ce que j'attends.

Tony et leur autre ami, un petit trafiquant que Xavier ne gardait dans son entourage que pour sa capacité à lui procurer de la drogue et des femmes, se mirent à rire.

— Bon d'accord, c'est vrai, répondit Tony. J'ai hâte d'aller à la pêche cependant. On dit que c'est le meilleur coin au monde.

Xavier secoua la cendre de sa cigarette dans le caniveau.

— Je le croirai quand je le verrai. Une seule nuit. Faisons en sorte qu'elle soit bonne, hein ? dit-il alors qu'ils marchaient vers l'entrée de l'hôtel. Le Grand ? Quelle blague. Rien de grand dans ce trou.

L'hôtel était pratiquement vide, ce qui était pratique.

— Tournée générale ! cria-t-il. Son beau-père lui avait donné du liquide pour l'encourager à sortir et il ferait en sorte de dépenser chaque centime avant de partir. De toute façon, les fonds étaient là en cas de besoin.

Une poignée d'hommes s'avancèrent avec leurs verres et portèrent un toast à Xavier. Mais il remarqua que le propriétaire ne le regardait pas dans les yeux. Sans doute nourrissait-il une rancune stupide à propos des frasques de leur dernier passage.

—Ça vous pose un problème, patron ?

L'homme ne sourit pas.

— Non, monsieur. Aucun problème. Je suis presque sûr que cette soirée sera une bonne soirée.

Xavier fronça les sourcils. C'était une réponse étrange mais il l'ignora. L'homme n'avait aucune importance. Il s'adossa, posa ses chaussures poussiéreuses sur la chaise d'en face et leva son whisky vers les autres.

— A la vôtre et bonne santé ! dit-il avec un accent anglais exagéré.

Ils burent d'un trait et, cette fois, le barman leur apporta une bouteille pour qu'ils se servent eux-mêmes. Xavier s'installa conforta-blement.

Il ne se souvenait plus s'ils en étaient à leur première bouteille, ou à leur deuxième, ou plus. Et quelle importance, tant qu'ils s'amu-saient ? Les heures passaient et les ombres dans la pièce s'étaient allongées. La fumée s'était épaissie et les cris, après avoir augmenté, avaient diminué jusqu'à ce que l'un de ses amis s'endorme. Lui aussi sans doute car lorsqu'il rouvrit les yeux, l'endroit semblait désert. Il se leva et chancela un peu. Seul le propriétaire était derrière le bar, essuyant un verre et regardant Xavier avec méfiance. Il n'y avait personne d'autre en vue et il réalisa qu'il devait être plus tard qu'il ne le pensait. Et puis il aperçut l'horloge. Ce n'était pas encore l'heure de la fermeture.

Il fronça les sourcils et fit quelques pas vers le bar quand soudain deux hommes surgirent de l'ombre, le visage fermé. Ils étaient couverts de tatouages. Avant qu'il ne puisse parler, ils lui avaient saisi un bras et l'avaient conduit vers la porte de derrière.

— Hé ! Lâchez-moi ! Qu'est-ce que vous croyez faire, bon sang ? Mais les hommes continuaient de le traîner vers la sortie de service. Il regarda le patron qui se tenait dos à lui, astiquant toujours le même verre, ignorant ses appels.

Lorsque l'air frais de la nuit le frappa, il dessaoula rapidement. Il scruta le jardin non éclairé, les bancs désormais vides de chaque côté de la porte, tout comme les tables éparpillées sur la pelouse.

— Qu'est-ce que c'est que ce bordel ?

Soudain, les deux hommes le lâchèrent, sans un mot.

— Il était temps, bon sang. Qu'est-ce que vous pensiez faire en me traînant comme ça, je ne sais pas. Vous ne savez pas qui je suis ?

— Je sais *exactement* qui tu es.

La voix venait de derrière lui, comme si quelqu'un l'avait suivi hors de l'hôtel. Il se retourna pour voir l'ami de Frances, Noa, debout, les mains enfoncées dans ses poches, le fixant d'un regard noir avec les mêmes traits sombres que les autres hommes.

Les deux autres hommes se tenaient un peu en retrait, comme pour lui laisser de l'espace. Xavier s'éclaircit la gorge et ajusta sa chemise.

— Qu'est-ce qui se passe, mon vieux ?

— Ne t'approche pas. Le ton de Noa était ferme, froid et autoritaire.

— Quoi ? Xavier fit un geste comme s'il parlait à un fou. De quoi diable parles-tu ?

— Tu le sais. Ne t'approche pas de Frances, de Lena, de Wharerata. Pars et ne reviens jamais.

Xavier sentit un frisson d'inquiétude dans son ventre. Personne ne l'avait jamais menacé–sans dommage. Mais il n'avait jamais été seul auparavant, ou dans un pays étranger. Il avait toujours pu se sortir de situations difficiles par la parole avant d'en venir aux poings. Mais, face à ces trois-là, il savait que ses poings ne suffiraient pas, et la parole était son seul recours.

— Allez, Noa. C'est bien Noa, n'est-ce pas ?

L'autre homme ne donna aucune réponse, et le malaise grandit en Xavier.

Xavier sourit.

— Quel est le problème ? dit-il de sa voix la plus apaisante. Ça marchait toujours.

— Le problème, c'est toi, répondit Noa.

— Ne sois pas ridicule. Je ne suis jamais le problème. Je suis la solution. Demande à n'importe qui à Hollywood. Il rit comme s'il avait fait une blague. Encore une fois, pas de réponse.

— Il y a une voiture dehors et l'un de tes gars est suffisamment dessoûlé pour conduire. Tu as assez d'essence pour aller jusqu'à Napier. Tu t'y rends maintenant, tu récupères le bateau, tu massacres quelques poissons si tu veux, puis tu retournes directement à Auckland pour prendre ton vol retour dans quelques semaines. Voici ce que tu vas faire.

— Ah vraiment ? Et qui penses-tu être pour me donner des ordres ?

— Arrête de répondre. Tu fais ça, sinon...

— Sinon quoi ? Tu me menaces ?

Il n'y eut aucune hésitation.

— Oui.

Xavier jeta un coup d'œil aux deux autres hommes. Ils avaient l'air robustes. Et Noa aussi semblait coriace, même s'il n'était pas aussi grand que les autres. Mais Xavier n'avait jamais reculé devant une confrontation. Pour lui, c'aurait manqué de virilité et il était un homme, un vrai, plus qu'eux tous.

— Pas question. Je partirai quand je serai prêt, et pas sans Frances ou Lena.

— Ce n'est pas une option. Tu pars et tu pars maintenant. Seul. Et tu ne reviens jamais.

— Écoute-moi bien. Il fit quelques pas vers Noa, qui sortit une main de sa poche, la ramena en arrière en poing et frappa Xavier au menton avec plus de force qu'il ne s'y attendait. Pendant un instant, Xavier ne comprit pas ce qui s'était passé. La surprise, la douleur, puis l'incrédulité se succédèrent rapidement alors qu'il titubait en arrière.

Mais alors qu'il réalisait soudainement à travers sa brume alcoolique ce qui venait de se passer, un autre coup le frappa à l'estomac. Il se plia en deux et attendit. Rien. Puis il se redressa à nouveau, reculant dans les bras des deux autres hommes qui lui bloquaient le passage. Noa lui asséna un autre coup, puis encore un autre. La dernière chose dont Xavier se souvint avant de perdre connaissance furent trois mots crachés à son oreille alors qu'il gisait au sol.

— Laisse-la. Tranquille. Et puis tout devint noir.

CHAPITRE QUATORZE

PAIGE

Je retournai à Mannington en empruntant les routes ensoleillées. Il n'y avait personne pour voir le sourire idiot sur mon visage. Seuls les arbre macrocarpa étaient témoins de mon bonheur. Leurs troncs gris clair se dressaient solidement sous une canopée de feuilles vert foncé, immobiles en cette après-midi calme, leurs ombres s'étalaient à leurs pieds comme des taches d'encre sur le paysage doré et desséché. Je filais le long des routes désertes, les arbres le long des haies faisaient danser leurs ombres sur mon bonheur, comme pour me rappeler qu'il était éphémère. Comment en effet quelque chose d'aussi joyeux pouvait-il durer quand il reposait sur un mensonge ? Je n'étais pas celle qu'il croyait.

Le temps que je me gare devant la maison de retraite, après m'être arrêtée pour acheter ces gerberas rose vif que ma grand-mère aimait tant, mon bonheur avait été submergé, comme toujours, par le sens d'une réalité perpétuellement en contradiction avec mes espoirs.

La voiture de Rina était garée à sa place habituelle, dans l'une des rares places de stationnement privées près de la chambre de ma grand-mère. Je les entendis parler avant d'atteindre la porte. Elles levèrent toutes les deux les yeux vers moi, en plein rire, et mon cœur se réchauffa. C'était l'un des bons jours d'Aroha.

— Bonjour ! Vous faites la fête sans moi ? demandai-je.

Ma grand-mère tendit la main et prit la mienne dans la sienne tandis que je me penchais pour l'embrasser sur la joue. Son Chanel Numéro 5 ne parvenait pas à masquer l'odeur du savon bactéricide. Mais, avec ses cheveux récemment coiffés, son rouge à lèvres et son vernis à ongles, elle aurait pu être en train de bavarder avec son amie dans un café plutôt que dans une maison de retraite. Cela me redonnait de l'espoir pour l'avenir.

— Nous étions juste en train de parler du passé, Paige, dit Rina.

— Ah, c'est justement mon sujet préféré.

— Une jeune femme comme toi ne devrait pas s'intéresser au passé, dit Rina.

Je n'osais pas lui dire que je ne voyais aucun avenir sans m'être d'abord plongée dans mon passé.

— Laisse-la tranquille, dit ma grand-mère. Paige a le droit de s'intéresser à ce qu'elle veut.

Je rougis d'excitation. Ma grand-mère ne m'avait jamais appelée par mon prénom auparavant.

— J'étais en train de me remémorer avec Rina notre vie amoureuse. Elle échangea un regard avec Rina qu'on ne pouvait décrire que comme coquin. J'étais surprise qu'elle ait appelé Rina par son vrai nom, plutôt que par l'omniprésente étiquette « Sis » qu'elle semblait appliquer à quiconque dont elle avait oublié le nom.

— Toi, Ro, tu étais une vraie petite chipie quand tu étais jeune. Tu rendais ta famille folle d'inquiétude.

Le sourire d'Aroha ne s'estompa pas mais s'intensifia.

— Oui, n'est-ce pas ? Pauvre Maman. Mais je me suis bien amusée.

— Ça, c'est sûr.

— Et c'était un amusement innocent, jusqu'à ce que Maman meure.

Rina secoua la tête.

— Cet homme t'avait tourné la tête, dit-elle d'un ton bourru, commençant à s'agiter comme si le souvenir la mettait en colère.

— Cet homme m'a donné ce que je voulais : du sexe, dit Aroha.

Rina claqua la langue d'un air réprobateur.

Aroha lui lança un regard indigné.

— Tu peux parler ! Personne ne te soupçonnait quand tu passais la nuit avec tes *amies*.

— C'est parce qu'il n'y avait rien à soupçonner. Pas comme toi.

Aroha haussa les épaules.

— Je voulais du sexe. Et j'aimais le sexe. Ton grand-père était plutôt doué pour ça, tu sais, dit-elle en s'adressant à moi.

Mes yeux s'écarquillèrent et Rina éclata d'un rire bref.

— Allons, Ro. Tu embarrasses la petite. Elle pense probablement que les vieilles dames n'ont jamais aimé le sexe.

— Alors elle aurait tort. Elle tapota ma main. Non, mon erreur n'a pas été le sexe, c'était de l'épouser. Elle soupira. Et de rester mariée avec lui après l'arrivée d'Helena. J'aurais été tout à fait heureuse en tant que mère célibataire.

Une mère célibataire. Les mots de ma grand-mère s'installèrent dans mon esprit troublée comme une marque d'approbation. Ça devenait possible pour moi d'*être* cette mère célibataire. Instinctivement, j'appuyai sur mon ventre qui n'était presque pas visible pour le moment. Il allait falloir que je commence à me renseigner sur la grossesse, sans parler de l'accouchement et de la façon d'élever un enfant en tant que parent isolé. Pour la première fois depuis que j'avais découvert que j'étais enceinte, j'arrivais vraiment à imaginer un avenir. Un petit cottage, le bébé, moi travaillant à Wharerata avec mes contrats de comptabilité, entourée de ma grand-mère, de son amie, de Tane et sa famille. Et il y aurait d'autres gens, d'autres choses que je n'avais pas encore découvertes, qui me relieraient — ma fille et moi — à cet endroit. Je souris en réalisant que j'avais pensé à mon bébé comme à une personne réelle pour la première fois, et pas n'importe qui, mais une petite fille. En réfléchissant aux paroles de ma grand-mère, je décidai de me renseigner sur les médecins locaux. J'avais besoin de m'assurer que tout irait bien, de prendre le contrôle de la situation, tout comme ma grand-mère aurait souhaité le faire il y a si longtemps.

— Ça, c'est sûr, dit doucement Rina. Je crois bien, Ro, que tu aurais été heureuse quoi qu'il arrive. Tu te souviens de ce qu'on s'était dit ? Pas de regrets.

— *Je ne regrette rien*, chanta Aroha, dans une imitation chevrotante d'Édith Piaf. Plus facile à dire qu'à faire, hein, Sis ? Le visage
d'Aroha s'effondra soudainement, et la détresse emplit ses yeux
noisette. Elle poussa un gémissement effrayé et tendit la main vers
celle de Rina.

Rina la saisit, les sourcils froncés, en pressant ses lèvres et en
agitant leurs mains jointes comme si cela allait arranger les choses.

J'avais voulu demander à ma grand-mère quel âge avait ma mère la
dernière fois qu'elle l'avait vue, si elle avait déjà eu des nouvelles de
son ex-mari, et comment était ma mère quand elle était bébé, mais il
était trop tard. L'ambiance était passée du bonheur à la tristesse. Finalement, ce fut Aroha qui rompit le silence.

— Où est Papa ? demanda-t-elle à Rina, dont le visage était
soudain ravagé par le chagrin.

Rina ravala ses larmes et secoua la tête.

— Pas ici, Ro. Pas ici.

— C'est étrange dit Ro, reposant sa tête contre l'oreiller blanc et
net. J'aurais juré l'avoir vu.

— Peut-être en rêve.

Aroha tourna la tête sur le côté pour faire face à Rina.

— Tout comme Maman avait l'habitude de le voir. Elle prit une
profonde inspiration, presque trop pour son corps frêle, ferma les
yeux et s'enfonça une fois de plus dans son monde, en exil du mien.
J'espérais qu'il était plus clément que celui qu'elle avait connu jadis.

Un silence s'installa que je devais rompre, sinon j'allais me mettre à
pleurer moi aussi.

— Toi et Aroha, vous vous connaissez depuis longtemps, dis-je,
peut-être avec trop d'entrain.

— Depuis notre enfance, répondit Rina.

— On dirait que tu veillais sur elle.

Rina poussa un profond soupir et tapota une dernière fois la main
d'Aroha avant de se lever.

— Je pense plutôt que c'était l'inverse, dit-elle avec un sourire
triste. Avant que je puisse lui demander ce qu'elle voulait dire, elle se
dirigea vers la porte et l'ouvrit. Il est temps d'y aller.

J'acquiesçai à contrecœur et jetai un dernier regard à ma grand-mère, qui dormait maintenant profondément.

— Désolée que tu sois arrivée un peu trop tard aujourd'hui. Elle était en forme.

Je me mordis les lèvres. Si je n'avais pas été avec Tane à Wharerata, j'aurais pu profiter d'un plus long moment de lucidité lors de la visite avec ma grand-mère.

— Il y aura toujours demain, dit Rina en me prenant le bras et en retournant vers le couloir. Mais je ne pouvais m'empêcher de me demander pendant combien de temps encore nous pourrions compter sur le lendemain.

LE BARBECUE dominical de Te Uranga avait l'air d'être bien plus qu'une affaire de famille, à en juger par la file de voitures et le bruit sourd de la musique.

J'avais laissé ma voiture à Wharerata et, en émergeant du sentier envahi par la végétation qui longeait les champs, la brise marine rafraîchissante me frappa. C'était un soulagement bienvenu après la chaleur étouffante de la vieille demeure, avec son bosquet d'arbres qui bloquait la brise.

Les gens débordaient sur la plage depuis la terrasse arrière et, en approchant de sa maison, j'en voyais d'autres profiter des derniers rayons du soleil dans le jardin de la cour avant.

C'était rassurant de savoir qu'ils étaient là, à quelques centaines de mètres, un pont avec une vie normale, loin de l'étrangeté de mon travail à Wharerata et de l'intensité des moments passés avec ma grand-mère. Mais je me sentais nerveuse. La dernière fois que j'avais vu Tane, nous avions été proches, beaucoup plus proches que je ne l'avais prévu. Je ne regrettais pas notre intimité, mais il était parti quelques jours à Wellington et je ne l'avais pas revu. Il m'avait envoyé un texto pour me dire qu'il serait là ce soir, mais ses messages avaient été brefs, sans aucune référence à ce qui s'était passé. Je me demandais s'il le regrettait. J'allais bientôt le savoir.

— Hé ! Te Uranga me fit signe. Je lui répondis d'un geste et descendis maladroitement la berge jusqu'à la route sablonneuse.

— Salut ! Merci de m'avoir invitée. Je mis les mains dans mes poches et regardai autour de moi avec un sourire poli, me sentant soudain dépassée au milieu de cette communauté soudée. J'avais passé trop de jours seule, avec pour seule compagnie les fantômes de ma famille.

— Entre donc. Te Uranga me fit signe brusquement. Assez de politesses. Tu es des nôtres, maintenant.

J'appréciais le sentiment mais ne pouvais m'empêcher de le trouver faux. J'allais répondre quand l'odeur d'oignons frits venant barbecue m'enveloppa et une vague de nausée me submergea. J'avalai ma salive et rentrai mes joues, m'efforçant de ne pas vomir. Le moment passa mais me laissa un film de sueur froide sur le front, que j'essuyai discrètement avec ma main. J'espérais que personne ne l'avait remarqué, mais quand je regardai autour de moi, Te Uranga avait les yeux fixés sur moi.

Et à ce moment-là, je sus que si je ne le disais pas bientôt à Tane, il l'apprendrait d'une autre manière, et alors il n'y aurait plus aucune chance d'avenir pour nous.

— Tu n'aimes pas les barbecues, ou quoi, Paige ? dit Te Uranga, la tête penchée sur le côté.

— Euh, ce n'est pas exactement ça.

— Alors c'est quoi, exactement ? Elle secoua la tête. Allez, ma fille, je crois que tu as quelque chose à me dire, hein ?

Elle glissa son bras sous le mien et m'entraîna à l'arrière de la maison. Nous descendîmes de la terrasse et marchâmes sur le sable, mais elle ne s'arrêta pas avant que nous soyons hors de portée de voix. Puis elle me fit faire demi-tour et posa ses mains sur mes épaules.

— Maintenant, crache le morceau.

Je me sentis légèrement agacée. Pourquoi pensait-elle pouvoir me forcer à parler ?

— Qu'est-ce qui ne va pas ?

— Ce qui ne va pas, c'est que tu courtises mon cousin, si ce que je pense et ce que j'ai entendu est vrai.

— Je ne suis pas sûre que je dirais que nous nous « courtisons ».

— Alors comment appellerais-tu le fait que mon crétin de cousin ne parle que de toi et se promène partout avec un sourire idiot ?

Malgré la confrontation, ça faisait du bien de savoir que j'avais rendu Tane heureux. Ça devait se voir.

— Ne reste pas plantée là à sourire bêtement, toi aussi. J'en ai assez avec celui-là ! De toute façon, ce n'est pas seulement le fait de vous courtiser qui pose problème, n'est-ce pas ?

— Pourquoi dis-tu ça ?

— Ce que tu ne réalises pas, Paige, c'est que notre famille est comme un énorme réseau d'espions. Ma cousine qui vit plus bas dans la rue travaille à la maison de retraite. Elle s'occupe souvent de ta grand-mère. Elle t'a entendue parler. C'est pour quand, ton bébé ?

Je secouai la tête, incrédule mais aussi soulagée.

— Je ne sais pas exactement.

— Tu n'as pas encore vu de médecin alors ?

— Pas encore. Je suppose que je n'y étais pas prête.

— Ce dont tu as besoin, c'est de te concentrer sur ton *corps*. Ça, elle fit un signe de tête vers mon ventre, ne va pas disparaître.

— Tu as raison. Je poussai un soupir, soulagée que le secret soit révélé. Je suis si contente de te l'avoir dit.

— Tu ne me l'as pas vraiment dit !

— Peu importe, tu sais. Tu es seulement la deuxième personne à être au courant.

— Je suis contente de le savoir, mais la deuxième personne à qui tu *aurais dû* le dire, c'est Tane. Tu ne crois pas qu'il devrait savoir ?

— Bien sûr. J'allais le faire. C'est juste que je n'ai pas trouvé le bon moment.

Te Uranga jeta un coup d'œil vers la maison où Tane apparaissait, une bière à la main, regardant dans leur direction sur la plage.

— C'est l'occasion maintenant. Elle me fit une brève accolade puis jeta un autre regard inquiet à Tane. Cela m'inquiéta à mon tour.

— Tu penses... Je m'interrompis.

— Je ne sais pas. Tane a traversé des épreuves dont je doute qu'il t'ait parlé. Elle fit un sourire en coin. Vous ne valez pas mieux l'un que l'autre. Elle se rapprocha. Mais c'est mon cousin, et je ne veux pas qu'il soit blessé à nouveau.

J'ai acquiescé et me suis retournée pour suivre le regard de Te Uranga, constatant que Tane nous avait suivies sur le sable.

— Hé vous deux, qu'est-ce que vous faites ?

— On se tient juste au courant des nouvelles, hein, Paige ?

— C'est ça, dis-je en souriant brièvement, hésitante.

— Il y a quelque chose que je devrais savoir ?

Te Uranga reprit la parole après une légère pose pleine de tension.

— Tout en temps voulu. Je veux d'abord manger. Allez, viens.

Tane m'a regardée d'un air interrogateur, mais j'ai secoué la tête, ne sachant pas quoi dire.

— Ça va ? a-t-il demandé, alors que nous emboîtions le pas à Te Uranga pour la suivre vers la maison.

— Bien sûr. Et toi ?

— Ouais.

— Qu'est-ce que tu as fait ?

— Des trucs de business. Je préfère largement le côté créatif.

— Et moi, je préfère largement le business, ai-je dit.

— On est vraiment fait pour s'entendre, a-t-il dit en effleurant mon bras de sa main. Allez, tu pourras me raconter tes secrets plus tard. Suivons les conseils de Te Uranga et allons manger.

CE N'EST que bien plus tard que la fête a commencé à se calmer et que Tane est venu vers Te Uranga et moi.

— Je me souviens avoir vu de vieilles photos de la grande maison. Tu en as ici ?

— Quelque part dans le bureau. Je ne les ai pas regardées depuis des années. Suivez-moi.

Elle nous a conduits dans le petit bureau où elle travaillait, est montée sur un escabeau jusqu'en haut de la bibliothèque et a soufflé sur la poussière.

— Les voilà !

Elle a tendu la boîte à Tane qui l'a prise et l'a posée sur la table. Je me suis tenue à côté de lui lorsqu'il a ouvert la boîte, révélant des piles de vieilles photographies, certaines avec les coins encore collés sur les bords, probablement extraites d'un album, d'autres cornées comme si elles avaient passé une vie dans le portefeuille de quelqu'un, d'autres, enfin, encore impeccables entre de fins papiers.

— Hé, regarde-nous tous aux Cascades. Tu y es déjà allée, Paige ? C'est l'un de nos sites naturels les plus célèbres.

J'ai secoué la tête, et Tane a pris la photo des mains de Te Uranga.

— On a l'air si jeunes.

Te Uranga lui a donné un coup de coude dans les côtes.

— Certains le sont toujours, mon pote. Elle en a tiré une autre de la pile. Il y en a de ta famille ici, Paige.

— Je ne pense pas que je m'habituerai un jour à entendre les mots « ma famille ». J'ai souri à Te Uranga.

— Je vais vous laisser les passer en revue, a-t-elle dit en retournant à la cuisine.

Ensemble, Tane et moi avons parcouru les photographies, commentant de temps en temps, riant assez souvent. Finalement, je me suis étirée et j'ai bâillé en regardant la mer agitée.

— Je ne sais pas où est cette photo dont tu parles, ai-je dit, mais je ne pense pas qu'elle soit dans cette boîte. J'ai ouvert la fenêtre un peu plus grand, et les photographies se sont soulevées et ont claqué dans la boîte. J'ai fermé les yeux et me suis souvenue de l'odeur de Londres, parfois, mais rarement, avec le parfum des fleurs printanières d'un jardin voisin. Je savais où je préférais être.

— Hé ! Tane m'interpela

— Désolée, ai-je dit en fermant la fenêtre. Puis je me suis retournée pour voir que Tane ne me prêtait aucune attention mais regardait le coin de la boîte où quelques fines photographies étaient coincées dans une pliure. Il a récupéré une photo et me l'a montrée, et j'ai vu une version glamour de moi-même debout devant la porte d'entrée de Wharerata.

— C'est celle-là.

Ensemble, nous avons scruté la photographie. C'était définitivement elle. Elle ne portait pas de chapeau et ne ressemblait en rien à ce qu'elle était dans les films ou les coupures de journaux, elle avait l'air plus jeune, plus espiègle et tout à fait charmante.

— Je comprends maintenant pourquoi elle a pu persuader ses parents de la laisser participer au concours de beauté. Regarde ce sourire.

Mais quand je me suis tournée vers lui, ce n'était pas la photographie qu'il regardait, mais moi.

— Tane ! Te Uranga est arrivée en remontant le couloir, un verre de vin à la main. Ah, vous êtes encore là. Un ami de Matt veut te rencontrer. Une sorte de fan. Elle a levé les yeux au ciel.

— Je reviens dans une minute, dit-il avec un sourire.

Te Uranga a donné une tape dans le dos de son cousin lorsqu'il est passé et s'est affalée à côté de moi. — C'est un être compliqué, celui-là, a-t-elle dit avant de prendre une gorgée de son vin.

— Je suppose que nous sommes tous compliqués, d'une manière ou d'une autre.

Elle a posé ses pieds sur la table basse et a admiré le vernis rouge vif sur ses orteils.

— Oui, je suppose. Mais tu vois mon autre cousin là-bas. Elle a pointé du doigt vers le salon où un homme soigné se tenait tranquillement à côté de sa femme. Il est compliqué aussi, mais je peux le lire à livre ouvert. Il se demande quand sa femme aura fini de parler pour rejoindre les gars sur la terrasse avec une bière. Regarde bien.

Toutes les deux, nous avons observé sa femme bavarde s'essouffler et commencer à manger. L'homme a regardé autour de lui comme un prisonnier cherchant la liberté, s'est levé furtivement, a marmonné quelques mots et s'est dirigé vers ses copains à l'extérieur.

Nous nous sommes toutes les deux mises à rire.

— La plupart des hommes sont entièrement prévisibles. Je ne sais pas quel est le problème, mais leurs besoins sont basiques. La compagnie d'autres hommes, la bière, la nourriture, le sexe. Elle a hésité un moment avant d'allonger la liste mais, au lieu de cela, a secoué la tête et s'est retournée vers moi. Oui, c'est à peu près tout. Elle a pointé du doigt en direction de Tane. Sauf lui. Bien sûr, il aime la bière, le vin, la compagnie, la nourriture et le sexe. Elle m'a fait un clin d'œil, et j'ai rougi. Mais il a une vie intérieure plus riche que les autres. C'est un penseur profond, et ça le mène dans d'autres directions, le rend imprévisible. Ça te tiendra en haleine, c'est sûr.

— J'ai l'impression que tu crois notre histoire plus sérieuse qu'elle ne l'est. On se connaît à peine en fait.

— Peut-être, peut-être pas, a dit Te Uranga avec un sourire. Mais j'ai vu comment il te regarde. C'est ça, la différence.

Quelqu'un l'a appelée, et elle a pris son verre et s'est levée.

— Je dois y aller. On dirait qu'on a besoin de moi dans la cuisine. Elle a levé les yeux au ciel. La place d'une femme et tout ça.

J'étais reconnaissante de ce répit, ses paroles avaient beau m'avoir réchauffé le cœur, elles avaient aussi déclenché des sonnettes d'alarme. Est-ce que c'était moi qui lui plaisait, ou bien était-il intéressé par un autre aspect de la situation ? Je l'ignorais, mais il me faudrait le découvrir. Rapidement.

IL FAISAIT NUIT lorsque j'ai pu quitter la fête. Je m'étais plongée dans une conversation avec un groupe de personnes qui parlaient de l'histoire maorie, sujet auquel je ne connaissais rien. Et, lorsque j'ai découvert en regardant mon téléphone qu'il était beaucoup plus tard que je ne l'imaginais, j'ai cherché Tane du regard mais je ne l'ai pas vu. Je suis sortie dans le jardin et sur les dunes de sable où Te Uranga fumait, seule.

— Tu n'as pas vu Tane ? lui ai-je demandé. Elle s'est retournée et a soufflé un nuage de fumée bleue dans le crépuscule qui tombait.

— Non, pas depuis un moment.

Elle m'a offert une cigarette que j'ai refusée d'un signe de tête. Je me sentais inexplicablement déçue. J'avais supposé que nous partirions ensemble, mais il avait dû partir sans moi. Je pouvais retourner à pied à Wharerata et récupérer ma voiture sans problème, mais j'avais espéré à autre chose.

— As-tu vérifié au cimetière ? a ajouté Te Uranga. Je me suis tournée vers elle avec une expression perplexe.

— Le cimetière ? C'est un endroit où il va souvent ?

Elle a hoché la tête, retiré un brin de tabac de sa langue et l'a jeté au loin.

— Oui, tous les jours. Tu sais, pour discuter, les tenir au courant de ce qui se passe, de ce qu'il ressent, tout ça.

— Attends une minute, Te Uranga. À qui parle-t-il exactement dans le cimetière ? Pas aux morts, j'espère ?

Elle a acquiescé et c'était à son tour de froncer les sourcils.

— Si, ils sont morts, mais ils ne sont pas partis. Pas de nos cœurs. C'est là que nous, les Maoris, avons toujours communiqué avec nos ancêtres. Leur *wairua*, leurs esprits, s'attardent et ils sont avec nous, toujours. Elle s'est tournée pour regarder l'horizon sombre.

— Et même s'ils ne peuvent pas entendre, on se sent mieux. Tu ne fais jamais ça avec tes parents ?

J'ai secoué la tête.

— Je ne suis pas retournée au crématorium depuis les funérailles.

Je me sentais horrible. Je n'ai pas été élevée avec des croyances religieuses et quand j'ai assisté à la crémation de mes parents, j'ai simplement senti qu'ils étaient partis, qu'on me les avait enlevés et qu'il ne restait plus rien. Je n'y étais pas retournée. J'avais lu une fois à propos d'une entreprise de crémation qu'il il était impossible de savoir à qui appartenaient les cendres. Et souvent, celles qu'on rendait aux familles étaient un mélange contenant simplement de la terre brûlée. Une fois que j'ai su cela, il ne m'a plus semblé utile de revenir au crématorium. Mais maintenant, je sentais le regard stupéfait de Te Uranga peser sur moi.

— Sérieusement ?

J'ai haussé les épaules puis hoché la tête.

— Ils ont été incinérés, et puis voilà, en fait. Ce n'est pas comme ici.

— Et en quoi ici est-ce différent de l'Angleterre ? Je veux dire, bien sûr c'est la Nouvelle-Zélande, et c'est loin, mais les gens sont les gens. Et ils doivent te manquer.

— Bien sûr qu'ils me manquent. Mais je ne me permets jamais de penser à eux.

J'ai soudain réalisé qu'ils me manquaient maintenant plus que jamais. C'était comme si la Nouvelle-Zélande me dépouillait de mes strates. J'ai difficilement dégluti et cherché des idées pour changer de sujet.

— Donc les parents de Tane lui manquent. Il y a combien de temps qu'ils sont morts ?

— Oh, ce n'est pas à ses parents qu'il va parler. Ils sont toujours en vie. Non, c'est à la tombe d'Emma et Tahi qu'il rend visite.

C'était comme si on m'avait coupé le souffle. Deux noms que je n'avais jamais entendus auparavant, deux noms qui étaient au cœur de cet homme compliqué et rendaient les choses encore plus difficiles pour moi.

J'ai senti une main sur mon épaule et je me suis retournée, incapable de cacher la douleur que je ressentais face à cette découverte.

— Il ne te l'a pas dit, n'est-ce pas ? Les yeux de Te Uranga ressemblaient beaucoup à ceux de Tane en forme et en couleur, mais c'est là que s'arrêtait la ressemblance. Ils n'avaient pas sa complexité, mais ce qui leur manquait de ce côté-là, ils le compensaient en compassion. Cependant, j'étais capable de résister à la compassion.

J'ai secoué la tête, ne faisant pas confiance à ma voix pour parler. Te Uranga a passé son bras autour de moi et nous avons marché vers la mer, où les vagues sombres ondulaient sur la plage avant de se retirer à nouveau sur le sable, le lissant et révélant le dangereux courant qui se cachait sous sa surface calme.

J'ai pris une profonde inspiration et levé les yeux vers les étoiles qui commençaient à apparaître.

— Et pourquoi devrait-il me le dire ? ai-je demandé, essayant un sourire. Quand j'ai senti que mes lèvres pouvaient tenir le sourire, je me suis tournée vers elle. Après tout, on se connaît à peine.

— Mais vous apprendrez à vous connaître. Elle a pris mes mains dans les siennes. Vous apprendrez à vous connaître, Paige, a-t-elle répété avec force. Je le sais, je le vois.

— Peut-être, mais qui sont ces gens ? Qui est Emma, qui est Tahi, s'ils ne sont pas de la famille ?

— Je n'ai pas dit qu'ils n'étaient pas de la famille. J'ai dit qu'ils n'étaient pas ses parents. Si tu veux en savoir plus sur eux, je te suggère d'aller le trouver et de lui demander, laisse-le te le dire. C'est à lui de raconter son histoire.

J'ai acquiescé. Nous sommes retournées à la maison, j'ai dit au revoir, et je suis sortie en laissant la porte comme je l'avais trouvée, légèrement entrouverte. Personne ne fermait à clé par ici. J'ai marché le long de la ruelle vers le bout de la route où Te Uranga m'avait dit d'aller. À ce moment-là, mes yeux s'étaient habitués à l'obscurité et je pouvais tout juste distinguer une ouverture dans un mur. Je l'ai franchie et j'ai vu une silhouette solitaire dans l'obscurité, debout sur la colline découverte, sa silhouette un peu plus sombre que le ciel. J'ai eu à moitié envie de faire demi-tour et de repartir ; après tout, qui étais-je pour le déranger en ces instants ? Mais j'ai continué. Je voulais des réponses et je voulais qu'il sache que je m'en souciais.

Il n'a pas levé les yeux avant que je sois très près, apparemment perdu dans ses pensées.

— Donc tu es venue, a-t-il dit.

— Tu parles comme si tu t'attendais à ce que je vienne. Si tu t'attendais à ce que je vienne, ç'aurait été une bonne idée de me le demander.

— Je sais que je peux compter sur Te Uranga. De plus, je n'en ai pas parlé car tu avais l'air de t'amuser.

Je me suis approchée de lui.

— C'est le cas. J'aime beaucoup ta famille.

— Et ils t'ont adoptée.

— Ils pensent qu'on est ensemble.

— Ensemble. Qu'est-ce que ça veut dire ? Une seule chose ? a-t-il plaisanté.

— C'est un mot idiot, mais tu sais ce que je veux dire.

Il tendit la main vers moi et entremêla ses doigts aux miens, les joignant comme pour une prière avant de les serrer fermement.

— Un tout, dit-il. Deux mains jointes en une seule.

Avant que je ne puisse répondre, il m'attira à lui et m'embrassa très doucement sur les lèvres.

— Même les mots idiots ont un sens. Parfois même le bon.

— Tane, qui sont Emma et Tahi ?

Je sentis son corps se raidir.

— Emma était ma femme, et Tahi ma fille. Je les ai perdues toutes les deux. Deux fois je les ai perdues. Une fois dans l'obscurité de ma carrière et je les ai oubliées. Et puis c'est Te Uranga qui m'a fait voir la lumière et je les ai retrouvées. Mais pas pour longtemps. Nous avons eu Tahi quand nous étions tous les deux très jeunes. A l'âge de trente ans, quand Tahi en avait quatorze et était impatiente de découvrir le monde, j'étais à Los Angeles, en train de travailler, et je n'étais pas là pour elle. Tahi a fait une overdose d'héroïne. Emma est arrivée trop tard. Et Emma ne s'en est jamais remise. Elle est entrée dans la mer par une froide nuit d'hiver.

J'ai immédiatement regardé vers la mer.

— Pas ici. Emma ne l'aurait jamais fait ici. Non, c'était au large de la côte sud de Wellington — froide, agitée et peu accueillante — là où elle voulait être. Et je ne me pardonnerai jamais de ne pas avoir été là, pour elles deux.

— Je suis désolée. Ça a dû être dévastateur.

— Tu n'as aucune idée, Paige. Aucune idée de ce que c'était et je ne m'attends pas à ce que tu comprennes. C'est mon affaire. Uniquement la mienne.

— Et donc tu vas te punir en ne t'engageant plus jamais ?

— C'est tout ce que tu as à dire à ma triste petite histoire ?

— Je suis désolée, Tane, vraiment désolée. Mais je suis sûre qu'Emma ne voudrait pas que tu passes le reste de ta vie à les pleurer.

— Tu ne connaissais pas Emma, dit-il avec ironie. Je suis presque sûr qu'elle me suit à chaque pas, s'assurant que je ne m'amuse pas trop sans elles deux. Et ça a marché, jusqu'à maintenant en tout cas.

— Parle-moi d'elles, dis-je doucement.

— Que veux-tu savoir ? je connaissais Emma depuis sa naissance, il y a beaucoup de choses à raconter.

— Les points saillants, alors. La bande-annonce, le film qu'était Emma.

Il sourit alors, et nous nous sommes assis sur un banc proche de nous. Il passa son bras autour de moi et je m'appuyai contre son épaule tandis que nous regardions tous deux devant nous dans l'obscurité, et il me raconta les moments forts de la vie de sa femme.

Bien plus tard, nous sommes retournés à la maison de Te Uranga et Tane a dit au revoir à sa whanau pendant que je récupérais ma veste dans la chambre d'amis.

— Bien joué. J'ai cru comprendre que tu as réussi à le faire parler d'Emma et Tahi. Peu de gens y parviennent, me dit Te Uranga depuis l'embrasure de la porte.

— Oui, il m'a tout raconté à leur sujet. Ça a dû être terrible. Pour vous tous.

Ce qu'il m'avait dit avait créé entre nous une distance, qui tout en étant amicale, nous séparait. Je ne savais pas si elle venait de moi, ou de lui, mais elle était là. Un feu rouge, une barrière, un gouffre infranchissable, rempli de culpabilité, de remords et d'espoirs brisés.

— Oui, mais les choses ne sont pas toujours ce que l'on croit. Emma n'était pas très facile à vivre et je parie qu'il ne t'a pas dit ça. Ce n'était pas entièrement de sa faute à lui.

— Sans doute. Mais je n'ai pas besoin de tout savoir, pas avant qu'il ne soit prêt à me le dire, en tout cas.

— Et quand ce sera le cas, tu lui apprendra ta nouvelle à toi, n'est-ce pas, Paige ? Il ne peut pas être le seul à s'ouvrir sur ses secrets.

— Je le ferai bientôt, Te Uranga, ne t'inquiète pas dis-je en la fixant dans les yeux.

Je regardai autour de moi et réalisai soudainement que je devais partir Que diable avais-je à gagner à m'accrocher à cet homme ? Un homme qui ne voulait rien de la sorte de futur que, moi, je désirais et dont j'avais besoin ? Il m'avait dit et qu'il ne pouvait pas s'engager, et qu'il ne voulait pas rester au même endroit. Et je voulais exactement le contraire, pour moi et pour ma fille. L'instant présent ne pouvait pas me suffire. Viendrait un temps où l'avenir devrait se dessiner, et j'étais bien décidée à ne pas le laisser le hasard s'en charger.

Je passai ma main sur mon ventre, une promesse autant qu'une caresse.

— Je dois y aller.

— Ah bon ? Je pensais que tu allais rester...

— Non. Désolée, je dois partir.

— Alors je vais chercher Tane. Il peut te ramener à Wharerata.

— Non, tout va bien, merci. Je n'ai pas besoin qu'on me ramène.

Je ne suis pas repassée par la maison mais j'ai fait le tour, à travers les dunes de sable et sur le chemin qui menait à Wharerata, loin du seul réverbère qui éclairait la route. Je ne voulais pas que quelqu'un me voie partir, surtout pas Tane.

Il m'avait dit clairement qu'il m'aimait bien mais pas assez, semblait-il, pour s'engager. Pour moi, c'était une configuration incohérente au cœur de laquelle je ne me voulais pas me retrouver.

Les paroles de ma grand-mère me revinrent à l'esprit. Elle aurait pu être une mère célibataire, tout comme moi. Je n'avais pas besoin d'un homme pour compliquer ma vie et me reléguer, moi ou ma fille, au second plan, pas désirées. Je marchais sur le chemin vers Wharerata, dont les cheminées se dessinaient, noires contre le ciel indigo, pensant que la seule chose dont j'avais besoin, je l'avais ici même. Un endroit que je pouvais considérer comme chez moi, les échos d'une famille, ma fille et mes amis. Tous, nous pourrions construire une vie.

Je savais tout cela. Tout en me dirigeant, songeuse, vers ma voiture, sous le clair de lune, je n'en ressentais pourtant pas l'absolue vérité. Mais cela viendrait.

J'en étais sûre, cela viendrait.

CHAPITRE QUINZE

FRANCES

— Assieds-toi, Frances. Tu vas user le tapis, observa son père derrière le bouclier de son journal.

Mais Frances ne ralentit pas sa marche. Elle ne s'était jamais sentie aussi agitée, ni aussi coupable. Elle avait amené Xavier ici, et elle avait impliqué tous ceux qu'elle aimait dans une action qui pourrait causer des ennuis à tous les concernés et à leurs familles. Elle se tourna brusquement vers Noa qui était assis, détendu sur le canapé, en train de l'observer.

— Mais si tu l'avais tué ?

— Le fait est que je ne l'ai pas tué. Si j'avais voulu le tuer, je l'aurais fait. ce n'est pas l'envie qui m'en manquait, dit-il à voix basse, ce qui fit rire le père de Frances à gorge déployée.

Margaret tapa sur le genou de William comme s'il était un garnement.

— Je suis ravie de voir que tout cela vous amuse autant.

Margaret se leva et posa une main apaisante sur le bras de Frances.

— Allons, ma chérie, tu dois voir l'autre face des choses. Ce n'est peut-être pas follement amusant, mais au moins, ça procure un certain soulagement.

— Je ne te le fais pas dire, dit son père. Je n'aurais pas pu supporter un mot de plus de cet homme. Je n'aurais pas pu le supporter dans ma maison un instant de plus. Et grâce à Noa, ça ne sera pas nécessaire.

— Mais tu ne vois pas ? C'est barbare, dit Frances.

Noa se leva et se versa un café.

— C'est la justice.

— *C'est moi qui* aurait pu m'en occuper.

William ferma le journal d'un coup sec et retira ses lunettes. Il lui lança un regard qu'elle n'avait pas vu depuis son enfance.

— Peut-être qu'avec le temps, tu aurais pu. Mais entretemps, Lena et toi auriez souffert. Cet homme, il pointa du doigt un endroit qui indiquait grossièrement l'emplacement de l'hôpital de Napier, devait être arrêté.

— Il n'y avait pas d'autre moyen, Frances. Aucun. Il fallait que ça se termine, dit Noa. Et il fallait lui parler dans le seul langage qu'il comprenait.

Les larmes lui piquèrent les yeux, et il fronça les sourcils.

— Quelle est la vraie raison pour laquelle tu es bouleversée ? Ce n'est pas à cause de lui, n'est-ce pas ?

— Non, bien sûr que non. Je suppose que j'ai peur parce que sais que Xavier n'est jamais prêt à accepter de perdre une bataille. J'ai peur de ce qu'il va faire.

— Il ne peut rien faire. La police ne peut pas donner suite à ses accusations d'agression car il n'y a pas de témoins. Bien au contraire, il a reçu l'ordre de ne pas s'approcher de ce domaine, ni de toi. Frances, tu es en sécurité, tu peux compter dessus.

Elle s'effondra dans un fauteuil, toute combativité l'ayant quittée. La sonnerie aiguë et métallique d'un téléphone brisa le silence. William répondit. Ils écoutèrent en silence la moitié de sa conversation, qui ne révéla pas grand-chose. Ce fut un bref échange, et quand son père reposa le combiné, tous les trois étaient debout, prêts à entendre les nouvelles.

— Pas de blessures graves.

— C'est bien dommage, marmonna Noa dans sa barbe.

— Apparemment, il est sorti de l'hôpital dit William.

Frances leva brusquement les yeux.

— Il est sorti ? Où est-il ?

William reprit son journal.

— Pas ici, Dieu merci. C'est tout ce qui m'importe.

— William ! le réprimanda sa femme.

— Désolé, ma chérie. Mais je remercie vraiment Dieu pour chaque jour où ce type n'est pas parmi nous. Il secoua la tête en direction de Frances.

— Ce que tu as bien pu lui trouver...

La mère de Frances intervint.

— Ça ne sert à rien de penser au passé. Maintenant, il nous faut regarder vers l'avenir. Ont-ils dit avec qui il est parti ?

— Avec ses amis. Le capitaine du port de Napier dit qu'ils s'attendent à ce qu'ils montent à bord du bateau plus tard dans l'après-midi. Bon débarras.

Frances se sentit soudain vidée et se frotta le front. Noa posa sa main sur son épaule.

— Il est parti, Frances. Parti pour de bon. Tu peux l'oublier maintenant.

Elle cligna des yeux pour retenir ses larmes.

— Tu ne le connais pas. Il ne s'avouera jamais vaincu. Jamais.

— Et pourtant, c'est le cas aujourd'hui. Oublie-le.

Elle posa sa main sur la sienne et le regarda dans les yeux.

— J'espère que tu as raison mais quelque part, au fond de moi, je ne crois pas que je serai jamais libre de lui jusqu'à ce que l'un de nous deux disparaisse.

Le dernier mot tomba sur le petit groupe comme un coup, étouffant toute autre conversation tandis que ce dernier mot restait suspendu dans l'air. Le seul son provenait du crayon de Lena qui venait de tomber sur le parquet avec un claquement.

La mère de Frances fut la première à rompre le silence.

— N'en fais pas tout un drame, ma chérie. Le cinéma, c'est fini désormais.

Frances se tourna vers sa fille.

— Lena, ma chérie !

Lena fronça les sourcils.

— Je n'aime pas ce nom, Maman. Tu as dit que c'est Papa qui me l'avait donné, et je n'en veux plus. Je préfère mon nom maori. Et je voudrais qu'on m'appelle comme ça maintenant.

Frances haussa les épaules, impuissante. Avec tout ce qui se passait, comment diable allait-elle pouvoir jamais penser à sa fille autrement que comme Lena ?

Margaret s'éclaircit la gorge.

— Bien sûr... Rina, c'est ça. Maintenant, ce dont nous avons tous besoin, c'est de revenir à la normale. William, la chasse que tu as organisée a toujours lieu, j'espère ?

Il haussa les épaules.

— En effet. La vie doit continuer. Il regarda sa montre. Les autres seront là dans quelques heures. Il baissa les yeux vers Rina, qui tenait toujours son crayon comme si sa vie en dépendait. Et regarde, ma petite-fille préférée est habillée et prête.

Rina se leva d'un bond, le menton relevé, l'air aussi intrépide que jamais.

— Je suis ta seule petite-fille, Grand-père, dit-elle en levant ses yeux verts vers lui.

Il sourit.

— Eh bien, pas étonnant que tu sois ma préférée !

Frances rit et serra sa fille dans ses bras.

— Maintenant, fais-moi voir un peu ce que tu portes ?

Margaret ajusta la ceinture qui tenait le pantalon de Rina.

— Elle a mis des vêtements adaptés à la campagne, à la chasse.

Frances fronça les sourcils.

— Quel genre de chasse ? Pas du sanglier, j'espère ?

— Pas des sangliers, dit William. Nous chassons le cerf, avec des carabines.

— Papa ! Rina n'a que sept ans. Elle est trop jeune pour manier une carabine !

— Pas du tout. J'en maniais une à cet âge — même plus jeune.

— Mais, mais tu étais un garçon.

— Bon sang, Frances. Je te croyais plus moderne que ça, n'est-ce pas, Margaret ?

— Ne t'inquiète pas, Frances dit-elle en riant. Tout ira bien pour Rina. Ils se sont entraînés au tir dans les champs, et elle s'avère très douée, comme sa mère.

— Cela fait des années que je n'ai pas tiré avec une carabine...

— Une fois qu'on a pris le coup, on ne le perd jamais, dit William en souriant, en adoration devant Rina. Pas aussi douée que moi, cependant, hein, petite ?

— Tu es le meilleur, Grand-père !

— Tu vois, Frances, tu l'as entendu de la bouche de ta fille en premier, alors ça doit être vrai. Je suis le meilleur. Il passa par la porte ouverte, sortant sur le portique couvert, en riant. Il donna une tape dans le dos de son serviteur, et ils commencèrent à parler des conditions météorologiques, pendant que Frances essayait de convaincre sa mère d'être raisonnable.

— Maman, tu dois arrêter ça. Lena, je veux dire Rina, est beaucoup trop jeune pour chasser. C'est barbare, en plus du reste. Frances pensait que Rina avait vu assez de violence pour toute une vie. Elle ne voulait pas qu'elle soit exposée à d'autres scènes sanglantes.

Elles regardèrent toutes les deux dehors où la petite fille se tenait à côté de son grand-père, jambes écartée, imitant inconsciemment sa posture, en regardant les collines, les mains en pare-soleil au-dessus de ses yeux.

La bouche Margaret tressaillit.

— Regarde-la, ma chérie. Elle est dans son élément. D'une façon dont je n'ai jamais été témoin quand elle est avec toi ou avec son père.

— Tu ne prononces jamais son nom, n'est-ce pas, Maman ?

Sa mère s'éloigna mais s'arrêta au pied des escaliers.

— Non. Je ne prononcerai jamais son nom. Et j'espère qu'un jour ce ne sera plus un problème.

FRANCES FIT au revoir d'un signe de la main au petit groupe de chasse, suivi de près par sa mère et le chauffeur qui partaient en ville acheter des produits essentiels pour le jardin. Elle s'attarda sur le pas de la porte, consciente que Noa se tenait derrière elle et qu'ils étaient maintenant seuls dans la maison. Elle se sentait timide, contrairement à son habitude. C'était la première fois qu'ils se retrouvaient seuls ensemble sans sursauter au moindre bruit. Leur relation avait changé, et elle ne savait pas qu'en penser.

Elle prit une profonde inspiration et se retourna pour lui faire face.

— On t'attend à Wellington ?

Ses yeux cherchèrent les siens, et il resta un moment sans répondre se contentant de hocher, la tête. Elle passa devant lui, et leurs mains se frôlèrent. Elle poursuivit son chemin, craignant ce qui pourrait arriver si elle s'arrêtait de bouger. L'air autour d'eux semblait privé d'oxygène, l'écho de ses derniers mots flottait encore comme une sorte d'avertissement. Elle poussa les portes-fenêtres et traversa la véranda, consciente d'un bruit de pas derrière elle. Ce n'est que lorsqu'elle eut atteint le banc du jardin, là où la vue se déployait et où l'on pouvait voir jusqu'à la mer, qu'elle s'arrêta.

Elle leva timidement les yeux vers lui alors qu'il venait se placer à côté d'elle. Il plongea la main dans sa poche et en sortit un paquet de cigarettes.

— Tu en veux une ? J'ai bien peur que ce soit une roulée à la main.

Elle sourit.

— Je ne m'attendais guère à une « Players s'il vous plaît », pas pour le héros de l'homme du peuple ! Elle prit une cigarette et se pencha vers lui pendant qu'il la lui allumait. Elle exhala en reculant. Si la cigarette ne s'est pas améliorée, ta technique, elle, a fait des progrès.

Il sourit au souvenir de la dernière fois où il avait effectué ce geste, il y a une éternité.

— J'en ai allumé des cigarettes pour des gens au cours des sept dernières années, tu sais.

Son estomac fit un bond de jalousie, totalement déraisonnable

— Oh, dit-elle sèchement. Elle esquissa un sourire fugace. Bien sûr.

Mais alors qu'il allait allumer sa propre cigarette, elle vit les hématomes et les articulations enflées de sa main droite. Instinctivement, elle tendit la main et les effleura.

— Tu devrais faire examiner ça.

— Il n'y a rien de cassé. Ça va aller.

Elle se tourna pour regarder la vue, le regret et la culpabilité l'envahissant trop profondément pour lui faire face.

— Je suis désolée, Noa. Vraiment désolée pour tout. Quel gâchis ! Je suis navrée que tu sois impliqué.

Il exhala la fumée de sa cigarette et lui jeta un regard amusé de côté.

— Il n'y a rien d'autre encore qui te désole ?

— Juste... tout dit-elle dans un soupir.

— Et que tu ressens ? Regrettes-tu aussi tes sentiments ?

— Que veux-tu dire ?

— Ton père m'a parlé.

La chaleur monta à ses joues, ce qui n'avait rien à voir avec la chaleur de la journée. Elle se leva d'un bond et cueillit une fleur parmi les fleurs sauvages que sa mère avait plantées sous l'arbre protecteur.

— De quoi exactement ?

Il n'avait pas bougé.

— Eh bien, que tu m'aimais et que tu espérais que nous ayons un avenir ensemble.

Elle aurait juré qu'elle avait arrêté de respirer. Elle regarda la maison, dont les fenêtres renvoyaient leur éclat dans la lumière de l'après-midi, et prit une inspiration tremblante.

— Est-ce vrai ? demanda-t-il.

Elle se retourna lentement et absorba chaque centimètre de son cher visage, la force, l'intégrité et l'amour.

— C'est vrai. Je ne peux pas m'empêcher d'espérer, n'est-ce pas ? Même si je sais que ce ne serait pas juste.

Le soulagement se répandit sur son visage. Il baissa les yeux vers le sol, et quand il releva la tête, son expression avait changé.

— Et depuis quand la justice entre-t-elle en ligne de compte ? L'amour ne se soucie pas de ce qui est juste ou non. Ce n'est pas quelque chose qu'on peut allumer ou éteindre, ce n'est pas là uniquement pour ceux qui le méritent. Il est là, tout simplement, et le sera toujours.

Quelque chose de dur se brisa alors en elle, quelque chose à quoi elle s'était accrochée, qu'elle avait gardé pour pouvoir continuer d'avancer pour le bien de Rina, quelque chose qui pouvait maintenant être libéré.

Il dut sentir quelque chose, car il franchit l'espace entre eux et la prit dans ses bras.

— Je t'aime, Frances.

Il l'embrassa, et elle posa sa joue contre sa poitrine.

— Ç'a été comme un cauchemar, Noa. Un stupide cauchemar que j'ai moi-même créé et j'ai l'impression de m'être réveillée.

Il la serra contre lui, et pour la première fois de sa vie, elle sentit qu'elle était exactement là où elle devait être.

— Le cauchemar est terminé, Frances. Tu dois le croire.

— Je veux y croire, mais... tu ne connais pas Xavier. Il ne supporte pas que quiconque défie l'image du grand macho qu'il est persuadé d'être. Il va se sentir humilié par ce que tu as fait. Je ne peux pas croire qu'il s'en ira, tout simplement.

— S'il ne part pas, l'issue sera encore pire pour lui. Et il le sait. Je n'aurais pas pu être plus clair. Il sait que son comportement envers toi a fait de lui un ennemi non seulement aux yeux de ta famille, mais aussi pour moi, les miens, et tout le monde autour de nous.

— Tout le monde ? Tu as vu comment il peut charmer les gens. Il avait mis le chauffeur dans sa poche !

— Oh, Mikey ! Il a toujours été influençable. Tente-le avec de l'alcool, et il est à la merci de n'importe qui.

— Mais c'est exactement ce que je veux dire. Il n'y a pas que lui de faible dans les environs. Et s'il y avait un maillon moins solide quelque part dans ce bourbier, que Xavier pourrait exploiter ?

— Pourquoi le ferait-il ?

— Lena. Elle utilisa son prénom de naissance, incapable d'utiliser sans peine le nom maori, que sa fille préférait. Elle se mordilla la lèvre, essayant de cacher son anxiété. Il l'a toujours utilisée comme un pion. S'il n'arrivait pas à me faire faire quelque chose, il me menaçait avec Lena. Il disait qu'il me l'arracherait et que je ne la reverrais plus jamais. C'est pour ça que j'ai attendu d'être libérée de mes contrats à Hollywood, d'être hors des États-Unis, et d'être rentrée chez moi. Je sentais que, si je pouvais le quitter quelque part, ce serait ici.

— Et tu l'as fait. Tu es libre de lui.

— Il disait toujours que si je le quittais un jour, je ne la reverrais plus jamais.

Elle n'avait jamais entendu Noa jurer auparavant. Il lui agrippa les épaules.

— Écoute-moi. Ça n'arrivera pas. Je ne *laisserai* pas ça arriver.

— C'est aussi ce que dit mon père.

— Et il a raison. Tu es libre de lui, et nous pouvons construire une vie ensemble : toi, moi et Lena. Nous pouvons y arriver. Mais il y a une chose que je dois savoir, Frances. As-tu des doutes ? Qu'en est-il de ces grands rêves que tu portais en toi ? est-ce que tu es toujours à leur recherche ? Les films, la célébrité et la fortune ? Tes studios de cinéma n'apprécieront pas un divorce compliqué. Cela traînerait ton nom dans la boue et ruinerait ta carrière.

— Je me fiche de ma carrière. C'est la tienne qui m'inquiète. Un scandale pourrait ruiner ta carrière politique.

— Non, pas si nous prenons le temps de faire les choses.

— Nous ne ferons rien jusqu'à ce que nous puissions être ensemble correctement, rien qui puisse éveiller les soupçons. Je me fiche du temps que ça prendra, tant que je sais que tu m'aimes et que tu veux être avec moi.

— Frances, c'est ce que j'ai toujours voulu. Je n'ai jamais eu l'intention d'épouser qui que ce soit d'autre, si tu ne pouvais pas être à moi. Il faut que j'aille Wellington bientôt. Nous nous assurerons que Xavier est bien parti et ensuite pourquoi ne me rejoindrais-tu pas là-bas, en tant qu'amie, et nous pourrions déjeuner et faire ensemble des choses normales, tous les deux ensemble ?

— Je ne sais pas, je veux continuer à veiller sur Lena. M'assurer que tout va bien.

— Je te comprends, mais si tu changes d'avis, tu sais que je suis là pour toi, maintenant et à l'avenir. Quand tu voudras me voir, viens me trouver, ou appelle-moi, et je serai là.

Elle jeta un coup d'œil vers le pavillon d'été et sut soudain ce qu'elle voulait.

— c'est ce que je ferai. Mais ça, c'est l'avenir, notre avenir public. Et maintenant ?

Elle prit sa main et l'entraîna vers le refuge accueillant et discret d'une chaise longue capitonnée, à l'abri du pavillon d'été, sous l'ombre d'un grand tilleul solitaire, au feuillage vert vif virevoltant.

L'APRÈS-MIDI PASSA dans un brouillard de plaisir amoureux. Noa lui donna tout, et ce faisant, obtint du plaisir pour eux deux, lui permettant d'éprouver un épanouissement physique qu'elle n'avait jamais ressentie auparavant, et une passion émotionnelle qu'elle pressentait durable. Elle ne se rassasiait pas de lui. La chaise longue — avec ses nombreux coussins et ses jetés en chenille, doux contre sa peau nue — fut mise à bonne contribution.

Au plus fort de la chaleur du jour, ils somnolèrent, laissant leurs corps moites se rafraîchir sous l'ombre verte. À travers la fenêtre, ils regardaient les nuages duveteux passer paresseusement dans un ciel d'un bleu éclatant. Quand ils fermaient les yeux, ils n'entendaient que leur propre respiration, le cri d'un tui de passage vérifiant son territoire et le grondement lointain des vagues toujours puissantes frappant le rivage proche.

Ce ne fut que lorsque le mouvement du soleil les avertit qu'il était tard dans l'après-midi qu'ils bougèrent. Il l'aida à s'habiller, fermant les nombreux boutons recouverts qu'il avait eu tant de mal à défaire. L'habiller était aussi séduisant que la déshabiller. Elle ressentait chaque toucher, chaque caresse de ses doigts remontant son dos. Une fois qu'il eut fini avec les boutons, il embrassa son cou, et elle se retourna pour se lover dans son étreinte. Elle enroula ses bras autour de son cou, le tenant fermement, ne voulant pas le laisser partir.

— Je pourrais recommencer tout ça, murmura-t-elle contre sa bouche.

— Pas avec ces boutons, tu ne pourrais pas ; dit-il dans un sourire. Tes parents auront envoyé une équipe de recherche avant que j'aie fini de les défaire et de les refaire. Il jeta un coup d'œil vers la maison. A propos, je crois qu'ils sont de retour

— Tu ne t'en vas pas déjà, non ?

— Il le faut bien, ma chérie.

— Mais pas maintenant. Pas encore. Reste pour le dîner, s'il te plaît.

— Si tes parents m'invitent, alors bien sûr.

— Bien sûr qu'ils vont t'inviter. Ils regrettent profondément ce qui s'est passé il y a sept ans et feront tout pour se faire pardonner.

— Eh bien, dans ce cas, oui, j'aimerais beaucoup rester pour le dîner. Mais avant ça, je pense que nous devrions nous assurer que tout est en ordre.

— En ordre ? Comment ça ?

Il prit sa main et la fit tourner.

— Comme toi. Nous devons nous assurer qu'il n'y a aucun signe que tu as été complètement séduite, de fond en comble.

— Et à plusieurs reprises, sourit-elle. Le sourire disparut de son visage alors qu'il prenait sa main et commençait à marcher vers la maison. Elle résista à la traction de sa main, et il se tourna vers elle. Noa. Une boule apparut soudain dans sa gorge. Je n'ai jamais... La boule grossit.

Il inclina la tête sur le côté et passa son pouce sur ses lèvres.

— Tu n'as pas besoin de dire quoi que ce soit. Ceci nous dépasse. Ensemble, nous sommes...

— Destinés l'un à l'autre ?

— Exactement. Il l'embrassa et respira profondément en posant son front contre le sien. Il serra sa main. Maintenant, allons rencontrer la famille.

Frances jeta un dernier regard au pavillon d'été où elle avait trouvé ce qu'elle avait cherché toute sa vie, et sut que rien ne serait plus jamais pareil. Et elle ne l'aurait pas souhaité parce que ce qui l'attendait serait bien meilleur.

· · ·

À EN JUGER par les regards échangés entre ses parents, Frances et Noa n'avaient pas réussi à cacher le fait que la nature de leur relation avait changé. Même Rina semblait avoir senti que quelque chose s'était passé. Noa n'était plus un visiteur, mais un membre accepté de la famille. Si seulement c'était aussi simple, pensa Frances. Elle connaissait Xavier mieux que n'importe lequel d'entre eux. Elle savait qu'il ne renoncerait pas à elle sans se battre. Et elle savait aussi que ce combat était encore devant elle.

— Tu devrais t'éloigner un moment, dit son père. Il prit une gorgée de son porto et hocha la tête en signe d'appréciation. Va à Wellington, Frances, et fais du shopping.

— Tu sembles penser que le shopping est la réponse à tous les maux d'une femme.

Il leva un sourcil vers sa femme. — N'est-ce pas le cas ?

La mère de Frances s'essuya délicatement la bouche avec sa serviette et la posa sur le côté. — Tu dois penser à Pamela, William. Je suis loin d'être l'exemple type de la femme qui fait du shopping.

— Sauf pour les choses du jardin, Grand-mère ?

Ils rirent tous du commentaire de Rina, et le père de Frances ébouriffa ses cheveux courts, épais et sans apprêt.

Désormais, Rina parlait plus volontiers avec ses grands-parents, encouragée sans doute par leur intérêt. Frances ressentit la familière douleur du regret en pensant à la façon dont ses mauvais choix avaient affecté sa fille.

Depuis leur retour de la chasse, Rina ne quittait plus son grand-père, et il ne semblait pas du tout s'en plaindre. En fait, à la surprise de Frances, il appréciait sa compagnie.

— Tu sais, Frances, que ta fille est une tireuse exceptionnelle ? Elle a abattu une biche à trente mètres ! Il regardait avec admiration Rina, qui semblait avoir grandi de quelques centimètres en un après-midi. — J'ai vu beaucoup moins bien de la part de gardes-chasse expérimentés. Elle a ça dans le sang ! Elle tient de toutes les femmes Stewart. Même de sa grand-mère.

— Grand-mère va aussi à la chasse ? demanda Rina.

— Quand j'étais plus jeune, ma chérie. Mais je n'y suis pas allée depuis de nombreuses années. J'ai perdu le goût, disons.

— Perdu son cran, plutôt.

— Si tu veux dire mon cran pour ôter la vie à un animal, alors oui, je l'ai perdu. Elle remarqua l'expression de Rina et sourit en lui tapotant la main. Nous mangeons de la viande, et nous devrions être capables de la tuer, il n'y a rien de mal à cela. C'est simplement quelque chose avec lequel je ne me sens pas à l'aise.

— Sacré dommage. Une des meilleures tireuses de l'île du Nord. Le vieux Smithy est d'accord. Bien qu'il pense que tu nous as tous fait passer pour des amateurs avec la précision de tes tirs. Il se pencha en arrière et s'adressa à Noa. Frances en a hérité aussi, bien qu'elle soit rarement allée à la chasse. Tu avais de plus grandes ambitions en vue, n'est-ce pas, ma chérie ? Il exhala un nuage de fumée de cigare et plissa les yeux à travers pour regarder Frances. Frances comprit ce qu'il voulait dire. *Si seulement elle n'avait pas visé la mauvaise cible.*

William regarda Rina avec une affection évidente.

— Oui, ma petite-fille préférée est une chasseuse née et une tireuse de première classe.

Frances ressentit un malaise. Xavier était lui aussi un tireur de première classe mais, contrairement à Frances, il aimait chasser. Frances ne pouvait s'empêcher de se demander si c'était de lui que Rina avait hérité ses dons et son goût pour la chasse.

— Je ne suis pas sûre que Rina soit aussi intéressée que ça par la chasse, n'est-ce pas ma chérie ?

Rina fronça les sourcils et leva les yeux vers elle.

— Si. J'adore ça. Frances grimaça légèrement, et le froncement de sourcils de Rina s'accentua. Pourquoi, Maman ? ça t'ennuie ?

— Non, ce n'est pas ça, ma chérie.

Margaret intervint.

— Ce n'est pas quelque chose qui intéresse ta mère, n'est-ce pas Frances ?

— Exactement.

— Ah, dit Rina. Alors tu penses que je suis comme Papa ?

Tout le monde se tut à la mention du père de Rina. Elle regarda Frances avec expectative qui haussa les épaules.

— Un peu peut-être.

Rina secoua la tête. — Non, Maman, je ne suis pas du tout comme lui. C'est un homme méchant, lui.

Les adultes échangèrent des regards, et Margaret prit la main de Rina.

— Viens, laissons ces adultes ennuyeux et allons voir la serre. Il y a un nouveau lys qui vient d'éclore que je veux te montrer.

— C'est celui dont tu me parlais et que tu as créé ? demanda Rina, à la grande surprise de Frances.

— Oui, et je l'ai nommé d'après toi — malheureusement avant que nous décidions de changer ton nom.

Margaret haussa les épaules.

— Mais il porte toujours ton nom. Le Lys Lena. Dis bonne nuit à tout le monde et je te le montrerai, puis je te mettrai au lit.

Frances sourit à sa fille qui souhaita poliment bonne nuit à tout le monde et quitta la salle à manger avec sa grand-mère, se dirigeant vers la serre, éclairée par les subtiles lumières intérieures.

Frances regarda son père d'un air interrogateur, qui haussa les épaules.

— Tu sais que je ne suis pas les projets scientifiques de ta mère.

— Oui, je sais, dit Frances en regardant sa mère et sa fille traverser la maison. Mais Rina, apparemment, si.

— Elles sont proches, observa Noa.

— Oui. Ma femme semble avoir trouvé une âme sœur. Dieu sait qu'elle n'en a jamais eu avant. Ça a pris du temps ! Enfin, dit William, en tapotant la cendre de son cigare. Je suis content que nous ayons un moment seuls pour parler.

Frances ressentit un frisson d'inquiétude.

— Il s'est passé quelque chose ?

William jeta un coup d'œil à Frances et sourit de façon rassurante.

— Rien de mal. Il paraît que Xavier a récupéré le bateau et se dirige vers le lieu de pêche où il a l'intention de rester dans un avenir prévisible, avec des incursions occasionnelles dans la péninsule de Coromandel. Qu'il y reste longtemps.

Quelque chose ne semblait pas juste à Frances. Elle secoua la tête.

— Xavier n'est pas du genre à faciliter ainsi les choses. Ça ne lui ressemble pas de faire ce que nous voudrions qu'il fasse.

— Même quand il y a tout intérêt ?

Un soupçon entra dans l'esprit de Frances.

— Combien l'avez-vous payé ?

William ne broncha pas.

— Suffisamment.

— Et vous pensez qu'il fera ce que nous voulons. Aller du bateau à Auckland ?

— Il n'a aucune raison de faire autre chose.

Le regard de Frances suivit sa fille dont elle pouvait entendre la voix alors qu'elle bavardait avec sa mère. Elle se tourna vers son père avec un regard inquiet.

— Il y a Rina.

— Elle est ici. Elle est en sécurité. William tendit la main et serra celle de Frances. Tu ne dois pas t'inquiéter. Tu as besoin de vacances pour remettre de la couleur sur tes joues.

— Après tout ce qui s'est passé ? Frances ne pouvait pas être aussi désinvolte à propos de Xavier que son père — elle le connaissait bien mieux.

— Ça te fera du bien de t'éloigner d'ici, observa-t-il. Laisser une vie derrière soi est une chose, mais c'en est une autre de concevoir la vie vers laquelle on va. Et je veux vraiment que tu restes ici en Nouvelle-Zélande, ma chérie, et que tu y sois heureuse.

Frances regarda Noa, qui était resté silencieux la plupart de la soirée.

— Qu'en penses-tu ?

Il eut un mouvement d'épaules.

— Si tu veux venir à Wellington, je considérerais que c'est mon devoir et mon plaisir de te divertir. Sa bouche se tordit en un sourire sexy qui fit tousser William et détourner le regard.

— Bien, dit William d'une voix rauque. C'est réglé alors. Mais vous devez tous les deux être prudents, nous ne voulons pas que quoi que ce soit se passe mal. Tout ce que je veux, c'est que Frances et Rina restent ici, avec nous en Nouvelle-Zélande, et qu'elles soient heureuses.

William fit un signe de tête à Noa, et il était clair que Noa avait maintenant le plein soutien de ses parents. Elle ne pouvait s'empêcher de souhaiter qu'il ait reçu le même, sept ans plus tôt.

— J'imagine que tu restes avec ta famille ce soir, Noa ? demanda William.

— Oui, en effet.

— Alors, demain, vous devriez tous les deux retourner à Wellington. La maison de Tinakori est vide. Séjournes-y, Frances. Et, il se leva, amusez-vous. Maintenant je vais voir ce que mes autres filles fabriquent.

Frances se leva et se plaça derrière la chaise de Noa pour l'embrasser sur la tête.

— Je n'arrive pas à y croire, dit-elle à voix basse. J'ai tout ce que j'ai toujours voulu ici, avec moi, en ce moment même. Elle ferma les yeux. Mais...

Il se leva de sa chaise et la prit dans ses bras.

— Mais quoi, ma chérie ?

— J'ai tellement peur que quelque chose arrive et change tout ça. C'est trop beau. Trop parfait.

— Tu vois des fantômes et des problèmes là où il n'y en a pas. Tout va bien se passer, ma chérie.

Il l'embrassa et, pendant un instant, elle pensa vraiment que cela pourrait être le cas.

LE SOLEIL RÉVEILLA FRANCES. L'été semblait s'éterniser. Elle se leva et prépara des vêtements plus légers pour son voyage à Wellington. Il faisait de plus en plus chaud, l'air devenait plus humide et lourd, comme si un orage se préparait.

Ils avaient tous convenu que Noa et Frances arriveraient séparément à Wellington pour éviter les commérages. William la conduisit à

Wellington, car il avait quelques affaires à régler, et la déposa à leur maison sur Tinakori Road.

La grande maison faisait partie d'une rangée de maisons de ville d'origine qui appartenaient à la famille de sa mère depuis des années. On y maintenait un personnel réduit mais dès que Frances arriva, elle suivit la suggestion de son père et leur donna congé pour quelques jours.

Elle traversa la maison et sortit par la porte de derrière. Elle s'arrêta sur les marches et contempla le centre-ville et le port bleu aux crêtes blanches, encerclé de collines vertes. Alors que la façade de la maison donnait sur Tinakori Road, l'arrière de la propriété plongeait abruptement vers une falaise boisée à travers laquelle un sentier avait été taillé pour un accès rapide à la ville.

Des pohutukawas tordus encadraient la vue sur la mer et la ville. Au centre, Frances pouvait voir les bâtiments du Parlement, près de l'endroit où Noa avait son logement.

Elle entendit un bruissement et, pendant un instant, la peur lui serra la poitrine, puis elle le vit gravir la pente et arriver sur la pelouse, entrant dans son monde privé.

Elle tendit les mains.

— Noa, dit-elle, le souffle coupé.

Il prit ses mains, les porta à son visage et les embrassa.

— Frances, murmura-t-il.

Elle avait l'impression d'être à son premier rendez-vous.

— Voudrais-tu du thé ?

— Du thé ? répéta-t-il, comme si c'était la dernière chose à laquelle il pensait. Uniquement si tu en as envie.

Elle pinça les lèvres, essayant de réprimer un sourire et secoua la tête.

Il soupira, glissa ses doigts dans ses cheveux et pressa ses lèvres contre les siennes. Le baiser s'approfondit, et elle se retrouva enveloppée dans ses bras, avec l'impression d'être rentrée chez elle après une trop longue absence.

Quand ils se séparèrent, ils étaient essoufflés de désir. Elle lui prit la main et l'entraîna à l'intérieur de la maison, ne s'arrêtant qu'au pied de l'escalier, où elle l'embrassa brièvement avant de jeter un coup d'œil en haut des marches où sa chambre les attendait.

— Tu es sûre ? demanda-t-il.

— Je n'ai jamais été aussi sûre de quoi que ce soit.

Ils montèrent l'escalier en courant, se déshabillèrent rapidement et il l'allongea sur le lit, l'admirant comme si elle était une œuvre d'art.

— Touche-moi, Noa. Je ne vais pas me briser.

Elle n'eut pas besoin d'en dire plus.

APRÈS DEUX NUITS de bonheur et des journées à attendre que Noa revienne de son travail au Parlement, Frances croisa sa mère en ville un matin.

— Mère ! Que faites-vous ici ?

— Ma chérie. Margaret l'embrassa sur les deux joues. Je ne m'attendais pas à te voir !

— Eh bien, vous m'auriez vue si vous étiez passée à Tinakori Road.

Les lèvres de sa mère se tordirent en un sourire gêné.

— Je ne voulais pas te déranger, Frances. Je pensais que tu pourrais être en train de recevoir.

Ce fut au tour de Frances de rougir.

— Noa est occupé pendant la journée.

— Et j'espère que tu profites de sa compagnie la nuit.

— Mère !

— Ne me fais pas cette tête ! Je sais bien ce qui se passe entre un homme et une femme, tu sais. Tu en es la preuve.

— Alors pourquoi êtes-vous ici ? Frances cherchait à tout prix à changer de sujet, tout en appréciant le fait que ses parents approuvent sa relation avec Noa.

— Mon fournisseur m'a parlé de nouvelles graines tout juste arrivées par bateau. Je ne pouvais pas attendre qu'elles soient livrées.

— Mais qu'en est-il de Lena, je veux dire Rina ? Où est-elle ?

— Ne t'inquiète pas, Frances. Tout va bien. Rina est à Wharerata avec ton père. En sécurité.

Bien sûr, sa mère ne viendrait pas en ville pour acheter des vêtements, mais si quelque chose était nécessaire pour son précieux jardin, elle laisserait tout tomber.

— Tu vas m'attendre ? Je ne devrais pas en avoir pour plus de quelques heures.

Mais Frances ne pouvait pas attendre.

— Non, je me sens mal à l'aise à l'idée que Lena soit à Wharerata sans toi ou moi. Je vais prévenir Noa que j'ai pris le train plus tôt.

— Tu es trop protectrice.

— Mieux vaut ça que pas assez.

— Peut-être que je n'aurais pas dû venir. Mais je pense qu'elle va bien à Wharerata sans moi. Ton père s'assurera qu'il ne lui arrive rien. Il l'adore, tu le sais.

Frances posa une main rassurante sur le bras de sa mère.

— Et je suis sûre que vous avez raison. Mais quand même, je sens... Elle ne pouvait pas décrire ce qu'elle ressentait. Elle avait l'impression que quelque chose n'allait pas. Comme si une pièce d'un puzzle était tombée, laissant l'ensemble vulnérable, affaibli d'une certaine manière.

— Tu es peut-être inquiète, mais tu as l'air bien mieux que quand tu es partie. Je vois que ça t'a fait du bien. Margaret leva un sourcil. Ce que je veux dire, c'est que je vois que Noa t'a fait du bien.

Frances leva les yeux au ciel et embrassa sa mère sur la joue.

— Au revoir, Mère. Je vous verrai tard ce soir à Wharerata.

— Au revoir, ma chérie, et ne t'inquiète pas.

Et tandis que Frances se dépêchait de retourner à la maison pour contacter Noa et récupérer son sac, elle pensa que sa mère avait probablement raison. Logiquement. Mais cela ne l'empêcherait pas de partir pour Wharerata.

Quelques heures plus tard, Frances entra dans le salon de Wharerata avec un sourire, cherchant le sourire de Rina en retour. Mais il n'y avait personne. Elle alla à la bibliothèque, frappa, et son père répondit.

— Bonjour, Père ! dit-elle, jetant son sac sur le bureau et s'asseyant devant, regardant autour d'elle, savourant les odeurs familières et le confort de la bibliothèque. C'était comme si elle avait de nouveau l'âge de Rina.

— Tu as l'air heureuse, dit-il en s'adossant. J'en déduis que la pause à Wellington t'a fait du bien ?

Elle sourit, sans avoir besoin ni envie de cacher son bonheur.

— Je crois bien que oui. Il semblerait que parfois, mes parents puissent avoir raison.

— Bon Dieu ! Est-ce bien ma fille ?

— Alors. Elle lissa sa jupe. — Que s'est-il passé ici ? Du nouveau ?

— Rien de nouveau. Rien qui ne t'intéresserait.

— Où est Rina, alors ? J'ai jeté un rapide coup d'œil, mais je ne l'ai pas trouvée. J'imagine qu'elle est sur la plage avec la famille de Noa ?

— Non, Stevens l'a emmenée à Mannington. Apparemment, ta mère avait besoin de sa présence pour regarder quelque chose. Des trucs de femmes.

Un frisson écœurant parcourut Frances, s'installant dans son estomac comme un poids de plomb. Elle déglutit et se lécha les lèvres.

— Qu'y a-t-il ? demanda William.

— C'est impossible, Père. Tu dois te tromper. Peut-être était-ce quelqu'un d'autre ? Hinemoa ?

— Non. Maisie a dit que c'était ta mère qui la voulait.

Elle secoua la tête.

— Je viens de voir Mère, je viens de lui parler. Elle était à Wellington.

— Mais c'est impossible. Je... Son père grimaça et ferma les yeux.

Frances se pencha en avant, agrippant la table.

— À qui as-tu parlé ? Était-ce Stevens ?

— Non. C'était Maisie. La petite Irlandaise qui l'aidait. Du moins, je le croyais.

— Père, Mère a renvoyé Maisie il y a une semaine.

Son père s'empara du téléphone, tandis que Frances se levait d'un bond.

— Il l'a. Je sais qu'il l'a. Je n'aurais jamais dû la laisser seule. Bon sang ! Père ! Qu'allons-nous faire ?

— Elle ne peut pas être avec lui. Je vais parler à Stevens et découvrir où il l'a emmenée.

Quelques coups de téléphone plus tard, il fut confirmé que Rina avait disparu sans laisser de trace.

Les mains tremblantes, Frances essaya d'appeler à droite et à gauche, mais elle ne trouva personne qui sache quoi que ce soit. Puis le télégramme arriva. Elle l'ouvrit avec appréhension.

« Lena en sécurité à bord. Elle te réclame, donc pour son bien, je te suggère de nous rejoindre. »

Son père lui prit le télégramme de ses doigts inertes et le lut.

— Tu n'iras pas.

— Père, je n'ai pas le choix. Il a fait ce qu'il avait dit qu'il ferait. Il retient Lena en otage. Si je veux la revoir, je dois y aller.

Son avenir, qui semblait si radieux quelques heures auparavant, se désintégra sous ses yeux. Elle récupérerait sa fille, elle n'en doutait pas, mais à quel prix ?

CHAPITRE SEIZE

PAIGE

— Tu as vu Tane récemment ? demanda Rina en s'asseyant à sa place habituelle à l'extérieur de son café préféré à Wellington, qui surplombait les eaux vertes et agitées du port.

Je bus rapidement une gorgée de mon latte et secouai la tête. Je reposai le verre sur la soucoupe et fixai d'un air faussement nonchalant la rive opposée. Des touches d'orange et de jaune parsemaient la côte d'Eastbourne, trahissant le changement de saison. L'automne avait toujours été ma saison préférée, ce que Sam considérait comme une faiblesse.

« Qui peut aimer quelque chose qui meurt ? »

D'habitude, j'étais d'accord plutôt d'accord avec lui sur ce sujet. Mais désormais, j'accueillais l'automne à bras le corps. Il y avait là une beauté, une émotion que j'aimais et puis, d'une certaine manière, il y avait moins de contraintes. Personne ne suggérait que je devrais sortir, m'amuser, faire la fête, vivre ma vie à fond. Je pouvais vivre ma vie à bas bruit, complètement et pleinement, à défaut de joyeusement.

— Pourquoi ? Visiblement, Rina ne se laisserait pas distraire.

Je soupirai. Depuis la dernière fois que j'avais vu Tane à la fête de Te Uranga, quelques semaines auparavant, j'avais appris à mieux la connaître. Des semaines au cours desquelles il n'y avait pas eu une minute sans que je ne repasse dans ma tête chaque conversation avec lui, chaque contact, chaque moment passé ensemble. Mais même si ces souvenirs étaient une torture, je ne faiblissais pas. Il n'aurait pas pu être plus clair, et je n'étais pas stupide. Ou du moins, je ne le serais plus. Je serais la mère célibataire que ma grand-mère aurait souhaité être.

— Parce que c'est mieux ainsi.

— Mieux ? Pour qui ?

— Pour nous deux.

— Tu as l'air très sûre de toi, je te l'accorde.

Je lui lançai un regard en coin.

— Quoi ? Rina arqua un sourcil. C'est bien d'être forte. Et si tu as décidé que Tane n'était pas pour toi, alors il vaut mieux suivre des chemins séparés le plus tôt possible.

J'acquiesçai, d'un haussement d'épaules hésitant.

— Exactement, dis-je, espérant que cela la convaincrait. Elle pinça ses lèvres d'une façon qui montrait bien qu'elle ne me croyait pas vraiment.

— Alors, dis-moi comment avance ta recherche, dit-elle.

C'était quelque chose que j'appréciais chez elle. Elle n'insistait pas. Elle exprimait clairement son opinion, puis passait à autre chose.

— Lentement. J'en ai appris davantage sur la maison et mes arrière-arrière-grands-parents, c'est déjà ça.

— As-tu fait ton arbre généalogique ?

— Pas vraiment. Mais j'en connais la majeure partie. Il n'y a plus qu'à tout rassembler. Je regardai Rina, quelque chose dans son expression éveilla ma curiosité. Pourquoi ? Tu sais quelque chose qui pourrait le compléter ?

Elle haussa les épaules.

— Comment saurais-je s'il y a quelque chose à ajouter si je ne sais pas ce que tu as ?

C'était un bon point.

— Quand j'aurai fini de le mettre en place, je te le montrerai, si ça ne te dérange pas.

— Ce sera très bien.

Et c'était *très bien*. J'avais besoin de mettre de l'ordre dans ce chaos ; j'avais besoin de comprendre la vie dans laquelle j'avais mis les pieds.

— Merci, ça me conviendrait très bien. Ce que j'ai obtenu jusqu'à présent est assez frustrant. Face à chaque nom, je dispose d'au moins une date, mais pour certains, c'est tout ce que j'ai. Et plus j'en apprends, plus je veux en apprendre. Pas seulement les dates qui encadrent leurs vies, mais ce qui les concerne. Comment ils *étaient*.

— Peut-être préféraient-ils mener des vies tranquilles.

— Des vies tranquilles, répétai-je en secouant la tête. Je ne pense pas. Si on mène une vie tranquille, on n'est pas entouré de mystère. Pas de déchirement brutal des familles, pas de maisons désertées pendant plus de quatre-vingts ans tout en étant soigneusement entre-tenues. Au contraire l'histoire de ma famille semble regorger de mystères.

Rina essuya une tache de café sur la table et plia soigneusement sa serviette. J'appréciais sa compagnie plus que je n'aurais jamais imaginé lors de ma première rencontre avec elle. C'était le genre de personne qui gagne à être connue. Quelqu'un, dont, comme disait mon père à contre cœur, les contours étaient visibles. A l'époque, je ne savais pas ce qu'il voulait dire, mais maintenant, je comprenais. On savait à quoi s'en tenir avec elle. Et, apparemment, il y avait dans mon passé des personnes qui lui ressemblaient.

—J'ai découvert beaucoup de choses sur le père de Frances. Il fréquentait tous les grands personnages de son époque et Frances venait d'une famille très riche et puissante.

— Je crois que c'était du côté de la mère de Frances que la famille remontait au début de la Nouvelle-Zélande. Elle était une botaniste passionnée.

Je regardai Rina d'un air vif avant de comprendre pourquoi elle savait cela.

— Toi aussi… Bien sûr.

— Oui, c'est Margaret Stewart qui a fondé l'Association des Bota-nistes de Wellington, dont je suis actuellement la présidente.

— Attends une minute. Elle n'est morte que dans les années 1940, alors est-ce que tu...

— ... Je l'ai connue ? Oui, en effet. Elle rit. Ne sois pas si surprise ! Wellington est une petite ville.

— Mais tu ne m'en as jamais parlé avant. Comment était-elle ? As-tu connu d'autres membres de la famille ?

— C'était une grande dame. Toujours très gracieuse. Elle venait d'une autre époque, tu sais. Élégante, cultivée et, ses yeux se plissèrent tandis que son esprit dérivait vers une époque lointaine, bien avant ma naissance, très concentrée sur ce qui la passionnait.

— La botanique, suggérai-je.

— Oui, principalement, mais pas exclusivement la botanique.

Je ne remarquai pas immédiatement que mon téléphone sonnait, tellement j'étais absorbée par cette nouvelle information, agacée, aussi, que Rina n'ait décidé que maintenant de me dire qu'elle avait connu Margaret Stewart.

— Ton téléphone, Paige.

— Oh, oui. L'esprit encore accroché à l'image de Rina et Margaret Stewart discutant ensemble de spécimens botaniques, j'appuyai sur le bouton de réponse. Allô ?

Je sursautai en entendant la voix de Tane et regardai l'écran, affolée. C'était lui effectivement. Mais il était trop tard pour raccrocher, surtout avec les yeux perçants de Rina sur moi.

— Il faut qu'on se parle.

Je tournai le dos à Rina et me penchai sur le téléphone.

— Je ne pense pas, non.

— Si, il le faut. J'ai besoin de discuter de quelque chose avec toi.

— De quelque chose ? de quoi ? À propos de... le mot « nous » resta sur le bout de ma langue comme une arrière-pensée, qui resta juste ça, une pensée.

— J'ai quelque chose à te proposer.

Heureusement, mon halètement fut masqué par le bruit du moulin à café qui se mit en marche derrière moi.

— Une proposition d'affaires, précisa-t-il, me ramenant sur terre.

— Une proposition d'affaires ? Répéter ses paroles avait l'air d'être tout ce dont j'étais capable.

— À propos de la maison. Wharerata, ajouta-t-il, comme si je pouvais me demander de quelle maison il s'agissait.

Je jetai un coup d'œil à Rina, mais elle faisait défiler les actualités sur sa tablette.

— Qu'y a-t-il à ce sujet ?

— Rencontrons-nous demain, et je t'expliquerai.

Je me mordis les lèvres. Cela faisait des semaines que j'ignorais les appels téléphoniques qui, finalement, ne concernaient pas mes affaires personnelles. Je me sentais idiote, et en colère, principalement contre moi-même.

— D'accord. Où ?

— Wharerata ?

— Non, dis-je rapidement. Pas là-bas. Je ne voulais pas que nous trouvions seuls à l'endroit où nous avions appris à nous connaître. Je n'étais pas sûre non plus de pouvoir résister. Que dirais-tu d'un café à Mannington ?

— C'est un jour férié, la plupart seront fermés. Si tu ne veux pas qu'on se retrouve à Wharerata, que dirais-tu de chez moi ?

Je regardai le téléphone. Était-il fou ?

— Non, je ne pense pas. Je l'entendis soupirer. À l'extérieur, quelque part. Je me creusai la cervelle et me souvins soudain que Te Uranga m'avait parlé d'un endroit pittoresque local où ils allaient nager dans la forêt. Je l'avais également vu mentionné dans mes recherches sur la région. Sans doute serait-il particulièrement fréquenté lors d'un week-end férié ensoleillé. Et si on allait aux Cascades ? J'avais l'intention d'y aller. D'une pierre deux coups, ajoutai-je, voulant paraître professionnelle et détachée, mais grimaçant à la dureté de mes propos.

— Bien sûr, dit-il sèchement. Je te retrouverai sur le parking. Tu sais où c'est ?

— Oui. Je l'avais vu indiqué sur la route de Wellington.

— Quand ?

— Demain matin ? Je réfléchis quelques instants. Vers dix heures ?

— C'est parfait. À demain.

Il n'attendit pas que je raccroche, et je me retrouvai avec le son vide du rejet dans l'oreille. Je clignai des yeux en revenant à la réalité du moment, et glissai le téléphone dans mon sac.

Rina éteignit sa tablette et la posa sur la table. Elle se tourna vers moi et je me demandai comment quelqu'un pouvait sourire sans la moindre trace de courbe sur ses lèvres. Et ce n'était pas n'importe quel sourire, c'était un sourire triomphant, et il était tout entier dans ses yeux.

— Alors... Tane.

— Oui. Je fis une petite moue. Oui, Tane. Rien de personnel. Il a une sorte de proposition d'affaires pour moi.

Elle n'insista pas davantage et l'après-midi se termina comme tous mes après-midis avec elle, par un bref frisson de sa part lorsque le soleil glissa derrière les bâtiments, précédent son retour à son appartement.

Je m'attardai quelques instants de plus, regardant l'eau clapoter contre les pieux du quai, et les ombres s'allonger.

Une proposition d'affaires... Peut-être que c'était ça qui avait motivé son intérêt depuis le début. Sans doute. Auquel cas, ce que j'avais à lui dire ne le dérangerait pas. Je pouvais faire d'une pierre *trois* coups. J'étais en train de devenir une tireuse d'élite.

C'ÉTAIT UNE ÉTRANGE MATINÉE. J'avais anticipé une nouvelle journée chaude et ensoleillée un jour férié dont tout le monde profiterait pour faire des balades, promener son chien, ou emmener les enfants dans la nature par voitures entières, avec le vain espoir de les séparer de leurs appareils électroniques. Mais quand le jour arriva, il était froid, humide, et pourtant étonnamment beau.

Les prévisions météorologiques l'avaient décrit en termes de nuages bas, de points de rosée et d'hectopascals. Rien de tout cela ne s'approchait de la façon magique dont le ciel et la terre ne faisaient plus qu'un sous une bande semi-transparente de nuages brumeux, transformant le banal en mystérieux.

Ou peut-être, pensai-je en me garant sur le petit parking à la lisière de la réserve, mon imagination s'emballait-elle. J'en avais une après tout, apparemment. Et il avait fallu un homme pour la libérer. C'était agaçant.

Je claquai la portière de la voiture, le son étouffé par la forêt dense et primitive qui s'étendait alentour, interrompue seulement par la route par laquelle je venais d'arriver. Il n'y avait qu'une seule autre voiture, et un couple à l'autre bout, assis avec deux chiens affalés à leurs pieds, visiblement de retour d'une longue promenade. Nous nous saluâmes d'un signe de tête, et je m'appuyai contre la voiture, écoutant à moitié leurs voix indistinctes. Pas vraiment le lieu de rencontre animé que j'avais eu en tête.

Derrière moi, la route descendait abruptement, et elle passait bien au-dessus des plaines maintenant trempées de brume blanche mouvante. Quelque part parmi les fougères vertes et les arbres aux feuillage étrange, des oiseaux invisibles chantaient des mélodies discordantes, à deux tons, audacieuses, uniques, comme je n'en avais jamais entendu auparavant. Mais bientôt, elles furent rejointes par un autre son, celui d'une voiture qui approchait.

Je croisai les bras dans une attitude défensive qui cachait aussi le fait que mes mains tremblaient. La voiture jaune de Tane émergea de la brume comme un rayon de soleil à travers les nuages gris.

Sa voiture, qui avançait vers la mienne en cahotant sur la boue était une vieille Citroën qui avait connu des jours meilleurs. *Bien* meilleurs, pensai-je, remarquant la rouille sur son pare-chocs cabossé. Puis Tane croisa mon regard, et j'oubliai complètement sa voiture. Il se gara et sauta hors du véhicule, sa chemise Swandri à carreaux rouges usée et son bonnet enfoncé sur son front le faisant ressembler à n'importe quel autre randonneur ou chasseur dans la brousse. Il était comme un caméléon, pensai-je, capable de s'intégrer à n'importe quel décor, de se fondre dans n'importe quel arrière-plan. Et pourtant, il y avait une partie essentielle de lui qui ne changeait jamais. Ses cheveux pouvaient devenir hirsutes, son short de brousse et son swandri pouvaient être remplacés par un smoking, on n'avait jamais l'impression qu'il était quelqu'un d'autre que lui-même.

Il accrocha mon regard et ne le lâcha pas alors qu'il s'approchait de moi en hochant la tête. J'absorbai son visage par rapides coups d'œil : ses yeux, sombres et insondables, les rides qui encadraient sa bouche sans sourire, et sa mâchoire, forte et déterminée.

— Paige, me salua-t-il.

Je souris et déglutis, tout espoir d'avoir l'air cool s'étant envolé à sa vue.

— Tane, dis-je, trop bas à mon goût. Comment vas-tu ? ajoutai-je, d'une voix tout aussi faussement joyeuse.

— Bien. Il fit une pause, son front se plissant en un froncement de sourcils. Et toi ?

J'acquiesçai vivement et regardai autour de moi, essayant d'éviter son regard claustrophobique.

— Bien, merci. Prêt pour une promenade, si tu veux bien.

— Par ici. Il désigna d'un geste une ouverture dans les arbres.

Nous avons traversé la clairière en silence vers le sentier. Autour de nous, les arbres se dissolvaient dans la brume, cachant les collines au-dessus de nous et le plateau ouvert que nous avions quitté seulement cinq minutes plus tôt. C'était un monde différent, primitif, qui s'étendait au-delà de la clairière. J'ai soudain douté de la sagesse de ma décision. Peut-être que Wharerata aurait été un endroit plus sûr pour se rencontrer après tout. Mais, alors qu'il s'écartait pour me laisser entrer dans la forêt, j'ai réalisé qu'il était trop tard. Je ne pouvais plus revenir en arrière.

En quelques minutes, nous avons été engloutis par l'épaisse forêt primaire des chaînes de Tararua. Je n'entendais plus les voix des gens que nous avions laissés derrière nous dans la réserve. Tout était étouffé et contenu par la brume qui s'était épaissie en une pluie douce.

Haut au-dessus de nous, la canopée des arbres canalisait la pluie douce en gouttes qui tombaient d'abord sur les fougères étalées avant de dégouliner sur les arbustes et les buissons plus bas et d'être absorbées dans les mousses qui tapissaient le sol. C'était terreux et ancien, tant au toucher qu'à l'odeur.

— Je suis surpris que tu aies choisi de nous rencontrer ici, a dit Tane en regardant autour de lui. C'est un peu à l'écart.

— Te Uranga m'a parlé de cet endroit. Elle l'a décrit comme magique, et elle avait raison. Je n'ai jamais rien vécu de tel auparavant.

J'ai levé les yeux en marchant, attirée par le son des oiseaux de la forêt et leurs chants étranges, si différents de tous les oiseaux anglais que j'avais connus dans les forêts domestiquées de chez moi. Les arbres parmi lesquels ils sautillaient et volaient étaient aussi étranges. J'ai passé ma main dans le feuillage vert et doux de l'un des arbres.

— Quel genre d'arbre est-ce ?

Tane a suivi mon regard le long du tronc haut et droit de l'arbre, si en contradiction avec la douceur de ses feuilles. — C'est un rimu. Il peut vivre jusqu'à mille ans. Assez utile aussi. Le fruit était une bonne source de nourriture pour les Maoris. Et la résine était utilisée pour arrêter les saignements des plaies.

— Utile et beau. Les feuilles lui donnent l'air de pleurer.

—... comme le ciel. La pluie s'est renforcée d'ailleurs.

Je ne l'avais même pas remarqué. Mais maintenant les feuilles frémissaient légèrement alors que les gouttes de pluie filtraient à travers la canopée de feuilles, faisant scintiller celles, vert clair, du sommet, avant de tomber sur celles, plus sombres et plus dures des buissons en dessous.

— Tu veux faire demi-tour ?

J'ai secoué la tête.

— Non, sauf si tu en as envie. Nous avons nos manteaux de toute façon

Il a acquiescé.

— Ils sont imperméables.

Il a touché mon bras dans un geste de réconfort.

— Alors tout ira bien, n'est-ce pas ?

J'ai hoché la tête.

— D'ailleurs, ai-je dit avec un bref sourire, déterminée à maintenir l'échange sur un plan impersonnel, je suis curieuse de voir le trou d'eau où la photo a été prise... Je me suis interrompue, voulant me donner des coups de pied pour avoir mentionné la photo qui ramenait des souvenirs d'un moment où nous étions beaucoup plus proches.

— Ah, oui, la photo... Il s'est tu pendant quelques minutes, et je me suis demandé s'il se souvenait avec la même clarté que moi de cet après-midi dans les jardins en friche de Wharerata. Et puis, il a haussé les épaules.

— Bien, allons droit au but, d'accord ? Je voulais te rencontrer parce que j'ai une proposition d'affaires pour toi. Manifestement son esprit n'était pas du tout au même endroit que moi.

J'ai pris une profonde inspiration et j'ai essayé d'imaginer que j'étais dans mon bureau à Londres, en train de m'occuper d'un dossier de gestion. J'ai fait quelques pas avant de répondre.

— Quel genre d'affaires ?

Sa mâchoire s'est brièvement crispée à mon changement de ton.

— Je voulais établir une base à White Rock depuis un certain temps.

J'ai plissé les yeux.

— Mais, et ta maison à la plage ?

— C'est là que j'habite, mais ce n'est pas assez grand pour ce que j'ai en tête. Je veux une base d'affaires pour la création, la production, la post-production cinématographique – tout l'ensemble. Un endroit où je peux amener des investisseurs étrangers, des acteurs et des entrepreneurs pour qu'ils puissent comprendre d'où je viens.

— D'où tu viens ? Il m'avait dit qu'il avait besoin de s'éloigner de son lieu d'origine, mais pas mentionné son envie de le faire connaître aux étrangers.

— Je veux un endroit où ma whanau peut travailler avec moi.

— D'accord, ai-je dit, comprenant qu'il n'avait pas l'intention de disserter sur son nouvel intérêt pour l'endroit où il avait grandi. Pas avec moi, en tout cas. Donc, tu vas t'installer à White Rock ?

Il a acquiescé.

— Oui, une partie du temps.

— Et quand tu dis whanau, tu veux dire Te Uranga, entre autres ? J'avais en tête ses beaux designs dans le coin de son salon exigu et de son petit bureau.

— Exactement. Elle n'a pas d'espace ni de structures de garde d'enfants. Elle aurait les deux à Wharerata.

Je me suis arrêtée net.

— Tu veux Wharerata ?

Je savais qu'il était intéressé — Rina me l'avait dit — mais je n'avais pas réalisé ce que je me ressentirais quand il l'admettrait.

— Tane, je viens juste de le trouver ! C'était la maison de ma famille. Je ne peux pas l'abandonner maintenant.

— Cet endroit va être un gouffre financier. Loue-le-moi et son avenir sera assuré.

Il avait raison. Mais je ne voulais pas l'admettre.

J'ai senti le poids qui allait croissant dans mon estomac. Le médecin que j'avais vu avait été rassurant, tout comme les examens. La date avait été fixée, et je savais que j'avais le devoir d'être réaliste, pour tous ceux que ça concernait.

— Mais... tu voudrais y apporter beaucoup de changement ?

Il a grommelé.

— Si je voulais quelque chose de neuf, je le ferais construire. Non, qu'on l'aime ou non, ce bâtiment fait partie de notre histoire. À part la réfection du réseau électrique pour le mettre aux normes, je ne changerais rien. Si tu étais d'accord, je garderais tout — tous les livres de la bibliothèque et le contenu. Sauf les affaires personnelles, bien sûr. Je suppose que tu souhaiterais les garder.

— Oui. J'ai recommencé à marcher, essayant d'assimiler sa proposition, tentant de faire redémarrer mon cerveau de comptable, qui était au point mort.

— Alors ?

J'ai haussé les épaules.

— J'y réfléchirai. Je te donnerai ma décision dans quelques semaines. J'essayais d'imaginer Tane, sa famille et son entreprise s'installant à Wharerata, et ça me paraissait juste, tout en me rendant profondément triste. Dès que j'avais vu l'endroit, je m'étais sentie différente ; je voyais un nouvel avenir s'ouvrir à moi. Et puis, j'avais rencontré Tane, et c'était comme si une autre pièce s'emboîtait parfaitement dans le reste. Mais visiblement, la fille perturbée que j'étais pouvait s'éloigner de son environnement, mais elle ne changeait pas, elle restait troublée et dysfonctionnelle, et le futur parfait que j'avais entrevu était en danger de me glisser entre les doigts. Mais est-ce que ça ne serait pas le cas de toute façon, même si je décidais, *surtout* si je décidais, de rejeter la proposition de Tane ?

— Je suis désolé si ma proposition te contrarie.

— Qu'est-ce qui te fait dire ça ?

— Tu veux dire, à part le fait que tu fronces les sourcils comme si ta vie en dépendait, et que tu fixes ce sentier comme si tu n'avais jamais vu de boue auparavant ? Il esquissa un bref sourire. Je n'y répondis pas et continuai à marcher.

— Tout ce que tu as fait, c'est me faire voir la réalité en face. Tu as raison. Ce *sera* un gouffre financier — chose que j'ai commodément ignorée — et tu représentes la solution. Tu chériras son histoire tout en le conduisant vers la modernité.

Je haussai les épaules.

— J'ai besoin d'un peu de temps pour assimiler tout ça.

Cherchant désespérément quelque chose pour atténuer l'intensité du moment, je m'arrêtai alors qu'un oiseau lança un trille mélodieux juste au-dessus de nous.

— Quel son incroyable. Si doux et joli. De quel oiseau s'agit-il ?

— C'est un carillonneur. C'est l'un des plus beaux chants d'oiseaux de la forêt. Il leva le visage vers le ciel, la bouche légèrement entrouverte, écoutant à nouveau l'appel mélodieux. Je me sentis désolée, terriblement désolée, de ne pas pouvoir être la femme qu'il voulait que je sois. Puis il baissa les yeux et son regard s'ancra au mien.

— Je suis désolé d'avoir gardé mes distances ces dernières semaines. C'est juste que c'était la première fois que je ressentais ça depuis...

— La mort d'Emma ?

Il hocha la tête.

— Et je me sentais coupable.

— Si tu m'avais parlé d'elle, j'aurais compris.

— Oui, je sais. Te Uranga m'a dit que j'étais un idiot, et elle avait raison. Il laissa échapper un léger rire. J'ai toujours accordé de l'importance à l'honnêteté, mais je n'ai pas été honnête avec toi. J'aurais dû te dire d'emblée que j'étais une épave émotionnelle. Le truc, c'est que je pensais pouvoir surmonter mon état, mais je n'avais pas prévu mes sentiments pour toi. Je pensais avoir besoin de temps, mais si je le prends, ce temps et qu'au moment où je serai prêt à revenir vers toi, tu n'es plus là, alors... Il s'interrompit.

— Alors ? l'encourageai-je.

— Alors... je crois que ça me serait égal d'avoir guéri.

Il entrelaça ses doigts aux miens et me tira légèrement vers lui, mais je résistai. Il souleva le bord de ma capuche, d'où gouttait la pluie, et m'embrassa sur les lèvres. Un baiser bref et doux comme un murmure. Il soupira et caressa ma lèvre inférieure de son pouce.

— J'aimerais pouvoir te lire aussi facilement que tu sembles me lire.

Pas *moi*.

— Dis-moi ce que tu ressens pour moi, dit-il.

Je secouai la tête.

— Je ne peux pas, Tane. Pas encore. Tu vois, il y a quelque chose que je dois te dire aussi.

— D'accord. Je t'écoute.

Je suis enceinte. Ce n'étaient pas des mots compliqués. Pas une phrase complexe à assembler pour former un sens. Mais ils ne voulaient pas sortir. Ma poitrine se serra alors que tout ce qui m'était arrivé au cours des cinq derniers mois s'entrechoquait, non pas dans mon cerveau, mais quelque part en moi, que je n'arrivais pas à contrôler.

Finalement, il eut pitié de moi.

— Et si on continuait notre promenade ? Peut-être que ce sera plus facile de me le dire plus loin. En plus, il y a quelque chose de spécial que je veux te montrer.

Ses yeux, ses mots étaient irrésistibles. Je tendis la main, il la saisit, et je le suivis pendant un moment jusqu'à ce que l'atmosphère change. Je sentis l'humidité qui imprégnait l'air que je respirais et qui recouvrait ma peau, une humidité qui n'avait rien à voir avec la pluie. Un peu plus loin, le chant des oiseaux fut masqué par un grondement sourd et omniprésent.

— Fais attention, dit-il en se mettant sur le côté. La pente est raide.

Je laissai échapper un cri de surprise lorsqu'il écarta une branche de feuilles vertes et humides pour révéler un rideau d'eau blanc grisé rugissant sur une roche abrupte, plongeant des dizaines de mètres plus bas dans une piscine verte et ombragée en contrebas. Tout autour, la roche grise était recouverte de vert, du vert frais des feuilles de fougères au vert lime des mousses dont les ventouses s'accrochaient à la roche lisse et humide.

Les larmes me montèrent aux yeux devant cette beauté brute et élémentaire. C'était le moment, je ne devais plus attendre.

— Je suis enceinte, Tane. J'avais dit ces mots tant de fois à moi-même que je savais à peine si je les avais prononcés. Je m'éclaircis la gorge. Je suis enceinte. Cette fois, il m'entendit. Sa main serra la mienne. J'avais l'impression de me noyer, la pluie tombant plus fort maintenant, masquant mes larmes.

Il s'écarta, la bouche légèrement ouverte, les yeux consternés.

— Qu'est-ce que tu as dit ? Sa voix était aussi tendue que la mienne. Pour une raison quelconque, cela me donna de la force. Peut-être que voir un être cher souffrir a toujours cet effet.

— J'ai dit que je suis enceinte.

Il me lâcha et recula d'un pas, secouant la tête, regardant autour de lui le monde mouillé, comme s'il allait y trouver des indices sur le sens de mes paroles.

— Je suis enceinte de cinq mois. Je suis désolée, j'aurais dû te le dire avant.

La colère jaillit dans ses yeux, et il me regarda directement, le visage tendu.

— Tu es *enceinte* ? Il cracha presque le mot. —Enceinte ? De qui ? Il recula encore d'un pas, passant ses doigts dans ses cheveux mouillés. Oh, mon Dieu, non. Ce mari inutile et infidèle. Tu es enceinte de lui. Il secoua la tête. Et pourtant tu as couché avec moi ?

J'acquiesçai. Il ne semblait pas y avoir grand-chose à ajouter.

Il fit mine de partir, puis se retourna brusquement, son pied créant une coulée de boue. La colère avait quitté son visage, et il semblait aussi ancien que la forêt qui nous entourait. Les rides de rire que j'avais appris à tant aimer, et les parenthèses autour de son sourire profond, étaient maintenant baignées d'une lumière grise.

— Dis-moi que je ne deviens pas fou, Paige. Dis-moi que j'ai mal entendu. Parce que... après tout ce que tu as dit, et après tout ce que j'ai dit, comment est-ce possible ? Je ne comprends pas.

— Je n'avais rien prévu de tout cela, Tane.

— Tu n'avais pas prévu d'être enceinte ?

— Eh bien, si, *ça*, je l'avais prévu. Tous les deux — Sam et moi — l'avion prévu. Nous voulions un bébé. Ou du moins je pensais qu'il le voulait. Et *moi*, je le voulais vraiment, vraiment. Et je le veux toujours vraiment, vraiment. Je m'entendais bafouiller. — Je suis tellement désolée.

— *Tu* es désolée. Il secoua la tête, regardant ses pieds, le front plissé de confusion. Puis il leva les yeux vers moi.

— Sais-tu la vraie raison pour laquelle je voulais te voir ?

Je pressai ma main contre mon ventre comme pour le protéger de ce qui allait suivre.

— Quoi ?

— Paige, je voulais te dire que j'avais tort, que je veux être avec toi, seulement toi.

L'espoir bondit dans ma poitrine.

— Alors c'est bon, parce que je ressens la même chose.

— Mais pas à propos des enfants. Je ne *veux* pas d'un autre enfant pour remplacer ma fille. Personne sur cette terre ne pourra jamais la remplacer, et je ne veux pas essayer. Cela, dit-il avec une conviction féroce, serait comme nier qu'elle ait jamais existé, que je l'ai oubliée. Et je ne pourrai *jamais* faire ça.

Pour la première fois, je vis dans ses yeux le chagrin qui était central, un profond, très profond puits de douleur qu'il cachait au monde avec ses images, son charme lisse, ses mots, un déguisement complexe pour le public, et probablement aussi, pour lui-même. Mais qui, au cœur de ses films, transparaissait toujours comme un noyau d'obscurité.

J'eus soudain la vision du Tane barbu, négligé et amaigri entre les tournages, et je sus qu'à ces moments-là, il ne pouvait s'empêcher d'être lui-même et de se souvenir. Et je compris que c'était seulement là, entre les films, au-delà des apparences et de la création de scènes, de dialogues et de musique que son chagrin le poursuivait.

Je m'avançai vers lui et m'accrochai à lui. Il n'essaya pas de se dégager. Au contraire, il resta parfaitement immobile, ses yeux ne quittant jamais les miens.

— Le souvenir de ta femme et de ta fille ne sera jamais perdu. Elles feront toujours partie de toi et de ta famille élargie. Rien ne peut changer ça, Tane. Je relâchai ma prise, sentant soudain ma force m'abandonner. *Rien.* Ton amour pour quelqu'un d'autre ne diminuera pas ton amour pour elles. Si tu avais eu des jumelles, en aurais-tu aimé une moins que l'autre ? Si ta femme et toi aviez eu un autre enfant, aurais-tu moins aimé ton premier-né ? De toi, je n'attends rien que tu ne puisses pas donner, Tane. Rien. Mais être témoin de ta douleur n'est une souffrance pour moi. Tu n'as pas à souffrir parce qu'elles sont parties, vraiment pas.

Il secoua la tête comme si le poids du monde pesait sur ses épaules et pendant un long moment, je me demandai si j'avais réussi à le toucher. Mais ensuite il se détourna, ne pouvant plus soutenir mon regard.

— Allez, partons. Je dois rentrer.

Je le suivis sur le sentier. Je trébuchai un peu à l'endroit où il s'était tenu, maintenant glissant de boue, et il tendit rapidement la main pour me stabiliser. Une fois de retour sur le chemin, nous retournâmes au parking. Un soleil mouillé de pluie commençait à percer à travers la brume. Il retira son Swandri et le jeta dans le coffre de la voiture. J'ouvris ma veste trempée.

— Il n'y a rien à faire, Paige. Je ne peux pas.

— Je ne te demande pas de *faire* quoi que ce soit. Accepte simplement mes excuses pour ne pas te l'avoir dit avant. Ça ne me paraissait pas réel. Je venais à peine de découvrir que j'étais enceinte quand mon monde s'est effondré sous mes pieds. C'était notre deuxième anniversaire de mariage, et j'allais le dire à Sam, mais ce soir-là, il a décidé de me devancer en partant. Et puis je me suis retrouvée ici, dans une nouvelle vie.

— Donc il ne sait pas ?

— Si, il le sait, mais ça ne l'intéresse absolument pas.

Il secoua la tête.

— Aucun intérêt... Il serra les lèvres et évita mon regard. J'avais décroché le jackpot : aucun des hommes de ma vie ne montrait de l'intérêt pour ma grossesse.

— Je n'imaginais pas rencontrer quelqu'un comme toi, dis-je. Et je voulais désespérément cet enfant. Je le veux toujours. Je n'ai pas de famille, seulement elle, je tapotai légèrement mon ventre. Et moi.

Il fit un pas en arrière et ce pas était chargé de milliers de significations.

Il regarda autour de lui comme s'il cherchait une échappatoire.

— Je ne peux pas...

— Je sais que tu ne peux pas, Tane, et je ne te demande rien, rien du tout. J'avais juste besoin de te le dire. J'enlevai mon manteau mouillé et le jetai dans le coffre de ma voiture.

Je me sentis soudain épuisée. J'ouvris la portière de ma voiture, mais il la tint pendant que je montais.

Il hésita.

— Et tu te sens bien ?

— Oui, ma santé est bonne. Je suis déjà tombée enceinte une fois auparavant, je n'avais pas eu de nausées, et je me suis dit, super tut va bien. Et puis j'ai fait une fausse couche. Je crois que je pensais en faire une autre cette fois-ci. Je m'y attendais, mais ça ne s'est pas produit. J'ai fait ma première échographie la semaine dernière. C'est une fille. Et elle est prévue pour le 1er septembre.

— Le premier jour du printemps.

Je tirai la portière, la claquai et démarrai le moteur.

En partant, je jetai un coup d'œil dans mon rétroviseur et le vis qui me regardait.

Le printemps semblait bien loin. J'avais d'abord l'hiver à traverser.

CHAPITRE DIX-SEPT

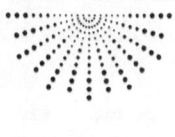

FRANCES

Frances n'était jamais allée à Akitio auparavant, célèbre pour le Cap Turnagain, le bien nommé, même si elle pensait que le Capitaine Cook aurait pu trouver un nom plus imaginatif. C'était un endroit d'une beauté brute indéniable avec son rivage désolé jonché de bois flotté. Mais en regardant le yacht solitaire amarré à une petite distance, à peine visible derrière une bande de brouillard qui allait en s'épaississant, elle savait qu'elle ne reviendrait jamais à cet endroit. Il serait à jamais contaminé par sa venue ici.

La peur lui nouait l'estomac tandis qu'elle s'appuyait contre le siège en cuir de la voiture de son père et réfléchissait à ce qui l'attendait. D'un côté, elle voulait se saisir de Rina dès qu'elle monterait à bord et retourner immédiatement sur la terre ferme, mais elle savait qu'elle n'atteindrait pas la passerelle sans être arrêtée par Xavier. Organiser un abordage à grande échelle sur le bateau était hors de question. Elle ne pouvait pas faire confiance à Xavier. A Los Angeles, il possédait une arme. Et s'il en avait une ici ? Elle savait qu'il ferait n'importe quoi plutôt que de laisser Frances avoir la garde de Rina. Ses parents et elle avaient donc été forcés d'élaborer un plan.

Elle avait toujours su conduire un bateau, et elle pourrait manœuvrer sans aucun problème le petit canot à moteur appartenant au yacht. Une tempête approchait rapidement par le sud, le yacht resterait à l'ancre dans le calme relatif de la baie et, à la faveur de la nuit, elle pourrait s'échapper avec Rina.

— Et vous serez bien là toute la nuit ? demanda-t-elle au chauffeur de son père pour la dixième fois.

— Oui, Mademoiselle Frances. Ne vous inquiétez pas, je serai là à vous attendre, vous et Mademoiselle Rina. Et puis nous vous ramènerons en sécurité à la maison. Vous serez à Wharerata avant la fin de la nuit.

Elle jeta un regard anxieux vers le ciel, qui s'obscurcissait visiblement sous leurs yeux.

— Les prévisions annoncent des vents forts, bien que ça n'ait pas l'air agité pour le moment. Juste brumeux.

— Les vents de force tempête suivront, Mademoiselle Frances. Aucune personne saine d'esprit ne tenterait de partir d'ici et de s'aventurer en haute mer dans ces conditions.

— Espérons qu'aucune personne ayant perdu la raison ne tentera non plus.

Leurs regards inquiets se croisèrent dans le rétroviseur. Frances fut la première à détourner les yeux. Il fallait absolument qu'elle récupère Rina, il n'y avait qu'une seule façon d'y arriver et c'était de faire comme Xavier le voulait.

Elle n'attendit pas que le chauffeur ouvre la porte mais sauta hors de la voiture et marcha jusqu'à la jetée, regardant le yacht qui tanguait un peu plus loin en mer, le brouillard rampant vers lui.

— C'est celui-là ?

Le chauffeur déposa le sac de voyage à ses pieds.

— C'est celui-là, mademoiselle. Son visage était grave. Soyez prudente. Et faîtes aussi vite que possible.

— C'est ce que je vais faire. Nous avons révisé le plan encore et encore. Si je ne peux pas atteindre le canot à moteur, je donnerai un signal. Elle tapota la lampe torche dans sa poche. Et dans ce cas-là, le bateau que mon père a prévu viendra nous chercher, Rina et moi. C'est bien ça, n'est-ce pas ?

— Il profitera de l'obscurité, pour que votre mari ne s'en rende pas compte. Ils voulaient éviter tout risque, vu son comportement imprévisible.

— D'accord. D'accord. Et vous nous emmènerez de là ? Elle essaya d'afficher un sourire radieux, mais elle ne lut rien qui puisse la rassurer sur le visage du chauffeur.

—Mais oui, Il hocha la tête. Vous êtes couverte dans les deux situations, Mademoiselle Frances. Soit le canot à moteur si vous pouvez le gérer, soit le bateau après la tombée de la nuit. Je m'en vais maintenant, mais je ne serai pas loin.

Elle regarda vers le bateau tandis qu'il s'éloignait. Rina était-elle là ? Était-elle en sécurité ? Puis elle la vit, debout toute seule sur le pont surélevé à l'arrière du bateau. Elle fit un petit signe de la main hésitant, et le cœur de Frances se serra en lui rendant son salut. Ce n'était pas un signe à la Rina.

Il avait fallu beaucoup de persuasion pour persuader ses parents de la laisser venir seule. L'éventualité d'un échec, si elle venait avec de la compagnie, avait fait pencher la balance. Alors elle était venue seule. Mais elle s'était préparée et avait un plan d'action. Elle serra fermement son sac sous son bras et marcha jusqu'au bout de la jetée, l'eau clapotant sous les pilotis couverts d'algues. C'était un des endroits très à l'écart pour amarrer un bateau, mais elle savait pourquoi il l'avait choisi. Pour pouvoir la regarder approcher, pour s'assurer qu'elle était seule.

Elle ne l'avait pas vu, mais lui, oui, car un petit canot à moteur se dirigeait rapidement vers elle. Elle abrita ses yeux de la main pour voir qui était dans le bateau. Elle poussa un soupir de soulagement. Ce n'était pas Xavier, ce n'était aucun de ses amis, c'était quelqu'un qu'elle n'avait jamais vu auparavant.

— Bonsoir, Madame Grey ! Il avait un accent australien et le regard trouble des hommes qui buvaient avec Xavier tard dans la nuit.

— Bonsoir. Les salutations étaient mécaniques et incongrues.

Il jeta la corde par-dessus le poteau et sauta avec aisance. Un marin, donc. Xavier avait engagé un équipage. Il tendit la main, et elle

lui passa son sac et monta dans le bateau. Ils partirent immédiatement, se dirigeant vers le yacht.

Elle tint le foulard autour de sa tête alors que le vent se levait.

— La pêche a-t-elle été bonne ? Elle se fichait éperdument de la
pêche mais voulait soutirer autant d'informations que possible à cet
homme, avant d'être avec Xavier et qu'elle doive surveiller
chaque mot.

L'Australien lui jeta un regard révélateur.

— Pas *tant que ça.*

— Ah bon, je croyais que ça s'était bien passé.

— Ça aurait été bon si on avait suivi les bancs, mais on ne l'a pas
fait. Ses yeux se plissèrent et disparurent presque dans son visage
buriné. On a passé la plupart du temps à l'ancre, à boire. Jusqu'à ce
qu'on récupère la petite demoiselle, en tout cas. L'humeur de votre
mari s'est un peu améliorée alors.

Frances n'en doutait pas.

— Et les autres ? Sont-ils tous encore à bord ?

L'homme jeta un coup d'œil sous ses sourcils froncés et secoua la
tête.

— Ils sont partis quand on a accosté à Napier pour récupérer la
petite. Oui, les choses ne se passaient pas très bien en mer.

Frances combla les lacunes de son récit et fut reconnaissante de la
franchise de son interlocuteur. Il ne lui racontait pas tout, mais ce
n'était pas nécessaire. Xavier s'était manifestement montré difficile, et
ses amis avaient saisi la première occasion de partir.

— Mais qu'en est-il de la sœur de Xavier et de son mari ? Ils sont
toujours à bord ?

Il fronça les sourcils.

— Il n'y a pas eu de sœur de qui que ce soit à bord. Frances savait
ce que cela signifiait. Il y avait bien eu des femmes à bord, mais seulement de celles avec qui on avait des relations sexuelles. Et maintenant
il n'y a que votre mari, votre fille, moi, il amena le bateau à côté du
yacht, et maintenant vous. Il lui lança un regard sombre tout en amarrant le bateau. Frances observa attentivement comment il faisait le

nœud, l'identifiant immédiatement d'après les descriptions de son père.

L'homme lança le sac de Frances sur le pont puis l'aida à monter à bord. Elle regarda autour d'elle, mais il n'y avait aucun signe de Xavier ou de Rina. L'homme sauta à côté d'elle.

— Ils doivent être dans la cabine. Il y est resté toute la journée. Frances savait ce que cela signifiait.

Une rafale de vent secoua le bateau, le faisant tanguer d'un côté à l'autre. Une autre bourrasque attrapa son foulard, défaisant le nœud et l'emportant de sa tête. Il fila à travers les cieux tumultueux et fut happé par une vague errante, immédiatement submergé. Elle espérait que ce n'était pas un mauvais présage.

— Ça va empirer avant de s'améliorer, dit l'homme d'un air sombre. La nuit sera agitée.

Le nœud dans l'estomac de Frances se resserra tandis qu'elle descendait les marches vers la cabine. Elle ouvrit la porte et une odeur âcre d'alcool et de fumée la frappa. Elle recula instinctivement et agita sa main devant elle. Rina se jeta sur elle et l'étreignit fermement, ses mains agrippées autour de sa taille. Le conducteur du canot échangea un regard avec Xavier puis se retira de la cabine, fermant la porte derrière lui. Elle espérait qu'il resterait à proximité au cas où elle aurait besoin de lui. Il se pourrait, après tout, qu'elle ait un allié à bord. Elle aurait besoin de toute l'aide possible.

Frances embrassa le haut de la tête de Rina puis s'agenouilla. — Ça va, ma petite ? Elle lissa ses cheveux et souleva son menton à la recherche d'indices. Il n'y avait pas de bleus, Dieu merci, mais Xavier n'avait jamais fait de mal à sa fille. Pas encore, en tout cas. Seulement à elle.

— Oui, maman.

— Bien sûr qu'elle va bien ! Pourquoi n'irait-elle pas ? Arrête de dorloter cette enfant.

Frances se retourna pour voir Xavier assis au bord de son siège, sirotant un whisky, avec les restes d'un dîner sur la table. Il avait l'air en plus mauvais état qu'elle ne l'avait jamais vu. Auparavant, ses yeux avaient toujours été stables, mais maintenant ils étaient troubles, et sa main tremblait. Dieu merci, elle était là. Elle chercha du regard les affaires de Rina.

— Que cherches-tu, *ma douce* ? demanda Xavier, sous un sourcil froncé. Frances pâlit à ce terme, sentant l'ironie dans le poids qu'il avait donné au mot et la précarité de sa position. Il était peut-être ivre, mais il était toujours alerte. Si seulement son mari avait pu être un ivrogne typique, qui se retirait dans son monde sans entraîner sa famille dans les profondeurs de son désespoir alcoolisé.

— Les affaires de Rina. Je me demandais où elles étaient.

Il indiqua d'un signe de tête.

— Rina ? Il se moqua de son nom maori. Tu veux dire Lena. Elles sont là, dans la chambre. Mais pourquoi veux-tu savoir ? Tu ne vas nulle part, n'est-ce pas ? Tu viens juste d'arriver.

Il se dirigea vers la porte extérieure et la verrouilla, mettant la clé dans sa poche.

— Il n'y a sûrement pas besoin de ça. Ses doigts se resserrèrent autour des épaules de Rina.

— C'est une nuit agitée dehors. Je ne veux pas que quelqu'un se promène sur le pont. Qui sait ce qui pourrait arriver ? Et à ce moment-là, elle sut qu'il l'avait devancé dans ses plans. Son père et elle avaient sous-estimé l'esprit rusé de son mari, que même l'alcool ne pouvait émousser.

Le moteur du bateau se mit en marche avec un grondement, et ils commencèrent à bouger. La panique l'envahit. Elle sentit ses plans s'effriter et se fissurer, se dissolvant en mille morceaux tandis que le bateau tanguait et s'éloignait de l'abri de la plage.

— On ne va nulle part, n'est-ce pas ? Une tempête approche. Ce serait de la folie.

— Ce serait de la folie de *rester*, pour moi, en tout cas. Il s'appuya contre la porte de la cabine et alluma une autre cigarette. Rina toussa et pressa son visage contre Frances. Je ne sous-estime ni toi, ni les ressources de ton père pour me combattre. Mais, il agita sa cigarette vers elle, je crois que vous sous-estimez les miennes. Il sourit alors, ce sourire qui fendait son visage et dont elle se souvenait vaguement qu'il la faisait chavirer de désir. Pourquoi, elle n'en avait aucune idée. Maintenant, cela ne faisait que la dégoûter.

Le moteur continuait de gronder sous leurs pieds alors qu'ils s'éloignaient rapidement du port, sans doute invisibles depuis la rive à travers l'épais brouillard. Ce brouillard dont elle avait espéré qu'il protégerait son évasion nocturne et se révélait être son ennemi. Car Xavier avait raison, ils l'*avaient* sous-estimé ; personne n'avait cru qu'il se risquerait à quitter le calme relatif de la plage dans de telles conditions météorologiques. Mais Xavier semblait prêt à tout risquer pour gagner. Elle aurait dû le savoir. Il avait toujours été joueur.

Frances prit une profonde inspiration, se forçant à rester calme, comme elle le faisait avant de donner une représentation, car cela devait être la performance de sa vie.

— Je peux avoir une cigarette ?

Il leva un sourcil, tapota le paquet sur la table et lui en offrit une. Elle en prit une, il alluma automatiquement le briquet en argent qu'elle lui avait offert et elle croisa son regard à travers la fumée alors qu'elle inhalait et se reculait. Elle s'y était bien pris, elle pouvait le voir dans ses yeux. Dès lors qu'elle l'avait attiré en terrain familier, sa nervosité avait disparu.

Elle s'accroupit devant Rina, essayant désespérément de rassurer sa fille avec ses yeux.

— Ça va aller, chuchota-t-elle.

— Qu'est-ce que tu dis ? Xavier se plaça entre elles et saisit l'épaule de Rina. Rina se figea, et Frances vit non seulement de la peur mais aussi une féroce colère s'allumer dans ses yeux. Frances se releva, surprise.

— Je disais que Rina avait l'air un peu fatiguée. Je pensais que ce serait une bonne idée qu'elle se prépare pour aller au lit.

Le visage de Rina s'illumina à la suggestion d'une routine familière et elle alla docilement dans la salle de bain se brosser les dents.

— Tu veux boire un verre ? Xavier leva la bouteille de whisky.

— Merci. Frances contourna calmement Xavier et s'assit sur le banc de l'autre côté de la table. Elle devait garder son sang-froid ; elle ne pouvait pas lui montrer sa nervosité sinon elle n'aurait aucune chance.

Xavier lui servit un verre de whisky et le poussa vers elle.

La lampe au plafond se balançait au rythme des vagues agitées : tantôt plongeant son visage dans l'ombre, tantôt révélant ses yeux bouffis cernés et une couche de sueur brillant sur son front.

— Alors, Xavier, où allons-nous ?

— Tu aimerais le savoir…

— Oui, sinon je ne te le demanderais pas. Puisque tu as tout fait pour que je ne puisse rien y changer, pourquoi ne pas me le dire ?

Il haussa les sourcils en signe d'accord.

— Bien sûr. Nous nous dirigeons vers le sud. Vers Wellington.

— Mais n'est-ce pas de là que vient la tempête ?

Il prit une autre gorgée de whisky. Elle observa une goutte couler sur son menton sans qu'il s'en préoccupe. C'était un homme méticuleux, et cela en disait plus que tout le reste. Il était plus ivre qu'elle ne l'avait jamais vu, malgré son apparente lucidité.

— Nous nous mettrons en panne, jetterons l'ancre et attendrons que ça passe si nécessaire. Et puis nous reprendrons notre route vers Wellington. J'ai organisé notre voyage de retour aux États-Unis.

Se pouvait-il qu'il ne comprenne pas qu'ils n'avaient pas d'avenir ensemble ?

— Xavier… Elle hésita, l'esprit plein de ce qu'elle voulait dire mais ne parvenait pas à exprimer.

— Frances, répéta-t-il avec ironie. Tu as l'air de quelqu'un qui essaie de se rappeler son texte. Tu te souviens de ce que je t'ai dit ? Parle-moi franchement. Droit du cœur. Si tu en as un.

— Très bien, alors. Rina et moi restons en Nouvelle-Zélande. Elle fit une légère pause. Nous ne viendrons pas avec toi.

Il soupira et secoua la tête comme s'il essayait de converser avec un enfant stupide. Il finit son whisky, claqua son verre sur la table et se leva, la dominant de toute sa hauteur.

— Tu ne comprends rien, n'est-ce pas ?

Elle se leva et s'agrippa à la table pour se soutenir.

— Je comprends bien plus que tu ne le crois. Je comprends que tu n'aimes pas perdre. Je comprends que tu ne joues pas franc jeu. Je comprends que tu vas me faire payer ton humiliation. Ce que moi je veux te faire comprendre, c'est que tu dois laisser Rina en dehors de tout cela. Laisse-la retourner auprès de ma famille. Tu ne veux pas d'elle, tu n'as pas besoin d'elle. Elle n'est qu'un pion. Pourquoi aurais-tu besoin d'un pion quand tu peux avoir la reine ?

Pendant un moment, Xavier ne répondit pas, puis il sourit et s'éloigna.

— Tu as raison. Mais que se passera-t-il si ma reine essaie de partir ?

— Nous sommes en mer, bon sang. Où veux-tu que j'aille ? Maintenant, déverrouille la porte. On étouffe ici.

Son ton de maîtresse d'école semblait l'avoir touché, en écho peut-être à son passé. Il sortit la clé de sa poche et, après plusieurs tentatives, réussit à déverrouiller la porte. Une rafale d'air froid et brumeux pénétra dans la cabine, à son grand soulagement. Elle ne bougea pas, ne voulant pas réagir de quelque manière que ce soit à cette victoire.

Mais Xavier semblait être passé à autre chose. Il jeta son verre dans l'évier, où il se brisa, et tituba jusqu'aux marches menant au pont.

— Monte, Frankie. Je ne veux pas te perdre de vue.

— Un instant. Je veux vérifier comment va Rina.

Frances ignora sa réponse grossière et alla rapidement voir Rina, qui était assise, les yeux grands ouverts, serrant son ours en peluche. Rina ne serrait *jamais* son ours en peluche.

— Je veux que tu fasses quelque chose pour moi, chérie, dit Frances en écartant les cheveux de ses yeux. Je veux que tu te rhabilles avec tes vêtements chauds, mais que tu mettes ton pyjama par-dessus pour que personne ne puisse voir. Tu peux faire ça pour moi ?

Rina ne posa aucune question, elle hocha simplement la tête. Il semblait qu'elle avait deux longueurs d'avance sur Frances.

— Et j'attends ici, au lit ?

— Exactement, chérie. Sois prête, parce que nous partirons dès que nous serons près de la terre ferme.

— Mais comment, Maman ?

Frances se pencha et chuchota à l'oreille de Rina.

— Le bateau à moteur, Rina. C'est avec ça que nous partirons dès que possible. Maintenant, habille-toi, retourne au lit et attends.

— Mais pendant combien de temps ?

— Je ne sais pas. Il faut attendre le bon moment. Tu comprends, n'est-ce pas ?

Rina hocha la tête, et le cœur de Frances se brisa un peu plus.

— Petite fille courage. Elle l'embrassa sur le front et s'éloigna, fermant doucement la porte après un dernier regard à Rina, qui s'habillait docilement.

Elle prit une profonde inspiration en se dirigeant vers les marches menant au pont et à Xavier. Elle devait garder son sang-froid car il n'y avait pas de répliques toutes faites, rien d'autre que sa présence d'esprit sur quoi compter.

Une fois sur le pont, elle ne vit pas Xavier immédiatement. Le brouillard s'était rapproché encore plus du bateau au large. La torche, qui pesait lourd dans sa poche, était maintenant inutile.

Elle vit Xavier parler au capitaine qui, en la remarquant, regarda droit devant lui vers la mer.

— Ne devrions-nous pas faire demi-tour ? Le temps est encore pire ici, dit-elle en s'adressant au capitaine.

— Ça te plairait, n'est-ce pas ? dit Xavier.

Elle ne répondit pas et, à la place, s'approcha du capitaine.

— Sommes-nous en sécurité ?

Il lui lança un regard comme pour dire que la météo était le cadet de ses soucis.

— Le brouillard n'est pas un problème. Les bateaux utiliseront leurs feux de brume. Nous les repérerons avant qu'ils ne nous percutent. Mais la tempête, c'est une autre histoire.

— Est-ce nous pouvons arriver à Wellington avant qu'elle se déchaîne ? demanda Xavier.

Le capitaine secoua la tête.

— Non. Il nous faudra jeter l'ancre dans l'une des baies au sud d'ici et attendre que ça passe. La baie de Maori est la meilleure option.

— La baie de Maori. Jamais entendu parler, dit Xavier.

— Ce n'est pas loin de Wellington. C'est le port le plus sûr des environs.

Frances fronça les sourcils. La baie de Maori. Elle savait de quelle baie il parlait, même si on l'appelait généralement par un autre nom, la baie de White Rock. Sa baie. Et elle savait aussi qu'il y avait d'autres baies plus sûres, mais l'expression du capitaine ne changea pas. Apparemment, le capitaine n'était pas complètement du côté de Xavier, après tout. Mais c'était risqué. La baie de Maori était à des heures de là, pendant lesquelles ils auraient à gérer non seulement Xavier, mais aussi la tempête imminente.

Elle se retourna vers Xavier. Revenir à son plan initial était l'option la plus sûre.

— Xavier, nous ne pouvons pas faire ça. Pense à Rina. C'est trop dangereux. Nous devons faire demi-tour. Il n'est pas trop tard. Elle regarda au loin, ses yeux cherchant les lumières de la côte, mais il n'y avait rien d'autre qu'un brouillard opaque tout autour.

— Non. Xavier se pencha par-dessus la proue et fixa la mer agitée d'un air renfrogné. Nous allons faire les choses à ma façon.

— Il faut que nous rebroussions chemin, nous ne pouvons pas rester à tanguer au large comme ça, à attendre que ça passe. Et si les choses se passaient mal ? Et si le bateau était endommagé et que nous ne *puissions* pas rejoindre la côte ?

— Alors nous mourrons ensemble. Ta précieuse famille ne sera-t-elle pas heureuse ? Il rit sans joie et regarda à nouveau les profondeurs de la mer. Elle ne l'avait jamais vu comme ça auparavant ; c'était comme s'il avait un désir de mort.

— Pense à Rina, bon sang !

— Tu gâtes trop cette enfant. Elle a besoin de s'endurcir.

— Nous *devons* retourner sur la terre ferme. Immédiatement. Je ne vais pas risquer nos vies pour...

— Pour quoi ? Vas-y, explique-moi pour quoi tu ne veux pas risquer ta vie.

— Je ne veux risquer nos vies pour aucune raison que ce soit.

— Tu veux dire que tu ne veux pas être coincée ici avec moi.

Elle regarda le capitaine, dont le regard se détourna.

— Ce n'est pas le moment pour cette discussion, dit-elle.

— Une discussion, maintenant ?

Il jeta la bouteille de whisky vide dans la mer et tendit la main vers elle. Elle s'exclama et recula. Elle repoussa son bras et courut vers la cabine. Mais avant qu'elle ne puisse y entrer, il l'attrapa et la jeta à l'intérieur. Elle se cogna la tête contre la table et tomba au sol.

— Lève-toi !

— Non. À quoi bon ? Elle toucha sa tête et regarda ses doigts ensanglantés. Tu vas juste me frapper à nouveau.

Il l'attrapa et la força à se lever. Elle essaya de crier mais aucun son ne sortit. Et dès qu'elle fut debout, il la gifla, et elle retomba au sol en tournoyant.

— Arrêtez ! La voix autoritaire de Rina retentit dans l'espace confiné.

Frances et Xavier se retournèrent, Frances tenant sa lèvre fendue et douloureuse.

— Arrête de frapper Maman ! Le petit visage de Rina était écarlate, ses yeux féroces, ses poings serrés.

Xavier ouvrit les mains.

— Maman est tombée. Elle a probablement trop bu sur le pont.

— Non, ce n'est pas vrai. Je t'ai vu la frapper.

Le visage de Xavier s'assombrit instantanément.

— Tu as mal vu. Maintenant, va-t'en, ta mère et moi devons parler.

— Je ne pars pas, sinon tu vas la frapper encore.

La respiration de Rina s'accélérait maintenant, et elle jeta un coup d'œil à Frances. Frances essaya de se lever mais chancela et s'assit.

— Tu vois ? Rina pointa Frances du doigt. Tu lui fais toujours du mal.

— Ce n'est pas comme ça, Lena.

— Et ne m'appelle pas Lena. Je ne suis pas Lena. Je suis Rina.

— Maintenant, écoute-moi, Lena. Il hésita, et Frances se demanda quel mensonge allait suivre. Ta mère veut me quitter. Et je ne peux pas la laisser faire ça, n'est-ce pas ?

— Pourquoi pas ? Tu ne l'aimes pas.

— Oh, mais si. Plus que ça. Je l'*aime* d'amour

Rina fronça les sourcils, son front se plissa et ses yeux devinrent féroces.

— C'est ça l'amour ? Faire du mal aux gens ?

— Parfois, dit doucement Xavier, c'est juste ce qui arrive. Il haussa les épaules comme s'il était une victime impuissante dans tout ça. C'est difficile à expliquer. Tu es trop jeune pour comprendre. Il secoua la tête, se dirigea en titubant vers la coiffeuse et prit une bouteille, mais elle était vide. J'ai besoin d'un verre. Il sortit et ferma la porte à clé derrière lui.

Frances s'assit sur le lit et ouvrit ses bras pour Rina, qui s'y précipita. Frances la serra fort et l'embrassa avant de s'écarter.

— Nous devons être fortes, Rina.

Rina renifla et sortit un mouchoir de la poche de son pyjama, et tamponna doucement le filet de sang qui coulait sur la joue de Frances. Frances n'essaya pas de le cacher ; il n'y avait plus de raison désormais. Elles avaient dépassé ce stade.

Des larmes coulaient sur le visage de Rina.

— Qu'allons-nous faire, Maman ?

Frances se sentit glacée, et forte.

— Nous attendons, Rina. Elle la serra fort. Nous attendons. Le capitaine a dit qu'il allait jeter l'ancre à Maori Bay. C'est chez nous. Ton père ne connaît pas son autre nom, mais le capitaine si. Je pense qu'il est de notre côté. Il nous ramène à la maison. Il ne nous reste plus qu'à attendre.

— Et ensuite ?

— Voici ce que nous allons faire : une fois là-bas, nous prendrons le canot à moteur pour aller au rivage. Elle parlait lentement, luttant pour assembler les pièces de leur nouveau plan d'évasion malgré les pulsations de la douleur dans sa tête. Quand ton père sera endormi, tu iras dans la chambre du capitaine prendre les clés du canot à moteur sans qu'il s'en aperçoive.

— Mais tu as dit qu'il était de notre côté…

— Je le crois, mais je ne peux pas en être sûre. Alors, tu feras ça pour nous ?

Rina hocha la tête. Frances sentit une détermination d'acier chez sa fille, qu'elle ne tenait pas d'elle. Mais, peu importe de qui elle l'avait héritée, Frances en était reconnaissante. Leur avenir en dépendait.

— Bien. Nous allons procéder comme ça : je vais rassembler les choses dont nous avons besoin et les placer à l'arrière du bateau. Ensuite, nous devons attendre que le bateau mouille l'ancre.

— Mais comment saurons-nous que nous sommes au bon endroit ?

— Parce que nous aurons arrêté de bouger. De plus, nous devrions voir le phare à proximité. La baie suivante est White Rock Bay, et je reconnaîtrais la forme des deux promontoires jumeaux n'importe où. Et, elle sourit de manière rassurante à Rina, s'il fait beau, nous devrions même pouvoir voir les cheminées de Wharerata. Et alors nous saurons que nous sommes à la maison.

Rina se détendit visiblement à la mention de Wharerata.

— Nous y arriverons, Rina. Toi et moi. Nous serons bientôt à la maison avec Grand-père et Grand-mère.

— Et Lulu et Betsy.

— Et Lulu et Betsy, répéta Frances, à la fois amusée et désespérée que l'affection de sa fille pour les chiens égale celle qu'elle ressentait pour les gens.

— Une fois que nous serons ancrés dans la baie extérieure et que tout sera calme, nous monterons dans le canot qui est remorqué derrière ce bateau. Nous détacherons la corde, démarrerons le moteur et nous serons à mi-chemin de la terre avant que Xavier ne puisse faire quoi que ce soit. D'accord ? Elle avait remarqué qu'elle ne faisait même plus référence à Xavier comme Papa. Cette époque était révolue.

— D'accord, Maman.

— Maintenant, retourne au lit et essaie de dormir un peu. Je te réveillerai quand il sera temps.

— Et Papa ?

Frances leva les yeux au bruit des pas de Xavier sur le pont au-dessus d'elles, alors qu'il titubait, son allure autant perturbée par l'alcool que par la houle montante.

— Je m'en occupe. Frances caressa la bouteille de somnifères dans sa poche. Je veillerai à ce qu'il dorme bien cette nuit.

CE N'EST qu'aux premières heures du matin que Frances sentit le yacht cesser de lutter contre la tempête imminente. Le tangage et le roulis du bateau s'était enfin arrêtés et elle savait que le capitaine avait dû jeter l'ancre. Elle savait aussi qu'il serait fatigué après avoir combattu les flots turbulents pendant si longtemps.

Elle jeta un coup d'œil à Xavier qui ronflait à côté d'elle, et récupéra la clé de la cabine. Prudemment, elle sortit du lit et se rendit dans la petite cabine où Rina était allongée, mais réveillée et attendant, non plus vêtue de son pyjama mais entièrement habillée, manteau et chapeau compris. Frances lui fit signe, déverrouilla la porte, et elles montèrent sur le pont, où elles s'arrêtèrent. Elle pouvait voir la silhouette du capitaine, se reposant dans son fauteuil.

— Reste ici, dit-elle à Rina, qui se tenait à l'abri du vent contre la paroi de la cabine. Sa fille hocha la tête, le blanc de ses yeux paraissant immense dans l'obscurité. Avec précaution, Frances contourna l'avant du bateau et scruta la mer d'encre. L'aube était encore loin, mais une lune brumeuse révélait les deux promontoires qui encadraient la plage de White Rock. Elles étaient chez elles. Le capitaine l'avait ramenée à la maison, amarrant le grand bateau juste à l'extérieur de la baie calme, où il pouvait néanmoins trouver un peu d'abri contre la tempête.

Lorsqu'elle entra dans la cabine, le capitaine releva légèrement sa casquette et lui fit un signe de tête. Elle sourit avec incertitude, passa devant lui et prit les clés du bateau. C'était risqué, mais le fait qu'il ait navigué jusqu'ici ici, dans cette baie, ne pouvait signifier qu'une chose : il souhaitait l'aider. Ses yeux la suivirent, mais il ne dit rien. Elle hésita près de la porte et se tourna vers lui. « Merci », murmura-t-elle. Il ne répondit pas, se contentant de rabattre sa casquette sur ses yeux et de se détendre dans une position plus confortable. Elle ne savait pas s'il l'avait entendue ou non, mais elle savait qu'elle lui serait à jamais reconnaissante si les choses se déroulaient comme prévu.

Frances revint pour trouver Rina exactement là où elle l'avait laissée. Elle leva son visage très pâle vers Frances, qui hocha la tête et lui
prit la main. Elles se hâtèrent silencieusement vers l'arrière du bateau,
d'où elles voyaient à peine le petit canot.

— Tu es prête ?

— Oui, répondit Rina, sa voix sonnant plus fort que celle de
Frances.

— Bien. Tu dois être courageuse, ma chérie. Tu devras sauter de
l'échelle dans le bateau. Penses-tu pouvoir le faire ?

Rina acquiesça, le menton relevé avec obstination. Frances ne
doutait pas que sa fille en soit capable.

— Et toi aussi, tu dois le faire, Maman.

Frances sourit, regrettant de ne pas avoir été plus forte au fil des
années. Regrettant de ne pas avoir été pour sa fille un meilleur
exemple de ce qu'une femme forte et moderne pouvait faire, *devait*
faire. Mais elle pouvait commencer maintenant.

— Je te le promets.

Elles s'approchèrent de la rambarde et regardèrent le petit passage
qu'elles devraient franchir entre les deux pointe de terre. Heureusement, le plus grand bateau était trop imposant pour entrer en toute
sécurité dans la baie. Une fois qu'elle aurait dirigé le canot à travers
l'ouverture, elles seraient en sécurité.

Frances attacha leurs gilets de sauvetage et aida Rina à descendre
l'échelle, le cœur battant au moment où sa fille sauta dans le bateau en
contrebas. Pendant un instant, elle disparut, puis elle réapparut et lui
fit signe.

Frances tâtonna avec la corde et finit par défaire les nœuds. Trébu-
chant un peu sur les barreaux glissants, elle descendit l'échelle et
tomba à côté de Rina. Elle tira sur la corde, qui glissa à travers l'anneau, et soudain le bateau commença à rouler et à bondir, s'éloignant
du yacht de son propre chef.

Rina s'assit à l'avant du bateau comme Frances le lui avait indiqué
plus tôt. Frances tomba à moitié à l'arrière, où elle tenait fermement la
barre et, de ses mains mouillées et tremblantes, localisa les
commandes du moteur. Elle était prête, mais il n'était pas encore

temps. Elles roulèrent au gré de la mer sombre et bouillonnante jusqu'à ce qu'il y ait une distance suffisante entre elles et le yacht. C'est seulement alors que Frances démarra le moteur comme Xavier le lui avait montré tant d'années auparavant. Il démarra du premier coup, et après quelques manœuvres maladroites, Frances se concentra sur le point médian entre les deux bras du port où elle savait qu'elle serait en sécurité. Elle maintint la barre fermement et regarda droit devant elle, sachant que toute déviation de leur trajectoire risquerait de les faire s'échouer sur les rochers, qui s'étendaient de chaque côté comme des bras menaçants.

Soudain, un coup de feu perça l'air nocturne. Frances serra plus fermement la manette des gaz, et elles filèrent vers le passage qui les mènerait à la sécurité. Rina fixait Frances de ses yeux immenses, s'agrippant de toutes ses forces aux rebords du bateau.

Il ne leur fallut que quelques minutes pour passer l'entrée de la baie à toute vitesse et remonter les eaux calmes vers la plage. Frances fit accélérer le bateau sur le sable mou et sauta, dans une eau plus profonde qu'elle ne l'avait imaginé. La marée était haute, et le fond descendait abruptement. Pendant une minute, elle but la tasse, jusqu'à ce qu'elle pousse sur le fond et nage quelques brasses avant de trouver un sol ferme sous ses pieds. Une grande vague la poussa vers le rivage et elle tira sur la corde, traînant le bateau sur la plage. Mais elle ne voyait pas Rina.

Paniquée, elle l'appela, puis enfin l'aperçut. Elle avait réussi, tant bien que mal, à sortir du bateau, et arrivait maintenant aux côtés de Frances pour l'aider à tirer le bateau sur le rivage.

D'autres coups de feu vinrent du yacht, et Frances espéra que le capitaine allait bien. Elle pouvait à peine distinguer à distance des silhouettes bouger, leur ombre sur un fond de lumières. Mais le son des voix était emporté par le vent.

Soudain, il y eut des cris derrière elles, Frances sursauta et agrippa la main de Rina, prête à courir. Elle sanglota de soulagement quand elle vit de qui il s'agissait. La famille de Noa, sans doute alertée par les coups de feu, arriva en courant, les aida à tirer le bateau au-dessus de la ligne de marée haute, puis les emmena à la maison de Hinemoa.

Frances tremblait de froid et de choc à ce moment-là, mais s'assura que Rina était d'abord enveloppée dans une couverture.

— Bon sang ! s'exclama la voix familière de Hinemoa. Frances ? Rina ? Que diable se passe-t-il ?

Frances serra sa fille contre elle. Le nom maori de Rina semblait juste maintenant. Celui de Lena était resté derrière elle, et, pour la première fois, elle comprit pourquoi sa fille insistait pour utiliser la version maorie de son nom. Elle avait rejeté son père et embrassait son nouveau monde – son nouveau foyer.

— Nous rentrons à la maison. À la *maison*…

CHAPITRE DIX-HUIT

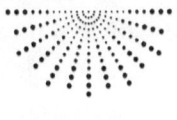

PAIGE

J e scrutais l'arbre généalogique avec frustration. Chaque jour, je
venais à la bibliothèque et utilisais ses ressources pour y ajouter
un peu plus d'informations. Mais plus il s'étendait, moins je m'y
intéressais. Ce n'était pas l'absence de noms qui m'agaçait, mais le
manque de faits autour de ces noms. Surtout en bas de l'arbre, là où il
s'arrêtait, deux générations avant moi. Je connaissais depuis un
certain temps l'existence d'une demi-sœur aînée de ma grand-mère.
Mais je ne trouvais rien de plus à son sujet. Helena Grey était née aux
États-Unis, fille de Frances et Xavier Grey, et c'était là tout ce que je
savais d'elle. Encore un mystère à résoudre.

J'étais si absorbée par ma réflexion que j'ai sursauté quand mon
téléphone a sonné. Heureusement que j'avais programmé l'alarme
pour le rendez-vous, sinon je l'aurais manqué. J'ai glissé le papier dans
mon dossier et je suis sortie au soleil.

En cinq minutes, j'étais au bureau de l'avocate. Leslie m'a accueillie
à la porte.

— Contente que vous ayez pu venir, Paige, a-t-elle dit en soufflant
un filet de fumée sur le côté, avant de jeter son mégot par terre et de
l'écraser du talon. Désolée, sale habitude, a-t-elle ajouté en me serrant
la main tout en me tenant la porte pour entrer dans son bureau. Une

fois à l'intérieur, elle a traversé la pièce et ouvert une porte-fenêtre. Il ne fait pas si chaud aujourd'hui, allons-nous asseoir dans la cour.

J'étais surprise ; nous nous étions toujours rencontrées dans son bureau auparavant. La cour offrait un festival de couleurs et de plantes, dont certaines me semblaient vaguement familières.

— Vous aimez les plantes ? a-t-elle demandé. Je me suis tournée vers elle. Elle caressait les feuilles veloutées d'une plante comme s'il s'agissait d'un enfant.

— Oui, je les aime bien, mais je dois avouer que je ne m'en suis jamais beaucoup occupée auparavant. Je me suis tournée vers une belle fleur qui me semblait familière. Mais je crois que je commence à les reconnaître maintenant. Celle-ci me dit quelque chose.

— Ça ne m'étonne pas. Elles doivent être en pleine floraison à la maison maintenant.

Je me suis tournée vers elle avec surprise.

— C'est la même ?

Elle a énoncé un long nom latin, puis a eu pitié de mon air perplexe.

— Autrement connue sous le nom de Lys de Lena. Elle a souri. Elle a été créée et nommée par votre arrière-arrière-grand-mère pour sa petite-fille.

J'ai froncé les sourcils, visualisant l'arbre généalogique.

— Lena. Le déclic s'est fait. Helena ?

— Exactement. Lena est un diminutif d'Helena. Elle a tiré une chaise. Asseyez-vous.

Je me suis assise sur l'une des chaises en fer forgé disposées autour d'une table. — Mais pourquoi ?...

— Pourquoi, est-ce que j'ai le même lys ? Comme je vous l'ai dit auparavant, les affaires juridiques de ta famille sont gérées par la mienne depuis de nombreuses générations. La légende raconte que votre arrière-arrière-grand-mère et mon arrière-grand-père partageaient la même passion pour les fleurs.

— Comme vous, apparemment.

Leslie a ri d'un rire guttural de fumeuse.

— Le jardinage et la cigarette. Elle a levé les yeux d'un air penaud.

Au moins, le jardinage n'est une sale habitude qu'au sens littéral. Enfin, je ne vous ai pas demandé de venir ici pour parler de jardinage, ni de tabagisme d'ailleurs.

— Je suis désolée, mais avant de passer à autre chose, je me demandais si vous pouviez me dire quelque chose sur Lena. Je sais que ma grand-mère a une demi-sœur, mais je n'arrive pas à trouver d'informations sur elle. Je sais qu'elle est née à Los Angeles.

— Oui, c'est exact. En 1931.

— Vous savez quelque chose d'autre sur elle ?

— Je crois qu'elle est arrivée ici, dans le Wairarapa, en 1938 avec sa mère, Frances Stewart bien sûr, et son père, Xavier Grey. Quelques mois plus tard, elle a disparu.

— 1938 ? Mais n'est-ce pas à ce moment-là que Wharerata a été fermé ?

— Oui, en effet.

— Alors, qu'est-il arrivé à Xavier ? Et quand Noa Tuhaka entre-t-il en scène ? le père d'Aroha ?

— On peut supposer que lui et Frances se connaissaient depuis l'enfance et qu'ils se sont rapprochés à l'époque de la mort de Xavier. Peut-être que votre grand-mère pourra vous en dire plus si elle est dans un bon jour. Elle se souvient peut-être mieux du passé lointain que du plus récent.

J'ai hoché la tête.

— Merci, je lui demanderai.

— Quoi qu'il en soit, Paige. La raison pour laquelle je vous ai demandé de venir, c'est que j'ai remarqué que vous n'aviez pas demandé d'argent pour la maison.

— Non. Je... J'ai haussé les épaules. J'ai pris mon temps, en faisant les choses par moi-même avec l'aide de quelques amis.

— C'est bien que vous vous soyez fait des amis en si peu de temps.

— Il s'avère que la Nouvelle-Zélande n'est pas du tout comme Londres. Je n'ai jamais connu d'endroit aussi accueillant.

— Oui, c'est l'une de nos qualités. Mais je suis certaine qu'il va y avoir plus de travaux à faire dans la maison que ce que vous ou vos amis pouvez réaliser vous-mêmes.

— Oui, mais jusqu'ici, je n'étais pas sûre de mes projets pour cette maison. Je sais bien qu'on peut y engloutir une quantité d'argent considérable pour la faire entrer dans le XXIe siècle. Et un apport régulier de fonds pour l'entretenir.

— Oui, c'est effectivement un problème. Elle s'est penchée en avant. Mais heureusement, ce n'est pas insurmontable. Du moins à court terme. Rendre habitable la maison est réalisable. Mais, à long terme, il faudra trouver des ressources. Elle a croisé les bras sur la table. Alors, qu'en dis-vous ? Vous allez vendre et retourner en Angleterre, ou vous allez tenter le coup ?

— Je ne vais surement *pas* retourner en Angleterre.

— Ah, mais vous n'avez rien répondu à propos d'une vente.

— Je ne veux pas vendre non plus.

— Alors, vous allez tenter le coup.

— Oui, mais je ne suis pas sûre de ce que cela recouvre.

— Je suis désolée, mais cela signifie que la maison doit être remise dans l'état d'un vrai foyer. Cela n'exclut pas que vous puissiez en tirer un revenu d'une manière ou d'une autre. Mais les documents légaux qui vous donnent la maison sont explicites quant à l'exigence qu'elle conserve sa destination première, qu'elle ne soit pas transformée en quoi que ce soit, ni en hôtel, ni découpée en appartements. J'ai bien peur que si vous décidez de ne pas vendre, vous ne vous engagiez dans un très gros chantier.

— Un très gros chantier effectivement, ai-je répété. Je n'avais jamais eu peur du travail acharné et, si je pouvais trouver les ressources, j'avais certainement les compétences financières pour gérer la rénovation de la maison.

— Oui, beaucoup de travail. Mais c'est aussi une occasion unique dans une vie. Peu de gens ont les moyens d'acheter une maison comme celle-ci, même dans son état actuel. Vous avez une opportunité incroyable ici, Paige, si vous voulez la saisir. Elle a pressé ses poings joints contre sa bouche d'un air pensif. Puis-je vous suggérer quelque chose ?

— Je vous en prie. J'ai besoin de tous les conseils possibles.

— Je ne suis pas sûre que cela puisse être considéré comme un « conseil », mais puis-je suggérer que vous preniez les choses étape par étape ? Ne regarde pas l'ensemble du tableau, car ce serait trop impressionnant. Suivez ce que vous pensez être juste, écoutez votre instinct et avancez pas à pas. Elle se rassit avec un sourire. Au moins, vous saurez que vous avancez dans la bonne direction, même si vous ne pouvez pas avoir une vue d'ensemble de tout ce que l'avenir vous réserve.

— Cela suppose que j'ai une intention au départ.

— Ce n'est pas le cas ?

— Je pense que mon problème est que j'en ai trop. Je me suis levée. J'avais besoin de réfléchir. Mais merci beaucoup pour tout. Vous avez raison. J'ai énormément de chance d'avoir cette opportunité, et j'en suis parfaitement consciente. Mais j'ai trop souvent vécu en choisissant la facilité. Je dois réfléchir soigneusement et prendre la bonne décision.

L'avocate se leva et me tendit la main.

— Bien sûr. Bonne chance pour tout. Et s'il y a quoi que ce soit que je puisse faire, ou quoi que ce soit que vous vouliez me demander, appelez-moi.

— Merci. Je me levai pour partir mais m'arrêtai près de la porte alors que quelque chose me tracassait. Il y a encore une chose. Vous avez mentionné que la fille de Frances a été vue pour la dernière fois en 1938, l'année où Wharerata a été fermé.

Leslie sourit et hocha la tête comme si j'avais enfin posé la question qu'elle attendait.

— C'est exact.

— Est-elle partie à l'étranger avec ses grands-parents ? Je crois qu'ils sont allés à New York.

— Peut-être. Il y a une certaine confusion autour de cette période, quelque chose qui complique la situation, qui suggère que les choses n'étaient peut-être pas si simples.

— Quelles choses ?

— Vous n'avez pas demandé ce qui est arrivé à Xavier Grey, le mari de Frances.

J'essayai sans succès d'empêcher un frisson de parcourir ma colonne vertébrale.

— Non, je ne l'ai pas fait, mais j'ai le sentiment que vous allez me le dire.

Je me garai devant la maison de retraite de ma grand-mère et coupai le moteur. J'avais eu l'intention d'aller à Wharerata en chemin mais j'avais changé d'avis après avoir vu l'avocate. Mon esprit était plus confus que jamais.

Ma grand-mère avait une demi-sœur dont le père était une sorte de Svengali hollywoodien, et qui était apparemment enterré à proximité.

Puis il y avait cette histoire de Wharerata. Pourquoi imposer que ça reste une maison ? C'avait à peine été un foyer ces quatre-vingts dernières années. Et quel genre de foyer pourrait-ce être pour ma fille ? Un manoir en ruine au milieu de nulle part pour qu'elle grandisse avec sa mère introvertie ? Cela ressemblait plus aux ingrédients d'une histoire d'horreur médiévale qu'à un conte de fées.

Je soupirai et posai ma tête contre le volant. Et puis il y avait Tane. Comment s'intégrait-il dans tout cela ? L'homme avec une carrière internationale qui ne voulait pas s'installer, mais qui s'intéressait à moi. Pas à la vraie moi, mais à celle qui ressemblait à ma célèbre arrière-grand-mère, qui possédait par hasard une maison représentant une façon de concilier son passé et son présent.

Je sortis de la voiture et frissonnai pour la première fois depuis mon arrivée dans le Wairarapa. Je levai les yeux vers le ciel. Il était clair, mais il y avait définitivement une morsure automnale dans l'air. En remontant l'allée, mes pieds déplacèrent quelques feuilles jaunes qui étaient tombées de la cime d'un arbre. J'avais toujours aimé l'automne, mais maintenant je commençais à me demander où je serais quand l'hiver arriverait. À Wharerata, consciente de chaque fuite et rafale de vent qui faisait trembler les fenêtres, devenues plus disjointes à mesure que le bois s'était desséché ? Ou dans un petit Airbnb dans la banlieue de Mannington ? Une chose était sûre, je ne serais pas de retour à Londres, élevant seule ma fille dans une ville sans famille pour me soutenir.

J'étais, pensai-je en montant les marches en courant, prise entre le marteau et l'enclume. Mais j'espérais que l'enclume l'emporterait. L'enclume étant Wharerata. Je souris en reconnaissant l'instinct qui se manifestait, celui que l'avocate m'avait dit de suivre.

Ce n'est que lorsque la porte se referma derrière moi et que mes yeux s'habituèrent à la lumière plus tamisée du couloir que je m'arrêtai net. Il n'y avait personne aux alentours. Où étaient les gens qui erraient dans les couloirs en marmonnant et en chantant ? Où était le bruit du chariot de thé qui roulait dans le couloir, du personnel qui bavardait, qui riait ? Au lieu de cela, il y avait un silence inquiétant. Il n'y avait personne à la réception, et je ne voyais personne à travers la fenêtre qui donnait sur le bureau arrière. Il n'y avait aucune voix du tout. Je ressentis un malaise dans l'estomac, qui n'avait rien à voir avec ma grossesse.

— Il y a quelqu'un ? appelai-je prudemment. Il devait y avoir une sorte d'urgence. Je vérifiai une porte ouverte menant au poste des infirmières tout en continuant dans le couloir vers la chambre de ma grand-mère. J'ouvris la porte et compris où était tout le monde. Je me figeai en reconnaissant le dos de Rina, sa veste élégante et bien coupée, ses cheveux gris acier aussi lisses que d'habitude. Mais ses épaules tremblaient alors qu'elle se penchait sur Aroha, si près que pendant un moment j'ai cru qu'elle allait l'embrasser. Mais ce n'était pas le cas. Elle haleta soudainement, et je réalisai qu'elle lui parlait en murmurant, entre les sanglots qui secouaient son corps ratatiné. Disparus, la colonne vertébrale rigide, les épaules rejetées en arrière et le regard direct. Rina semblait brisée.

Je haletai. Pendant un moment, je n'arrivais plus respirer. C'était comme si tout avait ralenti et que je n'étais conscient que des regards des autres sur moi, sur Rina, et sur la personne sur qui elle se penchait. Aroha.

Je me tournai vers la propriétaire de la maison de retraite, qui me prit dans ses bras.

— Je suis vraiment désolée, nous avons essayé de vous contacter, mais votre grand-mère est partie.

— Partie… répétai-je, avalant la boule dans ma gorge.

La femme prit les fleurs de mes mains avant que je ne les laisse tomber et les mit dans un vase vide. J'étais sur le point de la questionner, de lui faire remarquer qu'il n'y avait pas d'eau dedans, quand je réalisai que cela n'avait plus d'importance. Ma grand-mère ne verrait jamais les gerberas roses.

Je gagnai le chevet de ma grand-mère et m'effondrai dans le fauteuil. Elle semblait totalement en paix. Ses cheveux blancs avaient été récemment peignés, mais sa bouche était relâchée, légèrement ouverte comme si elle venait de l'ouvrir pour parler mais s'était endormie à la place. Un autre gémissement me fit regarder de l'autre côté du lit où Rina était méconnaissable dans son chagrin. Son visage strié de larmes était pressé contre l'épaule de ma grand-mère, serrant sa main comme si elle pouvait la ramener. Rina, qui n'avait jamais été autre chose que maîtresse d'elle-même, légèrement distante et acerbe, hurlait maintenant comme une femme possédée. Elle commença à parler, mais son visage se froissa, et elle se retourna pour enfouir à nouveau son visage dans la poitrine d'Aroha, la main d'Aroha toujours sur son dos, comme si elle lui donnait le dernier petit peu de réconfort qu'elle pouvait offrir.

— J'ai appelé la femme de Mme Batten, dit l'une des femmes. Elle est en route, mais ne sera pas là avant au moins une heure.

J'embrassai la joue froide de ma grand-mère. Son visage avait déjà changé. C'était en partie à cause de sa couleur, et en partie parce que j'avais rarement vu les muscles autour de sa bouche détendus auparavant. Ils formaient toujours un sourire, soit rayonnant et heureux, soit légèrement perplexe mais toujours bienveillant.

Soudain, Rina releva la tête et poussa un gémissement qui me fit dresser les cheveux sur la nuque. Son visage était mouillé de larmes, et elle semblait bouleversée.

— Elle est partie, sanglota Rina, l'hystérie teintant ses mots. Elle n'aurait pas dû partir avant moi. Elle n'aurait pas dû. Elle avait promis qu'elle ne me laisserait jamais seule.

C'était une chose étrange à dire, mais je supposai que le chagrin n'était pas le meilleur moment pour la logique. Je me levai d'un bond. Ma grand-mère n'avait plus besoin de moi maintenant, mais Rina, qui était venue si souvent la voir avec dévouement, si. Je passai mon bras autour d'elle.

— Mais vous n'êtes pas seule. Vous avez Ginny. J'hésitai, mais je réalisai que c'était la vérité maintenant. Et vous m'avez moi. Je bougeai ma tête pour qu'elle puisse me voir. Je ne vais pas m'en aller.

Elle s'arrêta au milieu d'un sanglot et laissa échapper un soupir avant de recommencer à pleurer.

Tandis que je la tenais, son corps, habituellement si rigide, s'effondra dans mes bras. Je pensai à ses interactions avec Aroha, et avec Ginny, et à sa brusque gentillesse envers moi. Je ne m'étais pas attachée à elle lors de notre première rencontre, mais certaines personnes étaient comme ça. Une lente combustion, jusqu'à ce qu'elles trouvent une place dans votre cœur sans même que vous vous en rendiez compte.

— Je ne vais nulle part, répétai-je, sachant que, pour une raison quelconque, ces mots signifiaient quelque chose pour elle et lui apportaient un petit réconfort. Et, en réconfortant quelqu'un, je réalisai soudain que cela m'aidait aussi. Nous étions deux personnes d'époques différentes, unies dans le chagrin.

Ce n'est que plus tard que je réfléchis à ses paroles, « elle avait dit qu'elle ne me laisserait jamais ». C'était une énigme que je n'avais jamais réussi à comprendre. Pourquoi une femme comme Rina — forte, riche et heureusement mariée — avait-elle tant besoin de ma grand-mère ? Au point que ma grand-mère l'avait choisie *elle* plutôt que de suivre sa fille en Angleterre ?

C'était un mystère et l'une des personnes qui connaissaient la réponse était partie. Mais l'autre restait, sanglotant plus doucement maintenant, dans mes bras, et j'étais déterminée à découvrir la vérité.

Après que Ginny eut raccompagné Rina chez elle à Wellington, je montai dans ma voiture sans savoir vraiment où j'allais. J'avais perdu ma grand-mère, elle était morte, emportant avec elle les secrets sur mes ancêtres. C'était comme si un lien avait été rompu, mon dernier lien avec mon passé. Je conduisis simplement, kilomètre après kilomètre, heure après heure, jusqu'à ce que l'après-midi cède la place au crépuscule. Comment la soirée pouvait-elle être si belle alors qu'Aroha n'était plus en vie ?

Finalement, je me retrouvai à quitter la route principale et réalisai que je me dirigeais vers Wharerata. Je tressautais sur le chemin cahoteux et m'arrêtai devant la vieille maison. Mon dernier lien humain avait peut-être été coupé, mais j'avais encore les souvenirs, les fantômes et le mystère qui entouraient la maison et ses terres. Le décès de ma grand-mère m'avait désormais conféré non seulement la maison, mais aussi toutes les terres et la richesse qui l'accompagnaient. Mais je ne ressentais pas de joie, seulement de la tristesse. J'aurais tout donné pour retrouver ma grand-mère.

Je continuai au-delà de Wharerata dans une direction que je n'avais jamais empruntée auparavant, ce qui m'amena à l'extrémité de la plage, contournant le groupe de maisons dans lequel se trouvait celle de Te Uranga. C'était comme si un fil puissant m'attirait dans la seule direction où je voulais aller, m'enroulant, me happant vers un centre émotionnel dont j'avais besoin maintenant. Je me sentais vidée, tout ce que je voulais était un peu de réconfort, et je ne voyais qu'un seul endroit où je pourrais en trouver.

Je m'arrêtai devant la maison en bois usé, qui était séparée des autres maisons par quelques centaines de mètres de dunes. Ici, il n'y avait pas de barrières entre les voisins, seulement de l'espace rempli par le bruit du fracas des vagues au-delà du promontoire, dont elle était plus proche que les autres maisons.

Je savais qu'il était là parce que sa Citroën Dyane était garée dans l'allée. Alors que je remontais le chemin herbeux, le son de la musique classique me parvint de l'arrière de la maison. La lumière du crépuscule était magnifique. Sans raison particulière, je ne passai pas par la porte d'entrée mais fis le tour par l'arrière d'où provenait la musique et où brillait une lanterne.

Un mur de lierre entrelacé de jasmin sauvage s'étendait de la maison à un réservoir d'eau. Il recouvrait une clôture branlante qui n'aurait probablement pas tenu debout toute seule et offrait intimité et protection contre le vent du nord dominant. Cela me permettait aussi d'observer Tane à travers les branches enchevêtrées, sans être vue. J'hésitai, ne me sentant pas mal à l'aise de le regarder alors qu'il n'en avait pas conscience, mais plutôt le contraire, comme si j'étais arrivée là où je devais être.

Il tapait frénétiquement sur un ordinateur portable avec la mer rugissant à proximité et le son de Beethoven emplissant l'air tumultueux. Il était l'abri dont j'avais besoin.

Je contournai le réservoir d'eau, de sorte que j'avais le dos tourné à la mer et les derniers rayons du soleil créant des nuages teintés d'abricot, haut dans le ciel autour de moi.

— Tane, dis-je trop doucement. Il hésita un moment comme s'il avait eu une pensée, mais secoua la tête et reprit sa frappe. Je fis un pas en avant, pensant pour la première fois que je pourrais ne pas être la bienvenue. Tane ? demandai-je, plus hésitante maintenant.

Il s'arrêta à nouveau et me regarda soudainement droit dans les yeux. Son regard montrait de la surprise mais pas son corps. Il se leva lentement, sa chaise grinçant sur le bois vieilli de la terrasse.

— Paige, dit-il. Puis il cligna des yeux et s'approcha de moi, son regard parcourant mon corps, prenant tout en compte, des choses que je montrais à celles que je ressentais. Il semblait tout absorber. Qu'y a-t-il ?

J'ouvris la bouche pour parler, mais ma gorge était desséchée, trop sèche pour prononcer le moindre mot. J'avalai ma salive.

— Ma grand-mère est morte. Ma voix était craquelée et rauque comme si je n'avais pas parlé depuis cent ans. Je haussai légèrement les épaules, sentant la pression derrière mes yeux. Puis je levai les yeux vers le ciel teinté de rose et clignai des yeux pour refouler les larmes.

Il tendit un bras vers moi, puis m'attira à lui. J'y allai comme si j'étais une plume légère soufflée vers lui par le vent, n'ayant pas d'autre endroit où aller, nulle autre destination naturelle.

Il pressa sa joue contre ma tête et me serra fort.

— Je suis tellement désolé, murmura-t-il contre mon oreille, la chaleur de son souffle comme un baume pour mon âme. Tellement, tellement désolé, Paige. Il embrassa mes cheveux et me serra fort une fois de plus. Pour la première fois, je sentis quelque chose se desserrer à l'intérieur, fissuré par son baiser.

Quand je m'écartai, il passa ses doigts sous mes yeux et sur mes joues, essayant d'essuyer les larmes, mais elles ne s'arrêtaient pas. Il n'y avait pas de sanglots, pas de bruits étranglés ou de contorsions du visage, pas de pleurs disgracieux. Je me sentais ouverte pour la première fois ; mes émotions étaient là pour qu'il voie ce qu'il y avait à l'intérieur de moi. Je ne me souvenais pas avoir jamais fait ça auparavant. Un frisson secoua mon corps.

— Entre, tu es en état de choc. Je vais te préparer une boisson chaude.

Il me prit la main et me conduisit à l'intérieur de la maison. — Assieds-toi, je vais mettre la bouilloire en route. À moins que tu ne préfères quelque chose de plus fort ?

Je secouai la tête. Il avait deviné juste du premier coup.

— Une tasse de thé, ce serait parfait. Je reniflai. Il me tendit une boîte de mouchoirs et je me mouchai. Merci.

— Pas de quoi me remercier.

— Tu es là, c'est suffisant.

Il alluma la bouilloire et prit deux tasses sur un support. Je le regardai passer sa main le long de l'égouttoir en bois comme s'il réfléchissait à ce qu'il allait faire, puis il se tourna vers moi.

— Je serai toujours là pour toi. Peut-être pas ici, dans cette maison, mais où que je sois, tu pourras me joindre et je serai là pour toi. Je t'aime bien, Paige, je t'aime vraiment bien, et tu t'es intégrée dans ma vie comme si tu y avais toujours été. J'ai assez vécu pour savoir ce que cela signifie.

Je n'étais pas sûre que ce soit la même chose pour moi.

Il se retourna, versa deux tasses de thé et me les apporta. Il s'assit à côté de moi et passa son bras autour de mes épaules. Nous restâmes assis pendant de longues minutes sans parler, regardant la lanterne autour de laquelle les papillons de nuit se cognaient et voletaient.

— Maintenant, si tu es prête, parle-moi de ta grand-mère.

— Elle était morte quand je suis arrivée. Depuis peu de temps, je pense, car tout le monde était rassemblé autour d'elle. Une de ses mains reposée sur le lit, et l'autre main sur la tête de Rina, allongée sur sa poitrine.

Tane cligna des yeux et déglutit.

— Continue.

— Rina était bouleversée. Il sentit l'agitation que ce souvenir éveillait en moi et serra mon épaule.

— Elles étaient très proches.

Je fronçai les sourcils en réfléchissant à leur relation.

— C'était comme si... Je grimaçai. Rina *dépendait* de ma grand-mère. Pourquoi ? Rina m'a toujours paru si *indépendante*.

Tane haussa les épaules.

— Les relations sont des choses compliquées. Il posa ses mains sur les miennes qui s'agitaient. Et toi ? Comment te sens-tu ?

Je clignai des yeux et appuyai ma tête contre son bras, qui reposait sur le dossier du siège.

— Comment je me sens ? répétai-je lentement. Je me tournai vers lui et absorbai son visage, avec ses traits sombres et mystérieux et ses yeux intelligents et pleins d'humour. Tu sais, je ne me sens pas aussi seule que Rina, je crois. Et pourtant je suis plus seule. Elle a Ginny et, pour autant que je sache, elle a vécu toute sa vie à Wellington et connaît beaucoup de gens.

Il haussa les épaules.

— Je suppose que se sentir seul ou solitaire est plus un état d'esprit qu'une réalité physique.

— Peut-être que j'y suis plus habituée.

— Ou peut-être que Paige Sinclair est une personne assez forte pour se tenir debout toute seule, tout comme moi. Peut-être que Paige Sinclair a appris dès son plus jeune âge à se tenir sur ses deux pieds. À être indépendante.

J'ai failli m'étouffer de rire indigné.

— Quoi ? Tout ce que mes parents m'ont montré, c'est comment m'assurer que tous mes sentiments étaient bien rangés là où personne n'avait à s'en occuper.

Il garda le silence pendant quelques instants. La lampe projetait une douce lueur sur son visage, et mes yeux tracèrent ses traits comme si je les touchais. De son front à ses lèvres, en passant par ses sourcils, ses pommettes et sa mâchoire, je le caressai et sus que je garderais toujours son souvenir bien à l'abri à l'intérieur de moi.

— Quand je filme, je suis souvent frappé de voir comment des personnes qui ont vécu les mêmes choses perçoivent cette expérience sous un jour tout à fait différent. Peut-être que ta mère t'a donné des choses que tu n'as pas appréciées sur le moment, mais que tu as néanmoins intériorisées. Peut-être que tu tiens ta force de ta mère, qui l'a reçue de sa mère avant elle. Peut-être que Rina n'a jamais reçu ce sentiment de force, ou bien qu'il a été détruit d'une manière ou d'une autre. Je ne sais pas. Mais je soupçonne qu'elle pourrait le savoir ; et je soupçonne qu'elle pourrait tirer profit de te parler, autant que tu tirerais profit de lui parler.

J'hésitai, pensive.

— Je le ferai quand elle se sera remise.

— Va la voir le plus tôt possible. Tu pourrais l'aider à se remettre. C'est une femme bien, Paige. Je la connais depuis longtemps. C'est une grande supportrice des arts et de l'éducation. Elle a aussi aidé certains membres de ma whanau. Il secoua la tête. Et il y a quelque chose chez elle que je n'arrive pas à cerner. Quelque chose de mystérieux.

— Mystérieux ? Rina est la personne la moins mystérieuse que je connaisse. Pourquoi dis-tu cela ?

— Parce qu'il y a quelques années, elle a assisté à une rétrospective des films de Frances Stewart. Après, elle a dit quelque chose d'étrange quand quelqu'un a fait remarquer que Xavier Grey était mort dans un accident à White Rock. Elle a dit que ce n'était pas un accident.

— On ne lui a pas demandé ce qu'elle voulait dire ?

— Non. J'étais le seul à l'entendre, et j'ai d'abord cru avoir mal entendu. Mais ce n'était pas le cas.

J'étais confuse. Plus je pensais savoir, moins je comprenais. J'ouvris la bouche pour parler, mais les mots s'envolèrent quand je vis l'expression dans ses yeux.

Ils étaient pleins de tendresse et ses lèvres étaient si proches des miennes qu'il ne fallut qu'un mouvement de quelques centimètres pour qu'il les effleure. Je pressai mes lèvres contre les siennes avec un baiser qui était aussi différent du sien que le jour l'est de la nuit. Je le voulais, et je voulais qu'il sache que je le voulais. J'enfonçai mes doigts dans ses cheveux, maintenant son visage immobile et pris ce que je voulais. Tandis que je l'embrassais avec une envie que je sentais réciproque, nos langues s'entremêlèrent et une vague de désir me traversa, me faisant tout oublier. Je glissai ma main sous sa chemise, me délectant de la chaleur de son corps, avant de la descendre plus bas. Il expira brusquement et s'écarta. A son tour il prit mon visage entre ses mains, mais pour me tenir à distance.

— Nous n'allons pas faire ça, Paige. Pas maintenant.

Je l'ignorai.

— Fais-moi l'amour, Tane. Je veux que tu me fasses l'amour.

— Non. Pas maintenant, pas comme ça.

J'étais frustrée et gênée alors que mon cerveau commençait lentement à fonctionner.

— Alors comment ?

— Quand nous ferons l'amour à nouveau, ce ne sera pas à cause de ton deuil, de ton besoin de soutien ; ce ne sera à propos de rien d'autre que nous.

Je me mordis la lèvre et acquiesçai. Il avait raison, mais qu'il ait raison ne me satisfaisait pas. Je me retournai et attrapai mon sac.

— Je ferais mieux d'y aller. J'essayai de sourire mais je sus que j'avais échoué quand il secoua la tête et soupira.

— Non, tu ne vas nulle part.

— Mais...

— J'ai dit que nous n'allions pas faire l'amour. Mais je vais te dire ce que nous allons faire. Il n'attendit pas de réponse. Nous allons éteindre les lumières et aller au lit. Et puis je vais te tenir dans mes bras, et nous allons parler si nous en avons envie, ou simplement écouter les vagues sur le rivage, les moreporks qui chantent, ou juste notre respiration, jusqu'à ce que nous nous endormions. Il prit mes mains dans les siennes. Et je vais te tenir tout ce temps. *Voilà*, Paige, c'est ça que nous allons faire.

— Mais je suis une femme indépendante et autonome. Une femme forte... Tu me l'as dit toi-même.

— Et une femme forte sait toujours quand il faut être d'accord avec un homme tout aussi fort.

— Mais seulement si cette femme forte est d'accord aussi.

Il éteignit la lumière et me conduisit à travers les portes ouvertes directement dans sa chambre où nous nous allongeâmes, tout habillés, et fîmes comme il l'avait décrit : nous écoutâmes le son de la mer battant son cœur sauvage contre les rochers au loin, et plus près, roulant et se retirant sur les rivages accidentés au-delà des dunes.

Je dus m'assoupir car plus tard j'entendis le son de la pluie tambourinant sur le toit de tôle, mêlé au bruissement de la brise dans les herbes sur l'allée du jardin. Je tournai la tête sur le côté et vis Tane, les yeux fermés, sa respiration régulière. Il nous avait couverts d'une légère couette, et sa main était sur ma taille comme s'il était déterminé à m'apporter du réconfort, même dans son sommeil.

Au repos, son visage avait perdu sa tension, et il paraissait plus jeune. Je le trouvais très, très attirant. Je fermai les yeux laissant les sentiments flotter en moi et s'enrouler autour de mon cœur. Je soupirai, et il bougea légèrement, ses pieds nus glissant contre les miens, son front touchant le mien : de la tête aux pieds j'étais allongée avec lui et à travers lui. Je pensai que je ne m'étais jamais sentie aussi en paix. Mais même alors que je me rendormais, je savais que ce sentiment n'était que temporaire. C'était ce qui le rendait si spécial. Un bref répit entre deux averses.

La vie ne serait pas toujours aussi simple. Mais au moins je profitais de ce moment précieux. Et ça me suffisait. Demain, je laisserais la vie et toutes ses complications revenir au premier plan.

CHAPITRE DIX-NEUF

FRANCES

Un garçon était parti en courant pour prévenir ses parents. Les lumières de Wharerata se déversaient des fenêtres du rez-de-chaussée, se répandant dans le jardin comme des doigts essayant de la trouver dans l'obscurité.

Frances n'avait jamais été aussi heureuse de voir sa maison. Elle tituba à travers la pelouse, suivant le faisceau de lumière comme si elle nageait vers le soleil couchant, terrifiée à l'idée de se voir privée de sa chaleur et de ce point de repère.

Derrière elle, le cousin de Noa portait Rina, épuisée, tandis que d'autres apportaient des lanternes pour éclairer leur chemin. Des ombres bougeaient à l'intérieur de la bibliothèque, puis la lumière s'alluma dans la véranda. Il faisait clair comme en plein jour lorsque Margaret Stewart ouvrit en grand les portes de la véranda.

William, tendant les bras vers Frances, apparut immédiatement derrière Margaret, qui se précipita vers Rina, et guida le cousin de Noa vers un canapé où il la déposa doucement.

— Frances ! Rina ! Dieu merci, vous êtes toutes les deux saines et sauves !

Frances frissonna sous le manteau qu'on lui avait donné sur la plage. Ses frissons se transformèrent en tremblements incontrôlables lorsque s'installa le choc de ce qu'elle venait d'accomplir. Elle se saisit d'une de ces couvertures que sa mère utilisait pour se tenir chaud lorsqu'elle s'asseyait au jardin et la posa sur Rina, qui les regardait tous avec de grands yeux.

— William ! appela Margaret, en caressant les cheveux de Rina pour les dégager de son visage et en lui frottant les mains pour essayer de les réchauffer. Va chercher du cognac. Frances tremble comme une feuille. Elle leva les yeux vers Frances. Assieds-toi, Frances.

— Je ne peux pas. Au lieu de cela, Frances se tourna vers la famille de Noa qui les avait aidées avec le bateau et les avait amenées à Wharerata.

— Merci beaucoup. Nous vous devons la vie. Je ne sais pas comment nous aurions pu arriver ici sans votre aide... La voix de Frances se brisa alors qu'elle s'effondrait en sanglotant dans un fauteuil, et se tenant la tête dans les mains. Elle entendit son père parler aux hommes, puis le calme descendit sur la véranda.

William passa son bras autour de Frances et, dans un souffle tremblant, elle parvint à contrôler ses sanglots. Elle posa sa tête sur son épaule, sa robe de chambre à carreaux bruns avec ses tresses de soie lui rappelant agréablement le passé.

— L'a-t-il blessée ? demanda Margaret s'agenouillant à côté de Rina et pressant sa main sur son front.

Frances vint s'agenouiller à côté d'elles deux.

— Non, ou du moins je ne pense pas. Rina ? Elle chercha la main de sa fille, qu'elle serra fort.

— Non, maman, je vais bien. J'ai juste froid et je suis fatiguée. Un frisson secoua son petit corps.

— Viens, assieds-toi, Frances. Son père passa son bras autour de ses épaules et la conduisit au canapé.

— Nous avons réussi, père, dit-elle en claquant des dents. Rina et moi. Nous nous sommes échappées.

Il secoua la tête.

— Je ne sais pas comment vous avez eu le courage de le faire. Avec une mer pareille. Il secoua à nouveau la tête, son visage plissé d'inquiétude. Où est-il maintenant ?

— Ancré dans la baie extérieure. Nous étions en route pour Wellington et, je pense que nous aurions pu y arriver, sauf que le capitaine a décidé de mettre en panne à l'extérieur de la crique. Il l'a appelée Maori Bay, ce que j'ai compris, mais pas Xavier. Et il a insisté pour qu'on y jette l'ancre.

Son père hocha la tête.

— C'était une idée du détective, d'utiliser ce capitaine. Je n'étais pas sûr qu'on pouvait lui faire confiance, pas avec son passé trouble, mais Dieu merci, ça a marché. C'était un plan de secours au cas où vous ne pourriez pas revenir à terre à Akitio.

Des coups résonnaient dans la tête de Frances et son corps s'affaiblissait de minute en minute tandis que la chaleur de la pièce apaisait ses frissons.

— Ah, je comprends mieux. Dieu merci. Elle ferma les yeux, se souvenant de la nervosité de Xavier. Je ne l'ai jamais vu comme ça auparavant. C'était comme si...

Son père sonna la cloche des domestiques avant de maugréer. C'était bien le moment de donner congé à Stevens et sa femme. Il lui apporta lui-même un cognac.

— Ça devra faire l'affaire. N'y pense plus. C'est fini.

Mais même alors que Frances sirotait le cognac brûlant, et qu'il se répandait dans son corps glacé, elle savait que son père avait tort. Ce n'était pas fini. Et ça ne le serait jamais.

— Rina, ma chérie, dit la mère de Frances. Montons te faire prendre un bain chaud. Nous ne voulons pas que tu attrapes froid.

— Je vais bien, grand-mère, dit Rina, ses mots contredits par son corps tremblant. Margaret serra Rina contre elle. Juste froid.

— Il ne lui a pas fait de mal, dit Frances.

— Non, dit rapidement Rina. Mais il a fait du mal à maman.

— Pauvre enfant ! s'exclama son père, le chagrin gravé sur son visage. C'est lui qui a fait ça ? demanda-t-il, traçant doucement la coupure au-dessus de son œil.

Elle acquiesça. Soudain, Rina rejeta ses couvertures, se leva et s'approcha de William, tirant sur sa manche.

— Papa a frappé maman. Je le déteste.

— Détester est un mot très fort, dit Margaret.

— Tant mieux. Parce que je le pense. Je me fiche que vous l'aimiez. Je le déteste, répéta-t-elle, avec une intensité qui fit encore plus frissonner Frances.

— Nous ne l'aimons pas, Rina. *Absolument* pas, dit la mère de Frances. Elle prit sa main. Maintenant, jeune fille, dit-elle d'une voix ferme, il est temps que tu ailles au lit.

L'ordre de sa mère aurait fait rire Frances si elle n'avait pas réalisé le besoin désespéré de normalité de Rina.

Rina retira sa main de celle de sa grand-mère et courut vers Frances pour se jeter dans ses bras. Les larmes coulèrent sur les joues de Frances qui enlaçait Rina de toutes ses forces. Elle avait failli à son devoir. Elle avait permis à Xavier de la dominer et de la maltraiter, révélant à Rina un monde qu'elle n'aurait jamais dû voir. À cet instant, elle fit le vœu de faire tout ce qu'il faudrait, tous les sacrifices nécessaires, pour s'assurer que la vie future de Rina se déroule en douceur et en sécurité.

— Tu es en sécurité, dit doucement Margaret à Frances, écartant les cheveux de Frances de son visage pour qu'elle puisse la voir. *Rina* est en sécurité, et toi aussi. Il faut la laisser partir maintenant.

Un sanglot déchira la gorge de Frances à l'idée de laisser partir sa fille, mais elle savait que sa mère avait raison. Frances se leva et essuya ses larmes avec sa manche, essayant de sourire à Rina. Mais elle ne pouvait pas la tromper. Personne ne le pouvait.

— Ne pleure pas, maman. C'est fini. Il ne peut plus te faire de mal. Je m'en assurerai.

Rina ne réalisait pas que ce n'était pas de cela que Frances avait eu peur. Non, sa crainte était que Xavier ne parvienne à lui voler la personne qu'elle aimait le plus au monde, sa fille. Et elle sentait obscurément qu'il avait peut-être gagné, réussi à l'éloigner d'une certaine façon.

— Ce n'est pas nécessaire, ma chérie. D'autres personnes s'en chargeront. Tes grands-parents, moi... Nous veillerons à ce qu'il ne puisse plus nous faire de mal.

Margaret prit Rina par la main, et elles sortirent de la pièce. Dans le couloir, elle souleva Rina dans ses bras, malgré ses objections, et la porta à l'étage.

Épuisée, Frances s'assit enfin et ferma les yeux tandis que les événements de la nuit se rejouaient sans cesse dans son esprit, comme d'étranges extraits d'un film, des images fixes se présentant dans le désordre. Elle était vaguement consciente que son père éteignait les lumières et fermait les portes. Elle était en sécurité maintenant. En sécurité, se répétait-elle, essayant de chasser les images de son esprit.

— Nous devrions faire venir le médecin pour vous examiner toutes les deux.

Elle ouvrit les yeux. De son épaisse chevelure blanche à sa barbe et sa moustache, son père était l'image de son propre père avant lui, dont le portrait était accroché dans le hall. Il représentait tout ce qu'il y avait de correct et de droit dans son monde, un monde qu'elle n'avait eu de cesse de quitter. Elle s'était sentie piégée par eux, mais maintenant elle en reconnaissait toute la valeur, une valeur qu'elle avait dû rejeter avant de pouvoir en apprécier pleinement l'importance.

— Je vais bien, père. Vraiment. Il n'y a rien qui ne puisse attendre demain matin. Seulement des blessures superficielles.

Mais tout en prononçant ces mots, elle doutait de leur validité. Ses véritables blessures n'étaient pas de celles qu'un médecin pouvait guérir.

— Tu es sûre ?

— J'ai réussi à nous ramener à terre dans un petit canot. Tout marche bien chez moi. Je vais bien, vraiment.

— Si c'est ce que tu veux.

— C'est le cas. Je veux dormir maintenant. C'est juste...

Il s'assit à côté d'elle et lui prit les deux mains.

— Juste quoi ?

Elle fronça les sourcils.

— Que je ne me sens toujours pas en sécurité.

— Tu ne le seras pas tant que cette crapule ne sera pas arrêtée à son arrivée à Wellington. Cette fois-ci, je vais m'assurerai qu'il ne puisse pas s'en sortir.

— Mais... en attendant, dit-elle en regardant la fenêtre où elle ne pouvait voir que leurs propres reflets. Il est toujours dehors.

— Avec une mer déchaînée entre nous et aucun moyen de la traverser.

Soudain, dans le silence de la nuit, on entendit le bruit d'une voiture qui approchait. Frances tenta de se lever mais, malgré ses assurances, ses jambes étaient faibles.

— Détends-toi, Frances. Il n'a pas pu traverser la mer en voiture ! Je vais voir qui c'est.

Frances se retira vers l'arrière de la véranda, la bouche desséchée par la peur. Elle était convaincue que c'était une ruse, que Xavier était parvenu à atteindre le rivage. Mais la voix de son père était amicale, et comme le murmure des voix se rapprochait de la véranda, elle reconnut l'autre voix.

Son esprit doutait de ce que son cœur sut instantanément.

— Noa ! souffla-t-elle, alors qu'il traversait la maison avec son père.

Noa fit irruption dans la pièce, et Frances courut vers lui. Le soulagement de le revoir était écrasant.

— Je ne t'aurais jamais laissée partir si j'avais été au courant de la folie de votre plan. Noa lança un regard noir à William.

William regarda Frances.

— Je l'ai appelé après ton départ. J'ai pensé qu'il avait le droit de savoir.

— Mais pas le droit d'avoir mon mot à dire dans ce plan insensé, dit Noa.

William soupira.

— Ce qui est fait est fait. Et Dieu merci, ça s'est passé comme ça.

Frances s'essuya les yeux.

— C'était le seul moyen. Il ne l'aurait jamais abandonnée. Je l'aurais perdue pour de bon. Et je n'aurais pas pu le supporter.

La fatigue et l'inquiétude se lisaient sur le visage de Noa. Il hocha lentement la tête, mais ses yeux n'étaient pas d'accord. Ils étaient trop féroces, trop possessifs, trop pleins d'amour pour elle.

William s'éclaircit la gorge et se dirigea vers le buffet pour replacer le bouchon sur la bouteille de brandy.

— Je vais vous laisser seuls. Nous pourrons discuter de tout ça demain matin. D'ici là, prends soin d'elle, Noa. Bonne nuit.

Frances était à peine consciente du départ de son père alors que Noa la prenait dans ses bras.

— Je n'arrive pas à croire que tu sois allée le voir. Je n'arrive pas à croire que ton père ait tout planifié. Il devait être fou pour te laisser aller voir ce... ce *monstre*.

— Nous n'avions pas le choix, Noa.

— Vous auriez pu envoyer la police.

— Nous y avons pensé, mais, selon eux, il n'y avait pas grand-chose à faire. En tant que père de Rina, il avait le droit de l'avoir avec lui. Ç'aurait été sa parole contre la mienne. Et j'avais peur qu'il fasse du mal à Rina. Non, je devais faire ça seule. Je devais le battre à son propre jeu.

— Et tu penses l'avoir fait ? L'avoir battu, je veux dire ?

Frances hocha la tête.

— Absolument. Demain, Père aura des hommes supplémentaires pour protéger cet endroit. Ce sera comme une forteresse. Il n'y aura jamais accès. Il n'aura pas d'autre choix que d'admettre sa défaite et de partir. Et demain, il saura par notre avocat combien d'argent mon père est prêt à lui donner pour partir. Elle secoua la tête.

— Il ne dira pas « non » à l'argent. Il retournera à L.A. et à la vie qu'il aime. Mais cette fois, sans moi, ni Rina.

— Dieu merci. Noa pressa ses lèvres sur le haut de sa tête et toucha la peau fendue au-dessus de son œil avec ses doigts doux.

— Il faut s'occuper de ça.

— Ce n'est rien. Ça peut attendre jusqu'à demain. Mais Noa avait déjà saisi la trousse de premiers secours que Margaret avait laissée sur la table d'appoint. Frances le laissa examiner sa blessure et la nettoyer doucement avant d'appliquer une crème antiseptique. Elle réalisa qu'il avait besoin de faire quelque chose, besoin de l'aider comme il n'avait jamais pu le faire auparavant.

Un muscle de sa mâchoire tressaillit alors qu'il examinait les dégâts que Xavier lui avait causés et appliquait soigneusement un pansement sur la coupure. Elle leva la main vers lui pour l'interrompre.

— Ça ira maintenant, Noa. Arrête. Je veux juste être avec toi, dans tes bras. Tout le reste peut attendre.

Il la serra contre lui tandis que leurs lèvres se trouvaient, et ils s'appuyèrent sur la chaise longue. Le baiser s'intensifia, et il la caressa doucement comme s'il avait peur de la briser, ou qu'il craignait qu'elle ne soit qu'un rêve.

Un coup de tonnerre déchira le silence, faisant sursauter Frances. Elle regarda autour d'elle, le cœur battant, soudain alarmée.

Il lui caressa tendrement les joues, tenant son visage.

— Ma chérie, ce n'est que l'orage. Il a menacé toute la nuit.

Soudain, le jardin d'hiver s'illumina d'un éclair, éclairant tout le jardin arrière. Puis tout redevint noir. Seule la pluie était visible, éclairée par la lumière électrique à l'intérieur du jardin d'hiver, traversant l'obscurité comme des balles d'argent.

Il embrassa chacune de ses joues, ramenant son attention sur lui.

— Tu es en sécurité maintenant. Et je ne te laisserai plus jamais hors de ma vue.

Elle eut un demi-rire étouffé.

— Tu oublies que je suis toujours mariée.

— Je m'en fiche complètement. Je me fiche de mon travail, de ta place dans la société, de tout, sauf de toi et moi. Quand tout cela sera terminé, veux-tu m'épouser ?

La pleine force de l'orage s'abattit soudain sur eux, et la pluie se transforma en grêle, qui claquait contre le verre comme s'ils étaient attaqués. Quelque part derrière eux, une porte claqua. Noa fronça les sourcils et commença à se lever, mais Frances le retint.

— Ce n'est que le vent. Elle ne voulait pas qu'il s'en aille. Mère laisse toujours une fenêtre ouverte pour l'aération. Elle dit que ça fait prospérer les plantes.

Comme pour confirmer ses dires, le vent fit claquer les arbres contre la fenêtre, comme autant de mains tendues vers eux. Mais cette fois, il l'ignora et prit son visage entre ses mains.

— Tu n'as pas répondu à ma question.

Elle sourit.

— Peut-être que je veux t'entendre la poser à nouveau.

Il secoua la tête, un sourire aux lèvres.

— Frances, ma chérie, veux-tu me faire l'honneur de devenir ma femme ?

Avant même que Frances ne puisse lui répondre, il y eut un hurlement, et ils levèrent tous deux les yeux pour voir une forme sombre foncer vers eux. Frances cria. Dans l'ombre projetée par les plantes, elle ne pouvait pas distinguer ce que c'était. On aurait dit la manifestation d'un phénomène maléfique, le vent s'engouffra à la suite de l'apparition et l'air se refroidit soudain.

Dès que la chose eut fondu sur eux, il n'y eut plus de place pour le doute. La forme se matérialisa et en émergea un Xavier trempé, à moitié fou, qui saisit Noa à la gorge et le plaqua contre un mur, brisant des pots sur son passage.

Comme il s'apprêtait à asséner un autre coup à Noa, encore sous le choc du premier, Frances agrippa les bras de Xavier. Elle réussit, mais uniquement parce que Xavier se tourna vers elle à la place. Elle hurla à nouveau, de toutes ses forces, essayant d'appeler à l'aide, oubliant qu'il n'y avait que sa famille pour l'aider. Son cri lui valut une gifle qui l'envoya voler sur la chaise longue où elle était seulement quelques instants plus tôt avec Noa.

Xavier hurlait un flot d'injures tandis que Frances essayait de ramper sur le sol, loin de lui. Mais il tenta de l'attraper, s'accrochant et tirant sur son collier de perles. Elle suffoqua, puis le collier se brisa, et les perles rebondirent sur le sol carrelé. Sa main remplaça alors les perles et elle se débattit en vain, essayant de libérer sa gorge de ses doigts, mille étoiles apparaissant devant ses yeux. Sa gorge et ses poumons lui faisaient mal, elle tentait de prendre une rapide inspiration, son cerveau brûlant sous le feu de ses invectives. Puis soudain, il émit un grognement, fut projeté loin d'elle et elle se trouva libérée.

Elle reprit son souffle tout en regardant autour d'elle. Tout semblait se passer au ralenti. Elle vit Xavier glisser sur le sol et briser un pot de fleurs et Noa se positionner, prêt à frapper à nouveau.

Xavier secoua la tête, comme s'il voyait lui aussi des étoiles. Il leva la main comme pour arrêter Noa, qui baissa sa garde un instant. Mais Frances le connaissait et savait qu'il ne fallait pas faire confiance à Xavier.

— Attention, Noa ! Mais dans l'intervalle où Noa se tourna vers elle, Xavier bondit sur lui comme une bête en cage attendant le moment d'attaquer. Noa n'avait aucune chance face à quelqu'un de plus grand que lui, connaissant aucune limite. Le sang gicla du nez de Noa, éclaboussant le sol et la robe de Frances. Elle se jeta sur le dos de Xavier, frappant sa tête pour essayer de l'arrêter. Il l'écarta d'un geste, l'aveuglant du le sang qui coulait de son front, mais elle ne lâcha pas prise. Elle griffa son visage, tandis qu'il continuait de frapper Noa. Finalement, elle lui fit assez mal pour qu'il roule loin de Noa et lève la main pour la frapper au visage. Sa main resta prête à frapper quand une porte s'ouvrit brusquement, et il regarda autour de lui en hurlant des obscénités. Puis il s'arrêta, et il y eut un silence.

À ce moment-là, un coup de feu retentit, et ce fut comme si le temps était suspendu. Frances et Xavier se regardèrent, figés, Frances se préparant au coup de poing de Xavier et lui, l'incrédulité au fond des yeux.

Puis le regard surpris fut remplacé par le vide, il s'éloigna d'elle, et tomba sur les durs carreaux du sol.

Elle leva les yeux et vit sa mère, son père et sa fille regarder l'homme au sol. Elle suivit leur regard horrifié vers sa tête, le côté ensanglanté complètement arraché par la balle qui s'était logée dans la boiserie, entourée de sang et de chair.

— Bon Dieu ! Noa rampa vers Xavier et le retourna. Bon Dieu !

Frances se retourna, et cette fois elle vit l'arme, et qui la tenait. Ses yeux rencontrèrent ceux de sa fille alors qu'on lui enlevait l'arme et un cri émergea. Si ce n'avait été la bouche béante de sa fille, elle aurait pu croire qu'il venait d'elle-même.

J'AIME MA GRAND-MÈRE — complètement et sans réserve. J'aime aussi ma mère, mais pas de la même façon. Ma grand-mère et moi ne faisions qu'une.

Nous étions la même personne, taillées dans le même matériau. Alors quand j'ai vu ma grand-mère sortir de la salle d'armes avec un pistolet à la main, je me suis sentie très calme. Nous savions ce qu'il fallait faire.

Mais grand-mère n'était pas tout à fait comme moi. Elle était née dans un monde différent, un monde où les femmes n'agissaient pas. Pas comme moi. Alors quand elle a levé le pistolet à son œil et a essayé de se concentrer sur la cible mouvante et que j'ai vu sa main trembler et tout son corps frémir, j'ai su qu'elle n'y parviendrait pas. J'ai tendu la main et je lui ai pris le pistolet.

Ma main à moi ne tremblait pas. Je n'avais jamais été aussi sûre de quelque chose de toute ma vie. Cette forme mouvante, mon père, était maléfique. De cela, je n'avais pas le moindre doute. Le Fou. C'était comme ça que je l'avais toujours appelé. Ma main était stable, exactement comme grand-père me l'avait appris : « quand une biche entre dans le champ de vision, reste immobile et attends qu'elle vienne à toi ». J'attendais, il s'arrêta, le poing levé s'apprêtant à l'abattre sur le visage de ma mère. « Respire profondément, résonnait la voix de mon grand-père, l'œil fixe, car là où l'œil est stable, la main le sera aussi, puis presse comme si tu aimais la gâchette. » L'amour est une chose si compliquée.

Curieux que je n'aie pas entendu le coup de feu. Il n'était pas assez fort pour couvrir le bruit dans ma tête, ni le cri qui jaillit involontairement de ma bouche. A peine savais-je qu'il s'agissait de moi.

Je ne sais pas combien de temps je suis restée là, le bras tendu. La seule différence c'était qu'il n'y avait désormais plus personne dans la ligne de mire du pistolet et que tout autour de moi s'était soudainement éloigné. C'était comme regarder à travers un zoom focalisé sur le Fou. Comme percevoir les bruits depuis le fond de la piscine à la maison — étouffés, au-delà des pulsations du sang dans mes oreilles.

Et puis, Maman est entrée dans mon champ de vision alors qu'elle regardait le Fou. Ses perles, au loin, flottaient sur une traînée de sang. Puis soudain Noa a trébuché, atteignant mes sens comme rien d'autre n'aurait pu. Je croyais qu'il était mort. Que le fou l'avait tué. Mais il était là, entourant ma mère de ses bras et alors, j'ai commencé à trembler, encore plus fort que ma grand-mère.

Ce n'est qu'au moment où j'ai senti le contact réconfortant de sa main de ma grand-mère sur la mienne, juste avant qu'elle ne me retire le pistolet, que le monde s'est remis en mouvement.

Et j'ai vu ce que j'avais fait. J'ai ouvert la bouche, mais aucun son n'en est sorti. J'avais l'impression que le réalisateur, comme dans les films où j'avais vu jouer ma mère, avait crié « coupez », pour découvrir que ce n'était pas du jeu, c'était pour de vrai. Je me suis détournée de ma grand-mère et vomis violemment dans l'un de ses aspidistras.

Ensuite, j'ai poussé un long sanglot haletant et pressant mon visage dans la fine soie de la chemise de nuit de ma Grand-mère.

— Je suis désolée, Grand-mère.

— Ce n'est rien, mon enfant. Ce n'est rien.

Je suis restée là, le visage enfoui dans le tissu, les yeux fermés, le cœur battant fort, mais pas assez fort pour couvrir les cris de ma mère et le flot de paroles que Noa chuchotait à de mon grand-père. J'avais vaguement l'impression, comme si je me regardais de haut, que je devrais me sentir effrayée, pleine de regrets. Mais je ne ressentais rien de tel. Uniquement du soulagement que le Fou soit mort et que tout cela soit terminé.

Le bruit des conversations me parvenait, tantôt étouffées, tantôt fortes et décisives et tout ce temps je suis restée, enfouie dans les jupes de ma grand-mère, ses mains autour de moi, me tenant plus fermement que jamais auparavant, me gardant en sécurité.

De cet endroit sûr, j'ai entendu quelqu'un entrer dans la pièce, l'un des hommes de Noa qui travaillait aussi pour mon grand-père. Il y a eu beaucoup de bruit, des choses qui tombaient, des choses redressées et puis le silence.

— Emmène-la à l'étage, a dit mon grand-père. J'ai senti sa main sur ma tête. Elle a besoin de s'éloigner de tout ça, de ce qui s'est passé. Elle doit oublier ce qu'elle a fait.

Fait ? Qu'avais-je fait ? Pour la première fois depuis que le coup de feu avait été tiré, je me suis écartée et j'ai levé les yeux vers les yeux bruns de ma grand-mère. Elle savait toujours quoi faire. Et à ce moment-là, quelque chose s'est produit, une sorte d'échange, quelque chose de nouveau, une direction que nous devions tous suivre.

Grand-mère a détourné son regard de moi et l'a dirigé directement vers mon grand-père.

— Rina ? Rina n'a rien fait. C'est moi qui ai appuyé sur la gâchette.

J'ai fléchi ma main, qui me faisait encore mal d'avoir tenu le pistolet, et puis je me suis souvenue à quel point ça avait été bon, à quel point j'avais aimé ce moment où j'avais pressé la gâchette et j'ai secoué la tête, et j'ai continué à la secouer.

— Non, Grand-mère...

— Tu as raison, William, a-t-elle dit, en me prenant fermement par la main. Rina a besoin de se reposer.

— Non, Grand-mère, je me souviens...

Elle s'est penchée à mon niveau — quelque chose qu'elle ne faisait jamais, contrairement à la plupart des adultes — et a saisi mes épaules.

— Tu me fais confiance, Rina ?

J'ai hoché la tête. Quelle question stupide. J'avais plus confiance en elle qu'en n'importe qui au monde.

— Bien, alors, écoute-moi. Tu as eu un choc. Ta mémoire te joue des tours. Ce dont tu as besoin, c'est d'une bonne nuit de sommeil. Je vais te donner un somnifère, et puis tu verras tout ça comme un rêve.

— Un rêve... ai-je répété, désireuse de faire ce que voulait ma grand-mère bien-aimée. Et j'ai fermé les yeux très fort, forçant le souvenir à diminuer, rapetisser, au point de pouvoir le garder en moi sans en avoir conscience. Il pourrait y rester sans être bousculé. J'ai ouvert les yeux.

— Peux-tu faire ça pour moi ? a-t-elle demandé.

Elle a dû voir la réponse dans mes yeux car elle a fait un rapide signe de tête à Grand-père et nous avons quitté la véranda.

Mais, en m'éloignant, je savais que peu importe à quel point je réduirais le souvenir, il ne me quitterait jamais. Je le savais de la même manière que je connaissais des choses comme l'amour — pas dans ma tête mais physiquement, dans la façon dont mon corps se détendait quand Maman m'embrassait pour me souhaiter bonne nuit, dans la fierté que je ressentais quand mon grand-père me félicitait d'être une fille intelligente, et surtout dans la façon dont mes doigts cherchaient ceux de ma grand-mère quand nous inspections le jardin. Toutes ces sensations s'ancraient en profondeur, ignorant mes pensées, infiltraient mon sang et ne me quitteraient jamais.

Et c'est ainsi que, malgré la mort de celui que je haïssais, j'avais bien conscience qu'une période venait de se terminer et qu'une autre, entièrement nouvelle venait juste de commencer.

CHAPITRE VINGT

PAIGE

Tane et moi avons été réveillés le lendemain de la mort de ma grand-mère par la sonnerie insistante d'un téléphone fixe. Et pas n'importe quelle sonnerie, mais le tintement nasillard de son téléphone en Bakélite des années 1950. Les vieilles maisons n'étaient apparemment pas les seules antiquités que Tane appréciait. Il cligna des yeux comme s'il se demandait où il était, avant de se lever d'un bond et de disparaître dans le couloir.

Le soleil entrait à flots par la fenêtre sans rideaux, diffractant sa lumière sur un presse-papiers en cristal et projetant des arcs-en-ciel à travers la chambre par ailleurs quelconque. Mis à part les livres et les papiers qui recouvraient chaque surface, ainsi que les tableaux et les affiches qui ornaient les murs, la chambre était rudimentaire. Le mobilier avait l'air de dater des années 1920 et, toute la maison était soigneusement rangée. Je soupçonnais que le manque de possessions en était responsable, plus que la préoccupation pour l'ordre.

Je me levais, me démêlais les cheveux avec les doigts, tout en écoutant la conversation à sens unique et je compris que Tane devait se rendre quelque part ce matin-là. Je vérifiai rapidement mes e-mails professionnels et, lorsque Tane eut fini son appel téléphonique, j'étais prête à partir. L'intimité de la nuit précédente s'était estompée pour laisser place à une normalité qui me mettait mal à l'aise. J'étais au mauvais endroit. Le Tane qui parlait au téléphone n'était pas l'homme qui m'avait tenue dans ses bras toute la nuit, c'était le visage public de Tane, un étranger pour moi.

Tane raccrocha et revint dans la chambre. Il se passa les doigts dans ses cheveux en désordre, les faisant se dresser encore plus, l'air mal à l'aise. Je me demandai s'il regrettait notre nuit ensemble.

— Je dois y aller. Je suis désolé, dit-il.

— Ce n'est pas grave, dis-je, d'un ton trop enjoué. Pas besoin d'être désolé. Je suis arrivée à l'improviste, et tu as des choses à faire.

— Je serai de retour ce week-end. On se verra à ce moment-là, d'accord ? Et n'oublie pas, tu peux me joindre par téléphone à tout moment.

J'essayai de sourire, mais je ne comprenais pas comment il pouvait à la fois être là pour moi et ne pas vouloir faire partie de ma vie en tant que parent. M'aimait-il, mais pas tout à fait assez ?

J'avais fait confiance à Sam — aux choses qu'il avait dites et faites — et tout s'était réduit en poussière devant mes yeux, pas réel. Ce que je vivais là était-il plus vrai ou était-ce la répétition de la même situation ? Je n'en avais aucune idée et je réalisai soudain que ce n'était pas Tane qui m'inspirait de la méfiance, mais mon propre instinct.

— Ça ira pour toi, n'est-ce pas ?

— Tane, tu l'as dit, je suis une femme forte et indépendante. Je soupirai. Une femme forte et indépendante qui s'est sentie un peu moins forte hier soir. Je souris avec ironie. Merci pour ton soutien.

Il me regarda pendant une seconde sans sourire, puis se détourna. Je repassai les mots dans ma tête. Des paroles empreintes de froideur et de distance. C'étaient ceux de la femme que Sam avait rejetée. Étais-ce vraiment moi ?

— Je veux dire...

— Je sais ce que tu veux dire. Et je suis heureux d'avoir pu t'être utile.

— Non, je suis désolée, ça n'est pas comme ça que je voulais le dire...

— C'est bon, ça va, vraiment. Mais son froncement de sourcils contredisait ses paroles, et je réalisai soudain qu'il était aussi perdu que moi.

Je m'éclaircis la gorge.

— De toute façon, tu dois partir, et moi aussi. Je dois aller aux pompes funèbres.

— Bien sûr. Et puis il y a Wharerata. Je suppose qu'avec le décès de ta grand-mère, tu seras propriétaire de tout le domaine. Bienvenue dans le monde de la bureaucratie.

— Oh, c'est un monde que je connais bien. Ça ne m'effraie pas. C'est cet autre monde dont je ne sais rien, celui de la famille et des émotions. Et de l'amour, pensai-je en lui adressant un bref sourire incertain. Je ne savais pas du tout comment gérer cet aspect des choses.

— Tu t'en sortiras très bien. Tu apprends vite. Et s'il y a quoi que ce soit que je puisse faire, appelle-moi. Je suis à Wellington avec ma société de production, je peux être joint à tout moment.

J'acquiesçai, à nouveau envahie de doute en pensant à quel point Tane désirait Wharerata pour lui-même. Cela devait se voir mais, cette fois, au lieu de reculer, il m'embrassa doucement sur les lèvres. Il prit une profonde inspiration en écartant mes cheveux de mon visage.

— Que vais-je faire de vous, Mlle Sinclair ? Vous avez autant peur de l'intimité et de l'engagement que moi. La différence entre vous et moi, c'est que malgré cela, vous les désirez.

Je secouai la tête.

— Non, j'en ai *besoin*. Je caressai mon petit ventre. Pour nous deux.

C'était comme si un volet était tombé sur son visage, l'intimité de quelques instants auparavant avait disparu, remplacée par une méfiance qui me glaça le cœur. Avait-il vraiment réussi à ignorer le fait que j'étais enceinte ? Cela lui avait-il été nécessaire pour passer la nuit avec moi ?

Il recula.

— Bien sûr.

J'aspirais à la tendresse simple de la nuit passée. Et cela persista lorsque je lui dis au revoir et que je montais dans ma voiture pour me diriger vers Mannington.

J'avais fait confiance aux pulsions qui m'avaient poussée vers lui la nuit dernière. Pourquoi cette confiance se dérobait-elle maintenant ?

DANS LE SALON FUNÉRAIRE, ma grand-mère reposait, l'air sereine mais irréelle. Elle ne se ressemblait plus; son teint était différent. En embrassant sa joue, je cherchais sur son visage le fantôme de la femme qui avait été ma grand-mère. Mais en m'écartant, je réalisai que c'était en vain. Elle était partie, ce n'était déjà plus elle. Je reculai, dis au revoir et sortis.

— Paige. J'entendis Rina m'appeler. Je me retournai, surprise de la voir ici vu à quel point elle avait été bouleversée la veille.

— Rina, répondis-je en m'approchant d'elle. Comment vas-tu ?

— À ton avis ?

J'étais soulagée de la voir revenir à son ton habituel, acerbe. Elle s'adoucit et soupira.

— J'ai l'impression qu'il me manque une partie de moi-même.

— Je suis vraiment désolée. Je m'arrêtai ; mes mots étaient insuffisants. Elle hocha la tête et commença à s'éloigner.

— Tu as le temps pour un café ? demandai-je.

Elle regarda sa montre, sa main tremblant légèrement mais sa bouche était ferme, presque en colère. Elle secoua la tête.

— Ginny va arriver d'un moment à l'autre.

— Elle n'est pas entrée ?

— Elle ne voulait pas. Ce n'est pas son truc de voir des morts. Elle insiste pour ne pas venir me voir non plus le moment venu. Bah ! Ça m'est égal de toute façon.

Nous sommes sorties sur la pelouse et sommes restées là à regarder autour de nous sans parler. L'automne était maintenant bien installé. Un vent du sud vicieux arrachait les feuilles pâles et rabougries des arbres et refusait de les laisser se poser, les envoyant tourbillonner autour du petit jardin.

J'ai soudain réalisé qu'avec le départ de ma grand-mère, il n'y avait plus de lien entre nous, plus de raison de nous rencontrer ou de nous revoir. Rina avait sans doute tendu la main de l'amitié parce qu'elle savait que sa bonne amie ne pouvait pas être la grand-mère qu'elle aurait voulu être. Mais maintenant, elle était partie et probablement, notre amitié aussi. J'espérais toutefois me tromper.

Le silence était inconfortable. Je pouvais sentir le chagrin de Rina comme s'il était une chose physique, même s'il était masqué par une colère, révélée par ses dents serrées et ses yeux féroces. Je devinais que c'était la seule façon pour elle de tenir le coup.

Je me suis tournée vers elle, ne supportant plus le silence.

— Est-ce que je peux faire quelque chose ?

Elle m'a jeté un regard irrité avant de reporter son regard sur la route.

— Comme quoi ?

J'ai haussé les épaules.

— Je ne sais pas. Je voulais dire que... J'ai hésité, espérant que l'inspiration viendrait, mais ce ne fut pas le cas. Je haussai les épaules de nouveau.

— Tu es encore désolée ? Oui, je suppose que tu l'es. Moi aussi. Un peu de la colère s'est évaporée, laissant son visage aussi fané que les feuilles sur le sol.

— Et j'espère que même si Aroha nous a quittées, je te verrai encore. J'ai fait une pause, mais elle n'a pas répondu. Je sais que je ne suis pas parente avec toi au sens strict, mais j'ai l'impression de l'être.

Comment des yeux pouvaient-ils s'éclairer et révéler en même temps une profonde tristesse ? Des contradictions, nous en avions tous, et j'avais appris que Rina en avait son lot, plus que la plupart des gens.

Elle a ouvert la bouche pour parler, puis l'a refermée et a détourné le regard.

— Je ne reviendrai pas ici. Je ne suis venue que pour Ro. Je n'ai aucune envie d'être ici. Vraiment pas. Elle s'est tournée vers moi avec quelque chose de son ancien regard. Mais tu es la bienvenue à Wellington quand tu veux. Appelle-moi. Tu as mon numéro ?

— Oui. J'ai tapoté mon téléphone, mal à l'aise, ses paroles n'exprimant aucune chaleur, aucun réel désir de continuer notre amitié.

Une voiture s'est approchée, et Ginny a fait signe. Elle a sauté de la voiture et a monté les marches en courant.

— Salut, vous deux !

Rina est passée devant elle comme si elle avait hâte de monter dans la voiture. Ginny s'est tournée vers moi avec un air perplexe.

— Ça va, Paige ? Je suis tellement désolée. Ça doit être dur pour toi après avoir juste trouvé Aroha.

Rina s'était arrêtée au milieu du chemin comme si elle avait oublié quelque chose. Elle s'est retournée pour nous regarder.

— Alors, quels sont tes projets ? a continué Ginny. Tu as l'intention de rester en Nouvelle-Zélande ?

— Oui. Maintenant que ma grand-mère est décédée, je suppose que j'ai des responsabilités envers la maison.

— Maintenant que ta grand-mère est décédée ? a répété Rina, avec une amertume qui m'a choquée. Maintenant qu'elle est décédée ? C'est tout ce pour quoi tu es venue ? C'est tout ce que tu attendais ? Elle s'est avancée vers moi, mais Ginny s'est rapidement interposée.

— Qu'est-ce qui te prend, Rina ? Ginny s'est tournée vers moi. Je suis désolée, mais elle est bouleversée par Aroha. Tu ferais peut-être mieux de partir. On pourra tous se revoir une autre fois quand les émotions seront moins vives.

— La maison n'a jamais été à ta grand-mère, jamais à Aroha. Rina s'est détournée, mais pas avant que j'aie vu la dureté de son regard se muer en larmes.

Mon expression a dû trahir mon choc, car pendant que nous regardions Rina marcher vers la voiture et poser lourdement ses mains dessus en baissant la tête, Ginny me serra brièvement dans ses bras.

— Ce n'est pas pour ça que je suis venue, Ginny. S'il te plaît, dis-le à Rina. Et ce n'est pas pour ça que je reste. Pas la seule raison, loin de là.

— Bien sûr que non, et elle le sait. C'est le chagrin qui parle. Malheureusement, le chagrin peut avoir un visage assez laid. Elle a lancé un regard noir à Rina.

— Je ne savais même pas pour la maison avant de venir ici.

— Bien sûr que non. N'y pense plus.

— Mais qu'a-t-elle voulu dire en disant que ce n'était pas à grand-mère ?

Ginny a haussé les épaules.

— Dieu sait. N'y pense plus. Elle a regardé Rina avec inquiétude. Je ferais mieux d'y aller. Elle l'a pris beaucoup plus mal que je ne m'y attendais.

Je les ai regardées partir. Ginny a fait signe, mais Rina regardait droit devant elle. Abasourdie, avec les mots de Rina qui tournaient dans ma tête, je suis montée dans la voiture, je suis restée assise un moment, puis j'ai passé une vitesse. Je n'avais aucune idée de ce que Rina avait voulu dire, mais je connaissais quelqu'un qui le saurait.

— Paige ! m'a saluée l'avocate. Je suis tellement désolée d'apprendre pour votre grand-mère. Ça doit être très pénible pour vous.

C'était l'euphémisme du siècle, mais je savais qu'il était difficile de savoir quoi dire dans de telles circonstances. Après la mort de mes parents, je préférais que les gens disent quelque chose, n'importe quoi, plutôt que de traverser la rue quand ils me voyaient arriver. J'avais l'impression que les gens avaient tendance à éviter la situation lorsqu'ils ne savaient pas quoi dire, plutôt que de parler hors de propos. Ce qu'ils ne comprenaient pas, c'est toute parole, quelle qu'elle soit, était la bonne chose à dire.

— Oui, ai-je dit en m'asseyant sur la chaise proposée. J'ai soupiré. Bien sûr, je savais que ça allait arriver, sans m'en rendre vraiment compte. Ce qui n'a aucun sens.

Elle a hoché la tête comme si elle comprenait.

— Merci de me recevoir avec un délai aussi court, ai-je dit.

— Pas de problème. Appelez n'importe quand, et je trouverai du temps pour vous.

— Merci. J'ai fait un rapide sourire en rassemblant mes pensées.

— Qu'est-ce qui vous tracasse ? m'a-t-elle encouragé.

— On m'a dit que la maison n'appartenait pas à ma grand-mère, qu'elle n'était pas à elle. Est-ce vrai, Leslie ? Et si oui, dans quelle situation cela me laisse-t-il ?

Elle a eu l'air mal à l'aise. Elle a acquiescé.

— C'est vrai.

— Mais je ne comprends pas. Aurais-je mal compris tout cela ? ces derniers mois ont-ils été basés sur un malentendu ? Vous avez dit que ça appartenait à ma grand-mère, qu'elle me l'avait légué. C'est bien ce que vous avez dit, n'est-ce pas ? Sinon, comment aurais-je pu le croire ?

Elle ouvrit la bouche pour parler, mais cela se transforma en un sourire lorsque sa secrétaire apporta du café et des biscuits au chocolat. Soit leur situation financière s'était améliorée, soit elles estimaient que j'avais besoin de quelque chose de mieux que du thé Bell insipide et des biscuits nature.

— Merci, Mollie. Elle attendit que Mollie ferme la porte derrière elle. Permettez-moi de vous expliquer. Comme je vous l'ai dit, la propriétaire du domaine a fait de vous l'unique bénéficiaire à sa mort.

— Oui, je m'en souviens. Mais ma grand-mère est morte maintenant. Je viens juste de quitter les pompes funèbres. Pour la première fois de la journée, je sentis les larmes monter. J'essayai de les ravaler, mais quelques-unes s'échappèrent et coulèrent le long de mes joues. Essayez-vous de me dire qu'elle *n'était pas* ma grand-mère ? Parce que si c'est le cas, je ne pense pas pouvoir le supporter.

— Non. Elle était bien votre grand-mère. Je crains que le malentendu ne vienne du fait que vous pensiez qu'elle était la propriétaire de Wharerata.

J'écarquillais les yeux sous le choc.

— Alors ce que Rina a dit était vrai. Aroha n'était pas la propriétaire ?

— Ah, c'est Rina qui vous l'a dit...

— Oui. C'est vrai ?

— Oui, effectivement.

— Alors si ce n'était pas ma grand-mère la propriétaire, à qui Wharerata appartient-il, ou appartenait ?

Leslie se lécha les lèvres.

— Rina. Je m'affalai dans mon fauteuil comme si j'avais reçu un crochet du droit. Mon cerveau était abasourdi. Rina ? répétai-je.

— Oui, elle est la propriétaire de Wharerata. C'est le plus ancien membre survivant de la famille Stewart.

Tous les souvenirs et les informations que j'avais lus remontèrent soudain à la surface. Frances avait eu deux enfants. Deux. Une fille dont personne ne savait rien, sept ans avant d'avoir ma grand-mère, Aroha. La façon dont ma grand-mère l'appelait « Sis » *n'était pas* une coïncidence. Certes, elle avait dû finir par appeler d'autres personnes ainsi en sombrant dans la confusion, mais le « Sis » qu'elle utilisait pour Rina était bien exact. Tout ce temps, j'avais pensé que Rina était une bonne amie et elle l'avait été, mais elle avait aussi été une bonne sœur.

— Rina est la sœur de ma grand-mère.

— Demi-sœur pour être précise. Pères différents, ajouta Leslie.

Je me laissai aller dans mon fauteuil et la regardai.

— Et vous n'avez pas pensé à me le dire plus tôt ?

— Non, vous vous trompez sur ce point. J'ai effectivement pensé qu'il serait bon de vous communiquer ce détail. Cependant, Rina n'était pas d'accord.

— Pourquoi ne voulait-elle pas que je le sache ? Je ne pouvais pas contrôler la colère dans ma voix. Je me sentais trompée, dupée, et je ne comprenais pas pourquoi.

— Elle... l'avocate serra les lèvres... ne veut pas que *quiconque* connaisse son lien avec le domaine de Wharerata, ou avec la famille Stewart. Elle a coupé ses liens publics il y a de nombreuses années. C'est un secret bien gardé et vous devez accepter de le garder, sinon j'ai bien peur que la maison ne vous soit pas officiellement donnée.

Je regardai de droite à gauche, essayant de remettre les pièces du puzzle en place, de former un tout, mais elles refusaient de créer une image cohérente. Je me levai.

— Elle aurait pu me le dire. Pourquoi créer ce secret compliqué ?

Elle se leva également.

— C'est à elle de le dire. Je lui ai dit que vous veniez me voir ici, et elle a demandé si vous pouviez l'appeler après.

Je secouai la tête et me détournai.

— Pourquoi ? Elle veut se moquer de moi et de ma stupidité ? Elle veut m'expliquer pourquoi je ne peux pas hériter de la maison maintenant ? Ma parole, cette vieille dame est complètement folle.

— Ce n'est pas ça, Paige, me réprimanda l'avocate. Elle a eu une vie difficile dans sa jeunesse, c'est tout ce que je dirai, et maintenant elle pleure une personne sur laquelle elle a beaucoup compté, toute sa vie. C'est beaucoup à gérer pour elle. Elle fit une pause. S'il vous plaît, écoutez-la et donnez-lui du temps. Son intention n'a certainement jamais été de se moquer de vous, seulement d'aider le seul parent vivant qu'elle ait, et ce faisant, de disposer de son héritage de la meilleure façon possible.

— Mais pourquoi n'y vit-elle pas ? Pourquoi l'a-t-elle laissée tomber en ruine ?

L'avocate sortit ses cigarettes et en tapota une hors du paquet, un signe, je le reconnaissais maintenant, que les choses devenaient difficiles et que la réunion touchait à sa fin.

— Comme je le dis, Paige, c'est à elle de vous le dire... ou *pas*. J'espère que vous irez lui rendre visite. Elle sortit son briquet et alluma la cigarette. Je savais qu'il était temps pour moi de partir quand l'avocate commençait à stresser.

— Bien sûr, je le ferai. Merci.

Elle resta debout, m'observant pensivement.

— Je suis désolée que cela vous ait quelque peu choquée.

— Ce n'est pas votre faute. Vous ne faites que suivre les ordres.

Elle parut mal à l'aise.

— Juste suivre les ordres, répéta-t-elle.

Je traversai le bureau vide — sans doute la secrétaire était-elle partie à la recherche d'autres biscuits au chocolat au cas où un autre client difficile se présenterait — et sortis dans l'après-midi d'automne encore sec. La rue était étrangement calme alors que je marchais vers le parc devant lequel j'étais passée en voiture d'innombrables fois auparavant. Mais cette fois, j'y entrai. J'avais besoin de verdure et d'un endroit pour m'abriter du soleil éclatant de l'automne néo-zélandais pendant que je passais l'appel téléphonique.

Je m'assis sur le banc pendant quelques instants, laissant ce que j'avais appris s'imprégner. Je me penchai en arrière et regardai le ciel bleu à travers les feuilles immobiles. Il n'y avait pas de vent, pas de brise pour adoucir le moment, rien pour atténuer la vérité qui me fixait en face. Ma grand-mère — la femme que j'avais appris à aimer en l'espace trop bref de quelques mois — était morte, me laissant seule au monde, une fois de plus. C'était la seule vérité qui comptait désormais. Le reste — Wharerata, la maison, le domaine, Rina — s'était fondu en un chaos insondable de demi-vérités. Je fermai les yeux, mais je voyais encore les formes des feuilles à travers mes paupières closes. Et Tane. Savait-il tout depuis le début à propos de Rina et de la maison ? Après tout, il connaissait bien Rina et Aroha. Était-ce encore un secret qui m'avait été caché ? J'avais trop de questions et pas assez de réponses.

J'ai protégé le téléphone du soleil et trouvé le numéro de Rina. Il n'a sonné que deux fois, comme lors des autres occasions, avant qu'elle ne réponde par un brusque « oui ». Si j'avais espéré des excuses, une explication, quoi que ce soit, j'aurais été déçue. Mais j'avais appris à la connaître au fil des mois, et elle était fidèle à elle-même.

— Rina ?

— Paige, a-t-elle répondu.

— Je me demandais si on pouvait se voir ?

— Bien sûr. Leslie m'a dit qu'elle te verrait, donc je m'attendais à ton appel. Je suis au cimetière.

— Au cimetière ?

— Oui, juste au nord de Mannington. Un petit endroit appelé Mauriceville West. L'église est sur le GPS.

— D'accord. Je te retrouve bientôt.

Elle m'a donné de brèves indications, puis a raccroché.

Je n'étais jamais allée en voiture au nord de Mannington auparavant, et la population et les routes s'amenuisaient à mesure que la vallée devenait plus étroite. La vaste plaine entre la chaîne de montagnes et la côte avait disparu. À la place, la route principale vers le nord se rétrécissait, serpentant autour d'un réseau de vallées et de collines pittoresques, peuplées des moutons omniprésents. J'ai tourné là où le GPS l'indiquait, traversant un pont en bois à une voie au-dessus d'un ruisseau rapide, et me suis dirigée loin de la petite ville, vers les collines.

J'ai d'abord vu l'église. Elle se tenait, avec son petit cimetière, au milieu de champs touffus où paissaient des vaches. Son design simple était typique des premières églises de colons de Nouvelle-Zélande. La voiture de sport rouge de Rina était arrêtée sur le bas-côté herbeux en face. Je me suis garée derrière elle et suis sortie de la voiture.

Une brise fraîche venait des collines, donnant du mouvement aux arbres et aux herbes. Je pouvais entendre le bruit du ruisseau autour duquel la vallée était centrée. Mais il n'y avait aucun signe de Rina. Puis un cocker spaniel a aboyé et est venu en courant vers moi alors que je poussai la portail pour pénétrer dans le cimetière. Je me suis penchée pour caresser le chien, dont les aboiements agressifs se sont vite transformés en câlins enthousiastes. Elle m'a sauté dessus.

— À terre, Lexie ! a crié une voix.

Lexie m'a lâchée immédiatement et a trottiné vers sa maîtresse. J'ai vu Rina apparaître de derrière un arbre. Elle a claqué des doigts pour que ses chiens viennent au pied et m'a fait un signe de tête sans sourire. Je me suis dirigée vers elle.

— De beaux chiens, ai-je dit. De toutes les choses que j'avais à dire, ce n'était pas la plus importante, mais Rina n'invitait pas à une conversation facile.

— Oui. Des cockers spaniels. Nous en avons toujours eu.

J'ai caressé les oreilles du noir qui n'avait pas quitté le côté de Rina jusqu'à présent, et il a reniflé prudemment ma chaussure. Je me suis soudain souvenue des photographies dans la maison, qui mettaient toutes en scène des cockers spaniels.

— Ta famille en a toujours eu, ai-je répété.

— Oui, a dit Rina, comprenant la question implicite. Nous en avons toujours eu. Aussi loin que je me souvienne, en tout cas. Je pense que ma grand-mère les aimait plus que son mari ou sa fille.

J'ai attendu pour voir si elle allait développer, mais au lieu de cela, elle a regardé à nouveau la tombe devant laquelle elle se tenait. C'est moi qui devrait poser les questions apparemment. Et il faudrait qu'elles soient directes.

— Qui étaient tes parents ? Je le savais, mais je voulais qu'elle me raconte tout, en commençant par le début.

Rina n'a pas détourné les yeux de la tombe. Pour la première fois depuis mon arrivée, j'ai suivi le regard de Rina. La tombe avait un design art déco. Elle était bien entretenue, avec des fleurs fraîches, dont Rina tenait encore l'emballage dans ses mains.

Rina a indiqué la tombe.

— Ils ne voulaient pas qu'il soit enterré près de chez eux. Ils ont prétendu qu'il avait un lien avec la région. Ce n'était pas vrai, pourtant.

Je me suis approchée pour lire l'inscription. « Xavier Grey, Écrivain, Mari et Père, 1898-1938. » Une inscription sobre et il m'a fallu un moment pour comprendre ce qui manquait. Puis ça m'a frappée. Il n'y avait pas de mots d'amour ou de souvenir.

— Xavier Grey, ai-je dit. C'était ton père.

Rina a reculé d'une manière inhabituelle. Je ne l'avais jamais vue que marcher résolument vers l'avant.

— Oui, biologiquement parlant.

— Y a-t-il une autre façon d'être un père ?

Rina m'a fixée du regard.

— Bien sûr. Par l'amour. Elle a fait une pause. Pose-moi les questions que tu veux poser et finissons-en.

— Qui es-tu ?

Rina a soupiré.

— Je suis née Helena Grey, mais personne ne m'appelait comme ça. Mes parents m'appelaient Lena. Ma mère était Frances, bien sûr. Frances Stewart, et mon père Xavier Grey.

— Je n'arrive pas à croire que tu sois la demi-sœur de ma grand-mère. Je n'arrive pas à croire que tu ne me l'aies pas dit.

— Oui, Aroha et moi étions demi-sœurs. Frances était notre mère. Xavier Grey était mon père, et Noa Tuhaka était le père d'Aroha. Aroha a eu le meilleur. Noa était un homme merveilleux. C'est lui qui m'a donné le nom de Rina. Elle a souri au souvenir. C'est le nom

Maori pour Lena, a-t-elle ajouté. Et, bien sûr, Frances préférait Aroha.

J'ai été surprise qu'elle dise une telle chose.

— Je suis sûre qu'elle vous aimait toutes les deux également.

Rina m'a lancé un regard acerbe.

— C'est ce que disent les gens, mais ce n'est pas vrai. Et ne t'inquiète pas, tu n'as pas à me réconforter sur ce fait. J'ai vécu avec toute ma vie. Son visage s'est adouci. Mais j'ai eu l'amour d'une femme merveilleuse qui m'a élevée par la suite. Ma grand-mère, Margaret. C'est elle qui m'a finalement sauvée, et c'est Aroha qui a continué à prendre soin de moi.

J'étais perplexe.

— Mais j'avais l'impression que c'est toi qui prenait soin d'elle.

— Les apparences peuvent être trompeuses. Elle a fait une pause, et une centaine de questions ont traversé mon esprit. Je ne savais pas quoi demander, tant il y avait de choses à apprendre. J'ai décidé de la laisser me raconter ; j'avais le sentiment qu'il serait inutile, de toute façon, de la presser pour obtenir des informations.

Elle a pris une profonde inspiration et a poursuivi.

— Je suis désolée que tu n'aies assisté qu'aux derniers mois d'Aroha. Nous avions essayé de te contacter par l'intermédiaire de tes parents, mais on nous en a dissuadés en termes on ne peut plus clairs. Nous avons donc décidé de nous conformer à leurs souhaits. Nous n'avons appris leur décès qu'un an après leur mort. Une sorte de cafouillage administratif. Sinon, nous aurions pris contact avec toi plus tôt. Elle a haussé les épaules. Mais c'est le passé et on n'y peut rien.

Je regardai à nouveau la tombe, perdue dans mes pensées. Pourquoi ma mère ne m'avait-elle pas au moins accordé cela ? D'avoir des contacts avec ma famille ?

— Nous avons supposé que ta mère avait cru tous les mensonges que son père avait dû lui raconter, poursuivit-elle, comme si elle lisait dans mes pensées. Elle ricana. La vengeance d'un homme dédaigné.

— Je ne comprends toujours pas pourquoi Grand-mère a senti qu'elle devait rester en Nouvelle-Zélande.

Elle se tourna lentement vers moi.

— À cause de moi, Paige. Moi. Elle soupira et reporta son regard sur la dalle de pierre devant elle, avec ses quelques mots sommaires. J'apporte des fleurs parce qu'il n'y a personne d'autre.

— Et parce que tu tiens à lui, suggérai-je doucement.

Elle secoua la tête.

— Oh, non, je ne l'aimais pas, je le détestais. Je ne sais pas vraiment pourquoi j'apporte des fleurs. Peut-être parce que je ne m'aime pas beaucoup non plus.

Tout cela devenait trop confus. Mais Rina n'attendait pas de réponse.

— Mais elle, je l'aimais. Elle déglutit. Aroha, je veux dire. Le visage crispé, elle leva des yeux humides. Je l'aimais. Probablement la seule personne que j'ai vraiment aimée, en dehors de ma grand-mère. Et elle le savait. Elle a tout sacrifié pour moi à cause de ce qui s'est passé. Même son mari et son enfant. Parce qu'elle savait que j'avais besoin d'elle. Je ne pouvais pas la laisser partir, tu comprends ?

Je ne comprenais rien du tout. Mais Rina était maintenant dans un autre monde, comme si je n'existais pas et qu'elle se parlait à elle-même.

— Pour le monde entier, poursuivit Rina, j'étais une personne qui avait réussi, la fille de son temps que ma mère avait toujours voulu être, mais c'était dur, trop dur, après ce qui s'était passé. Et seule Aroha comprenait. Et maintenant elle n'est plus là.

Un oiseau croassa et vola au-dessus de nous, et nous levâmes les yeux toutes les deux. Le visage de Rina se détendit, et elle laissa échapper un petit rire.

— Aroha a toujours adoré les tuis. J'ai essayé de lui expliquer que c'étaient des créatures agressives et brutales, dont les chants étranges étaient des cris de colère et d'alarme, mais elle s'en moquait. Elle voyait en eux ce qu'elle avait envie de voir. Et je l'aimais pour ça. Rina pressa ses lèvres tremblantes l'une contre l'autre et essaya de me sourire. Enfin bon. Elle prit une profonde inspiration et se redressa. Voilà. Je suis ta grand-tante par alliance et propriétaire de Wharerata. J'ai tenu la promesse faite à ma grand-mère de le garder intact pour la prochaine génération. Bien que je n'aie jamais eu le cœur d'y retourner, pas après ce qui s'est passé. Tu vois, nous avons quitté Frances et son mari, nous sommes partis à l'étranger, mes grands-parents et moi. Je ne suis revenue qu'à la naissance d'Aroha. Nous avions l'intention de retourner à New York, mais mon grand-père est mort, et ma grand-mère et moi sommes restées. Wharerata est resté inhabité mais entretenu par un gardien pendant toutes ces années. C'est à toi maintenant, tu peux en faire ce que tu veux. Pour prendre un nouveau départ. Tu n'as pas besoin d'attendre ma mort. Je voulais simplement être sûre d'avoir confiance en toi. Ce qui est fait. Je passerai voir Leslie et lui dirai de préparer les papiers.

— Rina, merci de me l'avoir dit. Mais...

— Mais quoi ? Je ne t'ai pas tout dit ? Rina jeta un coup d'œil à la tombe. C'est vrai, mais je suis sûre que tu le découvriras de toute façon, une fille débrouillarde comme toi. Elle me regarda avec une perspicacité qui me mit mal à l'aise. Tane et toi, vous vous fréquentez déjà ?

Malgré sa modernité autoproclamée, elle utilisait des mots un peu désuets. Je détournai le regard.

— Non.

— Fais en sorte que ça marche, Paige. Il t'aime. N'importe quel idiot peut le voir.

— N'importe quel idiot sauf moi.

— Tu n'es pas une idiote.

— Je ne suis pas sûre d'être capable d'aimer.

— Nous sommes tous capables d'aimer.

Je pensai à la dernière fois que j'avais vu Tane, et j'avalai ma salive face à la réponse viscérale du souvenir, comme quelqu'un qui s'éveille d'un sommeil profond. Peut-être. Mais l'amour sait bien se déguiser.

Je suivis le regard de Rina vers la tombe de son père.

— L'amour peut être comme ça. Pas simple. On peut haïr quelqu'un et l'aimer en même temps. Elle me regarda avec une expression plus douce, qui révélait un chagrin habituellement caché derrière cet extérieur brusque. Tu finiras sans doute par t'en sortir, d'une manière ou d'une autre. Au revoir.

Le départ de Rina, après le moment d'intimité qui l'avait précédé, fut d'autant plus abrupt.

— Au revoir ! Je levai la main en réponse à Rina qui agitait la sienne.

— La prochaine fois que tu seras à Wellington, passe nous voir. Ginny te trouve merveilleuse.

— Bien sûr, j'aimerais beaucoup.

— Et amène Tane si tu arrives à démêler cette histoire d'amour.

Je baissai la main et la regardai partir, sans répondre. Parce que je n'avais aucune idée si j'y parviendrais. Tout comme je n'en savais pas plus sur ce qui était arrivé à Rina, cet événement si terrible qui avait poussé Aroha à rester avec elle toute leur vie. Jusqu'à maintenant. Le tui s'envola à nouveau, et je le suivis dans le ciel lumineux jusqu'à ce que mes yeux me fassent mal.

CHAPITRE VINGT ET UN

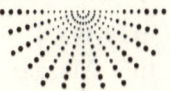

FRANCES

Des bras puissants arrachèrent Frances du corps inerte de Xavier. Horrifiée, elle resta immobile, les yeux fixés sur ses mains ensanglantées. Noa, à genoux à côté de Xavier, vérifiait son pouls et essayait de le ranimer. Mais au bout de quelques minutes, il se laissa retomber sur ses talons, ses mains, couvertes de sang, tendues devant lui, et secoua la tête.

— Il est mort, dit-il.

Il recula en chancelant, ses blessures suintant de sang, se mêlant à celui du mort. Il regarda autour de lui, et Frances suivit son regard.

Margaret tenait Rina serrée contre elle, mais ne parvenait pas à arrêter ses lamentations, une plainte surnaturelle qui emplissait l'air et les oreilles de tous ceux qui étaient présents.

Seule Margaret restait immobile et ferme au milieu du chaos.

— Nous devons appeler la police, dit-elle

William s'approcha de Margaret, lui prit l'arme et la posa sur la table.

— Non, pas la *police,* dit-il doucement. Au début, Frances crut avoir mal entendu.

— Il faut qu'il viennent, dit Noa, en pressant un chiffon roulé en boule contre sa tête pour arrêter le saignement. On vient de tirer sur un homme.

William regarda le corps sans vie de ce qui avait été Xavier.

— Pas un homme, un monstre.

— Homme ou monstre, il est mort, et nous devons faire face aux conséquences. Noa jeta un regard angoissé à Margaret qui tenait toujours Rina.

— Tu veux dire que *moi*, je dois faire face aux conséquences, dit Margaret. Et c'est ce que je vais faire.

— Mais tu ne l'as pas tué, Margaret, dit William doucement, essayant de ne pas regarder Rina dont les cris étaient maintenant ponctués de sanglots.

— Si, réaffirma Margaret.

— Mais, Maman, tu *sais* que ce n'est pas toi, dit Frances, debout maintenant.

— C'est moi qui l'ai tué, répéta-t-elle.

Noa regarda Frances.

— Appelez la police, dit Margaret, et j'avouerai.

— Tu ne sais pas ce que tu dis, Margaret... les épreuves que tu devras traverser. Ta santé fragile ne le supportera pas. Ç'aura raison de toi.

Ses sourcils se froncèrent et sa mâchoire se serra.

— Ma santé fragile ne m'a pas empêchée de tuer un homme.

Il n'y avait rien à répondre à cela. Ils savaient tous ce qu'elle faisait. Margaret réécrivait l'histoire, son regard changeant passant de l'un à l'autre, les défiant de la contredire, ce qu'ils n'allaient pas faire, pour le bien de Rina, dont les sanglots étaient plus faibles maintenant, mais dont le visage était toujours pressé contre la robe de Margaret. Ils en étaient tous conscients. Si la santé de Margaret n'était pas de taille à le supporter, comment une enfant de sept ans le pourrait-elle ? Même si elle était acquittée, quelles seraient les conséquences d'un tel drame sur une si jeune enfant, une enfant qui leur était si chère ?

— Non, répéta William. Pas de police. Frances, emmène ta mère et Rina, nous allons nous occuper du corps.

Frances conduisit Margaret et Rina à travers le salon jusque dans la cuisine. Elle remplit la bouilloire et la mit sur le fourneau pour la faire chauffer, puis fouilla dans le garde-manger à la recherche de cacao. Cela semblait bizarre de se concentrer sur de telles banalités pendant que... Elle n'arrivait pas à formuler les mots pour imaginer ce qui était en train de se passer dans le jardin d'hiver. Mais elle se concentra, tout en vérifiant l'état de Rina, qui était assise sur les genoux de Margaret, son corps secoué de sanglots secs, haletant et luttant pour respirer.

— Ça va aller. Ça va aller, répétait Frances. Tout va bien se passer, Rina.

En entendant son nom, Rina ouvrit les yeux, et Frances fut choquée par ce qu'elle y vit. Un moment, un vide féroce qui semblait plonger jusqu'au fond de son âme, l'instant d'après ses yeux étaient hagards, comme si elle se souvenait que quelque chose de terrible venait d'arriver sans savoir vraiment de quoi il s'agissait.

Rina secoua la tête, et le cœur de Frances se serra.

— Ça ira. Je te le promets, dit Margaret.

Frances s'assit à côté de Margaret et Rina grimpa sur ses genoux. Frances la calma comme elle l'avait fait quand elle était bébé. Cela paraissait si lointain.

Margaret se leva et se dirigea vers les placards.

— Je vais lui donner quelque chose pour qu'elle aille mieux.

Frances écarta les cheveux du visage de Rina. Ils retombèrent en lignes droites et raides de chaque côté de ses yeux, qui scrutaient frénétiquement la pièce comme à la recherche de quelque chose.

— Ça va aller, Rina. Ça va aller.

Finalement, la respiration de Rina se calma, mais son regard restait agité.

— Ça va aller, répéta Frances.

Mais Rina secoua la tête.

— Non, non. Il y a quelque chose qui ne va pas. J'ai fait quelque chose d'épouvantable, non?

Frances déglutit difficilement.

— Tu as fait ce que tu croyais devoir faire. Et personne ici ne trouve ça épouvantable.

Rina se laissa glisser à terre alors que la mère de Frances s'approchait, remuant la boisson de Rina.

— Bois ça, et ensuite je t'emmènerai au lit.

Frances savait que Margaret lui donnait un somnifère léger. Pour le moment ce qui importait c'était que Rina trouve le repos dans le sommeil.

— Je retourne les voir, Maman, dit Frances. Ça ira ?

— Bien sûr. Le pire est passé. Vas-y, fais ce que tu as à faire. Je reste avec Rina.

Tout en traversant le salon pour rejoindre le jardin d'hiver, Frances espérait que sa mère avait raison, mais elle en doutait. Elle avait le terrible pressentiment que le pire était encore à venir.

Ce sentiment fut renforcé quand elle vit ce que son père et Noa faisaient. Avec le cousin de Noa, Tipene, qui était revenu au bruit le coup de feu, ils transportaient le corps à l'extérieur, enveloppé dans un tapis déjà taché de sang.

Elle courut vers eux.

— Où allez-vous ?

— Rentre à l'intérieur. Il vaut mieux que tu ne le saches pas.

— Mais, Papa ! Où l'emmenez-vous ?

Ils s'arrêtèrent, et son père et Noa échangèrent un regard.

— Il faut lui dire, dit Noa.

— On va… le jeter à la mer.

— Quoi ?

— Il est venu jusqu'ici à la nage, n'est-ce pas ?

— Oui, mais...

— Mais… rien. Personne ne l'a vu, et nous savons tous que la mer est très agitée ce soir. Trop agitée pour que le capitaine puisse amener le bateau à quai. Dieu sait ce qui lui est arrivé, mais s'il est encore en vie, il aura vu Xavier plonger dans l'eau. Et il ne fait aucun doute que ces rochers sont traîtres. Bien des vies y ont été perdues.

Elle mit sa tête entre ses mains et s'éloigna en faisant les cent pas.

— C'est mal, Noa. Tellement mal. On ne peut pas faire ça !

— Toi, tu ne peux pas. Et ce n'est pas toi qui vas le faire. Nous allons nous en charger. Et nous devrons vivre avec ça, parce qu'il n'est pas question d'envoyer ta mère en prison, en laissant ta fille être placée sous la garde de l'État. Et c'est ce qui arriverait. Ni l'une ni l'autre ne s'en remettrait, Frances, nous le savons tous les deux. Veux-tu vraiment que la mort de cet homme, qui a failli vous détruire, toi et Rina, réussisse à détruire aussi vos vies, au-delà de sa mort ?

Ce n'était évidemment pas ce qu'elle souhaitait, mais elle avait néanmoins l'impression que ce qui se passait était contraire à son sens du bien et du mal.

— Tu n'as pas besoin de répondre, car ce n'est pas à toi de décider. C'est à nous. Maintenant, laisse-nous et retourne à la maison. Moins il y aura de gens ici, mieux ce sera.

— Mais que se passera-t-il quand son corps s'échouera sur la plage ?

— La balle a ricoché sur sa tête, se logeant dans la boiserie, fendant son crâne exactement comme s'il s'était cogné la tête contre un rocher. *Exactement* comme s'il s'était cogné la tête contre un rocher.

Frances regarda les hommes porter le poids mort le long du chemin en direction d'un hangar, où ils le placèrent dans une brouette. Frances ne pouvait pas en détacher son regard. Ils ne voulaient pas qu'elle les accompagne, mais elle avait le devoir de les suivre, d'assumer la responsabilité de tout cela. C'est elle qui avait provoqué l'accident, elle qui les avait tous impliqués dans ce désastre.

Les trois hommes marchèrent en silence le long du sentier menant à la plage, partiellement abrité par les arbres. Ce n'est que lorsqu'ils en émergèrent et continuèrent vers le promontoire, au lieu de se diriger vers la petite colonie sur le rivage, que l'ampleur de la tempête se fit pleinement sentir.

Le vent hurlait et gémissait à travers les buissons de manuka et de kanuka tordus, qui s'accrochaient à la pointe rocheuse balayée par les vents. La terre se rétrécissait pour chuter abruptement à son point le plus acéré vers la mer déchaînée.

Aucune lumière ne venait des étoiles, ni de la lune, cachés par d'épais nuages. Une lumière surnaturelle annonçant le lever du jour rendait leurs silhouettes mouvantes à peine discernables. Mais Frances les suivait de près. Elle voyait leurs ombres presque noires, elle les entendait souffler et s'exclamer, peinant à gravir la pente de la falaise pour en atteindre le sommet. Une fois arrivés, Noa compta jusqu'à trois, et ils firent rouler le corps hors de la couverture. Et puis il n'y eut plus rien, aucun bruit, seulement le déchaînement du vent et de la mer, l'engloutissant dans cette eau qu'il avait aimée, loin de ceux qui en étaient venus à le haïr.

William fut le premier à s'écarter du bord de la falaise, son regard passant à peine sur elle tandis qu'il marchait, les yeux fixés sur le sentier. Dieu seul savait où étaient son cœur et son esprit. Puis Tipene passa, la brouette désormais vide à l'exception de la couverture.

Seul Noa restait au bord du vide, scrutant les ténèbres tachetées de blanc en contrebas, le corps malmené par le vent féroce.

— Noa ! Mais sa voix fut emportée par le vent, et elle eut soudain peur de le perdre, lui aussi. Elle lutta contre le vent pour se rapprocher de lui. Noa ! cria-t-elle. On devrait y aller.

Il se tourna alors vers elle comme si, arraché à un endroit très lointain, il revenait soudain à la réalité. Ses cheveux étaient plaqués sur son crâne, la pluie ruisselait sur son visage et son corps. Il fronça les sourcils et s'agrippa à elle.

— Oui ?

— Noa, nous devons partir. Nous ne pouvons pas rester ici.

Il secoua la tête comme pour se débarrasser des restes d'un rêve.

— Non, effectivement. Il se passa les doigts dans les cheveux et pressa son front contre le sien. Tu as raison. Il s'écarta et secoua ses cheveux. Tu es trempée jusqu'aux os. C'était vrai, ses dents claquaient. Allons-y.

Ils longèrent le sentier suivant la falaise, fouetté par la pluie, jusqu'à la maison. À l'intérieur, William et Tipene avaient commencé à travailler. Sa mère leur avait fourni des seaux d'eau chaude et des brosses à récurer et ils s'étaient mis tous les deux à l'ouvrage selon un plan dont ils avaient manifestement discuté auparavant. Pendant que Noa nettoyait le sol, William remettait les meubles et tous les autres objets à leur place. Pendant ce temps, Tipene s'affairait sur le montant de la porte où s'était logée la balle.

— Elle s'est enfoncée trop profondément, dit Noa, jetant la brosse dans l'eau couleur rouille. Il vaudrait mieux essayer de la camoufler. Si tu retires davantage de bois, il va falloir remplacer tout l'ensemble et ça se verra trop.

Tipene acquiesça et partit dans le jour qui se levait à la recherche de matériaux dans le garage. William baissa les stores qu'ils puissent continuer à travailler, à l'abri des regards indiscrets. Mais il n'y en avait plus pour très longtemps pensa Frances, tout en aidant son père à récupérer les perles qui s'étaient éparpillées un peu partout. Il ne leur faudrait pas beaucoup de temps pour nettoyer.

Ils levèrent tous les yeux lorsque Margaret entra dans la véranda, portant une bouteille de brandy et des verres sur un plateau.

— Elle dort, dit doucement Margaret à Frances.

Frances hocha la tête. *Dieu merci.*

Tipene continuait son travail, ponçant et comblant le trou laissé par la balle, recouvrant le seul élément de nature à prouver que quelque chose s'était passé cette nuit-là. Les autres s'assirent, épuisés, chacun isolé dans son propre monde de désespoir et de choc. Tous sauf Margaret, qui réapparut portant un grand crochet en laiton et une plante suspendue. Une fois la réparation de Tipene terminée, il fixa le crochet au-dessus du trou comblé, cachant ainsi le montant de la porte, les feuilles de la plante fournissant un camouflage supplémentaire.

Frances regarda autour d'elle avec stupeur. Le passé venait d'être effacé, retravaillé et la version des évènements pourrait être racontée différemment.

— Rien ne s'est passé ici, dit Margaret, regardant autour d'elle, donnant à chacun d'entre eux la force de croire une nouvelle vérité. Rien.

Rien. Le mot se répétait dans la tête de Frances. Mais son esprit refusait de coopérer. Au lieu de cela, elle ne pouvait s'empêcher de voir l'image du corps de Xavier, montant et descendant avec les vagues. Son corps balloté d'avant en arrière sur les rochers, ces rochers qui cacheraient son crime. Car ce n'était celui de personne d'autre que le sien.

— Noa, Tipene, vous devez partir maintenant. Nous vous serons à jamais redevables. Margaret leva une main pour les empêcher de répondre, secouant la tête. C'est le moment. Vous devez partir avant le lever du jour. Vous ne pouvez pas prendre le risque d'être vu.

— Tipene va partir, mais moi, non, dit Noa. J'ai besoin de voir cet endroit à la lumière du jour pour m'assurer que nous n'avons rien négligé. Il faut que ce soit propre mais pas au point d'éveiller les soupçons. Je vais rester ici et vérifier que tout est comme il faut.

Margaret hésita, puis acquiesça. Après le départ de Tipene, Margaret éteignit les lumières, les plongeant tous dans l'obscurité tandis que William ouvrait les stores et les rideaux, laissant s'infiltrer la lumière pâle de l'aube.

Frances sentit la main de Noa sur son épaule.

— Tes parents ont raison, Frances. Va auprès de Rina. Elle a besoin de toi.

— Mais... Frances fit un geste autour d'elle, bien qu'il n'y ait plus rien à voir. Et tout ça ?

Le regard de sa mère ne fléchit pas.

— Noa va s'en occuper.

— Laisse-moi faire, Frances. C'est mieux ainsi, dit Noa.

— Ta mère et Noa ont raison, Frances, dit William. Lui et moi allons terminer ici, contrôler que tout est en ordre. Il n'y aura aucun problème ici. Mais, il regarda vers l'étage, il pourrait y en avoir un avec Rina. Il reporta son regard sur Frances. C'est de ça que tu dois t'occuper maintenant, ma chérie.

Dans cette lumière étrange, il paraissait vieilli et épuisé. Elle posa sa main sur la sienne.

— Je suis tellement désolée, père. Tellement désolée.

Sans attendre de réponse, elle alla rejoindre Rina. Son père avait raison. Ce ne serait pas les preuves matérielles qui les trahiraient, c'était une certitude.

ALORS QUE LA nuit cédait la place au jour, Frances, allongée à côté de Rina encore endormie, écoutait le claquement contre la fenêtre de la pluie balayant la plaine par rafales et le grondement lointain de la mer qui s'écrasait sur le rivage, imaginant les effet de ce déchaînement sur le corps de Xavier. Elle ferma les yeux, essayant en vain de chasser cette image, et la culpabilité.

C'est elle qui avait fait ça, attiré tout cela sur eux, sur tous ceux qu'elle aimait et qui l'aimaient vraiment. Elle avait fait de sa fille une meurtrière, et de ses parents et de Noa des criminels. Allongée, les yeux grands ouverts, fixant les moulures du plafond qu'elle avait si souvent examinées dans son enfance, elle se sentait glacée jusqu'aux os, agitée de pensées tellement éloignées de cette époque-là.

Ce ne fut que plusieurs heures plus tard, lorsque la lumière du soleil se glissa entre les rideaux, qu'elle entendit quelqu'un approcher. La porte s'ouvrit avec un grincement sec, et elle s'assit, serrant les couvertures, son esprit confus et fiévreux se demandant si c'était Xavier qui revenait pour l'attaquer. Pendant un bref instant, l'homme debout dans l'encadrement de la porte, se détachant dans la lumière du soleil, aurait pu être n'importe qui. Puis il prononça son nom.

Elle poussa un cri et tâtonna pour attraper les couvertures avant de courir vers Noa. Avant qu'il ne puisse l'arrêter, elle se jeta contre lui et le serra dans ses bras. Il sentait l'eau de Javel et était mouillé, de l'eau ou de la pluie, elle n'en avait aucune idée. Elle percevait son épuisement. Elle leva vers lui son visage qu'il prit entre ses mains glacées. Elle jeta un rapide coup d'œil à Rina, qui dormait paisiblement.

— C'est fini, Noa ?

Il secoua la tête. Ses yeux étaient cernés.

— Il faudra encore un moment.

— Que va-t-il se passer ?

— Quand le capitaine prendra contact, ou que le corps sera retrouvé, alors la procédure commencera. Et la durée dépendra de ce qu'ils trouveront. La meilleure conclusion serait celle d'une mort accidentelle... Il s'arrêta net.

— Le pire ? murmura-t-elle d'une voix rauque.

Il secoua la tête.

Elle ferma les yeux, essayant de réprimer les images qui remplissaient le vide laissé par ses mots non prononcés.

Il lui saisit le bras.

— Écoute-moi, Frances. Je dois partir maintenant.

Elle ouvrit les yeux et sentit un calme glacial s'emparer d'elle.

— Bien sûr, avant que les domestiques ne reviennent.

Il hocha la tête.

— Mais je reviendrai te voir dès que possible.

— Non, tu ne peux pas revenir. Elle soutint son regard, voulant qu'il comprenne. Mais il ne fit que froncer les yeux en signe d'incompréhension.

— Pas tout de suite, mais après un certain temps...

— Non, Noa. Tu ne comprends pas ? Tu ne peux pas revenir. Ce qui s'est passé change tout.

— Je comprends qu'on ne puisse pas se voir tout de suite. Ça ne ferait que jeter des soupçons sur ce qui s'est passé. Ton père et moi en avons discuté et nous sommes d'accord.

— Ça va plus loin que ça. Plus loin que nous. Ça change tout.

Frances se dégagea de ses bras et s'assit sur le lit. Il lui fallut toute sa force mais elle devait lui faire comprendre le message. Il n'y avait maintenant plus d'espoir pour eux en tant que couple. D'une part, si jamais ils s'unissaient comme ils en avaient tous deux rêvé, cela pourrait susciter des soupçons sur la mort de Xavier. D'autre part, elle ne parvenait pas s'imaginer pouvoir être de nouveau heureuse un jour. Toute la nuit, elle avait réfléchi à comment surmonter et la mort ce cet homme, et le fait d'avoir saccagé la vie de sa fille, de ses parents, sans parler de celle de Noa, devant elle en cet instant. Au début, elle était perdue, mais elle avait entrevu une solution.

— Que veux-tu dire ? Sa voix était tendue.

— Ça change tout.

— Non. Il tendit la main vers elle, mais elle s'en saisit et la retint. Tu as essayé de tes propres mains de faire disparaître les traces de mon forfait mais c'est hors de portée. Tu ne vois pas ? Elle prit une de ses mains et la plaqua contre son cœur. Ma culpabilité est là. Au fond de moi. J'ai provoqué cette situation, et je dois y faire face. Moi, seule, personne d'autre. Ni Rina, ni ma mère, ni mon père, et certainement pas toi.

— Tu es bouleversée, je le comprends, mais...

— Il n'y a pas de « mais ». Il n'y a *plus* de nous. Je l'ai tué.

Il se leva et la domina de toute sa hauteur.

— Je te le répète. Tu es bouleversée. Je vais m'en aller parce qu'il le faut. Mais je reviendrai dès que possible.

Il lui lança un dernier regard — elle reconnaissait à peine son visage, gris d'épuisement et d'incompréhension — avant de s'éloigner et de fermer doucement la porte derrière lui.

Elle écouta décroître le bruit de ses pas dans le couloir puis le hall alors qu'il gagnait la porte d'entrée. Puis il y eut un léger claquement sous sa fenêtre lorsqu'il la ferma. Il était parti.

Il n'alluma pas les lumières mais s'éloigna silencieusement à travers les chemins et les champs vides vers la route principale qui le conduirait en direction de Wellington, et loin d'elle.

LE SOUVENIR des jours et des semaines qui suivirent était très flou pour Frances. Elle vivait dans une sorte de brouillard irréel distant où tout ce qu'elle faisait lui semblait forcé. C'était la seule façon pour elle de faire face à ce qui s'était passé.

Le lendemain de l'accalmie de la tempête, le capitaine signala la disparition de Xavier. Il déclara avoir découvert à son réveil que Xavier et le canot à moteur avaient disparu. Le canot fut retrouvé écrasé contre les rochers et échoué sur une plage voisine. Il n'y avait aucune trace de Xavier, et son histoire concordait avec la leur.

La famille fut interrogée. Rina avait été envoyée chez une grand-tante — une sœur du père de Frances — où, grâce à sa considérable influence, elle ne fut jamais questionnée. Ce qui permit aux trois autres de gérer l'affaire plus sereinement. Les policiers leur montraient une grande déférence. Autrefois, Frances ne l'aurait pas remarqué, et ne s'en serait pas souciée, mais maintenant, oui. Le fait que ces serviteurs de la loi les traitaient différemment des autres personnes la préoccupait et elle était en même temps horrifiée d'en être aussi soulagée.

La police agissait comme si elle était en état de choc, pleurant son mari trop téméraire. Elle s'efforçait de bien jouer son rôle. Mais n'était-ce pas ce qu'elle avait toujours voulu ? Jouer un rôle ? Son souhait avait été exaucé au-delà de ses espérances. Elle ne pouvait rien avaler et perdait du poids. Elle restait à l'intérieur, terrifiée à l'idée que ses cauchemars ne deviennent réalité et qu'elle ne tombe sur le corps de l'homme qu'elle avait haï et qu'elle avait tué. Peu importait en effet qui avait appuyé sur la gâchette, c'était bien à cause d'*elle* qu'il était mort. Et il lui faudrait vivre avec ce fardeau pour le reste de sa vie.

Ce n'est que lorsque la police arriva à l'improviste, quelques semaines plus tard, avec la nouvelle que le corps de Xavier avait été retrouvé à quelques kilomètres de là, qu'elle s'effondra. Pour de vrai cette fois. Les semaines de stupeur étaient terminées, et la brutale réalité de ce qui s'était passé la frappa de plein fouet.

Son père identifia le corps, lui épargnant la vue de ce que la police avait décrit comme gravement mutilé, reconnaissable uniquement grâce aux bagues à ses doigts.

Ses parents craignaient que Frances ne dérive de la version convenue entre eux, mais elle était à peine parvenue à parler, encore moins à dire quoi qui eût pu la compromettre. Et quand elle fut enfin suffisamment rétablie pour parler à la police, le médecin lui avait donné assez de médicaments pour atténuer son hystérie et parler normalement, sous contrôle... pour mentir.

Et puis ils étaient partis. Son père s'occupa de toutes les formalités légales, et tout ce qu'elle avait à faire fut de le rejoindre au tribunal, jouant la veuve éplorée, ce qu'elle fit à la perfection. Personne n'avait besoin de connaître la raison profonde de son chagrin, ni d'attribuer sa pâleur, sa maigreur, son air dévasté, détruit, à autre chose qu'à son terrible deuil.

Un jour, par hasard, elle se vit en photo dans un journal probablement laissé dans la cuisine par une femme de chambre. C'était une de ces photos du genre « avant/après ». L'une la montrait avec Xavier le jour de leur mariage, et l'autre était une photo d'elle, récemment. Elle reconnut à peine la femme sur la photo de mariage. C'était un autre monde, une autre femme, une autre époque. Mais elle se reconnaissait très bien dans la femme endeuillée de l'autre photo. Toute la Nouvelle-Zélande et Hollywood compatissaient avec elle. Pas un soupçon de scandale, pas une once de soupçon de jeu trouble ne vint perturber cette période. Et le temps passa, lentement, et la famille élabora des plans.

Sa mère et son père décidèrent que le mieux à faire était d'aller s'installer tous à New York où vivaient déjà deux de ses oncles. Ils fermeraient la maison et la feraient entretenir en leur absence. Personne ne voulait plus y vivre. La porte de la véranda avait déjà été condamnée. Mais quelques jours avant leur départ, Frances prit une décision.

— Père, Mère, les salua Frances en entrant dans le salon.

Sa mère arrêta d'écrire la lettre qu'elle avait commencée, son père replia son journal et tous deux levèrent les yeux avec surprise. Frances n'avait plus l'habitude de rechercher leur compagnie. La plupart du temps, elle restait dans sa chambre et le petit salon attenant ou se promenait dans les jardins privés, loin de la mer.

Son père se leva et se dirigea vers elle, mais il s'arrêta. Au lieu de cela, il alla jusqu'à la fenêtre où il déposa le journal sur la table, avant de se retourner vers elle.

—Frances. Tu as l'air d'aller un peu mieux, non ?

Elle lui adressa un faible sourire. Il ne cessait de lui dire ça comme si le répéter le rendrait vrai. Elle ne le détromperait pas. Il avait besoin d'y croire, et elle voulait qu'il se sente mieux.

— Oui, bien sûr. Je m'améliore chaque jour. Merci.

Il tressaillit.

— Tu n'as pas à me remercier. J'aurais dû faire plus. J'aurais dû t'empêcher de te marier...

— Ça ne sert à rien de revenir sur ce sujet, dit Margaret sèchement. Qu'y a-t-il, Frances ? Que se passe-t-il ? Est-il arrivé quelque chose ? Est-ce Rina ?

Frances sourit. Margaret adorait Rina et elle s'en réjouissait car Rina le lui rendait bien, et Frances, elle, avait peur de ne jamais pouvoir donner assez d'amour à sa petite fille. Elle se sentait comme une coquille vide, condamnée par le meurtre de son mari à ne jamais être avec l'homme qu'elle aimait. Et elle craignait, non pour elle-même, mais pour sa fille.

Elle s'assit, repliant ses jambes comme sa mère le lui avait appris. Curieux comme tant de choses contre lesquelles elle s'était insurgée étaient devenues automatiques.

— Oui, c'est à propos de Rina.

L'atmosphère se figea.

— C'est à dire ? dit doucement sa mère.

— Je m'inquiète pour elle. Quand elle me regarde, je sais ce qu'elle voit, une femme battue qu'elle doit protéger.

Frances leva la main pour empêcher son père de l'interrompre, mais elle remarqua que sa mère, elle, n'avait pas essayé de le faire. Elle continua à s'adresser à sa mère. L'heure n'était pas pour des faux semblants.

— Et ce n'est pas bon pour elle. Je ne veux pas qu'elle s'inquiète. Et quand je la vois avec toi, elle retrouve son enfance. Tu réussis à lui faire oublier le passé récent.

Sa mère acquiesça.

— Et le départ pour New York ?

Frances soupira.

— Ce sera de loin la meilleure chose pour elle.

Le soulagement de ses parents était palpable. Margaret échangea un regard avec William avant d'adresser un sourire soulagé à Frances.

—Oui, répéta-t-elle. C'est aussi notre avis.

Les lèvres de Frances s'étirèrent en un bref sourire avant de baisser les yeux sur ses mains. Elle tripota sa bague, la seule qu'elle portait désormais. Elle avait appartenu à sa grand-mère paternelle, une femme qu'elle avait adorée, tout comme Rina adorait Margaret. Puis elle remarqua la marque blanche qu'avait laissée son alliance. Elle ne la portait plus dans la maison, seulement à l'extérieur, sur l'insistance de sa mère. Cela aurait paru étrange de ne pas la porter avait-elle dit. Et paraître étrange, n'était clairement pas dans leur intérêt.

— Mais *moi*, je ne vais pas aller à New York.

Son père s'avança.

— Écoute, Frances, si tu penses pouvoir rester seule dans cette maison, tu te trompes. Ce n'est pas convenable pour toi.

— Ton père a raison, Frances. Il *faut* que tu viennes avec nous.

— Non, je veux rester en Nouvelle-Zélande. Si j'étais restée ici avant, rien de tout cela ne serait arrivé.

— Tu n'as aucune idée de ce qui se serait passé. C'est une idée insensée.

— Peut-être, mais c'est ce que je veux, et je crois que ce sera mieux pour Rina. Elle pourra grandir et s'épanouir sans être hantée par l'image de son père et de moi.

— Frances. Son père posa une main sur son épaule. S'il te plaît, ma chérie. Tu dois reconsidérer ta décision. Nous devons rester unis. Tu dois t'éloigner d'ici.

— Je n'ai pas l'intention de rester ici. Je voulais vous demander de me louer la propriété de Grand-mère à Greytown. J'ai toujours aimé le cottage, et c'est assez loin d'ici pour me permettre retrouver mon équilibre, d'aller de l'avant. Si tu vois ce que je veux dire, ajouta-t-elle maladroitement.

— Le cottage de Linden ? C'est tout petit et vieillot. Il ne va pas te plaire du tout.

— Tu te trompes, Père. Je le préférerais de loin à ici. J'ai envie de vivre dans un endroit où je suis en contact avec la réalité. Quelque part où je puisse toucher les murs, les meubles et penser à des choses qui me sont chères, comme l'amour que j'éprouvais pour Grand-mère. Je sens que c'est la seule chose qui puisse me soutenir si je laisse partir Rina.

— Non, je ne peux pas te laisser faire. Rina a besoin de toi.

Margaret se leva silencieusement.

— Non, William, je ne suis pas d'accord avec toi. Rina doit partir et recommencer à zéro. Frances a raison.

— Merci, Mère.

William les regarda l'une après l'autre, ramassa son journal, le rejeta, et sortit de la pièce. Elles le regardèrent traverser le jardin en direction des champs.

— Il est en colère, dit Frances.

— Il est bouleversé, corrigea Margaret. Elle jeta un coup d'œil à Frances, puis à son mari. Il t'a toujours adorée, mon enfant. *Toujours.* Et il t'adorera toujours. Et ça le déchire de penser qu'il te perd. Il pensait t'avoir perdue une fois à Hollywood, pour cet avenir brillant que tu espérais trouver là-bas. Et puis tu es revenue et il était décidé à faire n'importe quoi pour te garder. Ce qu'il a fait. Mais maintenant il réalise qu'il va te perdre une nouvelle fois.

Frances pressa la paume de sa main contre son front pour essayer d'arrêter le flot d'émotions, mais elle éclata en sanglots. Sa mère lui tendit un mouchoir pour essuyer ses larmes et se contenta de s'asseoir face à elle et d'attendre que s'apaisent ses pleurs.

— Nous avons eu beaucoup de chance, Frances. Avec l'influence de ton père et la sang-froid de Noa, nous nous sommes sortis d'une situation qui aurait pu être une extrêmement difficile.

— Une situation *difficile* ? Mère, j'ai tué un homme !

Sa mère se leva d'un bond, le visage écarlate.

— Tais-toi, Frances. Ne dis plus jamais une chose pareille. Tu n'es pas la seule concernée, nous le sommes tous. Pense à Rina.

— Tu as raison. Je ne parlerai plus comme ça. Mais nous connaissons toutes les deux la vérité. Ce n'était pas simplement « une malchance ». C'est quelque chose qui va peser sur ma conscience toute ma vie.

— Oui, il va nous falloir tous vivre avec ce poids. Tu as raison. Nous allons fermer Wharerata. Elle regarda autour d'elle, ses yeux s'attardant sur la porte fermée de la serre. C'est la seule chose que j'aimais vraiment ici. C'est ton père qui adorait cet endroit. Elle soupira. Nous allons déménager à New York et élever Rina là-bas, loin de tout cela. Et toi, ma chérie, dit-elle en caressant les cheveux de Frances, tu devras trouver ta propre voie.

— Je sais. C'est ce que je vais faire. Mais pas en prenant la fuite. J'ai besoin de rester dans ce pays.

— Pour quoi faire exactement ? Tu sais que tu ne peux plus revoir Noa. S'il on l'associe à toi, cela pourrait raviver de vieilles rumeurs et rouvrir l'affaire, ce qui détruirait sa carrière.

— Je sais. Et ce n'est pas mon intention. Je veux vivre simplement. Une vraie vie, dans la maison de ma grand-mère.

Sa mère sourit tristement.

— Je te comprends. Je pense que tu as raison. Je vais parler à ton père, et il ne sera pas question de loyer. Nous te transférerons les actes, et ton père s'assurera que tu aies assez d'argent, plus qu'assez pour vivre confortablement.

— J'ai l'intention de travailler.

— Travailler ?

— Oui. À l'hôpital de Mannington. Je veux voir si je peux être utile là-bas.

— Ce sera une bonne chose pour toi.

— Je veux aider les gens à guérir. J'ai l'impression d'avoir détruit tant de choses. D'abord Pamela…

— Tu n'es pas responsable de la mort de Pamela. Si quelqu'un l'est, c'est moi. Je n'aurais jamais dû lui accorder autant de liberté.

— Et puis… Elle ne pouvait pas le nommer. Mais maintenant, peut-être, juste peut-être, je peux faire quelque chose pour expier tous les torts que j'ai causés.

Frances regarda par la fenêtre où son père s'était arrêté au milieu d'un champ, et s'était accroupi, ostensiblement pour ramasser quelque chose. A la façon dont ses épaules s'affaissaient, elle savait que sa tristesse menaçait de le submerger. Elle déglutit.

— Je vais sortir voir Père.

Margaret hocha la tête, ses yeux suivant ceux de Frances jusqu'à l'endroit où son mari se tenait seul dans le vaste paysage.

Frances traversa le champ brûlant, le chaume du blé fraîchement coupé lui piquant les chevilles et déchirant ses bas. Elle remonta la pente jusqu'à l'endroit où son père s'était arrêté, regardant l'étendue de ses terres. Il tendit la main et l'attira à lui, la prenant dans ses bras, un geste de lui qu'elle avait toujours aimé. Elle se demanda comment elle avait pu douter de son amour pour elle. Il avait fallu une tragédie pour les rapprocher, mais seulement en les déchirant.

Il sentait la fumée de tabac et les fleurs. Elle posa sa joue contre son épaule, souhaitant que ce moment dure toujours.

— Je suis désolé, Frances. J'ai échoué. J'aurais dû comprendre... à propos de toi, de Noa, du changement, de tant de choses. Et je comprends maintenant, mais c'est trop tard.

Elle leva les yeux vers lui, attristée par les traces de l'âge qu'elle voyait sur son visage.

— Il n'est pas trop tard. Nous sommes vivants, n'est-ce pas ? Grâce à Rina. Et libres, grâce à toi et à Mère.

— Et à Noa. Peut-être, dans quelque temps, vous pourrez être ensemble.

Elle secoua la tête.

— Je ne peux pas faire ça. Nous avons causé une mort, et nous avons dissimulé cette mort.

— Pour le bien de ta fille.

— Oui, je sais. Mais c'est un péché, une faute, appelle ça comme tu veux, c'est quelque chose qui n'aurait jamais dû arriver, et je vais devoir vivre avec le fait que j'en suis la cause.

— Tu ne te souviens pas de tes leçons de philosophie, Frances ?

Elle fronça les sourcils.

— La philosophie ? Quel rapport ?

— Il est moralement acceptable de faire quelque chose si la fin justifie les moyens.

— Oui, mais... comment juger si les fins sont moralement acceptables ?

— Peut-être par des jugements de valeur chrétiens. Prendre soin des gens qu'on aime, s'assurer qu'ils ne souffrent pas. Tu as débarrassé le monde d'un tyran, d'une brute, d'un homme qui battait sa femme et Dieu sait quoi d'autre. Tu as sauvé la vie de ta fille ainsi que la tienne. Et qui sait combien d'autres auraient pu plus tard souffrir entre ses mains.

— Peut-être qu'avec le temps, je finirai par le voir comme ça, mais pour le moment, ce n'est pas le cas.

La seule raison pour laquelle elle avait accepté de ne pas aller en prison pour le meurtre de son mari était une sorte de pacte passé avec elle-même par lequel elle s'interdisait de tirer un quelconque avantage de son acte, et s'obligeait à chercher une rédemption en venant en aide aux autres. Son éducation au couvent lui avait laissé des traces. Mais elle n'était pas venue trouver son père pour lui parler de ça.

— Tu sens les fleurs, Papa.

— J'en ai cueilli. Toutes ces années, je me plaignais du temps que ta mère passait dans le jardin, mais en fait, j'ai toujours adoré ça. J'aimais son odeur quand elle revenait d'un après-midi de jardinage. Mais elle ne s'est pas approchée d'une seule fleur depuis le drame, ajouta-t-il d'un ton désolé.

Un autre coup de poignard dans ses entrailles, comme pour essayer d'extraire la chair abîmée et brunie d'une pomme. Mais Frances savait que le couteau ne pourrait jamais creuser assez profondément.

— Alors je passe du temps dans le jardin maintenant, à apprécier le résultat des années de jardinage de ta mère. Regarde ça, dit-il, englobant dans un geste l'explosion de couleurs sous le chêne des marais, les teintes et les textures variées des plantes, des arbustes et des buissons agencés avec tant de goût par sa mère.

— C'est magnifique. Elle regarda autour d'elle, se souvenant de chaque changement apporté par sa mère, de chaque nouvelle espèce qu'elle avait introduite. Elle s'éclaircit la gorge. Ça va te manquer.

Il regarda droit devant lui vers les collines.

— Tout va me manquer. Il la regarda. Surtout toi.

— Tu sais que je ne peux pas venir, n'est-ce pas ?

Elle vit des pensées contradictoires traverser son visage avant qu'il ne se reprenne. — Oui. Tu as fini de fuir — tu as trouvé ton foyer.

— Oui, mais je t'oblige à quitter le tien.

Il s'éclaircit la gorge et plissa les yeux en regardant vers les montagnes.

— Je peux créer un nouveau foyer, pour Margaret, Rina et moi. Ta mère voulait aller en Angleterre, mais j'ai un mauvais pressentiment sur ce qui se passe en Europe. L'Amérique est plus sûre pour nous. Et ton oncle m'a proposé un partenariat dans l'entreprise familiale. Ce sera New York, donc. Un nouveau départ nous fera du bien.

Il se tourna brièvement vers la maison, imposante et resplendissante sous le soleil — un symbole de tout ce que sa famille avait accompli : richesse, respectabilité, position dans la société.

— Tu en prendras soin pour nous, n'est-ce pas ? Ça signifierait beaucoup pour moi. Pour moi, et pour ta mère.

— Bien sûr.

— Merci. J'ai pris des dispositions pour que tout soit propre et bien entretenu. Tu es sûre que tu ne veux pas rester ici ?

— Oui, j'en suis sûre. Je suis désolée, mais je ne peux pas.

— Bien sûr. Il hocha rapidement la tête et tapa sa canne sur le sol sec. Eh bien, je ferais mieux d'aller m'assurer que toutes les bagages sont bien partis. Viens, accompagne-moi.

Ils savaient tous les deux que toutes les malles étaient parties la veille, mais il n'y avait plus rien à dire, et ils revinrent vers la maison, conscients que chaque minute qui passait les rapprochait de la sépara-tion. Séparation que personne n'avait souhaitée mais qui allait se produire tout de même.

CHAPITRE VINGT-DEUX

PAIGE

J'ai conduit jusqu'à la plage de White Rock. J'avais besoin de parler, et Te Uranga était la première personne qui m'est venue à l'esprit. En tant que cousine de Tane, elle n'était peut-être pas le meilleur choix, mais je n'en avais guère d'autre. J'ai garé la voiture et jeté un coup d'œil dans le rétroviseur en direction de la maison de Tane, mais il n'y avait aucun signe de lui.

De la fumée s'élevait de la maison de Te Uranga, *Te Manawa*. La journée avait commencé fraîchement, l'automne s'installait et le soleil refusait de se montrer derrière le banc de nuages menaçants. J'ai marché jusqu'à la route et me suis approchée de la maison par devant. Le portail était ouvert — comme toujours — et j'ai emprunté le chemin de pierre bordé de fleurs éclatantes, vestiges obstinés de l'été. Deux enfants que je ne connaissais pas jouaient dans le jardin, suspendus à une balançoire. Le plus jeune enfant de Te Uranga était debout sur une table, sur le point de verser un pichet d'eau sur un chat insouciant qui faisait sa toilette. J'ai pensé que le chat saurait se débrouiller tout seul et j'ai frappé à la porte.

Te Uranga a ouvert la porte au moment même où le chat poussait un cri et se précipitait à l'intérieur, son pelage mouillé plaqué contre son dos et où l'enfant éclatait d'un rire contagieux. Te Uranga n'a pas sourcillé.

—Paige ! Elle m'a serrée dans ses bras. Qu'est-ce qui t'amène ici à cette heure ?

J'ai ouvert la bouche pour répondre mais je ne savais pas par lequel de mes nombreux problèmes commencer. J'ai haussé les épaules.

— Tout ? ai-je proposé.

Elle a ri.

— Eh bien, tu es venue au bon endroit. *Te Manawa* a la réponse à tout. Elle a reculé pour me laisser entrer dans le couloir. A défaut, les brownies au chocolat que je m'apprête à sortir du four feront l'affaire.

J'ai humé avec appréciation en entrant dans la chaleureuse cuisine-salle de séjour. Ils avaient réuni deux anciennes pièces, pour créer un grand espace accueillant. À une extrémité de la table se trouvait une pile de livres et de crayons de couleur et à l'autre bout, l'ordinateur de Te Uranga avec des documents ouverts et un vase contenant une fleur que je reconnaissais.

— Le Lys de Lena. J'ai jeté un coup d'œil à Te Uranga. Elle a enfilé ses gants de cuisine et m'a fait un sourire penaud.

— Tu m'as démasquée. J'ai empiété sur vos jardins. J'adore cette fleur. J'ai pris des boutures d'innombrables fois, mais elles n'aiment pas le sol sablonneux qu'on a ici. Le sol à Wharerata avait été amendé à partir de zéro. Il paraît qu'à une époque, ils avaient jusqu'à une demi-douzaine de jardiniers qui y travaillaient.

— Mon Dieu, pas étonnant que, toute seule, je n'arrive pas à progresser. Mais, tu sais, j'aime bien les choses telles qu'elles sont. Il y a quelque chose de fascinant et de mystérieux dans la nature sauvage.

Te Uranga a ricané.

— Tu as trop traîné avec mon cousin. Elle a fait glisser le pavé de brownie au chocolat sur la volette et en a coupé deux morceaux, ramassant une miette pour la mettre dans sa bouche. C'est exactement le genre de chose que Tane dirait.

J'ai soupiré. Elle a allumé la bouilloire et a apporté les brownies à table.

— Ce soupir en dit long, a-t-elle dit en s'asseyant en face de moi. Qu'est-ce qui se passe entre Tane et toi, alors ?

— Rien.

Elle a plissé les yeux d'incrédulité et penché la tête sur le côté.

— Rien ? Comme « zéro » ? Ça n'a pas l'air de bien se passer. Vous ne vous voyez plus ?

J'ai haussé les épaules.

— On se voit quand il est dans le coin mais seulement en tant qu'amis. C'est tout. Il m'envoie des textos de temps en temps. Tu sais, des messages amicaux pour savoir si j'ai besoin d'aide, mais...

— Mais quoi ?

— Eh bien, je ne l'ai pas vraiment encouragé. Tu vois, je n'ai pas besoin d'aide. Et je ne veux pas me contenter d'être son amie, et c'est tout ce qu'il peut me proposer, apparemment.

— Comment se fait-il ? Que s'est-il passé ?

— Je lui ai dit que j'étais enceinte, voilà ce qui s'est passé. Tu peux imaginer la suite.

— Oh, a-t-elle soupiré. C'est dommage. Vraiment dommage. Quand va-t-il enfin passer à autre chose ?

J'ai haussé les épaules. Si elle, elle ne savait pas, comment aurais-je pu, moi, le savoir ?

Elle s'est levée pour préparer le thé quand l'eau s'est mise à bouillir. Elle s'est adossée au comptoir et a croisé les bras. Alors, raconte-moi ce qui s'est passé.

— Comme je viens de te le dire, je lui ai annoncé que j'étais enceinte, que Sam était le père, et que c'était, au départ, une grossesse très désirée.

— Et comment a-t-il réagi ?

J'ai froncé les sourcils en essayant de me souvenir, mais le choc de sa réaction avait rendu le souvenir flou. J'ai secoué la tête.

— Je ne me souviens pas exactement, c'était une réaction négative en tout cas. Il était horrifié, n'arrivait pas à y croire. Il s'est éloigné subitement, a pris ses distances. Il voulait se détacher, me rejeter. Émotionnellement, je veux dire.

Te Uranga a hoché la tête d'un air entendu et s'est retournée pour verser le thé tandis que trois enfants entraient en courant dans la maison. Le chat a filé de sous la table et la moitié du pavé de brownie a disparu dans la bouche des enfants en un instant.

— Hé, vous là ! Te Uranga a agité un torchon d'un air joueur. Emportez ça dehors. Je viens juste de passer l'aspirateur.

Ils n'avaient de toute façon pas l'intention de s'attarder, car ils se sont bousculés pour sortir par la porte de derrière en direction de la plage. Je les ai regardés courir — membres souples et bronzés et visages rieurs — et je me suis dit qu'au moins, ils ne grandiraient pas réprimés.

L'odeur de bergamote du thé Earl Grey emplissait la cuisine. La vapeur était rafraîchissante sur mon visage, fatigué par le manque de sommeil.

Te Uranga est restée silencieuse un moment, regardant les enfants s'égailler parmi les dunes. Elle ne les regardait pas vraiment, ses yeux semblaient perdus au loin. Puis elle s'est tournée vers moi avec un soupir.

— Il faut que tu l'aides, Paige.

— *Moi*, que je l'aide, *lui* ?

— Oui, je sais qu'il a l'air de tout avoir — le monde à ses pieds — mais il souffre terriblement. Et je ne sais pas quoi faire de plus. Mais peut-être que toi, tu pourrais faire quelque chose.

J'ai secoué la tête.

— Non. C'est au-delà de mes forces. J'ai assez de problèmes à surmonter sans prendre en charge ceux de Tane.

— Il ne s'agit pas de les prendre en charge, enfin, pas exactement. Seulement ne le juge pas trop durement. Donne-lui du temps. Je pense que c'est ce dont il a le plus besoin. Du temps et quelqu'un à aimer.

— Je ne suis pas sûre d'être la bonne personne pour ça. Soudain, j'ai eu envie de m'échapper. Le cœur de cette maison battait trop vite et trop fort pour moi. Je suis désolée, je dois partir.

Son visage s'est décomposé.

— Mais tu n'as même pas fini ton thé.

J'ai secoué la tête. Je ne pouvais rien avaler ; il fallait que je parte. Je me suis dirigée vers la porte, et elle m'a suivie.

— Oh, merde. Je suis désolée. Je n'aurais rien dû dire, c'est trop demander. Bien sûr, tu n'es pas chargée de guérir qui que ce soit. Tu dois d'abord prendre soin de toi et de ton bébé. Tane est un homme, un adulte. C'est juste que...

Je me suis tournée vers elle.

— C'est juste que c'est ton cousin, et que tu l'aimes.

Elle a hoché la tête pour acquiescer.

— Je suis désolée, Te Uranga, je dois y aller.

— Bien sûr. Mais reviens me voir, s'il te plaît, et je te promets que je ne parlerai plus de ma fichue famille impossible. Marché conclu ?

— Marché conclu, ai-je répondu en souriant. Il était impossible de quitter Te Uranga en étant fâché.

Elle jeta un coup d'œil vers la maison de Tane. J'ai secoué la tête. Je savais qu'elle espérait toujours une réconciliation.

— Non, je n'y vais pas. Pas encore. Peut-être jamais.

PLUS TARD DANS LA JOURNÉE, à Wharerata, alors que je vérifiais le travail d'un entrepreneur que j'avais engagé, j'ai entendu une camionnette s'arrêter dehors. Matt livrait des antiquités que Te Uranga avait repérées dans une salle des ventes des environs et qu'elle croyait bien adaptées à Wharerata.

J'ai ouvert la porte d'entrée et j'ai senti mon visage se décomposer quand j'ai vu Tane sur le pas de la porte, se battant avec une boîte d'ustensiles de cuisine anciens.

— C'est toi ! Ces mots m'ont échappé avant que je ne puisse me contrôler.

— Désolé de te décevoir. Mais Matt était occupé et moi, eh bien, je voulais te voir.

J'ai ouvert grand la porte et me suis écartée.

— Tu peux les poser sur la table du salon, merci, ai-je dit, ignorant délibérément son commentaire à mon sujet. Je l'ai suivi dans le salon.

— Cette pièce a vraiment pris forme maintenant, a-t-il dit. Son regard a balayé le salon débarrassé de la poussière, l'étain et le laiton brillant dans la lumière du matin.

— En effet.

Son regard s'est posé sur moi.

— Comme les pièces d'un puzzle. Et l'arbre généalogique ? Tu l'as terminé ?

— Oui, là aussi, les pièces se sont aussi assemblées. Je ne t'ai jamais parlé de ma rencontre avec Rina sur la tombe de son père, n'est-ce pas ?

Son front s'est plissé.

— Son père ? Qui était-ce ?

— Xavier Grey, ai-je dit, observant son visage pour voir s'il savait.

— Xavier Grey était le père de Rina ? Tu veux dire que Frances...

— Était la mère de Rina, oui, c'est ça. Visiblement, il n'était pas au courant. J'étais soulagée. La fille disparue était ici, en Nouvelle-Zélande, connue de nous tous sous un autre nom, depuis le début.

— Tout s'explique. Elle a un air de Frances, si on y réfléchit. Et, d'après mes souvenirs de Xavier Grey, elle lui ressemble beaucoup. Il a secoué la tête. Je n'arrive pas à croire qu'elle ait réussi à garder ça secret toutes ces années. Je ne suis même pas sûre que Ginny le sache.

— Tu as raison, je crois pas qu'elle le sache. Et c'est Rina qui est propriétaire de Wharerata. Apparemment, elle en a hérité de ses grands-parents, car Frances ne voulait plus rien avoir à faire avec le domaine. Ce que je ne comprends pas, et ce qu'elle ne m'a pas dit, c'est pourquoi ils n'y sont jamais retournés. Que s'est-il passé pour qu'ils lui tournent le dos ?

— Si Rina ne te l'a toujours pas dit, je suppose qu'elle ne le fera jamais.

— Les journaux disent que Xavier est mort en mer, en essayant de nager jusqu'au rivage, après le naufrage de son bateau à moteur.

— Ah, c'est là que les légendes familiales diffèrent.

— Légende familiale ? De quelle famille ?

— La mienne. Dans notre entourage, on raconte que Xavier est mort dans la maison.

Cela m'a coupé le souffle

—Xavier serait mort à l'intérieur de Wharerata ?

— C'est ce qui se dit

— Ecoute, j'ai trouvé dans la serre quelque chose qui m'a intriguée, mais maintenant je me demande si c'est lié... Je me suis interrompue.

— Lié à la mort de Xavier ?

— Peut-être. Il m'a suivie sous la coupole. J'ai fait comme tu l'as suggéré et j'ai travaillé sur la serre, j'ai remplacé le bois pourri.

— Paige Sinclair, belle comptable le jour et belle charpentière la nuit, a-t-il dit dans le style d'une voix off hollywoodienne.

— Viens, j'ai quelque chose à te montrer.

J'ai ignoré le regard en coin de Tane.

— C'est une chose qui n'est pas à sa place, et je voudrais ton opinion, surtout après ce que tu viens de me dire. Regarde, ai-je dit, en touchant une cavité dans le bois d'où un bouchon de mastic était tombé. Je me suis écartée, mon doigt indiquant l'endroit.

Il s'est approché et, après m'avoir jeté un coup d'œil, s'est concentré sur ce que montrait mon doigt. J'avais fait décaper le bois pour évaluer son état, révélant ainsi un espace de la taille de ma paume, dans lequel était incrusté un objet en plomb.

— Qu'est-ce que c'est ? Il plissa les yeux, essayant de comprendre ce qu'il regardait.

— Quelque chose qui confirme les histoires de ta whanau, je crois.

—Une balle.

— Oui. Tirée à bout portant, à en juger par la force avec laquelle elle s'est logée là.

—Pour tout un tas de raisons, a-t-il dit.

— Comme quelqu'un qui aurait voulu tuer quelqu'un ?

— Oui, ou alors c'était une balle perdue venant de l'armurerie. Il a fait un geste vers la porte latérale. On y allait par là. Peut-être que quelqu'un était en train de nettoyer une arme et le coup serait parti accidentellement.

— C'est ce que j'ai cru au début. Mais si tu enlèves le reste du revêtement, j'ai fait sauter un morceau qui révélait toute l'étendue des dégâts, tu verras que la balle, et le trou dans lequel elle se trouve, est couverte de poussière brune. Je pense que c'est du sang.

— Mon Dieu !

— Non, ce n'est pas Dieu, je pense. Désolée, c'est une mauvaise blague. Mais j'ai bien regardé, et il y a d'autres choses autour qui pourraient être des tissus humains. Si quelqu'un a été blessé ici, ce n'était pas des blessures superficielles

Il a tourné son regard vers le mur opposé.

— Et ça a dû être tiré de là-bas.

— Des idées ?

— Les mêmes que toi, je suppose, si la légende familiale est vraie.

— Les articles de journaux disaient que la tête de Xavier avait l'air d'avoir été violemment fracassée contre les rochers.

Nous avons contemplé la balle en silence, imaginant les dégâts qu'elle avait pu causer. Nous nous sommes regardés, pensant tous les deux la même chose.

— Xavier Grey, un homme qui n'aimait rien tant que la voile, la pêche et la natation, aurait perdu le contrôle d'un bateau à moteur et se serait noyé ? Fracassé contre les rochers. Quelle est la probabilité que cela se produise ?

— Tu plaisantes, j'espère. La probabilité ? Bien plus forte que celle de la fameuse famille Stewart de commettre un meurtre, j'imagine, si c'est ce que tu insinues.

— Je n'insinue rien. J'essaie de rassembler les pièces d'un mystère. Qui aurait appuyé sur la gâchette à ton avis ?

Il a serré les lèvres, pensif.

— Margaret Stewart était une excentrique, selon tous les témoignages : elle adorait le jardinage et était assez vague sur tout le reste. Je ne peux pas imaginer quelqu'un comme elle tirer, que ce soit accidentellement ou intentionnellement.

— Quelqu'un d'autre ?

— William Stewart était rarement ici. S'il l'était, il était parti chasser.

— Chasser. Un bon tireur, alors. C'est peut-être lui. Je réfléchis un instant. Je me demande si Rina en a été témoin, si c'est parce qu'elle en était tellement traumatisée qu'elle a dû être emmenée à New York par ses grands-parents. Mais alors, après leur mort, pourquoi Aroha a-t-elle cru devoir rester ici, en Nouvelle-Zélande, pour le bien de Rina plutôt que de suivre sa fille en Angleterre ?

Tane ne dit rien, mais je pouvais voir que son intérêt était éveillé, et qu'il commençait à croire ma théorie. Peut-être même qu'elle était mêlée à cette histoire.

Pendant un instant, j'imaginai Rina enfant, sans doute aussi têtue qu'elle l'était aujourd'hui, entourée d'adultes.

— Elle n'aurait eu que sept ou huit ans à l'époque. Si quelqu'un a tiré une balle dans l'encadrement de la porte, ça devait être l'un des adultes présents.

— Mais qui était présent ?

— Frances, c'est sûr, sinon, pourquoi Xavier serait-il venu ? Peut-être même le père d'Aroha, parce qu'Aroha est née moins de neuf mois après la mort de Xavier. Et puis il y avait les propriétaires de la maison, les parents de Frances. Ils étaient sûrement ici aussi.

— Mais si la balle s'est logée dans le bois, cela veut dire que le tir n'était pas très précis, ce qui exclut le père de Frances.

— Et sa mère. Ce qui ne laisse que Frances ou Noa.

— Si Noa avait tiré, la balle se serait enfoncée dans Xavier. Les enfants maoris apprennent à chasser en grandissant. Il secoua la tête avec conviction. Il aurait visé son cœur et l'aurait touché. Cette balle serait restée logée dans son corps.

Je frissonnai à l'évocation de la scène que ses mots faisaient vivre dans mon esprit.

—Donc il ne reste qu'une seule personne.

— Frances.

— Et elle est restée ici pendant que ses parents emmenaient Rina à New York. Je me demande s'ils se doutaient qu'ils ne reviendraient jamais à Wharerata. Je regardai autour de la véranda. Peut-être que oui... C'était peut-être leur intention.

— De ne jamais revenir. Il suivit mon regard.

— Et pourtant... Je fronçai les sourcils. Ils voulaient que Rina garde le domaine. Pour s'assurer qu'il reste intact.

— Le père de Frances et son père avant lui en avaient fait l'un des plus prospères du pays. Ça devait beaucoup compter pour lui.

— Ce qui renforce encore l'idée qu'il a dû se passer quelque chose de terrible pour le forcer à partir. Nous restâmes silencieux en imaginant cette nuit-là. Ce que je ne comprends pas, c'est pourquoi Frances n'est pas partie aussi.

— Elle *était* enceinte, dit Tane.

Ce mot me frappa en plein cœur, et je fus incapable de réfléchir pendant quelques minutes.

— Enceinte, répétai-je. C'est vrai. Et la grossesse vous entraîne à faire des choses étranges.

— Comme parcourir 18 000 kilomètres à la recherche d'un foyer que tu n'as jamais eu.

Je ne le regardai pas mais, au lieu de cela, je passai mes mains le long des boiseries, ignorant sa référence à moi.

— Elle aurait tout aussi bien pu vivre sa grossesse aux États-Unis.

— Dans son cas, son endroit de prédilection était peut-être juste sous son nez depuis le début.

Je refusai toujours de le regarder.

Il posa une main sur mon bras.

— Ecoute, je ne fais qu'émettre des théories. Je n'en ai aucune idée. Ni l'un ni l'autre ne pouvons connaître la vérité. Peut-être que nous ne saurons jamais, bien que ta théorie, selon laquelle c'est Frances qui a appuyé sur la gâchette, semble la plus probable. Les faits, c'est qu'elle était enceinte du bébé de Noa, qu'elle ne voulait pas vivre à Whare-rata, et qu'elle n'a pas vécu avec Noa avant la naissance d'Aroha. Mais elle ne voulait pas non plus s'enfuir. La maison dans laquelle elle est allée vivre appartenait à sa grand-mère paternelle. Comme si elle cherchait à installer des racines.

Pendant quelques instants, je me tus, laissant ses mots s'imprégner. C'aurait pu être de moi qu'il parlait. En était-il conscient ? Sa main était toujours sur mon bras et je levai les yeux vers lui.

—Tane, pourquoi es-tu vraiment ici ?

— Paige. Je sais écrire des scénarios, analyser les mots des autres pour en trouver le sens, je sais trouver une signification dans le langage corporel, dans la disposition des choses par rapport aux gens. Je sais trouver du sens n'importe où et le mettre en forme pour

distraire les gens. Mais, pour une raison qui m'échappe, je suis incapable d'exprimer ce que j'ai enfermé en moi depuis toutes ces années.
Je ne sais pas même pas si c'est toujours présent, à l'œuvre, en état de
fonctionnement après avoir été verrouillé à l'intérieur. C'est comme...
Tchernobyl.

— Tchernobyl ? J'avais du mal à le suivre...

— Enfermé dans du béton après l'explosion. Un cercueil de béton
où la chose vivante et dangereuse à l'intérieur ne peut plus jamais voir
la lumière du jour.

— Mais elle est toujours là, pourtant. Même si personne ne peut la
voir.

— Je suppose que oui. J'espère que oui. Il soupira. Je parle de
mon cœur. J'espère que mon cœur est toujours là quelque part au
fond de moi, qu'il continue à battre, qu'il attend. Mais je n'en suis
pas sûr.

— Et tu as vraiment envie qu'il soit toujours là ?

Il fit une pause, qui se prolongea et me dit tout ce que j'avais
besoin de savoir. J'avais devant moi un homme encore confus et
perturbé. Je ne pouvais pas le laisser entrer dans ma vie.

— Je suis désolée que tu souffres, mais je ne peux rien y faire. C'est
à toi de voir. Je ne peux pas t'aider. Je fis une pause. Il ne me faut pas
grand-chose pour survivre, Tane, mais certaines choses me sont indis-
pensables

— Lesquelles ?

— J'ai besoin de me sentir en sécurité. J'ai besoin de me sentir
protégée. J'ai besoin de sentir que je peux faire confiance aux gens
avant de me rapprocher d'eux. Je ne peux pas me satisfaire de moins
que ça.

Il laissa mes mains retomber des siennes.

— Bien sûr, je comprends. Il s'interrompit un instant. Je suis venu
pour te dire que je pars à l'étranger.

Ce n'était pas une surprise. Tane voyageait sans cesse pour son
travail. Je voulais lui demander quand il reviendrait, mais cela aurait
été trop révélateur de ma dépendance. Et je n'étais pas dépendante,
n'est-ce pas ?

— Un voyage intéressant ? Je pensai que mon ton avait l'air plutôt détaché, vu les circonstances.

Il alla jusqu'à la fenêtre et se retourna. Je ne pouvais plus voir son visage, à contre-jour, caché par la lumière vive venant de l'extérieur.

— Ouais, c'est, euh, travailler avec des personnes clés de l'industrie.

— Très bien, ça a l'air bien.

— C'est pour six à douze mois.

— Eh bien, c'est exactement ce que tu souhaites, non ? Alors, tous mes vœux, soupirai-je.

— Paige, je...

Je l'arrêtai d'un signe de main. Je ne voulais pas entendre de platitudes, un discours qu'il pensait devoir prononcer. Il partait ; tout était dit.

— C'est bon. Je grimaçai. Écoute, j'ai un tas de choses à faire aujourd'hui alors...

— Écoute, je suis désolé...

— Pourquoi ? ai-je demandé, d'un ton trop enjoué. Tu m'as énormément aidée ici. Je n'aurais pas pu y arriver sans toi... Ma voix s'est éteinte alors que l'émotion menaçait de me submerger. J'ai passé mes doigts dans mes cheveux et me suis retournée brusquement. Il faut que j'y aille. Je me suis détournée soudainement et j'ai traversé la pièce, mon cœur battant presque aussi fort que mes chaussures sur le plancher en bois.

— Paige !

Je me suis arrêtée net, ai pris une profonde inspiration et me suis retournée.

— Tane, tu as toujours la clé du gardien, je suppose. Ça ne te dérangerait pas de fermer ?

Je n'ai pas attendu de réponse mais j'ai accéléré le pas et j'ai franchi par la porte d'entrée, descendu les marches en courant et sauté dans ma voiture. Je n'ai regardé qu'une seule fois dans le rétroviseur, pour voir Tane qui m'observait, debout dans l'ombre. Mais il ne fit rien pour m'empêcher de partir.

CHAPITRE VINGT-TROIS

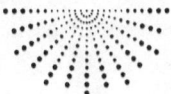

FRANCES

L e soleil d'hiver tardif se glissait autour des rideaux de velours, décolorés sur les bords par le soleil d'été. La grand-mère de Frances, pour qui Linden Cottage avait été construit, n'aurait jamais permis au soleil d'entrer.

Mais depuis sa mort, la femme de chambre avait été moins pointilleuse, et Frances n'avait désormais aucune intention de se priver de la lumière ou de son lien avec l'extérieur. Elle en avait besoin ; cela lui donnait l'impression d'être moins coupée du monde, plus intégrée à la petite ville où elle s'était installée.

À l'extérieur de la fenêtre, au-delà du petit jardin ombragé par un grand arbre se trouvait la rue, avec les boutiques à seulement un pâté de maisons. Elle n'avait jamais vécu si près d'un centre-ville, et cela lui plaisait. Elle fit un signe de la main à un passant qui jetait un regard dans le salon où Frances faisait sa paperasse. Après son passage, Frances baissa de nouveau les yeux sur le papier crème éclairé par le soleil, en haut duquel était gravé le blason de sa famille.

Depuis que sa famille avait quitté la Nouvelle-Zélande, Frances recevait chaque semaine une lettre de sa mère. Au début, les lettres avaient été aussi bouleversantes que bienvenues. Frances en absorbait avidement le moindre détail, à la recherche de tout indice de l'état d'esprit de Rina caché derrière un commentaire anodin, avant de reposer lentement la feuille sur son bureau et de s'effondrer.

Chaque jour, elle se demandait si elle avait pris la bonne décision. Mais ces lettres le prouvaient. Rina avait beau lui manquer terriblement, elle était rassurée par les courriers réguliers de sa mère indiquant que Rina allait bien. Et dans le message d'aujourd'hui, le « bien » avait progressé en « très bien… vues les circonstances ».

L'embarquement de ses parents et de sa fille à bord du paquebot à destination de New York remontait à six mois… Frances soupira et mit de côté la lettre.

Sa culpabilité lui revint en plein cœur à la lecture des mots « … vues les circonstances ». Rouvrant la blessure et la triturant, réveillant la peine, juste au moment où elle pensait qu'elle commençait à guérir. Mais maintenant elle savait que cette douleur sourde ne la quitterait jamais. En fait, elle ne le souhaitait pas, elle tenait à ce rappel constant de son inconséquence et de ce qu'elle avait fait à sa famille, à Xavier et, surtout, à Noa.

L'horloge sur le manteau de la cheminée sonna l'heure, et Frances leva les yeux. Il était temps d'aller à la réunion de la branche locale de la Société pour la Protection des Femmes et des Enfants. C'était un petit groupe auquel Frances était dévouée. Ses talons bas claquèrent sur les planches de bois nu de la petite cuisine tandis qu'elle plaçait sa tasse et son assiette dans l'évier de la cuisine. La cuisine avait été l'un de ses défis les plus importants. Elle n'avait pas été élevée pour s'occuper d'elle-même dans les aspects les plus élémentaires, comme manger. Et malgré ses progrès dus aux livres de cuisine et à un garde-manger rempli de condiments à moitié utilisés, il lui fallait bien reconnaître qu'il y avait peu chance qu'elle apprécie un jour le fait de faire la cuisine. Elle se limitait aux omelettes et laissait le reste à sa gouvernante.

Elle enfila son manteau et son chapeau, et s'arrêta près de la porte d'entrée pour se regarder dans le miroir. Elle tira sur le manteau ample. Dieu merci, la mode n'était pas aux vêtements ajustés. Personne n'était encore au courant. Elle ignorait combien de temps elle pourrait dissimuler sa grossesse. Elle ne savait pas combien de temps sa gouvernante serait capable de garder le secret. Cela *finirait* forcément par se savoir. Et on lui témoignerait de la sympathie parce qu'elle était enceinte de son mari mort accidentellement seulement six mois plus tôt. Cela avait dû se produire juste avant l'accident, diraient les commères. Mais elles n'auraient que partiellement raison.

Elle ouvrit la porte et respira l'air printanier. Elle passa devant le garage où elle garait sa voiture, qu'elle utilisait rarement. Tout était accessible à pied dans cette petite ville et elle préférait marcher, même si elle se fatiguait de plus en plus au fil des mois. Elle ne se souvenait pas d'avoir ressenti cela quand elle était enceinte de Rina. Mais à l'époque, entre les films, la publicité et un nouveau mari, elle n'avait pas eu le temps de ressentir quoi que ce soit.

Elle s'arrêta à la boîte aux lettres, sous la luxuriante floraison du magnolia. Le chemin était couvert de ses doux pétales roses. Elle pensa qu'il lui faudrait le dire... puis elle sourit. Elle n'avait pas de jardinier à qui le dire. Elle devrait les balayer elle-même. Ce n'était pas qu'elle n'avait pas l'argent — elle en avait — mais elle avait quelque chose à se prouver.

Elle marcha d'un pas vif, réprimant un frisson dû à la fraîcheur matinale. Elle fit un signe de la main à une connaissance et continua vers le village, au cœur duquel se trouvait le café où se tenaient toujours les réunions.

Le Village Café, réplique exacte d'un « coffee room » anglais, avait toujours été un lieu de rassemblement et de bavardage pour dames, sauf pendant les jours les plus sombres de la Dépression. En ce jour de fin août 1939, tout semblait bien aller dans la petite ville de Greytown, sur la route principale traversant le Wairarapa. Les cerisiers étaient sur le point d'éclore, l'étal du marchand de légumes était plein — il y avait même des oranges remarqua Frances en passant. Et personne ne lui demandait plus quand sortirait son prochain film, ni ne lui présentait de condoléances. Elle ne faisait enfin plus la une des potins et, de cela, elle était reconnaissante.

— Madame Grey, la salua-t-on à son entrée dans le café.

Elle connaissait maintenant la plupart des membres, qui s'habituaient progressivement à elle. Au début, les circonstances étranges entourant la mort de Xavier, la richesse de sa famille et le glamour de sa brève carrière à Hollywood, avaient suscité une certaine méfiance de la part de ces femmes, dont la plupart n'avaient jamais été plus loin que Wellington. Mais Frances s'accrochait à l'œuvre caritative de son père et la sienne, sachant que c'était son devoir. C'était tout ce qu'elle avait... pour le moment en tout cas.

La réunion se déroula de la manière habituelle et ensuite, autour d'une tasse de thé et d'un gâteau, la conversation tourna autour d'Hitler et de la question de savoir si Churchill avait raison de dire qu'il y aurait la guerre. La plupart des gens n'y croyaient pas. Après tout, Macmillan n'était-il pas revenu de pourparlers où Hitler avait promis la paix ?

Frances écoutait en soupirant. Elle avait peu à ajouter. Tout lui semblait si loin. Une Europe en guerre lui semblait inimaginable. Comment cela pouvait-il arriver, si peu de temps après la guerre censée mettre fin à toutes les guerres ? Elle n'avait que six ans quand la guerre s'était terminée, mais son effet sur ses parents et sa famille élargie, avec la mort de leurs hommes, avait été durable. Elle était heureuse que la lucidité de son père ait fait qu'eux, et Rina, étaient maintenant en sécurité à New York.

C'était égoïste, elle le savait, mais elle avait été tellement meurtrie qu'elle chérissait la précieuse paix qu'elle avait trouvée, se refusant à envisager d'autres catastrophes.

Elle s'excusa dès que la politesse le lui permit et traversa la rue pour se rendre dans une librairie-magasin de jouets. Frances était une cliente régulière du magasin, séduite par un livre de cuisine après l'autre, l'attirant avec l'espoir de parvenir à produire quelque chose de comestible. Mais ce matin-là, un mobile suspendu représentant l'avion de Jean Batten attira son attention. Rina adorait les livres, en particulier ceux sur les avions. Son idole était Jean Batten et insistait, d'après sa grand-mère, pour se faire appeler Rina Batten. Le jouet était un de ceux qu'on assemblait soi-même avec de la colle.

L'obsession de Rina pour les avions avait commencé à Los Angeles, mais ce n'était pas quelque chose que la mère de Frances était particulièrement encline à encourager. Frances supposait qu'en plus de ne pas être un passe-temps particulièrement féminin, cela avait aussi des connotations modernes que ses parents désapprouvaient totalement. Ainsi, Rina comptait sur Frances pour son approvisionnement en maquettes d'avions. Son grand-père avait pris des photos d'elle en train de les monter, la tête penchée, un lourd rideau de cheveux — toujours coupés courts sur son insistance — cachant à moitié son visage, tirant la langue en signe de concentration.

D'autres photographies révélaient une chambre où étaient suspendus les avions terminés, avec des images de ses héroïnes du ciel trônant sur sa coiffeuse, aux côtés de photos de Frances et du reste de la famille.

C'était un petit aperçu de la vie de sa fille qu'elle chérissait. C'était le prix qu'elle devait payer pour que sa fille ne soit pas constamment poursuivie par le souvenir de la mort de son père.

Frances lisait les informations au dos de l'emballage lorsque la clochette de la porte tinta et qu'un client entra dans la boutique. Frances ne leva pas les yeux, mais se glissa instinctivement dans l'ombre, n'ayant pas envie être dérangée alors qu'elle imaginait l'expression sur le visage de Rina lorsqu'elle ouvrirait le colis. Elle souriait encore quand elle entendit la commerçante, qui était à l'arrière, saluer quelqu'un avec chaleur et enthousiasme. Le sourire de Frances s'élargit sur ses lèvres tandis qu'elle retournait le paquet. Qui que soit ce client, la boutiquière était visiblement impressionnée, sa voix à la fois empressée et respectueuse. Elle glissa le cadeau pour Rina dans son panier en osier. Elle se tourna vers le rayon cuisine, choisissant un livre sur les coupes de viande qui, malgré la photo de couverture peu attrayante, lui serait utile, elle le savait d'expérience.

C'est alors qu'elle entendit une voix qu'elle reconnut, et son sourire se figea sur ses lèvres. Noa. Contrairement à son corps, qui était coincé dans une sorte d'arrêt sur image comme si un réalisateur l'avait ordonné, son cœur, lui, s'emballait. Elle ne l'avait pas vu depuis six mois, pas depuis cette nuit où elle avait tout quitté, et où il l'avait laissée partir. Elle se tenait toutefois méticuleusement au courant de ses faits et gestes. Depuis cette terrible nuit, il s'était plongé encore plus profondément dans la politique. Chaque jour, Frances épluchait les pages « politique » du journal quotidien, où elle trouvait des photos de Noa et du Premier ministre organisant la construction de logements sociaux pour le peuple. Il agissait comme il avait toujours voulu le faire, et elle en était intensément fière. *Et* intensément triste.

D'autres personnes entrèrent dans la boutique à la vue de Noa — le garçon du coin qui avait réussi — et il y eut un échange de poignées de main et de tapes dans le dos. La conversation passa en quelques minutes des salutations à la politique, puis aux scores de cricket et aux rires, avant que Noa ne s'excuse. Frances entendit de nouveau la sonnette de la porte, et le calme retomba sur la librairie. Elle poussa un soupir de soulagement. Soulagement qui se transformait en tristesse, elle pressa la paume de sa main contre sa poitrine. Elle se retourna et étouffa un cri.

— Noa ! dit-elle en reculant.

Sa posture avait changé désormais, plus assurée qu'avant, et son regard était plus direct, provoquant. Et elle n'avait pas envie d'être provoquée

— J'ai bien cru te voir disparaître dans la librairie en passant en voiture, dit-il. Mais je me suis dit : « des livres » ? Il sourit. Depuis quand Frances s'intéresse-t-elle aux livres ?

— Depuis que j'ai besoin d'apprendre à cuisiner. Elle brandit le livre de cuisine. Et à son grand soulagement, Noa rit, ce rire de toujours, naturel et contagieux.

— Cuisiner ? répéta-t-il.

— Oui, cuisiner. Elle replaça soigneusement le livre à sa place sur l'étagère pour gagner un peu de temps. Puis elle se retourna vers lui avec une expression plus assurée, se sentant maintenant capable de soutenir son regard. Il était intéressant. Lui, par contre, se détournait d'elle, comme si affronter son regard était au-delà de ses forces. Cela rassura Frances.

— Je m'occupe de *moi* maintenant.

Il sourit à nouveau, mais il n'était plus question de grand éclat de rire.

—Tu es devenue plus moderne que tu ne l'avais jamais imaginé.

Elle pinça les lèvres avec regret et tira sur son manteau, heureuse qu'il fasse assez froid pour être obligée de le porter. Son ampleur permettait de cacher une multitude de choses.

— Oui, mais on ne peut jamais imaginer ce que la vie nous réserve. Sauf pour toi, peut-être. On dirait que tout s'est passé comme tu l'avais prévu.

Il y eut une longue pause. La lumière du soleil brillait à travers la boutique poussiéreuse, faisant scintiller les lettres d'or en relief sur les œuvres complètes de Charles Dickens. La caisse enregistreuse tinta alors que la boutiquière rendait la monnaie à un client et échangeait des banalités.

— Pas tout, Frances. Pas tout.

Soudain, il lui fut difficile de respirer, elle sentit un nœud se former dans sa gorge. Il était temps de partir.

— Eh bien, si tu veux bien m'excuser, je dois y aller.

Elle s'attendait un peu à ce qu'il reste où il était, bloquant son chemin, mais il s'écarta après une brève pause comme une absence. C'était évident, Noa n'était pas Xavier, jamais il ne se mettrait en travers de son chemin. Cette pensée lui amena des larmes aux yeux, et elle baissa le regard pour les lui cacher.

Soudain, une pile de livres accrochèrent et retinrent les plis de son manteau, l'ouvrant légèrement.

— Oh, souffla-t-elle. Elle se retourna brusquement et rattrapa le vêtement juste à temps avant qu'il ne s'ouvre et ne révèle son secret. Il tendit le bras pour la stabiliser et sa main effleura brièvement la sienne. « Ça va. » Elle ne pouvait plus soutenir son regard. Son esprit et son cœur étaient en émoi. « Je dois partir. »

Elle marcha, sans rien voir, ses talons cliquetant comme le tic-tac d'une horloge, mesurant la distance jusqu'à la porte d'entrée.

— Au revoir, Madame Grey, lança la boutiquière.

Elle s'arrêta, la main sur la poignée de la porte, et se retourna.

— Au revoir, Madame Hanson.

— Vous n'avez rien trouvé, alors ?

Elle regarda soudainement la femme, incapable de retenir la chaleur qui lui montait aux joues.

— Pardon ?

— J'ai dit que vous n'avez pas trouvé de livres à acheter cet après-midi ?

— Pas cette fois-ci, Madame Hanson.

— Mais vous allez prendre la maquette d'avion pour votre fille, alors ?

Pendant un instant, Frances ne comprit pas de quoi elle parlait, mais elle suivit ensuite le regard de la commerçante vers son panier.

— Oh ! Je suis désolée. Elle le sortit. Bien sûr. Elle commença à fouiller dans son sac à main, consciente que Noa l'observait.

— Ne vous inquiétez pas pour ça, Madame Grey. Je vais le mettre sur votre compte. Passez une bonne journée.

— Merci. Je reviendrai la semaine prochaine.

— D'accord !

Elle vit Madame Hanson se retourner pour regarder derrière elle, probablement vers Noa. Mais Frances continua jusqu'à la porte, la fermant sans un regard en arrière. Elle se hâta le long de la rue, courant presque. Elle bouscula quelqu'un et marmonna des excuses, avant de continuer son chemin. Elle ne s'arrêta qu'une fois arrivée à son portail. Elle l'agrippa, tâtonna avec le loquet puis se faufila dans le jardin, soulagée d'être sous le feuillage protecteur du magnolia en pleine floraison. Elle commit alors l'erreur de se retourner pour regarder la rue derrière elle. Entre les fleurs et les branches, elle aperçut Noa debout, planté sur le trottoir, les mains enfoncées dans ses poches, la regardant fixement.

Elle verrouilla la porte de la maison, monta les escaliers en courant et s'assit à la fenêtre donnant sur la rue, le cœur battant. Allait-il la suivre ? Il avait eu des projets autrefois et ils avaient mal tourné. Qu'en était-il maintenant ? Après tout ce qu'elle avait dit figurait-elle encore dans ces projets ? Après tout ce qui s'était passé ? Elle s'adossa et laissa reposer sa tête contre le napperon brodé. C'était un homme d'honneur, et ce que faisaient les hommes d'honneur quand ils découvraient que la femme avec qui ils avaient couché était enceinte était simple : ils l'épousaient. Elle se leva et tira le rideau sur la lumière déclinante. Mais elle ne serait pas de celles-là. Elle avait besoin de savoir ce qu'il ressentait pour elle, s'il ressentait quelque chose, avant qu'il ne découvre qu'elle était enceinte.

IL FALLUT une semaine à Frances pour se rendre à Wellington. Une semaine d'indécision, de planification, de déplanification puis de nouvelle planification. Ce fut finalement un appel téléphonique avec son père qui la décida.

La connexion avait pris une éternité, et la ligne grésillait et se coupait par intermittence. Elle avait dû manquer quand il l'avait dit la première fois.

— Tu l'as vu ? demanda à nouveau son père.

— Qui ? Elle savait de qui il parlait malgré les coupures qui suivirent. Son être tout entier le savait.

— Je sais qu'il a été occupé. Les nouvelles des initiatives du gouvernement sont même arrivées jusqu'à New York ! Je dois dire que ça me rend fier d'être Néo-Zélandais.

Frances dut retenir sa première réponse. Ça n'aurait fait de bien à personne. Il y eut une longue pause crépitante pendant laquelle elle put entendre son père parler à quelqu'un d'autre.

— Et Rina veut savoir aussi.

Son cœur fondit un peu à l'évocation de Rina.

— Que veut-elle savoir ?

— Si tu as vu Noa, bien sûr. Tu sais, après ce qui s'est passé, elle se sent, eh bien... Son père s'interrompit. Mais elle savait ce qu'il voulait dire. Noa faisait partie de leurs vies maintenant, que Frances et Noa soient ensemble ou non.

— Non, je ne l'ai pas vu. Elle grimaça. Enfin, je l'ai vu, brièvement. Mais...

— Quoi ? demanda son père, surpris. Je sais qu'il est occupé, mais je pensais qu'il te rendrait visite quand tu séjournerais à Wellington.

Frances enroula le cordon du téléphone autour de son doigt.

— Je ne séjourne pas à Wellington. Je n'y suis pas allée depuis... Leurs conversations étaient toujours ponctuées de phrases qui s'éloignaient des faits qu'aucun d'eux n'était prêt à faire revivre par des mots.

— Oui, je comprends.

Elle entendit la voix de sa mère en arrière-plan, mais pas ce qu'elle disait, seulement le ton de sa voix. Elle connaissait ce ton. C'était ce ton légèrement assourdi qu'elle adoptait quand elle disait sans ambiguïté à son père ce qui devait se passer. Elle entendit le lourd soupir de son père, puis un bruit étouffé alors qu'il couvrait le combiné et répondait à sa mère, puis une pause pendant laquelle, sans doute, sa mère répliquait du même ton, mais inaudible maintenant. Frances fronça les sourcils et tapota du pied les motifs en spirale du tapis turc en attendant que son père reprenne.

— Ta mère demande si tu pourrais aller à la maison de Tinakori Road pour vérifier des choses. Elle dit qu'elle aimerait que tu contrôles les comptes avec la gouvernante.

— Les comptes ? Mais M. Godding s'occupe de tout ça pour nous.

— Oui, eh bien, répondit-il, un soupir las teintant sa voix. Apparemment pas à la satisfaction de ta mère.

— Depuis quand Mère s'inquiète-t-elle des finances ? Une pensée soudaine la frappa. Vous vous en sortez bien, n'est-ce pas, Père ? Les investissements tiennent le coup ?

— Oh, oui. Rien à craindre de ce côté-là. C'est juste ta mère qui... s'en mêle. Il s'éclaircit la gorge. Quoi qu'il en soit, si tu pouvais aller à Tinakori Road et examiner les comptes avec la gouvernante, cela nous ferait très plaisir.

— Bien sûr, dit Frances d'un air pensif, en se levant et en regardant par la fenêtre. Vous avez une idée de quand vous pourriez rentrer ?

Des parasites crépitèrent sur la ligne et Frances imagina son dernier mot traversant un océan, un continent, rebondissant sur les fils.

— Non. Nous ne rentrerons pas avant un certain temps. Sa voix était tendue maintenant, se doutant que ses paroles ne seraient pas bien accueillies, même si Frances n'en serait pas surprise. « Rina est heureuse dans son école ».

Frances prit une lente inspiration pour se calmer. Ses parents faisaient ce qu'ils considéraient comme leur devoir. Elle savait qu'ils préféreraient tous les deux être en Nouvelle-Zélande, où ils étaient nés, où ils avaient vécu toute leur vie, avec leurs amis et leur famille, mais un endroit où ils ne pouvaient pas retourner s'ils voulaient aider Rina à se remettre de ce qui s'était passé.

— C'est bien. Le bonheur de Frances de savoir que sa fille s'en sortait si bien l'emportait sur la douleur de son absence.

— Elle suit des matières dont je n'ai jamais entendu parler et elle excelle dans chacune d'elles. Le directeur a dit qu'elle avait un don pour les mathématiques.

Les sourcils de Frances se levèrent brusquement.

— Les mathématiques ? Bon sang, je me demande de qui elle tient ça. Les mots lui échappèrent avant qu'elle ne puisse les retenir. Le souvenir de Xavier flotta brièvement entre eux avant qu'elle ne poursuive. Enfin, dit-elle, d'un ton trop enjoué. Dis-moi ce que Rina fait d'autre.

Frances ferma les yeux et s'enfonça dans le fauteuil, perdue dans son imagination alors qu'elle écoutait son père décrire les routines quotidiennes de Rina, qu'ils encourageaient. Le but, disaient-ils, était de lui apporter de la stabilité. La seule chose que Frances, elle, désirait, et que ses parents ne pouvaient lui donner, c'était d'être avec Rina. Tout ce qu'elle avait réussi à offrir à sa fille bien-aimée était une enfance turbulente et violente, saturée de choses dont elle devait se remettre, au lieu de se souvenir.

Finalement, son père s'arrêta et le silence s'installa. Frances se moucha et s'éclaircit la gorge.

— Alors, Frances, tu y es retournée ?

Elle savait ce qu'il voulait dire.

— Non. Mais M. Godding rapporte que tout va bien à Wharerata. Il a organisé quelques travaux d'entretien électrique, mais sinon, il ne fait que les réparations de base, conformément à vos instructions.

Une autre pause fut remplie par la vision de ce que Wharerata avait représenté pour eux, et ne pourrait plus jamais être.

— Bon. C'est bien. Et tu te plais toujours au cottage ?

Frances se détendit et se retourna pour regarder par la fenêtre où les pétales de magnolia, abrités par les arbres, portaient encore des traces de rosée.

— Très heureuse, merci, Père. C'est une maison charmante, et elle garde un peu de l'esprit de Grand-mère.

— Je suis content que tu y trouves du réconfort. Ta grand-mère aurait été fière de toi, Frances.

Frances marmonna doucement, ne voulant pas contredire son père, mais sachant que ce qu'il disait était peu probable venant de sa grand-mère, si convenable.

— Peut-être. Elle s'éclaircit la gorge. En fait, Père, j'ai réfléchi à mon avenir.

— Oui ?

— Je fais du bénévolat à l'hôpital quelques jours par semaine.

— À l'hôpital ?

— Oui, ils ont besoin d'aide pour des petites tâches diverses. Ils manquent de fonds.

— Je vais leur en donner. Dis-moi combien et je demanderai à Godding d'envoyer un chèque.

— D'accord. J'ai déjà fait un don, mais je suis sûre qu'ils ont toujours des besoins supplémentaires. Quoi qu'il en soit, quand je suis là-bas, pour la première fois de ma vie, je me sens vaguement utile. Alors j'ai pensé que quand j'aurai eu le bébé, et que les choses se seront un peu calmées, je pourrais y aller un peu plus souvent. Elle attendit une réponse, mais il n'y en eut pas. Elle ne savait pas s'il ne prenait pas ses paroles au sérieux ou s'il était perplexe. Elle continua malgré tout. Je pourrais même me former pour devenir infirmière.

— Eh bien, dit son père. Elle entendit sa mère parler en arrière-plan, s'interrogeant visiblement sur sa réponse perplexe. Il répéta ses mots à sa mère. Il grommela avec amusement en entendant la réponse de sa mère. Ta mère dit que c'est une excellente idée.

Frances sourit.

— Bien. Très bien. Elle rit envahie par le soulagement. Elle avait repoussé le moment de leur en parler, car elle ne voulait pas contrarier ses parents. C'est très bien, répéta-t-elle. Je suis contente qu'elle approuve. Et ce n'est pas un caprice. J'y ai beaucoup réfléchi parce que quand je suis à l'hôpital, à aider les gens, je ne sais pas, c'est difficile à expliquer, mais je me sens une personne différente. J'oublie la personne que je suis devenue, et je suis juste Frances, quelqu'un qui rend service aux gens, qui peut réconforter les personnes en souffrance. Les aider à oublier ce qu'elles traversent l'espace d'un moment. Ça fait du bien, d'aider.

— C'est vrai, ma chérie. C'est vrai.

Leur conversation téléphonique se termina avec la promesse de Frances de rendre visite à leur maison de Wellington. En raccrochant, Frances vit avec une soudaine clarté quelle forme prendrait son avenir, et en fut soulagée. Elle n'y parviendrait peut-être pas, mais maintenant elle avait un but. Quelque chose de fort et de positif, quelque chose qui compenserait l'absence de son premier enfant, ce prix qu'elle avait dû payer pour son inconséquence.

Elle devait mettre fin au mensonge qu'elle vivait. En commençant par Noa.

Le port de Wellington reflétait les collines boisées sombres et le ciel orageux. Une journée aussi agitée justifiait parfaitement le port d'un manteau.

Frances se regarda dans le miroir, les foulards en soie vaporeuse de sa mère drapés sur son encadrement en bois. Se tournant d'un côté, puis de l'autre, tirant sur son manteau essayant de faire bouffer encore plus la coupe déjà ample de sa robe. Elle saisit l'un des foulards et l'enroula autour d'elle. Du camouflage. Elle en avait besoin pour cacher sa grossesse de six mois.

Mais toutes ces gesticulations l'agaçaient de plus en plus et l'irritaient contre elle-même. Elle aurait dû le lui dire. Pourquoi diable ne l'avait-elle pas fait ? Elle regarda son reflet et y vit la peur. Mais elle vit aussi sa réponse. Elle avait peur qu'il prenne le contrôle de sa vie, qu'il veuille l'épouser, et ce faisant, qu'il mette en péril sa carrière. Mais elle avait encore plus peur qu'il ne le fasse pas.

Elle souffla, et la tension s'apaisa. Une contradiction. Certaines choses ne changeaient jamais. Elle serra les poings, essayant de ne pas cacher son ventre, et se fixa d'un regard sévère. À quoi bon se cacher, alors que c'était précisément ce qu'elle devait lui révéler ? Mais elle n'était pas prête, lui murmura une voix intérieure. Pas encore. Un regret confus tordit son visage et elle tourna le dos au miroir. Il ne remarquerait pas ce qu'elle portait ; il ne l'avait jamais fait.

Elle prit son sac à main sur le porte-manteau de l'entrée et s'examina dans le miroir, vérifiant son rouge à lèvres. Son rouge à lèvres, en revanche, il l'avait toujours remarqué. Elle sourit à ce souvenir en tirant fermement la porte derrière elle, et se dirigea vers la ville.

LES BÂTIMENTS du Parlement étaient peuplés de gens qui traversaient les étroits couloirs. Elle reconnut certains visages du temps de leurs visites à Wharerata. Elle salua plusieurs d'entre eux qui répondirent en soulevant leur chapeau, l'air légèrement perplexe avant de continuer leur chemin. Il en était ainsi maintenant, son visage provoquait une vague méfiance, plutôt qu'une certitude. Elle ne pouvait guère le leur reprocher.

Elle hésita. Elle aurait dû prendre rendez-vous. Elle ferait mieux de partir. D'appeler son bureau. Mais elle savait qu'elle ne serait pas capable de rassembler le courage. C'était maintenant ou jamais. Elle suivit les panneaux jusqu'au concierge, le plus facile d'accès. Elle patienta pendant qu'il appelait la secrétaire de Noa. Après une brève conversation, qui ne fut interrompue que lorsqu'elle donna son nom à l'homme, il lui tendit le téléphone.

— La secrétaire est en ligne, Madame Grey.

Elle s'éclaircit la gorge.

— Bonjour, ici Madame Grey. Je me demandais si je pourrais avoir cinq minutes avec Monsieur Tuhaka ?

— Je crains que Monsieur Tuhaka ne soit occupé, et je ne pense pas que vous ayez rendez-vous.

Comme elle pouvait être naïve ! Elle avait pensé qu'elle pouvait simplement se présenter et le voir – Noa – lui qui était maintenant un député occupé. Elle se mordit la lèvre et esquissa un bref sourire crispé.

—Ah, non. Mais je suis une amie. J'espérais qu'il aurait peut-être un peu de temps libre.

La secrétaire n'hésita pas une seconde.

— Non. Monsieur Tuhaka n'a *aucun* temps libre, avant, il y eut une pause pendant que Frances entendit le bruit de pages qu'on tourne dans un agenda, des mois.

Le ton de la secrétaire était décisif et sans appel. Frances ne put s'empêcher d'admirer l'instinct protecteur de cette femme, même si cela finissait de vider les dernières gouttes de sa précieuse confiance en elle.

— Eh bien, merci. Je le verrai une autre fois.

— Dois-je lui dire que vous avez appelé ?

— Oui, je vous remercie.

Frances s'éloigna des bâtiments du Parlement dans un brouillard de tension nerveuse, à peine consciente de son environnement, sachant seulement qu'elle ne pouvait pas encore retourner à la maison, retrouver sa solitude et son isolement. Elle se dirigea plutôt vers l'hôtel préféré de sa mère Elle commanda ce que sa mère prenait habituellement dans le salon des dames —un thé et des gâteaux — et se retira dans un coin donnant sur le petit jardin. Sa mère avait toujours trouvé que c'était une retraite apaisante au milieu de la ville, de voir un jardin, et d'avoir le bruit environnant étouffé par l'épais tapis Axminster et les rideaux et tapisseries anglais. Cela avait l'avantage supplémentaire d'épargner à Frances les regards curieux qui la suivaient dans les rues de Wellington.

Elle venait à peine de verser sa tasse de thé Earl Grey quand il y eut de l'agitation dans le hall de l'hôtel. Elle se pencha hors de son fauteuil à oreilles et vit le concierge tenir fermement la porte.

— Monsieur, vous ne pouvez pas entrer ici, j'en ai peur. C'est le salon des dames et, en tant que tel... Il s'interrompit, ne voulant manifestement pas insister sur un point évident.

— Il n'est ouvert qu'aux dames. Alors pourriez-vous demander à la dame de venir me voir ?

Elle se leva immédiatement en entendant cette voix familière. Sa secrétaire avait dit qu'il était occupé. Et il était là ? Elle se rassit dans l'anonymat de son fauteuil, le cœur battant rapidement.

— Bien sûr, Monsieur Tuhaka. Après quelques instants, le concierge apparut derrière la fronde de palmier.

— Madame Grey ? Monsieur Tuhaka demande si vous pouvez venir le voir dans le hall.

Elle plia soigneusement sa serviette et la plaça sur la table avec un sang-froid dont son père aurait été fier.

— Certainement.

Elle se leva et se rendit dans le hall. Noa se tenait là, tripotant son chapeau. Il fit un pas en avant en souriant.

— Madame Grey. Je pensais bien vous trouver ici.

— Monsieur Tuhaka, dit-elle. Ils se tenaient à distance l'un de l'autre. Puis il sourit. — Qui pourrait croire que nous étions amis ?

— Etions ? murmura-t-elle, en s'avançant pour prendre sa main. Il la garda, tout en indiquant des chaises à proximité. Ils étaient près du hall et de la réception, ce dont Frances était reconnaissante.

— J'espère que nous le sommes toujours, Noa. Même si je ne suis pas autorisée à entrer dans ton bureau pour te voir.

— Ah, oui, j'ai entendu. Ma secrétaire est très douée pour tenir tout le monde à distance.

Lui y compris, Frances ne put s'empêcher d'espérer. Mais elle n'en avait pas le droit.

—Exactement la personne dont tu as besoin.

— Oui, j'ai tendance à trop me disperser, mais il y a beaucoup de travail à faire. Parfois, je crains de ne jamais tout accomplir.

Il avait maigri, pensa-t-elle, alors qu'elle laissait ses yeux parcourir son visage. Il parlait des choses qu'il faisait et avait encore à accomplir. Il n'avait pas perdu sa passion pour la vie. Elle sourit. La ligne de concentration entre ses sourcils s'était encore creusée, et sa bouche avait pris un pli sévère, comme habituée à dire aux gens ce qu'ils devaient faire, qu'ils le veuillent ou non. Mais elle savait que rien de ce qu'il faisait ne pouvait déplaire à la majorité de la population, qui adorait son action auprès des gens qui, pendant tant d'années, avaient été négligés par leur gouvernement.

Elle tendit la main et toucha son bras, et il rencontra instantanément son regard.

— Tu te débrouilles très bien

— Evidemment, c'est tout toi, de penser ça.

— Pourquoi dis-tu ça ?

— Parce que tu as toujours cru en moi.

— Je suis contente que tu en sois convaincu. Parce que... Elle fit une pause, car elle voulait parler du passé, mais sans en évoquer ses drames, seulement ses promesses. Elle s'éclaircit la gorge, incapable de le regarder.

— Parce que rien n'a changé à ce niveau. Et... Puis elle fit l'erreur de le regarder. Elle ne put plus détourner le regard.

— Et ? l'encouragea-t-il.

— Et j'ai besoin de te parler.

Il fronça les sourcils.

— Il n'est pas nécessaire de parler du passé.

— Si, je crois que si. Et en remontant assez loin. J'ai besoin de m'expliquer, parce que je n'en ai jamais eu l'occasion. Parce que quand je suis partie, ce n'est pas parce que je n'avais pas confiance en toi. C'est de moi que je méfiais. Si je n'étais pas partie, je serais restée coincée dans cet endroit, une petite fille riche, gâtée et égoïste. Elle secoua la tête.

— Je ne sais pas comment tu me supportais.

Ses lèvres s'incurvèrent en un sourire.

— Avec difficulté. Et tu te trompes, tu sais. Tu aurais cessé d'être une petite fille même si tu étais restée en Nouvelle-Zélande.

Elle leva un sourcil interrogateur.

— D'accord. Mais je serais restée gâtée, riche et égoïste.

— Non. J'aurais veillé à ce que cela n'arrive pas.

Elle soupira.

— Oh, Noa. Quel gâchis j'ai fait des choses.

— On peut toujours réparer les gâchis. Dis-moi, de quoi voulais-tu me parler ?

Maintenant qu'elle était face à lui, c'était beaucoup plus difficile. Elle choisit ses mots avec soin.

— La dernière fois que je t'ai vu... Elle tremblait, et il posa sa main sur la sienne, sans se soucier des gens autour d'eux. Elle secoua la tête. Elle disait tout de travers.

— Que dois-tu me dire, Frances ? Va droit au but

— Il y a tellement à dire.

— Et nous avons tout le temps pour y arriver. Je ne vais pas te laisser partir cette fois. Six mois sont passés. C'est suffisant.

— Tu crois ?

— Oui. Je ne veux pas laisser plus de temps passer sans te voir. Nous avons tenu notre promesse envers tes parents. Ce qui s'est passé, elle savait qu'il parlait de Xavier, n'a eu aucune répercussion. La vie continue, et nous devons en faire autant.

Elle hocha la tête.

— Maintenant, dit-il doucement. Que voulais-tu me dire ?

— Je suis enceinte, Noa. Le choc sur le visage de Noa lui confirma qu'elle avait bien réussi à prononcer les mots qu'elle répétait depuis des mois.

Il leva les sourcils pour confirmation, sans voix.

Elle acquiesça.

— C'est ton enfant, ajouta-t-elle, réalisant soudain qu'il avait besoin de cette précision.

Il poussa un grand soupir et laissa sa tête retomber sur le dossier de la chaise.

— Dis quelque chose, Noa.

Il sourit, et son sourire se transforma en rire alors qu'il lui prenait les mains et les embrassait l'une après l'autre.

— Bien.

Ce fut à son tour de rire. De toutes les réponses possibles, un simple « bien » ne faisait pas partie de ce qu'elle avait anticipé.

— Bien ? Oui, bien. J'aurais aimé que tu me le dises plus tôt.

Son rire s'éteignit.

— Pourquoi ? Il y a quelqu'un d'autre ?

Il secoua la tête.

— Non. J'aurais aimé que tu me le dises plus tôt parce que j'ai passé six mois de torture à attendre que tu viennes à moi, me tenant à ma promesse de ne pas chercher à te voir. Mais chaque matin, je me réveillais en me demandant si tu viendrais. Et chaque soir, je m'endormais en me demandant si je serais un jour avec toi. Il secoua la tête.

— Enceinte. Ses yeux se posèrent sur son ventre. C'est parfait alors.

— Parfait ? Encore un mot qu'elle n'avait pas imaginé l'entendre prononcer.

— Oui, ma chérie, parfait. Une fille ou un garçon pour compléter notre couple.

— Mais...

Il lui posa un doigt sur les lèvres.

— Frances, veux-tu m'épouser ?

Elle acquiesça. Cela, elle l'avait imaginé, mais seulement dans ses rêves les plus fous.

— Oh, oui, Noa. Je le veux.

— Parfait. Le mot s'attarda sur ses lèvres alors qu'il l'embrassait.

CHAPITRE VINGT-QUATRE

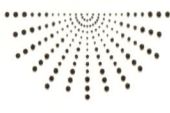

PAIGE

Les mois passaient sans que Tane et moi nous rencontrions. Le lendemain de notre conversation, il partit pour les États-Unis et, même s'il revenait en Nouvelle-Zélande de temps en temps, il ne rentrait pas chez lui à White Rock. Nul besoin d'être un génie pour comprendre ce que cela signifiait. Et à mesure que les saisons changeaient, et que la dernière neige fondait sur les montagnes qui surplombaient les plaines de Wairarapa, laissant place à la promesse du printemps, mon propre corps changeait aussi.

Au début, j'observais les changements de mon corps avec détachement. Mais à mesure que mon ventre s'arrondissait et que je sentais la nouvelle vie en moi bouger — un pied qui poussait sous la peau de mon ventre — je ne pouvais plus rester détachée. C'était réel, c'était en train de se produire, et je n'avais aucune idée de ce que serait l'avenir. J'avais toujours tout planifié dans ma vie — une façon de mettre de l'ordre dans le chaos — mais depuis mon arrivée en Nouvelle-Zélande, je n'avais rien planifié et les choses s'étaient pourtant passées d'elles-mêmes. Je supposais qu'il en serait de même pour mon enfant et moi. Te Uranga m'assurait que ce serait le cas.

Et je commençais à croire qu'elle avait peut-être raison car, à part le chagrin entourant le départ brusque de Tane de ma vie, mes liens avec mes nouveaux amis et ma famille continuaient de s'approfondir. Au bout de six mois, je me retrouvais dans un endroit où ma fille et moi nous sentirions bien.

En dépit de son soutien et de sa compagnie constants Rina avait refusé toutes mes invitations à venir visiter Wharerata. Elle s'était assurée que j'avais toutes les fonds et les conseils nécessaires pour restaurer le domaine. Entre-temps, je vivais à Linden Cottage, une maison considérablement plus grande que ses voisines sur la rue principale de Greytown, que Rina avait restaurée pour me la louer. Ce n'est que plus tard que j'ai découvert que c'était la maison dans laquelle Frances s'était installée après les terribles événements de cette nuit de mars 1938. Rina avait fait exactement ce que sa famille lui avait demandé de faire, elle avait conservé les biens intacts pour que les générations futures puissent en profiter.

Et c'est dans cette maison que j'ai vécu ma grossesse, où j'ai parlé au bébé dans mon ventre, et où j'ai pu entrevoir un avenir pour nous deux, entourées d'amis et des gens de ma famille. Il y avait de la tristesse dans ma vision de l'avenir, mais je refusais qu'elle m'empêche d'avancer. De l'histoire de ma famille, j'avais appris que la résilience et la force individuelle étaient essentielles à la survie. Et je *survivrais*, avec ou sans l'homme que j'aimais. Mes journées pourraient manquer d'éclat et d'un certain confort émotionnel, mais elles seraient pleines, occupées et gratifiantes. Et cela, je le ferais non seulement pour ma fille, mais aussi pour moi.

Dans sa quête pour être la fille moderne que les journaux avaient surnommée ainsi, mon arrière-grand-mère avait quitté sa maison familiale pour Hollywood et était tombée amoureuse d'un home qui ne lui convenait pas. Apparemment, elle n'avait réalisé son rêve de modernité qu'en retournant chez elle et en faisant face aux réalités de sa situation. C'est précisément ce que j'allais faire aussi, et, hasard de la vie, dans la même maison, qui plus est. Mais mon destin était différent de celui de Frances : Wharerata m'appelait, et je savais que je suivrais cet appel.

Mais, alors que je vivais dans le cottage et, et que mon ventre grossissait chaque semaine qui passait, je continuais à superviser les travaux à Wharerata, la tâche ne devenait pas plus facile. On était fin août et, bien que le temps fût encore frais la nuit, les températures grimpaient en flèche au milieu de la journée, faisant éclore les fleurs de printemps. Un effort majeur de défrichage pendant l'hiver avait transformé les terrains.

J'ouvris les grilles et conduisis autour de l'îlot central verdoyant, accueillie par le bruit de l'eau jaillissante de la fontaine nouvellement réparée, et me garai sur le côté de l'entrée. J'avais presque regretté lorsque le débroussaillage avait dégagé la vue sur la maison. Le sensation d'intrigue et de secret avaient disparu.

Quelque part au fond de moi, je croyais que le jour où j'avais découvert la balle avait été le moment où la maison avait quitté son aspect désolé pour se transformer, devenir une maison avec un avenir.

Mais cet avenir me rendait nerveuse. Rina avait accepté d'assister à l'ouverture de la maison au public dans quelques semaines, et aujourd'hui je voulais passer un peu de temps seule à l'intérieur. C'était dimanche, le site était débarrassé des entrepreneurs. Je voulais la voir dans le calme, la regarder avec un œil neuf, sentir sa présence, que je ne ressentais vraiment que lorsque j'étais seule, et imaginer ce que Rina verrait.

Je déverrouillai la porte, et l'odeur de l'endroit m'enveloppa comme d'habitude, m'attirant à l'intérieur. Elle ne sentait plus la poussière et les rongeurs, mais l'odeur distinctive du cuir, des vieux meubles et des tentures était maintenant recouverte par celle du bois ciré et de la peinture fraîche.

J'avais toujours pensé que le hall d'entrée était l'une des pièces les plus fascinantes. Avec sa forme carrée, ses murs lambrissés et son escalier qui montait en courbe sur un côté, il incarnait l'originalité de la maison, ses racines anglaises transposées en un cadre néo-zélandais original. Il n'y avait presque rien eu à faire dans cette pièce à part en rénover les meubles et la nettoyer, et le résultat était magnifique. Je pensais que Rina approuverait.

De là, je me tournai pour entrer dans le salon, mais quelque chose me fit m'arrêter. Je me retournai brusquement, me demandant si quelqu'un se tenait là. Mais il n'y avait personne. Je secouai la tête et posai ma main sur la porte mais je m'arrêtai à nouveau. Un sixième sens ? Je n'en avais aucune idée, mais je rebroussai chemin et continuai vers l'autre côté de la maison, vers la bibliothèque. J'avalai ma salive en ouvrant la porte de la bibliothèque.

Un homme se tenait d'un côté du bureau, dos à la fenêtre. Je sursautai et m'agrippai à la bibliothèque. Est-ce que j'avais des visions maintenant ? Les fantômes de cette maison revenaient-ils me hanter, ou le souvenir d'une rencontre antérieure, remémoré chaque nuit, remplissait-il maintenant mes rêveries ? L'idée qu'il soit un fantôme ne me quitta pas tout de suite car pendant quelques instants, il se tut.

— Paige, dit-il doucement. Ce n'était pas un fantôme.

— Tane, répondis-je, incapable de penser à autre chose qu'à identifier l'apparition devant moi, comme si prononcer son nom lui prêtait une réalité.

Il fit un pas en avant, et je pus voir que c'était *vraiment* lui.

— Comment vas-tu ? Son regard me balaya de la tête aux pieds, et j'étais consciente de mon ventre gonflé et des cernes sous mes yeux dues aux nuits agitées où je luttais pour trouver une position confortable. Te Uranga m'a dit que tu as eu des moments difficiles.

Je me suis redressée et j'ai lâché le chambranle de la porte. Je ne voulais pas qu'il me croit faible, car je ne l'étais pas.

— Elle exagère. Je me porte bien. Je suis enceinte. Ça n'est pas plus difficile pour moi que pour n'importe quelle autre femme. Te Uranga s'inquiète trop.

Il s'est approché de moi. Il a penché la tête sur le côté.

— Tu as l'air différente.

— Tout le monde change.

Il a hoché la tête comme s'il comprenait mon refus.

— Je suppose que je n'avais pas pensé que tu changerais. Dans mon esprit, tu serais toujours la même femme que j'ai rencontrée pour la première fois dans le conservatoire. Et puis après...

Je ne voulais pas penser à après. J'ai déplacé mon poids sur l'autre jambe.

— Pourquoi es-tu ici, Tane ?

— Je voulais te parler.

J'ai haussé les épaules.

— Très bien, Parle, je t'écoute. Mais si ça ne te dérange pas, je vais peut-être m'asseoir.

— Bien sûr. Il s'est écarté, mais au lieu de m'asseoir sur le canapé, j'ai contourné le bureau et je me suis assise derrière. Je me suis penchée en avant, mon ventre reposant sur mes genoux, mais il ne le verrait pas. Je me sentais plus à l'aise ainsi.

Il s'est assis en face.

— Le bureau a été bien restauré.

J'ai acquiescé.

— Tu voulais me parler ?

Il a tordu ses lèvres, et ses yeux ont pétillé d'humour.

— Tu es décidée à ne pas me faciliter la tâche, n'est-ce pas ?

— Je ne sais pas ce qu'est *cette tâche*. J'ai haussé les épaules. Donc je ne vois pas comment je pourrais la rendre facile ou difficile.

— J'ai été absent, a-t-il dit.

— Je suppose que c'est une façon de voir les choses.

— Comment le verrais-tu, toi ?

— Je dirais que tu as fui. Il a blêmi, mais je n'ai pas cédé, la colère en moi s'est réveillée. Tu as fui ton chagrin et tu t'es défoulé sur toi-même et sur les autres qui essayaient de t'aider, et tu as déversé toute ton angoisse dans ton film suivant.

— Tu l'as vu ?

J'ai hoché la tête.

— Qu'en as-tu pensé ?

— Exécrable. Je n'étais pas d'humeur à tergiverser. Heureusement que c'était un petit circuit indépendant.

Pendant un moment, je me suis demandé s'il supporterait ma critique brute. Mais ensuite, le choc a disparu de son regard, il a rejeté la tête en arrière et il a ri. Son rire s'est développé et a continué. Jusqu'à ce que, le rire toujours sur les lèvres, il se penche en avant et pose les bras sur ses genoux.

— Paige, tu es vraiment unique en ton genre.

— Mais pas le genre qu'il te faut. Les mots sont sortis avant que je puisse les arrêter. D'une certaine manière, son rire avait fait l'impos-

sible et dissous la colère qui pulsait en moi quelques secondes auparavant, comme des charbons ardents attisés.

Son rire s'est instantanément effacé de ses lèvres.

— Ce n'est pas du tout ce que je pense. Tu dois le savoir.

J'ai haussé les épaules, incapable de faire confiance à ma voix à
nouveau.

— Le problème n'a jamais été lié à toi, mais à moi, a-t-il dit.

J'ai levé un sourcil, retrouvant soudainement ma voix.

— Et ça, c'est de nature à me réconforter ?

Il a soupiré et secoué la tête.

— Tout sort de travers. Ce n'est pas du tout ce que je voulais dire.

— Alors qu'est-ce que tu voulais dire ? Mais il n'a pas répondu, et
j'ai perdu patience. Je me suis forcée à jeter un coup d'œil à mon téléphone pour vérifier l'heure. Je ne peux pas rester assise à attendre que
tu te souviennes de ce que tu es venu dire. J'ai des choses à faire. Je n'ai
pas de temps à perdre. Mes paroles professionnelles m'ont donné de la
force. Je me suis écartée du bureau, m'agrippant à ses bords, et me suis
levée sans me soucier de l'énormité de mon apparence.

— Tu m'as manqué, Paige. Tu m'as manqué. C'est ce que je voulais
dire. Et je voulais savoir comment tu allais, comment tu allais *vraiment*. C'est ce que je suis venu découvrir.

— Je vais bien, comme tu le vois. La maison a fait des progrès, nous
avons engagé des entrepreneurs.

— « Nous » étant... ?

— Rina et moi. Elle n'est pas encore revenue ici. Dans deux
semaines, ce sera la première fois depuis sa fermeture, mais elle a
travaillé avec moi sur les plans de sa rénovation.

— Comment va-t-elle ? La dernière fois que je l'ai vue, elle n'avait
pas l'air bien.

— Ça va mieux maintenant.

— Lui as-tu dit que nous savons ce qui est arrivé à son père ? À
propos de ce que Frances a fait ? Même Tane ne pouvait se résoudre à
dire les mots.

J'ai secoué la tête.

— Non. Tu avais raison. Tout cela s'est passé il y a longtemps, et je pense que nous devons à ces gens de ne pas dévoiler leur secret. A l'époque ils ont agi comme ils pensaient devoir le faire.

— Rina a dû en être témoin, tu sais. Cela explique pourquoi Aroha est restée avec elle plutôt que de voyager au Royaume-Uni pour se battre pour son enfant. Il y avait de quoi traumatiser quelqu'un — même aussi fort que Rina — de voir sa mère tuer son père.

— Un père qu'elle devait aimer. Quand je l'ai vu au cimetière, sur sa tombe, elle m'a dit que l'amour, c'était compliqué.

— Elle a bien raison, a-t-il dit avec émotion.

— Oui. J'ai tiré ma robe sur mon ventre distendu. Merci d'être passé, mais je dois vraiment y aller. J'utilisais mon côté anglais comme une arme. L'excès de courtoisie en guise de coup fatal.

— Tu dois « y aller » pour faire quoi ? a-t-il demandé, feignant de ne pas remarquer que je lui signifiais son congé.

— Te Uranga ne te l'a pas dit ? J'ouvre la maison au public pour des mariages et autres événements. J'en ai déjà quelques-uns de prévus.

— Bien joué. Tu as trouvé un moyen d'avancer.

— Oui... J'ai essayé de dire quelque chose, n'importe quoi, qui nous ramènerait sur un terrain neutre. Mais je n'y arrivais pas. Je voulais savoir. Et *toi* ?

— J'ai progressé aussi. Je suis revenu à White Rock depuis quelques jours.

— Pour combien de temps ? Quelques jours avant que tu ne repartes ? Je suis sortie de derrière le bureau. C'est plus facile comme ça, n'est-ce pas, Tane ? Partir quand ça devient difficile. Se couper de tout le monde, et ainsi personne ne peut t'atteindre. Tu sais comment je le sais ? Je n'ai pas attendu qu'il réponde, et je ne *voulais* pas qu'il réponde. Parce que moi aussi j'ai fait ça. Mais c'est fini, j'ai cessé de fuir. Mon arrière-grand-mère m'a enseigné cette leçon. Elle est restée, elle, et s'est construit une vie ici pour elle et sa fille.

— Elle était solide.

— Et moi aussi.

— Je n'en ai jamais douté un seul instant.

Il semblait souffrir, mais je refusai de l'aider.

— Je pense qu'il est temps que tu partes.

— Cette fois-ci, je ne vais pas partir. C'est toi qui a raison. Et ce n'est pas de ma grand-mère que je tiens cette décision, c'est de *toi*. Il s'approcha de moi. Tu ne vois pas ? Je suis là pour rester. Moi aussi, j'en ai fini avec la fuite. Il saisit mes épaules et scruta mon visage, passionnément désireux de me faire comprendre. Te Uranga et toi aviez raison. Je n'ai pas besoin de continuer à faire pénitence, à me flageller. Je dois rendre hommage aux vies d'Emma et celle de Tahi, en célébrant la mienne. Je ne les oublierai jamais, mais je ne peux pas t'oublier non plus. Et tu es là.

— Oui, je suis là, dis-je faiblement.

— Et je veux aimer à nouveau. Je veux *être* aimé à nouveau. Je suppose que c'est un besoin immense et fondamental pour tout un chacun, qu'aucun chagrin ne peut détruire.

— Je suppose que oui.

Il serra les lèvres.

— Tant de suppositions.

Je haussai les épaules.

— Peut-être que c'est tout ce qui nous reste.

— Ce que je suis venu demander, c'est de me donner du temps. C'est pour moi la seule façon de progresser, de vérifier si ces suppositions s'avèrent correctes. Je ne peux pas t'offrir, ni te promettre plus que ça pour l'instant. Juste un pas à la fois. Avec toi.

— Ça me convient.

— Pour être clair, je n'attends rien de toi. Pas d'engagements, pas de Wharerata. Juste nous deux, apprenant à se connaître, passant du temps ensemble, avançant. Pas à pas.

— Je comprends. Pas de fuite.

— Pas pour commencer, en tout cas. Il baissa les yeux, embrassa le dessus de nos mains jointes et relâcha la mienne. Un sourire fantomatique passa sur son visage. — Tu mérites quelqu'un de mieux, quelqu'un d'accompli, mais je suis là pour toi, Paige, si tu veux bien de moi.

— J'ai toujours pensé que la notion d'accomplissement était surestimée. Je pressai ma joue contre sa poitrine, ayant besoin d'entendre les battements de son cœur. Je voulais le serrer dans mes bras. Fort.

Lui montrer avec chaque fibre de mon être que je ne voulais pas qu'il parte où que ce soit.

Mais c'est alors qu'elle m'a traversée. Une douleur comme je n'en avais jamais ressentie auparavant, et je compris pourquoi le mal de dos m'avait accompagnée toute la nuit. Je gémis et agrippai son bras.

— Qu'est-ce qu'il y a ?

Je fus couverte d'une sueur froide et me tins le ventre en guise de réponse.

— D'accord, dit-il. D'accord. Il m'aida à sortir. — Allons à l'hôpital.

* * *

Francesca Aroha Rina Stewart Sinclair lâcha mon sein avec un rot satisfait et s'endormit aussitôt. Je caressai ses cheveux doux et duveteux — de la même couleur que les miens et ceux de Frances — et réarrangeai mes vêtements. J'embrassai sa joue et m'émerveillai de sa petitesse. Trop petite pour un nom aussi long, avait plaisanté Tane. Sans parler du fait qu'elle partageait chacun d'entre eux avec une autre personne. Au début, cela m'avait un peu inquiétée, mais pas assez pour vouloir chercher d'autres prénoms. Trois prénoms — quatre femmes fortes — auxquelles j'étais fière d'être apparentée.

J'avais fait remarquer à Tane que deux d'entre elles partageaient le même nom — ma mère, Helena, et ma grand-tante, Lena, Rina désormais.

Il avait répondu qu'il était sûr que bébé Chessie en serait éternellement reconnaissante.

J'ignorais si ce serait le cas, mais j'avais besoin que ma fille soit consciente du lien avec ces femmes, trois noms qui se combinaient sur l'individu unique qu'était ma fille. Ou plutôt, *notre* fille, celle de Tane et la mienne, car il avait tenu parole et n'avait pas quitté mon côté depuis le jour de son retour.

Je levai les yeux quand la porte s'ouvrit. Tane sourit en s'approchant de moi et m'embrassa.

— Rina est arrivée, dit-il en prenant Chessie de mes bras et en chantonnant doucement alors qu'elle ouvrait brièvement les yeux, avant de bâiller et de se rendormir.

Je me levai d'un bond.

— C'est vraiment bien. Tu sais, je n'étais pas sûre qu'elle viendrait.

— Eh bien, elle est là. Et Ginny aussi.

— Elle ne se quittent plus maintenant. On dirait que la mort d'Aroha les a rapprochées.

— Je ne te l'ai jamais dit avant, mais j'ai croisé Ginny à Sydney un jour. Elle dînait en tête-à-tête avec une autre femme et a eu l'air très gênée.

— Tu crois qu'elle avait une liaison ? Je me souvins soudain de la première fois où j'ai rendu visite à Rina dans son appartement et où Ginny avait fait une remarque bizarre avant de partir.

— Oui. C'est arrivé plus d'une fois, et elle m'a demandé de ne rien dire à Rina.

— Je pense que Rina était peut-être au courant.

— Mais Ginny ne savait pas qu'elle savait ?

Je secouai la tête et ouvris la porte pour les voir sortir de la voiture.

— Mais maintenant je pense que ce genre de choses a pris fin. Elles se comportent beaucoup plus, je ne sais pas, comme un couple, je trouve.

— Et comment se comportent les couples, Mlle Sinclair ?

Je levai les yeux vers mon homme.

— Comme nous, M. Rakete, comme nous.

Il sourit, me tint la porte ouverte et me suivit pour aller à la rencontre de Rina.

— Rina ! m'exclamai-je en descendant les marches pour l'accueillir.

Elle ne sembla pas m'entendre au début, levant simplement les yeux vers moi puis vers la façade du bâtiment comme si elle avait vu quelque chose de terrifiant. Puis elle déglutit et regarda Ginny.

— Allez, Rina, dit Ginny après m'avoir saluée. Entrons et jetons un coup d'œil à cet endroit. Elle leva les yeux vers le bâtiment.

— Je n'arrive pas à croire que tu as vécu ici avec ta mère et tes grands-parents il y a toutes ces années. Et je n'arrive surtout pas à croire que tu n'y es pas revenue depuis toutes ces années !

Elle passa le bras de Rina sous le sien, ce que Rina accepta, à ma grande surprise.

— Tu me traites comme une vieille dame, Ginny.

— C'est ce que tu es, répondit Ginny en l'embrassant sur la joue. À vrai dire, me dit-elle, Rina est une boule de nerfs depuis une semaine.

— Balivernes, dit Rina, bien que je puisse voir à sa prise sur le bras de Ginny que celle-ci avait raison.

— Je comprendrais parfaitement si c'était le cas, Rina. Je suis sûre que la mort soudaine de ton père a dû être traumatisante pour toi.

Le regard de Rina se figea.

— Que veux-tu dire ?

Je regardai tour à tour Tane et Ginny.

— Je veux dire qu'il est mort et qu'on t'a transplantée à New York. Ça n'a pas dû être facile. Je m'arrêtai, anxieuse de ne pas en dire trop, de ne pas faire sentir que je soupçonnais que sa propre mère l'avait assassiné dans cette maison. Il vaut mieux taire certaines choses, surtout devant la fille de la femme en question.

— Mais pourquoi n'es-tu jamais revenue ? demanda Ginny, question que nous brûlions tous de poser.

— Parce que, Ginny, c'était un passé auquel je n'étais pas capable de faire face. J'ai fait la promesse de veiller à l'entretien de la propriété, promesse que j'ai tenue. Mais personne ne pouvait me forcer à revenir la visiter. Sauf maintenant. Sauf toi. Elle se tourna vers moi avec une expression plus aimable que je n'avais jamais vue sur son visage.

— Alors, j'ai quelque chose à te montrer, dis-je.

Je les guidai à travers le hall, leur montrant les objets qui avaient été trouvés çà et là, maintenant tous restaurés et exposés à leur avantage. Rina dit poliment toutes les choses convenaient, mais ne montra pas l'enthousiasme que j'avais espéré.

— Tout va bien ? demanda Tane, me rendant Chessie qui commençait à s'agiter.

Je lui frottai le dos tandis qu'elle gigotait dans mes bras.

— Oui, c'est juste que je pensais que Rina serait plus, je ne sais pas, *satisfaite* de voir tout en si bon état.

— Tu oublies que dans sa tête, elle compare probablement au souvenir qu'elle en a gardé juste avant son départ. Elle ne l'a jamais vu dans l'état délabré où nous l'avons trouvé.

Je grimaçai.

— Bien sûr.

Je m'approchai de Rina, essayant de calmer Chessie, qui poussa un autre cri.

— Je suis désolée, Rina. J'avais tellement envie que ça te plaise après tout ce qui s'est passé.

— Et c'est le cas, Paige. Vraiment. Mais je suis vieille et j'ai besoin de m'asseoir. Et pourquoi n'en profites-tu pas pour me passer le bébé ?

J'étais surprise, mais pas autant que Ginny, qui la regardait avec étonnement. Rina s'installa sur le canapé et, après que Ginny eut placé un coussin sous son bras de Rina, je lui donnai Chessie. Mais Rina fronça les sourcils devant le visage grimaçant de Chessie, la souleva contre son épaule et lui tapota le dos.

— Où as-tu appris à faire ça ? demanda Ginny en riant.

Rina lui lança un regard ironique.

— C'est comme le vélo, ça ne s'oublie jamais.

— Je ne t'ai jamais vue faire du vélo non plus, dit Ginny.

— Eh bien, ça montre à quel point tu me connais peu.

Chessie fit un rot satisfait et un peu de lait coula sur l'épaule de Rina que j'essayai d'éponger. Rina chassa ma main.

— Ne t'en fais pas. Puis elle éloigna Chessie d'elle et sourit. Voilà, ma petite, on est mieux une fois que c'est sorti, n'est-ce pas ? Elle va se calmer maintenant.

— Allez, Rina. Dis-moi où tu as appris ce truc, dit Ginny.

— Ce n'est pas un truc. Elle soupira. C'était il y a bien longtemps. Ma mère disait que j'étais douée naturellement. Son visage s'adoucit. Mais n'importe qui aurait pu être doué avec Aroha. C'était le bébé le plus beau et le plus facile que j'aie jamais vu.

— À part Chessie, ajouta Ginny, soucieuse de ne pas me vexer.

Mais Rina ne répondit pas, ne se souciant pas plus de mon inconfort qu'à son habitude. Elle était perdue, vivant il y a près d'un siècle dans le regard de Chessie.

— Ma mère disait qu'elle espérait que nous serions toujours là l'une pour l'autre. Elle disait qu'Aroha était comme la famille de Noa — facile à vivre mais avec une force sous-jacente que peu voyaient. Et puis elle a dit...

Rina pâlit et s'étouffa sur ses mots. Elle s'éclaircit la gorge pour le cacher, mais j'avais remarqué, et Ginny mit son bras autour de ses épaules.

— Que j'aurais peut-être besoin de cette force un jour. Et j'en ai eu besoin, tant de fois.

Ginny me regarda.

— Noa est mort à la guerre, seulement quelques années après leur mariage. Et Margaret l'a suivi peu après. Elle semblait émue et fit un câlin à Rina. Rina a dit que ç'a d'abord dévasté la famille, mais qu'ensuite, elles trois — Frances, Rina et Aroha — sont devenues fortes, inséparables.

Rina hocha la tête.

— Ma mère a fait ce qu'elle avait toujours annoncé, elle a fait des études d'infirmière et a exercé à Mannington. Elle haussa les épaules, comme si elle essayait de chasser d'elle le poids des émotions, mais son dos s'affaissa un peu plus, comme si elle y parvenait pas. Elle est morte trop jeune. La polio. Elle n'aurait pas été contaminée si elle n'avait pas été infirmière, et l'aurait évitée seulement quelques mois plus tard, en 1953, à la sortie du vaccin. Après sa mort, j'ai quitté le nid.

—Elle s'est littéralement envolée, dit Ginny en souriant. Elle a même changé son nom en Batten en l'honneur de son idole d'enfance. C'était quoi l'avion avec lequel tu t'es envolé jusqu'en Australie ? Un Tiger Moth ?

Rina secoua la tête avec un faux désespoir.

— C'était un Percival Gull, comme celui que Jean Batten a piloté d'Angleterre au Brésil en 1935. Il y n'a rien à voir entre un Tiger Moth et un Percival Gull !

— Peu importe. Apparemment, elle a rejoint une communauté et a couché avec des hommes. Ginny souffla. C'était stupide. Elle lança un regard noir à Rina. Tu devais bien savoir que tu étais homosexuelle...

J'essayai de ne pas paraître choquée ni par la franchise de Ginny ni par le fait que Rina avait couché avec des hommes, au pluriel. Rina ne sourcilla pas, sans doute habituée à la franchise brutale de Ginny.

— Je ne pense pas que j'en savais *tant que ça* sur moi-même.

— Alors, que s'est-il passé ? demandai-je, intriguée.

Rina haussa les épaules.

— Aroha est venue me chercher en Australie et... le reste appartient à l'histoire.

— Ce que ma chérie essaie de dire, c'est qu'elle m'a finalement rencontrée, et qu'à partir de là, tout a été parfait.

Rina croisa le regard de Ginny, et pendant un instant, Ginny détourna les yeux. Je sentis que, sur ce point précis, Ginny n'était peut-être pas tout à fait honnête. Cependant, Rina sourit et serra la main de Ginny.

— Tu m'as ôté les mots de la bouche. Ginny sourit, soulagée.

— Alors, dis-je en regardant Chessie. À qui penses-tu qu'elle ressemble ?

Rina resta silencieuse quelques instants.

— À toi, à ta grand-mère et à ton arrière-grand-mère. Elle a la même couleur d'yeux. Et la même expression que ton arrière-arrière-grand-mère — calme et omnisciente.

— Chessie est un esprit sage, dit doucement Tane. C'est comme ça que la sage-femme l'a appelée.

— Un esprit sage, répéta Rina, ses yeux fixant le regard de Chessie.

— Elle se concentre pour la première fois, dis-je. Lorsque je levai à nouveau les yeux vers Rina, je vis quelque chose sur son visage qui me fit suffoquer. C'était comme si je la voyais pour la toute première fois. Le mur défensif avait disparu et à sa place, un doux sourire s'épanouissait, et je sus que Chessie avait réussi à l'atteindre, à se saisir d'elle et ne la lâcherait plus jamais.

Puis je me souvins de ce que Rina avait dit à propos des yeux de sa grand-mère. J'étais heureuse de cette connexion, mais quand je pensai à Aroha, je me rappelai la couleur de ses yeux, bien différente des miens.

— Mais Aroha avait les yeux noisette.

Rina leva les yeux avec un étrange sourire.

— Oui. Oui, c'est vrai. Tu sais, c'est Aroha qui m'a dit de prendre contact avec toi. Elle avait raison. Aroha a toujours su comment me réconforter. Elle m'a ouvert l'avenir depuis le passé.

Je fronçai les sourcils et j'étais sur le point de demander ce qu'elle voulait dire quand il y eut un cri et Tane me toucha le bras.

— Tout le monde est là, alors faisons l'annonce.

— Fais-le, toi, dis-je, car je voulais soudainement m'asseoir avec Rina et Chessie. Je te rejoindrai dans un moment.

— Quelle annonce ? demanda Ginny. Vous allez vous marier, vous deux ?

— En quelque sorte, dis-je. Nous allons démarrer une entreprise ensemble. Rina ne te l'a pas dit ?

— Rina ne me dit jamais rien. Nous regardâmes toutes les deux Rina qui était encore absorbée par Chessie. Je pensais que tu allais ouvrir la maison comme une sorte de musée ?

— Changement de plan. Un *grand* changement de plan. Nous — Tane et moi — avons décidé d'y vivre. Et d'y travailler. J'ai quelques mariages de prévus. Mais ensuite ? Je haussai les épaules. Nous envisageons de l'utiliser comme base de télétravail. On verra comment ça se passe d'abord avant...

— Avant ? demanda Ginny.

Je haussai les épaules.

— Il y a tellement de possibilités. Nous allons procéder étape par étape.

Puis Tane commença à parler, et les gens se tenaient autour avec leurs flûtes de champagne pleines, l'écoutant parler. C'était un orateur merveilleux et charismatique, plein d'humour. Il nous avait tous dans sa poche. Surtout moi. Puis il posa son regard sur moi, me présenta et me tendit la main.

Les flashs des appareils photo ont éclaté et m'auraient aveuglée pendant une seconde si je n'avais pas été concentrée sur Tane. Et j'eus soudain une pensée étrange. Mon arrière-grand-mère avait dû faire un long trajet pour se trouver sous la lumières des projecteurs, et cela pour finalement découvrir que ce n'était pas ce qu'elle avait imaginé. Et maintenant, c'est la foule qui venait à Wharerata. Mais c'était une foule différente. Cette fois-ci, je ferais tout ce qui était en mon pouvoir pour que l'histoire se termine bien.

IL M'AVAIT FALLU BEAUCOUP *de temps pour apprendre qu'il n'y avait pas une seule et unique vérité — pas une seule version des événements, mais plusieurs. Parce que les personnes présentes au moment précis où les événements se sont bousculés et ont bouleversé leurs vies, et celles à qui l'on a raconté les évènements par la suite, et celles encore qui les ont découverts bien des années plus tard, ont toutes élaboré leur propre version de ce qui s'est passé. Et qui peut dire qu'une version a plus de valeur qu'une autre ? Les choses se transforment dans votre esprit à force de les raconter et d'en déformer le souvenir.*

J'ai regardé Paige passer Chessie à Tane, dont le visage s'est illuminé lorsqu'il a pris doucement le nouveau-né emmailloté et l'a serré contre sa poitrine. Ma gorge s'est nouée sachant le drame qu'il avait traversé. A lui aussi, il avait fallu du temps pour voir que la vérité pouvait être multiple.

Et je savais que la version de Paige sur ce qui s'était passé cette nuit-là était différente de la mienne. C'est Matt qui m'avait dit que Paige avait découvert la balle dans la boiserie. Quel idiot, ce garçon. Il avait oublié que la victime était mon père. Il s'était immédiatement rendu compte de son erreur et m'avait demandé de ne rien dire à Tane ou Paige. Je le lui avais promis, tout comme j'avais juré à ma grand-mère, toutes ces années auparavant, de ne plus jamais faire référence à ces événements. Je n'avais enfreint mon serment qu'une seule fois — à Aroha — et cela avait changé le cours de sa vie. Je ne referais pas la même erreur.

— Veux-tu la prendre dans tes bras, Rina ?

— J'adorerais. J'ai ouvert grand les bras et Tane a soigneusement placé le bébé dans mes bras, eux qui n'avaient tenu un nouveau-né qu'une seule fois auparavant. Aroha n'était pas nouveau-né quand nous sommes revenus en

Nouvelle-Zélande. Elle avait six mois quand la santé de mon grand-père a commencé à se détériorer et que mes grands-parents ont décidé de retourner en Nouvelle-Zélande. Non, le nouveau-né que j'avais tenu avant était le mien.

Ses yeux avaient été verts aussi. J'ai regardé dans les yeux de Paige — de la même nuance que ceux de mon bébé et les miens à l'époque, avant que le traitement du glaucome ne les transforme en marron — et je me suis demandé pour la millionième fois si j'avais fait le bon choix en donnant ma fille à Aroha et Bill. Mais les faits demeuraient — ils voulaient un enfant et ne pouvaient pas en avoir – et moi, j'en avais un dont je ne voulais pas. Pas à ce moment-là, du moins. Ça avait été facile de maquiller les choses dans cette communauté australienne isolée d'après-guerre.

Nous étions revenus en Nouvelle-Zélande : moi, et ma sœur, son mari et leur bébé. Telles étaient les choses. Ma petite-fille était maintenant la petite-fille d'Aroha. Des secrets. Toujours plus de secrets à garder et de vérités à changer.

J'ai touché la main de Paige, elle a refermé ses doigts sur les miens, et je me suis souvenue du moment où j'avais fait ce geste sur la minuscule main de sa mère, Helena, et où j'avais su que je devais me séparer de mon bébé. Je n'avais pas d'amour à lui donner ; il avait été enterré et scellé cette nuit-là, il y a si longtemps, dans le jardin d'hiver.

J'ai observé Paige alors qu'elle répondait à une question de Tane, qui a ensuite commencé son discours. Mais je ne pouvais pas détacher mes yeux d'elle. Je ressentais chaque expression, chaque nuance, résonner profondément en moi, réveillant souvenirs et émotions oubliées. Ma vie touchait à sa fin, alors peut-être était-il temps pour moi de me souvenir, parce qu'à force de m'évader dans l'oubli, j'avais eu beaucoup de difficulté à pouvoir aimer.

J'ai souri quand Paige a envoyé un baiser joueur à Tane en réponse à quelque chose qu'il avait dit. Tout le monde a ri, mais pas moi. Parce que je savais qu'il n'y a pas matière à rire avec l'amour.

NOTE DE L'AUTEURE

Ce qui est amusant avec l'écriture de fiction, c'est qu'on invente des choses. C'est donc là que j'avoue que certaines personnes, lieux et événements réels ont inspiré mon imagination, mais qu'ils ne présentent qu'une ressemblance superficielle avec les personnages et le monde que j'ai créés.

Mannington est inspiré de la ville de Masterton dans le Wairarapa. Mais je voulais placer des arbres là où il n'y en avait pas, rapprocher la côte et utiliser le nom de White Rock pour la colonie balnéaire qui, en réalité, est loin de Masterton. Après tout, je suis la déesse de mon monde fictif, alors Mannington a été créé pour abriter ce monde.

Les événements aussi ont été inspirés par des faits réels. Mais c'est en 1927, et non en 1931, que le concours de beauté de Miss Nouvelle-Zélande a été remporté par Miss Otago, Dale Austen, qui a également gagné un test cinématographique à Hollywood. Dale Austen s'est effectivement rendue à Hollywood où elle a joué dans plusieurs films, mais a finalement refusé un contrat à long terme. « La scène festive d'Hollywood, c'était des soirées, de l'alcool, du sexe… Je ne buvais pas.

Je n'étais pas préparée pour cette vie effrénée, alors j'ai refusé. » Dale Austen était une personne très différente de Frances Stewart.

Il y a aussi d'autres personnages inspirés par des personnes réelles. Sir Apirana Ngata a fait ses études au Te Aute College et est devenu député, occupant le poste de ministre des Affaires autochtones. La ressemblance avec Noa s'arrête là. Sir Apirana n'a pas, à ma connaissance, tabassé des stars hollywoodiennes. Et certains pourraient reconnaître chez Tane une vague ressemblance avec le réalisateur et acteur Taika Waititi — né et élevé à Wellington — et aujourd'hui célèbre réalisateur hollywoodien. C'est un séduisant réalisateur maori de Nouvelle-Zélande. C'est tout. Il n'y a pas davantage de ressemblance entre Taika et Tane. Mais si Taika lit un jour ceci et souhaite adapter ce livre en film et jouer le rôle principal, ça me convient parfaitement.

En résumé, il s'agit d'une œuvre de fiction. Les noms, personnages, entreprises, lieux et événements sont soit le produit de mon imagination, soit utilisés de manière fictive. Toute ressemblance avec des personnes réelles, vivantes ou décédées, ou des événements réels est purement fortuite.

Diana K Holmes

POSTFACE

Merci d'avoir lu *La Maison des Secrets*. J'espère que vous l'avez apprécié ! Vos critiques sont toujours les bienvenues — elles m'aident, et elles aident les lecteurs potentiels à décider s'ils aimeront le livre.

J'adore les livres à double chronologie — des livres sur des maisons oubliées, des secrets trop bien gardés pendant trop longtemps, et la romance — sous toutes ses formes. Et j'ai d'autres œuvres en cours, notamment des livres se déroulant en Nouvelle-Zélande, en Grèce et en Angleterre. Tant de livres dans ma tête qui veulent sortir !

Vous pouvez consulter mon site web et mon blog ici — diana-kholmes.com — où je vous tiens au courant des livres que je lis et que j'écris.

Bonne lecture !

Diana

À PROPOS DE L'AUTEUR

Diana a grandi sur la côte nord du Norfolk, en Angleterre, mais vit désormais près de Wellington, en Nouvelle-Zélande.

Elle écrit de la littérature féminine à double chronologie – des livres pour celles et ceux qui aiment les maisons oubliées, les secrets trop bien gardés et depuis trop longtemps, et la romance sous toutes ses formes.

Elle vit à proximité des lieux où se déroulent ses romans – Wellington, le Wairarapa, Napier – et partage de nombreuses photos, anecdotes historiques et chroniques de romans à double chronologie sur son blog.

Pour en savoir plus sur Diana et ses livres, rendez-vous sur : http://www.dianakholmes.com.

www.ingramcontent.com/pod-product-compliance
Lightning Source LLC
Chambersburg PA
CBHW031027030726
47497CB00004B/1033